民國武俠小說典藏文庫

红粉金戈

民国武侠小说典藏文库·顾明道卷

顾明道◎著

中国文史出版社

顾明道和他的小说(代序)

张赣生

在本世纪(指二十世纪)二十年代末,能与“南向北赵”并称的武侠小说作家只有顾明道。

顾明道(1897—1944),原名景程,江苏苏州人。他八岁丧父,自幼体弱,上学时膝部患骨结核(中医所谓骨痨)致残,行动依赖拄拐。他毕业于教会所办的振声中学,因学习成绩优秀,即留在该校任教,并受洗为基督教徒。1922年,范烟桥移居苏州,范氏在辛亥革命的时候就曾与友人组织“同南社”,诗酒唱和;这时又于七夕会同赵眠云、郑逸梅、顾明道等九人组织“星社”,以文会友。顾氏由此结识了一批文友,他一生的文学活动大体未超出这个小团体的范围。顾明道因一直希望医好腿疾,所以结婚较迟,抗战爆发后,他和母亲、妻子全家移居上海,苏州的家产毁于战火,从此落入贫病交加的处境中。他一生以教书为业,战前一直在苏州振声中学执教,迁居上海后一面写作,一面仍自办补习学校,招生授课,直至肺结核把他折磨得卧床不起才停办。病重时生活无着落,全靠朋友周济,终年只有四十八岁,身后凄凉。

了解了顾明道一生的经历,有助于我们客观地认识和评价他的小说。

从顾明道一生经历来看,腿残、留校执教、参加星社,这三件事深刻影响着他一生的文学事业。民国初年的上海,盛行哀情小说,即文学史上称之为“淫啼浪哭”的时期。1912年,徐枕亚的《玉梨魂》和吴双热的《孽冤镜》在《民权报》同时连载,随即又连载李定夷的《霣玉怨》,流风所被,一片哀音。顾明道就在这种风气的影响下,开始试写小说,那时他只有十七岁,尚未成年。他的处女作是短篇言情小说，发表在高剑华主编的《眉语》月刊上，这是一份以知识妇女为读者对象的刊物，脂粉气很重，在该刊的创刊号上发表了一篇阐明办刊宗旨的《宣言》，其中说："花前扑蝶宜于春；槛畔招凉宜于夏；倚帷望月宜于秋；围炉品茗宜于冬。璇闺姐妹以职业之暇，聚钗光鬓影能及时行乐者，亦解人也。然而踏青纳凉赏月话雪，寂寂相对，是亦不可以无伴。本社乃集多数才媛，辑此杂志，而以许啸天君夫人高剑华女士主笔政。锦心绣口，句香意雅，虽曰游戏文章、荒唐演述，然谲谏微讽，潜移转化于消闲之余，亦未始无感化之功也。每当月子弯时，是本杂志诞生之期，爰名之曰《眉语》，亦雅人韵士花前月下之良伴也。"看了这篇《宣言》，读者当能了解此刊物的性质。顾明道在 1914 年左右开始写小说时，选中这样一个刊物投稿，也就表明顾氏本人的性格难免有些多愁善感的脂粉气。

我指出顾氏性格中的脂粉气，因为这决定着他文学作品的基调，丝毫也没有嘲讽顾氏之意，每个人都在一定的环境下养成他的性格，这没有什么可嘲讽的，我们要研究的只是事实。郑逸梅在《悼顾明道兄》一文中提到两件事，其一为："明道最初的作品，刊登在许啸天所辑的《眉语》杂志上，该杂志多载女作家的文字，他就化名梅倩女史，撰着短篇小说。有一位读者，是登徒子之流，写信追求他，缱绻缠绵，大有甘伺眼波之意。明道接到了信，大笑之下，用梅倩具名答复他。那个登徒子欣喜欲狂，寄给他一帧照片，请他交换'芳影'，并约他会晤某园。明道到这时，才用真姓名自行揭破。这一段趣史，明道时常讲给人听的。"其二为："《江上流莺》稿成，我曾为他写一小序，有云：'江山摇落，风雨鸡鸣，我侪丁斯乱世，应变无方，干禄乏术，臣朔饥欲死，乃不得不乞灵于不律，红茧缫愁，绿蕉写恨，借以博稿资而活妻孥。社友顾子明道固与予相怜同病者也。'明道读了，亦为之感喟百端，不能自已。"当时正值日寇侵华，人民生活困苦，对此局面"感喟百端"也是情理中的事，我们不必咬文嚼字，过分挑剔；但达到"不能自已"的程度，就难免少些丈夫气了。以上两件事都可证明顾氏确有些多愁善感的脂粉气。

顾明道养成这样一种性格，固然与前述民初上海文坛的时尚有关，在当时一些人的心目中，唯其如此才配称为"才子"，少了贾宝玉味道就被视为粗俗；但是就顾氏本身的内因而言，腿残对他心理上的影响，恐也不容忽视。

肢体的残疾不仅影响着顾明道的性格，也限制着他的行动。郑逸梅《悼顾明道兄》一文说："这时他在吴门振声中学担任教务，因不良于行，往返不便，所以他住在校中。"顾氏是一位多半生未离他那中学小天地的人，缺少广泛的社会生活经历，在这方面，他既不能与同时的"南向北赵"相比，更不能与后来的"北派四大家"同日而语。对于这样一位学生出身，生活面狭窄，又多愁善感的作家来说，写言情小说自然是最方便的，他可以坐在家里凭自己的情感体验来打动读者，只要情感诚挚，哪怕写的只是他个人的小天地，也总会有其可取之处。但自向恺然《江湖奇侠传》引起轰动之后，报刊编者和出版商均热心于武侠一途，顾明道为适应这一潮流，便也改弦易辙，于 1923 年至 1924 年在《侦探世界》杂志发表武侠小说。1929 年，他由杭返苏，途经上海，与当时主编《新闻报》副刊《快活林》的星社文友严独鹤相会，恰逢《快活林》需要连载长篇武侠小说，严约顾撰写，这就促成了他一生的代表作《荒江女侠》的问世。

《荒江女侠》刊出后竟大受欢迎，同年冬，上海三星图书局向新闻报馆购买版权出版单行本，至 1930 年 8 月已翻印四版，1934 年 11 月更达到十四版，这在当时是很可观的销行数。可见其轰动的程度。由于此书畅销，顾氏也就续写下去，共出版了六集，并被友联公司改编为十三集连续影片，上海大舞台、更新舞台也改编为京剧连台本戏，风靡一时，大有凌驾《江湖奇侠传》之上的势头。这部小说之所以能取得如此出人意料的效果，今天的读者或许很难理解。当时最著名的武侠小说，是"南向北赵"的作品，向恺然连缀民间传说，自有其吸引人的一面，但却少了点爱情纠葛、哀感顽艳；赵焕亭的《奇侠精忠传》据说原有不少狎媟的描写，因而触犯禁例，出版时经过删削。顾明道于此际把武侠、恋爱、探险等成分捏在一起，就给读者一种新鲜感，满足了十里洋场那特定读者群追求新奇、热闹的要求，正如严独鹤在《荒江女侠序》中所说："以武侠为经，以儿女情事为纬，铁马金戈之中，时有脂香粉腻之致，能使读者时时转换眼光，而不假非僻之途，不赘芜秽之词。是以爱读者驰函交誉。"

顾明道用以吸引读者的另一个办法是写"冒险"，他在谈及自己的作品时说："余喜作武侠而兼冒险体，以壮国人之气。曾在《侦探世界》中作《秘密之国》《海盗之王》《海岛鏖兵记》诸篇，皆写我国同胞冒险海洋之事，与外人坚拒，为祖国争光者。余又著有《金龙山下》一篇，可万余言，则完全为理想之武侠小说也，刊入《联益之友》旬刊中。又曾写《黄袍国王》长篇说部，记叙郑昭王暹罗之事，曾刊《大上海报》，后该报停版，余亦中止，他日拟出单行本以飨读者矣。又新著《龙山争王记》，则方刊于《湖心》周刊中，该刊为西湖小说研究社出版者也。曩年余为《新闻报·快活林》撰《荒江女侠》初续集，尚得读者欢迎，今由三星书局出单行本，三集亦在付梓中矣；又为《小日报》撰《海上英雄》初续集，则以郑成功起义海上之事为经，以海岛英雄为纬，以上两种皆由友联公司摄制影片。又尝作《草莽奇人传》，则以台湾之割让，与庚子之乱为背景也。”（转引自郑逸梅《悼顾明道兄》）所谓“冒险体”或“理想小说”，显然是接受了西方的小说观念，是指类似斯蒂文生《宝岛》或斯威夫特《格列佛游记》的体裁，譬如他所著的《怪侠》，写一个身负绝技的革命者，失败后率党徒逃亡海外，去非洲探险，与当地土著争斗，称雄异域，即是一例。

就顾氏的为人来说，他是一个正直、爱国的书生。“一·二八”日寇进犯上海，顾氏写了《国难家仇》《为谁牺牲》等小说，表示了他作为中国人的同仇敌忾之心。顾氏一生写过五十多部小说，以武侠和言情为主，也有社会、历史、侦探等作，他临终前，春明书店出版了他的最后一部作品《江南花雨》，这本小说具有自述的性质。

目　　录

第一回

月白风清酒楼逢少艾
艺高胆大荒野得奇图

四月的下浣，在江南地方正是红了樱桃，绿了芭蕉，春光老去，花事虽已阑珊，而初夏景色，还是可人。但在岭南的潮州，却已是天气炎热，如在溽暑，晚上有许多喜欢喝酒的人都到酒店里去买醉，好似一醉解千愁，此中别有世界一般。

醉月楼是潮州城外最好的饮酒所在，酒楼面河而筑，沿河一带柳树与荔枝树相间植着，绿杨红荔，煞是好看。河滩边还泊着许多渔舟，傍晚时一班打鱼的人棹舟回来，渔歌互唱，十分热闹。对面又瞧得见青山，冈峦起伏，草木行列。酒楼上的客人，远眺山色，近濯清流，披襟当风，快何如之？所以一到晚上，楼上下灯光齐明，酒香肉味，馋杀了许多老饕。

这一天，天气热了一些，沿窗桌子上，正有四个客人在那里举杯痛饮，兴高采烈。朝南而坐的是一个四十岁左右的伟丈夫，面色生得非常黑黝，浓浓的眉，圆圆的眼，左额角上有一很深的刀疤，嘴边微有短髭，身披短衣，敞着胸，双目左右睥睨，露出鹰瞵虎视的样子。他举起大觥，喝了几口酒，瞧着窗外的远山渐渐隐没在暮霭里，而一钩明月正挂在东边的天空中，如美人蛾眉，点点疏星环绕伊。一阵阵的凉风从窗子里直扑进来，不由喝一声彩，一偏头，向他左边坐的一个壮士说道：

“今晚我们喝个畅快，道乾，你该陪我多喝一些。想我老张混了一世多年纪，所有钱财东边来西边去，一文也没有积蓄，庸庸碌碌，虚度光阴，难道一辈子就是这样过去了吗？记得前个月里，我在街头遇见一个相士，他向我恭贺不已，说我要发横财，将来大富大贵，正有一番事业。我有些不信他的话，因我在此做个库吏，官小职微，哪有富贵的希望？道乾，你说是吗？”

那壮士喝了一口酒，对他脸上望了一望，就说道：

“我瞧大哥红光满面，气色很好，那相士之言一定不错的。你虽是一个库吏，然而英雄不怕出身低，芒砀斩蛇，汉室以兴；皇觉为僧，明祚以定，历史上古往今来许多英雄杰士，起初时候，不是都像蛟龙蛰伏于池沼浅水中吗？一旦风云际会，乘时崛起，便今昔迥异了。潮州城里城外哪一个不认得你张琏张大哥？只要你张大哥出一声令，立刻可以聚集数十百人，我林道乾第一个情愿听候调遣。”

张琏听了，哈哈大笑道：

“你这话真的吗？我老张做了一世的人，别的没有什么建树，就是最爱结交朋友，难得老弟对我如此诚意，我老张长此埋没也罢，要是一朝……”

张琏说到这里，劲儿越有，声音越响，坐在他右面的一个青吏模样的中年汉子早伸手在张琏肩上一拍，道：

“今天张大哥喝醉了，休要胡说八道，被歹人听了去，少不得便要兴风作浪，闹出一场大祸来的。我们都是大明臣民，将来能够有所建树，立些功劳，便是荣宗耀祖，出人头地。话休要说大了，给人猜忌。”

林道乾点点头，微笑道：

“朱兄说得不错，你是老成持重的人，我们胆大狂言，实是不该。”

张琏脸色一板道：

“我老张的性子喜欢说什么便说什么，不怕人家造事生非，谁要我的命，我就愿同他一拼，杀了人，碗大的疔疮，打什么紧？便是翁知县亲自在此，我也是这样说法的。”

坐在姓朱的下首的一个少年听了张琏的豪语，不由对姓朱的笑了一笑，递了一个眼色，又向两边座上留心一看，幸亏没有人注意他们的言语，他就说道：

“你们都是好男儿，志高才大，所以说出话来都是惊人之语，可是我小蒯却只喜欢食蛤蜊、谈风月，今晚我们有明月可玩，好酒可喝。只惜没有一个美人儿在旁轻颦浅笑，蜜意柔情，加添我们的雅兴，这就未免减色。我所以请你们在此喝酒，答谢张大哥仗义相助之德，也因在这里醉月楼上常有一个卖唱的年轻小姑娘姓薛的，常为座客清歌侑酒，十分可人意的。但是今天却没见伊的倩影啊！”

张琏道：

“小蒯，今晚叨扰你了，你那个光棍母舅要想霸占你的田地，也太可恶了，你是文绉绉的读书人，自然敌他不过，可是我老张却不怕的，凭你什么三头六臂的人，我也要拧去他的头，折去他的臂。果然赖我出了些力，骇退了他，今晚又有佳酿可喝了。你说又有美人吗？美人在哪里？”

正说着话，楼梯边走上两个妇女来，小蒯把手一指道：

“说着就来了。”

张琏和林道乾等一齐回头瞧时，只见一个年可十七八的少女，头梳凤髻，耳悬明珰，生得不瘦不肥，修短合度，眉黛眼波，丰韵明艳，颊上略敷脂粉，更见得娇滴滴越发红白。身上穿一件淡红衫子，襟上插些花朵，罗裳下金莲瘦窄，走路时十分婀娜，手里拿着琵琶。背后紧随着一个中年妇人，脸上的脂粉却比那少女还涂得多，扭扭捏捏地带着风骚。那两个走到楼上，四目向各座打转，要想找寻熟客。小蒯将手一招，道：

“小莺，小莺！我们在这里。”

少女一眼瞧见了小蒯，连忙走过来，笑吟吟地说道：

“蒯公子，好多时不见你在这里喝酒了，好不令人挂念。”

小蒯点点头道：

“是的，我因家里有了些要事，无心行乐，今晚第一次出来散心，陪客饮酒呢！多谢你挂念我，这话真的吗？”

少女道：

“怎么不思念？”

说着话，嫣然一笑。张琏两只圆眼睁大着，只是向少女全身上下看一个饱。那妇人早拖张凳子过来，教少女坐在小蒯背后，她自己立在少女身边，满脸堆着笑容，向小蒯问道：

“蒯公子，今晚请你点一曲儿吧！这座上除了你都是生客呀！”

张琏哈哈笑道：

“一朝生，两朝熟，今番见了面以后便熟了。这位姑娘可是你的女儿吗？生得好美丽！”

妇人点头微笑道：

“正是我女儿小莺，请问这位相公贵姓？”

小蒯早抢着说道：

“薛家妈，这位张爷都不认识吗？他便是本县衙中的库吏，姓张名琏，也是潮州地方的豪杰。提起张琏两字，哪个不知，谁人不晓？”

薛家妈忙走过去请安道：

“原来是张大人。”

张琏哈哈笑道：

“不敢当！你家女儿生得好美丽！”

小蒯又指着林道乾和姓朱的说道：

“这位也是本地郑守将帐下的武官林道乾，和县衙的书记朱三益，今晚只要小莺唱得好，自有缠头赏赐，我们都是舍得出钱的人，你该知道的。”

薛家妈连说是是，小莺十分知趣儿，轻启朱唇，对张琏说道：

“张爷，请你点一支好不好？”

张琏擎起酒杯，哈哈哈哈地带笑说道：

“我老张只会喝酒，不谙歌曲，你自己爱唱什么便唱什么，我先来喝杯酒。”

说毕，咕嘟嘟地把手中一大觥酒喝个干净，立即自己提壶又斟满了。林道乾道：

“我来点一支《珠江月》，姑娘会唱吗？”

小莺点头说一声会。小蒯道：

“好！你就唱这曲吧！”

小莺把一块淡蓝色的绸巾摊在膝上，且把手中琵琶转轴拨弦，叮叮咚咚地响了两三声，真是未成曲调先有情，接着嘈嘈切切错综地弹起来。小莺低垂了头，展开珠喉，一声一声地唱将起来，果然口齿清楚，声调婉转。张琏和林道乾都倾耳听唱，乐得张开着嘴合不拢来，四面座上的客人也都出神地听着这里的歌唱。小莺要着琵琶，唱到尾声，戛然而止，余音袅袅，兀自绕梁。林道乾不禁拍起手来，张琏却大声喝彩，又狂饮了一大杯。小莺向小蒯问道：

"蒯公子可要再唱什么？"

小蒯尚没有回答，张琏早说道：

"再来一个。"

小蒯道：

"你就再唱一支《长相思》吧！"

于是小莺笑了一笑，促弦重唱。这阕《长相思》是男女相悦的情歌，歌词里充满着郎呀妾呀的名词，虽是十分俚俗，而描摹粤东妇女的心理却很真实。等到小莺唱完后，张琏一手摸着他自己颔下的短髭，把头摇晃了一下，说道：

"小莺姑娘，你的郎在哪里啊？"

说罢，哈哈大笑，又对薛家妈说道：

"你的女儿配过亲没有？方才你听见吗？她要一个郎，若是没有配亲的话，那么你快快代她去找一个郎吧！别使她害了相思病，不是玩的。"

张琏这句话当然是有意打趣，道乾、小蒯等忍不住一齐大笑起来，薛家妈却带笑说道：

"我女儿的确尚没有郎君，即请张大人代她做个媒吧！"

张琏哈哈笑道：

"我准要做媒的。"

小蒯知道张琏有些情不自禁，英雄难逃美人关，遂对小莺说道：

"你坐到张爷身边去吧，他很爱着你呢！你妈要他做媒，不如待我来做一个冰上人吧！"

张琏正举着酒杯喝酒，立刻放下杯子，双手向小蒯一揖道：

"这要多谢你了，不知我老张有没有这个艳福。"

小莺羞得抬不起头来，把琵琶遮了脸庞，一声儿不响。薛家妈却很知趣，拖着小莺的臂弯，将凳子移到张琏身边去，叫小莺坐在张琏身后，接过她手里的琵琶，一面回转头来对小蒯说道：

“今晚小莺陪了张大人，却对不起蒯公子了。”

小蒯道：

“理该如此，你不叫她陪，我也要拉她过去相陪的。你们好好侍候张库吏，他日好处正多呢！”

张琏斟着一大觥酒，要请小莺喝。小莺道：

“哎呀！我是不会喝酒的人，这样多的酒，先把我唬坏了，还是张爷自己喝吧！”

张琏摇摇头道：

“不行，我要敬你一杯的，怎么你反叫我喝呢？无论如何，你最少一口也要喝的。”

小莺红着脸，没有回答。小蒯道：

“小莺是的确不会喝酒的，但你该瞧张库吏面上，至少喝一口。”

张琏也把酒杯凑到小莺樱唇上，小莺只得接着微微喝了一口，说一声“多谢张爷”。张琏接着，就把小莺喝过的酒一口气喝下肚去。林道乾在旁瞧着说道：

“今晚张大哥的兴儿不浅，小莺姑娘，你该敬给张大哥一杯。”

小莺答应着，早伸出纤纤玉手去提过酒壶，向张琏面前的大觥里斟了一个满，说一声：

“张爷请喝。”

张琏当然很爽气地把这杯酒又喝了个罄净，跟着小蒯又代他斟上。张琏回过脸去，又向小莺瞧了一眼，伸手去握着她的柔荑，大声说道：

“今天有美酒，有明月，有清风，又有你如花如玉的佳人，使我老张不胜快活之至。你住在哪儿？明天我要到你家里来逛。”

小蒯道：

“小莺姑娘住在红梅巷，那边甚是幽静，明天我陪张大哥去一游也好。”

林道乾在旁微笑道：

“张大哥到了温柔乡，便要百炼钢化作绕指柔了！”

薛家妈也带笑说道：

“张大人肯到我家来，这是我女儿的幸运了。”

张琏道：

“一定来的。”

一边说，又举杯狂喝。小莺在这酒座上坐了好多时候，要想走到别的酒座上去招呼，可是被张琏羁绊着，不好意思就走，别处座上也有几个熟客要想小莺过去侑酒，然而见了张琏和林道乾等旁若无人的情景，不敢开口，却叫酒保去小莺那里暗送信息。酒保见了张琏，却又不敢开口，只站在小莺背后，嗫嚅着欲说不说。张琏知道他的意思，立刻一睁眼睛，呵斥道：

“你站在这里做什么？今晚小莺姑娘陪定我们了，有哪个敢来叫她，我若不赏他两下巴掌，便不是老张了。”

酒保听了这话，吓得躲过一边去了。张琏今晚非常高兴，酒喝得更多，拉着小莺只是胡说八道。薛家妈见他额上有汗，忙着拿蕉扇，立在他背后代他挥扇。

看看时候已是不早，四座酒客都已散去。小莺见张琏已是醉了，越说越不成话，便要起身告辞。小蒯道：

“你已坐得久了，可以回去歇歇吧！别再接客，我明天陪了张库吏到你家妆阁喝酒谈心。”

张琏也道：

“好！我明天来。”

说着话，从身边掏出三四两碎银交给小莺手中说道：

“我今晚恰巧没有多带钱，这一些是给你买水果吃的，明天我当多多补奉。”

小蒯也拿出数两纹银赏给薛家妈，母女二人欢欢喜喜，谢了又谢，告辞而去。张琏回头瞧着小莺的背影，姗姗地下楼去，不由拊掌说道：

“好一个美人儿！小蒯，你果然说得不错。”

林道乾笑道：

“小蒯常是出入脂粉堆里，绮罗丛中，他的年纪虽然比我们轻，他的眼力自然却比我们强了。”

小蒯笑道：

“幸恕荒唐！张大哥既然赏识这位美人儿，明日我一准奉陪去走一趟。张大哥丧偶已久，精力方强，寡人有疾，岂能不动心呢？”

朱三益酒量最浅，喝得当筵呕吐。小蒯遂说道：

“今夕我们可说畅饮了，缓日再聚，我送朱兄回府去，你们两位恕不奉送了。”

张琏道：

“我老张并没有醉，不论什么地方都去得，何庸相送？”

说话时舌头已大了。林道乾道：

“今晚使蒯兄破钞了。”

小蒯道：

“我早要相请，不必客气。”

于是小蒯拿出银子来付了账，大家披上长衣，踉踉跄跄走下楼去。小蒯扶着朱三益，送到他家去了，林道乾和张琏说声“张大哥再会”，大踏步向前行去。张琏酒喝得最多，自称没醉，其实却已醉了。他的家里是住在三宝街上，离此甚远，他带着醉一步步走回去。途中经过一处荒僻的地方名叫赵家桥，那边有一带树林，黑魆魆的很长，林中又多古墓，是狐兔狸狌穴居之地。小浜一道，大半淤塞，并没有船只往来，也是剪径贼出没的所在，所以一到晚上，人迹稀少。张琏是走惯的，怕什么？他吹着野风，抬头望见明月悬挂中天，水滩野田间蛙声如鼓，只没有人见。他口里哼着山歌，刚走至林子前，蓦地一个人影从林中跳出，手里扬着明晃晃的尖刀，大声喝道：

“前面过路的客人，快将身边的银钱献出，免得老爷动手。”

张琏早知是剪径的来了，便迎上去喝一声：“哪里来的蠢贼，敢向太岁头上动土？真不知自量了。你家张爷有的是拳头，若要银子，二两换一两。”

那人便不说话，一刀搠向张琏头上来，张琏将头一偏，让过这刀，早使一个“叶底偷桃”，一拳打在那人腹前。那人见一刀不中，人家的拳头已来还敬，知道今夜遇到劲敌了，急忙闪身避开，又是一刀，恶狠狠地觑准张琏腰里疾刺。张琏早防到这一招，飞起右足，猛喝一声着，正踢中那人的手腕，当啷一声，那柄尖刀已落地上。那人喊声“哎呀”，回身要跑，早被张琏踏近一步，使个“海底捞月”，将那人的后腰带一把揪住，擒过来向地下一掷，当胸一脚踏住，从地上拾起尖刀，向那人面上晃了晃，喝问道：

“你是哪一个狗盗？今番遇见你家张爷，合该倒灶了。你平日捞得钱财，张爷正缺少钱用，快把囊中所有孝敬与我，否则借你的刀，割你的头，莫怪我无情。”

说罢，又将刀在那人鼻子上一拂，一阵凉风，那人却不是硬汉，只得哀求道：

“张爷，你饶了我吧！我们吃这碗饭的，无非要向他人借些钱财，哪有金银孝敬人家呢？张爷，你饶了我吧！”

张琏摇摇头道：

“我不信。”

说着话，一手向那人腰袋里去掏摸，果然没有什么金钱，只摸出一个硬邦邦的信封，便问那人道：

“是什么东西？”

那人答道：

“这里面是一张地图和奇怪的歌诀。前月我和一个同伴坐船到东沙群岛去，在岛的沙滩上，瞧见一个番僧的死尸被海水冲上沙滩的，我们摸摸他身边有十数两银子和这东西，银子我们是平分用了，这东西却不知有何用处，只因封面上写着‘谨藏勿失’四个字，所以留在我的身边，问问人家也不知道。你若要我孝敬，就拿这东西去吧！”

张琏不管好歹，遂把这信封塞在自己腰袋里，放起那人，说道：

“便宜了你，以后你如再在这里干这勾当，我绝不饶你的。”

那人抱头鼠窜而去。张琏见那人去远，也就丢下尖刀，向大路上紧走。约莫又走了一里多路，前面是一条负郭穷巷，瓦屋数间，围以短篱，月光正斜射在门墙上。张琏走到门前，提起拳头，咚咚地敲了两下，早有一个十六七岁的小姑娘照了烛台，开出门来，见了张琏，便说：

“爹爹今天又到哪里去喝酒的？到这时候方归。”

这就是张琏的女儿慧珠，张琏家中只有这一个女儿，妻子早在数年前故世了。慧珠年龄十六，可是生得十分丑陋，张琏常唤她丑丫头的，但慧珠赋性纯孝，张琏不回家，她总是坐着老守，不肯先睡。张琏也很疼爱她，此时他一见女儿，便道：

“慧儿，今晚小蒯为了我帮他的忙，请我和道乾在醉月楼饮酒，甚是有兴，踏月而回，你一人在家太寂寞了。”

说着话，父女俩关了门，一齐走到里面。张琏和他女儿是各居一室的，他踏到自己的卧室，脱下长衣，倒头便睡，慧珠也就回至房中安寝。到得明晨，张琏的酒已醒，一早起身，慧珠端上洗脸水来洗过脸。吃过早饭，张琏想起昨夜从剪径贼手里得来的东西，便从腰袋里摸出那个信封，见上面满渍水痕，果然写着“谨藏勿失”四个正楷大字。从信封里抽出一张小小地图和一页写满字的纸张，东一块西一块地都沾着水迹，那地图上画着许多大大小小的岛屿，不知是哪一处群岛。又有一个十字形的记号画在南面的一个小岛之旁，其他却没有字，没有记号了。张琏看了一看，也不明白，再看那纸张上却写着似歌诀一般的文句道：

	特岛沙	里为群	屯西岛	之处离	一极海	地南滩	五相
崖	百近下	步悬有	一前松	山有树	洞大其	下无白	埋数
物	藏黄为	余元和	随帅征	大郑南	洋得邦	时之者	私番
我	家得可	子之坮	孙富国	但守为	当秘要	严密耳	

张琏是个粗莽的武夫，不通文墨，他看了一遍，解释不得，无心再看，但他知道这地图内定藏秘密消息，这文字定是一张说明书。凑巧被自己所得，怎肯轻易放过？于是他想起林道乾来，他知道乾虽也是个武夫，却比自己聪明得多，不如拿到他那里去一详，定知分晓。好在自己和道乾是结义弟兄，有难同当，有福同享，倘有什么发现，富贵共之，也无

不可。

这天他不到县衙去，仍叫慧珠看门，一径走到林道乾家中来。道乾的家中布置陈设，一切都比张琏家中精美，因为张琏钱财到手，不用光不开心，一文钱也没有积蓄，而道乾交结一辈朋友，有几个常往南洋群岛去经商的，道乾往往搭些股份，让他们去贩运东西，逐十一之利，他自己每得到意外的收获，手中便觉宽裕。张琏困乏时，反常要向道乾借银呢。道乾对于武术很喜熬练，和张琏有同嗜。今日张琏到他家里来拜访，他尚没有赴衙，正在园中演习大刀呢。张琏一步进门，只见一个十八九岁的女郎，穿着浅青衣裳，正捞掇双袖，在马缨花下洗衣，明眸皓齿，丰韵天然，便开口叫道：

“二姑，你哥哥在家吗？”

原来这就是林道乾的妹妹林二姑，他们兄妹俩早失怙恃，经一亲戚抚养长大的。兄妹俩幼时曾从一个燕赵间的名拳师学习武艺，跳跃技击，无所不能，而林二姑的武术比较她哥哥道乾精明得多，兄妹俩有时在后园戏作比赛，道乾往往输在他妹妹手里的。林二姑也读过书，会写字，文武都来得，人又生得美丽，因此说媒的人很多，但都经林二姑反对去。道乾也不敢做她的主，因为林二姑自有她的心上人呢。张琏是常来的，彼此都不客气，林二姑一抬头，瞧见了张琏，便带笑说道：

“张大哥，你早啊！我哥哥没有到衙，他在后园子里练习武术，你请到客室里坐，我叫梅香去叫他出来可好？”

林二姑正要回头唤梅香时，张琏早摇摇手道：

“不必着人去叫，我自去见他便了。”

说着话，张琏早从左手回廊里走向一个月亮洞门里去。他是熟悉林家门户的，曲曲折折走到后园，见前边一片草地上，林道乾正将一柄泼风大刀使得如龙飞凤舞，一片白光，他不由喝声好。道乾舞得正酣，听得人喝彩，连忙收住刀法，回头一看，乃是张琏，便把大刀向地上一插，跑过来说道：

“张大哥，你今天不到薛小莺那边去，反走上我门来作甚？”

张琏听道乾提起小莺，微微一笑道：

“你倒没有忘记吗？那边当然要去的，不过我所以走上门来，却有一样东西要请教你费神指点。”

林道乾问道：

“张大哥有什么事？”

张琏道：

“我们到室中再谈。”

道乾说声好，于是二人离了后园，回到外面客室里。道乾请张琏坐下，小婢梅香献上茶来，张琏即从衣袋里取出那奇怪的地图和纸张，放在桌上道：

“道乾，你看得懂这个东西吗？”

林道乾先将地图一看，说道：

“这是一张地图，却没有说明，真是奇怪。”

一边说，一边又将这纸张看了一下，摇摇头道：

“这上面的字都不连贯，不成文句，叫我如何明白呢？”

张琏道：

“请你细细一想，你比我聪明，也许可以猜出玄虚。”

道乾又仔细念了一遍，不由拍案大喜道：

“张大哥，你从哪里得来这东西呢？”

第二回

索解疑文金藏秘密岛
贪看美色梦恋温柔乡

张琏见林道乾这种神情，估料到这事有十二分的希望了，急急问道：

“你已看得懂吗？好兄弟，请你快快告诉我吧！我自知是个笨伯，所以特来求教你的。”

这时候，林二姑也已将衣服洗好，揩干了手，姗姗地走入室来。林道乾将地图纸张交与林二姑道：

“妹妹，你看这纸上是说的什么？”

一边却对张琏说道：

“张大哥，你要我告诉你吗？那么我先要问明白你这东西从何得来，方才可以遵命。”

张琏无奈，只得说道：

“昨夜我从酒楼回家，路过赵家桥，忽来一个剪径强徒，向我持刀行劫，我想他真是瞎子买眼药，买到石灰店里来了，遂略施小技，将他打倒，想从身边搜索些油水，预备花在小莺那边去。谁知光棍逢到穷贼，他身边和我一样穷，一两银子也没有，只有这么一个硬纸函。据他说，是在东沙群岛海滩上一个番僧的死尸身上得来的，他也不知有何用处。但因封面上有‘谨藏勿失’四个字，所以藏在身边，遂将这东西让我拿回来了。我看了一遍，不知有何秘密，遂带到你府上来请教。好兄弟，你既然懂得内中的秘密，那么快些直直爽爽地告诉我听吧！别使人难过。”

林二姑早已过目，抢着说道：

“这并不难的，我也明白了。”

张琏大喜道：

“二姑娘，你也明白了吗？你快告诉我吧！”

林二姑把这纸张展开在桌上，指着说道：

“这上面是仿着三字经，每三个字成一句，然而又令人看不懂，明明别有一种读法，我们只消摸出线索，自然容易读下去了。”

张琏道：

“什么线索呢？二姑娘，照你想得的读一遍给我听听，好不好？”

林二姑道：

“明明不成句而偏偏三字一句，这就是告诉我们，每三个字抽出一个字来，挨次抽出，全文便得了，我来拿支笔，把它另写出来吧！第一句第一字是‘特’字，第二句第一字为‘里’字，第三句第一字为‘屯’字，接连着为一句，第二字为‘岛’字，第二句第二字为‘为’字，第三句第二字为‘西’字，第一句第三字为‘沙’字，第二句第三字为‘群’字，第三句第三字为‘岛’字，再接第四句第一字‘之’字，第五句第一字‘一’字，便成‘特里屯岛为西沙群岛之一’全句了。”

她说着话，向笔筒里抽出兔毫，展开素纸，瞧着那张纸，很快地录下来。林道乾连连点头，等到林二姑完全写好后，张琏拿过来读着道：

特里屯岛为西沙群岛之一，地处极南，离海滩五百步，相近悬崖下有一山洞，前有大松树，其下埋藏无数黄白物，为余随大元帅郑和征南洋时私得之番邦者，我家子孙得之，富可埒国，但当严守秘密为要耳！

张琏虽是粗鲁之辈，然而到这时候四下里看了一看，脸上露出惊喜之状，低声对道乾兄妹道：

“幸喜此地只有你们兄妹二人，这件事千万不可泄露的。嗯！那相士的话果然灵验，不久我要发横财了！这东西不是老天特地赐给我的吗？哈哈！我张琏可以脱去厄运交好运了，这事也要你们兄妹相助，富贵共之。”

林道乾道：

“辱承不弃，要我们相助，这是幸事，但不知这纸上写的语句是不是真实无讹？还有这地图是不是准确的，也要去尝试一下，然后知道。”

林二姑道：

“这东西倘然给别人瞧见过了，也许有人暗暗地前去将那宝藏盗去，那么我们便要徒劳往返了。”

张琏道：

“我想绝不会如此的，我从那厮身边得到这东西时，那厮明明说过没有他人知道是什么。这话是真的，因为那厮若然识破其中秘密，早已前去下手了，还在这里干什么剪径的勾当呢？”

林道乾道：

“那厮当然是不知情，否则他也不肯轻易给你的，只不知那番僧何人，他又从哪里得来这东西。可惜他已死了，无从查究，而说明书上并无姓名可以稽考，只知这埋藏珍宝之人是当年跟随三保太监郑和南征的一人，不知是否郑和麾下的名将。况郑和曾七使赴南洋，他又是哪一次随去的人？这些事都无从查考。”

林二姑也道：

“那番僧是不是那人的子孙，或是也从别人手中得来的？”

林道乾道：

“据我的猜测，那番僧绝不是那人的子孙，无论如何，那人在那时候必然也很有地位的，何至于便子孙出家呢？这东西稳是不知怎样地流失在外，辗转而入于番僧之手。也许番僧识破此中秘密，所以特地前去挖掘，不知怎样地又死在海中了。在东沙群岛见他的漂流死尸，那么番僧或没有到西沙群岛去呢。这要思虑的，他是不是有同伴前往？还是一人独去呢？”

林二姑道：

“我想独木不成林，绝不会一个人单独去的，莫非他的同伴贪心重手段辣，竟合伙把他谋死，弃尸海中，而后前去吗？”

林道乾摇摇头道：

“这个虽是疑点，然而我想他们既然把他谋死了，自去挖掘宝藏，那么这东西早要取去，未必会仍留在番僧身上了。番僧当然要守秘密的，必不肯明明白白地告诉他的同伴，他们虽然有意要谋死他，但当他们没有发现宝藏的时候，何至于此？也许那番僧得了这东西，先到那边去观察一下，探明后方才动手呢！”

张琏听他们兄妹俩反复推想，便有些不耐，立刻说道：

“我们何必多所考虑，既然知道有这个地方，只要亲自前往探寻一遭便了。我想这事很巧，也许老天默佑老张，一定不落空虚，无论如何，我必要亲自去探一遭险。”

道乾道：

“方才所说的，也是我们妄加臆度之词，自然要去实地探明，照纸上所说的语气，其数一定不小，我们得到手后，真可富埒王侯了。”

张琏道：

“我有个姓魏的朋友，名叫南鲲，精通水性，一向在南海捕鱼，有数艘很大的渔舟，对于海南岛屿都能熟悉形势。我此次前去，一定要去请他相助。”

林道乾道：

“此人莫非就是别号‘闹海蛟’，住在南澳岛上的吗？我以前到那里时，曾和他见过一面，确乎是很有义气的好汉子。此去倘有他相助，事无不谐。”

张琏道：

“我们是好弟兄，有福同享，有难同当，若有成功，也许天佑我们这辈人了。”

他一边说着，一边将这地图和说明书卷起，藏在封袋里，交与林道乾道：

“我是常要喝酒的人，酒醉后一切都不管，恐要遗失，不如存留在你府上吧！且待我们动身时再拿着走。”

林道乾也不客气，说道：

“张大哥要将此物放在此间，我也无可无不可的，但是责任很大，我也不是心细的人，还是让舍妹藏起来吧！”

说着话，又将这东西转交给林二姑。二姑笑嘻嘻地接在手中道：

“你们都客气，我代管着就是了，横竖这是大事情，非一个人所能办的啊！”

张琏哈哈笑道：

“我把这物放在令兄处已很放心，今在姑娘处，更放一百二十个心了。此刻我还有些别的事情，先要到衙里去走一遭。”

林二姑道：

“快近午时了，在这里吃了午饭再去吧！”

张琏道：

“多谢多谢，我不再多留了，这件事隔日再谈。”

说罢，回身便走。林道乾独自送出门来，对张琏带笑说道：

“今天你要紧往小莺那里去了，是不是？”

张琏颔首一笑，说道：

“小莺委实可爱，我不能忘情，你可同去。”

道乾道：

“有小蒯伴大哥去了，我何必去呢？”

张琏道：

“你是鲁男子，我真佩服。”

说着话，二人早到门口。道乾抢着开门，让张琏走，张琏刚才跨出门来，只见一个头戴儒巾，身披绿袍的少年儒生正向林家走来，一见道乾，早笑嘻嘻地说道：

“道乾兄送客吗？令妹在府上吗？”

道乾答道：

“舍妹在家里，李兄请入座。”

张琏见这儒生风流俊美，文质彬彬，不知是何许人，要紧走了，没有向道乾问，遂和道乾说了一声明天会，他就甩开大步，向县衙里去。到得县衙后，在簿上签了名，他本来不做什么事的，自有他的助手苏恪执管一切，所以他在县衙里吃过午饭，此身已如热锅上的蚂蚁一般，坐立不定。

交代了苏恪几句话，立即离开县衙，走向小蒯家中来。小蒯是富家子弟，午后坐在书斋里，等候张琏前来，他受了母舅的欺侮，幸有张琏出来帮他的忙，因此他对于张琏非常感激，昨晚在醉月楼请客，也是为此，今日他既约定伴张琏到薛小莺那边去，自然不敢爽约。家人通报后，他慌忙亲自出迎，请张琏到书房里绿窗下坐定。仆人献上荔枝、橘子等各种水果，小蒯道：

“我已等候多时了。”

张琏道：

“我吃饭后马上跑来的，我们此刻时候就去好吗？”

小蒯道：

“请你在舍间小坐片刻，我就伴你前往。此刻似乎太早一些。”

张琏笑道：

“我是急性的人，说去就去，恨不得一脚跑到小莺妆阁里去坐。你说等一刻，我只好等一刻了。”

一边说，一边在窗边大椅子里坐下，剥着橘子吃，好似无聊的情景。小蒯也吃着水果，对张琏说道：

“张大哥，你是喜欢爽快的人，但是天下事有许多不容你性急，欲速则不达，尤其是风月场中，更是急不得，你越是发急，越是使他们有心要玩弄你了。”

张琏笑道：

“多谢你指教，你真是个中人，少停还要让你代我们拉拢。”

小蒯笑道：

“张大哥真疯魔了吗？小莺的色艺端的不错，在这潮州地方，可屈一指，所以爱上她的人也不少。不过枇杷门巷中人，送往迎来，往往中心虚伪，绝少实意真情。张大哥，你须注意。”

张琏道：

“我理会得。”

二人又坐了一歇，张琏频频催行，小蒯只得换了一件罩袍，手摇纨扇，陪着张琏，出得大门，走向红梅巷去。不多时，已至门前。双扉悄掩，大树遮荫。小蒯伸手向门上轻轻叩了两下，双屏呀的一声开了，便有一个垂髫小婢笑嘻嘻地叫道：

“你可是蒯家公子吗？好久没有来了。”

小蒯点点头道：

“兰子，我今天陪一位客人前来。小莺在家吗？”

兰子答一声在，薛家妈早已闻声步出，行至中庭，含笑相迎道：

“蒯公子果然陪伴张大人来了，蓬荜生辉，我们正在恭候呢！”

于是薛家妈便引二人走上一间小楼，来到小莺的妆阁。房间虽不十分宽大，倒也陈设得很是雅洁，沿窗桌子上小猊鼎内焚着好香，烟气缕缕，香透鼻管，珠帘低垂，静悄悄的不见美人倩影。薛家妈请二人在一张桌子边坐下，兰子早端上香茗和果盘，薛家妈抓着瓜子敬客。张琏忍不住问道：

“小莺在哪里？我们今天特来和她谈谈的。”

薛家妈道：

“请两位宽坐稍待，小莺在后楼出浴，停会儿就来的。”

张琏哈哈笑道：

“那么我们只好稍待了。”

薛家妈站在一边，有说有笑，敷衍着二人。等了一会儿，小莺果然走来，浴后新妆，比较昨晚更觉清丽。白纱衫上插了两朵兰花，淡扫蛾眉，薄施脂粉，冰肌玉肤，销人魂魄，裙下纤纤玉笋踏着白地蓝花的弓鞋，更见素净，美目微盼，叫一声“蒯公子，张大人，今天你们果然来了，恕我失迎”。

张琏道：

“小莺，我是不会失约的人，说来稳来，但要问你，喜欢我们来吗？浴后的你，更是美丽，杨玉环也比不上你了。”

小莺低头一笑道：

“张大人这样说，使我更觉惭愧，我是十分丑陋，承蒙不弃，枉驾下顾，我心里真是欢喜。但愿你们天天来，常常来，我便不觉得寂寞。”

张琏听着说道：

“这小妮子倒会说话，使人更是喜欢。”

小蒯也笑道：

“小莺口齿伶俐，本来是一个聪明女郎。张大哥，你这样爱她，我来做个现成的媒人，好不好?”

张琏道：

“好！好！将来要谢谢你的大媒。”

小莺听了，却红晕上颊，对小蒯斜睃了一眼，站在二人座位的中间，欲坐不坐。小蒯指着张琏旁边的一张椅子道：

“小莺，你就坐在张大人身边陪陪吧！”

小莺答应一声，遂轻轻坐在张琏一边。薛家妈退出房去，张琏随意和她闲谈。一会儿，已是夕阳衔山，薛家妈又在门口偷偷张望。小蒯对小莺说道：

“今天张大人到此，是要尽一夕之欢，你不必出去侑酒了，我们绝不亏待你的，还是在家中省力。”

小莺道：

“蒯公子吩咐自当遵从。”

小蒯遂回头向房门外喊道：

“薛家妈，你进来，我有话同你讲。”

薛家妈闻言，连忙走进室来，带笑问道：

“蒯公子有何吩咐?”

小蒯从身边摸出十两纹银给她道：

“今天我陪张爷来你家喝酒谈心，小莺可在一起快活快活，不要到外边去了。这些钱托你去代办些酒肴，愈快愈好。”

薛家妈道：

“二位在这里喝酒吗?小女自当奉陪，不用这许多钱的，我就去办来。”

小蒯道：

“不要客气，没有叫你贴钱之理，少停再有重赏，拿了去吧！”

薛家妈又谢了一声，回身出去。小莺又陪着二人在室中谈天说地，她将纤纤玉指剥着荔枝请二人吃，张琏又问问她的身世，始知薛家妈乃是她的姨母，并非她的生身之母，她本姓冯，非姓薛。张琏见她婉媚可爱，非常心喜。

天色晚了，小莺早把珠帘卷起，微风入户，较为凉爽。兰子掌上灯来，外面薛家妈早已喊到一个厨司助她料理，酒呀肉呀鸡呀鱼呀，一切全备，真是有钱不消周时办。咄嗟之间，早将美酒佳肴送上。在室中大桌子上安放着三双杯箸，请张琏居中坐定，小蒯坐在左边，小莺坐在下边，小莺提着酒壶代二人斟酒。今晚张琏更是兴高，一杯一杯地狂饮。席间，小莺又拿过琵琶，唱了两支曲，乐得张琏手舞足蹈，忘记了一切。小莺唱过曲，又去后房换了一件罗衣，刚才坐定，张琏却把她拦腰一抱，坐在自己的膝上，情不自禁，捧着她狂吻。小蒯忍不住对小莺微笑，小莺羞得把脸钻向张琏怀中去。正在这时，忽见兰子步上楼来，悄悄地立在房门口，只向小莺瞧着，好似有话不敢说的模样。小莺回转脸来，瞧见了兰子，眨眨眼，歪歪嘴，似乎问她有何紧要事情。小蒯早已觑个清切，便向兰子问道：

“你为什么鬼鬼祟祟的？有何事情，要说便说。”

小莺也只得说道：

“兰子你进来，到底有什么事？今晚我不出去了，不论什么人来唤我，我都不去。”

张琏道：

“对啦！”

兰子硬着头皮走至小莺身边，这时，小莺已从张琏怀中挣脱，回至原座。兰子附在她的耳边，轻轻说了几句话，小莺面上立刻露出踌躇的样子，瞧着小蒯，欲语不语。张琏早有些不耐，便开口向兰子说道：

“你这小丫头，此刻你家姑娘正陪我们喝酒，有什么泼天大事，敢来缠绕不清？快些退去。”

兰子经张琏这么一说，早吓得倒退不迭，但是兰子刚才走出去时，那个薛家妈又走进来了，她撮着笑脸，向张琏、小蒯说道：

“二位可能放小莺下楼去一趟？马上就上来的。”

张琏睁大着双目，尚没发话，小蒯先说道：

“薛家妈，楼下究竟有什么要事，非小莺下去不可？莫非另有什么恩客要招小莺？须知今天我伴张库吏前来，也不是容易的事，难得张库吏心爱小莺，你们务必一心招待的啊！”

张琏也道：

“这话说得不错，我今天喝酒须要喝得爽快。”

薛家妈闻言，眉头一皱，好似十分为难的样子。小莺早问道：

“妈，楼下来的可是姓孙的人吗？”

薛家妈道：

“正是他，他要你下去讲一句话便得了。”

小莺遂对小蒯带笑说道：

“这是一个酒楼上的客人，昨晚他也在醉月楼上，因为我陪着蒯公子、张大人等侑酒，没有过去向他招呼，今晚大概他在那边等不到我，遂走上这里来了。我妈妈不会回绝，请你们放我下楼去，对他说明一声，他也就走了。我终是奉陪张大人的，没有二心。”

小蒯微笑道：

“你这话真的吗？”

小莺道：

“我哪里会撒谎？”

薛家妈又道：

“请二位原谅吧！小女客人很多，我们都不能得罪的，这是我们吃这碗饭人的苦衷，并非……”

薛家妈话未说完，张琏早有数分着恼，他未便向小莺斥责，便对薛家妈说道：

“你不要在此啰唆，我已说过，喝酒要喝得爽快。老张不放人走，别人休要想走，说一百二十声都是废话，你还是走开吧，免得我要得罪你。下面是什么小子要见小莺时，你唤他亲自上来，我老张不给他一些厉害，他也不知道我是何许人呢！”

小蒯也将手一挥道：

"去吧！你可说客人不放下楼，他自然只好走了。"

薛家妈瞧着二人的神气，料想这事弄僵了，再说也不成功，只得回身走出。小莺不料琏如此强硬，毫不怜香惜玉加以体谅，便知这种武夫是不可以理喻的，自己不该说真话了，心里十分懊恼，脸上却依旧装着笑容，提过酒壶代琏斟酒，柔声说道：

"张爷竟要我片刻不离你吧？那么你要天天来才好啊！"

张琏笑道：

"自然天天要来，而且夜夜要宿在你家，你欢迎我吗？还是讨厌我吗？"

小莺道：

"我怎敢讨厌你？只恐张爷日久生厌，说我小莺不好呢！"

张琏道：

"哪里哪里。"

一边说，一边举起酒杯又喝了一个干，伸过一只手来，要拉小莺入怀。正在这时，忽听楼下说话的声音响起来道：

"你叫小莺下来就是啦！怕他作甚？难道小莺一辈子伺候着他们吗？他们有钱，人家也不是没有钱的，真笑话！他岂能独自霸占着不放她一下妆楼？你再去唤小莺下来，我孙高崧不是你家客人吗？除非小莺嫁了我才不来。楼上是什么人？你何不明告？"

又听薛家妈叽叽喳喳低声地说着，好似向那人央告的样子。小莺虽然极力镇定，而玉颜上已满露踌躇之色。张琏哪里耐得住？连忙一拍桌子，春雷也似的喊起来道：

"姓孙的小子，你是个什么人？你家爷爷坐不更姓，行不改名，姓张名琏的便是。现在楼上等候着，你要小莺姑娘吗？她今天不会下楼了，你有胆的，上来会会你家张爷。"

张琏说时，已站起身子，摩拳擦掌，准备用武，吓得小莺脸色都变了。小蒯以为张琏这几句话说得甚是厉害，楼下的人倘然脾气不好的，一定要来见个高低，那么今晚此行未免太煞风景。他正想劝住张琏，免得小莺也过不去，谁知张琏在楼上说了这些话，楼下却寂然无报，反而没有声音了。停一会儿，只见薛家妈又走上楼，向张琏赔着笑说道：

“张大人且请息怒，他……他已去了，没有事。”

又对小莺说道：

“你陪张大人多喝数杯吧！”

小蒯遂拊掌笑道：

“妙哉！妙哉！张大哥真像当年张翼德，长坂桥边喝退曹兵，不费吹灰之力。虽然那个姓孙的有些不中用，一吓便退，然也可见张大哥的声名足使鼠辈望风畏避了。请坐请坐，再喝数杯吧！”

张琏哈哈笑道：

“我哪里有吾家桓侯当年的威风？那小子太不做种了，便宜他，否则我的一双拳头又可痛击数下呢！”

说着话，依然坐下。小莺提过酒壶，代张琏满满地斟上，张琏举起杯来，一饮而尽。小莺因为张琏喝退了孙高崧，芳心中不免有几分不快活，但因张琏为人十分粗豪，蒯公子尚且敬礼毋忽，自己是倡优贱畜之人，自然更不敢不曲意承欢了。张琏怎禁得小莺几下子献媚？早已骨软神醉，颠倒在美人色笑之中，酣饮至子夜。张琏因为第一遭到此，自己尚没有用钱，不便赖在妆阁里不走，小蒯也有倦意，急欲归去。张琏遂从腰袋里取出十两银子，交与小莺道：

“我今匆匆没有多带，这一些不足云赏，你就拿了吧！我明天再来，必多多赏你。我老张不久要发财了，你耐心等着，将来金珠宝贝，任你要什么便有什么，绝不哄骗你的。”

小莺接过，谢道：

“但愿张大人发财发福，我们都快活。”

小蒯也微笑道：

“张大哥快发财了？”

张琏瞧着小蒯说道：

“蒯兄，我这话并非醉后之言，你看我不多几时真的发财呢！”

小蒯道：

“张大哥，我以为你一定会发财的。”

张琏狂笑道：

“我若发了财，大家都有钱用，尤其是小莺，我绝不亏待她。”

小蒯先将长衣披上，说道：

“明天再来。小莺，你和张库吏已熟了，好好伺候，后福无穷。”

张琏也披上长衣，握一握小莺的手，说道：

“今晚我很快活，明天再来看你。”

薛家妈也过来相送。张琏遂和小蒯别了小莺走下妆楼，小莺送到门口，说声：“明天请二位驾临。”张琏答应一声，和小蒯走出红梅巷。将要分手时，张琏却对小蒯说道：

“我有一件事情要和你商量。”

小蒯道：

“什么事？”

张琏道：

“小莺果然可爱，使我不能忘情，明天我再要到此逛逛，但我手中实在短少银钱，这地方必须有钱花用，方可如愿以偿，我要向你告借二百两纹银，预备用在小莺身上。我虽是个穷汉，然而不久我也许成为一个大大的富翁，发了财加倍奉还，绝不忘记你的好处。”

小蒯听张琏接连不断地说着发财话，始终以为他是醉中呓语，就带笑答道：

“张大哥说哪里话？你要钱用，尽管向我说是了，明天我一准着人奉上。你再到这里来时，要不要我相陪呢？”

张琏哈哈笑了一笑，只说一声：“我认得那地方了。”小蒯知道张琏心中已不要他再来陪伴，又说道：

“明天我也有些别的事情，好在张大哥已认识薛家的门墙，恕不奉陪，也可让你们喁喁情话，畅叙一下。”

张琏笑道：

“我是个粗人，不会说情话，你教教我好吗？”

小蒯笑道：

“到了那时自会说，天下古今只有教人读书，没有教人说情话的。我小蒯无此本领。”

说着话，二人不禁都笑起来。张琏遂对小蒯说道：

“好！我明天等候你送钱来吧！再会再会！”

二人就此分别，各自回家。张琏一到家门，他的女儿慧珠照常守候着，侍奉她父亲睡后，方去安寝。张琏睡梦中尚如在小莺妆阁里举觞酣饮，口里呼着小莺小莺，糊糊涂涂地一夜过去。

次日醒来，早餐后想起昨天和小蒯所说的话，不知小蒯可将银钱送来。又想起奇异的地图和说明书上指示的宝藏所在，倘使那边果然有财物时，自己平地便可变成豪富之人，何求不得？他日把小莺娶回，贮之金屋，也是极易的事。不过这事须仗他人相助，而魏南鲲又在南澳，须自己渡海过去拜见了，说明之后，亦可同往。好在这奇图只有林氏兄妹知晓，很秘密的，且待今天和小莺欢会以后再去进行，也不为迟。他正在心里盘算，小蒯果然派他的下人将二百两纹银送上。张琏自然十分快活，将一两碎银赏了蒯家下人，打发他回去，又取出五两银子交与慧珠做家用，自己带了一百两银子，其余的放在家里，一径跑到小莺家里来。

这时候，小莺刚才起身梳妆，薛家妈迎接上楼，张琏当着二人的面把一百两银子取出来，整整的五封，放在桌子上，然后说道：

“这一些我给你们母女俩先使用的，缓日多多赏赐，今晚仍为我备些酒肉，我待到公事做毕，再来这里欢饮。小莺千万不可出去，也不得招接别的客人。我不久可以发财，要将小莺娶回家去呢！”

薛家妈因为昨夜张琏在小莺妆阁哄饮大醉，把姓孙的客人得罪去，自己又受了两面的抱怨，一共只得到了二十两银子，买去酒肉，所得不多。蒯公子说张琏豪爽，也未必是真，粗野则有之，这种客人实在不好接待，日后倘然伺候得不周到时，少不得吃他的打，也未可知，所以曾在小莺面前叽叽咕咕。小莺也因张琏为人丑恶而狂野，哪里是个温存体贴的知心客？只因自己身在娼门，不敢不强颜承欢，而孙高崧是个富商之子，和自己很熟的，常有缠头赏赐。昨晚到来，显见得他有意钟情，不料反被张琏骂走，这事也不是心中愿意的。今日张琏却又一早闯来，自己尚是第一次接到这种客人，心里不免有些忐忑。现在眼见张琏一出手就是一百两纹银，果然是个豪爽的客人，所以母女俩立刻脸上堆满了笑容，连声道谢。张琏要紧上县衙去，立即起身说道：

“我不多坐了，晚上再来。”

薛家妈道：

“张大人你早些来，我家小莺要盼望的。”

小莺也对他横波一笑。张琏的一颗心不由跃跃而动，哈哈笑道：

“不劳盼望，我一定早来。”

说了这话，大踏步走下楼去。薛家妈送至门前，见张琏去远，不禁点头自语道：

“小莺在这个黑炭团身上，多少可以代我捞摸些钱来了。”遂关门进去。

张琏到了县衙中，一颗心仍系在小莺身上，挨到下午申刻时候，衙里无事，他就早一刻退衙，先至浴堂中去洗了一个澡，然后跑到小莺家中来，已近掌灯时了。今天小莺对张琏格外献媚，等到张琏一进妆阁，马上含笑叫应，代他脱下外面的长衣，拧上手巾，代张琏揩脸，坐在张琏身旁，巧笑软语。

且说已有两三个客人前来，都被她婉言谢绝而去的。张琏握着她的柔荑说道：

“这样很好，足见你一心对我，我老张绝不忘记你，不久我发了财，富贵同受。”

小莺听张琏又想着发财，不知他将要发什么财，谅是傻话，不觉暗自匿笑。薛家妈却高高兴兴地置着精美的肴馔，请张琏大饮大嚼。今晚只有张琏和小莺二人对酌，小莺殷勤侑酒，张琏一边和小莺说笑，一边举杯痛饮。薛家妈时时上楼来亲自招呼，张琏对薛家妈带笑说道：

“你家小姑娘实是可爱，我今夜要狂饮个醉，醉后便住在这里，不回去了，你们以为如何?”

薛家妈道：

“多蒙张大人宠爱小莺，便请在这里住一夜，只要张大人怜惜她就是了。”

张琏点点头道：

“这个自然知道，我明天再赏你们，我老张只要事事爽快，钱是情愿用的。小莺姑娘玲珑娇小，天仙化身，我老张情愿一世厮守着她，不久发了财，你们都受用。”

薛家妈道：

“靠张大人的洪福，小莺终身得有依附了。”

小莺却装出万分娇羞的情态。张琏越看越爱，心神无主，只顾狂饮着酒。这夜张琏竟喝得醉醺醺的，忘其所以，赖在小莺妆阁里不归。小莺也灭烛留髡，竭尽狐媚。张琏久做鳏鱼，一旦得此艳姬，顿觉魂销真个，一夜绸缪，万种恩情。

次日，张琏起身，小莺又在一边侍奉巾栉，他就叫小莺从此不必再出外去做神女生涯，他可以供给一切用场，稍缓再要量珠十斛，载归家园。小莺当然依从，他就离了薛家，奔回家中。谁知慧珠守了他一夜，父亲没有归来，她也不肯睡眠，所以见面就泪珠盈盈地问：

“父亲昨夜醉倒在哪里？为什么通宵不归，空劳守候？”

张琏知自错了，很可怜他的女儿，知道慧珠的脾气便是这样的，遂用好话安慰她一番，又拿出五两银子给了慧珠，其余的一起带在身上，仍到县衙中去。临行时又对慧珠说道：

“这几天我有一个朋友，在那里有些事情，要留我住在他家，所以我将有好几天不归家，你独自好好儿守在家中，不要盼望我。夜间早些安睡，如有什么人来找我，叫他们到县衙里来便了。”

慧珠诺诺连声地答应着，张琏遂又去了。傍晚时候，他又到小莺那边去寻欢作乐，真是英雄难逃美人关，他在温柔乡中消磨时日，是不知不觉的，胡帝胡天，乐不思蜀，一连已有五天。小莺有了张琏在家，也不再出去鬻歌侑酒，用她的色笑来伺候这位草莽英雄。这一个晚上，张琏正在小莺妆阁中箕踞高坐，引觞快酌，小莺坐在一旁，拿着琵琶代他侑酒，要他点一支歌曲。张琏笑道：

“你唱什么都好，我也不会点戏，那晚醉月楼上你不是唱过一支《长相思》的小曲吗？好听得很，你代我再唱一遍。”

小莺答应一声，遂弹着琵琶，曼声唱得一半。张琏仰着头，静静地听，忽见薛家妈走上楼来，站在门首，又露出欲语不语的样子。张琏瞧见了，遂喝一声薛家妈：

“你做什么又是这样蝎蝎螯螯的？莫非那个姓孙的小子又来了吗？老张今天不把他撵走，也不能再在潮州称雄了。”

说着话，露出盛气呼呼的样子。

第三回

求一士南澳宿渔家
集群英西沙探宝窟

薛家妈见张琏又将发作，遂向他摇摇手说道：

“大人且慢发怒，此刻楼下果然来了一位客人，但那人并非姓孙的，乃是张大人的朋友，特地到此拜访的，故来问一声要不要会见他。”

张琏听了这话，不由一怔道：

“我老张的朋友吗？他是谁？怎会知道我在这里而来寻找呢？奇了，你没有问他的姓名吗？”

薛家妈答道：

“他姓林，就是那晚在醉月楼上和张大人、蒯公子等一起同饮的，我还认识他。”

张琏听着，立即跳起身来说道：

“原来是他，你何不早说？这是自己弟兄，如何不让他上楼来相见呢？”

说了这句话，跟着大声喊道：

“林兄弟，你请上楼来吧！我在这里。”

薛家妈刚才回身走出时，只听楼梯上噌噌的一阵响，林道乾早已岸然闯入小莺的妆阁，见了张琏，便点点头带笑说道：

“这几天不见大哥的面，果然在这里流连忘返，乐不思蜀了，我天天等你来，等得好不心焦。昨天下午跑到府上去，遇见你家慧珠小姐，说你住在外面，叫我到县衙里来看你，但我走至衙中时，你却又跑出去了。今日我遇见小蒯，知道大哥正在此间享受温柔滋味。好！你果然是个好色的英雄，这也不能怪你的，但是你要办的事怎么样了？难道就此忘怀了吗？”

张琏道：

“林兄弟，我哪里会忘记？明日准备去了，幸恕荒唐。”

道乾笑道：

“大哥还没有忘记吗？并不荒唐。”

说着话，又回头对小莺说道：

“小莺姑娘，我们的张大哥待你可好吗？我想一定不会错的，你也要一心一意地待他，那么英雄美人，天作之合了。”

小莺低着头不语。张琏拖过一张椅子，请道乾坐道：

“你也来喝一杯。”

道乾就毫不客气地坐下，小莺吩咐兰子添上一副杯箸，自己提着酒壶，代道乾斟满了一杯，三个人团团坐下，开怀喝酒。张琏瞧着林道乾说道：

“林兄弟，凡事自有天缘，我老张自丧偶以来，此心几如古井，唯有醉乡是我唯一消磨光阴的所在。想不到那天在醉月楼席上瞧见了小莺姑娘，一颗心便控制不住，所以委托小蒯为媒，陪我至此。从此醉乡之外又有一个温柔之乡，岁月更是易过，你该为我庆贺，但林兄弟的年纪也不轻了，为何蹉跎年华？不想早示室家之好呢！难道你真的要做鲁男子吗？”

林道乾叹道：

“人非木石，孰能无情？我自从未婚妻袁氏病死以后，对于家室两字，不知怎的便淡薄了不少。况且我们都是昂藏七尺之躯，总须干一番伟大的事业才好。温柔乡中究竟不是长恋之所，还须急起直追的好。”

张琏正举起酒杯要喝，听了这话，不由心中陡地警惕，放下酒杯说道：

“林兄弟，你说的话都有刀锋刺在我的心里，今晚我实觉惭愧。”

道乾又道：

“张大哥，我的话也并非为你而发，实因我有几个朋友，年来常往南洋群岛去经商，贩运货物，听他们回来说起，那边土地肥饶，出产丰富，土人又多愚鲁。若是我们一旦能够把那些地方收入版图，派遣得力人员去经营，其利无穷。况且我国闽、粤两省的人，住在那边的，其数也不少，那些华侨因没有团结力，所以有时常要受到土人的欺侮。但土人还可对付，唯有那些从西方来的白种人，精明强干，枪械犀利。他们的商船大都有兵保护，来到那些岛上，对土人威胁利诱，把许多良好的大小岛屿逐渐占夺而去。我们的华侨势力薄弱，无法抵抗，以致俯首帖耳，受他们的压迫，那地方的势力几乎全在白种人掌握之中了。以前我朝郑和奉使南征，诸番邦都入朝进贡，然而现在中国的威力衰微了，他们只知畏惧白种人，土地上的财源全被白种人抢去。倘然我们国家没有人去和他们对抗时，将来我们的华侨势将无立足之地，所以，我想男子汉大丈夫若不能在国内立功建业，也须到海外去轰轰烈烈地干他一番，庶几他日可以功在生民，名传竹帛。”

张琏听了林道乾的话，不由拊掌称快道：

“道乾，你说得很有志气，足见你的雄心勃勃，我老张也是不甘久居人下的，永远做个小小库吏，有何足道？且待我们得到了那个宝……”

张琏说到“宝”字，林道乾早向他使个眼色，张琏忙改口说道：

“异日若有机会，我当和你们一同往南洋去走一遭。我老张吃软不吃硬，不怕的。”

道乾道：

“正是。我们今天放在心上，他时见机而作，我想只要有志向，别的都不打紧的。”

说罢，举起杯来，一饮而尽。小莺虽然坐在一边，也不知道他们说的什么宝藏，只知林道乾很想到南洋去做生意，张琏十分赞成罢了，仍是很殷勤地代二人侑酒。林道乾的酒量不及张琏洪大，喝够多时，自己恐怕醉了，便要告辞。张琏却不多留，便和道乾约定明天一早，他到林家来计议，不再爽约，于是林道乾去了。张琏依然宿在小莺处，尽情欢娱。

次日清晨，张琏打叠起精神，预备要干他的事。小莺代他梳栉时，他就对小莺说道：

“昨晚林爷来，约定今日我和他要到南澳岛去探访一个朋友，有些事情要办妥的，所以我今天也许不能回转，暂缺一宵。你好好儿早早睡眠，不要出去鬻歌。后天我就要回来的。”

小莺一一答应，坚嘱他无论如何后天必要来此。张琏已和小莺讲明白了，用过早饭，立刻跑到林道乾家中来。道乾已在书室中恭候，林二姑也在一起，她瞧着张琏，不由微笑。张琏知道她已知道自己宿娼的事了，不禁面上一红，说道：

“你们兄妹好早啊！这两天幸恕荒唐。”

一边说，一边拿过一柄蒲扇连连挥摇。因他走了急路，走得满头是汗，林二姑忙叫小婢端上一盆水来，给张琏洗脸，又献上香茗。林道乾等张琏坐定后说道：

“张大哥得来的东西，藏在我家数天了，如不赶紧前去搜寻，恐怕泄露了秘密，或为捷足者先得，反为不美。你所说起的魏南鲲，要不要早日去请他相助？”

张琏点点头道：

“林兄弟说得甚是，前月我和南鲲见过一次面，他曾约我在这几天内要来潮山城外和鱼商算账，所以我想稍待，但连日不见他来顾我，大概他没有来。现在不必再等他了，就是今天我和你亲往南澳走一遭，和他约定之后，便可决定动身之期了。”

林道乾道：

“今天就动身吗？”

张琏道：

“我的脾气除非不干，若要干时，立刻行事。我们马上到海滨去雇了渡舟到南澳岛去，下午即可登达彼岸，会见南鲲。我想魏南鲲性情爽直，和我老张差不多，此事他必然欢喜加入，我们有了他时，人手工具什么都有了，何患不能成功呢？”

道乾听了，喜滋滋地说道：

“我今天准随大哥前去。”

于是道乾到内室去更衣，这里林二姑伴着张琏闲谈。二姑性喜武术，所以谈些武艺上的门径。一会儿，道乾早已走出，头戴纱巾，身上换了一件淡湖色的纱长衫，腰里束了一根丝绦，足上套一双薄底快靴，他究竟年纪比较张琏轻得多，状貌更见英俊。张琏赞了一声好，于是二人立刻要走，林道乾叮嘱他妹妹守门，又派人去两处告了假。两个人飞步出城，到驿站上借得两头快马，各自骑着来到海滨渡处。

日已近午，两人便在一家小酒店里吃了午饭，把马交与店家好好看管。好在一提起张琏大名，没有人不小心伺候的，二人便至海滨。恰巧有一艘渡船正开往南澳去的，二人付了舟资，下得船后，在人丛中觅得一些隙地而坐。这船上的人大半是些渔户，其余都是商人农夫之类。那天海面上只有微风，所以海浪并不高大，船身兀自上下颠簸着，船头上挂起两道大帆，向南边海中疾驶而去，海水映着阳光，好如一片豆沙色的锦绮。远远地，岛影点点，露出在水平线上面，也有几艘大渔船泊在海中网鱼。张琏瞧着海天景色，恨不得一阵风便把船吹到了南澳岛。林道乾却冥想那个三字经的歌诀，好像自己正在做一幻梦，这个梦不知是真实的呢，还是虚空的。倘如果在说明书上所说的富可埒国，那么自己又将做什么呢？做一个富翁，优哉游哉，老死牖下吗？恐怕不但非自己所愿，而张琏也不能够如此啊。

舟行多时，早瞧见前面有一个大黑影浮在海面，张琏指着林道乾说道：

“南澳岛到了，不知他可在岛上？倘然到了别地方去，那是徒劳往返了。”

旁边有一个渔人听他们说话，早抢着问道：

“你们两位爷到南澳岛来访问哪一个？”

张琏答道：

“闹海蛟魏南鲲。”

渔人道：

“原来是找魏爷的，昨天正是他三十大庆，岛上人代他做寿，别处来的宾客也不少，非常热闹。你们两位为什么不早来一天呢？”

张琏听了渔人的话，便把手捏着拳头在膝上敲了两下道：

“我真是糊涂虫！南鲲今年正是三十岁，他的生辰我竟忘记了。若是早一天来时，岂不是好？”

林道乾笑道：

“你不早和我来吃寿酒，却是痴汉等老婆，想候他来潮城，这都是小莺耽误你的，一个人心无二用啊！”

张琏点头微笑。说着话，渡船已至南澳岛下，帆入港，撑到渡口，系缆泊住。张琏遂和林道乾走上岸来。

这南澳岛正是一个不大不小的岛屿，和潮州一衣带水，相隔不远，岛上居民大都是渔户。魏南鲲是岛上最著名的渔户，行侠仗义，济危扶贫，岛上人没有一个不敬爱他，事无大小，只须南鲲一言，谁不顺从？所以，魏南鲲俨然如一岛之主，威力很大的。张琏和他结识也已有数年了，前年他曾到过这里，所以认得魏家的门墙，林道乾紧跟着张琏前行。

岛上树木甚多，到处绿荫。这时，红日已渐渐落西，天空中一片云霞如天帝散布绮縠。居住房屋大都简陋，门前场上都晾着渔网，又有一串串的腌鱼干晒在竹竿上，鸭子也养得不少，池塘中、水岸上，乳鸭成群，完全是个渔村化。两人曲曲折折走了不少路，只见前面有一带高大的屋宇，蛎墙竹篱，修竹丛花，门前还有数株榕树。张琏走到那里，回顾林道乾说道：

“魏家到了。”

对面是一个空旷的渔场，场上大大小小的渔网上下晾着。二人正在门口立定，早有一个似用人模样的汉子一眼瞧见了他们，马上走过来问道：

“你们二位不是这里岛上人，想要找谁？”

张琏道：

“我们便是来拜访你家主人魏爷的，不知他可在府上？”

汉子道：

“原来是我们魏爷的朋友，请问二位贵姓？”

说着，眼睛只望二人上下打量。张琏道：

“烦你到里面去说，潮州张琏有事相见。”

汉子答应一声，回身跑向里去。一会儿，早见一个壮士跟着汉子大踏步走至门外，向二人拱拱手道：

"原来是张大哥惠临，有失迎迓，抱歉之至。"

林道乾看魏南鲲头上束着发髻，身披一件黑色布衫，脚踏麻鞋，十分朴素，而面貌却生得剑眉虎目，魁梧英武，较前又见丰腴了。张琏道：

"魏兄弟多时不见，豪兴如何？听说昨天你府上大做生辰，我们来迟一步，未能奉觞上寿，只得补祝了。"

魏南鲲道：

"小弟年已而立，无所造就，哪里敢做什么寿？都是渔户们凑热闹，借此喝些老酒而已。两位请里面坐。"

张琏指着林道乾说道：

"魏兄弟你认识这人吗？"

魏南鲲道：

"我似乎在哪里见过的，是不是贵姓林？"

张琏点头道：

"对啦！他是我的林兄弟林道乾，现在潮州郑守将帐下充当裨将，也是个豪杰之士，我老张一向很看重他的，所以此番特地邀他同来拜访。"

魏南鲲道：

"钦佩钦佩。"

一拉手，让二人进去，陪着二人走到一个客室中，分宾主坐定。那客室陈设虽不华丽，而颇雅净，壁上却挂着一柄宝剑和一柄六尺多长雪亮的渔叉。朝南两扉窗敞开着，窗外有一很宽大的天井，植着花草，有一株很大的垂杨，高出屋檐，柳丝飘荡，映得门窗都绿。小厮献上茶后，林道乾和魏南鲲约略说几句客气的话，魏南鲲谈吐豪爽，毫无半点儿拘束，他就问张琏道：

"张大哥今天怎有闲暇和这位林兄到这小岛上来？可有甚事？需要小弟，小弟愿听差遣。"

张琏说话也喜欢直接痛快的，两眼向左右一望，见有一个送茶的小厮站在门口，便道：

"今天我到这里来，是有一件很重要的事和你秘密一谈，征询你的同意，这里没人来的吗？"

魏南鲲听说，立即回头对那小厮说一声：“你不必在此。”又走去把室门轻轻关上，移一张方凳在张琏面前坐下，低声问道：

“张大哥有什么重要的事？这里无人来的，你尽说不妨。”

张琏又向窗外望了一望，见静悄悄地没有一个人影，便将自己如何遇见剪径贼，得到秘密的地图和三字歌诀的说明书，以及剪径贼口里所说番僧的事，一是一，二是二，原原本本地奉告与魏南鲲听。且说自己不管这事的虚实，决定要和林道乾前往那里按图索骥，挖掘藏金，但因自己缺少船只，不明海中航路，所以特地到此，要请魏南鲲相助一臂之力，以期达到愿望。魏南鲲听了张琏的报告，很是欣喜，叉手说道：

“蒙大哥不弃，小弟十分愿意跟随同往。西沙群岛那边的航路我们都很熟悉的，在我这里有一十五六只渔船，都可航海，可以挑选船身最好的几艘，以备应用，多数的渔户都是我的心腹，要几个人同去也是极便的事。倘然那边果有黄金，这是天佑大哥，我等一同快活。”

张琏道：

“照说明书上说是很多的，我们要合着有福同享这句话，大家发财，我老张绝不想一人独享其利的，我们最重的是义气。”

魏南鲲道：

“张大哥的性情我也一向知道的，张大哥怎样说？我们无不乐从，不过我听说琼崖那边海盗十分猖獗，纵横海上，常出劫掠。我们此去倘然得到藏金，行动也要谨慎，不要便宜了他人啊！”

张琏道：

“海盗的气焰嚣张，我也知道的，内中有几个，以前和我老张也有过交情，老张遇着他们，恐怕也没有什么阻挡。万一那些乳臭小儿不够交情时，我们三个人都不是怯夫弱虫，和他们拼一下子，何惧之有？”

魏南鲲笑道：

“张大哥说得不错，那么我们预备何日前往？”

张琏瞧着林道乾说道：

“林兄弟，你看我们要不要选个吉日？”

林道乾道：

“事不宜迟，今天是二十日，我想我们回去略事预备，大后天便可动身。”

张琏说声好，魏南鲲道：

“那么今晚你们下榻敝舍，明天可以回潮城，后天必须赶来，大后天方可动身，我当早为预备两只大舟，挑选十分健硕的渔哥儿一同前去便了。”

三人商议已定，天色已晚，魏南鲲早命厨下端整一桌丰盛的筵席，安排在后园茅亭里，为张、林二人洗尘，便陪着二人走至后园亭子里去坐。掌上明灯，又邀请两位客人前来相陪，其中有一位姓孙名天禄，是魏南鲲的结义兄弟，年龄比较轻数岁，生得非常雄健。经魏南鲲介绍，他和张琏、林道乾认识。

且说孙天禄一向在浙闽两省为客商保镖的，武艺很好，只因误杀了人命，故逃匿在此。孙天禄也久慕张琏的大名，一见如故，大家坐着，举杯痛饮。张、林二人因为恰逢魏南鲲三十华诞，所以各各举觞上寿，补祝生辰。魏南鲲一一喝了，也还敬二人各一杯，且饮且谈，所谈的无非江湖逸闻。张琏又说：

“潮州县十分贪婪，常常枉法害民，私下积得不少造孽钱，人民怨声载道，而当道不闻不问，和他一鼻孔出气。去年又逢水灾，五谷歉收，一班小民逼于饥寒，铤而走险的也不少。”

魏南鲲道：

“可不是吗？我们以渔为业，在海面上冒着风波之险，辛苦得来的钱却被官中加重渔税，都被贪官污吏搜刮了去，好不可恨！”

张琏道：

“贪官污吏真是可杀，我老张在旁看得肚子也气破了。”

林道乾笑道：

“你做库吏的，不也是个污吏吗？”

张琏道：

“我老张虽做小吏，却眼看别人捞摸油水，自己一个不义之财也不要，宁可做傻子，更加自己脾气高傲，不会向上司掇臀捧屁，舔痔吮痈，所以常常要饔飧不继，哪里有半个大钱会存起来呢?”

魏南鲲道：

“因此人家都赞美张大哥的义气，他人是污吏，你却是廉洁的啊!”

张琏听了十分得意，举杯畅饮。等到酒阑席散，张琏已是大醉，他和林道乾同在客室住下。一宵易过，次日起身，张琏、林道乾遂别了魏南鲲，仍坐渡船回潮州去。一到海岸，仍至那家小酒店里，乘着自己的马进城，入得城后，和林道乾约定明日见面。林道乾自回家中，张琏仍至小莺那里歇宿。小莺问他究竟到南澳去干什么事的，张琏却忍不住对她说道：

“我的乖乖，这事你可不必管，少停自会知道。明天我还要同我的友人到南海岛上去一遭，约隔十天八天必要回来的，并且还有一个好消息要告诉你。此番出去之后，我快要发财了，发财后，一定可以把你娶回家去，金银珠宝尽你享用。”

小莺听张琏如此说，有些不信，微微一笑。张琏也知小莺不能相信，遂又说道：

“你不要当我说梦话，将来你自会明晓。须知我这个人是不会说诳的，一定发财。”

小莺道：

“但愿张爷能够发财，我自然也快活的。”

这夜，张琏仍在小莺处继续寻他的欢娱。次日清早，他有事在身，不敢贪恋枕席，立即起身，梳洗毕，恰乃薛家妈端着早点上来，请张琏进食，张琏一看碗中乃是满满的三鲜大面，正合胃口，连忙用箸吃面，一面吃，一面对薛家妈说道：

“我又要出外去数天，这件事很重要的，我不得不亲自去走走，回来时一定将金银重重赏赐你们。我已和小莺说过，他日我要娶她回去，你薛家妈也可得一笔钱养老了!”

薛家妈道：

“这要靠张大人的洪福。”

张琏又道：

“我出去后，你们好好守在家中，不必出去卖唱，不要贪小利，我老张绝不亏待你们。”

薛家妈道：

“张大人如此吩咐，怎敢不依？我们现在便靠你的赏赐了。”

张琏一听这话，便要伸手向袋里取钱，可是阮囊羞涩，安来黄白之物？他明知此番出外，最好给她们数十两银子，做她们的家用，可以安慰她们的心，然而自己两手拮据，一囊如洗。没处可以张罗，又不便再向小蒯去借钱，只好委屈她们一些了，便道：

“你们相信吗？我此番出去，将要大大地发财，回来时自有大大的赏赐给你们，请你们等着吧！”

薛家妈答应一声，眼睛向小莺看看，似乎张琏夸大的狂话未可全信，这次出去却不拿些银钱出来，心中很有些不满意。张琏是个粗人，也不留意，他吃完了面，揩过嘴，披上长衣，又握着小莺的手说道：

“我很抱歉，这几天不能来陪伴你了，你能忍受着寂寞吗？我真不忍和你分离，但因我要想发财，却不能不去，你能好好儿为我守着，后福无穷。我老张绝不失约。”

小莺道：

“很好，我准等候你早日回来，你不要没有良心。”

张琏道：

“十天为期，回来时包你欢喜。”

说着话，又把小莺的手紧紧地握了两下，方才回身走出房去。薛家妈见张琏下楼，别转脸去对小莺扮了一个鬼脸。张琏离了薛家，回至家中，见他的女儿慧珠正在织布，慧珠一见父亲返家，好不快活，连忙说道：

“爹爹怎么多日不归？敢是在外面吃酒赌钱吗？”

因为张琏性嗜赌博，所以慧珠料他如此。张琏道：

“你爹爹快要发财了，所以在外边有事忙碌，你且安心在家，我明日要同林道乾等一行人到南海去走一遭，多则半月，少则十天，必要回来。如有人来找我，你只说不在家，不要多说什么，我回家时你才知道我做的什么事呢！”

慧珠平日本不管她的父亲在外做何事，所以点头说道：

“爹爹早日回来。”

张琏又问她家中的钱可够用吗？慧珠道：

“我一个人哪里用得许多钱？你前次给我的还多着呢！”

张琏笑笑，他为着要到衙署里去，所以不再在家中逗留，立即赶至县衙，向县官推说亲戚处有事要办妥，故须赴南海一游，请假十日。翁知县平日见着张琏有些忌惮三分，知道他的性情如劣马不可控御的，所以无可无不可地答应。张琏饭也没吃，又赶到林道乾家中来。林道乾正和他的妹妹林二姑一同坐着等候，相见欢然。张琏告诉他们兄妹说，自己的事已办妥，还有两个弟兄想招他们同去，停一刻再去找寻。林道乾也说他已请得十天假期，他妹妹也欲同去看看。张琏听了，便对林二姑说道：

“二姑娘愿意同往吗？这是很好的事，我们此去是带着几分探险性质，途上说不定遇见了海盗，或有一场厮杀。二姑娘的本领是很高强的，此去也足为我们的臂助。”

林二姑微笑道：

“我的武术是浅尝薄涉，一无足道，此去不过跟你们去一探神秘的宝藏。好在有你们诸位督队，还怕什么小丑吗？”

张琏道：

“姑娘说得是，你们都预备好了吗？”

林道乾道：

“行李齐备，连防身的家伙都带着，地图说明书也在妹妹身边。”

张琏道：

“很好，我已不及预备，到那时随随便便，现在你们等着我去找两位弟兄，他们对我很出力的，我少不得他们。”

于是张琏匆匆别去。一会儿，带了两个大汉同来，介绍和林氏兄妹相识，一个姓魏名三虎，一个姓邝名刚，都是张琏的患难弟兄。邝刚是摆番摊的，张琏常到那边去纵博，输了钱，邝刚一五一十地借给他，他十分义气。林道乾已同他妹妹将午饭端整，大家赶快吃了午饭，立即动身来至海滨。幸亏尚有一艘渔船正要开回南澳去的，张琏遂和他们商量借坐，一经说明是魏南鲲的朋友，立刻许诺。他们一行人坐了渔舟，驶至南澳岛时，天已黑了，上得岸，张琏引导着投奔魏家。魏南鲲接见之后，对张琏说道：

“你们怎么来得这样晚？我等候了一天，眼睛也几乎望穿了。”

张琏道：

“魏兄弟这个期限实在约得太局促了，我一回潮城，没有片刻工夫稽留，马上赶来，真是急于星火了！”

魏南鲲道：

“这事愈快愈妙，我是急性的人。”

说毕，哈哈大笑。他恐怕众人肚子饿，忙设筵席请众人大嚼，他和孙天禄坐下首奉陪。林二姑最是豪爽不过的，一毫没有女儿家羞涩之态，所以坐在一起。魏南鲲知道是林道乾的妹妹，格外敬重，孙天禄也尽把一双眼睛斜视着林二姑，浑身又婀娜又刚健，像这种美丽的小姑娘，生平还是第一遭遇见呢。

席散之后，魏南鲲安排两间客房，请他们下榻，好在魏家房屋宽大，常有客人往来寄宿的，尽够容留。次日，大家起身，准备动身出发。魏南鲲早已预先挑选得两艘大渔船在海滨泊着等候，又选定十名雄健的渔哥儿，带着畚铲之属，以及防卫的武器，此外干粮、淡水、指南针，以及一切应用之属，也都备齐。早餐后，请张琏等下船，张琏拍着魏南鲲的肩膀说道：

“我早知魏兄弟精细能干，所以此次前去，必要仰仗你的力量，方能成事。”

魏南鲲道：

“我有何能？张大哥差遣，自当格外出力。”

于是大家走到海滨。张琏瞧见两艘高大的渔舟，舟首立着几个赤膊雄赳赳的渔哥儿，搭起长长的跳板，正在招呼众人下船，他不由喝声好。下船后，魏南鲲便叫掌舵的开船，于是张琏、林道乾、林二姑、魏三虎、邝刚和魏南鲲、孙天禄等以及十名渔哥儿，一共十七人，离开南澳岛，驶向西沙群岛而去。各人心里都怀着热烈的希望，张琏对于水路不甚熟悉，林道乾却也稍识航路，他和魏南鲲展开地图，沿着路线，向海天浩渺之中进发。两艘渔船都挂起三道巨帆，破浪疾驶，美丽的海鸥张着雪白的翅膀，绕船飞集，林二姑瞧着，默默地想着她芳心里的事。

幸亏这几天风平浪静，没有遭着险恶的风涛，大家盼望早一天到达西沙群岛，魏南鲲等看着指南针，没有走错方向。

约莫舟行五六天之后，早遥见西沙群岛点点黑影浮起在海面上，好似妇女的发髻。魏南鲲知道特里屯岛是在西南角上，所以舟至西沙群岛，把准了舵，只是绕至南面去。这一天，魏南鲲和张琏、林道乾都用望远镜在船舱外向南遥瞩，魏南鲲指着南面一个小岛，对张琏说道：

“这个就是特里屯岛了，不错的，我去年也曾驶过这里，一定是了。”

林道乾也把地图详细展阅，笑嘻嘻地说道：

“大概是的，这岛的南面没有别的岛屿了。”

张琏心里充满着一团热望。到正午时，两艘大船已至特里屯岛，拣海滩礁石稍少的地方，首尾相接地抛锚泊下。张琏等瞧望岛上树木很多，也有矗起的山陵，不像没有人住的地方。大家欣欣然都想登岸，于是张琏、林道乾、林二姑、魏南鲲等四人首先走上岸去，观察形势，海滩边十分难走，幸亏他们都是有本领的，所以履险如夷。登了岛，见岛上面积不大，树木很多，张琏急于要发现宝藏，无心游眺，急匆匆地向前走。穿过了一个林子，将近悬崖，果然那边有许多松树，正要取出地图对照，林二姑把手向前面一指道：

“这是什么东西啊？”

众人跟着她的手一看，忽见那边松树下有几个帐篷扎在那里，像是有人居住的，方知已有人先到这里来了，都不由突地一怔。

第四回

活虎生龙海滨喋血
惊风骇浪节外生枝

张琏回头对众人说道：

“怎么已有人在此？大概宝藏已被人家得去了。”

他踢足嗟叹，林道乾道：

“我们且去探看一下再说。”

等到他们走至帐篷前，只见有两个广东人钻将出来，问他们道：

“你们这些人到此做什么的?”

张琏见是同乡，便道：

“我先要问你们来此做什么的?”

一个广东人道：

“我们老实告诉你们说，那岛上正有一群海盗在此做秘密的工作，你们不必多问，快快去吧！否则性命难保。”

张琏听了这话，正待发作，林道乾早抢着说道：

“我们是经商的船路过这里的，你们放心，绝不妨碍你们的事。”

两个广东人听林道乾说话和气，便又道：

“既然如此，你们快快回船去吧！少停他们来了，你们绝无便宜。”

张琏正要再问，林道乾把他衣袖一拉，说道：

“我们走吧!”

张琏不明白是何意思，只得跟着一齐走回，但回头已见林子西边有许多武装的人走过来了。张琏等回至船上，讨论这事，张琏说道：

“林兄弟，你叫我们走回船来，是何意思？那两个广东人明明是虚声恫吓，我们何必怕他们呢？”

林道乾道：

“当然那些鼠辈何足畏惧？但我恐怕误了我们的大事，所以还是暂时忍耐为上。”

张琏问道：

“那么依你的主意怎样办呢？”

林道乾道：

“我们虽然不知他们的底细，但是宝藏总是已被他们发现了。我们此刻和他们争夺，不甚方便，不如待至晚上再到这岛上来动手，把那些来人一个个杀光，然后夺取黄金，岂不是好呢？”

魏南鲲点头道：

“这个主意很好。”

张琏拊掌称快道：

“我老张总是莽撞一些，有林兄弟教我便好了。”

众人说话时，林二姑忽然把手向船窗外一指道：

“你们快瞧，那些人又来了。”

张琏等跟手向外一望，果见那些人蜂拥似的杀奔船上而来。张琏冷笑一声道：

“他们都要来送死，此刻不必再和他们客气了。”

说罢，便从舱里取出两把双刀，握在手里，又说道：

“弟兄们，预备吧！”

林道乾走至船头上看时，早见那两个广东人跑在前面，见了林道乾说道：

“你们这一伙人究竟是从哪里来的？为何在此逗留不去？现在我们不许你们的船停泊在此，见机的快些退去，莫再迟延。”

海盗一字儿地远远地站着，听二人和林道乾讲话，手里都举着刀枪弓矢，准备厮杀。林道乾道：

“我们来此并无恶意，请二位转告，不要苦苦相逼。这个特里屯岛不是私人的土地，任何人都可以来的。”广东人听了林道乾的话，便道：

“这事你不要管他吧，有理讲不清的，你们还是速即离去此岛为妙。”

林道乾正要答话，张琏早已虎吼一声跳出舱来，大喝一声：

“哪里来的小子？我张爷偏不怕你们！”

话犹未毕，扑的一支弩箭已从海盗那边射向张琏头上来，张琏提刀迎着稍往下一击，这支箭落向水里去了。海盗齐声呐喊，冲向船上来，张琏又是一声猛喝，跳上岸去，舞起双刀，杀入海盗队里。邝刚、魏三虎生恐张琏一人吃亏，一个使剑，一个使刀，跟着杀上岸去接应。到了这个时候，林道乾已知一场战争不可避免，立即回进舱中，取出他常用的一柄青龙大环刀，回顾林二姑道：

“我们快动手吧！”

林二姑也早握着一对双股剑，兄妹二人跟着也就跳上岸去。魏南鲲托着一柄雪亮的渔叉，孙天禄提着鸳鸯锤，和几个持械的渔夫们一齐上岸，跟着张琏、林道乾等在海盗中间生龙活虎般地左冲右突，猛力厮杀。海盗虽勇，哪里是他们的对手？不待魏、孙二人动手，早已杀得七零八落，东倒西横，剩下的数人都泅水而逸。那两个广东人吓得手足瘫软，呆呆地立在一边，瞧着地上的尸骸，一步也走不得。林道乾过去将刀一扬，喝问道：

“你两个瞧着吧！不要说这二三十个人，便是数百数千也不在我们弟兄的眼上，你们如要活命的，快快实说，那些海盗到这岛上来，是不是在那悬崖下挖掘藏金？可曾取得几多？”

此时，张琏、魏南鲲等一齐过来，听他们的口供。那两个广东人见了众英雄的威风杀气，怎敢不说？有一个早说道：

“这一伙海盗都是从舟山来此搜掘藏金的，他们本来常在各海岸从事剽劫的生涯，杀人放火，无恶不作。我们至泉州贩卖货物，都被他们掳去，罚做奴隶。因为我们俩会说他们的言语，而且浙、闽、两广的言语都通，所以命我们做他的舌人，为他们翻译语言。同伴共有七人，先后都不堪他们的虐待而死，只剩我们两人了。他们此番到这特里屯岛来，是因前两月在海上虏获一艘商船，船上有一个番僧，哀求他们不要杀他，他愿意引导他们至西沙群岛搜寻宝藏。当时盗魁田吉闻言大喜，便把番僧好好款待，要他说出实情。那番僧遂去取出一张地图和说明书，老实奉告，田吉志欲夺是金，允许掘得宝藏之后，当以十分之二报酬番僧，于是田吉带着他手下的人数十名，驾着海舶泛海至此。舟至东沙群岛附近，不知为了何事，那番僧忽触怒了田吉，发生凶殴，田吉打了他一顿，还要持刀砍他，那番僧没处躲避，往海中一跳，在波涛中葬送了他的性命，真也可怜。”

广东人说到这里，张琏、林道乾听着，方知那番僧是被海盗逼迫而死的，但是番僧的来历始终不能明白，仍是一个闷葫芦。广东人接着说下去道：

“田吉逼死了那番僧，意欲独得这里的宝藏，而不使这事泄露与外人知道。在他的身边早已另有一张地图和说明书，是他在途中向番僧逼着抄写下来的，他早有杀却番僧之心了，然而那番僧跳海之后，田吉还深悔没有从番僧身上取出那原有的地图与说明书来，恐防给他人得了去，别生枝节。大家都说番僧死在海中，早葬鱼腹，绝不会落到他人手中去的，况那说明书难解得很，他人更不易知晓。”

广东人正在诉说，张琏却忍不住大声说道：

“你们说不会给他人得去吗？哼！这真是天意了，谁叫那贼子逼死番僧，现在老实告诉你们吧，那地图和说明书都给我们得到了。我们到此，也和你们一样是要挖掘宝藏，却不料给那些海盗抢了先去。现在你快告知我们，田吉是否已死在这一伙人中，岛上可有别的余党吗？”

两个广东人听了张琏的话，不由更觉震骇，瞧着张琏的面说道：

“原来你们也是到这岛上来掘取藏金的吗？那么海盗合该遭殃了。田吉不在这里，他留下的海盗都被你们杀死，只有几个泅水逃去的，岛上的居民很少，早被他们驱逐到别处去了，不过计算日期，田吉明后天又要来了。”

张琏道：

“他若来时最好，我老张倒要会会他。”

于是张琏、林道乾等五人仍留孙天禄、魏三虎同渔哥儿守船，他们便押着这两个广东人，重又走到那个地方去。见帐篷内早已空空的，没有一个人影，只留着锅灶卧具等一切什物，打开外绕的铁索，走到里面一看，只见有几株高大的松树，都被海盗连根拔起，倒在一旁，悬崖之下掘有一个很广的坑堑，上面都用芦席盖住。张琏走过去，掀起一边的芦席，向下张望，约莫有二丈多深，幽黑窅冥，也瞧不出什么来，便向广东人喝问道：

“这坑内的宝藏都被田吉搬走了吗？你们快快说个明白。”

广东人道：

“田吉是通这里的海盗的，说也真巧，他们驱逐岛上居民时，这个消息泄露出去，次日就有一艘盗船前来窥探，田吉恐防他盗要来搅扰，他动手掘得之后，便将第一批的珠玉宝石运至船上，送到西沙群岛之北一个山岛上去安藏。因为在那里也有他们的秘窟，外人不易走到的。”

张琏又问道：

“那么你们可知那岛叫什么名字？离开这里有多少海程？”

广东人道：

“我们委实不知道，田吉怎肯告诉我们呢？”

张琏骂了一声贼子，林道乾道：

“张大哥不要发急，料田吉那厮没有将宝藏全取，只因心虚胆怯，所以先去隐藏，若他完全取去时，何必留下余党在此把守呢？他当然要再来的。现在事不宜迟，我们可趁他们没有回来之时，先把这宝藏取去，最为上策。万一遇见那厮，自然也免不了一场厮杀。”

张琏道：

“说得有理，天色未晓，我们立刻动手，看看这里面究竟剩下多少，值得我们此行吗？”

魏南鲲说道：

“我去唤渔哥儿来动手，好在这里是现成的局面，不必更费多大气力的。”

说罢，一会儿唤了五名渔哥儿来。广东人早领着张琏等在帐篷内觅到燎束，点起了火，一齐动手，把芦席掀去，然后照着火把，走下坑去。张琏、林道乾也都拿着锄铲下坑相助，坑底盖着一块大青石，渔哥儿等一齐用力将青石搬在一边。宝藏上面还有一层薄薄的泥土掩着，张琏、林道乾把铲铲去了泥土，将火把一照，即觉眼前一亮，土内灿灿耀目的，正有两大块黄金。张琏大喜，伸手一摇动时，约莫每块足有百十斤重，他就和林道乾亲自动手，将两块黄金搬开一边，底下又铺着许多银块，都是很重的。林道乾道：

“大概细软的珍珠宝贝都被那厮取去，只剩下这些笨重的金银了。”

张琏道：

“且把这些金银先运到上面去，然后再行找寻，恐怕还有宝物呢!”

于是五名渔哥儿呼着邪许之声，把这些大块金银一一搬运至坑上去。坑上边站着的林二姑、魏南鲲、邝刚等见了许多金银，都是欣欣然有喜色。张琏、林道乾在坑中把金银运去之后，又向泥中掏摸，见有一个小小的青花坛，坛盖还未启封，林道乾把坛盖揭开一看，见坛中满满地盛着大小珍珠，不计其数，便对张琏说道：

“有了这一坛珍珠，也是价值连城了。”

张琏听说，更是欢喜，又叫渔哥儿搬上坑去，他们又用力向下挖掘，又得到许多金条和零零碎碎的银两约有数千两，以及玛瑙、象牙、珊瑚等宝物，先后搬上坑去，再向下掘时，又得到一些金银的器具，此外便没有了，两边也都有掘空的地方，再掘时，地下有水了。林道乾道：

“大约这宝藏尽在于此，好的东西都被田吉那厮取去了。”

张琏又骂一声贼子，把手中铲又向土中挖了数下，方才放手，和林道乾走上坑来，满身都沾着泥土。魏南鲲道：

“二位辛苦了。”

张琏道：

“有什么辛苦呢？可惜重价之物都被田吉那厮取去了。”

邝刚指着两大块黄金说道：

“有这些东西，总算没有空手而回，我们若再来迟，那是更糟糕了。”

张琏对林道乾说道：

“好！我们将这些金银运回船上去吧!”

大家动着手，扛的扛，负的负，一齐把所得的宝藏运上船去，孙天禄和魏三虎等见了，莫不快活。这时，天色已黑，船舱里掌上了灯，魏南鲲吩咐渔哥儿快煮晚餐，且预备酒肉，大嚼一顿。两个广东人也留在船上，林道乾又向他们细细盘问一遍，知道田吉那些人都是海盗中桀骜者流，在舟山群岛一带声势很盛的。

晚上，大家都要安睡，林道乾因为日里一场厮杀，尚有几个人漏网逃去，恐防他们或要求报复，又防田吉等即要重来，所以他便主张教船上人分为两班，轮防孜孜不倦，一班人睡时，一班人守望。大家自然同意，一宵过去，平安无事。次日，却不见田吉到来，林道乾又和张琏等至岛上坑边去视察了一会儿，觉得宝藏已空，无可留恋了，回至船上，大家商议，既然不见田吉，也不必在此多留，因为田吉已将一部分宝藏运去，即使他再来时，不过多一场厮杀，无裨实事，所以他们便要遄返南澳。张琏要把这两个广东人留在岛上，但他们向张琏等跪求，请张琏把他们一起带回南澳去，因为田吉若然重来，留守的人俱死，独有他们俩安然无恙，那么田吉一定要迁怒于他们，而将他们置之死地的。魏南鲲听他们说得不错，遂对二人说道：

“你们只要好好地能够做工，我可以带你们回南澳岛，在我家中食宿，他日相助捕鱼。”

广东人叩首谢道：

“我们只要有地方可住，什么事都肯做的。”

于是林道乾、魏南鲲等带了他们同行，两艘渔船立刻启碇开驶，仍各挂上三道大帆，乘风破浪，向南澳的归路驶去。此行虽然来迟一步，尚幸岛上的宝藏没有被海盗悉数取尽，还不失尝鼎一脔，回去大家可以享用一些，单是那两大块黄金、一坛珍珠，已够众人一世的使用了。张琏却恨未和田吉相见，否则更可鏖战一场，使他们不敢轻视呢！

舟行两日，已过西沙群岛，途中没有遇见什么船舶。这一天，天气忽然变得恶劣，四围阴霾阵阵，好似要下雨的样子，魏南鲲在梢上瞧见东南角有一块小小的岛云，飞一般地向北方进行，魏南鲲适在身旁，便指着这云对林道乾说道：

“不好了，海洋上发生了飓风，正向这边吹来，我们的船只亟须要找个安稳之处藏身，否则将有危险。”

林道乾知道魏南鲲是常在海面上出入之人，善观风云，经验丰富，他的话一定不错的，遂点点头说道：

“气候将有剧变了，昨晚实在太热，然而在这茫茫大海里头，叫我们避到哪里去才好呢？”

魏南鲲手执望远镜向四围远瞩，又把手指着西北方水面上一点儿小小黑影儿说道：

“那边恐怕有一个荒岛吧！这是向琼崖岛去的海道，那飓风的方向不趋那边去的，所以我们赶快将船驶到那边岛旁去暂避一下，总比较首当其冲的好了。”

魏南鲲遂去告知张琏、林二姑等众人，大家仰首观天，脸上都有忧色，知道航海最怕的是飓风，飓风之来，不可抵御的，于是两船立即改变了方向，望琼崖那边驶去。不过五斗米饭熟的时候，海面上已起了虎吼也似的大风，海浪涌起丈许，打到船舷上来，魏南鲲心中十分焦虑，督促渔哥儿一齐用力快快驶向那岛去，现在已到了紧急之时，稍一不慎，便有灭顶之祸。张琏等在船舱里眼见怒浪滔天，如山立楼起，自己的船颠簸上下，几乎失去自主力。天空里黑云片片，已是布满，阴惨惨地有如鬼哭狼嚎，不可逼视，幸亏他们都是杰出之辈，胆量甚大，尚能镇定不乱，但每个人的心里无不担着几分忧愁。一会儿早近前面的海岛，魏南鲲等一齐用心驾驶，力抗风浪，方才到得那岛边，恰好有一小港，两艘渔船一先一后地驶进了港湾，见港内也泊着十余艘大大小小的海船，他们择一空隙，将船傍岸抛锚停住，在这里风势略小，虽已幸免危险，而船身尚如摇篮般动荡不停。大家饿着肚子，不能进食，天空里又下起一阵雨来，林道乾偷瞧这岛上有人家居住，不知是何岛屿，大概渔户居多，否则哪里有这些海船呢？但瞧这些船上很少人影，大半是些空船，一任那风浪吹动摇摆，并无渔网渔具，又不像捕鱼的船，那么这些船做何种用处呢？但风涛没有停的时候，他也不暇深思，等到一阵大雨过后，天上的云早已散开，风势也渐渐微小，大家都觉得欢喜。

这时，已是午后了，魏南鲲透了一口气，心头宽松不少，遂吩咐渔哥儿快快预备煮饭，大家肚子饿得够了，吃饱了饭再作道理。一会儿，饭已烧熟，众人正要进食，忽然港内停泊的小船里钻出一个人来，赤裸着上身，头发挽着一个顶髻，下身只穿了一条短裤，赤着双跣，年纪约莫有二十多岁，生得一双圆圆的眼睛，好似朝天金龙鱼的模样，向这里船上高声喝道：

“你们这两艘船看似渔船，而其实却又不是，究竟从哪里来的？我看你们的情形有些不对，快快和你家赵爷说个明白。”

张琏、林道乾等在船舱中听得清楚，心中不免有些虚软，连忙一齐钻出舱来，站在船首上瞧着那人，也不明白他是怎样的来历，但觉这人十分粗莽，看他臂粗腰大，谅是有力气的汉子。张琏便开口答话道：

“我们是从西沙群岛驶回南澳去的商船，只因途逢飓风，所以驶至这里暂避风浪，也许今天仍要驶离的。对于你们的岛上绝不有何关系。”

那人却哈哈笑道：

“这倒是不相干的，我们这里很欢迎来客，恐怕你们到了这里，却未便让你们立刻驶离呢！”

林道乾道：

“这又是什么意思？”

那人道：

“你家赵爷的眼睛别人家是瞒不过的，你们哪里是商船？来历不明，休想安然引去。”

林道乾道：

“你们这里是什么地方？你是谁？有什么势力来干涉人家？你先快快说个明白，我们也不是好欺的人啊！”

那人狂笑道：

“我瞧你们的模样，当然也不是没有本领的，你家赵爷单名一个虬字，别号‘南海龙王’，你们中间有人敢和我斗一百合吗？若是你家赵爷输了，让你们安然回去，否则你们快将船上所有献给你家赵爷，莫再延迟。”

张琏听了这话，暗想：我们冒着风涛，辛辛苦苦去特里屯岛取得宝藏，自己丝毫没有享用，却来奉送与你吗？那么我老张情愿和你拼个你死我活了，所以他就大声答道：

“好小子，你敢如此目中无人吗？你要怎样斗法？徒手或用家伙，任凭你说，我们都可依得。”

赵虬听张琏这样说，对他紧瞧了一眼，立刻将身一跳，已入水中，半个赤裸裸的身体浮出在水面上，把手向张琏说道：

“黑炭团，来来来，你家赵爷在水中等候你呢！”

张琏是不谙水性的，见赵虬在水中耀武扬威，令人难受，港中的水虽没有港外深，但是瞧着那一起一伏的波澜，自己怎能有这种本领下水去和他斗呢？遂回头对魏南鲲说道：

“这小子真是呕人，只可惜我老张不会下水，由他逞能，老弟，你该代我吐气。”

魏南鲲点头说道：

“理当效劳。张大哥，你请放心，待我去收服那厮。”

魏南鲲一边说，一边将外面长衣脱下，也裸着上身，露出一身结实的筋肉，猛喝一声：“你家魏爷来也！”使个“蛤蟆入水”式，跃入波心，立刻和赵虬搏斗起来。魏南鲲本是个水底英雄，并不把赵虬放在心上，但交上手时，便觉得赵虬在水是身子灵活，功夫甚好，力气又大，急切不得近身，必须用巧计取胜。赵虬初时自仗水性精通，有心挑战，现在遇到魏南鲲正是劲敌，所以用出平生本领来对付。二人在水中来来往往地狠命相扑，水波涌起如山，一会儿魏南鲲在东，赵虬在西，一会儿赵虬在东，魏南鲲在西，忽上忽下，时现时隐，翻翻滚滚，斗到数十合以上，犹如巨鼋老蛟在水中翻腾作怪，几乎要踏破水晶宫。张琏、林道乾在船上看得呆了，众人中间通水性的尚有邝刚和孙天禄，以及有几个渔哥儿都能下得水，但是他们不欲以多取胜，魏南鲲没有打败，他们不能下水，只得作壁上之观。这时候，岸上忽然来了一伙人，手中都执着刀枪棍棒，气势汹汹，大呼：“鼠辈，从哪里来的？敢到这里岛上来撒野吗，包管你们来时有门，去时无路！”林道乾等觉得情势不好，大家忙到舱中去携取兵刃，准备抵御，岸上的一群人中当先一个壮士，蓝布扎额，身披一件白纱短衫，却敞着胸，脚踏草履，手中挺着一对镔铁短戟，生得燕头虎颔，状貌魁伟，立在岸边说道：

“你们哪一个上来和我决斗一番？赢得我手中的双戟，方让你们回去。”

张琏早忍不住飞身跃上岸去，喝一声：“小子！休要猖狂，看我老张来取你的头颅。”舞动双刀向那壮士头上劈去，那壮士使开双戟，迎住张琏的刀。两个人在岸上狠斗起来，林二姑挺着双剑，觉得有些技痒，她瞧那壮士十分骁勇，手中的双戟使得神出鬼没，尽把张琏的双刀逼向外去。今天张琏遇到了劲敌，倘然久战下去，张琏一定要吃他的亏，于是她刚想上岸相助，谁知她哥哥林道乾早已跳到岛岸上去了。林道乾也恐张琏或要战败，所以他赶上相助，将手中大环刀高高举起，大声说道：

“张大哥且歇歇，待小弟来取这厮的性命。”

张琏跳出圈子，让林道乾去和他交手。林道乾刚要上前，那壮士忽然放下画戟，向林道乾带笑说道：

“你不是道乾哥吗？怎样不认识小弟了？”

林道乾听这声音便有三分熟，再向那壮士注目凝神，熟视了良久，方才说道：

“原来是林凤兄弟，怎的在这岛上？”

林凤哈哈笑道：

“这件事说起来，话正多呢！慢慢奉告，现在小弟先要问的是道乾兄不是在潮州得意吗，怎会到这里来的呢？”

道乾笑道：

“我也是说来话长，停会儿再告。”

又将手指着水里肉搏的一对儿，向林凤道：

“这位在水里斗的是不是和林凤兄弟一伙的？”

林凤点头道：

“他是南海龙王赵虬，为人很有肝胆，不过生性鲁莽，不知怎样和你们狠斗起来？我在岛上得到弟兄们的报告，方才赶来的。既然都是自己人，何必要伤和气？”

二人说话时，张琏尚倒提双刀，立在一边，林凤身边一伙人也都整整地站着瞧看波心里厮打的一对儿。只见二人斗得多时，魏南鲲已捉到赵虬一条腿，想把他在水面上倒拽过来，但是赵虬发着急，一面挣扎，一面早将魏南鲲左臂挟住，两个人你拖我拉地在水里打滚。林凤对林道乾说道：

“你看他们打得真起劲，待我来唤住吧！”

林凤遂跑至水边，把双戟插在腰间，两手拍着，高声喊道：

“赵兄弟不要厮打，我们都是熟人，免得误会，你们都上来吧！”

赵虬听林凤这样喊了数声，才放手道：

“我不是怕你，岸上有人叫我不要打了。”

魏南鲲也放下赵虬的腿说道：

“打不打悉随尊便。”

林道乾也将手招着魏南鲲，叫他出水，于是两人都从水里泅至自己船边，揩干净了身体，换了衣服，重又走出。林道乾早代张琏和林凤介绍过，又引林凤下船和众人相见，赵虬也撑着一只小舟过江来见面。林道乾又问林凤：

“这是什么岛？在这岛上干什么事业？”

林凤道：

“这里是琼州岛南面的一个荒岛，只有小弟等一伙人居住，本来也不知名唤什么，弟等都称这岛为马头岛，因为在远处海上望见这岛形状很似一个马头呢！至于你要问我在这岛上干什么事业，我也一时回报不出什么话来，稍停再行详告。”

说罢，又哈哈笑了一声，林道乾听林凤的口气，心中也有些明白，既然他不肯实说，也不便再问。林凤要请众人到岛上去相聚，他说道：

“今天时候已晚，你们也不能再驶离这岛了，不如请到岛上宽坐，待我们略尽地主之谊。”

林道乾很爽快地一口答应，于是林凤和赵虬邀着张琏、魏南鲲、林道乾兄妹诸人一起上岸，舟中只留渔哥儿看守。随林凤同来的人本想鏖战一场，今见大家都是自己人，也就跟着林凤缓缓同行。这时，风势已杀，天空清朗，夕阳已是西沉，张琏、林道乾等一路走着，见岛上树木并没有特里屯岛那样的茂盛荫翳，所建的房舍都很简陋，河流上的小桥都是木板搭成的，林风所说的孤岛一些儿也不错了。

走了一段路，又见前面有一带建筑，比较完整的房屋，约有十数间，门前有两根旗杆，顶上悬着一面大旗，上书一个“林”字，被风吹得猎猎地响，对面是一片广大的校场，门口又有两武士擎枪鹄立，见了林风，一齐行礼。林风和赵虬引导着众人入内，随从的人早四散去了，里面有一厅堂，林风便请众人上座，吩咐从人一一献茗，又叫厨下预备筵席，要请林道乾等喝酒。林道乾等见厅上廊下插着不少刀斧戈矛，更觉所料不虚了。林风伴着林道乾等谈谈天气，林道乾等因为今日侥幸去风浪之厄，又遇良友，很觉快活。赵虬又大声赞美魏南鲲水里功夫的高强，自言生平纵横海面，却没有遇到对手，此时遇到魏南鲲，真是劲敌，非常佩服。魏南鲲也夸奖赵虬水中本领实在不错，张琏哈哈笑道：

“我们本是避风而来的，想不到目睹一场翻江倒海的水战，好看煞人，而又会见英豪，难得之至，反要感谢那飓风玉成之力了。”

这时，天色已黑，掌上明灯，沿窗正中摆起一张大圆桌，从人先将杯筷放好，又端上几样鸡鸭鱼虾的冷盘，林风便请众人入席。张琏坐了第一位，其余道乾兄妹、魏南鲲、孙天禄、邝刚、魏三虎等众人挨次坐下，林风、赵虬坐在下首相陪。酒已烫热，送上两大壶来，林风一一敬酒，众人举杯欢饮，任意纵谈。林风道：

“今日的飓风甚是厉害，幸亏我们这里不在飓风进行的方向之内，所以没受损失，小弟这两天没有出外，更因今天天气不好，下午无事，偃卧室中，忽报赵兄弟和外来的人争斗，小弟想此处无人敢来的，赵兄弟又和什么人争论？此事不能不管，遂同众弟兄跑来调查真相，却原来是道乾兄，委实不知，幸恕冒犯。”

赵虬也道：

“我今天恰在船上和弟兄们做叶子戏，忽然港外驶进两艘大船，停靠岸边。我起初便觉奇怪，只因老天下了雨，我仍赌钱，没有过问，后来我出舱窥视，因这两船既不像商舟，又不像渔船，情形不同，深恐不向林兄报告，倘有什么事变，林兄不要怪我有失察之咎吗？所以一边差人报告与林兄知道，一边自己向船上人盘问。小弟言语未免粗鲁，致和魏兄决斗起来了。”

魏南鲲道：

“这叫作不打不成相识。”

众人都哈哈大笑，林凤又向林道乾道：

“兄在潮城当差司，近来可有升擢，何以航海在外？究竟到哪里去干什么事？可否见告？”

林道乾是心直口快的人，便对张琏说道：

“林凤兄弟不是外人，也是吾道中的同志，这件事向他说明白了也不妨。”

张琏道：

“理当奉告。”

林道乾遂从张琏得地图起直至特里屯岛歼除海盗，取得剩余宝藏而归等种种经过，约略告诉一遍。赵虬听了，不由嚷起来道：

“这样多的宝藏，却被田吉抢先取了去，岂不可惜？不知那厮藏在何处，否则我们前去夺了他来，岂不是好？”

林凤道：

“还好！道乾兄等若然再迟缓些时，尽被那厮取了去，也是奈何他不得了！恭喜恭喜！”

林道乾道：

“我们的事情都告诉与你知道，你的一番经过此刻可能见告，我实在忍耐不住了。大家是自己人，无话不谈。”

林凤道：

“小弟正要奉告，但是现在所干的生涯，说了出来时，你们不要讥笑。”

说着这话，恰巧从人献上一大盘红烧豚蹄来，于是林凤一边请众人喝酒用菜，一边把他的往事覼缕奉告。

第五回

龟山来逐鹿侠士缔交
虎穴去求亲淫徒中计

林凤是福建泉州人氏，他的父亲曾为武举人，胡宗宪将军函招他去协助剿除海盗，他父亲因穷追海盗，死于海上。林凤正当少年，生得非常英俊，轻儒生而慕游侠，自幼得父亲传授武艺，又遇名人指点，所以击剑飞丸，技术精妙，泉州地方的少年子弟争出其下。他生性又极慷慨，门下常有食客，人家遇到贫困的时候，向他告求，他没有不答应的，因此家财渐渐散尽。好在他父母都已故世，自己又未授室，家中只有他的一位婶婶照料内里的职务，他婶婶见林凤家道衰落，常劝他从事撙节，又要他早早和人家闺女订婚，以便成家立业。无奈林凤把这些话只当作耳边秋风，并不急于婚娶之念，只知每日里驰马行猎，刺枪弄棒，常常聚着许多来宾和门下食客，三日一小宴，五日一大宴，谈论江湖上逸事，酒酣耳热，击节高歌，所以他的朋友各处都有。

在漳州地方有一个姓萧名柯的，本是在江湖上做草台戏的伶人，后来在漳州城内开了一座戏院，居然做起院主来了。前年，他曾率着班底到泉州城外来演草台戏，第一天他自己起演《长坂坡》，因他本是技高艺精的武生，特地亲自出马，以博观众的好评。林凤和几个门客也去观剧，见萧柯扮的赵子龙，不但扮相英俊，而开打时的一支枪使得神出鬼没，风疾雨骤，台下的人不住地喝彩，林凤觉得萧柯虽是伶人，而枪法高超，神勇无伦，把赵子龙当年沙场血战的勇气完全表现出来，真是活常山了。观毕回家，和门客等赞赏不已。

次日，萧柯起演《白水滩》，林凤就在台下伫立待观。等到萧柯的十一郎上场时，台下彩声如雷，只见他英武之气溢于眉宇，及至十一郎和青面虎决斗时，他把头上斗笠掀在一旁，拈着一根杆棒，上下左右使得风车般滚急，只见一团白光，不见人影。而那个扮青面虎的，身躯结实魁伟，十分卖力，勇悍得真如一头猛虎一般。十一郎把他连摔一十六个筋斗，自己又在台上连转四十个“鹞子翻身”，面不红，气不喘。台下人都看得呆了，林凤不住鼓掌称好。

第三天，萧柯起演《武松打店》，更显出他的跌扑功夫，身手便捷，精神饱满，活显出武二本领。林凤在台下一连看了三天，心中非常钦佩，他觉得姓萧的虽是优伶之属，然而武功十分了得，这个人非结交他不可，于是等到萧柯下台后，便亲自去拜访，请萧柯到他家中去一聚。萧柯闻得他的大名，难得他不耻下交，甚为感荷，他就老实不客气和林凤倾吐肺腑起来。始知萧柯以前本学习伶人的，从某拳师习得一手刀枪棍棒，靡所不精，后来在浙东洋面上遇见海盗，被海盗掳劫，众寡不敌，没奈何随着海盗做小喽啰，供他们的调遣，萧柯心有不甘，屡思反正，苦无机会。有一天，海盗大掠沿海鄞县各地，掳得不少财物，分乘各舟而逸，适遇海面大雾，海盗的船分散开来，萧柯的船上只有七八个海盗，其余三个人都是掳来做奴隶的。内中有一个姓管的，恰因掌舵的时候触犯了海盗怒气，便用皮鞭把他狠狠地毒打一顿，萧柯趁此机会，暗暗地向这三个同伴说道：

“我们不幸陷于人手，受他们的羁轭，供他们的驱使，任他们鞭打呵斥，稍有血气的，怎甘忍受？我们虽在他们势力之下，也须认识清楚。此番恰巧遇雾分散，这船上一共只有八个海盗，我们共有四人，真是千载难逢的机会，何不和他们拼上一拼？与其受凌辱而死，何不寻找生路呢？凭我一个人的本领，也能对付得下，只要大家努力，何忧不能成事？”

三人被萧柯一说，胆气顿壮，都愿意听萧柯的主张，萧柯把自己的计划对他们悄悄地说了。待至晚上，船泊定海洋面，晚餐后，海盗都在舱中熟睡，他们都宿在后艄的，大家头上扎着一块白布，以为标志，偷偷地举着兵刃，撬开舱门，杀入舱中去，逢人便砍。萧柯仗刀当先，海盗们从梦中惊醒，仓促间无以抵御，被萧柯一连砍死了三个。姓管的和他同伴也都大呼猛砍，海盗没有防到这么一着，只有两个海盗抓到兵器竭力挣扎，先后都被萧柯刺死，溅染了一身的血。三个人中间也有一个受了伤，于是萧柯和同伴将海盗的尸首一一抛入海中，又检点船上掠得的财帛，匀作四份，大家各得一份，姓管的以为这都是萧柯一人的力量，应该让他多得一些，大家遂又提出若干，让给萧柯。

次日天晓时，雾已消散，他们赶紧扬帆南驶，逃至福州，把船也卖去，各携财物，自奔前程。萧柯回到漳州，先出钱办行头，召集一班伶人，组织戏班，到各处城市埠头去演剧，他也娶妻生子了。这是他过去经过的事，在席上告知了林凤。林凤格外敬重，与他谈论武艺，虽然初次见面，却是水乳融合，意气相投。彼此订交起来，林凤留萧柯在他家里夜夜欢宴，日里去看他做戏，萧柯在泉州演奏了半个月，方才离去，以后他回到漳州后，自己建筑一座鸣凤戏院，营业倒也不恶，但他自己却难得登台了，尽让他的同伴去演奏。他所以开这戏院，也因帮助一班贫苦的伶人，好使大家有饭吃，因此包银很大，开支并不节省，营业虽然兴盛，因他每年无所进益，有时且要贴去几个钱呢，然而他的义声却已四播，大家都知萧老板是仗义疏财的壮士了。他很惦念林凤，曾修书托人带至泉州，请林凤前去漳州一游，但林凤一向却没有去。

这年的初春，林凤负了一家财主人家的债务，一时无力归还，财主向他逼取，将要涉讼县庭，经林凤的朋友出作鲁连，方许展期至夏天时候分两期拨还，利息照算。他又不会经纪的，家中日用浩繁，还是勉力张罗，不得已变卖田地，婶母常在他耳边絮聒，他觉得十分气闷，对着阳春烟景，心中便活动起来，想起了漳州的萧柯，以前曾招他前去一游，何不到那边去散散心？所以他就端整行李，备了几样土产的礼物，立刻动身前往。家中事托付婶母，外事托付一个姓班的门客，暂且丢下不管。

他一到漳州，便至鸣凤戏院拜访萧柯，萧柯不在戏院里，却在家中独酌，戏院里的人便引他前去，萧柯一听得林凤驾临，喜不自禁，亲自出迎。阔别多年，相见甚欢，林凤便下榻在萧柯家中，萧柯夫妇特治盛馔款请，大家畅谈别后之事，萧柯知道林凤爱听戏的，次日特地陪他到鸣凤戏院观剧，请他点戏。萧柯又亲自结束上场，演一出《冀州城》，以娱嘉宾。

林凤在漳州一住五日，恰当艳阳天气，杂花生木，以鸟鸣春，他想到郊外去驰马行猎，把这意思告知萧柯，萧柯自然赞同。这一天风日晴和，二人都穿着猎装，佩着刀剑，携弓矢，乘骏马，带领侍从数人，出漳州西门，到有名的龟山中去射猎。龟山山势幽深，漳州人常去行猎的，他们起初猎得些狐兔之类，无甚稀罕。入山稍深时，林中忽然跑出一头美丽的鹿来，那鹿见前面有人，慌忙回身向斜刺里奔逃。萧柯一矢先发，却从鹿角中间飞过，太高一些，没有命中，林凤跟着觑准鹿的颈项一箭射去，正中项下，那鹿负痛背矢，望着山径中乱窜。林凤纵马紧追，喝一声："畜生！往哪里走！"萧柯也随后追来。那鹿跑得飞快，二人一前一后，追了好一段路。那鹿转了一个弯，刚要向山坳里跑去，忽然对面弓弦声响，有一支雕翎飞来，射中鹿头，应弦而倒。林凤与萧柯不免有些惊异，一齐赶到那鹿倒身的所在，早听鸾铃响处，山坡上有一骑疾驰而下，马上骑着一个壮士，头戴武生巾，身披绿袍，手里握着一张铁胎弓，像是一位武将，气宇轩昂，精神饱满，大呼道：

"慢来慢来，这鹿是我射下的，你们怎能取去？"

林凤道：

"这鹿儿是我们先行发现，射中了它一箭，方才追至此间的，你不信时，不妨一瞧它项下不是有一支箭带着吗？"

那壮士勒住马缰，低头向那死鹿看了一眼，便说道：

"果然一支箭在那里，但是那鹿确乎中了我的一箭而倒下的，照理说起来，那鹿还是让我应得，否则它早逃去了，你们从哪里去找呢？"

林凤见那壮士竟向他们争取死鹿，他是少年气盛之辈，心有不甘，怎肯拱手退让？也就说道：

"这鹿若不是先中了我的一箭，怎会逃到这里受了一支箭方才倒毙呢？明明是我们的功劳，你如何可以一人独得？倘然你不发一矢，我们也可稳稳擒住这鹿。你不是来享现成吗？"

壮士冷笑一声道：

"你们瞧这鹿明明中了我一箭，射在要害之处，然后倒下的，当然是我的功劳。你怎的反说我享现成？岂有此理。"

林凤着恼道：

“无论如何，这鹿是我们的，没有你的份儿。”

壮士道：

“凭你怎样蛮横无理，断不能抢去我应得的鹿。”

林凤见他不肯退让，遂又道：

“今日的事有理讲不清，不如我和你决斗一下，谁胜了谁得这鹿，我若输了，情愿将这鹿让与你得。”

壮士哈哈笑道：

“难得难得，敢不遵命。你若能胜得我时，准由你把鹿带回。”

一边说，一边从他腰间拔出一柄龙泉宝剑来，青光闪闪，准备和林凤厮杀。林凤也拔出佩刀说道：

“我们操的都是短兵，马上不便接战，不如和你步下决斗。”

一边说，一边早从马鞍上跳到地下，那壮士也即下马，二人舞动刀剑，一来一往，在山坡下狠斗起来。萧柯在旁观战，侍从们也都气喘吁吁地跑至，瞧着地上的花鹿和二人的搏击，一时莫明缘由，也不敢询问，只是远远地站着旁观。林凤和那壮士酣战六十余合，不分胜负，萧柯觉得一个半斤，一个八两，技能力气不相上下，心中暗佩服，深恐久战下去，定有一人受伤。他就忍不住向侍从手里取过一支长矛，纵马上前，把矛向二人中间架住兵刃，说道：

“自古道：两虎相争，必有一伤。二位都是豪杰之士，犯不着争一死鹿，而以性命相扑，现请看我薄面，大家停手。这鹿可以秋色平分，各人都有功劳，且请到舍间一叙。我们虽然萍水相逢，却不是偶然的事啊！”

壮士听了萧柯的话，便和林凤一齐停止，各各跳出圈子。萧柯道：

“请问壮士姓名，从何处到此？”

那壮士答道：

“在下姓林，草字道乾，在潮州守城将军郑奇麾下效力，此番奉郑守将之令，特来此间王守备署中传递公文。恰才路过这里，见此鹿负箭飞奔，一时见猎心喜，技痒难耐，所以发了一矢，侥幸射中，不想遇见了二位。”

说到这里，把手指着林凤又说道：

“这位兄长的本领果然高强，佩服佩服。”

二人以前常闻人言潮汕一带，张琏、林道乾都是当今英雄，结识四海朋友甚多，想不到今日邂逅相逢，于是二人便向林道乾致敬仰之意。林道乾就问起二人姓名，二人以实相告，林道乾也素闻泉州林凤的侠名，惺惺相惜，互通殷勤。本来是有心逐鹿，现在是无意结交，天下事往往出人意外。萧柯便叫从人扛着死鹿回去，他邀请林道乾到家一叙。林道乾和林凤各各跨上雕鞍，一同入城，到得萧家，略坐一会儿，道乾便要去衙中投递公文。萧柯、林凤邀他公毕后务必来此聚谈，痛喝数杯，林道乾一口答应，辞别萧、林二人，自去守备衙门里投过公文，方才重又回至萧家。萧柯早已预备一桌丰盛的筵席，又邀了几位朋友相陪，宴请林道乾。大家敬过酒，开怀畅饮，谈些武艺，沆瀣一气，直到更深散席。

这夜，林道乾便宿在萧家，次日一早，他跑到守备衙门里去领了回文，还至萧家，告诉林凤和萧柯说，郑将军给他限期甚是短促，所以马上就要动身回去。且约萧、林二人他日到潮州一聚可以介绍和张琏相见。林凤、萧柯苦苦相留，说：

“刚才相逢，怎又离别酒也没有喝畅，话也没有多讲呢！”

林道乾不得已，又在萧家耽搁一天。大家饮酒谈心，第三天上午，他是无论如何必要动身回去了。萧、林二人知道不可再留，端整许多礼物，赠送道乾，二人又亲自送至郊外而别。这是曩年林道乾和林凤缔友的经过。

林凤送走林道乾后，仍耽搁在萧柯家中，萧柯留着他不放他走。这一天下午，夕阳甚好，云淡风轻，二人踱至城外散步踏青，遥见通衢之上，有一个酒帘子高高挑起，临风招展。萧柯知道林凤喜欢小酌的，便伴他步至酒店门前，说道：

“这里的酒是很好的，烹调也不错，我们何不进去小饮一番？”

林凤抬头见是一个很大的酒楼，横的市招上写着“五芳楼”三字，遂点头说道：

“好的。”

二人走进店门，踏上楼去，拣了沿街临窗一个雅座上相对坐下，点了数样菜，三四斤酒，慢慢地吃喝起来。楼窗外边望去风景甚佳，足以怡悦胸怀。二人酒至半酣，忽听楼下马蹄之声杂沓，跟着妇人的哭声，群众喧哗起来。二人忙倚身窗边，俯首下窥，只见有五六匹骏马停在通衢之中，马上都坐人，内中一个少年戴着儒巾，衣服丽都，锦鞍金镫，傲气凌人，可是面目不正，形容丑陋，背转身子正和旁边数武士讲话。在他的马前横着一个七八岁的女孩子，已被马蹄践踏而死，口鼻里都淌血出来。一个衣衫破旧的妇人，大约是女孩子的母亲，跪在地上，向少年哀哀哭泣，四围站了不少看热闹的人，却没有一个敢出来讲话。林凤猜想这女孩子一定被那骑马的少年踹毙的，但不明白那妇人为何不将他扭送到官，要他偿命，却反跪在马前哀哀泣求？心里正觉有些奇怪，萧柯早把手指着那骑马的少年向林凤说道：

"林兄却不认得，这厮就是这里漳州府卢美仁的儿子卢荣，别看他生着一副奇丑的面目，却非常喜欢拈花惹草，自命风流，倚着他父亲的势力，无恶不作。门下养着一班懂得拳棒的门客，做他随身的护卫，欺打良善，如虎添翼。"

萧柯说到这里，又指着卢荣身边马上骑着的两个雄赳赳、气昂昂的武士说道：

"这个胖胖的汉子，名叫催命判官邓振，那个佩刀的便是笑面无常白勇，听说他们都有膂力，擅武术，卢荣把他们当作保驾将军，同出同入，人人侧目。今天不知从哪里来，踏死了小孩儿，看他如何说法。"

二人正在指点，忽听卢荣在马上骈起二指向妇人一点，说道：

"你们的孩子走在路中，不肯避让，致被我马踹毙，这是她咎由自取，与我无涉。你既然宝贵小孩子的，为什么叫她在大道上胡乱行走？我的坐骑是一向横冲直撞，不让人的，谁不知道？这是你家合该晦气，没有要什么话可讲的。你快将死孩舁回去收殓吧！我没有工夫听你絮絮叨叨地哀哭。"

那个催命判官邓振，跟着也大声喝道：

"这是小孩子自己不小心，死了一个女孩子，值得什么？休要触怒了俺家卢公子，把你捉将官里去，后悔不迭。”

又对众人高喊道：

“呔！你们快快闪开，我们要进城去了！不要踹伤了你们，自讨苦吃，与俺们不相干。”

说罢，将马头一催，坐下马向前走了几步，吓得众人跌跌撞撞地倒退不及。卢荣哈哈大笑，在马身加上一鞭，左右簇拥着奔向前面去了。妇人倒在地上，放声大哭。又有两个男子过来把她劝住，相助着将死孩舁回去了，众人也就四散。

林凤瞧着，心中甚为愤怒，回头对萧柯说道：

“卢荣那厮不过州官之子，怎能倚势凌人，踹毙女孩儿？视若无睹，太可恶了。”

萧柯向两旁看了一看，一拉林凤的衣襟，低声说道：

“可恶的事真多呀！请林兄坐了，待我徐徐奉告，将更使你发指眦裂。”

林凤一声不响地还至座上，萧柯代他斟满了一杯酒，酒保托上一盘腊鸭来，正是下酒佳物。林凤拿着一只鸭腿，一边撕嚼，一边饮酒，对萧柯说道：

“萧兄请讲给我听吧！”

萧柯道：

“卢荣是个好色之辈，家中姬妾甚多，这里的小家碧玉被他玷污了不少，爱则加膝，恶则坠渊。人家吃了他的苦头，含悲忍怨，无处告诉，不多几时，他忽然爱上了这里郭千总的女儿玉辉，一心要想娶她为妾。那郭千总和我也有友谊，名唤景明，一手好武艺，为人也很慷爽，重然诺。他女儿玉辉我也见过一面，确实美丽动人，今年只有一十九岁呢！”

林凤道：

“那么姓郭的可曾把女儿献给卢荣呢？”

萧柯叹道：

“若是换了别人，当然早已献奉，但郭景明的脾气不喜谄媚上司，一口回绝。卢荣没法想，向他老子去央求，卢仁美便把郭景明请到衙内，向他当面求婚，郭景明仍是不肯答应。卢荣父子把他恨得牙痒痒的，遂想阴谋陷害。一天，郭景明正在家中，外面忽然来了许多捕役，把他拘去，弄得他丈二和尚摸不着头脑，等到他身至府衙，卢仁美坐堂审问，说他私通海盗，有犯人殷某做证。因殷某曾于某日偕同海盗至郭家与景明晤面，景明允许海盗来犯漳州时，他煽惑官兵，在城中为内应。海盗许酬十万金，当时曾付银两五千，得到景明收据一纸。现在殷某被捕，所以供出此事，景明怎肯承认？誓死不招，遂被禁闭牢狱，后来，经王守备代他辩明冤屈，三天后方才释出。我去慰问他时，见他满面愁容，我问他侥幸得释，应该欢喜，为什么忧闷不乐？他遂秘密告诉我其中的内幕。原来那犯人殷某是卢仁美用了幕府之计教唆出来的，特地要陷害郭景明，逼他允婚，所以事后又串通王守备，托王守备向郭景明代达一切。倘然郭景明允许将女儿玉辉奉给卢荣为妾，那么卢仁美可以担保这案情准可昭雪，毁去假造的收条，让殷某自言一时昏瞀，误攀好人，这事便轻轻地过去了，景明也可释出。郭景明因为卢太守和王守备都是上司，自己势力敌不过他，事到临危，只得暂且依从，方才得出囹圄的，外边人怎知此中的黑暗详情呢？”

林凤听到这里，咬牙切齿地问道：

“郭景明这个亏吃得大了，他事后是否准备牺牲他的女儿呢？”

萧柯道：

“郭景明是个大丈夫，他岂肯如此做呢？虽然他在狱中时不得已而允许了人家，无论如何，他绝不肯实行的，所以他为了此事而忧虑。我劝他三十六计走为上计，既然不愿意将女儿给卢荣为妾，那么还不如早些远走为妙。他说他也是这样想，不过在走的以前，务必做一件惊人之事。”萧柯说到此际，忽然把手向楼梯边走上来的一个伟男子说道：

“郭兄，我在这里，快请过来。”

一边又对林凤说道：

“这位就是郭景明千总。”

林凤细瞧郭景明，生得方面大耳，颔下微有短髭，身披夹袍，脚踏快靴，朴实无华，年纪约有四十多岁，状貌却很威武。郭景明三脚两步地走过来向萧柯说道：

“我今天觉得闷得慌，特地到萧兄府上来拜谒，却闻萧兄陪着嘉宾出城踏青，我也走出城来，找不到你，才想到这酒楼上来以酒浇愁。却不料踏破铁鞋无觅处，得来全不费功夫，萧兄先在楼上了。”

萧柯点点头道：

“妙极。”

便代郭景明、林凤二人介绍相见，郭景明以前也曾听萧柯说起泉州林凤的仗义疏财，不愧朱郭第二，所以今天见面，油然钦敬。萧柯遂拉郭景明一同入座饮酒，郭景明的酒量很大，林凤起先喝了许多酒，现在再喝下去，不觉有些醉了。大家谈些江湖上的逸事，林凤忽对郭景明说道：

“郭兄是个英雄，方才我听萧兄讲起你所逢的难事，真使人代为扼腕，不知郭兄胸中成竹如何，怎样办法？倘需要人家相助时，我林凤赴汤蹈火，在所不辞。”

郭景明听了这话，向林凤拱拱手道：

“多谢林兄关切，此地不便说话，明日务请二位至舍间小酌，俾尽鄙怀。”

林凤道：

“辱承相邀，准同萧兄趋谒。”

于是萧柯付去了酒钞，三人踉踉跄跄，走下五芳楼，踏月进城，于十字路口拱手而别。林凤回到萧家，纳头便睡。次日下午，萧柯便陪着林凤走到郭家来拜访景明，景明出见，把二人让至书室饮茶，且叫他的女儿玉辉姑娘出见。林凤见玉辉长身玉立，姿态美好，凤目斜睇，桃靥含春，可是眉黛之间却笼罩上幽恨隐忧，可以觇知她的芳心不快了。玉辉见了二人，裣衽为礼，未坐即退。萧柯便对林凤说道：

“林兄，你瞧这样娇美的好女儿，岂肯给卢荣那厮做妾？不是将名花堕入溷厕吗？我这位郭兄怎能办得到呢？”

林凤也叹道：

“卢荣那厮真是癞蛤蟆想吃天鹅肉，我见了他一定要请他吃几下巴掌。”

郭景明也一皱眉头，说道：

“他要逼得人家走投无路，使我不得不谋对付之计了。”

萧柯道：

“郭兄有何良计？此时可能见告？”

郭景明强笑道：

“我哪里有什么良计？不过除此以外，别无他策，多少要叫那厮得到一些惩戒，也知我郭景明不是弱虫，少停当再奉告，我已吩咐厨房里预备下美酒十斤，煮几样可口的菜，也使我对林兄远来，略尽东道之谊。”

林凤忙道：

“啊呀！这是使我愧不敢当的。”

萧柯见此刻郭景明尚不肯说，也就不再穷询。三人在书斋中谈谈说说，转瞬天色将黑，郭景明遂导二人入内，至一邃室，正中一张小方桌上早放下三双杯箸，四碟冷盘，虾鱼鸡鸭，都是烹制得很新鲜的。郭景明遂让二人上座，自己坐在下首斟酒为寿。三人且喝且谈，热腾腾香喷喷的菜肴一道一道地送上来。酒至半酣，郭景明顾视左右无人，遂把自己所定的计谋向二人低声说了一遍，二人都说好计好计，若不给那厮一下厉害手段，他益发要肆无忌惮了。林凤又道：

“小弟方才眼见卢荣那厮踏踐女孩儿，倚势凌人，心中已是气闷得很，现在郭兄又受那厮父子的逼迫，若不亟谋对付，天下真没有公理了。林兄如需要小弟相助，情愿效力。”

郭景明道：

“多蒙林兄好意，只是小弟不敢连累林兄。”

林凤道：

“我在这里是客地，做了这事，一走便了，不比萧兄有眷属，有家产，所以我自愿一同下手，叫我林凤做这种事最是喜欢的。”

萧柯道：

“卢荣那厮要收拾他时，当然不费吹灰之力，但那厮手下的家将如催命判官邓振、笑面无常白勇，听说都擅武术，对付不易，有林兄相助，便不怕他们猖狂了。”

郭景明道：

“既然林兄不怕连累，到时自要仰仗。”

说了这话，又抡着手指数道：

“他们定于本月望日来接小女前去，屈指不过三天了，到十五日早上，请林兄便到舍间一同行事。”

林凤一口答应，大家很畅快地喝酒。林凤喝得酩酊大醉，由萧柯扶着回去，他已允相助郭景明对付卢荣，便盼望十五那天快快到临。一到十五日的上午，林凤收拾行装，急于要到郭家去。萧柯便和他同去，一至郭家，郭景明笑颜相迎，陪二人同用午餐，肴馔格外丰富。饭后，萧柯辞去，他临行时叮嘱二人好好留意，早早远扬，他的心里也恨不得躬预其事呢。

林凤等待萧柯去后，他暗暗结束停当，挟带利刃，埋伏在郭景明指定之处。郭景明也早将内外一切收拾妥当，天色垂暮时，他正在客室中徘徊，下人匆匆入报：“卢公子驾到。”郭景明连忙走至门外来迎接，只见卢荣上下衣巾穿戴一新，坐了一骑白马，玉镫金鞍，四员家将也跨马相从，催命判官邓振和笑面无常白勇也在其中，各佩刀剑，雄赳赳气昂昂，真是卢荣的爪牙羽翼。背后还有一乘彩轿，预备迎接郭景明的女儿回去的。卢荣见了郭景明，慌忙跳下马来，上前行礼。平常时候，他见郭景明常不在心上，叫他一声老郭，但今天却是他的丈人峰了，虽然不是正式拜见，然不得不改称一声郭老丈。郭景明说声：“卢公子，不敢当的。鄙人恭候多时了，快请入内小坐。”此时，邓振等也都跳下坐骑，郭景明吩咐彩舆停在大门前等候，他陪着卢荣以及四名家将到里面厅上分宾主坐茶。厅上已掌起灯来，卢荣谁耐烦和郭景明多谈闲文？恨不得见了郭玉辉立刻打轿迎接她回去，早享于飞之乐，无如这话一时说不出口。

郭景明陪坐了一会儿，又请卢荣到邃室中去饮酒，这一间屋子外面种着满院翠竹，堆叠着一些假山，非常幽静，外边人是不易走入的。屋中放着一桌酒席，郭景明道：

“公子请在此宽坐，聊饮浊酒三杯，府上家将且请到外边坐，鄙人另有酒菜奉敬。”

卢荣听了这话，回头向邓振等看了一看，白勇早抢着说道：

“我们是保护卢公子的，到处随从，我们就在这里站一会儿也好。”

郭景明道：

“哎呀！这如何可以？好在没有多人，你们便同公子一起坐着也好。”

郭景明请卢荣上座，邓振、白勇等依次坐下，他自己坐在下首相陪，先代卢荣斟敬过酒后，下人献上热菜来。郭景明陪卢荣等只是吃喝，不谈他事。卢荣忍不住开口问道：

“令爱在哪里？老丈可请她预备预备？停会儿我要接她回去的，这头亲事难得老丈垂诺，感幸之至，将来两家朱陈之好，愚父子一辈子忘不了老丈的。”

卢荣说着话，双眼瞧着室内一扇紧闭着的小门，好似此中有人，呼之欲出，郭玉辉小姐便在里面一样，他实在疯魔多时了。郭景明答道：

“公子且莫性急，酒喝畅了，我就叫小女跟公子回府，恕我匆促没办妆奁，以后徐徐补上吧！”

卢荣给郭景明这么一说，不由喊一声“哎呀！我倒忘怀了。”便对白勇说道：

“你们代我带来的聘金，怎的忘记奉送与老丈？实在失礼多多了。”

白勇听说，连忙打开他身边带着的一个包袱，取出整整齐齐红纸封着的四百两纹银，恭恭敬敬地放到上面一张小天然几上，说道：

“聘金在这里，公子没有吩咐，所以未即献奉。”

卢荣遂又说道：

“家父命我送上这一些薄礼，务请老丈哂纳，名义关系，未能正式迎娶，但是实际上却是令爱居首，请老丈放心，我总不亏待于她。”

郭景明微笑道：

“这要多谢公子的美意了。”

隔了一会儿，又对卢荣说道：

“公子多喝两杯，我要失陪一刻，去到里面吩咐小女即刻预备。”

卢荣大喜道：

“老丈请便。”

郭景明连忙离了邃室，走至门外，取出四两银子，赏给四名舆夫，

说道：

“你们且到桥边去喝酒吧！卢公子在里面欢饮，一时不就回去，到时我自会呼唤你们的。”

这桥边果然有一家酒店的，舆夫们看在眼里，只是没有吩咐，不敢擅离，现在接了银子，大家欢欢喜喜地去喝几杯黄汤了。

郭景明打发舆夫去后，便到后面女儿闺房中去，见玉辉在灯下支颐独坐，愁眉不展，一见她父亲进来，便立起问道：

“爹爹，这事怎样了?”

郭景明低低说道：

“快要下手了！你且放心，我已有人相助，总可对付得过去，不给那厮一个厉害，他们也不知道我郭某是何许人。今日我要一吐这口闷气了，你有没有预备好呢?”

玉辉点点头，郭景明立即回身走出，仍到邃室中来陪坐，尽把酒来请众人喝，他自己却推牙痛，只喝得二三杯。卢荣因恐耽误了好事，也不肯多喝，白勇、邓振等四员家将却举杯痛饮，一个个都有醉意。因为郭景明预备的酒是最浓的，所以容易醉人。卢荣一心要想早些回去，再三催促，郭景明再也挨不过了，忽地立起身，指着卢荣骂道：

“卢荣小狗头，此刻我对你说明白了吧！你想娶我的女儿，竟设计陷害我，强逼我在狱中承认姻事，目无王法，倚势凌人。我郭景明却是个倔强的大丈夫，不受非礼之加的。今日你们前来，无异送死，我自当收拾你们这班恶人，你却还想我的女儿跟你回去吗？那是梦想，那是痴话，大概你们恶贯满盈，末日到了!”

郭景明说时声色俱厉，卢荣不由惊得呆了，白勇等知道不是路道，正待发作，郭景明早拿过一只酒杯向地下一掷，当啷一声，只见左边那扇小门开了，跳出一个武装的壮士，手握明刀，杀气腾腾，好似飞将军从天而下。

第六回

筵外挥刀快人快事
山头飞石如火如荼

当郭景明假意陪着卢荣等一班人虚与委蛇、杯酒交欢之时，林凤匿伏在左边密室中，十分气闷，他听得外室饮酒谈笑之声，却不闻郭景明有何动作，只得把桌子上放着的冷酒一杯一杯地喝下肚去，又把一只熟鸭撕来吃，免得腹饥。好容易守候了长久，才听得当的一声，掷杯为号，他立刻取了预备好的一柄朴刀，一开室门，跳将出来。

卢荣等听郭景明一番呵责，知道情势不好，今天上了姓郭的当，这事有些尴尬，又见左边小门开了，跳出林凤这个人来，刀光霍霍，已到卢荣顶上。白勇一发急，早举起一张板凳拦住林凤的朴刀，喝一声："何来刺客，不得动手伤人！"林凤骂一声："狗奴！快快授首，今日你们来时有门，去时无路，谁叫卢家小子癞蛤蟆妄想吃天鹅肉！"邓振也从身旁拔出宝剑，照着林凤顶上便剁，林凤使开手中刀，和他迎住厮杀。

此时，郭景明早将室门闭上，从腰际抽出一条软鞭来，向空一抖，哗啦一声，如一条豹尾般舞将起来，直奔白勇，说道：

"先收拾了你们这些狐群狗党，然后再向那厮说话。"

白勇也已拔出佩刀，喝道：

"姓郭的不要逞能，叫你识得笑面无常的厉害！"

两人一鞭一刀，斗在一起，鞭影刀光中吓得卢荣无处闪避，忙钻到桌子底下去，蹲着身子不动，股栗不已。还有两员家将取出兵刃，立在桌前防卫他。邓振和白勇虽然骁勇，但皆有些微醉，刀法未免错乱，何况林凤和郭景明都是有能耐的人，所以渐渐招架不住。林凤觑个间隙，让邓振一剑劈向他的头上来，他蓦地低头向剑口下只一钻，直撞到邓振的怀里去，乘势一刀，早刺入邓振的肚腹，鲜血四溅，邓振大叫一声，仰后而倒。林凤的刀头拖出时，邓振的肚肠已跟着林凤的刀花花绿绿地拖出了一大段。白勇瞧着，陡吃一惊，却被郭景明猛喝声“着!”，一鞭正扫中白勇的头颅，咕咚一声，栽倒在地，已打得头脑昏晕过去。郭景明又向他头上打了一鞭，一颗大好头颅已打得稀烂塌扁了。尚有两员家将见邓、白二人一齐毕命，惊得呆了，林凤和郭景明赶上前，将他们踢倒在地，从他们身上解下带子，把来四马倒攒蹄地捆起，抛在一旁。郭景明不见了卢荣，便道：

“咦！姓卢的小子逃到哪里去了？”

林凤把手向桌子下一指，说道：

“这厮不是吗?”

郭景明跟着向桌下一望，不由扑哧一声，笑出来道：

“你这小乌龟，躲在桌下有何用处？我今饶你不得!”

一伸手，把卢荣如抓小鸡一般地拎将出来。卢荣唬得周身如筛糠一般，只是哀求道：

“两位好汉千万不要动手，饶了我吧！我也不想郭小姐了，放我回去，感恩不浅。”

郭景明指着他骂道：

“小乌龟，你倒这样说，若不是你妄想娶我的女儿，你家老狗头为什么要诬陷好人，强逼人家允婚？都是你这畜生出的是非，现在倒想活命吗？你家郭爷为了你这厮，官也不要做了，一口怨气要发泄在你的身上，你却说得这样容易。”

林凤也说道：

“那天你在埠外踹毙了人家女孩子，显示你的威风，让人家白白牺牲于你马蹄之下，我都瞧在眼里。天下有你这样不讲情理的人吗？我林凤也饶你不得!”

说罢，伸手在卢荣颊上打了两下巴掌，早打得卢荣两颊顿时红肿，双手捧着，只是叫喊。郭景明便将一根绳子把他缚在椅子上，林凤用刀在他身上割下一块衣襟，塞在卢荣的口里，使他不能叫唤。郭景明仍把软鞭围在腰里，从地上拾起一柄刀，高高地扬着，又对卢荣说道：

“你这厮现在还要我的女儿吗？平日时候，此间由你威风，不知有多少良民受你的荼毒，今日你找到我的头上来，也是自作孽不可活了。待我来服侍你吧！”

卢荣听了郭景明的话，心里明白，嘴里却说不出话来，直着两眼，尽向郭景明瞋视，面色灰白，可知他心头的惊慌了。郭景明道：

“我今天并不要你狗命，只向你身上借一样东西，就是你的一双眼睛，代你取去了，好使你这淫徒以后不再瞧见人家妇女而起淫心。”

郭景明说罢这话，卢荣双目流泪，嘴唇掀动，似乎要向郭景明哀求，但此时郭景明岂肯饶他？早伸开五指，向他左右眼眶子里抉了两下，卢荣的一只眼珠已被郭景明挖了出来，血迹淋漓，丢在地上。卢荣痛得晕了过去，郭景明便对林凤说道：

“这厮已被我收拾了，事不宜迟，我们走吧！”

林凤说声好，郭景明又指着天然几上放着的四百两银子，带笑说道：

“这是小狗头送给我们的盘缠，不义之财，乐得拿它用用。”

说罢，便把一封一封的银子和林凤各自分开，藏在怀里，走出室来。将门反锁上，走至后面，吩咐厨役和下人说道：

“你们随我多年，今日小姐将随卢公子回去，我也相随同往，这里不留一人，你们快快去吧！我各送你们十两银子，别处谋生，休管我事，至要至要。”

末后，这两句话就是给他们的暗示，郭景明说罢，取出银子付给他们。下人见郭景明一本正经地说话，虽然这事太奇突一些，然也不敢询问，各自收拾包裹铺盖，立即出门去了。郭景明打发下人去后，门外四个舆夫已饮酒回来，在门口探望。郭景明吩咐他们说道：

“你们回去禀告太守，说公子饮酒已醉，不能回府，今夜就在我家住宿，明日清晨回衙。四员家将随同一起，都由我招待住下了。”

舆夫听了这话，将信将疑，只得抬着空轿回去复命。郭景明笑了一笑，就树下拉过三匹马，转到后门去，大门早由林凤紧紧关上了。郭景明从后门入内，催促他女儿快快逃避，有话也来不及和她细说。玉辉早已准备一切，便带了衣箱包裹，跟随郭景明、林凤走出后门。郭景明扶女儿上了马，把行李都放在他的马上，和林凤各自跨上，郭景明当先，玉辉居中，林凤押后，赶奔东门而去。郭景明为女儿不惯坐马，所以走得稍慢，行至东门，守门的认得他是郭千总，没有盘问。三人平平安安地出了城关，走得不到二三里光景，忽然背后喊声大起，灯火照耀，有一队官兵追赶到来。这因为卢仁美在府衙中等候儿子回来，自己还预备让儿媳拜见，起初不见卢荣回转，以为儿子去接郭小姐，郭景明当然要设宴招待的，后来迟迟不见回衙，心中不免有些狐疑。好在有邓振、白勇等四人护卫，谁敢得罪他的儿子呢？正想派一家人前去探问，即催儿子早归，恰巧舆夫回来复命，说公子醉卧郭家，今宵不归。卢仁美听了这话，摇头说道：

“岂有此理！荣儿怎么如此荒唐？今夜他是迎接新妇去的，如何反住在郭家？老郭也太糊涂了！他本来不愿意将女儿送给人家的，莫非他有什么诡计？我儿子莫要上了他的当。”

连忙唤过两名得力家人，吩咐原轿前去，说：

“太守有命，今夜公子必要回家，不得迟延。”

两名家人奉命，即同舆夫进去，开了大门，一同走进，却见里面灯火虽然亮着，而空荡荡的，阒然无人。不由大为奇讶，四处搜寻，方走至那个邃室，打开室门，进去一看时，大家惊呼起来，遂先将地下缚着的两员家将解去绳索，问得真情，又将卢荣束缚解开，取去嘴里塞物。卢荣已是半死半活，只是呻吟，家人忙把他舁至外面，即用彩舆抬回衙去。卢仁美得到这个消息，宛如晴天霹雳，又悲痛，又愤怒，一面忙请医生来医治他的儿子，一面赶紧派人通知王守备，速速出兵追捕凶手。王守备怎敢怠慢？忙调齐五百兵丁，他知道郭景明的能耐，所以自己出马，先向各城门一探听，始知郭景明从东门出走了，他立即率领部下出东门追赶。郭景明只为女儿不惯骑马，未免走得迟慢，遂被追及，林凤便对郭景明说道：

“官兵已得信追来，这事发觉得很快，幸亏已出了城，再也不怕他们。现请你保护着令爱先行，在海边等候，我们可坐海船回泉州到舍间藏身，料这些官兵都是酒囊饭袋，也奈何我不得的。”

郭景明道：

“前面有一林子，待我把女儿送入林中藏身，我再回来助林兄退敌。”

说罢，便将玉辉抱过自己的马鞍，挟着她，加上一鞭，泼刺刺地先行，那空马也跟着前跑。林凤却在一座小桥上勒马横刀，等候官军，一会儿官军早已像旋风般追到桥下，火把影里瞧见王守备全身武装，手握长枪，一马当先，卢荣手下的两员家将也在其中，一见林凤立马桥上，便指着他告诉王守备说：

“此人也是凶手。”

王守备点点头，大喝一声，挺枪杀上桥去。林凤真如猛虎负隅，眈眈欲噬，舞开手中朴刀，冲下桥来，恰和王守备刀来枪往地斗在一起。王守备的武艺不过尔尔，怎及得林凤的骁勇？战到三十余合，王守备渐渐力乏，一枪刺向林凤胸口时，林凤身子一侧，让王守备的枪刺个偏斜，左手一起，紧接着，将王守备的枪杆抢住，顺势往自己怀里用力一拽，王守备吃不住，身子向前一冲，林凤右手刀使个“旋风落叶”，一刀向王守备脑袋上扫去，喝声着，王守备的头上已着了一刀，翻身跌下马鞍，鲜血殷红，直僵僵地躺在地下，眼见得不活了。官兵大惊，上前来抢尸首，林凤纵马舞刀，杀入官兵队里，左右剁劈人马四面仆地下，纷纷败走。林凤觉得这一阵杀得爽快，横着朴刀，在马上仰天大笑。

这时，一钩新月在云端里露出她半边娇容，清光下泻，好似在那里偷窥这一幕流血的武剧呢。他就拨转马头，过了小桥，向前跑去。却见对面飞来一骑，正是郭景明，向他问道：

“林兄已把官兵击退了吗？”

林凤道：

“小弟已把王守备杀死，官兵败走，料他们不敢再来了。令爱何在？”

郭景明道：

“我已安放她在前面松林中，本待赶来同退追兵，仰仗林兄之力，幸已从容退敌，我们可以安然远走了。”

两人遂并辔而行，林凤又道：

“这一次不但惩警贪官之子，而又戕杀地方将士，案情犯得大了，恐怕卢仁美自己也要受处分，报到省里去，必要严缉凶手。泉州地方都识得我林凤这个人，所以初想邀贤父女同去藏身，继思也不安稳了。”

郭景明道：

“林兄说得不错，但我们究竟走到哪里去呢？”

林凤道：

“潮州林道乾是个很有义气的英雄，我和他虽是新结识，却很契合，我们不如且到他那里暂作枝栖，他一定能够设法安顿我们的。”

郭景明听说有去处，总是赞成。两人到了松林中，找到了玉辉，告知杀死王守备的经过，一同赶路。玉辉见林凤少年英勇，芳心甚是钦佩。三人赶了一天的路程，次日遂向乡人家中借食歇足，玉辉觉得十分疲乏了。这一天到了海滨，雇得一艘帆船，三人弃马下船，向潮州海岸驶去。林凤在舱中和郭景明父女谈起萧柯，不知他得到了这个消息，如何欢喜，倘然漳州府严行追缉时，不知要不要连累于他，因为林凤曾在萧家耽搁多时，而萧柯又和郭景明相识的，但彼此分隔两处，这事也顾不得了。

舟至汕头海面，离潮州不过数十里海面了，忽然对面驶来了数艘盗船，船上立着许多健儿，手中一齐执着兵刃。林凤和郭景明见了这情状，知道不妙，连忙各出兵器，准备和海盗决斗。舟子吓昏了，手足失措，一时无处逃避。林凤、郭景明走至舱面，盗舟已把这只船包围拢来。林凤大呼：“狗盗！敢在这里行劫？也识得泉州林凤吗？”林凤喊了这一声，横着朴刀待斗。盗党中忽然钻出一个少年来，向林凤大声说道：

“原来是泉州的林爷，还认得青面兽袁德吗？”

林凤定睛仔细看时，方识这少年就是二年前曾在自己门下做过门客，投宿三月，借了五十两盘缠而去的粤人袁德。在他的面上有一大堆青色的痣，一见就识，因此大家代他起了一个别号，唤着“青面兽”，也通得武艺，曾在广州番滩上因赌起衅，失手打死了人，亡命江湖而投奔林凤的，后来要到南洋去做工，才辞别而行，想不到袁德竟做了海盗，在此地重逢。

这时，袁德止住同伴，请林凤、郭景明过船相见。他们一伙人是常在潮汕海面劫掠，大鹏湾外的小岛便是他们的巢穴。盗魁姓陆名老四，手下也有一二百人，此番正在汕头海面遇见俞大猷的部下，厮杀了一阵，败退下来的。经袁德介绍，和林凤相见后，陆老四闻得林凤是个豪杰，便要劝他入伙，林凤婉言谢绝，刚要和郭景明回船去时，忽听前面鼓角之声，有一队官军的战船，旌旗飘扬，杀奔这里而来。袁德瞧着，便对林凤说道：

“这就是俞大猷的部下前来追剿，请林爷相助我们抵挡一阵吧！此时林爷的船已和我们一起，林爷要辩也辩不清了。”

陆老四也取过长刀，说道：

“好！他们苦苦逼人，我陆老四只得拼上一拼了。”

林凤被袁德嬲住，不放他走，郭景明因为自己船上只有女儿一人，恐防吓坏了她，急忙走回船去。这时候，官军已布成阵势，向盗船进攻，有几支箭射向林凤所坐的大船，林凤为自卫起见，脱身不得，举起朴刀，护住自己的要害，用目向官军那边瞧去时，见当先一艘艨艟，满布兵士，船头上立着一将，身躯高大，手执一对镔铁短戟，高声大喝：“海盗！逃到哪里去？”陆老四也发出命令，亲自出战，早有一艘盗船冲上前去，被那将一戟一个挑死了数人。此时，艨艟渐和陆老四坐舟相近，那员明将蓦地纵身一跃，跳到这里舟上来，手起两戟，已搠倒了左右两个海盗。陆老四见那将果然骁勇，适才也是败在他手里的，此时不得不硬着头皮上前迎战。林凤怀抱朴刀，站在一旁，眼看那明将两柄戟使得如龙蛇飞舞，陆老四一口长刀已被他紧紧裹住，只有招架而无还手。斗到分际，陆老四的胸口早中了一戟，跌倒在船首，一船俱惊。袁德一推林凤道：

“林爷，上去收拾那厮。”

林凤还没开口，明将已杀至他的面前，呼地一戟，照准他面门刺来。此刻再不容他犹豫了，连忙将朴刀拦住画戟，觉得其势沉重，不敢怠慢，也就施展出平生本领来和他交锋。两人狠斗五六十合，那明将见林凤武艺了得，不由惊异，把双戟直上直下地尽向林凤进刺，心中很是焦急。林凤知道此人只可智取，不能力胜，待他一戟刺向腋下时，故意装出不及闪避的样子，戟锋刚才到他身上时，他陡地狂叫一声，仰后而倒。袁德见了，以为林凤中戟，又是一惊，明将踏进一步，想要再刺一戟，却不料林凤一个“鲤鱼打挺”，直跳起来，一刀已至明将胸口。明将真的不及避让，被他一刀刺进胸去，因为林凤用力过猛，刀锋从明将的背上直透出来，明将如何禁得起这一刀？早丢下双戟，仆倒船上。林凤拔出朴刀，跟着鲜血直冒，胸前开了一个窟窿，眼见得不活了。众海盗见林凤杀了明将，声势陡振，大家奋力向前冲杀，官军折了一员大将，无心恋战，立即回船退去。这一阵海上厮杀，海盗们得以转危为安，都是林凤助战之功，大家看得清清楚楚，袁德在船上扶起陆老四，已是一息奄奄了。林凤立在他身旁，手中提着镔铁双戟，威风凛凛，这就是从明将手中得来的，因他心爱双戟，所以做了他的战利品。陆老四拉着林凤对袁德挣扎着说道：

"诸位弟兄，我是不能活了，要和你们离开。这位林壮士能够手刃我的仇人，我瞧在眼里，甚是感激，甚是佩服，他的武艺高强，你们也目睹的，所以，我死之后，诸位弟兄不要散伙，就请林壮士为主。大家跟着他，比较跟我好得多。"

陆老四断断续续地说了这几句话，胸口血流出得更多，面色惨变，顷刻已僵。袁德遂遵照陆老四的遗嘱，和众人共推林凤为首领。林凤正苦没处去，遂将错就错地允许他们暂时做了海盗之魁，又过船去和郭景明说明白了，姑且托足于此。是袁德等一行人簇拥着林凤和郭景明父女回归他们的巢穴，把老四尸骸备棺盛殓，葬在岛上。林凤既长其群，检点部下，共有一百二十余人，把来分为两队，甲队由自己统率，乙队便请郭景明管领，准备官兵要来征剿，派出探子去海边打听消息。果然有一天，官兵大起战船，由俞大猷将军亲自来剿，因为前次林凤杀死的明将乃是俞大猷部下最宠任的副将黄利国，斩将搴旗，屡立功劳，不料死于海盗之手。俞大猷闻知后，大为震怒，以为海盗猖獗如此，为虺勿摧，后患滋长，倘他们一旦去和其他海盗联络，那么如虎添翼，更难荡平了，于是大起三军，向海盗巢穴进攻。林凤恰巧首当其冲，立即率领部下出发，在海面上迎击，林凤和郭景明虽然骁勇，可是众寡之势悬殊，鏖战良久，死伤了三分之一，只得退守孤岛。俞大猷决心要犁庭扫穴，不容漏网，指挥战船向岛上进攻。林凤知道不可力守，遂和郭景明、袁德商议一遍，决定突围而走，预先把粮食、军械、财物运入舟中，乘夜半从岛后偷逃。俞大猷早防到这一着，各处都有船只巡逻，一见海盗出奔，立即燃放信炮，霎时间官军战船四集，上前拦阻，林凤等且走且战，黑夜中不辨方向，虽幸杀出重围，而已和郭景明一行人失散。袁德已中箭落海，身边只有二艘帆船，十二三个弟兄，好不凄惨，无处可奔，只得在海上东飘西泊。林凤心里急欲找得一处较为隐僻的海岛，可以小作休憩，整顿残部。

这一天，两船正向海南岛进发，见前面隐隐有一小岛，好似一个大大的马首昂起在海面，他们向这小岛驶去。到得那里，乃是一个荒岛，不像有人住的，但见东边海滩上却泊着一只小小渔舟，林凤对他部下说道：

“瞧这岛乃是荒岛，却从哪里来一渔舟？但不知舟上有没有人，我们可以探问一下再作道理。”

二船遂一前一后地驶过去，林凤站在船头，正要开口呼唤，却见渔船舱中跳出一个毛茸茸的东西，手里捧着一个酒坛子，正在那里喝酒。细细一看，原来是一头小猩猩。林凤大笑，笑声方停，小猩猩回过头来瞧见了来船，嘴里呜呜地叫了两声，丢下酒坛，跳到岸上，一刹那间，已不见踪影。林凤笑道：

“没有遇见人，却碰着个小猩猩，真是奇怪。”

等到坐船靠近渔舟时，林凤跳到渔船上去一看，却空空地不见一人，不由说道：

“咦！奇了。”

便想上岸去一探究竟，他遂挟了镔铁双戟，和部下八名健儿带了弓矢刀枪，立刻登岸。坐船泊在岛边，四人看守，林凤走上荒岛，不见庐舍。这时正是下午，赤日炎炎，幸亏有些凉风，他们只拣树木茂盛的地方走去，走得不到二百多步，一个部下指着左侧草中喊起来道：

“这不是一个人吗？”

林凤低首看时，乃是一个残骸，身上衣服都已撕毁，只剩一条腿和一条臂了。林凤惊道：

“那么这岛上不是完全没有人的，这个尸骸是被谁谋杀的呢？”

大家无不奇异，再向前面走去，悬崖下树木荫翳，森森布列，如有鬼魂拿人，林凤手执双戟，当先找路，吩咐部下各各当心。走得不多几步路时，林中忽然飞出一样东西，照准林凤身上飞来，林凤急忙将铁戟迎着一击，那东西激射到旁边地上去，骨碌碌地滚在一边，乃是一颗小石子。林凤知道有人暗算，遂停住脚步，向林中喝道：

“鼠辈！快快出来和你家林爷厮杀，不要暗中伤人！”

喊了数声，仍不见有人答应。林凤只得一步步仍向前行，岸上忽然有一块很大很重的青石直向林凤头上落下，幸林凤眼快，说声不好，赶紧向旁边一跳，那大石哗哒一声响，落在林凤背后，陷入土中数寸。林凤看着，暗称侥幸，自己若被那大石击中时，怕不要粉身碎骨吗？

这时候，悬崖上数声猿啸，七上八下地有十数头猩猩正在那里窥探他们，林凤方知岛上果然并没有人，就是这些猩猩作的怪。跟着树林里也跳出来七八头猩猩，内中有一头猩猩形体很大，毛茸茸地双目闪闪，好似要噬人的样子。林凤便叫众人伏在石壁后勿动，他自己取过弓矢，扣弦待发。这些猩猩从崖上飞奔而下，和林间的会合在一起，向林凤等跑来。林凤想：这些猩猩并不畏人，反大胆进攻，可见它们的猖獗了。林凤觑准那猩猩，嗖的一箭射去，那猩猩不知避让，正中胸口，只见那猩猩跳了两下，伸手把箭头拔了，方才惨叫一声，跌倒地下。众猩猩一齐将手中石子纷纷向林凤这里打来，林凤的部下虽然左右闪避，然也有数人被它们击中，打得鼻破血流，眼青脸肿，林凤只得舞开双戟，和部下一齐向前猛冲。猩猩究竟是畜类，手中没有武器，怎敌得过林凤这些人？早已四散奔逃。林凤赶过林子，却不见了猩猩，他好奇心生，定要窥探一个究竟，便和部下依旧上前搜索，忽听那边树下有哼哼的声音，林凤便叫众弟兄：“可听得那边有人声吗？快快与我搜寻。”

大家更是兴奋，向前走去。哼声越近越响，才发现一株桃树之下，赤裸裸地缚着一个汉子，约有二十多岁，肌肤结实，面目粗黑，一双圆圆的眼睛，瞪得很大，满身绊着藤蔓，不知怎样地被缚在这里。林凤走上前去，正要询问，那汉子早已见了他们，大声嚷道：

“好！有人来了。请你们快快救我一救，我上了畜生的当，行动不得，请你们快快把我解救。”

林凤想要解去他的束缚，然而那些藤纠缠得甚是紧密，再也不能解脱，他遂从一个部下手里取过一柄短刀，自己手中的双戟并在一起，举起刀来，在那汉子身上割了几下，那汉子立刻跳了过来，恢复了他的自由，好不快活。林凤忍不住问道："你是谁？为何被人缚在这里？"

汉子答道："说起来又好气又好笑，缚我的人就是岛上的猩猩。"

林凤道："咦！你怎样会被猩猩缚住的呢？"

汉子道："我姓赵，单名一个虬字，本是海南岛人氏，常和同伴在海上捕鱼，因我水性精通，大家称我南海龙王，海岛的渔户哪一个不认识我？今日我和两个伙伴出外捕鱼，路过这岛，一个伙伴说这里是个荒岛，数年前他跟人到过一次的，知道岛上出产的水果很好，有一种桃子又大又甜，别处地方吃不到的。我正口渴，一时高兴，便和他们特地到这岛上来吃桃子，我们三人上了岸，走到桃林中，采了桃子大吃，果然味道不错。谁知吃得有味的时候，忽然来了一大群猩猩把我们困住，我们吃亏在没有带家伙，他们用石子向我们飞击，如雨点儿一般，难以躲避，我也中了两石子，打得我勃然大怒，奔上前去，想和猩猩搏斗。那些猩猩很是狡猾，竟会引我走向险仄的山径上去。我一心要想捉到一二头猩猩，所以不顾一切追赶上前去，谁知那里有一个天然的深坑，隐在乱草中，我踏了一个空，立刻跌将下去。幸亏没有受伤，正想挣扎起身，那些猩猩竟把我双手双足挟住。那时我的性命已是万分危险，不能和它们反抗，它们却并不弄死我，就把我拖上深坑，缚在这里树上，撕去我的衣服。有两头猩猩折了树枝，将我乱打了一阵，方才走去。"

林凤道："这真奇了，它们不伤害你的性命，反而责打你，是什么意思呢？"

赵虬道："我想猴子是喜欢吃桃子的，也许我们到岛上来大吃桃子，被它们瞧见，便来禁止，把我责打，是警戒我的意思，为了我们偷吃了桃子之故。"

赵虬说到这里，大家都笑起来。林凤道："那些猩猩真厉害。"

赵虬道："厉害厉害！我赵虬自问本领不弱于人，却不料跌翻在畜生手里，真是惭愧！多谢你们来救了我，只不知我的同伴在哪里？"

林凤道："你的同伴吗？我们眼见有一人死在道旁，海滩边的渔舟早已空虚无人了。"

赵虬跳起来道："哎呀！他们准是被那些畜生害死的，我们好好儿的三个人出外，只剩我一个人回去，叫我对人家说什么话呢？也许人家说我起歹良心把同伴害死了。唉！我自己受了耻辱不算，我的同伴又被畜生害死，这个仇如何不报呢？我要找它们去。"说毕，回身便跑。

林凤叫道："且慢，你赤裸裸的一人走去，又没有家伙，不要再吃了畜生的亏。"

赵虬被林凤这么一说，提醒了他，立刻回转身来说道："不错，我的衣服都被畜生撕破了，不能再穿，横竖在这荒岛上，不穿也罢。只是没有家伙，不免要吃亏，就向你们一借吧！"

一面说，一面便向林凤的一个部下手里夺了一柄刀，回身又走。林凤从来没见过这种鲁莽的人，他招呼部下跟着赵虬前行，走了百数十步路，赵虬指着山壁下草间一个深坑说道："这就是我倾跌的所在，你们留心着吧！"

大家听了他的话，小心翼翼地绕道过去，前面树林里发出猿啸之声，只见有十数头猩猩向他们怒跃而至。赵虬喊一声："你们这些畜生又来了。"挥动手中短刀，跳过去和四头猩猩肉搏。此时赵虬一则当着林凤等面前一心要使出他的本领，二则借此一雪前耻，所以用力酣斗。林凤在旁看着，不住地点头，但是其余的猩猩怎肯不动？早把手中石子向林凤等身上抛来。林凤冷笑一声道："黔驴之技，不过尔尔，你家林爷不能不动手了。"

也就舞动双戟，杀上前去。众猩猩虽然勇猛，岂能敌得过林凤、赵虬二位英雄？早被二人刺死了数头，其余的又只得逃向荒山中去。林凤杀退了猩猩，又和赵虬等向前搜索，见前面一片平原，河流环绕，不见猩猩的影子。林凤看得中意，不由叹道："好一个地方！"

赵虬在旁忽然问道："哎呀！你们救了我的性命，我却还没有请教姓名呢！"

林凤见赵虬是个直爽的人，也就以实而告，并不隐瞒，且说自己缺少根据地，四处寻找，今日中意了这个荒岛，便想在此岛住下了。赵虬大喜道："我今回船不得，也愿追随麾下，一同效力。"

林凤道：“倘得赵兄弟相助，正是求之不得了。”

于是回至船上，告诉其余的弟兄，大家莫不惊异。赵虬跳到自己的渔船里，找到一件衣服穿了，再来相见。从这天起始，林凤和赵虬便在这岛上经营起来，起初搭些篷帐，造些草庐，以后找了匠人来盖造屋宇，又耕种田地，存储粮食军器，积极扩充，部下也渐渐增加，便名这岛为马头岛。山中的猩猩被林凤逐渐除减，只剩数头老猩猩，匿伏不出，再也不怕它们骚扰了。

有一天，林凤正在岛上操练部下，忽报外面来了数艘大船，恐是官军，闻得风声，前来征剿，林凤立刻传令部下，一起下船，开出港口去抵御官军。他好久没有和官军交锋了，此时他的部下迭经训练简汰，比较以前精锐得多，一听命令，无不摩拳擦掌，准备厮杀。赵虬更是起劲，他执着两柄金斧，跟着林凤把舟驶到港口去。海面上风平浪静，正好鏖斗，林凤欲一雪以前败北之耻，所以精神抖擞，异常兴奋。

第七回

病榻托孤雀屏初中
青楼采艳鸳梦重圆

林凤倒提双戟，站在舱首，用目向前观望，只见对面有三艘帆船向这里疾驶而来，船头上隐隐立着几个人向这里窥探，只是瞧不清楚是谁。阳光照射海浪，闪耀着五色异彩，林凤心中有些狐疑，因见来舟甚少，不像官军来剿，船上也没有旌旗，倘然是官军，其数必多，绝不致寥寥三艘。若说它是商船呢，却又不然，商船大都载重，其行迟缓，绝没有这样疾驶而来的样子，况且这里是个荒岛，它们特地来此做什么呢？林凤正在暗暗忖度，那三艘帆船愈驶愈近，渐渐看得清人了，装束和自己这边人差不多，益发可知不是官军了，大概是别处的海盗吧！然而他们来此又将作甚？也不可不问个明白。他打定主意，把自己的战船一字地排开，等候对方动静。对面船上见了这里的情景，来势渐缓，有一个四十多岁的男子，蓝布扎额，身穿短衣，腰悬佩剑，高声喊道：

"前面来船可是岛上的人吗？我们此来并无恶意，敢问一声，在你们地方可有泉州林凤在内吗？"

林凤听得这话，向那男子仔细一看，原来就是郭景明，他满面风尘，更觉苍老一些，若非他开口时，几乎不认识了。心中大喜，连忙把坐船迎上去说道：

"小弟林凤在此。"

郭景明也已瞧见林凤，满面透着笑容，也把船靠拢来。两船相近，郭景明早已一个箭步跳至林凤船头，拱手说道：

“果然林兄弟在这里，此行可谓不虚了。”

林凤连忙问道：

“前次失散后，小弟漂泊海上，常思及贤父女不知何往，今日幸得相见，美甚美甚，但你们怎会知道小弟在这岛上而来相会呢？令爱无恙吗？”

郭景明道：

“那天我们几艘船正在向南冲杀，都被官军把郭兄的战船截断，竟使我们彼此不能相顾，逃出重围后，要想和林兄弟重逢，却又消息杳然，又要避免官军追击，只得销声匿迹，在海面上东漂西泊，无处归宿。前日听得海客报得琼岛东南有一个小岛，形似马头，最近岛上有一伙海盗盘踞，正在招罗同志，增厚势力，为首的乃是一个英俊少年。我听后，心中跃跃欲动，暗想：莫非林兄在那边吗？所以亲自前来探访一遭，果然是林兄，岂非天使我们离而复合吗？小女也在船中一起前来的。”

林凤道：

“巧极巧极！”

遂将自己如何到这里来击走猩猩、巧逢赵虬、借作根据地的经过约略告诉一遍，郭景明不胜快慰。林凤便请郭景明同在岛上相聚，郭景明同来的健儿见是林凤，一齐欢呼，大家跟着林凤的船回至岛旁，一齐泊住。林凤便请郭景明父女上岸，此时，玉辉从船舱里走出，郭景明扶着她上岸，林凤见玉辉风姿依然，不过皮肤较前微黑，身穿茜色纱衣，莲步姗姗，和林凤含笑相见。林凤又介绍赵虬和郭景明相识，引导他们父女俩到寨中，一同欢饮，算是接风的意思。又把酒肉犒赏郭景明带来的弟兄，分而复合，各自欢喜。从此，郭景明父女也在马头岛住下，和林凤一起干海盗生涯，但他们很重义气，不劫孤单客商，不杀无辜良民，在南海渐渐有些潜势力了。

有一天，郭景明忽然患病，一连数日，很是沉重，岛上又无大夫，只有一个部下略知医道，代郭景明诊治，可是服药后毫无效验。林凤暗暗发急，玉辉朝夕侍奉，衣不解带，她眼看着父亲病势日危，芳心忧急万分，背地里吞声饮泣。郭景明自知不起，遂对林凤说：

“生平没有什么不舍得，只丢不下我的爱女，因为玉辉尚未许人，茕茕一身，将来靠谁保护?”

所以在将死之前愿把爱女托孤于林凤，且因林凤年近而立，尚未授室，不孝有三，无后为大，他心里的意思欲将玉辉嫁给林凤为妻。一则使玉辉终身有了归宿，二则也使林凤早成了家，便老实和林凤说了，要征询他的同意。至于林凤，本来并非鲁男子，终身不相亲远女色，只因他的眼光很高，少所许可，所以耽搁下来。玉辉姿色美丽，性情幽娴，相处较久，已知她是个好女儿，心中早有此意，只是未便启齿。现在郭景明既已许婚，他岂有不愿意之理? 遂答道:

“承仁丈将爱女下许，何幸如之? 身后一切自当遵嘱办理。但相聚未久，正要多所借助，何图弃我而逝? 未免悲痛!”

郭景明也点头太息，便唤女儿过来，叮嘱她一遍。玉辉一向许可林凤为豪杰之士，况有父亲之命，自然更无异言，二人遂在榻前拜倒。郭景明又请赵虬为媒，即日便代二人在岛上成婚，要在他临终之前，亲见这头喜事的实现。部下闻得，一齐欢欢喜喜地吃喜酒，但是他自己却不能喝了，在林凤和郭玉辉成婚后的第三天晚上，郭景明便含笑长逝。玉辉哭得如泪人儿一般，林凤也觉伤心，棺木等物早已在前数天办好，次日便将郭景明遗体安殓葬于岛上后山。

林道乾等避风来此时，正是郭景明逝世之后，林凤心中悲悼，懒懒地没有外出，赵虬喜欢赌钱，偷偷地和同伴在船上做叶子戏，见了外来的船，立即出来寻衅。恰巧遇到了闹海蛟魏南鲲，演出一场水戏，因此而二林相会，这岂不是飓风为媒有意使海上英雄一堂聚首吗?

林凤和林道乾自从龟山射鹿的时候，在萧柯家中相聚后，一直没有见过。那时匆匆分别，道乾因公务在身，未能多留，今日无端遇合，各人心里说不出的快慰。林道乾听了林凤的一番叙述，很有感慨，且惦念萧柯，不知他在漳州作何光景。林凤当然也时常想起萧柯，所以他和林道乾说，自己业已干了这种生涯，不能出头露面，难以再至漳州去访问故人，连自己家乡也是云天远隔，有家归不得。春秋二季，未能省墓祭扫，一尽人子之礼呢。林道乾道:

“林凤兄弟，你做海盗也是不得已而如此，且待缓日我和郑将军商量后，招安兄弟一班人去剿除海盗，不是可以有取封侯的希望吗?”

林凤喜道：

“倘能如此，这是小弟的幸事了，小弟若能常和道乾兄和张琏大哥为伴侣，更是快活，要请道乾兄早早提携。”

林道乾自然一口答应，大家举杯痛饮。这天晚上，张琏、魏南鲲等一行人仍回船上安睡，看守金银珠宝。林道乾却下榻林凤寨中，和林凤剪烛长谈，在下半夜方上床安寝。次日，张琏等又来聚饮，大家惺惺相惜，意气相投，依着林凤的意思，要请他们在马头岛多聚数天，但是一则林道乾等出来搜寻藏金，请的假期不多，未便在外滞留时日，二则张琏心中常常惦念小莺，所以急欲回去，不肯多留。道乾却对林凤说道：

“林凤兄弟，你在潮州尚没有露过脸，大概没有人曾认识你，不如跟我们去盘桓数天，得间我就代你去向郑将军一说。他是俞大猷将军的表弟，俞大猷一定肯听他的说话，万一他们不肯招安，我也不高兴做这个小官了。我们这一伙人结了伴，到南洋群岛去走走，自己创造一些事业，也不负天生七尺之躯呢!”

张琏早拍手道：“对啊！我也有此雄心。”

林凤听说，心中大喜，忙道：“小弟愿随骥尾。”

于是道乾又和张琏商量，分出一部分金银，约有数千两的价值，赠送于林凤和赵虬。林凤起初不肯收受，后经林道乾再三说了，方才领情。林凤遂托赵虬带领部下，留守岛上，叮咛他深自韬晦，不要出外多事，一切待自己回来后再说。他又抛不下他的爱妻，所以带着玉辉同行，由岛上放出一舟，三四个部下跟随身旁，和张琏、林道乾等即日离了马头岛，向潮汕海面驶行。

众人快快活活地满载而归，先回至南澳，将船泊住，大家上岸，便在魏南鲲家里举行庆功宴，将在特里屯岛得来的宝，乘黄昏时秘密运至魏家，南鲲犒赏同行的十名渔哥儿，每人纹银十锭，叫他们千万不可在外声张。这些渔哥儿都是魏南鲲的心腹，自然欢欢喜喜地领赏回去，代守秘密，这里魏南鲲便将金银点交与张琏，张琏对众人说道：

“我老张早已说过有福同享，此次得到的横财，凡是同去的弟兄平均分派。”

林道乾道：

“这哪里可以？地图和说明书是张大哥得来的，当然是张大哥的功劳，我们是跟着发财，如何一概而论？照小弟的意思，张大哥独取五成，其余的我们平均分派，靠张大哥的福。”

林道乾说毕，魏南鲲、邝刚等都拍手赞成，张琏把手摇摇道：

“林兄弟说得不对了，这事是大家出的力，否则我一个人怎能前去呢？况且我初得地图和说明书时，解释不出其中的隐语，幸赖林兄弟代我详出来的，若没有林兄弟，我哪里能够得这些财宝？又有魏兄弟熟悉海程，我们坐着他的船，方才能得安然到达，安然回来，若没有魏兄弟，我也哪里能够得到这些财宝？所以，万无我个人独多之理。”

林道乾和魏南鲲一齐说道：

“无论如何，我们是赞助张大哥成功的一份子，拿是要拿的，当然不能如张大哥一样，我们情愿请张大哥多得一些，这是道理上应该如此的。”

邝刚、魏三虎、孙天禄也纷纷说道：

“张大哥理该多得，我们相随摇旗呐喊，自愧无功，略取一些已足了。”

林二姑在一旁微笑不语。张琏还是断断以为不可，林凤却忍不住说道：

“古语说共患易，共利难，人家在发财的时候，往往要争权夺利，各想多取一些，以致凶终隙末，义始利终，发生不祥之事。今日你们得了宝藏，却大家不要多取，真好义气，有了这种义气，世间何事不成？但当取则取，大家都是自己人，也不用多客气，像你们这样大家谦让，反而大家拿不成了，何必如此？好在我是第三者，待我来贡献一点儿意见，大家快些分得所有吧！”

林道乾道：“依你怎样讲呢？”

林凤道：“地图是张大哥所得，而张大哥又是众人中间年纪最长、名望最高的人，照公理该多得一些，所以小弟主张是张大哥独得四成，其次功劳较大的要算道乾兄和南鲲兄了，你们二人各得二成，所余二成，可由林姑娘、邝刚、魏三虎、孙大禄诸兄再行平分。我这话说得公道不公道？你们以为如何？”

邝刚、魏三虎等都道：“很好，就是这样分派，再公道也没有的。”

于是张琏、林道乾、魏南鲲等也无异言，唯有林二姑说道：

“这个办法当然很好，但我和哥哥是一家人，哥哥有了份儿，我又何必再取？本来我是跟去瞧热闹的，无功不敢受禄。”

林道乾也说道：“我和舍妹是一起的，不必再行分派。”

张琏说道：“不是这么讲，林姑娘也不可不取得一些的。”

于是他就去开了那一坛珠子，挑选了一百粒又大又圆又光亮的珍珠送与林二姑道：“姑娘既是这般说，这一百粒珠子是特别赠予姑娘的，穿个项链戴在身上，也好作为纪念。”

林二姑不是寻常女子，毫无忸怩之态，老实受了。张琏和林道乾遂把所得的宝藏均分十成，各人取了零碎的金钱。那大块黄金却藏在魏南鲲处，且待缓日熔了再分。大家开怀痛饮，谈些海洋上的事情。林凤说：

“近来海盗的势焰益发猖狂，常常骚扰沿海口岸，因此明廷剿匪诸将很痛心，但是各处地方官却是十九贪婪，苛捐重税，剥削小民，使小民生计的担负日甚一日，有些逼于饥寒，有些怵于强暴，呼号无门，求生无路，遂不得不铤而走险，以致沿海盗风日炽，这半由于吏治未能澄清之故，徒劳剿匪诸将各处奔波，而海盗仍是不易扑灭，言之令人太息。”

张琏因此又想起田吉，他对众人说道：“这一趟出去美中不足的，就是我们迟到了一步，以致被田吉那厮捷足先登，取去了好多，我们又要紧走了，否则遇见了他，我老张好歹要和那厮决一雌雄的。”

林道乾笑道：“话虽如此说，可是在田吉一方面讲起来，我们还是凑现成，他辛辛苦苦地寻到那所在，用力挖掘之后，自己只取到一部分，其余的都给人家搬走了，又把他的部下杀死了不少，当他重至特里屯岛的时候，知道了这个噩耗，心中也不知要难过得怎样呢！”

魏南鲲道：“他又并不知是谁把他的宝藏夺了去，料他痛心之余，一定要在海面上大事侦查，无论如何，他终不能知道是我们这伙人前去取的，归根结底，还是他自食其果。因为他若不生杀机，把番僧逼得跳海时，那番僧身边所藏的东西又何从而辗转得入张大哥的手中呢？他倘然明白了这来源，更要悔恨不已呢！”

林道乾说：“我们将来也许有一天会和田吉相逢，到那时我决定不能饶他。”

大家且饮且谈，酣饮至中宵，方才各自归寝。林道乾、林凤等都住在客室，林二姑却和玉辉同居一室，言笑甚欢。次日，张琏、林道乾都要回潮城去销假视事，张琏所得金银较多，他只携到了一部分金银珠宝，其余的仍藏在魏家，暂时不用。林道乾也取了一半，和他的妹妹以及邝刚、魏三虎等告别魏南鲲等众人，动身回潮。林道乾临行又叮咛林凤：“且在南澳盘桓数天，自己回去当乘机进言，如有好消息，当来奉邀。”

张琏也如此说，魏南鲲和林凤、孙天禄送至海岸，当由魏南鲲的渔舟载送张琏等回去。一帆风顺，已达海岸。张琏和林道乾兄妹、邝刚、魏三虎等一起上岸，重重赏赐了渔船上的人。各人携着行李，喜滋滋地回家。林道乾又约张琏明日到林家去一谈，而邝刚却邀张琏去赌场玩玩，张琏一一都答应了，他先回到家中。慧珠见张琏出去了这许多日子，究竟不知干的什么事，但瞧她父亲脸上喜气洋洋，估料所做的事一定顺利，遂过来侍候她父亲，间问出外的情形。张琏知道他女儿诚实忠厚，不用隐瞒，遂将自己和林道乾等寻觅藏金等事一一直告。且说：“你父亲现已发财回来，你也可以享受享受了，但不要告诉外人知晓。”

张琏说毕，从他包裹中取出二十粒光圆的珍珠和一根金条交与他女儿收藏。慧珠喜得牙齿都合不拢来，自去放在箱中。张琏把金银秘密藏好，带了数锭黄金、二十粒珍珠，预备要到红梅巷小莺家中去和他的爱人重温好梦，所以他又对慧珠说道：“我今晚要在林家痛饮，不回来了，你好好儿当心门户，不必等候。”

慧珠道：“爹爹你回来的好，我等你的门是了，为什么你老是住在外边呢？”

张琏笑道：“这你不要管我，我是喜欢热闹的，守在家中没趣，还是出去。”

慧珠口里低声咕哝着道：“恐怕又要到赌场里去了，发了财也不肯安逸的。”

张琏不管他女儿的说话，一径出门，大踏步走到小莺家中来。他想一步便到小莺的妆阁，因此他刚才走至薛家门前，伸出粗大的拳头，便向门上咚咚地一阵乱敲，只听里面兰子的声音说道：

“哪个冒失鬼把门敲得如此紧急？”

呀的一声，双扇开了，兰子立在门内，一见张琏，脸上不由红起来，忙道：

“原来是张大爷回来了。”

张琏早嚷道：

“是我老张来了，你家姑娘可好？没有出去吗？”

兰子嗫嚅嚅着答道：

“我家姑娘出去……不……不……不……正在楼上打睡，张大爷且稍待，我可就去通报。”

说着，慌忙向楼上喊一声：“张大爷来了。”立即回身奔上楼去了。张琏见兰子这种神情，不觉有些狐疑，说道：

“这小丫头为何这般慌慌张张？我是熟客，也不用你通报的。”一边说，一边举步便往楼梯边闯入。早见薛家妈已很快地走下楼来，说道：

“张大爷，你已平安回来吗？天气好热，且请缓坐，待我唤兰子端整热水，伺候张大爷洗个脸。”

张琏道：

“我不要，小莺在楼上吗？我去看她。”

薛家妈道：

“她正在大解，张大爷且在楼下小坐。”

张琏在客堂里打了一个圈子，说道：

“我到楼上去了。”

薛家妈道：

“好的，但是我要问一声，张大爷此番到南海岛去了许多时日，可曾发财回来？”

张琏闻言，一拍腰袋道：

“告诉了你，好叫你快活，当然发了财了！少停自有好处给你们的。”

薛家妈笑了一笑道：

“谢谢张大爷了。”

薛家妈话虽如此说，仍有些不信的样子。张琏忍不住三脚两步走上楼去，薛家妈跟在后边，当张琏一掀帘拢走进小莺的妆阁时，只见小莺穿了一件藕丝纱衫，正倚身妆台之旁，桃靥含春，眼波微送，叫了一声张爷，低下头去。张琏见了小莺，早就失魂落魄似的走过去，握了她的柔荑说道：

“小莺，今天我回来了，你可想念我？我在外边常常思念你呢！”

小莺道：

“我如何不思张大爷？怎么去了这许多日子，叫我……”说到这里，又顿住了，露出娇羞之态。

张琏哈哈笑道：

“我明白了，去了这许多天，实在是对不起你的，但是小莺你该欢喜，我不是和你说过快要发财吗？此刻我已发财回来了。”

小莺将头一偏道：

“我不信。”

张琏立即从他腰袋里摸出两锭黄金放在妆台上，说道：

“你看这不是金子吗？这东西我有着呢！今日我先赏与你们，其他珠子宝贝我再可拿来。”

小莺和薛家妈瞧着妆台上灿灿有黄金，立刻眉开眼笑，一齐欢喜，薛家妈走过来，向张琏屈膝谢道：

“谢谢张大爷的赏赐，张大爷稳是遇见了财神菩萨，发财发福，张大爷却就是我们的财神菩萨呢！”

张琏道：

“你只要使我欢喜，往后自有大块金银接连赏赐。”

薛家妈又谢了一声，马上将两锭黄金托在手掌里，欢欢喜喜地自去收藏了。张琏却又悄悄对小莺说道：

“东西让你妈拿去，少停我还有更好的给你呢！”

说着话，一屁股在沿窗桌子边坐了下来，小莺倒了一杯茶送到他面前，张琏一看桌上还有咬着的一大堆瓜子壳，便一手拉住小莺问道：

“方才有人在这里吗？这瓜子是谁咬的？”

小莺道：

“有谁呢？是我一个人闷得慌，咬着瓜子消遣，听说你来了，便不用再咬。”

此时兰子从后房走出来，脸上红红的，过来收去瓜子壳。张琏好似蓦地想起一件事情的样子，把小莺陡地向旁边一推，从椅子上跳起身来，大踏步走到后房去。小莺和兰子跟在他后面，脸上都露出惊异之色。这后房是小莺洗浴以及溲溺所在，室中有一口大橱和一张小杨妃榻，几张方凳和便桶等零星东西，没有什么陈设的，朝北有两扇窗正开着，张琏踏进室中，双目就注意到这口大橱，回转头来，向小莺带笑问道：

“这口橱是放衣服的吗？还是安放着别样东西的？”

小莺指着橱上一条半新旧的古月纸，说道：

“张大爷，你看这上面写的什么？便知放的什么了。”

张琏对着纸条念起来道：

“‘制彼裳衣’，嗯！当然是一口衣橱，我老张也想照样去叫木匠制一口，这上面却是锁着，钥匙在哪里？请你开了，给我看一看橱中是怎么样的？”

张琏一说这话，兰子脸上益发红起来，小莺却淡淡地答道：

“衣橱总是一样的，有什么好看？你要制时，隔一天吩咐木匠来一看便了。这式样并不好，你要好的新的，东门木器店里尽可自己前去任意选择，请到外面去坐吧！后房不是你们盘桓之所。”

小莺说了，很不自然地笑了一笑，又将手臂一拉张琏的胳膊，但是张琏依旧立着不动，露出尴尬的面孔，很坚决地继续说道：

“钥匙在哪里？今天我也要一看。”

这时，恰巧薛家妈托着一盏酸梅汤走进房来，说道：

“张大爷在哪里？快请来吃一些酸梅汤，这是自制的，比较洁净，足以解渴。”

小莺道：

“妈，他在这里看衣橱呢！”

薛家妈把酸梅汤放在桌上，走至后房问道：

“张大爷做什么？”

张琏沉着脸说道：

“我要看看衣橱里面怎么样的，要想照样打造一口，你家小莺不肯开与我看，是何道理？”

薛家妈忙赔笑说道：

“张大爷要看时，尽管看看也不妨，但是说也惭愧，小莺赚的钱一家使用很大，没有余钱多代她做衣服，开看时恐怕给张爷见笑，所以她不肯开了。”

张琏道：

“这个不打紧，我老张也是个穷汉，有钱辄尽的，现在发了财，小莺要什么便给她什么，你们开了橱，我可做一橱衣服给小莺尽穿，也是极容易的事。你们假若迟迟不开，倒使我疑心起来了。”

薛家妈听了这话，遂向小莺道：

“橱上钥匙在哪里？快开了张大爷看吧！张大爷的脾气说什么是什么，你还不知道吗？”

小莺便吩咐兰子到妆台左首抽屉里去取钥匙，兰子答应一声，果去取了一个钥匙来，张琏向小莺脸上望望，见她若无其事地取过钥匙去橱上开了锁，拉开两扇橱门来，张琏睁大眼睛向橱中一看，果然堆叠一些单夹衣服，稀疏疏的只有一半光景，清清楚楚地没有什么别的东西，张琏笑了一笑，道：

“好！我已瞧见了，快闭上吧！”

小莺便又把橱门闭上，仍加了锁，薛家妈道：

“小莺，你该快活，张大爷可以代你做一橱的衣服了。”

张琏接口说道：

“大丈夫一言既出，驷马难追，我准做给小莺姑娘就是了。”

他说着话，又走至窗边，探出头去一望，见窗子外边正是小莺家里厨房的屋面，东边矗起一个烟囱，西边有一株大可合抱的柳树，柳丝飘拂到屋面上，映得窗上尽绿，那柳树便在小莺家里的后园，与厨房相通的。张琏看时，小莺早把他衣袖一扯，娇声说道：

“你今天来做什么的？东张西望。”

张琏哈哈笑道：

“我想来做贼，小莺姑娘，你后房的窗子要常常关闭，怕有贼来偷你去啊！”

小莺脸上一红道：

“啐！张大爷不要胡说，到外面去坐。”

张琏一时看不出什么破绽，只得回至外面房中，依然坐下，把一盏酸梅汤直着喉咙喝个精光，咂着舌道：

“其味甚佳，正可解渴。”

薛家妈和兰子收了空碗，一齐下楼去，张琏又对小莺脸上紧瞧，小莺一低头道：

“怎么你老是看我？难道还不认识我吗？”

张琏笑道：

“我看你面貌较前发胖一些了。”

小莺道：

“我不要胖，胖子是怪难看的。”

张琏道：

“胖也好，瘦也好，你总是令人怪可怜的，我还要问你一句话，我出去后，你在家中做些什么？老实告诉我，有没有出外去走走？”

小莺道：

“我听你的叮嘱，每天守在家中，足不出户，真是闷得慌，只有一天到庙里去烧过一回香，你相信我的话吗？”

张琏摇头微笑道：

“我不相信。”

小莺道：

“你不相信吗？我可起誓给你听。”

张琏将她手臂一拉道：

“谁要你起誓？我相信你就是了。”

小莺顺势倒入张琏怀中，将一个俏面庞贴到张琏的下腮边，张琏低下头去，在小莺面上吻了两下，小莺指着张琏的胡子，说道：

“长得这个样子，还不知道剃去，怪刺痛的，令人难受。”

张琏笑道：

“这好几天日子常在海面上来往，一心转了发财的念头，胡子都忘记剃了。明天我可喊个剃发匠来剃个干净可好？不要刺痛了你的嫩皮肤。”

此时张琏拥着小莺，早又心神飞荡，不能自持，忘记了其他。小莺又问道：

“张大爷，你究竟发的什么财？可能告诉我吗？”

张琏想要把发掘藏金的事告诉小莺，但恐小莺泄露出去，不甚方便，所以含糊其辞道：

“我和几个朋友到海南岛去做一笔生意的，赚了好多钱，尽够你使用，你也不必详询，我要问你肯不肯嫁我，好使我们俩一辈子厮守到老。不要嫌我年纪大，性情粗，我家里正少一个妻室。你若跟了我，一世吃着不用愁，至于你妈要几多身价钱，我老张也是很慷慨的，总可以如她的愿。”

小莺道：

“张大爷，你要把我娶回去吗？这也是很好的事，只要我妈答应就成了。”

张琏道：

“好！明天我就同薛家妈说。”

你说着话，便从腰袋里摸出二十粒晶光滚圆的珍珠，放入小莺的手里，说道：

“这个是我先送一些礼物给你的，往后你跟了我时，这种东西正多着呢！”

小莺一见这样上好的珠子，十分欢喜，忙谢了一声，自去放好。薛家妈又走上楼来，问张琏要吃什么菜，张琏道：

“随便什么菜好了。”

薛家妈答应一声而去。二人坐在沿窗，胡乱闲谈。小莺见张琏发了财，自然格外讨好，百般献媚。掌灯时，薛家妈端上酒菜，张琏举杯痛饮，小莺在旁相陪，殷勤侑酒。张琏对着她只是很得意地张口而笑，直至酒阑灯灺，张琏拥着小莺同入罗帏。小莺为了二十粒珍珠的关系，自然异常绸缪，使张琏益发喜欢，张琏也以为黄金能买美人心，从此量珠十斛，不难将小莺娶到家中，贮以金屋，终其身尽让自己一人独享温柔艳福。这是男子们的心理，尤其是张琏当日的渴想，孰知娼门之中虚伪者多，送往迎来，恬不为怪，小莺的心里自有她的决中人在呢!

第八回

吉士闻歌旧情复热
红妆任侠新雨初逢

当张琏别离小莺到西沙群岛探寻宝藏的时候，其间也有不少时日，这些时期中难道小莺真有听从张琏的叮嘱，常日守在家内，不越雷池一步吗？青楼中人和她们讲节操，那是难能的事，何况小莺本是酒楼中卖唱的歌女呢？第一天，她坐在家里没有出去，只觉得百无聊赖，寂寞万分，只是懒懒地坐了睡，睡了坐。次日午饭时，薛家妈对小莺说道：

"姓张的此去不知何日回来，他虽然爱你，但我已探知他的名气果然很大，而他的家中却是没有钱的，否则他发妻已死好久，为什么到现在还不曾鸾胶重续呢？他说要把你娶回去，可是他哪里有这笔钱？我在你身上万字头虽不敢想，可是五千之数再也不能少的了。试问姓张的可有这力量吗？他常说快要发财，可知道他去干什么事的？无非将虚话来诳骗人家罢了。像这种客人，我们也碰见过的，休要上他的当，况且他出去时，虽叫你不要出外卖唱，然而他却没有一个大钱留下，难道叫人家喝西风，吃月亮，为他一辈子苦守着吗？你的意思怎样？"

小莺听薛家妈唠唠叨叨地说上一大堆话，无非嫌张琏没有拿钱出来。果然张琏是个粗人，想不到这个，也许他身边委实没有什么银钱，自然拿不出来了，他不想我们是靠什么过日子的？难怪薛家妈不抱怨。小莺心里这样想着，嘴里接着说道：

"妈说得不错，我对他也没有真心，只是见了他害怕，你看他这个人不是很有威风的吗？"

薛家妈道：

"什么人我们都不认识，只认识有钱的人，好孩子，你长久没有出去了，这几天不如仍到酒楼去走走，多少捞几个钱，也好使别的客人不至于过分冷淡而疏远。"

小莺正要出去解解气闷，遂带笑说道：

"妈，怕被张大人知道了，不是玩的。"

薛家妈道：

"傻孩子，你又没有真的嫁了他，怕他什么？身子是我们自己的，要东就东，要西就西，真的死守他回来吗？只要我们都不声张，他远在外边，怎会知晓？万一他知道了关系说话时，你只说我逼你出去的，我自有话会和他说。"

小莺被薛家妈这么一说，胆子壮了不少，便说：

"好的，我今晚准和妈出去走走。"

薛家妈闻言，自然欢喜。傍晚时，小莺浴后新妆，换了一身浅绿色的衣裳，襟上插了茉莉花珠，手抱琵琶，跟着薛家妈出去，两人仍走到那个醉月楼来。因为在这地方熟客最多，容易得钱。当小莺姗姗地走上楼来时，东边沿窗一个雅座上，正坐着两个纨绔少年，在那里对饮，其中一个少年，身穿白罗海青，手摇团扇，面貌很是白皙俊美，回头一见小莺，连忙把手招着道：

"小莺，小莺，快到我这里来啊！"

小莺见了他，便嫣然一笑，叫一声："孙公子！"轻移莲步，走至座侧。少年赶紧拖过一张椅子，叫小莺坐下，小莺把琵琶放在一边，将一块玫瑰紫色的小手帕揩着她额上的香汗。薛家妈也走过来，带笑叫应道：

"孙大官人，今天你在这里喝酒吗？巧得很，前天的事实在抱歉，千万请你不要怪怨我们娘儿俩。"

那少年听了这话，眉头微微一皱，脸上露出不自然的微笑来，将手中扇子摇了两下，说道：

"这个当然不能怪你的，姓张的自恃豪强，大言欺人，但我孙高崧在潮州城里也是有名的公子哥儿，不受人侮的。那天我本待和他拼个高下，一则因为他已喝醉了酒，蛮不讲理，知道他的性子本来和强盗一样的，我究竟是个文人，力气斗他不过，犯不着吃眼前亏；二则你们娘儿俩都是胆小的人，若在院子里闹将起来，不要唬坏了小莺？大丈夫能屈能伸，所以我顾全你们起见，不和这妄人计较，就此走了。好在大爷有的是钱，哪一处不好去寻欢作乐呢?”

孙高崧说到这里，又冷笑了一声。薛家妈赔着笑脸说道：

“孙大官人是原谅我们的，我们委实没法可想，怎敢得罪孙大官人呢?”

孙高崧又轻轻地对小莺问道：

“姓张的这几天在哪里？好几天你不出来了，今日怎有工夫到这里来的？姓张的到哪里去了?”

小莺道：

“张琏和他的友人到海南岛去了，我在家里闷得慌，所以出来走走。”

孙高崧听了这话，两肩一耸，很得意地带笑说道：

“小莺，你别怕闷，我来陪伴你，代你解闷消忧，好不好?”

小莺听了，微微一笑，将手去掠鬓发。薛家妈道：

“孙大官人，你若不见怪我们时，请你到我们家里去玩玩，也让小莺不觉寂寞。”

孙高崧的朋友也笑道：

“我们这位孙兄是个怜香惜玉的人，只要你们好好伺候他，他无有不欢喜之理。”

孙高崧瞧着小莺的面庞，又向她轻轻问道：

“姓张的是个粗莽的武夫，大家都知道他的，你陪伴了他好多日子，他待你如何？他去了，你可思念他?”

小莺立即低着头不答，桃靥立刻飞红。孙高崧再要说时，薛家妈早抢着答道：

“孙大官人，你可怜小莺的，小莺被姓张的嬲着，也是叫作没法，你不要问她了，她要哭了。她的心肠你是知道的，孙大官人，你给她一些安慰吧!”

薛家妈说了这话，小莺的眼眶里果真莹然欲泪。孙高崧的心早已苏软了一半，便将手拍拍小莺的香肩道：

“你不要难受，我本是喜欢你的人，绝不忍给你受委屈。前天让那姓张的猖狂，也就是这个缘故，他既然不在你家，今晚我就到你妆阁里来坐坐，陪伴你一同快乐。你要我这个人吗？”

小莺对他一笑道：

“孙公子怎样说的？你若不嫌我们怠慢时，请你到我处去谈谈，你以前待我的好处，我哪里会忘记呢？”

孙高崧听了这话，对着他的朋友露出很得意的笑容，说道：

“惭愧惭愧！我哪里有什么好处给她呢？”

那个朋友立即斟满了两杯酒，放在孙高崧和小莺的面前，笑嘻嘻地说道：

“你们是天生的一对儿，孙兄是多情种子，小莺是知情娇娃，所谓两心相印，谁也分解不开，你们在现在吃一个合欢杯酒吧！今天夜里孙兄蓝桥路通，尽可重入天台，问津桃源呢！”

孙高崧道：

“多谢你的美意，敢不遵命。”

于是拿起杯子，一饮而尽，把空杯向他朋友和小莺打个照，那朋友便催道：

“小莺快喝！”

小莺也举杯凑到樱唇上，分作两口喝下，那朋友早拍手喝一声彩。薛家妈站在旁边，瞧着微笑，孙高崧遂对小莺说道：

“现在你要谢谢这位崔景护相公了，唱一支《燕双飞》吧！”

小莺遂取过琵琶，紧了紧轸和弦，低眉信手，叮叮咚咚地弹起来。曼声而歌，珠喉清脆，楼上的座客不禁都向这里注视。孙高崧今天高兴极了，不住地喝酒。小莺唱毕，又坐了一会儿，便要起身告辞，孙高崧从身边摸出十两纹银，递给她手中说道：

“这一些不算什么的，请你拿了，少停我到你妆阁里再谈。别处你也不必再去唱了。”

小莺点点头，谢了一声，站起身来。薛家妈又对孙高崧说道：

“孙大官人，我们一准等候你，请你不要失约。”

孙高崧道：

“我早想到你们家里来的，绝不失约。”

薛家妈便和小莺告别而去，她们回到家里，吃过晚餐，薛家妈预备好水果、香茗、瓜子等食物，果然孙高崧摇摇摆摆地走来。薛家妈迎接上楼，带笑对他说道：

“孙大官人，今晚你尽和小莺多谈一会儿，姓张的到南海去了，一时不会回来呢！”

孙高崧道：

“好！张琏这厮往南海去干什么的？”

小莺道：

“谁知道他呢！听他说是去发财的，究竟怎样发财却没有告诉我。”

薛家妈道：

“他总是嚷着发财发财，但是他身边也未见有许多钱财能够拿出来啊！”

孙高崧冷笑一声道：

“发财谈何容易？现在外边海盗猖狂得很，除非姓张的去入了海盗的伙，方能发财。我瞧他的行径很是可疑呢！否则他就是哄骗你的。小莺，我想你究竟不是三岁的小孩子，会受他的骗啊！”

小莺道：

“当然我也不相信他的，我们吃了这碗饭，也是没法想，此身哪得由自己做主呢？”

孙高崧点点头道：

“由你自己做主又怎样？你也能够情情愿愿嫁给我吗？”小莺低着头说道：

“只要孙公子不弃，我自然愿意，但恐像我这样的蒲柳之姿，孙公子府上后房佳丽甚多，不堪入侍呢！”

孙高崧很得意地笑了一笑，伸手去抚摩着小莺的粉颊说道：

“你这小妮子倒会说话。”

又回头对薛家妈说道：

“你该听见了，他日我要把小莺娶回去时，你不能拦阻的啊！”

薛家妈笑道：

“我哪里敢不依？孙大官人爱上小莺时，这就是小莺的福气，只恐你们这种大富家，不要我们枇杷门巷中的人吧！”

孙高崧道：

“我不是和你们配亲，讲什么门当户对，我家里的第三如夫人，不是前三年在此高竖艳帜的贺金凤吗？我好似韩信点兵，多多益善，到我家里来的，我总不亏待她。”

薛家妈道：

“孙大官人是多情多义的人，小莺也常在我面前称赞你的好处，这件事一定可以成功，今晚请孙大官人在此下榻吧！”

孙高崧微笑道：

“蒙你们盛情款留，我若再要回去时，小莺也要怪我了。小莺，是不是？”

孙高崧一边说，一边向小莺面上紧瞧。小莺抬起头来向孙高崧偷看一眼，恰巧和孙高崧的眼锋碰个正着，不由笑了一下，连忙回过去。孙高崧此时宛如触电一般，心中摇摇，不能自持。兰子送上水果来，薛家妈是十分知趣的人，便和兰子走下楼去了。这里孙高崧和小莺相偎相依地坐着，吃些水果，情话喁喁，清风拂拂，不觉坐至夜阑。孙高崧拉着小莺的手站了起来，说道：

“我倦欲眠，夏夜苦短，小莺莫负良辰吧！”

于是小莺去闭上了门，携手一笑，同入罗帏。孙高崧是王魁、李益之流，见异思迁，经此一度，他又爱上了小莺。小莺的容貌既美，而媚术尤胜人一等，以前他早已和小莺相识，因此他常要到小莺妆阁里来盘桓，也曾有一度绸缪，赏赐的缠头很富。小莺母女也知孙高崧是富家子弟，竭意承欢。前次醉月楼头小莺因孙高崧有好几天不来，有心要出来寻找他，不料反遇见小蒯和张琏，从此张琏缠绕着她，竟使她无接近孙高崧之机会。

初因张琏有钱，不得不迎合他，侍奉他，后来见张琏的钱不能源源而来，况又远赴海外，小莺自难免重又想到孙高崧了。孙高崧自在小莺家里被张琏吓走以后，心中常恨张琏，只因素知张琏是条著名的好汉，自己斗他不过，忍耐着一肚皮的气，自觉斯文人太吃亏了，倘然以前自己学过武术，今日绝不肯让姓张的如此撒野的，他气得连小莺家里也不想再来。其实他心里仍是想来的，可惜胆子太小一点儿罢了，不意酒楼上重逢小莺，探悉张琏已到远处去了，小莺正苦寂寞，自然这是一个大好机会，旧地重来，玉人在抱，从此他天天在小莺妆阁里流连忘返。《水浒传》上王婆说的潘驴邓小闲，孙高崧有了“潘驴邓”三字的资格。小莺是青楼中人，当然格外欢迎了，二人真是你恋我爱，火一般地热。而薛家妈又是常常有钱到手，更是十分道地地伺候孙大官人，却把张库吏不放在心上了。

谁知好事多磨，为日无多，张琏忽然归来，当他来的时候，孙高崧正在楼上嗑着瓜子，和小莺谈笑，所以兰子大声疾呼，而引起张琏的怀疑了。那时，孙高崧在楼上听得张琏到来，早唬得直跳起来，小莺也觉得手足失措，拖着孙高崧到后房去，依着小莺之意，要想将孙高崧暂时藏在那座大衣橱里，孙高崧知道张琏的厉害，既已前来，一时不会走开，自己躲在里面，不甚稳妥，万一被他撞见了，区区鸡肋不够他三拳两脚的。所以小莺虽然指着大橱叫他快躲，他逡巡不肯听从，而橱门上又有锁，小莺也唬昏了，已忘记放在哪里，搜索不到。幸亏孙高崧尚有急智，见对面的两扇窗正开着，他立刻不管三七二十一地扒出窗子去。恰好落在厨房的屋面上，蹑足走至树边，抱着柳树滑溜到下面园中，手上擦碎一些苦皮，有些血流出来，他也顾不得了。恰巧薛家妈在厨下预备酸梅汤，本来要请孙高崧喝的，现在冤家狭路相逢，孙高崧怕吃亏，不得不避开，于是薛家妈开了后园门，让孙高崧走出去。她向他道了好几声歉，然后托着酸梅汤到楼上来敷衍张琏。

孙高崧回去后，心里益发恨张琏，但他知道张琏的武术很好，在潮州城里很有名，徒党又多，自己断乎不是他的对手，小莺只好由他去享受。然而心中又怎能放得下？因此他盘算如何去想个计策，行使阴谋，陷害张琏，除去他情场上的劲敌。

张琏是个粗人，初至时有些猜疑，以后被小莺甜言甜语哄骗过去，只顾和小莺巫山云雨，颠鸾倒凤，畅寻欢乐，早把此事忘怀了。小莺得到了二十颗晶光滚圆的珍珠，不胜之喜，预备要去穿一珠链，套在颈上，又听张琏说他已发了财，觉得张琏是个心直口快之人，手头又这样阔起来，当然他已有了很多的钱，绝不是撒谎，自己为了金钱关系，也只有暂时陪伴他行乐。她以孙高崧和张琏比较，那么一则粗鲁不文，一则风雅潇洒；一则年老貌丑，一则年少翩翩，其间当然不可同日而语。鸨儿爱钞，姐儿爱俏，所以张琏虽有黄金，仍不能买到美人心，可惜张琏不能及早觉悟呢！海外归来，和小莺鸳梦重圆，自以为小莺不日可以随他自己归去，金屋藏娇，有此艳姬，足以夸耀侪辈了。

次日，他不免要出外去走走，又到家里去带了金银，先到小蒯家中去还他所借的钱。小蒯不知张琏探寻藏金之事，只说：

“此戋戋之数，何必放在心上？小弟奉赠与张大哥也无不可。”

张琏道：

“我现在新得到一笔钱，手中宽裕，自然要还去我的债务，如缺少时，再向你挪移便了。”

小蒯听张琏如此说，知道张琏的脾气直爽，也就收还，不再客气。又向张琏问问小莺，张琏道：

“这小妮子很能博得我的怜爱，我真心爱上了她，不久我当把她赎身，迎回家去。到那时我再请你们吃喜酒。”

小蒯鼓掌道：

“好！好！英雄美人，相得益彰，我无异为你们二人做一个撮合山，将来我必多喝几杯喜酒。”

他口里虽如此说，心里却不明白张琏在哪里发了财，竟要娶小莺回家。张琏笑道：

“当然要谢你为媒之功，隔一天我先在小莺妆阁里请酒，务乞光降。”

小蒯道：

“必定早来。”

遂要留张琏在他家里用午饭。张琏因为要至林道乾家中去，所以马上辞别了小蒯，立即跑至林家。刚才走进大门，只见林道乾手下的侍从小卒挑了一大担东西，方要出门，担子里放着结寿桃糕和香烛切面，还有几盘水果食物，以及火腿、生鸭。便问到哪里去，小卒道：

“随二小姐去的。”

又见林二姑今天换了一身淡蓝薄绸衣裳，风髻云发，挑梳得齐齐整整，淡扫蛾眉，薄施脂粉，英爽中透露着妩媚，手腕上套着玉镯，手中拈着一块淡红手帕，胸前还挂一个香囊。张琏瞧着，暗暗点头，遂问：

“二小姐到哪里去？”

林二姑笑了一笑，也没有回答出地方来，只说：

“张库吏来了，很好，我哥哥刚才回来，在客室里休坐，你去见他吧！”

说完话，莲步姗姗，出门去了。张琏喊了一声“林兄弟！”林道乾早从客室里跳出来，一见张琏，便请张琏入室去坐。小婢送上香茗，林道乾道：

“大哥昨夜想必在小莺家里快乐。”

张琏笑笑道：

“出去了这好多时，自然不免要去绸缪一番，以后我还要把她娶回去，请你们大大地畅喝喜酒呢！”

林道乾见张琏已着了魔，暗暗好笑，当然也随声附和。这时，已近午刻，林道乾忙叫小婢端整酒肴，请张琏同用午膳。张琏解衣磅礴，和林道乾对坐痛饮，他很慷慨地说道：

“我们想不到会发这个横财，如今有了这许多金银，将坐享安乐呢，还是把来创业，此后我们当怎样做？”

道乾道：

“我和大哥年纪都不小了，安安乐乐地做富翁，没于户牖之下，当然不是我们所希冀的。古人说得好，若夫豪杰之士，虽无文王犹兴，我们有了这笔横财，自然更要想求个机会，轰轰烈烈地去干他一番才是。所以，我正筹划要纠合同志往南洋群岛去做一些事业。本来早有此心了，且待我有几个朋友从南洋回来后，向他们刺探些当地土人情形，再行决定方针。”

张琏道：

“很好，你前次已和我说起过，此番我们航行西沙群岛，乘风破浪，自有其乐，异日我必和林兄弟往南洋走一趟，广广眼界。”

说着话，又喝了一大杯。道乾代他斟上，张琏又问道：

“林兄弟，今日早晨你曾否到衙？可和郑守将说起招安林凤的事吗？”

道乾答道：

“我今日已去销假，见过郑守将，乘间进言，想代故人为曹邱。谁知这事偏偏不能成功，岂非天意吗？”

张琏放下酒杯道：

“林兄弟，你且以为有数分把握的，怎么不能成功？”

林道乾道：

“据郑守将说，各地官吏都上疏言海盗猖獗，为害闾阎的情形，朝廷已决心下旨痛剿，不再收抚。因为去年胡宗宪将军曾招安浙东某股海盗，希望他们改过立功，谁知那一股海盗没有诚意，欺骗有司，领到了军饷后，他们忽然叛变，反做向导。官军受了挫折，所以胡将军大为痛恨，下令各处加紧痛剿，不许贸然招抚。俞大猷将军也是深恶海盗的，他并不主张招安，以为狼子野心，其性难驯，故郑守将也不肯再去多事了。”

林道乾说了这话，张琏叹道：

“如此说来，林凤兄弟永远没有怎样自新的机会了，他的武艺很好，人也磊落奇伟，不得已而为盗，倘得朝廷收录，不是班超、傅介子一流人物吗？”

林道乾也把着酒杯咨嗟道：

“人生迍邅，又有什么话可说呢？冯唐易老，李广难封，古今同有此慨。我们侥幸有个一官半职，然而骐骥困于盐车，几时有个出头之日？不也是就此完了吗？”

张琏听了这话，将酒杯里的酒一饮而尽，大声说道：

“林兄弟不要说得这般颓唐，古人云，老当益壮，我们年纪并不衰老，正可努力去干一番事业。上司既然不能用我们，我们不妨到海外去创造一些奇迹，倘能像虬髯公王于海外扶余，不是大快吗？”

林道乾道：

“张大哥说得是，即如此地古称南越，汉时尉佗领兵到此，自称南越王，汉朝也奈何他不得，我想与其庸庸无闻，屈居人下，还不如做个蛮夷大长，黄屋称制，反可享受一些南面之乐呢！有志者事竟成，愿和张大哥共勉。”

张琏又说一声好，两人各敬了一杯，都觉得雄心勃勃，精神飞越在大海之外。张琏忽然又像想起一事，向林道乾问道：

“方才我入门时，见令妹盛装而出，手下又挑了许多礼物，究竟到哪处去的？”

道乾答道：

“我有我的事，她有她的事，她是到她的寄母家里去拜寿的。”

张琏道：

“哪一家？想不到二姑娘竟有寄母！自己没有母亲的人，当然对于寄母要格外亲热了。”

林道乾点点头道：

“不错，那家姓李，本来和我家素不相识，现在舍妹却与她家十分亲近，说起这事来也是很巧的。就在去年的秋间吧，重阳的前三日，我和舍妹说定要至西城外天羊山下去扫墓，因为先母的坟就在那里。舍妹便把祭扫之物隔夜预备齐全，而且雇定一艘小舟坐了前去的。谁知那天早上郑守将忽然有令召集全体将士出发揭阳剿匪，我自然不得不去，扫墓之事遂托与舍妹去办。舍妹便独自坐舟至天羊山去祭扫母茔，当她回来的时候，在贾家桥畔忽遇一舟停在河中，舟内有一个老妇正在放声痛哭，舍妹见了，好奇心生，忍不住停船问讯。舱中的老妇约有五十多岁，衣饰很是华贵，像是富家的老太太，带哭带说地告诉舍妹说，他们也是出外扫墓的，她和她独生的儿子名唤安涛的，一起扫墓归来，却不料舟至桥下，桥上突有四五个彪形大汉呼唤他们泊舟。安涛知道这伙人情势不对叫舟子快驶，但是舟方入桥洞时，上面有一个大汉早耸跳到他们船上去，从他衣襟底里嗖地掣出一柄牛耳尖刀来，高高举在手中，威吓舟子速即停舟。舟子没奈何，战战兢兢地将船泊住。桥上几个盗党也相率下船，围住安涛、舟子，要他们快快献出金银，但是他们扫墓去的，身边没有多钱。盗党询知他们家中富有，便将安涛挟走，又把李老太太头上、手上戴的金珠饰物一齐劫去，临行时且对李老太太说：‘你若要你儿子的性命不丧失，那么一等他们的信至时，立刻将金银如数送上，不许报告官厅，否则安涛便无生还之望了。’李老太太说完这话，立刻把手指着左边岸上道：‘小姐你瞧，那边田岸上远远地走着的一伙人，就是盗党，他们走得还不远呢！’舍妹虽是巾帼之流，而任侠仗义，不畏强暴，和我们须眉男子一样，所以她既知道这事，便觉得不能不管，她就对李老太太说一声：‘我都知道了，你不要哭泣，且请稍待，我就去救你家公子归来。’”

张琏听林道乾说到这里，早舞掌说道：

“见义不为，无勇也，这个自是吾辈优为之事。我早知二小姐是女中丈夫，见义勇为的。”

林道乾接着又说下去道：

“那时舍妹立即飞身跃上河岸，向前边一伙盗党追去。那些盗寇见背后追来的乃是一个女子，自然很藐视地不放在心上。舍妹追到他们身边，见中间有一个少年被他们反剪着双手，监视而行，便叫他们快放下李家公子。盗党不服，和舍妹动起手来，想把舍妹一起捉去。舍妹虽无兵刃在手，而盗寇的本领殊属有限，交手不上数合，早被舍妹抢得一刀，杀入他们这一群里去。于是他们才识得舍妹的厉害，惊骇退避，卒被舍妹救出李公子安涛，送回舟上。他们母子俩既深感谢，又觉惊异，一定要叩问舍妹的姓名，舍妹生平做事也从不喜欢隐瞒他人，遂将我们的姓氏、里居告诉了他们，鼓棹而回。又把这事告知我，我听了，当然也很赞同。只不知那些盗寇是什么地方的，倘然知道了，不要赶来复仇吗？”

张琏道：

“谅那些鼠辈怎敢和令兄妹较一日之长？后来他们可曾来呢？”

林道乾笑道：

“盗寇果然没有来，而那个李安涛公子忽然叫人担了许多礼物，亲自到我家来拜谢舍妹相助之德，于是我们兄妹俩不得不招待他。李安涛又说他母亲很是思念舍妹，愿得一见，可否请舍妹光临他家一叙？舍妹也很爽快地答应了，李安涛方才欢欢喜喜地告辞而去。次日，舍妹遂和我同至李家拜见李老太太，他们母子俩竭诚款待。李老太太没有女儿的，对于舍妹更是喜爱，叫舍妹常常到他们家里去盘桓，他们虽然是个世家，而待人非常恭谨。我们本少亲戚，遂和李家时常往返。舍妹常常到他们家里去吃饭，而李安涛也常来我家闲谈。记得张大哥前次到我家中来时，也曾遇见他的，但我没有代你们介绍罢了。”

张琏听了这话，脑海中立刻浮现起一个少年儒生的影子，点点头道：

“不错，有一天我走出你家门前碰见的，他曾向你问起令妹，我以为是你们的亲戚，匆匆没有问起，原来此人就是李安涛，真是个翩翩美少年。”

林道乾道：

“李安涛中过秀才，很有学问，性情也和易可亲。说也好笑，李老太太很有意于舍妹，两家欲结朱陈之好，曾在我面前微有表示，透露此意。我以为我们兄妹都是武人，恐和斯文种子配合不来，故没有说什么，这要看舍妹的意思了。”

张琏道：

“令妹既和他家十分亲近，恐怕她也有弃武就文的意思吧！”

道乾微笑道：

“这个都不得而知了，可是舍妹在我面前也没有什么表示，我想这件事由她自己去做主也好。”

张琏说声不错，林道乾又道：

“今年正月里舍妹去李家贺年，李老太太一定要求舍妹做她的寄女，舍妹推辞不得，遂允承了。今天是李老太太六旬寿辰，所以舍妹前去祝寿。”

张琏道：

“那么林兄弟可要去吃寿酒。”

道乾道：

“我要等到晚上前去，现在且和大哥多喝数杯。”

于是二人开怀畅饮，又谈起魏南鲲。林道乾道：

“此人忠直慷爽，是吾党健者，将来少他不得的。”

张琏也道：

“魏南鲲真够朋友，人生得一知己可以无憾，而我遇见的都是好友，也足以自豪了。”

说着话，连饮三大觥，微有醉意。午后，林道乾又要至衙门中去办事，所以吃过饭后，张琏立即告辞。他别了林道乾，正想走回红梅巷去，忽听背后有人高声唤他道：

“张大哥慢走，我正要找你呢！”

张琏听了，不由一怔。

第九回

故意探真相巧言媚客
有心除情敌暗箭伤人

张琏回过头来一看，乃是邝刚，便立定脚步问道：

“邝兄弟，你到哪里去？”

邝刚急匆匆地走过来说道：

“我到那地方去，现在有了钱益发要去博个畅快，往常那些人讥笑我们腰袋空虚，没有本钱，现在我们也要在他们面前给一些颜色了。张大哥，你这一阵常在温柔乡里寻欢作乐，那地方可想去玩玩？出几下手吗？”

张琏被他说得心动，便说道：

“今天晚上，我就到你处来试试我的运道好不好！”

邝刚道：

“时来运来，张大哥今晚一定有色子，包你顺利。”

张琏便点点头道：

“我准来就是。”

二人分手走开。张琏又到县衙里去坐了一会儿，见左右无事，遂回到家中去取了金银，马上赶到那赌场中去。邝刚和魏三虎候着，邀张琏一同入局。今晚张琏摆庄，进出输赢很大，果然他的赌运亨通，照着邝刚的话大获胜利，他越赌越有兴致，一直赌至天明，赢了一千多两银子，方才回至小莺妆阁。小莺守候了一夜，见张琏到这时候才来，不免要怪怨他辜负香衾，又问他究竟往哪里去的。张琏老实告诉了她，又给她二百两银子，要使小莺欢喜，许她今晚赢了，再多多给她。略睡一会儿，晚上又到赌窟中去呼卢喝雉了。一连数天，老是到天明方回，谁知小莺的心里却不欢迎他这个样儿，她仍不能忘却孙高崧，遂趁张琏不在的当儿，叫兰子去请孙高崧前来欢会。孙高崧也热恋着小莺，情愿偷偷摸摸地来小莺妆阁里寻欢。小莺把张琏起疑的情况告诉了他，孙高崧咂着舌头说道：

“那天我幸亏没有听了你的话藏在那大衣橱里，否则区区鸡肋，禁不起那姓张的一顿老拳。”

从此，他每晚必和小莺欢叙至五更，约莫在张琏要来的时候，他方才下楼到薛家妈房中暂避。万一张琏回来较早，他不及下楼时，他仍从后房小窗中出去，薛家妈掩至园里来接应他，至于他来的时候，有时走前门，有时走后门，先向兰子探问消息，假若张琏不在楼上时，他就可大胆上去。果然张琏是个粗莽之人，没有防到小莺背着他和人家暗度，别寻好梦。孙高崧虽是这样做，总觉得是一件冒险的事，心里不能十分畅快。

有一个晚上，张琏因为手气不好，大负至五千余两，所以很不高兴，早一个时辰回归小莺妆阁，兰子听得叩户声，知是张琏来了，连忙向楼上打一个暗号，孙高崧估料不及下楼，遂又跑到后房，从楼窗里爬出去，但因慌张一些，一个失手，从树上滑跌下来，闪痛了腰。薛家妈扶他起来，送他从后门出去，可是孙高崧究竟是公子哥儿，一向优游尊贵的，受不起惊恐，忍不住闲气，自己想想千金之子，坐不垂堂，我为了一个娼门之女，卑屈了自己身份，去冒这种危险，也太不值得了，因此他次日不再到小莺妆阁里来了。小莺还不知道，乘张琏去纵博的时候，叠连叫兰子去请孙高崧，但是有一次为门子拦阻，有一次经孙高崧自己回绝，小莺不明白孙高崧所以不来之故，还自以为有什么开罪于孙高崧之处，不免背地里长吁短叹。虽然张琏时常把金银给她，她总是惘然若失，思念孙高崧。薛家妈便自去找寻孙高崧，好容易把他硬拖前来，小莺见了他，撒娇撒痴地怪他薄情。孙高崧叹道：

“我并非不爱你，实在为了姓张的缘故，心头实觉得不自然。我想公子哥儿玩个青楼中人，有什么了不得的事？为什么偏要像窃盗一般？暗中来暗中去，受尽姓张的闲气。那晚在树上跌了一跤，自己怨恨，所以甘心退让了，你千万不要怪我，请你设身处地代我想一想。”

小莺把香腮贴到孙高崧脸上，柔声说道：

“孙公子，我知道你为了我受尽委屈，请你原谅我的为难之处，但我的心却系在你的身上，而并不在姓张的那边。明知这般相聚不是长久的事，我听张琏说必要娶我回去，这几天只因他心系赌博，所以还没有向我妈提起，万一他逼得要成就时，我妈总是贪金钱的。张琏现在手中有钱，当然没有别的问题，我也是身不由己地无力反抗，岂不可怜？我想孙公子也不是没钱的窭人，倘然孙公子不弃蒲柳之姿，还是请你先下手为强，和我的妈说妥了，瞒着张琏，迅雷不及掩耳地突然把我娶回家去。只要我一到公子家中，不怕张琏怎样的强暴，他便奈何我们不得了。”

孙高崧道：

“你转的念头果然不错，可是这样一来，姓张的怎肯甘心吃亏？我与他结下冤仇，说不定他要报复的，我只恨无拳无勇，敌他不得，故须想个稳妥的计策为妙。”

小莺叹口气道：

“除此以外，还有什么别的妙计呢？”

孙高崧顿了一歇，又说道：

“我想姓张的不过做一个区区库吏，有什么劳什子的钱？他结交的徒党都是些游手好闲、鸡鸣狗盗之徒，倚着一些勇武，欺侮良善，现在怎么手中忽然有了钱财呢？前天我有个朋友也是喜欢到那赌窟中去玩玩的，他告诉我说，以前张琏常常输得窘了，向人家苦苦借贷，此番忽然豪博，身边黄金累累，进出输赢很大，与以前光景迥不相同了。我又听你说起他对你说，到了一次南海去，已发了财。哦！发财这般容易吗？除非他去掘着了横财，方能这样大大的阔绰，他又不会经商的，他的钱究竟从哪里得来的呢？岂非令人可疑？”

小莺点点头道：

“孙公子说得不错，我也时常怀疑的，但向他问时，他老是不肯实说，也许他的钱有些来历不明，所以这种人我哪里愿意嫁给他？现在和他敷衍，原是不得已，孙公子爱我的人，大概早知道我的苦衷吧！”

小莺说着话，对孙高崧嫣然一笑，贝齿显露，孙高崧紧紧握着她的手

说道：

“小莺，我是原谅你的，所以今天我仍旧前来，换了别人，我早已掉首不顾。姓张的行径委实可疑，我已托别的赌友在暗中探听他的秘密。现在我再要请你特别注意他，不妨用甘言媚词去骗他，我知道他最喜欢喝酒的，在酒后半醉之时，最容易刺听出来。小莺，你该知道南海的海盗的逋逃薮，那些海盗去串通了海匪，常常到沿海各地去洗劫，得到了财物，大小分赃。我料张琏必和海盗暗通声气的，他的金钱就是从那种地方得来，所以一掷千金，毫无吝啬。如今俞大猷将军奉旨痛剿闽粤海盗，十分认真，只要你我得到一二消息，报告于官吏，把张琏捕去审问，自不难水落石出，严治他的罪名。那时候恐怕姓张的一颗脑袋在他的颈项上便要保不牢了，他还能和我来抢夺你这个人吗？”

孙高崧说到这里，眉飞色舞，似乎很是得意。小莺口里连称是是，孙高崧又拍着她的香肩说道：

“现在你对他不妨虚与委蛇，多给他些甜头，也未为不可。他若要娶你回去，你只是一味支吾着，尽可能地拖延下去，我想不久这事总有蛛丝马迹可寻的。”

小莺听了他这些话，心中安慰不少，决定遵照孙高崧的说话行事。张琏是个莽汉，哪里防到人心叵测呢？他有了钱，赌兴甚浓，不是在赌场里狂博，便是在小莺香巢里流连，家里也难得去，除非回去取钱，走上一二趟。他女儿慧珠明知他又在豪博了，但也劝不醒他的，衙门里只下午去坐一会儿，一切事都托别人去办，其余的时光当然都在小莺家里。连林道乾也难得见面，林道乾有好几次要约张琏去南澳岛和魏南鲲等相见，且给林凤回音，免得林凤徒劳盼望，然而总是见不到他的面。

不知不觉，一天一天地耽搁过去，他知道张琏的性情如此，说也无效，他自己心里有他的打算，只等南洋爪哇去的几个朋友回来后，预备运些货物，亲自往那里去走走，察看形势，徐谋雄图。至于林二姑呢？那天在李安涛家里祝寿喝醉了酒，便住在李老太太房中，李老太太留住了她，一连数天，不放回家。李安涛也殷勤陪伴，清言娓娓。林二姑的一颗芳心竟被安涛打动，彼此未免有情，只是酝酿着没有发表罢了。林道乾因为自己常要出去，家中无人，所以自至李家把二姑接了回来。

有一天下午，林道乾正从衙署中回家，却见家中坐了几个客人，林二姑正陪着他们饮茗闲谈。大家见林道乾回来，一齐起立招呼。原来是魏南鲲、林凤、孙天禄这三个人，林道乾忙对林凤等抱拳作揖道：

“小弟本想在这一二天内约了张大哥同来晤谈，却劳驾先至，抱歉得很。”

林凤道：

“小弟在南澳住了好多日子，承魏兄殷勤招待，心中非常感激，只因急于盼望道乾兄的佳音，且欲顺便一游潮城，所以亲自前来拜访。”

魏南鲲也说别来苦念，因林凤兄渴欲亲来访问二兄，遂和孙天禄相伴至此。先到张琏家中，但张琏不住在家，无处找觅，便向张琏的女儿问明林兄的地址，然后再到此间来的。林道乾又说道：

“这真对不起诸位了。”

便招呼三人一同坐下。林二姑因已有哥哥相陪，便告退自去。魏南鲲说道：

“这几天张大哥在哪里俊游？”

林道乾笑道：

“他不久以前曾爱上一个歌女，名唤薛小莺的，常在她妆阁中流连忘返，于今听得他又每晚在赌窟中豪博。他的脾气爱上哪一种，一时辄不肯释手的。”

魏南鲲哈哈笑道：

“想不到张大哥竟是一位多情的英雄。”

林凤道：

“那么我们要到哪一处去方可遇见他呢？”

林道乾答道：

“此刻我们赶到小莺家中去，也许他还在那里，晚上他一定要到赌窟中去了。”

魏南鲲道：

“赌场里不便谈话，我们不如就请林兄为导，一径到小莺那边去，让我们兼可一睹美人颜色。”

林道乾道：

“很好，薛小莺家在红梅巷，离此也不甚远，我去过一次的，今天我引导诸位前去坐坐。彼此是自家人，张大哥绝不会怪我不守秘密的，但我对于林凤兄弟却是非常抱歉，因我回来后，即在郑守将面前进言，说海盗中不乏豪杰之士，有些都是逼得无路可走而干这生涯的，倘有不甘终身为盗、愿受招安之辈，官兵不妨抱宽大为怀之旨，收抚他们，以为驰驱之用，借此也可减少海盗猖獗之势。无奈郑守将不肯听从，他说：‘胡宗宪将军已下令严剿，不许招抚，俞大猷将军正在雷厉风行。’他说的话恐怕无效，这样我也就无能为力，徒劳林兄弟空走一遭了，所以心里异常歉疚。”

林凤叹道：

“这也是命里注定的，不能怪道乾兄不出力，且待以后机会吧！倘然我们不受招安，将来也许要在海外创造些事业，绝不肯辜负此生的。”

林凤说了这话，魏南鲲道：

“那么我们快去见张大哥吧！”

林道乾于是也不多留，便引他们到红梅巷去。一行人到得小莺家中，果然张琏厮守在小莺妆阁里，林道乾引众人上楼。张琏一见众人到来，连忙含笑相迎，魏南鲲哈哈笑道：

“张大哥在这里快乐吗？连我等弟兄也忘怀了。”

张琏连说不敢不敢，遂介绍小莺和众人相见。魏南鲲见小莺果然美丽，啧啧称美，林道乾招呼大家坐下，薛家妈献上茶来，林凤等也向张琏说笑。张琏便吩咐薛家妈代为预备酒菜，要宴请魏、林诸人，薛家妈自然诺诺答应。小莺知道张琏不出去了，恐怕孙高崧要来撞见时，反为不妙，遂得间吩咐兰子守在门内，等候孙公子来时，道一声歉，叫孙公子今晚暂且还府，明日再来。兰子当然理会得，小莺在楼上周旋众人之间，竭尽其能。薄暮酒菜送到，楼上摆起酒席来，张琏请魏南鲲、林凤等上座，一一斟酒，自己果然先喝三大杯，魏南鲲等又各贺一杯。小莺坐在张琏的身边，弹着琵琶，唱几支名曲，为众人侑酒。

楼上正在热闹之际，孙高崧忽然走来了，兰子连忙对他摇手，孙高崧也已听得楼上众人热闹之声。其中要算张琏最为粗豪了，哈哈的笑声响震屋瓦，而魏南鲲的声音也很洪亮，他不由一怔，踅向薛家妈房里来。薛家妈正从楼下走下取物，一见孙高崧，慌忙对他摇摇手，又指指上面，低声说道：

“孙大官人，今晚对不起你，白跑一趟了。姓张的本要出去，忽然来了几位客人，他就在小莺房中请客了。”

孙高崧道：

“那么我也不必再在这里，但你可知道张琏的客人是谁？从哪里来的？”

薛家妈道：

“我不甚清楚，内中有一个是姓林，名叫道乾，他是在郑将军帐下充武官的，还有三个人都不认识，听他们说起南海，大约是从南海岛屿上来的呢！”

孙高崧点点头，又说道：

“我就走了，你暗暗叫小莺务必探听其他诸人的来历，给我知晓。”

孙高崧说了这话，便从后门出来，薛家妈送至后门口，叮嘱他明日仍来。孙高崧道：

“当然我要来的，我对你所说的话，你千万不要忘记去知照小莺。”

薛家妈道：

“我上楼去就和小莺暗中通知便了。”

孙高崧就叹口气走去。薛家妈回至楼上，得个间隙，将这话告诉了小莺。此时张琏等举觞狂饮，兴高采烈，哪里会觉得呢？小莺自然格外留意众人的谈话。张琏喝着酒，猛想起一事，便问林道乾道：

“林兄弟的事不能成功，你可对他说过吗？我们没有给他回音，惭愧得很。”

林道乾道：

“我已和他说过了，这是无可奈何的。”

林凤道：

“凡事自有天意，不必勉强。”

张琏多喝了数杯酒，拍着桌子叹道：

“社鼠城狐，满目皆是，我辈天生一副铜筋铁肋，不能轰轰烈烈以建功名，反如骐骥伏枥屈居人下，局促一隅，无地驰骋，天下安得不乱呢?”

林道乾道：

“若夫豪杰之士，虽无文王犹兴，他日我们当到海外去干他一番。虬髯第二，匪异人任。”

林凤也说道：

“道乾兄说得是，我们当去别辟新天地，自求多福，谁耐烦去和这些狗官厮缠？我劝张大哥和道乾兄何不马上丢了这一官半职，和小弟一处去呢?”

张琏道：

“快哉此言，我这个芝麻绿豆官也不要了，不久我当……”

张琏说到这里，林道乾见小莺坐在张琏身旁，一志凝神，目不旁瞬地听他们说话，好似很留心的样子，他恐防张琏没遮拦，尽管胡说八道地讲出来，给人家听了去，反为不妙。所以忙向张、林二人接连使了两个眼色，提醒他们不要多说话，一边又乱以他语道：

“今晚良朋聚首，快何如之？大家不必多讲话，还是喝酒吃菜。”

张琏听说叫他喝酒，哈哈笑道：

“我们来猜拳，大家来一个三大杯。”

小莺早立起身来，去取过三个大杯，放在桌子上。这杯子果然又高又大，一面忙叫兰子赶紧烫酒。魏南鲲瞧着，早喝声彩，张琏把来逐一斟满了，便要和林凤猜拳，林凤当然唯命是听，两人就五魁四喜地喊起来。张琏是个性子粗莽的人，哪里及得林凤的酒胆拳风？立刻输了三大杯，他举起大杯，一杯一杯地喝个罄净，眉头也不微皱，众人都喝声好。张琏虽然输了，却很高兴，挨次和他们一一猜拳，结果他喝的酒最多。

酒阑灯灺，魏南鲲便要告辞。林凤一边瞧着小莺，一边带笑对张琏说道：

“我们走吧！别叫张大哥辜负了良宵。”

张琏哈哈笑道：

“林凤兄弟倒会打趣人家，你们来了，我理当尽东道之谊，只惜蜗居湫隘，不能为诸位下榻，你们可订下旅舍吗？”

魏南鲲尚未回答，林道乾早说道：

“舍间有一客室，小弟早叫舍妹添了床铺，足够给三位住宿，所以小弟要请魏兄等就到舍间去将就歇宿。”

张琏道：

“林凤兄弟远来，可以在此畅游数日，明天我当和道乾兄弟奉陪你们出去游玩。”

林道乾又说道：

“明晚我请诸位到太白楼喝酒，那边的酒肴很好，大可一尝。”

林凤点点头道：

“很好，我在此间极愿游览数天，和张大哥等相聚，这是难得的事啊！”

于是众人告辞下楼。张琏和小莺亲自送下楼来，到得门口，魏南鲲挡住张琏叫他不要再送，因为张琏的酒吃得太多了，脚步也有些踉跄。林道乾遂陪了魏南鲲、林凤、孙天禄，辞别张琏，回转家去。

这里张琏扶着小莺的香肩，走回楼上。兰子正和薛家妈忙着收拾，张琏从他腰袋里摸出二十两银子给薛家妈道：

“今晚辛苦你了，这一些你拿去吧！”

薛家妈说声谢谢，伸手接了过去。张琏换了拖鞋，在榻上横下身子，小莺去切了新会橙，递给张琏吃。薛家妈和兰子撤去残肴，将房中收拾洁净，一齐退下楼去。张琏握着小莺的手说道：

“今日之会，群英毕集，中间有你这个美人儿在内点缀着，更是美具难并。他们都要说我老张独享艳福呢！小莺小莺，我隔几天真的要把你娶回去了，我正在托人看一所华丽的住宅呢！”

小莺故意献媚道：

“难得你不弃微贱，这是我的幸事了，但今晚来的诸位贵客，只有一位姓林的，我认识他，其余的却不相熟，不知他们住在何处？方才似乎听那一位年纪较轻的说家居南海，你前番出去，可就是到他那边去的？究竟在什么地方？做什么事？我瞧他不像平常的商人，很有些英雄气魄流露出来。”

小莺说这些话，是有意试探张琏的，张琏哪里识得其中玄虚？况且他多喝了些酒，很高兴地说道：

“不错，小莺，你果然独具慧眼，能够识人，此人端的是一位英雄，他姓林，名凤。”

小莺道：

“姓林的是不是和林爷道乾一家？”

张琏摇摇头道：

“这倒不是，我们都是新结识的朋友。”

小莺道：

“姓林的做官吗？不像，做生意的人吗？却又不像，他到底是做什么的，你可能告诉我？”

张琏醉了，忘其所以，且一味喜欢小莺独具只眼，不觉脱口说出来道：

“小莺小莺，我告诉了你，你莫惊恐，林凤是南海马头岛上的海盗，他的本领非常高强，岛上也有数百弟兄，他虽做海盗，却很想受朝廷的招安，无奈在上的不肯抚慰，这不是令人扼腕之事吗？”

小莺道：

“那么其余两位也是一党中人吗？”

张琏听她盘问起来，却又自悔失言，有些不安心，便坐起来说道：

“不是的，我们不过是朋友罢了，即如我也并非是个海盗。小莺，这句话我告诉了你，你却不可在外乱说的啊！”

小莺点点头道：

“我怎敢胡说八道？张爷，你请放心。”

说着话，把娇躯倒入张琏怀里。张琏搂住她说道：

“我真爱你，我家里有的金银珠宝，你嫁了我以后，尽你取用便了。”

小莺听了他的话，已得到线索，遂也不再多问，反使张琏生疑。听外面已交三鼓，娟娟明月直射入窗中来，照到床前地上。张琏便和小莺携手同寝，醉乡柔乡，足使张琏流连忘返了。

次日上午，张琏到县衙里去签了一个“到”字，马上跑到林道乾家中去和众人见面。这天，由林道乾做东，和张琏陪着林凤等三人去遨游潮城各处名胜。晚上便在太白楼张筵畅饮，逸趣横生，张琏直喝到三更时扶醉而回。小莺尚坐在灯下守候，他心里自然欢喜，又岂知在他出外的时候，小莺早和孙高崧一度幽会，而且已把张琏所说的话告诉了人家呢！小莺知道今晚张琏在外边暗伴林凤等一班人吃喝，不会早归，所以她一至傍午，便盼望孙高崧早来，看看日已衔山，老时候已过，孙高崧还未驾临。她心中好不焦躁，刚要想差兰子设法去请，而孙高崧已翩然莅至，一问薛家妈，知道楼上并无他人，遂一径登楼。小莺见了孙高崧，早含笑相迎，把柔荑送到孙高崧手掌里，两人紧握着，小莺向他做一媚笑，孙高崧先开口问道：

“昨晚你家里到的什么贵客？你忙够了？”

小莺道：

“有什么贵客？都是张琏的朋友，粗莽得很。今天他们出去游玩了，晚上在太白楼喝酒，大概非至三更不归呢！”

孙高崧拉着小莺的手，在杨妃榻上并肩坐下，徐徐向她问道：

“我叮嘱你的话，你可实行？可知道张琏究竟在外边干些什么？那些人又是有何来历？”

小莺道：

“张琏在外干些什么，他却始终没有说出来，但内中有一个人的来历却是很不正路的，说出来时你也要一惊。”

孙高崧听了这话，很注意地问道：

“什么人？你快快告知我。”

小莺道：

“昨晚林道乾陪着三个客人来访张琏，其中一个年纪较轻的姓林名凤，相貌不俗，然而他竟是南海中的海盗。”

孙高崧欣喜道：

“小莺，你这话果真吗？可有错误？”

小莺道：

“我哪里会错误？”

遂将自己如何探问张琏，张琏如何脱口露了出来，等到告诉后，张琏又叫她不要向人透露消息的经过，一一告知。孙高崧颠头簸脑地说道：

“果然不出我之所料，张琏和海盗交结，当然他也是一个坐地分赃者，否则他做一个小小库吏，平日又无积蓄，怎会出去了一趟便有许多金银珠宝呢？我也曾托人在赌场中留心刺探，有人说他挥金如土，输赢很大，身边拿出的珠子都像黄豆一样粗，可想他的来路一定不正当的。我还没有猜错呢！”

孙高崧说到这里，小莺便去取出一串珍珠给他看，且说道：

“这就是张琏给我的。”

孙高崧看了，啧啧称好。他又带着笑对小莺说道：

“小莺，现在你要决定，不可反悔。”

小莺道：

“要我决定什么？”

孙高崧道：

“张琏待你也很好，他现在发了财，有金银珠宝给你，他又要娶你回去，你的心里要决定跟他走呢，还是跟我？将来不要懊悔。”

小莺道：

“我早已说过，一心跟你，绝不有悔，你难道还不知我的心吗？况且张琏和海盗勾结一起，大约他也是个盗党，将来案发时，锒铛入狱，我若跟了他，便是强盗的妻子，我怎肯如此做呢？孙公子，你是我心上的人，我爱你，你也爱我，将来我们俩永远做个一对儿，天长地久，白头到老，谁肯做强盗的妻子？我不贪钱的，早已决定了，但望你早日把我娶回家去就是了。”

一边说，一边把她的俏面庞贴到孙高崧的嘴边去，阵阵幽香，透入他的鼻管。孙高崧听了小莺这些话，好似已饮着醇醴，心头非常甜适，便和小莺接了一个吻，又说道：

“你既然真心爱我，我当然十分愿意早早把你娶回家去，好在你已向姓张的探得一二秘密，我回去想法，好歹要叫那厮吃官司，上断头台，那时候，我和你可以安安稳稳地快乐，不怕那厮再来打搅了。但请你千万不要在张琏面前泄露风声，若给他跑了，后患无穷。”

小莺道：

“你尽可放心，我很希望他这样，方称了我的心愿。他发什么财呢？不过通了海盗，取得不义之财罢了。我不稀罕他，我只愿终身侍奉孙公子巾栉，一同快乐。”

这时候，薛家妈和兰子端上酒肴来请孙高崧用晚餐，孙高崧便从身边摸出十两银子给薛家妈，说道：

“今天我没有多带，改日再给小莺缠头。”

薛家妈谢谢，接到手里，小莺便陪孙高崧喝酒谈心，孙高崧因为小莺已探得张琏的秘密，心中十分快乐。晚餐后忙着和小莺绸缪一番，不觉已过二鼓，他恐怕张琏归来，连忙起身要去。小莺也不敢多留他，但约他明日再来，孙高崧就一溜烟地去了。他回到家中，连忙吩咐书童快请白师爷相见，他掌了灯，坐在书房里等候。那白师爷是孙高崧的司账，年纪已有五十多岁，孙家父子两个一向很信任他，因为他机警多谋，善代孙家父子筹划一切，无往不利，辄占胜着，所以大家称他智囊。白师爷也以此自负，且博得东家的欢心，自己也常得好处。

这天夜里，白先生已在账房里睡了，忽然书童来说公子有事相请，他听说公子请他，怎敢怠慢？知道孙高崧又有什么紧要的事和他商量了，否则半夜三更的来请人，为什么等不及明朝再说呢？因此他答应一声就来了，立刻从床上起身。好在天气正热，自己和公子是熟人，不拘小礼，遂穿着短衣，立即跑至书室来见孙高崧，带笑说道：

“公子有何要事？快请见告，我已睡着，一听公子呼唤，立刻走来，真是君命召不俟驾而行了。”

说罢，两肩一耸，谄容毕露。孙高崧道：

“我却打搅你的好梦了，你且坐了再讲。”

白师爷便坐在高崧下边椅子里，仰着头，静候孙高崧发话。孙高崧又

说道：

“老白，我现在又有一件紧要的事和你一商。”

白师爷道：

“敢不竭其驽骀贡献愚见？请公子吩咐就是了。”

孙高崧遂将张琏勾结海盗，拥有多财，夺其所宠，自己如何要倾陷张琏的衷情，一一告诉他听，且说道：

“现在那个林凤和他的同伴尚在城中，听说住在林道乾家内，我当如何去告发他们？把他们务要一网打尽，方快我意，稍一迟缓，被林凤等走了，消息泄露，那就不能成功了。”

白师爷听孙高崧把话讲完，一摸颔下短髭，说道：

“公子心里的意思，我都明白了，此事宜速不宜迟，又须秘密行事。我知道张琏和林道乾在本地都是有名的任侠之辈，徒党甚多，万一事机不密，却很于我们不利，劝公子还宜慎重。”

孙高崧道：

“这个我自然知道的，本来张琏一干人为盗不为盗，我不必去管他们，也不想借此贪得什么功劳，不过张琏是我的情敌，我为了薛小莺，不得不向他们下一记毒手了。请你想一个便利进行的办法，把他们一网打尽才好。”

白师爷从身边取出一个鼻烟壶，倒出一些鼻烟在手掌里慢慢地嗅着，颠头晃脑着说道：

“公子说得不错，好在老东家和此地翁知县相识的，明天早晨公子可拿着老东家的名刺去求见翁知县，秘密进言，把海盗的消息告诉他听。现在正当上峰痛剿海盗的时候，翁知县必然贪功邀赏，肯听公子之言。公子不妨请他即刻诓骗张琏入衙，预先埋伏捕役，乘其不防，把张琏活活擒住，然后遣人去抄他的家，一面请郑守将立即派兵到林道乾家中去包围，以期将林凤一干人全数捉住。只要林凤捕到，不怕张琏不招了。”

孙高崧听了白师爷的一番安排，不由大喜道：

“你果然是个智囊，我准依你的话行事，成功后当重重相谢。”

白师爷嗅着鼻烟说道：

“这是应当效劳的事，何用酬谢？但我不揣冒昧要向公子请求一件事，不知公子可能答应？”

孙高崧道：

“老白，你要求什么？我能答应的总可允许你。”

白师爷笑了一笑，道：

“古人云，不孝有三，无后为大，我年已五旬，老妻只生了一个女儿，一直没有身孕，恐怕他日伯道无后，若敖氏将为不食之鬼，所以常想纳一小星。”

白师爷说到这里，孙高崧微笑道：

“老白人老心不老，你看中了哪一个？不妨对我直说。”

白师爷道：

“公子第三房夫人身边的秋菊丫头，我很有意于她，公子可肯赏赐给我吗？”

孙高崧笑笑道：

“你的老眼果然不错，秋菊生得十分妖娆，今年已有十九岁了，正好嫁人。此事倘然顺利，都是你智囊运筹帷幄之功，我可做主将秋菊赠送与你便了。”

白师爷道谢一声，话已说妥，也就告退。孙高崧遂回至三妾贺金凤房中睡眠。次日起身，已是不早，因为有事要干，梳洗已毕，匆匆用过早餐，持了他父亲孙涟的名刺，跑到县衙里来见翁知县。翁知县见了孙琏的名刺，立即延见。孙高崧也曾和翁知县见过数次，所以很熟。坐茶后，翁知县便问：

“贤契到此有何事见教？”

孙高崧见旁有侍从，便道：

“小侄此来有一件很重要的事，要禀告大人，此时却不便说。”

翁知县立即屏退左右，要请孙高崧直陈其事。孙高崧便道：

“大人可知道张库吏最近改变态度了吗？”

翁知县道：

“张琏改变了什么？贤侄可有知晓？”

孙高崧道：

“小侄闻得张琏最近到过南海去，回来后就大嫖大赌，十分挥霍，他从哪里得来的钱财呢？原来他已和南海的海盗私通，坐地分赃，图谋不轨。”

翁知县闻言惊骇道：

“贤侄此话可真吗？张琏为人我也知道，他有些桀骜不驯的。你说他通海盗，可有真凭实据？倘然是真确的，断不能让他幸逃法网。”

孙高崧道：

“小侄若没有得到真相，岂敢在大人面前胡说？前日张琏私通的海盗曾由张琏在红梅巷歌妓薛小莺家里设宴欢饮，中间有一个姓林名凤，便是盗魁，这是张琏醉后泄露出来而薛家告知我的，他们怕被连累，故来和小侄商量。小侄因为近今海面上海盗猖獗异常，时有勾结海寇攻城陷池之举，俞大猷将军正奉旨征剿，此处地远南海，倘然有了内应，如张琏等不法之徒从中捣乱，恐非地方之福。情形十分严重，所以小侄特地前来告密，请大人早为裁夺。”

翁知县点点头道：

“果然是一件重要之事，但可知林凤等那伙海盗目下耽搁在哪里？请你告知后，可以火速拘获。”

孙高崧又说道：

“小侄探得林凤党羽共有三人，都住在林道乾家中。”

翁知县不等他说完，早握拳击着他自己的膝盖说道：

“林道乾，就是在郑守将麾下做武官的林道乾吗？”

孙高崧点头道：

“正是此人，他和张琏是好朋友，串通一气，窝藏海盗，也是罪不容赦的。”

翁知县道：

“军营中人和海盗勾通，这更是危险了。我即请郑守将来，把真情告知他，请他赶紧派兵去拘捕，务要一网打尽，以杜后患。至于张琏那厮，我马上可以出签叫差役前去捉拿。”

孙高崧道：

“张琏现今常不住在家里，况且张琏很有勇力，恐防一班差役不是他的对手。为今之计，好在他要到衙里来的，不如请大人埋伏下刀斧手，哄骗他到内廨里商议要事，出其不意，将他擒住，这样如瓮中捉鳖，不怕他插翅飞上天去。然后再令捕役到他家中去查抄，抄得了赃物，张琏更难图赖了。”

翁知县点点头道：

“贤契此计甚佳，我即照计用事，捉到张琏后，再捕林道乾等一干人，将来邀得上司论功行赏，贤契也有功劳的。”

孙高崧听着，心中十分欣喜，他的希望并不要得什么功劳，只要把他的情敌张琏置之死地而后快，然后再没有他人去和他争夺小莺了。翁知县因为这事说大不大，说小不小，不敢疏忽，忙叫人去探问张库吏可曾来衙。下人回报张库吏刚才来衙，翁知县喜道：

“这也是他的末日到了，他虽是一个小吏，平日却十分骄横，我也奈何他不得。难得贤契告发了他通盗有据，乘此机会把他了做去，公私两便。”

遂传集二十名捕役，叫一个姓王名洪的捕头率领着，埋伏在两廊隐处。孙高崧也匿伏在屏后，翁知县向南而坐，立即吩咐下人去请张库吏到此谈话。下人唯唯奉命而去，张琏昨晚在太白楼和林凤等众人哄饮至三更方散，回至小莺妆阁，小莺正艳妆而待。这两天酒色迷人，他也模模糊糊的，谁防到小莺和孙高崧正在设计害他呢？

这天，他依旧到县衙里来，想坐一刻即走，约定魏、林等众弟兄在林道乾家里吃饭的。刚才想离县衙时，忽见翁知县差人唤他到内廨去商议事情，他怎知翁知县早已设下陷阱，计擒猛虎？遂不假思索地一径跑至内廨来。只见翁知县正襟危坐，面无笑容，不由心中有些惊讶。刚走上阶沿，要向翁知县行礼时，翁知县早喝一声：“左右，快与我捕此狗盗。”两廊立刻一窝蜂地拥出二十名捕役来，个个人手中都拿着铁尺、短刀、挠钩、套索，喊声如雷。张琏一时摸不着头脑，要逃也不及，挥拳四击，早有几个人被他击倒。捕头王洪识得张琏厉害，乘他不防，将挠钩钩住他的小腿，向后用力猛拽，张琏早已堆金山倒玉柱地倒在地下，肩头上又吃了几下铁尺，被众人用绳索把他紧紧缚住，加上手铐，推至翁知县面前。此时张琏气得怒目圆睁，大呼：“吾有何罪?”翁知县冷笑一声道：

“张琏，你知道现当什么时候?朝廷正在痛剿海盗，绥靖地方，你又在本衙身任库吏，理当洁身自好，竟敢擅通海盗，谋为不轨，以为本县聋瞽吗?”

张琏大呼冤枉，屏风后早跳出孙高崧来，指着张琏说道：

“姓张的，你认识我吗?我就是孙高崧，你在小莺家里多么威风，强占着小莺，不许人家分一杯羹，自恃武力，擅作威福。你本是一个土棍恶霸，却又结识南海海盗林凤等一干人，前晚在小莺妆阁设宴狂饮，阴谋叛反，你自己同小莺讲的，还想图赖吗?知法犯法，罪加一等，你的金钱从哪里来的?今日你们恶贯满盈，难逃国家的法网，一死嫌晚，还有何说?”

张琏见了孙高崧，听了他的话，自己虽然是一个粗人，此时也明白其中酸素的作用了，便破口大骂道：

“姓孙的小子，你竟蓄意陷害人家，我老张一定不肯饶你的。须知我老张虽然认识海盗，自己却并不做什么海盗，你休得含血喷人!”

孙高崧冷笑一声道：

“既说认识海盗，却又说不做海盗，这些话只好去哄骗三岁小孩子。”

遂又对翁知县道：

“大人，此刻小侄不必和他细辩，空费口舌，好在大人已听过他自言认识海盗了。现在一边赶紧要去捉拿林凤、林道乾，一边又去那厮家中查抄。”

翁知县点头道：

“贤契说得是。”

张琏听得明白，又气又怒，更代二林等发急，怒吼一声，要想挣脱身躯，但早被捕役们缚住，不能行动自由。翁知县见张琏果然强硬，便命捕役将他送入狱中，严密监禁，且待捕了林凤、林道乾等前来一起严鞫。捕役遂拖着张琏，送到狱中去了。翁知县又派四名差役速至三宝街张琏家中抄查，一边又请郑守将到来，将这事的详细情形奉告，要请郑守将派兵拘捕。郑守将闻得林道乾私通海盗，大为诧异，案情重大，不敢怠慢，恐防这事传扬出去，立刻回衙去发令捕盗。孙高崧见张琏业已被捕，喜滋滋地赶到小莺处去报告详情。

那郑守将别了翁知县，上马加鞭，回至自己衙署，立即传唤赵千总、胡把总入内听令。郑守将平素很器重林道乾的，想不到他竟会勾结海盗，所以搔头摸耳，煞费踌躇，口里叹气不绝。恰逢他内弟九鼎坐在内书房陪客谈话，那客人是一位翩翩美少年，郑守将也懒得进去招呼，便坐在外书房里。一会儿，赵千总、胡把总两人入内参见，恭候命令，郑守将便将林道乾勾通海盗图谋不轨的事和二人说了，吩咐二人带领三百名官兵，速速赶至林家捉拿，不许有一个盗党脱逃，捕得后即解送县衙。胡把总、赵千总听说，不敢懈怠，得令退出。郑守将发令毕，自言自语道：

“林道乾，林道乾，我以为你是一位英雄好汉，谁知你和张琏私通海盗，阴谋作乱，我也不能宽恕你了。”

他遂带了四名护勇，跨了高头白马，仍至县衙里去，预备林道乾等捕到时，可和翁知县一同审问。那胡把总、赵千总二人奉了郑守将之令，点齐三百兵丁，弓上弦，刀出鞘，杀气腾腾，旋风也似的杀到林道乾家中去。

第十回

良友高谊弃家远走
美人祸水屈打成招

这天，林道乾在家中预备酒席宴请林凤等三人，隔夜约定张琏一同在此欢聚，然后至城外来凤园一游花木亭台之胜。所以林道乾在早晨到衙里去了一遭，立刻回来的，陪着魏南鲲、林凤、孙天禄等在他书房里闲谈。林凤因为所事不遂，心里惦念着马头岛的情形，意欲在此快叙数天，便要和他的夫人乘舟回去了。林二姑在厨下着人料理酒菜，有许多是馆子里送来的。

时候将近午刻，看看张琏还未光临，魏南鲲等得有些不耐烦，瞧着林道乾说道：

“张大哥怎么到这个时候还不见来？莫非他昨夜回去得晚了，今日贪恋香衾，还未起身？我和他是老友，不客气的，他若再不来时，我要到小莺那边去拖他起来呢！他怎么爱上了歌女，沉醉在温柔乡里？须知儿女情长，足使英雄气短啊！”

林道乾道：

“自从他爱上了小莺，我家足迹也疏了。青楼中人有什么真情挚爱？无非生张熟魏，朝秦暮楚，时时变抱的，张大哥却太认真了。可是今天他无论如何必要来的，也许他到了县衙里然后再来我家，此时不至，不知县衙中可有什么事羁缠着他，不得脱身？”

林凤也道：

“张大哥性情十分爽快，他答应我们今天必要来的，他绝不会挨延时光，总是有了紧要之事，不得离开了！”

孙天禄也说张琏一定不会失约。大家又守候了好久，林道乾见张琏只是不来，大家肚子饥了，只得先将酒席摆在餐室里，请魏南鲲、林凤、孙天禄众人上座，自己和二姑坐在下首相陪。斟过酒，大家随意吃喝，仍不见张琏前来，大家都有些奇异，忽然下人报称李公子到临，有要事会见。林道乾听说，便和二姑离了酒席，向众人打了一个招呼，一同走到书室里来。见李安涛立在那里，神色慌张，林道乾和他见面后，便问有何要事，李安涛揩着额上的汗说道：

“林兄，事情不好了，即刻便有官兵前来捉拿林兄，据说府上窝藏海盗，十分严重，所以我特地来报个信。”

一边说，一边向林二姑脸上望了一下。林道乾听了这话，不由陡吃一惊，忙问道：

“此话可真吗？我们并未犯罪，官兵为何要来捉拿？安涛兄从哪里得来这个消息呢？”

李安涛道：

“郑守将的内弟九鼎和我是朋友，时常往来，今天我恰巧到守将衙门里拜访他，有琐事相谈。因他住在衙里的，就在郑守将的书房中坐着谈天，午前，郑守将忽从县里回衙，在间壁书房里发令调兵，要至此间来捕拿海盗林凤，说兄等勾结海盗，图谋不轨，一体拘拿。且闻张库吏也是其中要犯，业已在县衙中被捕。此事外边无人知道的，唯有小弟窃听得明白，因思这事非同小可，令兄妹势将遭殃，我非得赶紧前来报告这个消息不可，所以马上托故辞退，出了衙门，立即冒险来此通信，兄等若不速走，性命休矣！”

林道乾闻言，不知张琏何以被捕，官中又怎会知道他们私通海盗，一时摸不着头脑。但安涛是诚实不欺的君子，谅他所言非假，见他这种情状，真是十分火急，刻不容缓的了，遂道：

“此事说来话长，异日倘有机会，当再详细告之，深感安涛兄来此报信，使我等可以预防意外的变端。事不宜迟，我就去和他们商量商量，好做对付之计。”

说着话，走向书房外边去了。室中只剩下林二姑和李安涛二人，林二姑蛾眉深锁，忧容满面，对李安涛说道：

“安涛哥，这真叫作无事家中坐，祸从天上来。林凤虽是海盗，他不过偶然到此访问，游玩数日罢了，并无何种举动，不知有谁到县衙中去告发的？”

李安涛道：

“以我看来，当然是张琏的仇人先去告发，所以张琏首先被逮。令兄当然是株连的，只是海盗既在你们府上，这个罪名便不轻了，故我代你们非常发急。”

李安涛一边说话，一边把手帕去揩拭额上的汗，摇着手中团扇，又向林二姑说道：

“道乾兄是已有嫌疑，不能安居在家了，但他一走之后，势必连累寄妹的，姑娘又走向哪里呢？不如就到我家去小住数日，再作道理。你以为如何？”

林二姑道：

“多承你的美意，只是此案发了，我也是盗党，无论如何洗刷不清的，倘然避到府上去，恐怕将来连累了你家，反为不美。”

林二姑说这话，面上露出很愧恨的样子，双手反复搓着。李安涛道：

“寄妹休要不乐，这是仇人诬陷你们，将来自然明白。蜗居虽然狭小，姑娘一人总可下榻，况且我母亲常常盼望你来我家盘桓，倘然寄妹住到我家去，我母亲一定快活，而我们也可朝夕相聚，劝寄妹不要踌躇。”

李安涛说得甚是恳切，林二姑微微一笑道：

“那么你们不怕连累吗？我是一个女盗啊！”

李安涛笑道：

“寄妹不要这么说，不要说寄妹并非女盗，即使寄妹真是盗党，我姓李的也绝不会忘记你以前的大德，反而瞧不起你的。寄妹请放心，寄妹是巾帼英雄，夙所钦佩，说什么盗不盗呢？”

林二姑又是微微一笑。当他们二人在室中讲话的时候，林道乾早跑到外边去，把李安涛报告的凶信告诉了众人。林凤早嚷起来道：

"反了反了，小弟在此来害了张大哥，又将害及林兄，这真是如何好呢？不如我们立即杀到县衙去救出张大哥，一同赴马头岛去吧！官中既不能容我们做良民，不如海外去别创事业。"

林凤说着这话，早跳了出来，双手叉着腰，义形于色。林道乾道：

"这事不可鲁莽，我等虽不怕死，然而区区数人，力量太薄，在潮州城里仓促间起不了大事，反而自投罗网。我知道郑将军武艺很佳，为人精明强干，城中官兵也有近千之数，万万救不出张大哥的。三十六着走为上着，我们不如先走南澳岛去，在魏兄处藏身，然后再来设法救出张大哥。"

魏南鲲点点头道：

"道乾兄说得不错，祸在眉睫，我们要走就走，免得官兵来了，脱身为难。"

孙天禄也如此说，饭也不要吃了，林道乾跳到室中，见他妹妹正和李安涛喁喁谈话，便问道：

"妹妹，你将怎么样？我有了嫌疑，你也不能安居在此。现在我们决定走往南澳，再想办法，你不如也随我们一起去吧！我这劳什子的官也不想做了。"

林二姑道：

"哥哥既这样说，我当然跟着哥哥一起走。"

李安涛听着这话，瞪着双目，直向林二姑紧瞧，他也不便说什么。林道乾遂催着他妹妹到房中去收检一些细软，各带包裹，立刻便要动身。李安涛见了他们匆忙之状，反而呆呆地站在一边。林二姑收拾以后，返身走出，忍不住对李安涛说道：

"安涛兄，多谢你来报信，此情绝不忘却，转瞬官兵即至，你还不快走吗？倘然连累了你，那我们更是对不起了，走吧！我们后会有期。"

李安涛被林二姑数句话提醒，忙说道：

"不错，我要去了，免得在此受无妄之灾，但是寄妹等哪里去呢？不知何日再能够见面？叫我到哪里去寻你们呢？"

李安涛说话时，脸上充满着黯然神伤之色，林二姑见他这种神情，又可爱又可怜，不由扑哧一声笑出来道：

"安涛兄，我们日后总有见面的一天，请你不要垂念。我们此去或至南澳，将来有便再给你消息，请你也代我们留心刺探些张琏狱中的情形，我们绝不白吃这苦头的，你快走吧！谢谢你的美意。"

李安涛遂向他们兄妹二人告别，林二姑独自送至门外，李安涛回过脸来，说一声："寄妹珍重，我去了。"林二姑和他点点头，玉靥上亦微露不豫的样子。李安涛走了数步，回头一看，却见林二姑将身子倚在门框上，定着眼睛，兀自望他走，遂把手招一招，又回过来向林二姑说道：

"寄妹此去如有稳定安身之处，请你给我一个消息，我或者能够来拜望你的，我实在舍不得和义妹分离。"

林二姑听了这话，心中也不觉一酸，勉强忍住，硬着头皮，把手挥挥道：

"你快去吧！我不会忘记你的。"

说毕，立刻掉转娇躯，走进屋中去，不顾李安涛了。这时，林道乾早已准备好了，见林二姑进来，便道：

"多谢安涛来报信，不然我们哪里会知道？不要被官兵一网打尽吗？我们走吧，家中的婢女和马弁都带了走，省得他们泄露消息，去害李安涛。"

林二姑道：

"哥哥说得是。"

魏南鲲道：

"现在请你们同至南澳，然后再想方法来救张大哥。"

林道乾说声好，遂把下人唤来，说要带他们同行。下人自然遵命，他们一行五人，带同婢仆，携着包裹，立刻把大门闭上，从后门出去，赶紧逃出城门，到海边雇船去了。

在他们走得不多时候，胡把总、赵千总早调齐人马，杀奔林道乾家中而来，号角齐鸣，呐喊大起，吓得林家左右邻居不知为了何事，一齐忙着闭门躲避。

赵千总和林道乾同袍之谊很深，今日他来缉捕，逼着上司的命令，不敢不依，心中满希望林道乾可以漏网，不致被擒，免得自己人动手，因此初时调集人马，故意延迟了好多时候，各城门事先又未去通知关闭，故林道乾等得以安然逸脱掉。赵千总将至林家时，又故意令部下吹角大呼，好借此给林道乾一个警报，否则这事应当秘密，如何反大大地张皇呢？胡把总奉令之后，也有些不信林道乾这样一个有义气的好汉子会串通盗匪，扰乱地方的，而且他知道林道乾武艺很好，倘然又有盗党一起，那么要使林道乾束手就缚，也不是件容易的事情，所以，赵千总这么办法，他也十分同意。当他们赶至林家大门前，只见大门紧闭，赵千总知道林道乾已有防备，心中暗暗欢喜，但不知是谁去通风的，这个却又不明白了。部下便到马前来请示，赵千总命部下将前门严密围住，让胡把总率人攻打，他自己却带了数名亲随去攻后门。他的意思倘然遇到林道乾，放他走了，好让自己卖个人情。前后门同时发动，这门墙又非城池可比，当然一攻即破，胡把总挺着花枪，步行当先，冲入林家，一个人影也不见。而赵千总从后门杀入，更是静悄悄地没个人，两人在庭中相会，都说林道乾和海盗走了，又向屋里四下搜寻一遍，见箱笼都打开，细软俱空，早已闻风远扬了！赵千总和胡把总正中心怀，自己也好不负责任，遂把林家前后门贴上封条，带了几个左右邻居回衙去复命。

郑将军闻得自己部下扑了一个空，不由吃了一惊，一边连忙下令各城门严紧缉查，休要放走林道乾，一边便至县衙报告与翁知县知道。翁知县听说林道乾业已逃亡，海盗林凤也没有捉到，大失所望，便对郑将军说道：

“林道乾果然厉害，这事很是秘密的，怎么他预先早知道呢？可见他的党羽必然众多，这样的人留着他在军中，迟早必受其祸的。”

郑将军道：

“小弟难逃失察之咎，十分惭愧。”

翁知县道：

“这也难怪老弟的，便是张琏在县衙里供职，愚兄也难知道他和海盗联络，这真所谓知人知面不知心了。”

翁知县和郑将军会结金兰之谊，所以如此称呼。二人说话时，衙里派出去搜查张琏家中的捕役已回来复命，声称在张琏家中抄出大珠子二百多粒，黄金数百两，白银数百两，并将张琏的爱女慧珠带来候讯。翁知县因为林凤、林道乾未曾捕到，必须向张琏严行鞫问，以便定谳，遂吩咐吏役徘衙坐堂，一边又叫人请孙高崧到来，以便对质，左右差役早在外面吆喝着，别轻觑他小小令尹坐堂时威风十足，惊人心魂。翁知县正中坐了，让郑将军在左边坐着观审，先将张琏的女儿慧珠提上堂来。慧珠是一个忠厚的女儿家，不知自己父亲犯了何罪，吓得心惊胆战，手足无措，跪倒阶前，不敢抬起头来。张琏家里抄来的金银珠宝都放在一边，白的，黄的，耀目生光。翁知县和郑将军瞧着甚为惊奇，也不由有些垂涎，翁知县便问：

“你是张琏的女儿吗？叫什么名字？”

慧珠答道：

“正是，小女子名唤慧珠。”

翁知县又问道：

“你父亲勾通海盗，坐地分赃，阴谋作乱，这许多事你该知道的，快快招来，免受刑罚。”

慧珠战战兢兢地说道：

“小女子一切不知，我父亲并无为盗作乱等事，这是冤枉的，求大人明鉴。”

翁知县冷笑一声，指着旁边灿灿的金银，又说道：

“你休要图赖，你父亲若不私通海盗，分得不义之财，那么怎会坐拥巨资？”

慧珠给翁知县这么一说，瞠目结舌，一时说不出话来。翁知县催着道：

“快招快招！”

左右差役也一迭连声地喊道：

“大老爷吩咐快招。”

慧珠吓得哭起来道：

“我父亲做的事，我平日不知情的，叫我招什么呢？此次他从南洋回来，对我说发了横财，所以有金银财宝，但是究竟有多少，我也不知道的。他一直不住在家里，所以他的事我是完全不知道的，并没有半句虚言欺骗大人。”

翁知县见慧珠这般情景，估料伊也许真的不知，又把林道乾的邻居一一问过，众人都不知道林家情形，遂叫差役快提张琏上堂审问。一会儿，铁索锒铛，张琏被众人推至，赫赫英雄已做阶下之囚，见了翁知县，立而不跪。一眼瞧见了他的女儿，心中不由一惊，自己吃官司还不打紧，连累女儿被捕，于心何忍？又见旁边陈列着他自己海外得来的一部分宝藏，更是愤怒得无名火燃起三丈，不待翁知县开口，先大声说道：

“狗官！我有何罪而遭逮捕？快快说来！”

翁知县见张琏这般咆哮无状，甚为着恼，便把惊堂木一拍道：

“张琏，你自己所犯的罪还不知道吗？你私通海盗林凤，坐地分赃，阴谋作乱，包藏祸心，业已有人告发。本县若不把你捕住，地方人民将遭蹂躏了。你快快直说，为何串通海盗？海盗藏匿哪里？”

张琏见翁知县虽然说他私通海盗，而林凤等一干人没有捕到，心中毫无虚怯，遂冷笑一声，说道：

“你说我通海盗，可有什么凭证？林凤在哪里？可曾捕到？不能平白地诬陷人家的。”

翁知县道：

“林道乾已和林凤等闻风逃遁，显见实有其事。你家里的黄金又从哪里得来？非盗赃而何？”

张琏只得说道：

“这些金银是我到南海去掘得一些藏金而分得的，并非盗赃。”

翁知县道：

“张琏，你当人家是三岁之童，受你的哄骗吗？明明是分来的不义之财，却说什么藏金。”

张琏道：

“实在是藏金，不信时，可以差人同去南海特里屯岛查勘便知。”

翁知县冷笑道：

“你要借此脱身吗？没有如此便宜的事。”

正问答间，孙高崧已至，见过翁知县，站在一边。翁知县指着孙高崧，对张琏说道：

“你认得他吗？就是他告发你的。”

张琏一见孙高崧，不由气往上冲，说道：

“好小子，都是你兴风作浪，造谣生事，仔细我来抽你的筋割你的头。”

孙高崧听张琏在公堂上说话如此强硬，遂冷笑一声道：

“我又不做强盗，你自己的头颅将要不保了，又怎能割人家的头呢？你快快招了吧！不必图赖，至于你认识海盗林凤情事，都是你自己告诉薛小莺的，难道自己的说话还不算数吗？”

张琏听了，又气又恨，深悔自己醉后失言，上了人家的当，反被孙高崧阴谋陷害，便道：

“这贱人无端嚼舌，休得相信。我张琏虽和林凤认识，但我为我，他为他，我自己并没有做海盗，这些金银也并不是从海盗那里分来的，确是发的横财。不要说捉不到林凤，便是捉到林凤，我也这样说，我与林道乾都非海盗，受的冤枉，明明你和那贱人要陷害我们。”

孙高崧道：

“我要陷害你做什么？只恐地方上将受你们的荼毒，所以告发。”

翁知县便道：

“张琏，你既和海盗认识，又说自己并非海盗，这不是矛盾吗？你若不招，本县要用刑了。”

遂叫差役抬上夹棍，把张琏重重夹起。左右遂把张琏上了夹棍，张琏痛得晕了过去，左右喷水把他救醒，张琏宁死不招。翁知县又命令左右再把张琏用刑，连夹了三次，张琏熬不过严刑，只得屈打成招，自言通海盗林凤，坐地分赃，林凤巢穴便在南海马头岛上，却把南澳诸人隐瞒过去。书吏录了口供，叫张琏亲笔画了押，遂把张琏收入牢监，预备行文禀告上宪发落。当张琏受刑时，慧珠在旁目睹惨状，心中苦痛万分，伊是一向孝顺父亲的，如何忍受得住？哀哀痛哭。等到张琏画押收监，伊知道父亲已屈打成招，承认为盗，毫无挽救余地，痛不欲生，竟一头向堂上大柱猛撞过去，撞得头开脑裂，当场惨毙。张琏刚下堂阶，亲见女儿惨死，肝肠崩裂，狂吼一声，蓦地晕去。左右忙将他救醒，押往狱中而去。

翁知县和郑将军都料不到张琏的女儿竟会这样地自尽于堂上，可谓孝而且烈，大为骇叹，急命吏胥等厚具棺木安殓，埋葬城外。张琏所有的金银悉数充公，收藏入库，又请郑将军下令严捕林道乾，自己也着落全班捕役到潮州城里城外四处搜寻，务将林凤、林道乾等拘捕到案，遂至太守衙门去禀告案情，申报省城巡抚。孙高崧见张琏业已入狱，难免死罪，而林道乾等也早远遁，官中方一体严缉，自以为情敌已入陷阱，他可以和小莺朝晚寻欢，无从顾忌了，遂去红梅巷和小莺绸缪。

那些捕役奉了翁知县的令，派出眼线，四处去搜捕，一连三天，杳无影踪，他们哪里知道，林道乾等已安然遁至南澳岛上去呢！

林道乾兄妹和魏南鲲、林凤、孙天禄等一行人逃出了潮城，幸喜背后没有官兵追来，他们到海岸边雇得一艘帆船，驶至南澳，齐至魏家暂行歇宿。

林二姑和林凤的夫人郭玉辉相见后，便把张琏被捕等事告诉伊听，郭玉辉道：

“这事如何是好？此次外子到潮城拜访张爷、林爷，叙谈衷情，谁知反害了二位，一则弃官，二则被囚，怎生对得起呢？”

林二姑道：

“人有旦夕祸福，这事不能怪谁的，我们当然再要想法去救张琏，断不肯让他一人独受这无妄之灾。”

郭玉辉道：

“我是没有本领的女子，全仗姊姊和诸位之力了。”

晚上，魏南鲲邀集众人在邃室中商谈如何营救张琏之计，林二姑亦在座。林凤首先开口说道：

“此次小弟到潮城去，满拟与张大哥、道乾兄等畅叙数天，谁知平地忽起祸殃，张大哥被捕入狱，道乾兄也害得弃家出奔，都是小弟害了你们，心中实在万分不安。但是无论如何，大家以义气为重，断不忍令张大哥独死而林凤偷生，凭着小弟的力气和精神，倚仗诸位相助，一定要把张大哥救出囹圄，稍慰于心。”

林道乾道：

“当然我等必须要想法去救出张大哥的，也要访问是哪一个秘密告发，害了张大哥。冤有头，债有主，不可不报。”

魏南鲲道：

“二位说得甚是，林兄如有差遣，小弟这里的渔户大都是我心腹，可供指挥。”

林道乾道：

“这是最好了，到时自当仰仗大力，现在可先差干练的人到潮城去探明白了详情，再作道理。合着我们众人的力量，定要救出张大哥的。潮城官军的多寡以及营房驻在之所，一切情势即在小弟平日早已深晓。”

魏南鲲道：

“我等若要举事，道乾兄是最好的领袖了。”

孙天禄也说道：

“道乾兄智勇双全，我等素所心折，必能指挥如意，克遂愿望。”

大家又谈了一歇，方才各自归寝。次日清晨，魏南鲲早派出二位心腹，渡海到潮州城中去探听消息。隔了一天，二人回报：

“张琏曾受严刑，已招认为盗，现在幽囚县狱中，张家已经查抄，抄出金银甚多，指为盗赃。慧珠小姐在公堂上触柱而死，先以身殉，林家亦遭封闭，城门口把守较严，官中正在严缉林凤、道乾。翁知县已将详情呈报省里巡抚请示，待到文书回来时，恐怕张琏便要处决。”

魏南鲲等闻得张琏的女儿惨死，深深太息。探听消息的人又说：

“张琏的事是由一个富商之子姓孙的告发，不知与张琏有何冤仇。”

林道乾听了，恍然大悟道：

“原来此事的祸根还在红梅巷，小莺有个相好，姓孙名高崧，曾被张大哥呵斥，恐怕张大哥言语不慎，在小莺面前泄露了消息，遂被这淫娼暗中和孙高崧串通一气，下起毒手来了。”

林凤叹道：

“那么张大哥还是吃了女人的亏，这两人我们以后也不能轻恕。”

魏南鲲道：

“事不宜迟，我们要趁省里公文没有下来时，早早动手去援救张大哥出狱。道乾兄快快想法调度吧！”

林道乾微笑道：

“少停再和诸位从长计议。”

下午，大家又坐在一起商酌办法，林道乾道：

“我等要救张大哥，除去劫狱，没有再好的办法了。只是潮城共有一千多官军，我们几个人前去，虽能把张大哥救出狴犴，然而要杀出城关，也不是件容易的事，所以非大动人马不可。”

魏南鲲道：

“小弟已说过，这里的渔户可供驱使，大约也至少有五六十人。”

林凤道：

“这也够了。我们索性和官军大战一场，他们不欲招抚海盗，也叫他们识得海盗的厉害。”

林道乾道：

“这里固然要有多数的人前去接应，而城中最好要有内应，方能对付。我想张大哥在潮城朋友很多，对于张大哥此次被逮入狱，一定代抱不平，如有人和他们去联络，指挥他们行事，当必有莫大的相助。”

林道乾说到这里，魏南鲲早说道：

“还有邝刚和魏三虎，这两人都是张大哥的心腹，张大哥吃了官司，他们必想援救，不知他们可要来南澳和我们商量？我们倘然要见他，却到哪里去寻找呢？”

林道乾道：

“要寻找这两个人是很容易的事，邝刚无日不在西门赌窟之中，只要到那边去，包可寻到，只是我们这几个人，潮城早已悬赏缉拿，如何还能够到那边去露脸呢？”

林凤道：

“如此说来，我们这几个人都不能再进潮州城了，那么还有谁去救张大哥呢？”

林道乾道：

“林凤兄弟休要发急，我有一个计较在此，要请这里中间一个人去走一遭，或可有济。”

他说话时，眼看着林二姑微笑，林二姑是十分机警的女子，早接口说道：

“哥哥可是要我去吗？”

林道乾点点头道：

“正是！你可愿意去冒一次险吗？”

林二姑微笑道：

“有什么不愿意？为了救出张大哥的事，虽然赴汤蹈火，亦所不辞。请哥哥立即派我前去，授我机密。”

林道乾道：

“我要请妹妹乔装男子回去，方才可以掩避人家耳目。否则，也是不稳妥，不知妹妹可嫌麻烦？”

林二姑靦然一笑道：

“要我改扮男子吗？这也可以，但恐不像罢了。”

孙天禄插口道：

“二姑娘英姿飒爽，本非寻常巾帼，一定像的。”

林二姑又道：

“叫我改扮了男子，先到哪里去呢？”

林道乾道：

“你且去换了装，我自会指示你的。”

林二姑道：

“我穿谁的衣服去呢？”

魏南鲲瞧着孙天禄道：

“我看天禄兄弟和二姑娘长短仿佛，你有多的衣服，可以借一套给伊穿穿好吗？”

孙天禄忙道：

“很好，我去取来。”

遂立即回到客房里去取了一套衣服连头巾过来，交与林二姑道：

“不嫌肮脏，姑娘尽穿便了。”

林二姑谢了一声，接过衣服，立起身来，回到里面去改装了。这里众人坐着，仍续谈营救张琏的计划，林道乾成竹在胸，把自己所定的步骤一一告诉他们，众人听了安慰不少。隔了一会儿，只听步履声，林二姑已走了出来，易钗而弁，换了一副状态，头戴武生巾，身穿一件淡灰色的海青，足踏薄底快靴，手执纸扇，倘然没有预先知道伊是改扮的，谁认得伊就是林二姑呢？真是雄兔脚扑朔，雌兔眼迷离，双兔傍地走，安能辨我是雄雌？古有木兰，今有二姑，谁谓人定不能胜天呢？林二姑摇摇摆摆地走上几步，又对众人说道：

“你们瞧得出我是女子吗？”

林凤道：

“妙极妙极！我第一个就不认得。这样走向潮城去，绝不会露出破绽来了。”

林二姑十分得意，便对伊哥哥说道：

“好！我准这样去走一遭，哥哥有什么锦囊妙计，快快和我一说，我绝不误事的，但望救出张大哥，大家快活。”

林道乾道：

“你莫性急，且请坐了，我和你细说。”

林二姑遂坐到椅子上，林道乾和伊坐在一起，就将自己所定的计策细细指点与林二姑。林二姑是聪明的女子，听了林道乾的说话，自然都理会得。林道乾又对魏南鲲说道：

“有烦魏兄预备一艘帆船，送我妹妹到潮城去吧！”

魏南鲲一看日影，说道：

“这时候正有渔船要驶往潮城，令妹可坐他们的船前去，最是稳妥。”

于是林二姑带上盘缠，由林道乾、魏南鲲二人送到海滨去登舟。林二姑一心想立奇功，别了伊哥哥，冒险前去，一帆风顺，日落时已至潮城。

第十一回

救英豪冒险入潮城
识禁卒乔装劫犴狱

一间书室中，左图右史，净几明窗，收拾得十分清洁。窗前数株芭蕉，展开凤尾翠旗般的长叶，映上绿窗，清风徐至。书桌前坐着一个美少年，正在咄咄书空，万分无聊的时候，这就是李安涛。他自通风报信，放走林道乾兄妹以后，虽然觉得他这个举动是合乎义气的，林二姑以前对他曾有救命之恩，现在他私通消息，使林氏兄妹远走高飞，脱离法网，未尝不是结草报德。可是他私心酷慕林二姑，认伊是古时红线、聂隐一流人物，林二姑声容笑貌，没一处不使他可敬可爱，最好自己常和伊在一起，得亲芗泽。可惜林二姑和他若即若离，时来时去，使他捉摸不定，有时言笑宴宴，若春风和煦，醉人心神；有时英气凛凛，若秋霜寒冷，望之生畏；有时怜才情重，自然流露，不知不觉，渐渐使他坠入情网，抱着一团热望。现在林二姑已跟着伊的哥哥去了，不知他们避至何处，他日何时可以重见？虽然林二姑曾说要给他一个消息，然而迄今已是三天，芳讯杳然，况且官中悬赏缉捕甚急，叫他们又怎能够重入潮城呢？

李安涛正在悠然遐思之际，忽见家人入报，外面有一位客人求见。李安涛不知是谁，遂道：

“请他进来便了。”

一会儿，履声托托，有一个少年头戴武生巾，身穿淡灰海青，昂然而入。李安涛起初不识他是谁，连忙站起身来问道：

“请教贵客是谁？从何处来的？有甚事下访？”

那少年微微一笑道：

“你不认识我吗？请你再瞧瞧我是谁？”

李安涛一听少年的声音，似有所悟，立刻喜形于色，如获至宝，走上身来，又对少年面上相视了一下，说道：

“你是林……”

说到“林”字，忙又缩住，向左右顾视一下，见旁边没有一人，便又说道：

“寄妹，是你来了吗？使我几乎不相识了。巾帼须眉，佩服佩服！”

原来，少年就是林二姑，伊混进了潮城，因为伊哥哥和伊说过，与其歇宿在客寓内，诸多不便，还不如且至李家借宿，较为隐秘而安稳。况自己也甚惦念李安涛，很愿意和他一见，所以伊一经跑至李家，起先并不说破，试试李家诸人可辨得出伊就是林二姑？果然下人先不认得，及至和李安涛相见时，李安涛也不能看出破绽，直等自己开口后方才明白，知道自己化装神妙了，于是向李安涛点点头，笑了笑。李安涛请伊在沿窗椅子上坐下，刚要开口，下人已送上茶来。李安涛等下人放下茶杯来，向他努努嘴，下人立即退去。李安涛遂问道：

“寄妹，你们回避到哪地方去的？今日乔装前来，想必有事，我十分代你们担心，请寄妹见告。”

林二姑喝了一口茶，说道：

“我等多蒙安涛兄通报凶信，一齐出走，跟着一个姓魏的朋友暂避南澳，但我等虽然侥幸免脱，而张琏却已入狱，我等宁忍独生？所以我此来是要想法救出张琏，暂借尊处歇宿，请兄严守秘密，连寄母面前也不要吐露一句半句。”

李安涛听了林二姑的话，不由脸上露出骇异的颜色，问林二姑道：

“寄妹等都是当世英俊，有任侠之风，自然不肯令张琏独罹刑网，而你们逍遥他处，然而令兄等为什么不来，而叫寄妹一人冒险到此？鄙意窃以为不可，并非轻视寄妹，实在此事很为重大，潮州城里这几天警备森严。古语说得好，孤掌难鸣，寄妹武术虽高，如何轻易成事？还请寄妹三思而行。”

林二姑微笑道：

“你代我多所顾虑，也未尝不是，但须知我哥哥早已定下计策，按步行事，一定可以成功，请你不要代我杞忧。”

遂和安涛低声附耳，把他们的计划尽行告诉他听。李安涛一边听，一边连连点头说道：

“这样办法庶克有济，但我希望你们不要荼毒生灵，因为贪官污吏是可诛的，地方百姓是无辜的，理当爱护，少杀戮一人便积一份功德。寄妹，你要笑我迂腐吗?”

林二姑道：

“这是蔼然仁者之言，我等谨当铭之心版，绝不妄杀良民，请安涛兄放心。”

安涛道：

“如此更好，我希望寄妹成功。”

这时，天色已晚，下人又掌上灯来。李安涛恐林二姑肚子饥饿，便呼唤厨房里开上晚餐，他就和林二姑对坐而食。林二姑因为不欲泄露秘密，所以也不到里面去谒见李母。晚餐后，伊又对李安涛说道：

“事不宜迟，今晚我还要往西门赌窟中去寻找邝、魏二人，归来时恐怕甚晚，请安涛兄不必待我，只为我预备一榻便了。”

李安涛道：

“这个自当为寄妹预备的，愿寄妹一切小心，我准在书室中等候你回来便了，下人们我也可以吩咐他们守候的。”

林二姑道：

“很好。”

伊洗过脸后，又向李安涛借取一面镜子，照了一照，重新整整衣冠，别了李安涛，走出李家，前去寻找邝刚了。林二姑去后，李安涛到内室里母亲那边去打了一个转，李老太太问他道：

“下人传说外面来了一位客人，不知是哪里来的？有什么事情?”

李安涛平日孝顺老母，不肯说半句谎的。今日他为了林二姑叮嘱在先，事情重大，所以只好说一次谎了，只说是朋友的朋友，从汕头到此，借宿数夜，便要回去，李老太太自然也不细细追究。李安涛请过安，回至外边书房里去，灯下独坐，等候林二姑回来。就从桌上取过一本《李义山诗集》，曼吟数诗，绮思瑶情，回肠荡气，抛了诗集，默然痴思，林二姑的玉貌便涌现在目前。自思如林二姑这般绮年丽质，不守在香闺红楼中拈针引线，搦管擘笺，却是长枪短剑，大海高山，不怕虎豹，不畏强御，一洗脂粉之气。前番伊随伊的哥哥泛舟南澳，出去探险，曾告诉过我许多奇异的见闻，我自愧文弱书生，未能追随他们的左右，去干些石破天惊的伟业，一向引以自憾。昔太史公著《游侠列传》，亟称其人，大有斯人在世，虽为之执鞭亦忻慕焉的意思，现在我逢到他们兄妹二人，都是风尘奇侠，事非偶然，而林二姑对于我也蒙她看得起，彼此往来，颇有情愫。我的一缕痴情竟萦绕在她身上，满拟可以常相聚首，渐渐得到她的爱心，谁知现在出了这个岔儿，从此她将要漂泊海外，不能再在故乡露脸，我又怎能跟她一起走呢？这件事真使自己煞费踌躇。李安涛正自想得出了神，忽听嘤咛一声笑，抬起头来一看，乃是林二姑回来了，立在他的面前，可笑自己思念过深，竟会视而不见，不知她何时走进来的。连忙起身说道：

“寄妹安然回来了，谅必遇见邝刚的。”

林二姑点点头道：

“尚称顺利，待我细细告诉你，只是你为什么如此深思，连我走进来也不觉得呢？”

李安涛面上一红，微笑道：

“我正在闭目养神，没有想什么。”

林二姑也觉得李安涛的话是托辞，但也不再去问他。下人又献上茶来，垂着双手，退立门外，静候李安涛有何吩咐。李安涛对他说道：

“你且退去，有事我再呼唤。”

下人答应一声，退去了，李安涛走过去，把书室门轻轻掩上，回转身和林二姑促膝而坐，说道：

“此刻左右无人，请寄妹不妨告诉我。”

林二姑从怀中取出手帕，揩了一下额上的香汗，然后说道：

“我方才依了我哥哥的话，走到赌窟里去找邝刚，问了几个信，方幸喜没有人来查问我。既入赌窟，有一大堆人正在兴高采烈地围着长桌，大赌而特赌，他们以为我也去赌博的，便有一个人叫我下注，我含糊答应了一声，要寻邝刚。四下里用目细看，却不见他的影踪，瞧了一会儿，恰巧望见魏三虎在西首一张赌台上掷骰子，高声喊着全胜全胜。我就走过去在他肩上轻轻拍了一下，说道：‘三虎哥你可知邝兄在哪里？’他回过头来，不由一怔，对我说道：‘我不认识你是谁，你找邝刚做什么？’我遂对他使一个眼色，招他到另外一个没有人的地方，便将自己的姓名向他说了。他不觉大为惊异，马上叫我立待着，自去唤了邝刚前来。邝刚向我细问根由，此时我只得把自己的来踪去迹告诉他们二人听，要劝他们集结徒党，至期同救张琏，里应外合。邝刚就告诉我说，他们自从知道张琏被捕后，心中十分不安，很想去救他出狱，只因我哥哥已出亡在外，没得主意。今晚他们在此，也是正在商议劫狱之计，得闻我的指示，自然快活。现在我已和他们约定后天晚上起事，我明日先去探明白狱中张大哥监禁的所在，后天晚上我就和邝刚等去劫狱。而魏三虎等燃放信炮，斩开城门，放进我哥哥和林凤等入城接应，这是我哥哥预定的计划，叮嘱我这样行事的。因为后天是官军的例假，乘他们戒备稍弛的时候，较易动手，到时我哥哥和魏林诸人自会来的。我既和他们约定，恐劳安涛兄久待，所以不敢逗留，急急回来了。”

李安涛待林二姑把话讲完，带笑说道：

“寄妹办事爽快，真能胜任而愉快，但我要问你的，就是你们倘然劫狱成功以后，走到哪里去藏身呢？”

林二姑道：

“这个却尚未决定，大约要取得众人多数的同意，然后再定行止。南澳离此甚近，恐防难以立足，也许要到较远的地方去，从此大海茫茫，不知漂流到什么地方去呢！”

林二姑说到这里，对李安涛看了一眼，面上似乎立刻显露出一些黯淡的样子，顿时沉吟弗语。李安涛叹了一口气说道：

“寄妹等都是当世之英，乘风破浪，大戟长枪，到海外去建立伟业，创造奇迹，可是鲰生守在家里，局促如辕下驹，促促靡所骋。况寄妹一去之后，不知何日可以再见，一日三秋之思，其何能免？怎能够追随寄妹之后，乘桴浮海呢？”

林二姑听了李安涛的话，将一手支着玉颐，双目低垂，说道：

“安涛兄你有老母在堂，父母在，不远游，当然不能跟着我们同去大海中干冒险的事业。只要你善侍萱亲，肆力文史，将来自有立身成名荣宗耀祖的一日，如我们遗种不受羁勒之人，真所谓侠以武犯禁，他日为福为祸，尚未可知，又何足慕呢？”

李安涛道：

“多承寄妹勖勉，感何可言？但我虽是一个儒生，却不喜寻章摘句，弄月吟风，颇有乘长风而破万里浪之志，何能抱着断简残编，老死在家中，做无用的腐儒呢？况如此局面，大丈夫正要上马建功，下马草露布，方不负天生我材。”

李安涛说至此间，英姿勃勃，林二姑抬起头来，双目又向李安涛略一顾视，带笑说道：

“你有这样的壮志，令人可钦，异日倘有机会，安涛兄也可出面问世，不致有寂寞之感的。”

李安涛又说道：

“因此我对于孙吴兵法暗中常常揣摩，可惜他人皆以儒生目我，没有机会一用罢了。”

林二姑笑道：

“安涛兄既谙兵法，将来雅歌投壶，可称儒将，我也很希望你有此一日。”

李安涛道：

“祭遵贾复，羊祜杜预，不愧古之名将，鲰生不揣菲薄，也欲踵武前贤，寄妹等他日倘有用我之处，愿贡刍荛。”

林二姑微笑道：

“这是最好的事了。”

李安涛又道：

“我现在心里一半喜，一半忧，喜的是寄妹去而复来，使我复睹玉颜，有数日之聚，忧的是寄妹在此仅有二三天的光阴，即要离去，世上事聚散无常，令人感慨，怎能够使我们终年厮守在一块儿呢?”

李安涛这话说得十分恳切，林二姑如何不明白？芳心中微有所感，遂说道：

“古人说得好，有缘千里来相会，无缘对面不相逢，我们只要有缘，他日总有重逢之一日，请安涛兄不要垂念。”

李安涛点点头道：

“多谢寄妹美意。”

二人又坐谈了一刻，林二姑便要告辞归寝。李安涛便唤下人拿上明灯，亲自送林二姑到客房中去，既至客房，林二姑打了一个呵欠，说道：

“今晚有累安涛兄久待，耗费你不少时光，夜深了，请你早些安置吧!”

此时李安涛不便逗留，遂说一声：“寄妹今日也疲乏了，即请安睡，我们明天再见。”

于是他别了林二姑，回到里面去安睡。次日清晨，林二姑吃过早餐，便到县衙边去探问消息，起初时毫无线索可寻，将近午时，在县衙右边一家小酒店面前，瞧见有一个狱中的禁卒，披着号衣，站在柜台前喝酒。大凡站柜台喝酒的人，都是些贩夫驺卒之流，他们没有安静的心思拣了座头坐着浅斟低酌的，所以，站在柜台边，不论何时，喝完了便可走，还可和街头的人胡乱攀谈。那禁卒正和一个卖水果的汉子讲起张琏，说：

“张琏私通海盗，衙役在他家里起获大批金银赃物。”

林二姑知道这是一个机会，立在旁边窃听，方知张琏监禁在天字号的一间密室里，终日在狱中大跳大号，愤不欲生。有人监视着他，但等省里公文回来时便要处决，听到消息的人都代他惋惜。林二姑听了一刻，见禁卒喝完了酒，付了酒钞，回身便走。她连忙追过去，向他肩上轻轻一拍道：

“朋友慢走。”

那禁卒回头一看，见是一个斯文模样的人，头上却戴着武生巾，自己并不认识，遂很奇异地说道：

"相公，你是谁？小人却不相识。"

林二姑把手一招道：

"你且随我来。"

说着话，便望照墙背后走去。禁卒不知所以，跟着她走，那照墙背后是个较为隐僻之地。林二姑立定了，就从身边摸出五两银子，塞在禁卒手里，说道：

"你且拿了，我有话问你。"

禁卒见了雪白的纹银，心里一动，况又因喝了些酒，一边说道：

"我怎好无端拿你的银子？"

一边却把手中银子放到衣袋中去。林二姑道：

"这一些何足挂齿？我且问你，像张琏这样英雄好汉，却被人诬陷他为盗匪，下在狱中，令人扼腕。我方才听说了，殊觉不平，不知他现在狱中哪一处？他人可能进去一看吗？"

禁卒摇摇头道：

"有哪个敢去看他？看他的就被认作盗党，立刻被逮，你不知张琏的党羽林道乾和海盗林凤官中正在一体严拿吗？"

林二姑道：

"原来如此，那么狱中可有戒备？不防他们要来劫狱吗？"

禁卒道：

"如何不防？白昼和晚上都有人看守，出入查问甚严，不许有一无故阑入。那天字号的狱又在里面，曲曲折折，外人不易走到的。此时有谁敢来劫狱呢？"

林二姑道：

"我很佩服这位英雄，想要见他一面，现在给你一说，我也就不敢冒险了。"

禁卒道：

"你要看他做什么？"

林二姑恐防露出破绽，连忙说道：

"我是从广州来此，听人说起张琏是个有义气的男子，所以想看看他，却不料他已被捕在狱，自憾缘浅，不能相见一面，有什么话可说呢?”

禁卒听林二姑这样说，便对她瞧了一眼，说道：

“你想和他一面吗？这是很难的事。”

林二姑听了，料知有机可乘，遂大着胆对他说道：

“我很想见他一面，不知你可有什么法儿想想？我当不吝重谢。”

禁卒沉吟了一会儿，说道：

“只要你有整数的银子，我可代你向狱中许多上下人等花用，只要瞒过县太爷便得了。”

林二姑道：

“我一准孝敬二百两银子，让我一见张琏，明日便离开潮城，他日可以无憾了。现在我先奉上五十两白银，请你指示办法。最好容许我到晚上来，到时我再补奉一百五十两银子，绝不短少。”

说着话，她就把身边带着的纹银先掏出来交与那禁卒，禁卒看到这许多银子，心花怒放，向左右看了一下，见无人至，连忙纳入他的衣袋中去，带笑说道：

“请问相公贵姓?”

林二姑随口答道：

“我姓童。”

禁卒道：

“童相公，你来的时候可以先到小人家里一坐，我把你改装成一个乡人，只算是我的外甥，傍晚时领你进去，自然罕有人注意于你了。不知相公今晚去见呢，还是明晚?”

林二姑一想日期是约定明天的，只好多待一天了。遂又说道：

“今天晚上我别有他约，明晚一定前来，一切拜托你相助成功，只不知你家在哪里?”

禁卒把手向西边一指道：

“在酒店左手第三家小小矮屋里，就是小人的住处，明日傍晚，我准在门口等你驾临便了。”

林二姑道：

“很好，你切不可误我的事。”

禁卒道：

“请相公放心，我拿了你的银子，一定代你办到，只是此事大家都该秘密一些。”

林二姑听了，正中下怀，说一声：“知道了。”她恐怕谈话时间过多，容易被他人看破，立即别去。回至李安涛家中，李安涛便陪她同用午膳。李老太太以为儿子有了宾朋，酬酢事忙，哪里知道这位不速之客就是林二姑呢？午后，林二姑和李安涛坐着闲谈，将近天晚，她又悄悄地走到赌窟中去和魏、邝二人相见。邝刚说，他们已聚集众弟兄约有一百五六十人，都是平日对于张琏、林道乾十分佩服的，有些人大都相识，愿听命令行事。林二姑遂把自己探问监狱情形的经过告诉二人，约定邝刚率领弟兄三十人，明日黄昏时潜伏县衙四周，待狱中放起信炮，便可动手杀入衙中去接应自己和张琏二人，至于入狱劫张的事，由她一人担任。又叫魏三虎带领五十人在南门边埋伏，待等城外天空里有火花，便可斩关夺锁，放进南澳岛上的来人。又叫其余的数十人分守各街要道，通报消息，共御官兵，但不可妄杀一个百姓。邝刚、魏三虎都诺诺答应，林二姑又叮咛数语，立即回至李家。李安涛正等她回来吃饭呢。晚餐后，二人坐着谈谈天下大势以及海盗跋扈情形，至三更时方才安寝。

又次日，白昼林二姑没有出去，只是和李安涛厮守在一起，挨至天色将晚时，林二姑把一百五十两白银藏在怀里，又把双刀扎没了，和几根甘蔗缚在一起，身边又带着信炮，将要走的时候，她就对李安涛说道：

“今晚我们要动手去救张琏了，料想我哥哥和南澳群英一定如期而至。停一刻，少不得要和官军厮杀一场，但我们已有令教，自己弟兄不可妄杀无辜，你们若是闭门不出，绝无危险，所以今夜外面纵有乱事，请安涛兄闭户安坐，可免惊吓。寄母大人前也请你代为安慰，最好劝她早睡，不致惊动她老人家。我等救得张琏后，赶紧就要逃出城关，是不能再到府上来辞行了。以后倘有机会，我必再来和安涛兄相会，请安涛兄不要垂念。”

李安涛面上露出黯然神伤的样子，说道：

“只此一别，又不知何日可以再见？我只恨不能相随左右，但望寄妹他日不要忘记这里有一个……”

李安涛说到这里，很觉难以措辞，就不说下去，两眼向林二姑紧瞧着。林二姑苦笑了一下道：

“当然我要再来的，前次去后，现在不是又来了吗？安涛兄善自珍重，我去了。”

林二姑说毕，硬着头皮，回身便走。李安涛送出大门，林二姑提了一束甘蔗，头也不回，向县衙走去。到得那家小酒店门前，向左走过了三家，果见那禁卒站在门口，探头探脑地等候她，一见林二姑走近，便迎上前说道：

“童相公来了吗？快请进来。”

林二姑见左右没人注意，只一闪身走进了禁卒的家。禁卒的家中只有他的妻子，住着一间小屋，没有旁人。林二姑把甘蔗放在一边，身边拿出一百五十两银子，交与禁卒，问他：

“你能够带我入狱吗？”

禁卒点点头道：

“我已和他们说妥，要你化了装，随我去，绝无他虞。”

林二姑道：

“这却最好了。”

禁卒检点银两，把一半包好，放在身边，一半却和他妻子捧入房去，遂拿出一件短褐犊鼻裤和斗笠草履来，叫林二姑改装。林二姑瞧着，不由蛾眉微皱，想起这肮脏的东西如何穿得上身？但为援救张琏计，自己好好的女儿身已穿了他人的衣服，改装男子，那么再扮乡人也只好委屈一些了。她恐防被禁卒看破秘密，遂又说道：

“请你们允许我到房里去更衣，我有一个习惯，就是怕让人家瞧我换衣服的。”

禁卒已得到银子，无事不可，便道：

“好的好的，童相公请到我房里去换，我们绝不来瞧你。”

禁卒的妻子听了这话，不由对着林二姑忍不住好笑，笑他男子汉却有些像女孩儿家怕羞。林二姑拿了衣服，走到禁卒房里，把外面的衣服巾靴一齐脱去，换上乡人的衣服，戴了斗笠，走将出来，对禁卒夫妇说道：

“你们试瞧像不像？”

禁卒点点头道：

“很像，我本来有个外甥常常到我家里来的，童相公就算我的外甥吧！请你记好我外甥的姓名是王大宝。”

林二姑道：

“好！我就做王大宝便了，烦你领我去吧！”

禁卒的妻子早经禁卒和她说过，所以她也在旁边催他们速去。禁卒又指着旁边的甘蔗问道：

“这些甘蔗，童相公带着做什么用的？”

林二姑道：

“我恐张琏在狱中常要感到口渴，听人说起他最喜吃甘蔗，因此我带一些给他解渴的。”

禁卒道：

“这话可真吗？小人却没有听得。”

林二姑防他紧问，便拿起那束甘蔗说道：

“不要多讲话了，请你快引我去吧！”

于是，禁卒引导着林二姑出去，走向县衙中，果然蒙蔽众眼，并无破绽。当林二姑走进狱门时，有别一个禁卒指着她向禁卒问道：

“这就是你的外甥大宝吗？”

禁卒道：

“是的。”

及至进得狱门里面，几个自己弟兄经禁卒说通得贿，所以一任他们走着，无人查问。禁卒便引着她行至天字号狱中，开了锁，点了烛台，引导林二姑步入。林二姑见张琏身戴刑具，倚坐在墙隅，数日不见，面色已憔悴不堪，鼻管里闻到一阵秽气，几乎作呕。张琏受过了刑，且又经过两重刺激，身体上和精神上都感到困乏，忽见有人前来，睁大着双目，尽向林二姑注视，却不认得她是谁。禁卒对他说道：

“张库吏，现在有一个姓童的相公慕你的大名，经我冒险引他进来，拜见一面，你认识他吗？”

张琏见眼前站着的乃是一个乡人，而禁卒却又称他为相公，心中不觉奇异，摇摇头说道：

“我并不认识此人，却要来见我垂死之人做什么？”

林二姑听张琏说话衰颓，不由一阵心酸。禁卒就对她说道：

“这位就是张库吏，你见到了他，有什么话说？此地不能多留的，被人撞见，诸多不便，请你快快说了，我就送你出去。”

林二姑点点头便向张琏开口说道：

“张大哥，你可认识我吗？”

张琏做梦也想不到林二姑会到狱中来的，带着犹豫的态度，问道：

“请问你是谁人？可告诉我老张知道。”

林二姑当着禁卒的面，不便和张琏说穿，遂带笑说道：

“我是慕名而来的，知道你爱吃甘蔗，特地带上，现在待我来奉上吧！”

一边说，一边便去解开那束甘蔗。张琏更觉奇怪，说一声：“甘蔗吗？做什么请我吃这个？”此时林二姑早已解开她的双刀来，拿在手中，向外一亮，但见两条白光闪耀四壁。禁卒不由喊声“哎呀！”林二姑早跳到他的身前说道：

“这也是甘蔗，请你吃的。”

一刀向他颈上扫去，那禁卒早已身首异处，倒在地下，当啷一声，烛台也跌落了。室中顿时黑暗，林二姑便对张琏说道：

“我就是道乾的妹妹二姑，特来救张爷出狱的。”

张琏方才醒悟，忙问道：

“令兄在哪里？”

林二姑道：

“此刻他正在城外，快要杀进来了。”

一边说，一边将刀照准张琏手上脚上削断了锁链，还复他的自由。又说道：

“请张爷快快随我杀出牢狱去吧！”

张琏答应一声，立起身来，跟着林二姑走出室外。林二姑燃起号炮，扑通一声响，有数个禁卒跑来拦阻时，都被二姑杀了。张琏便去释放狱中诸犯，对他们说道：

“我张琏是个顶天立地的好汉，却被贪官陷害入狱，现在同党前来相救，你们可速随我一齐出狱，各逃性命。”

众狱犯素慕张琏英名，齐声服从，大家劈去枷锁，喊声鼎沸，杀出狱来，顿时声势百倍。

此际邝刚和众弟兄伏在县衙附近，听得号炮响，知道林二姑已在狱中得手，立即会合着，大呼杀入县中，捕役吓得无处躲避。到得狱门口，迎着张琏，大呼：“张大哥，小弟在此！”张琏早自众人手中接过一柄朴刀，对林二姑、邝刚二人说道：

“那狗官听信小人之言，把我屈打成招，幽闭牢狱，此仇不可不报。”

邝刚道：

“好！我们杀进去找他吧！”

于是众人冲入内廨，翁知县正闻得警报，下令召集捕役，却不见一个人进来，知道事情不妙，刚想逃遁，张琏等已大呼杀入。翁知县慌得缩作一团，双足沉重，举步不得，早被张琏瞥见，瞋目大呼：“狗官！逃到哪里去？今日你害人自害，须吃吾一刀！”一个箭步蹿至翁知县身边，一刀刺中翁知县腰里，翁知县仆倒在地，又一刀把翁知县的头割了下来，回身出衙。林二姑对他说道：

“此时大约我哥哥等已杀入南门来了，我们快快迎上前去，好杀出潮城，免被官军包围。”

张琏道：

“且慢！我还有一件事要干去，方快吾心，那淫婢子断乎不能轻恕。”

林二姑明白他的意思，于是张琏等一伙人又杀奔红梅巷去。

第十二回

血溅妆楼妖姬毕命
身栖海岛壮士称雄

潮州人民好多时候没有遭逢变乱，今晚突然听到有海盗劫狱杀了县官，唬得家家闭户，人人躲避，不知道海盗来了多少，风声鹤唳，草木皆兵。张琏杀至红梅巷，打门进去，大喊："淫婢何在？你家张爷来了！"薛家妈在楼下当先迎着，被张琏一刀搠翻在地，说道：

"你也不是个好东西！"

这时，孙高崧正在楼上和小莺喝酒谈心，起先听得外面哗乱之声，不知有何事变。小婢兰子来报有海盗劫狱，孙高崧不由一怔，心中不免惴惴忧虑，后闻张琏的声音打入门来，他连忙奔向后房去，也顾不得小莺了。小莺心慌意乱，只在室中打转，早听脚步响，张琏高举朴刀，跳入房来，小莺唬得玉容失色，双膝一软，跪倒在楼板上，哀呼："张爷饶命！"张琏冷笑一声，走过去一把扭住她的发髻，喝道：

"小贱人，你向哪个乞哀？想我老张待你恩情不可谓薄，所以推心置腹，将我的事情在你面前吐露一二，谁知道你这贱人口是心非，十分阴险，背地里和那姓孙的小子通奸。单是通奸，倒还罢了，竟又串通了那小子，将我诬陷，欲把我老张置之死地而后快，让你们俩双宿双飞，无人阻拦。你们的心肠不是毒辣到极点吗？今日见我还有何言？"

小莺掩面娇泣道：

"张爷，我本没有这心思，多谢你张爷常将金银赏赐给我，感恩入骨，何忍昧良？都是孙高崧叫我如此的，我今日懊悔不迭，望张爷饶了我，我仍愿跟你同去。”

张琏哈哈笑道：

“你倒巧言如簧，还想来欺骗我老张吗？我老张并非三岁孩子，谁信你的话？你要跟我去吗？我就送你回娘家去。自古道：最毒妇人心，我今要看看你的心了！”

张琏说了这话，将朴刀霍地向小莺面颊上磨了一磨，小莺觉得颊上冰冷地一刷，早吓得她晕倒在地。张琏便把她上身衣服撕开，露出胸前的一抹猩红诃子，张琏咬着牙齿，向她胸口一刀刺了进去，血淋淋地把小莺的一颗心剜了出来。不由长叹一声，再跑到后房去寻找孙高崧时，早已不见，将足一蹬道：

“我只顾处置这贱人，却忘记了那小子，又被他侥幸逃走了。”

恨恨地走下楼来，却见林二姑握着双刀，立在楼梯边，问他道：

“张大哥，你的仇人可已除去吗？”

张琏答道：

“那贱娼已被我杀死，可惜姓孙的跑掉了。”

林二姑道：

“我却捉住一个在此，不知是不是姓孙的？”

张琏道：

“在哪里？”

林二姑俯身从楼梯背后掏出一个人来，四马倒攒蹄般缚着，丢在张琏面前，说道：

“当你上楼去时，我赶至后面搜寻，瞥见那厮气急败坏地从一株树上溜下地来，料他不是好人，故而将他擒住，听候发落。”

张琏一看那人，不是孙高崧还有谁呢？面色苍白如纸，见了张琏，嘿然无语。张琏把刀指着孙高崧，骂了几句，便把他一刀割下头来，返身走出，悬在户上。邝刚等在门前接应，听得远远号筒响，知道官兵已出来了，不敢耽搁，大家杀奔南门而去。那魏三虎带领众弟兄埋伏在相近南门的黑暗荒野里，起初听得城内信炮声，知道林二姑已在劫狱了，大家提起精神，等候厮杀，接着便见城外天空里有两道火花，闪闪烁烁，照射了一会儿。魏三虎立即率领众人冲至城门口，抢开城门，守卒不防，被他们一赶便散。开了城门，只听马蹄杂沓，灯笼火把，有一伙人马杀奔而来，当先马上坐着的正是林道乾，全身戎装，手提大刀，魏三虎大呼："林兄，小弟魏三虎在此！"林道乾一见魏三虎，点头说道：

"很好，我妹妹谅已动手，你且在此守住城门，休要给官军夺去。我们且杀入里面，接应他们出来。"

魏三虎自然遵命，背后魏南鲲、林凤、孙天禄三人继至，林道乾又命孙天禄帮同魏三虎守住城门，不要给官军夺去，这是唯一的退路。然后他和魏南鲲、林凤等杀向县衙边去接应，哪里知道张琏、林二姑等早已出衙，到红梅巷找仇人去了？所以两边没有遇着。

官军已得到警报，郑将军亲自出马，率领官兵兜捕劫狱要犯，同时又闻南门有海盗杀入，他就令胡把总带一百官兵去救援，务将南门遮断，不让盗匪出入，他自己派人四处探听，知道张琏已被劫出狱，忙向南门追赶，恰和林道乾等众人相遇。火光影里，林道乾见郑将军顶盔贯甲，坐骑白马，手握长枪，当先赶来，知道无可躲避，只得硬着头皮相见。郑将军一见林道乾，便指着他骂道：

"林道乾，你身为官将，却反勾通海盗，图谋不轨，和张琏等要将这潮城出卖，难道不怕国法？没有人心的吗？"

林道乾在马上欠身答道：

"末将怎敢如此？我与张琏都自承是个大丈夫，很想干些事业，岂肯为盗？实在其中有人陷害张琏。末将因被株连，真是冤枉，还望将军明鉴。"郑将军冷笑一声道：

"你这厮当面撒谎，你若不勾通海盗，你率的徒党何来？此番又胆敢入城来劫狱，如此狂妄行为，还说什么冤枉？谁人信你？"

便回顾麾下道：

"赵千总快与我生擒这厮。"

此时赵千总只得跃马横刀而出，林道乾尚未交手时，林凤舞动双戟，一马向前和赵千总斗在一起。郑将军见林凤戟法高明，知不可侮，遂挺枪来助，魏南鲲早挺起手中一对渔叉，过来迎住。巷战片时，张琏等已杀至南门，恰好胡把总率众赶到。孙天禄正挥动鸳鸯锤和他酣战，张琏与林二姑、邝刚大呼杀入。胡把总一个心慌，早被孙天禄一锤打落马鞍，官军四散逃走，林二姑和孙天禄、魏三虎三人一谈，方知林道乾等正在城中接应他们，恐防误会，便又燃起两个信炮，给林道乾知道他们业已出险，大家便在城门边守候。林道乾等方与官军酣斗，听得信炮声，知张琏等业已出险，叫他们赶快出去了，自己并不想劫掠潮城的人民，所以下令退走。林凤向赵千总虚晃一戟，回马便走，赵千总拍马追来，却被林凤突然回身，双戟分向左右刺去。赵千总招架不及，肩头已中了一戟，受伤退后。郑将军率众追上前去，林道乾大呼："官军休要苦苦逼迫，自取伤亡，我等此来只要救出张琏，其余都不杀戮。"

郑将军闻言，虽知林道乾等厉害，但因自己职责所在，不能不追，跟着追至南门边。林道乾已和张琏等会合一起，整着队伍出南门而去。郑将军不敢追赶，只将南门紧闭，在城中搜查党羽巡叫作贼出关门，徒然惊扰良民，无济于事。林道乾等一行人急急赶奔海边，天色微明时，他们已坐在自己开来的帆船中，驶向南澳岛去了。

回至南澳，魏南鲲检点前去的渔户，只有二三名受伤，其余皆安然无恙，还有邝、魏二人所纠合的党徒，也只有一二人受有轻伤。魏南鲲厚赏渔户，吩咐他们暂时散去，不要声张，遂把张琏等一伙人招待到他家中去休息。张琏便向众人道谢救援之恩，大家劫后重逢，喜悦无限。林二姑入内去换了本来的衣服，向众人报告自己如何奔走接洽的情形，众人无不赞叹，都说此次劫狱成功，一大半的力量都亏得林二姑在内调排，有胆有勇。魏三虎道：

"二小姐这次乔装得惟妙惟肖，令人瞧不出半点儿破绽，当她初次到赌窟里来找我们时，我见了她，只是奇怪，想不出是谁。"

邝刚也道：

"自从张大哥被捕入狱，我等众弟兄一齐吃惊，不知是谁害了张大哥，所以那晚我正邀集几个弟兄们商量如何去营救张大哥，正没得好计较，恰巧二小姐来了。我起初还怪魏兄弟怎样引进一位不相识的客人来呢。都亏她来了，我们才得安心照计行事。"

林二姑不由咯咯地笑道：

“这是我哥哥吩咐我这样做的，初出茅庐，幸不辱命。”

张琏道：

“我老张此次被那个姓孙的小子和那贱娼勾结了，挟嫌诬陷，险被杀身之祸。若没有诸位弟兄仗义来救，恐怕我要冤沉海底，身膏斧钺，此仇不报，何以为人？因此甫得出狱，便把翁知县杀了，立刻又跑到红梅巷去，多谢皇天有眼，他们俩都在那里，一齐被我手刃于胸，总算出了这口鸟气，但可怜我的女儿慧珠她却已撞死在公堂上为我牺牲了。平生只有此女儿，十分孝顺我的，我尚没有好好儿把她嫁去，却害她死于非命，叫我如何对得起她呢？”

张琏说到这里，不由洒了几点英雄之泪，众人都觉凄怆。这天晚上，魏南鲲大设筵席，大家欢饮。张琏喝了数杯酒，对林道乾说道：

“我们这次闹得事情很大，官中一定不肯甘休，将来必要行文各处，严缉诸人，那么我们这伙人此后作何办法？此地也不是个长久安身之处。”

林道乾道：

“不错，这事须得从长计议，南澳岛邻近潮城，我们在潮城翻天覆地地闹了一下，当然不让我们安然过去的，此地的人虽然和魏兄感情很好，也难免不有人到那边泄露消息，岂不是反害了魏兄一家？这倒不可不防的。”

魏南鲲很慷慨地说道：

“官军若要到南澳来剿捕时，小弟也不愿束手就缚，倒要背城一战，斗个高低。”

林二姑道：

“那么南澳的人民恐怕都要受到池鱼之灾，这事也不可不慎重。”

林凤道：

“依小弟愚见，请诸位一同至马头岛去，那边离开潮阳较远，而又偏僻，官军或不注意。万一他们要来时，我们也可在海上对付，合着我们众人的力量，恐怕官军也奈何我们不得啊！”

林凤说了这话，张琏拍起手来道：

“对了，我们还是跟林兄弟去吧！我老张做个库吏，一世没有出头之日，本想到海外去建些功业，我们不妨招编劲旅，一则用以自卫，二则将来也可到南洋群岛去占一席之地，分得杯羹。”

林道乾点点头道：

“这样也是没办法中的一条办法，好在我们从特里屯岛得来的藏金，还有整块的黄金未曾花用，他日把这黄金去购买军械，扩大我们的势力，也是很够的了。”

于是大家决定要至马头岛去，一面差人又至潮城探问消息，一面让魏南鲲从容布置家事。魏南鲲虽然一时舍不得他的家，然而事已至此，不容人再留恋，所以一一安排，将家事交给他的族人，所有以前相助动手的渔户，有愿跟他出去的，他准带着同行，若要留居南澳的，都散发一些金银给他们，并不勉强。孙天禄是与魏南鲲同行止的，他当然跟着一起去，等到魏南鲲摒挡就绪，大家束装待发。其时派出去探听消息的人也已回来，却带着一个人来见林道乾，那人形色仓皇，双眉紧蹙，正是李安涛。林道乾一见李安涛，很是骇异，不知他怎样来此的，便问道：

“李兄，爸爸在潮城，怎么走至这里来？令堂大人可安好吗？”

李安涛把头摇摇，透了一口气说道：

“小弟现在也是有家归不得了。”

林道乾惊问道：

“此话怎讲？”

李安涛道：

“自从张爷被捕后，我得信较早，冒险将消息报告与兄等，使兄等远走，以为这事没有他人觉察的，后来寄妹到我家中来住宿，我也十分秘密，没有泄露半句话，自以为可免株累。那晚诸位来潮城劫狱时，小弟守在家里，不敢出外，事后探知张爷业已救出囹圄，诸位也已安然出城，心里好不欢喜。但是这事情在地方上实在闹得大了，劫了狱，杀了官吏，放了犯人，而红梅巷中薛小莺家又演出三人被杀的命案，据说小莺母女和姓孙的客人都被张爷杀死的，有薛家小婢兰子为证，她躲在暗处瞧得明白，老实供出来。姓孙的父亲孙涟，痛子情深，逼着太守要严捕张爷等一干人犯，郑将军因为官军未能捕住海盗，反伤了胡把总，所以非常震怒，详禀上宪，请戴罪立功，痛剿海盗。他又追究以前林兄等如何得以兔脱之事，因那时十分神秘，如何会给你们逃走？恐怕自己衙门里有了奸细，经他细细思索之后，想起那天发出号令去的时候，他的内弟曾有客人在内书房一起谈话，过后即走的，说不定那人就是奸细，所以郑将军便向他内弟九鼎询问，九鼎只得把小弟的姓名、住址老实告诉，郑将军便派人到我家来捉拿小弟，恰巧小弟正在亲戚家中盘桓，一得警报，即匿伏不出，明知为着你们的事而被株连，一定是九鼎经郑将军再三盘问而说出我来了，倘然他们查得小弟和道乾兄有葭莩之谊，更要疑心，叫我有口也难辩了！事后探听，果然是郑将军派兵捕捉，有兵丁看守在我家里。我母亲十分惊骇，不知我犯了何罪而欲逮捕，然而我也不能回去把话安慰我的母亲了。舍亲又恐被累，叫我乘隙逃遁，她没有能力庇护我这个人，我自己考虑，唯有暂时出亡，免遭他们的毒手，于是乘天色方明时，化装为商人，背了许多东西，杂在人群里，混出城关，总算侥幸得脱。想你们大概都在南澳，因此我就跑到这里来投奔你们，只是人地生疏，未知林兄等究在何处，故在船中向人问询魏君的住处，遂遇见这里的人把我引到此地来了。”

那派出去的人也向林道乾、魏南鲲等报告一遍，说的话大致和李安涛相同，潮城的形势依然严重，官军正拟追剿。林道乾听了李安涛的话，便道：

“啊呀！安涛兄为了我们的事，变得身蒙嫌疑，不安于家，都是我们有累你了。”

李安涛道：

“这种事有谁能逆料呢？且喜彼此均能无恙，未尝非不幸中之大幸，我虽然抛下老母，不能在家读书，却喜能和诸位英雄相聚，此后愿随骥尾，共同戮力。”

林道乾道：

“这自然要请安涛兄同行止了。”

林二姑听得李安涛前来，走出相见，知道了他的狼狈情形，心中非常歉疚，用话去安慰他。林道乾便请他沐浴一过，换了衣服，又把精美酒食款待。隔了一天，大家便要动身赴马头岛去了，一切干粮饮水都已预备，又把所有的黄金搬至船上，计有张琏、魏南鲲、林道乾、林凤、孙天禄、邝刚、魏三虎、李安涛、林二姑、郭玉辉等主要人物十人，此外为魏南鲲手下的渔夫，以及张琏部下的徒党，共有二百人，又有从那特里屯岛带来的两个广东人也带着同去，共坐十二艘大帆船，满载食物，驶离南澳，向马头岛而去。临行时李安涛因魏南鲲身边有渔人前往潮城，曾托那渔人代他到李家传递一个口信，给他的母亲知道儿子在外无恙，已往南海，劝老人家不要苦念。又有南澳的人对于魏南鲲和林道乾等所做的事，当然有些耳闻，如何瞒得过去？但因大家和魏南鲲感情很好，所以没有一个人去官中告密，家中仍是安然，未被骚扰。

他们一行人在海上驶行多日，将至马头岛时，天色垂暮，遥见西边有二十多艘战船，轴舻衔接，旌旗飘立，缓缓而行，好似在那里巡逻的模样。林道乾知道是官军，忙吩咐各船掌舵的快快把船舶驶向东南上去，免得被官军瞧见了，反为不便。他一边和张琏、林凤等在舵楼上用着望远镜偷窥，幸喜官军那边没有察觉，自己的船与他们愈离愈远，暮色笼罩下，一会儿已不见了那些战船的影踪。林道乾便对林凤说道：

“那战船怎样驶到这里来的？令人可疑。”

林凤道：

“这里较为偏僻，官军一向没有注意及此，现在他们的战船忽然出现在此附近，那么我们的马头岛不可不严加防备，以免他们突然前来进剿。”

张琏道：

“正要他们来送死，好让老张杀个畅快。”

林凤不由拊掌大笑道：

“快哉此言。”

一霎时，天色已黑，他们的船也已到了马头岛，林凤好不欢喜。船入港口时，早有数艘小船前来查问，林凤站在船头上，向他们说道：

“你们快去通报赵头领，说我林凤回来了。”

船上都是林凤部下，一见林凤，无不欢呼，早有人到岛上去通报了。十二艘帆船绝无拦阻，都下了帆，安安稳稳挨次靠岸泊住，只见岸上灯火照耀，南海龙王赵虬早率众健儿前来迎接。林凤便请众人登陆，赵虬上前拜见，但他见林道乾等去而复返，心中不免有些奇异。林凤略将众人来此的缘由告诉他听，赵虬听了大喜道：

“小弟本来要请张大哥等在此聚义，不要回去，若早听了小弟的话，也免得一番跋涉了！”

于是大家一齐走到寨中去，林凤、赵虬忙着招待众人，魏南鲲的手下的渔户仍都留在船上，张琏的徒党尽行上岸，由林凤另行腾出房屋来给他们居住，又把黄金舁上岸，放到寨中去，妥为安藏。因大家还没有吃晚膳，林凤、赵虬忙着吩咐厨下杀猪宰羊，大排筵席，款待众人。张琏、魏南鲲等都坐堂上，林二姑、郭玉辉也同在座。张琏的徒党都坐堂下，灯红酒绿，毕集群英，大家举杯畅饮，酒至半酣时，林道乾慨然说道：

“我们前番从特里屯岛返棹之时，巧遇林凤兄弟，满拟把林凤兄弟在上司面前夸奖数语，可以受到朝廷的招安，将来立些功劳，名垂竹帛。谁知事与愿违，所谋不成，反被小人蜚语，陷害张大哥下狱，想把我们一网打尽。他们的蓄念，恶毒不恶毒？而我们为了义气要救张大哥出狱，遂在潮州城内闹出了劫狱戕官的大事情来，现在官中把我严行缉捕，断不轻恕，四海之大，无处可以容身，只得又到这马头岛来了。且喜我们众弟兄同心一德，彼此如一家人，从今以后，各宜奋力，要练成劲旅，将来可在海外干些伟业，也不负天生我材，免得人家骂我们是盗跖之流，只知殃民才好。”

林道乾说了这话，林凤举起酒杯，接着说道：

“道乾兄说的话正合鄙意，我们不幸而陷身绿林，痛心已极，所望一切以义气为重，万不可如寻常的盗匪一样给人唾骂。小弟在此岛上也不过暂假安身，地方偏小，不足施展。现在诸位英雄一齐到此，这也是小弟的荣幸，此后所做的事业当然更要多，更要大。小弟自知菲才，不克负此重任，须请诸位另推贤能，领袖群英，方能使部下翕服，事业开展，也就是大众的幸福了。”

大家听了这几句话，一时却没有人开口。林二姑却说道：

“林君本是这里的岛主，儿郎咸称服从，我们是远来的人，怎可喧宾夺主？还请林君勉任巨艰，我们当然尽力相助，贡献刍荛。”

林凤道：

“小弟并非让让，实在自知力不胜任，故有此语，还请诸位鉴我的愚诚，答应我的请求，我就请道乾兄代小弟主持一切吧！”

林道乾连忙立起说道：

“这是万万不能的，林凤兄弟尚且谦让不可，我这个人怎能胜此负荷，我想张大哥年事较高，本领较好，声望又在众人之上，林凤兄弟既诚意辞让，我们若请张大哥为领袖，有谁不服呢？”

林道乾刚说到这里，魏南鲲、孙天禄、邝刚、魏三虎等一齐鼓掌。张琏早跳起身来大嚷道：

“我自知是个粗鲁的武夫，你们尚且不能胜任，我更是不济了。”

林凤道：

“请张大哥不要客气，你的威望是最好的，一定不可推辞。”

魏南鲲也说道：

“张大哥为正头领，道乾兄为副头领，我等都愿服从命令。”

林道乾道：

“副头领一席该让林凤兄弟，如何我们两人都占了首位呢？”

林凤道：

“以才干而论，应让道乾兄的，幸勿客气。”

李安涛在旁插言道：

“鄙人有一变通的办法，不妨把我们的儿郎们分作三队，请张大哥领第一队，为一岛之主，林道乾兄领第二队，林凤兄领第三队，夹辅张大哥，主持岛内外一切事宜，这样便能彼此顾到，岂不较美吗？”

魏南鲲、孙天禄、赵虬等一齐称善，林二姑闻安涛有此提议，对他笑了一笑，大为赞成，于是张琏也不再推辞了。席上粗定一个大纲，其余的处置留待明日再议，大家斟了酒，敬与张琏、林道乾、林凤等喝。三人各喝了三大杯，众人也都欢贺三杯，兴会甚佳，至更深方才散席，张琏等各归客房安宿。至于许多部下因一时无室可容，都席地而睡。

次日，大家在堂上会商大事，张琏、林道乾、林凤三人向外而坐，魏南鲲、赵虬等众人两旁坐了，林凤便要请张琏检点岛上儿郎，如何重行部署。张琏便请赵虬仍属林凤一队，魏南鲲、孙天禄、林二姑属林道乾一队，邝刚、魏三虎属自己的一队。张琏带来的徒党编为一队，即由自己统率，魏南鲲的渔户编为一队，由林道乾统率，林凤和赵虬仍率岛上诸健儿，还有李安涛是文人，便请他做参赞，兼治文书，李安涛欣然受命。于是张琏等便至寨外旷地上去检阅队伍，预先一刻时候，林凤早已遣人前去召集，大家闻得有了新头领，一齐振奋精神，来受检阅。当张琏等走进操场时，众儿郎齐声欢呼，场中有一个小小高台，张琏等立在台上，林凤便将改请张琏做岛主的经过，以及三队队伍的编制报告给众人听。张琏、林道乾先后也向大众勖励数语，立刻便将部下分成三列为三队，人数当然要推林凤的第三队为最多，张琏的第一队和林道乾的第二队人数仿佛，有待于以后的补充了。至于军械、船只、服装、粮食，林凤也预备如何点交与张琏收管。他们正在检阅的时候，忽有岛上的探子前来报告，说："海面上有一队官军的战船驶向这里而来，请岛上早为防备。"林道乾便对张琏、林凤说道：

"对了，昨天我们来此时不是遇见一队战船在那里回旋侦察吗？准是他们来攻马头岛了。"

张琏道："他们来了吗？我们杀他一阵，出出我心头的闷气。"

林道乾道：

"谁守谁攻？"

张琏道：

"今天必须我老张亲自出战，一振军威。林兄弟，请你留守后方，我和林凤兄弟的第三队同去应战。"

林道乾道：

"如此也好，我当和南鲲兄驾舟，在岛边巡弋，遥为接应，以防不测。"

于是张琏的第一队和林凤的第三队一齐出战，林道乾和魏南鲲的第二队担任防守之责，留一半守岛上，一半由二人率领在后应援。大小战船分开两列，驶出港去，张琏居左，林凤居右，诸健儿无不踊跃用命。邝刚、魏三虎等因今日初出茅庐，自当格外努力，在马头岛众弟兄面前显些本领，而赵虬等众英雄当然也不甘在新来的弟兄面前示弱，所以大家抱着决死之心，充满着锐气，列阵而待。只见对面许多战船，旌旗招展，排作人字形，正向这里冲杀过来。他们也已瞧见岛上海盗的船开出来了，准备有一场厮杀。正中一艘青龙战舰上插着一面大纛旗，旗上绣着斗大的一个狄字，旗下站立着一员大将，顶盔擐甲，颔下飘着长须，手中倒提一柄九狮大刀，颇见威风。两旁战船上的官兵都是弓上弦，刀出鞘，形势十分紧张。这里南海龙王赵虬手中高高地举着一双铁锤，在船头上大声辱骂，首先过来挑战。那大将把大刀向左一摆，左边便有两艘战船冲上，船上有一少年官将，手握长枪，接住赵虬厮杀。张琏见赵虬业已动手，他如何肯不上前？便把船迎上去，大呼："张琏在此，谁敢来送死？"那大将听得，便指着他骂道：

"原来你就是潮州越狱逃走的要犯张琏！你身为官吏，却反勾结海盗，图谋不轨，戕官杀人，大逆不道，我等特来缉捕你的，还不束手就缚吗？"

张琏大怒道：

"呸！放你妈的屁，你这狗官怎知其中原因？我老张是个奇男子，被人诬害，以至于此，现在逃亡海外，你们尚不能放松吗？我老张的命也不要了，和你拼上一下吧！"

说着话，恶狠狠地举着手中大刀，就向那大将进砍，两船相近，两柄刀上下飞舞地酣斗起来。邝刚、魏三虎等各持兵器上前助战，官军中也有将士过来迎住，官军的战船较多，把马头岛的一伙船围在核心。林凤见那大将的刀法高强，张琏一时未能取胜，遂舞双戟在旁助战。那大将虽勇，怎敌得过两位豪杰？斗到分际，张琏一刀劈来，他方把九狮大刀压住张琏的刀，要想还他一下刀时，林凤却已乘隙一戟刺至他的肋下，他忙喊一声不好，刚把身子一侧，腿上已中了林凤的一戟，鲜血直流。幸亏未伤要害，然精神已减，渐渐招架不住，同时赵虬也已击伤一员明将，而林道乾又和魏南鲲率领战船前来接应。马头岛上诸健儿愈战愈勇，官军锐气挫折，立即败退。那大将指挥部下战船退下时，齐把弓矢紧射，因此张琏等未能追杀，只虏获得两艘战船而归，船上尚有几名官兵，也一同被俘。众英雄回转马头岛，无不欢喜。林道乾要知官军来此的缘由，于是他会合张琏、林凤等坐在堂上，把俘虏得来的官兵解来盘问根苗，官兵遂说此次来攻马头岛的主将姓狄名云，是俞大猷将军麾下的勇将。因为张琏、林道乾等在潮城闹出了劫狱杀官的重大案件，太守详报上去，省里一边行文缉捕，一边咨文请俞大猷将军派兵痛剿，所以俞大猷将军便令部将狄云率二十艘战船、八百名官兵，前来征剿。林道乾等都道：

“奇了，官军怎样能知道我们都在这里马头岛上，立刻就来进剿的呢?”

张琏道：

“这都是我老张的不好，因为我给那翁知县严刑拷问时，我熬不过夹棍的厉害，曾招出这里来的。所以，他们知道了，我真是万分歉疚。”

林凤道：

“让他们知道也好，他们既然轻视我们，我们不妨杀他一个下马威，给他们识得我们的厉害。”

林道乾道：

“既是俞大猷将军派来的兵，现在侥幸虽被我们击败，然料俞将军必不肯罢休，势必增援重来，也许俞将军会亲至呢，我们不可不严行防备。”

林凤道：

“道乾兄说得甚是，小弟料他们一时未必再至，我们初出茅庐，立奏大功，不可不有一番庆贺。”

于是便将俘虏得来的官兵监禁在一处，防他们私遁，又令厨下宰猪杀鸡，大排筵席，宴请众英雄，且犒赏部下。

这天晚上，马头岛充满了快活的空气，大家畅饮大嚼，意气自扬。谁知一夜过去，晨光熹微中，岛外突然驶到大批战船，排成一字长蛇阵的形式，把港口封闭住，不使这里众英雄突围而出，以便封锁势成，可以一鼓擒拿。在这情势之下，马头岛真是岌岌可危了。

第十三回

港边恶斗绝技叹无双
月下清谈知音庆有侣

林道乾在昨夜不知不觉多喝了些酒，陶然就枕，畅游睡乡。日出时尚没有醒，忽然耳畔听得大声呼唤，睁开眼来，只见张琏和林凤立在他的榻前，连声向他呼唤，似乎有什么紧要事情，连忙跳起来问道：

“张大哥，你们为何起身得这般早？突然到小弟卧室里来呼唤，难道有什么意外之事吗？”

林凤道：

“正是，小弟方才接到部下的报告，黎明时港口来了官军的大队战船，把我们紧紧密密地围住，不得出去。他们只是列阵而待，并不进攻，好似等我们出去厮杀的样子。小弟昨晚方料官军一时不会再来，谁知立刻重至，俞大猷将军真是用兵如神，不知他自己有没有来，一时也无从探听，所以我们只得跑来惊破你的好梦了。”

林道乾听说便道：

“这真是紧要的事，亟须对付的。”

忙披衣跳下榻来，匆匆盥栉一过，早餐也不及用，随着张琏、林凤来到外面大堂上。这时，魏南鲲、赵虬等群英毕集，纷纷谈论，李安涛、林二姑也同时出席，大家坐在一起商议。张琏和赵虬都主张倾岛上的精锐，背城一战，冲破官军的包围，李安涛在旁说道：

“官军第一次来，他们未知岛上的虚实，以致败衄，此次立刻卷土重来，并不以战败而馁其气，可知他们的兵力一定较前雄厚多多，有恃无恐，我们断乎不可忽视，况且又被他们围住港口，冲杀出去，更不容易，不如设法诱他们进来，然后加以袭击，较有把握。或者我们暂且坚守住，不要出战，他们劳师远来，利在速战，我们何不以逸待劳，等他们求战不得，将要离去时，然后出击呢？”

李安涛说了这话，林凤说道：

“李兄所说未尝不对，但我们岛上粮食、军械都不多，何能与他们旷日持久呢？况他们虽然远来，而海上也有接济。我们和他们万难坚持的，不如乘其围困而先迎击，也许可以战胜。现在若不迎战，他日儿郎们的心懈怠时，要战也不能了。”

林凤方才说毕，孙天禄也在旁大声嚷道：

“兵来将挡，水来土掩，料这些官兵有何足道？我等若不出战，反被他们笑我怯弱，万一他们乘隙而入，左右仍是一战，那么我们为什么不要出战呢？书生之言未可轻信。”

赵虬也说道：

“林凤大哥和孙兄说得不错，我等都愿誓死一战，快请张大哥发令。”

李安涛听他的计议，非但不用，反被孙天禄说他是书生之言，明明有意讥笑自己，不由脸上一红，默默无语。林二姑在旁听着，也觉得这句话未免使安涛难堪，便对孙天禄紧瞧了一眼，不便说什么。张琏听众人多数主战，正中其怀，遂向众人说道：

“我老张素来本不肯示弱于人的，诸位弟兄既愿出战，今天希望大家努力击退官兵，为马头岛张威，使他们不敢再来侵犯。”

众人齐声答应。林道乾见士气很强，也以为理合一战，遂和张琏商酌之下，因为官军势大，不得不倾全力去对付。三队战船一齐出发，张琏居中，林道乾居左，林凤居右，分派既定，众健儿摩拳擦掌，都预备冲出港去，决一死战，唯有李安涛却留在岛上。

大家饱餐毕，下了战船，扑通扑通放了三声号炮，分开三处，冲出港去，官军在港外本来防备着港中有人出战的，所以一闻炮声，各战船早已留心戒备，敲起战鼓。

原来，昨天进剿马头岛的狄云战败回去时，半途却又遇见俞大猷将军续派前来的官军，计有战船四十艘，官兵一千人，由两员副将统率着前来接应。因为俞大猷同时探知西沙群岛正有海盗窃踞，他诚恐狄云孤军远征，倘逢海盗与那里联络一气，不免要吃他的亏，所以再派黄瑞、许占魁两员副将，领兵一千，前去接应。那黄瑞和许占魁都是有名的骁将，能征惯战，不比平常，而黄瑞身长八尺，有力如虎，善使方天画戟，官军中素有“小温侯”的雅号。许占魁尤擅弓矢，百发百中，常常独当大敌，和海盗喋血大战，每战辄胜。他们二人扬帆向马头岛进发，将要驶至时，忽逢狄云败退，狄云裹创过船相见，说起马头岛上海盗猖獗情形，和张琏、林凤武艺高强。黄、许二人听了，都不服，黄瑞便对狄云说道：

“我们二人是奉俞大将军之令前来增援，可惜来迟一步，狄将军不幸败于海盗之手，且喜兵丁损伤尚少。既有我们到此，你也不必回去复命，免增大将军的烦恼，不如现在同我们前去把马头岛的海盗扑灭了，然后一齐奏凯回去，岂不是好？”

狄云本如斗败公鸡一般，缺乏勇气，今被黄瑞一说，顿时精神鼓励起来，他也知道黄、许二人的本领比他高强，所以就点头说道：

“黄将军说得甚是，二位都是勇冠三军、力敌万夫的英豪，末将愿随二位重去剿灭海盗。”

黄、许二人大喜，于是两路战船合并在一起，重又杀向马头岛而来。狄云认得岛的方向，在前引导，下半夜时候，参横月落，到得马头岛，且喜没有遇过一艘盗船。依着黄瑞的主见，便要杀进港去，击其不备，但经狄云慎重报告，海盗势力甚厚，未可轻侮，官军不明港中形势，夜间杀入，倘不幸而蹈伏，必致大败。许占魁比较稳重些，也主张不可轻入，遂把战船在港口封住，不让盗船驶出，希望可以一网打尽。因海盗若出迎战，官军可以阻遏其势，不给他们漏网，比较散开的容易进攻；海盗若坚守不出，官军也不妨和他持久，乘隙而入，料海盗所据蕞尔小岛，食粮存储不多，怎能久守得住呢？此刻他们听得岛上号炮声响，知道海盗公然出战，可见情势猖狂的一斑。黄瑞、许占魁各带兵器，齐登船头，狄云也裹创出战，黄瑞下令军中务须力斗，不许退后，有敢胆怯退后者立斩。官军中顿时战鼓咚咚地四下里敲起来，鼓声如雷，战船蚁动。张琏的一队正向前力冲，许占魁瞧得清楚，举起手中的长枪，喝令自己所坐的艨艟迎上前去，他口里大喝一声："海盗，擅敢杀伤官军，今日一定不能饶恕！"张琏怒骂："酒囊饭袋的官兵，我老张怎会怕你？快快纳下头颅！"许占魁见张琏倔强，呼地一枪便望他面门挑去，张琏把刀架住，二人隔船酣斗。官军的战船包围拢来，喊声震天，邝刚、魏三虎忙分头抵御，被官军拦住在港口，不得出路。恰巧林道乾的第二队也已从左边杀来，林道乾见官军已和张琏的第一队混战在一起，战船云屯，未可轻侮，他想得一计，不去直接援助张琏，却向斜刺里冲杀过去，想将官军的阵势冲破，然后可以搅乱官军战船，而获到胜利。黄瑞见海盗中又有一小队战船直向自己左翼方面猛冲，好似要突围而出的样子，他哪里肯放松他们呢？遂把令旗一指，分率十数艘战船，上前拦住。林道乾见官军前来拦截，他已决心要冲破重围，所以亲自舞起大刀，上前和黄瑞决战。黄瑞以前到过潮城，拜会郑将军时，曾见过林道乾一面，郑将军在他面前代林道乾十分揄扬，黄瑞有些不信，但是已认识了林道乾的容貌。今日他到马头岛来剿海盗，本有心思和林道乾一决雌雄，现在他一见林道乾的船过来，立即把坐船驶近，举手中画戟，向林道乾指着，大声说道：

"姓林的，你认得我吗？你既称是个好男子，为什么犯法作乱，到海外来做海盗呢？今日相见，我和你斗三百合再说！"

林道乾见是黄瑞，便说一声：

"好！久闻你是有名的小温侯，我林道乾却愿遵命和你斗三百合，但我所以到海外来为盗，此中苦衷却非你们所知，总之，国家不能举能使贤，反逼迫得俊杰之士，无地可容，这都是有司之过，天下安得不乱呢？不揣其本而齐其末，还要来责备人家吗？"

黄瑞道：

"你做了海盗，反编派地方官的不是、朝廷的失政，真是大逆不道，罪在不赦，须吃我一戟。"

说毕，立即举戟向林道乾胸窝刺去。林道乾把手中刀拦开，还手一刀，扫到黄瑞肋下去，黄瑞收转戟格住，二人一刀一戟，翻翻滚滚地狠斗起来。官军的战船立刻四面围拢来，要想把他们围住，林二姑在一艘船上，挟着双刀，率领三艘战船，仍向官军空隙处冲突，要想杀到官军后面去。虽有一员官将上前来拦阻，被林二姑一刀劈死，冲破官军的阵势，可是她的战船究竟太少，官军兵力雄厚，尽可分遣，所以狄云在后边望见了，便指挥官军把战船暂时分开，让林二姑的战船杀入，然后把他们困住，不让她杀回去，可以把林二姑生擒活捉。因他已探知海盗中有一女子就是林道乾的妹妹林二姑，今见她婀娜刚健，果然不凡，一心要把她活活捉住，遂发此令。林二姑只顾猛冲，不知已中其计，官军的战船立刻向她包围，区区三艘战船能有多大的战斗力呢？林二姑虽勇，一时也冲杀不出，早已没入阵云。林道乾正和黄瑞酣斗，不暇兼顾，幸亏孙天禄在后边船上望见林二姑奋勇杀入官军，一眨眼间，林二姑的战船已不见踪影，他一向佩服林二姑的，今见林二姑遭逢危险，他怎肯袖手旁观？立即催动坐下战船，率领一部分健儿，共有七八艘，也杀入官军阵中去救林二姑。狄云见又有海盗杀来，他虽然腿上受了伤，尚能出战，所以他提着九狮大刀，指挥战船，又去围住孙天禄，想要把他们一起擒住。孙天禄今日有意要在林二姑面前显些神勇，提着鸳鸯双锤，迎住狄云鏖战，把双锤使急了，犹如两团黄云，上下飞舞，尽向狄云疾击。狄云见马头岛上众头领果然个个厉害，可称劲敌，也悉力酣战。孙天禄的武艺本来高强，今天他尤为卖力，狄云究竟腿上有了伤，战至五十多合，渐渐不支，只得把船退下，天禄追上去时，狄云便令船上放箭，孙天禄遂丢了狄云，杀入战船核心去救林二姑。

林二姑正被许多战船包围，她虽然心中并不惧怯，紧舞双刀，指东杀西，可是官军越来越多，把她层层围住，各预备挠钩绳索，声声大叫捉住这女盗。她被他们称为女盗，又羞又恨，咬紧银牙，拼命冲突，身上满溅战血，却是一时杀不出去，自己船上儿郎死伤殆半，方才觉得有些危急，忽见前面官军战船纷纷散开，有自己岛上的数艘战船疾驶而入，舟首上当先立着的乃是孙天禄，将双锤使开，左右扫击。她知道孙天禄是来救自己的，遂叫自己的船杀向前边去，孙天禄见了林二姑，大叫：

“林二姑娘，我来援你，快快合力冲杀出此重围。”

林二姑精神倍增，官军拦截不住，一会儿，孙天禄和林二姑已合并在一起，竟得杀出重围。狄云大怒，连忙指挥官军速追，初时本想活擒，现在又恐逃去，命船上放箭，一声梆子响，矢如飞蝗，齐向孙天禄、林二姑船上射来。二人使开兵器，一一将箭头打落，可是手下的儿郎中箭的已是不少，情势恶劣，亏得魏南鲲率众杀至，接应二人退下。而林道乾和黄瑞已战得长久，林道乾不能取胜，心中十分焦躁，而黄瑞愈战愈勇，一支画戟如龙蛇起舞，把林道乾裹住，一时脱身不开。其时，林凤的第三队向西边冲杀，也想冲乱官军阵势，两边官军因无主将，所以只顾把乱箭放出，林凤和赵虬冲杀不上，便过去接应张琏，许战魁知道他们厉害，便令坐船退后，张琏和魏三虎并船追去。许占魁把枪挂了，拈弓搭矢，嗖的一箭，先向张琏射去，第一支箭到时，张琏把刀一格，当的一声，正中刀背，激射到水里去了，第二箭续至，张琏把头一低，恰巧射中他的战盔，嘞地落下水里去了，头发散乱，心中吃了一惊，便令自己战船速速后退。许占魁方又发箭，魏三虎已追上前来，许占魁遂舍了张琏，一箭向魏三虎咽喉射去。魏三虎说声不好，将身子一侧，肩头已着，一个翻身，跌下水去。林凤的战船刚过来接应，一见魏三虎落水，连忙喊声不好，幸亏赵虬眼快，奋身向海波中一跳，钻入水底，将魏三虎救起。许占魁只顾向对面放箭，射人人中，射帆帆落，第一队、第二队顿时大乱，向后溃退。林道乾见此情形，知道今天不能取胜，遂向黄瑞虚晃一刀，将船退下，约束队伍，徐徐后退，也把弓箭还射。于是马头岛的三队战船齐向后退，两边乱射了一阵，悉数退入港中。林道乾吩咐赵虬守住港口，幸亏官军并不杀进港来，仍把港口封住，不给这里的船出去。

林道乾等退至岛上，先将魏三虎送入客房，洗了创口，敷上金创药，叫他睡着休养。大家坐在堂上，商议应付之计，李安涛也来坐在一边静听，他因得闻岛上败耗，心中也觉忧闷。张琏把发束着一个髻，他首先开口道：

“此番来的官军其数不少，那两个官将本领也很高强，那个姓许的身怀穿杨绝技，箭无虚发，我们实在不及他，以致我们吃了亏，损折了些儿郎，未能突围。现在我们当如何去攻打他们，挽回颓势？”

林道乾道：

“官军数倍于我，统兵的都是不弱，我今天和他鏖战的便是‘小温侯’黄瑞，是俞大猷将军麾下五虎将之一，所以我也不能以力胜他，第一队、第二队我们都有死伤，幸亏第三队未被他们包围，所以还能守住。”

林凤道：

“明日容小弟的一队出战，第一队第二队接应，小弟倒要和黄瑞那厮拼一下子呢！”

孙天禄也说道：

“林兄说得是，明日我与林兄等再出去厮杀一阵，一定要斩将搴旗，立些功劳。”

林道乾见孙天禄和林凤虽败不馁，便欣然说道：

“二位英雄可敬，方才舍妹陷阵，幸孙兄奋勇相助，方得脱险，我谨代舍妹致谢。”

孙天禄道：

“何谢之有？这是小弟应尽之责，小弟见二姑娘奋力冲杀，可敬之至，自当追随骥尾，戮力奋杀，所以一同杀了进去，为二姑娘接应。二姑娘真勇敢，双刀使得非常出色，小弟十分佩服。”

孙天禄说到这里，又对林二姑看了一下，微微一笑。林二姑只得说道：

“我有什么本领？孙君的武艺甚好，多蒙相助，感谢得很。”

孙天禄听了这句话，得意扬扬地说道：

“二姑娘不要谦虚。”

这时，李安涛在旁听着，对林二姑脸上看看，又向孙天禄面上瞧瞧，他瞧着孙天禄得意忘形的样子，不觉眉峰紧蹙，非常不快。张琏遂说道：

“既然众位弟兄依然主战，那么我们不妨暂歇一下，明天再和他们去一见高低，准请林凤和孙天禄两位兄弟当先作战，我们仍要一齐努力，击破官军，保全这个马头岛。”

李安涛接着说道：

“以小弟看来，官军势力雄厚，不易攻破，我们非得用计去破他们不可。”

林道乾很注意地说道：

“安涛兄有何妙计？”

安涛道：

“这几天东南风吹得很大，官军所处的方向正在下风，而且他们因要封锁港口之故，把战舰集结在一处，以为可以联络呼应，我们不妨就用这弱点去加以攻击。所以小弟的愚见，日间不必出战，即战亦无便宜占得，不如待至明晚，用火攻之计，或可取胜。”

林道乾点头道：

“安涛兄此计甚合吾意，待今晚我和你细细商谈一番，以便酌定如何进攻。”

于是大家散去，各自休息。林二姑回至里面卸下战衣，挂了双刀，便跑到郭玉辉房中来。郭玉辉早在房门口迎着，说道：

“姊姊辛苦了，我闻官军厉害，岛上众儿郎虽然奋力作战，终于败退，我只恨不谙武艺，未能参加，姊姊也要笑我无用吗？”

林二姑道：

“何笑之有？像我们这般武艺也是平常得很，不然为什么仍让官军封住港口呢？姊姊是斯文之辈，我正是望尘莫及呢！”

说着话，便在沿窗椅子上坐下，大家闲谈起来。林二姑谈些潮城的风景，以及她哥哥的逸事，郭玉辉便将林凤如何与她父亲相识，家中诛奸，海上遇盗等事情告诉林二姑听。一会儿，林凤进来了，林二姑立即别去，她回至自己房中，天色已晚，侍婢代她掌上了灯，下人也已送上晚饭。原来她在岛上独自一个儿进餐的，因为她哥哥林道乾是男子，在外边和众人一起吃，而郭玉辉有时要和林凤一起用膳，所以林二姑一人独食，总是送到她房中来的。

林二姑吃过晚膳，在灯下坐了一会儿，很觉无聊，心中惦念着李安涛，今晚不知和我哥哥怎样商量进攻之计，他提起的火攻之计，也是一法，别瞧他文弱无能，倒也很有心思的。张琏、孙天禄、赵虬等一干人都有些讥笑他怯弱，我瞧他很引以为耻的，所以，他献此度计谋，明明是要立些功劳，借以自解，只不知此事可有把握？但愿明晚一战而胜，不要说他心里该怎样的快活，便是我们兄妹俩脸上也很光荣呢！只可惜他不谙武艺，否则骈肩作战，倒是一位风流小将。林二姑想着，又想到自己和李安涛相识之后，李安涛对于她十分有情，此次他为了我们的关系，竟闹得有家难奔，有路难投，离开了他的萱亲，跟着我们在海上流浪，自己却没有什么去慰藉他呢！怎能够让自己和哥哥在海外干一番伟业，好使他也可一同努力，那么大家都欢喜了。林二姑想了一会儿，立起娇躯，走出房来，到得庭中。月光很好，自己的影子印在半墙上，露出上半个苗条的倩影，不由瞧着自己的影子，又痴痴地出了一会儿神，方才走去。

这屋子是筑得很空旷的，林二姑住的当然是内进，而林道乾等住宿的客舍都在东边，其间隔开一片很广大的空地。林凤曾在空闲时种了一些花木，堆叠起几座玲珑的假山，凿了一个池，砌了几株石子的花径，便觉有些风景可赏，闲来时在此坐坐，也足解忧。

这时，林二姑走在花径上，月亮光从柳荫里穿漏下来，花影人影，珊珊可爱，一阵阵的凉风吹来，林二姑一路走着，早到了她哥哥的卧室之前。那边乃是一排长廊，月光照得满院子里宛似浸在银波中一般，静悄悄不见人影。房门半开半掩着，林二姑在外边，立定了脚步听听，里面没有声音，料李安涛等已不在室里，所以她唤了一声哥哥，翩然径入。只见林道乾正支颐而坐，他忽见自己妹妹走来，一只手便放下，半抬身躯说道：

“妹妹，这时候来此作甚？”

林二姑笑吟吟地在窗边一张椅子中坐下，说道：

“我是来听好消息的，适才李安涛和你谈些什么？有他人一同在这里吗？我因安涛是个书生，料他说不出什么道理来。这火攻计也是平常，难道他竟要学三国时周郎的火烧赤壁吗？”

林道乾微笑道：

“安涛虽是个书生，却也很知兵法，并非只知吟风弄月。方才他到我房里来时还有张琏、林凤也在此间一起会谈，他们都赞成他的计议，我们已决定办法了。”

林二姑听了这话，很兴奋地问道：

“那么李安涛的主张究竟如何？请哥哥快些告知我，也使我早早明白。”

林道乾道：

“他以为官军只可智取，到了明日，由这里岛上林凤出面，先派人送一书信前去诈降，一则探听官军之意，二则借此可以懈怠他们的军心，待到晚上，这里可预备下十数艘快艇，上面满载下硫黄、干柴等引火之物，由人统率着，待时而动。俟至三更时分，可以开出港口。只算岛上有一部分人内变，赶去投降官军，待近官船时，便可燃起火种，冲入官军战船中去，用火燃烧，搅乱他们的队伍，然后挑选精锐，预备战舰，分左右两翼，随后杀出。官军虽然厉害，也将被我们击破了。至于驾驶此项快艇之人，必须都谙水性，方才进退自如，不至牺牲儿郎们的性命。可以从岛上本来的健儿和魏南鲲带来的渔户中间挑选出来，再请赵虬和魏南鲲担任指挥之职，他们二人水性精通，必能胜任而愉快。”

林道乾说到这里，林二姑点头微笑道：

“这样做很好，但是送书诈降这事，请谁人担当呢？”

林道乾道：

“李安涛自愿做这件事，前去送书，所以这书信的稿子也请他去写了。”

林二姑听了，不由一怔，玉颜上很露出不自然的样子来，双手搓着说道：

“安涛要去吗？唉！他是一个手无缚鸡之力的书生，只会拈笔杆儿，哼哼子曰《诗》云的，怎样使他前去呢？”

林道乾很淡然地说道：

“这是他效毛遂自荐，讨下这差使的。他说他到岛上来，众弟兄都曾出力作战，而他尚无寸功建立，颇为自丑，因此他情愿前去走一遭，我们遂也决定由他前去了。好在并非上阵，只要他会说话，自无性命之忧。”

林二姑蛾眉微蹙，又对她哥哥说道：

“安涛文弱之躯，不宜一人前往，可怜他母亲只有他一个爱子，现在母子两地，已使他们骨肉分离。倘然安涛此去遇着厉害的明将，察出虚伪，把他害了，这又如何是好呢？”

林道乾道：

“这件事我们业已决定了，妹妹虽然代他关切，可是未便更改，只得由他去冒险一下，也许无妨的。”

林道乾说着话，把手搔着头，很有些不耐的神情，以为她妹妹太代李安涛担忧了。林二姑却又说道：

“既然他自愿前去，也好使他立些微功，不致被人家笑他。只是他一人独行，未免使人不放心，儿郎们也不会保护他，不如由我去吧！”

林道乾道：

“你是个女子，如何能够和他一起去呢？”

林二姑哧的一声笑道：

“哥哥说我是个女子不能和他一起去，但我不能也乔装了男子同行吗？以前我在潮城不是乔装过男子去混入城中的吗？连乡人也都扮过，此时又何不可之有？哥哥若允我和安涛同行，我自信可以保护他的。”

林道乾听他妹妹说得如此坚决而又诚恳，心里虽不以为然，口里却只好答应她。因他也知林二姑对于李安涛颇有几分怜才之意，初以为他妹妹是个巾帼英雄，将来必要择一个拔山扛鼎之雄为配偶，文人学士怎在她眼中呢？现在看来，自己的理想未必尽然，不过此时尚不能说定罢了。他只得说道：

“妹妹如愿同行，也是很好的事，明日准由你伴同安涛前往，也使安涛的胆子增壮一些。”

林二姑见她哥哥已允诺，心中暗暗欢喜。又谈了一刻琐事，方才告辞出房，林道乾和她是亲兄妹，毋庸客气，故不相送。林二姑独自一人，踏着地上的月影，缓缓走归，刚走至池塘前面，那里有两株柳树，三株榕树，所以月光都给树荫遮蔽了，树下黑沉沉的照不出什么，但从里面望到外边来却格外清楚。这时候，忽然有人唤道：

“寄妹，你从你哥哥那边来吗？”

林二姑听得出是李安涛的声音，忙走过去说道：

“你是安涛兄吗？”

黑暗中探出一人，正是李安涛。林二姑又问道：

“你在这里做什么？”

李安涛道：

“月明星稀，当此良夜，睡魔远离，所以在此徘徊。寄妹到令兄处去，可有何事？”

林二姑答道：

“我是去探听军事消息的，我知道明日又将有一番鏖兵，所以睡也睡不着了。”

安涛道：

“这里清风明月，甚是不俗，正是个大好所在。昨夜我也在这里徘徊多时呢！”

说话时，一阵凉风吹来，吹得树枝乱摆，衣袂轩舞。林二姑也不舍得即时离开这地方，二人不知不觉并肩移步，走向柳荫下去，影子没在黑暗里。他们究将走到何处去呢？在那柳树之东正是池的一隅，有几堆小小的假山，非常幽静。二人穿出柳荫，便到这地方，仍是一片月光，照得纤细无遗。安涛对林二姑说道：

“这几天一路辛苦，方到岛上，恰逢有事之秋，大家忙于对付官军，尚未得好好憩息，我也和寄妹无暇清谈。今夕月色甚好，我们不妨在此坐谈一会儿，聊解岑寂。”

一边说，一边指着假山石，要和林二姑坐在石上清谈。林二姑不比寻常女儿，没有什么腼腆，点点头道：

“很好，我坐一会儿再走吧！”

先拣一块光滑的石上坐下，李安涛坐在她的右边，恰好这石是两边分开的，好似天然的两只石凳，后有柳荫，前临清池，池中荷叶田田，菡萏盛开，阵阵清香扑入鼻管。安涛瞧林二姑云髻上插着一支金钗，鬓边还戴上一枚紫色的花，身披淡青的衫子，淡青的裙，足踏大红弓鞋，左手指上套着一枚翡翠戒指。月光映在她的娇靥上，长长的蛾眉，盈盈的秋波，虽然姿色不足倾国，而已非常秀丽，何况在秀丽之中更有些灵光侠气，这又是不可多得的了。林二姑见安涛坐了下来，尽对自己做刘桢之平视，不说一语，不由微笑道：

"安涛兄，你说的火攻之计甚好，官军势大，我们非用智谋破他不可。但我听哥哥说起，你要亲自至官军船上去诈降，在我看来，这一下未免有些冒险，因为你是一个文弱的人，似乎不宜出去干这事，况你此番跟我们漂流海上，也是不得已之举，将来终望回乡去，重叙天伦，以慰萱亲倚闾之思，故宜格外珍重身体为要。你以为我说得对吗？"

李安涛听了这话，双目很恳挚地向林二姑瞧着，脸上露出很感谢的神情，叹了一口气，说道：

"寄妹真是我的知己了，寄妹说的话真能体贴到我的心里，我和家母是一向聚在一块儿的，现在忽然分散两处，一在海之角，一在天之涯，陟彼屺兮，瞻望母兮，我哪里不苦念我的老母？不瞒寄妹说，我今在这里步月，看着天边的冰轮，便想到我家里的老母，那团栾的月儿忽变作了我母亲的慈颜，似乎她在流着泪，盼望我早日归去呢！然而这又是不可能之事，我有了重大的嫌疑，一时怎能够重返家园？耿耿此心，唯有寄妹能知道我了。所以，我要说寄妹是我的知己，人之相知，贵相知心，我在外边能有一个知心的寄妹，也使我精神上得到不少安慰呢！"

李安涛这几句说得十分诚挚，情溢乎词。林二姑低着头，手拈衣襟，默默无语。李安涛又说道：

"我说这些话，未免使人短气，寄妹该原谅我的，我很感谢你的美意，怪我不该冒险。但我想众弟兄在此岛上都出力效命，如寄妹虽是裙钗，喋血，我枉是一个男子，却躲着藏着，不出去略效微劳，不要更被人家嘲笑百无一用是书生吗？所以我要趁此机会，赍函前去官军诈降，倘然哄得官军相信，夜间便可照计行事，我也可以稍立微功了。"

林二姑点点头道：

"我也知道你的苦衷，只是让你一人独去，心里总觉有些不安，故我方才在我哥哥面前要求他允许我和你同往，可以随时保护你。"

安涛一听这话，且惊且喜道：

"寄妹是个女子，如何能和我同去呢？"

林二姑微笑道：

"安涛兄，你忘记我乔装混入潮城吗？我易钗而弁后，连你也看不出一点儿半点儿破绽，现在更有何不可？”

安涛道：

“当然我是十分欢迎寄妹同去的，我若有寄妹保护，更使我胆为之壮，这是寄妹的美意，更足感激，所以我此来虽是远离了家中老母，而能遇到红粉知音，也是我的大幸。”

安涛说这话，更是明显他言外之意。林二姑如何不明白？但不便回答什么，只说：

“明晨我改扮，候你同行，你到了那里，切莫露出慌张状态，只要会说话，他们自会相信。”

安涛道：

“不错，古人有言，说大人则藐之，勿视其巍巍然。我自能理会得。”

他们谈得酣畅时，双双的影儿倒映入池中，池水清涟，风吹动着水，影儿也摇晃不定，四周人声寂寂，好一个月明之夜。谁知柳树背后榕荫之下，正立着一人，双手叉着其腰，方在窃窥他们的动静呢！那人是谁？原来是孙天禄，他是一个雄心勃勃的少年，酷慕着林二姑，日间在海上战斗时，他曾舍身去救援林二姑。林道乾当着众人之面夸赞他，向他道谢，这是何等光荣？谅林二姑芳心中必然很对他表同情，所以他很愿为林道乾兄妹出力。今夕他也因为睡不着，从客舍里走出来，在月下盘桓一会儿，忽听这里有喁喁谈话的声音，引起了他的好奇心。悄悄走到榕树下，恰巧正有一个空隙，望见林二姑和李安涛并坐在荷池之前假山石上，清谈娓娓，状甚亲昵。起先使他不觉一怔，很奇怪像林二姑这样的一个巾帼英雄，却去亲近一个弱不禁风的怯书生，继又想起前日向林家报信、放走林道乾兄妹的，不是李安涛吗？林二姑乔装到潮城去救张琏，听说她不也是住在李安涛家中吗？况他们平日也以寄兄寄妹称呼，当然是很熟的人，不比我和他们一向是疏远无关系的啊！大概林二姑受了李安涛的诱惑，所以如此。他瞧着想着，顿时燃起胸中的妒火，异常难受，恨不得立刻奔过去将李安涛三拳两脚地撵走他，不使李安涛得到美人的青睐。但是这又属不可能之事，只得忍耐着，两目发出眈眈的凶焰，又恨不得自己化身为虎豹，跳过去把李安涛一口咬死。眼前的景状不啻于孙天禄情场幻梦中一下当头棒，他立够多时，又见两人立起身来，似乎正要走出柳荫的样子，恐怕被他们瞧见了，反为不妙，所以他就一咬牙齿，一溜烟走开去了。林二姑因和李安涛坐谈多时，深防被人窥见，将有月上柳梢、人约黄昏之嫌，所以便向安涛告辞，一同立起身，从柳荫里穿出来。孙天禄早已躲避开了，二人哪里知道呢？林二姑又向李安涛点点头，说声："明天再见！"遂向内里走去。安涛也说一声："寄妹请便。"他自己一步一步回客室去睡了。今夕何夕，得林二姑温存一会儿，心中说不出的温馨，梦魂也觉恬适。

次日一早起身，盥栉后，吃过早餐，便搦管濡墨，修了一封降书，用林凤的名义出面，说明投顺官军之意，大略道：

马头岛义士林凤、赵虬致书大将军麾下：

窃凤等遭时不偶，托迹海岛，暂图枝栖，别无野心，渴欲静候良机，以待朝廷招安。乃者潮城张琏、林道乾等率其徒党来会于斯，把持一切，俨然自大，鹊巢鸠占，喧宾夺主，凤与虬等侧目而视，寝食难安。

此次官军至时，张琏率众顽抗，复驱岛上儿郎独当前驱，死于锋镝而不之惜，因是意见不合，离与久处。

凤等若仍随其弄兵潢池，不早自拔，终必同归于尽，难逃法网。故敢乘间修书请降，愿放屠刀，顿改前非，倘蒙开恩收录，许其自新，则赳赳桓桓者，他日何莫非国家之干城乎？

昔武特区草莽豪杰，蔚为国用。想将军等仁义为怀，必不峻拒也。尚乞赐示来使，俾得有所遵循，临颖不胜惶悚待命之至。谨请勋安！

林凤　赵虬拜上

李安涛把降书修好，换了一套衣服，揣在怀里，去见林道乾，将书信给林道乾看过。林道乾连说好好，且对他说道：

"还有一个好消息告诉你，就是舍妹愿随安涛兄同去下书，以便侍奉身侧，随时保护，这样你更可胆壮了。”

李安涛听着心里自思：这消息昨夜已知道了，恐你做哥哥的也还不知自己妹妹的心思呢！遂笑了一笑道：

“倘蒙寄妹肯伴同前去，那我更无惧怯了。”

这时，林二姑也已差婢女来和林道乾说，要向李安涛借取衣巾一套，以便改扮。李安涛自然立刻去取了来，交给婢女拿到里面去。林道乾又和林凤商量后，酌派四名壮健的儿郎，个个熟谙水性的，预备一艘快艇同去。林凤便去知照，约过了一刻许，只见屏风后跳出一个美男子来，向大众问道：

“你们认识我吗？”

正是林二姑。乔装后果然惟妙惟肖，和李安涛并立着，宛如玉树双辉，一时瑜亮。她身边还佩着上绣鸾双刀，以备不测，于是李安涛便要去了。众人送至岸边，孙天禄也在其中，他眼睛望着二人，又怒又恨，心里十分怨毒李安涛，嘴里却不说一语。李安涛和林二姑下得小艇，四名健儿随着，划着桨，驶向港口去了。林道乾等回去静候好音，李安涛和林二姑坐在艇中，想起了昨夜清谈的情景，各人相视而笑，静静的不说什么。海波澎湃，打到船头来，海风吹得二人的头巾几乎落掉。林二姑紧一紧巾带，举眼远瞩，一会儿，小艇已驶出了港口。

前面战船云集，旗幡招展，已望见官军了，真是不入虎穴，焉得虎子？李安涛此去一心要立些功劳，聊雪书生无用之羞，所以官军的战船虽多，军容虽盛，他却视若无睹。

第十四回

下降书儒生运妙计
探异地豪杰识蛮人

官军昨日虽然胜了一仗，但因马头岛盗船全师而退，锐气未尽挫折，所以不敢进逼，依旧围住港口，取封锁之计。当李安涛的小艇驶近官军时，早有二三艘巡逻船在前拦住，问他们往哪里去的，疑是海盗的间谍。正要逮捕，李安涛托着书信，欠身答道：

“我们是从马头岛来此秘密输诚的，有函在此，欲见你们的将军。”

巡逻船上的裨将听得他们前来投降，便引导李安涛到中军去见黄瑞和许占魁。恰巧狄云亦在舰中，闻岛上有人来献降书，不知是虚是实，遂盛设兵卫，姑命来使进见。李安涛奉召，不敢怠慢，鼓着勇气，整整衣冠，从跳板上跨上官军的战舰去，林二姑紧跟在后，算是他的同行侍从，官军见他们只有二人，也不放在心上。李安涛步入中舱，只见两边站立着佩刀的武官八九人，正中坐着三位戎装的大将，正是黄瑞、许占魁和狄云，连忙拜见后站在一旁。林二姑却一手按着刀柄，立在他的背后，黄瑞对李安涛熟视了一会儿，问道：

“你是一个书生，为什么与盗为伍？你说来此献降，是真是假，快快实说，如有虚伪，本将军刀下不能容情。”

李安涛答道：

“小子被逼为盗，出于不得已，尚请将军原谅。此次奉马头岛上林凤、赵虬二头领之命，来此秘密投降，倘蒙将军宽恕其罪，曲予收纳，不胜感幸之至。有书在此，乞将军明察。”

说罢，就双手将降书献上。黄瑞接到书札，展开信笺，和许占魁、狄云二人一同阅读，等到看完了降书，黄瑞又问道：

“你姓什么？名什么？来此投书，果是林、赵二人真心差遣你来的吗？”

李安涛答道：

“正是。小子姓李名潮，本是读书人，被林凤掳来做他的记室的。”

李安涛所以不肯说出真名字，恐黄瑞等知道其中的事，反有妨碍。黄瑞道：

“林凤和张琏不是串通一气的吗？他们反了潮城，把张琏劫出牢狱，一同至此，此刻为什么投降起来呢？”

李安涛还没有答话，许占魁早抢着说道：

“好！姓李的你当我们是三尺童子，可以受你的哄骗吗？这个明明是诈降，蒙蔽官兵，想乘间暗算我们的。林凤、赵虬若是有心投降，何不束甲来归，差你这书生前来说什么花言巧语，岂非是来窥探我军的虚实，施行鬼蜮的伎俩？”

喝令左右推出斩首。林二姑在后，一闻此言，不由芳心震惊，暗想：官军果不肯相信，完了完了，一手按着刀柄，正待发作，此时早有四个佩刀的侍卫走近身来。李安涛颜色不变，坦然自若，冷笑一声道：

“你们果然不能宽容大度，许人以自新之路，我死不足惜，更给林凤、赵虬笑我太无见识了。然而你们也未免轻轻失去一个大好机会，无怪四海群盗如毛，爬梳不清了！”

黄瑞道：

“此话怎讲？”

李安涛道：

“林凤、赵虬和林道乾、张琏意见不合，是我劝他二人修书向官军投降的，他们还疑心官军不能允许，我说自古投降者无见拒之理，官军定能相信，所以他就叫我秘密前来。现在我给你们杀了，不要被林凤笑我太没有见识，枉自送死吗？将军若能信小子之言，包管能使林凤斩张琏之首，献于麾下，马头岛唾手可取。将军不能相信，林凤投降的心已死，势必和张琏等誓死以抗，将军也未必一定能够取胜呢！”

黄瑞听了这话，连连点头，对许占魁说道：

“我瞧此人未必诈降，所说的话也很有理，倘然是真的，我们乐得利用他们自相携二的机会，收服林凤等一伙人，使他们士气涣散，可以获胜，何必斩却此人呢？”

狄云也说：

“官军应当准许他们来归顺，可使盗氛早熄，万一他们是诈降，我们只要小心防备，也不至于中计。”

许占魁被二人这样一说，便喝退侍卫，吩咐李安涛再陈意见，林二姑心里方才安宁，放下刀柄，静听李安涛怎样说。李安涛很从容地向黄瑞说道：

“小子已和林、赵二人商量定当，今夜三更时分由林凤刺死张琏或林道乾，二人中不论哪一个，将他的首级来军前投降。岛上人心必乱，官军可以乘机进攻，即由降者为导，里应外合，张琏、林道乾等一个都不曾走脱。事成之后，只请将军上书保荐，俾立微功，感戴无涯。”

黄瑞、狄云二人听了，都深信勿疑，许占魁也半信半疑，他对李安涛说道：

“你叫林凤只要能够献上张琏、林道乾首级，便可准其投降，收编录用。”

李安涛道：

“当然乐于报效，待小子回去复命，今夜三更准送首级前来。”

黄瑞便叫左右取出二十两银子犒赏他们，李安涛也谢了收下，和林二姑拜别出舱，跳回自己的小艇，一路驶回港去。林二姑向李安涛带笑说道：

“方才他们要将安涛兄推出斩首时，我心里真是发急，好险啊！”

安涛道：

“谢谢寄妹的关切，我料许占魁那厮也不过虚声恫吓，试试我的真假，所以给我后来一说，他也不能不信。今夜三更包管叫他们大大吃我们的苦头，若不这样哄骗他们时，我们的船便难近他们了！我们回去预备一切吧！”

林二姑道：

“现在你的力已出过，夜来便是我们的事了，别瞧你是个书生，居然能够声色不动地去做说客，真使人喜欢。”

李安涛听了这话，如膺九锡，心里说不出的异常愉快，感谢林二姑夸赞自己，便喜滋滋地说道：

“我今日还仗寄妹壮了我的胆，所以敢这样侃侃而道呢！其实一个人只要意志坚决，不顾一切，自能有勇气。太史公所说的知死必勇，蔺相如所以能够庭折秦王，完璧归赵，也是由于相如早有坚定的意志，故能不屈于秦呢！苏老泉说的，泰山崩于其前而色不惊，麋鹿兴于其野而目不瞬，也是这个意思。即如寄妹前番独入潮城，救出张琏，也非先有坚决的志向，不能有凌厉无双的勇气啊！”

林二姑听李安涛滔滔不绝地说话，她的玉靥上只是透露出欢笑来。一会儿船已入港，靠岸停住，二人一齐登岸，走入寨中去。这时，张琏、林道乾、林凤、魏南鲲、赵虬、孙天禄等都在堂上聚议，林道乾一见二人回来，便含笑相迎道：

“很好，你们安然回来了，大概这条计策可以实行了！方才孙兄说官军断难轻信，必将你们二人扣留，恐怕凶多吉少，愚兄也有些放心不下。现在你们归来，使我不胜安慰。”

林二姑道：

“凡事贵于尝试，官军虽然多疑，幸安涛兄施其粲舌应对有方，竟能说得他们相信了。这事真不容易，安涛兄虽是文人，此行很有胆力，你们忧心我们会被扣留吗？绝不会的。”

林二姑说着话，对孙天禄看了一眼，此时，孙天禄的面上很不好看，但大家都留心听取二人的报告，没有注意到他。李安涛遂把自己如何奉献降书，面说黄瑞，和约定今夜投降的经过，向众人报告一遍。林道乾遂说：

“安涛兄此行不虚，我们倘能击败官军，安涛兄也有功劳，现在且请歇息，晚上我们再行集议。”

林二姑遂入内去更换衣服，还复她的庐山真面目。众人各自散去，独有孙天禄心中妒忌着李安涛，不无幸幸难平。到得晚上，大家饱餐毕，都到堂上来商议出发之计。张琏便请林道乾发令，林道乾当仁不让，他请赵虬、魏南鲲二人带领识得水性的儿郎二十人，驾十艘小艇，中杂硫黄、松香、干柴、桐油等引火之物，上面却用芦席盖没，不露破绽，另用黑布扎成两颗人头，用竹竿挑着，算是张、林二人的头颅，于三更时出发，至官军战船前去诈降，乘风纵火，冲散官军的战船。

赵虬和魏南鲲得到这项命令，摩拳擦掌，十分兴奋，都说愿效前驱。林道乾又请张琏、邝刚、林凤三人为左翼，自己和林二姑、孙天禄为右翼，统率一二三队众儿郎，随在后面作战。独有魏三虎因受创未愈，留着不出。林道乾又对李安涛说道：

"这是安涛兄的计划，我们照计行事，破得官兵回来，再和你痛饮百杯。"

李安涛道：

"愿祝众位兄长凯旋而回，小弟在岛上伫候佳音。"

晚上，东南风吹得更大，赵虬和魏南鲲在港中预备好十艘小艇，满载许多引火之物，待到三更时分，十艘小艇并肩出发。出了港口，赵虬、魏南鲲立在船头上，十分注意对面官军的动静。黄瑞因知今晚夜半林凤等要来投降，所以吩咐巡船倘遇马头岛港里驶出的船只，只要问明他们是林凤等来此投降的，不准留难，让他们驶近大船，来见自己。他以为盗党不睦，自相携二，这是天赐他一个大好机会，可以利用林、赵二人除灭张琏，大破马头岛了。巡船瞧见马头岛的港里驶来许多快艇，便高声喝问：

"你们是谁的船只？来做什么的？"

魏南鲲立在艇首，手中高高地举起竹竿，竿上挑着一颗假人头，大声答道：

"我们是林凤部下，特来投奔官军的，张琏的头颅已在这里了。"

巡船上又问：

"这话可是真的吗？先拿上人头来验视。"

魏南鲲把竹竿上的假人头晃了一晃，说道：

“当然是真的，我们要亲自献与黄、许二位将军。”

巡船上又问林凤何在，魏南鲲道：

“在后即至，请放我们的船过去。”

一边说，一边把船直驶向前。巡船上人因黄瑞已有吩咐，不免懈怠一些，便让魏南鲲、赵虬的船过去，一面到中军去报告。黄瑞听说林凤前来投降，便和许占魁、狄云一齐走出中军官舱，来到船头上立定，向前观望。这时，月色迷蒙，海波滔天，东南风吹得正大，对面黑漆漆地瞧不甚清楚，只见有许多小艇一字儿驶来。许占魁便叫前面的船停止，单唤林凤来见，魏南鲲高声说道：

“林头领在后便到，我等先来献上人头。”

许占魁吩咐官军中两船驶过去点验人头，且叫来船一律停住，然而这时候，赵虬、魏南鲲怎肯听他的命令？早催动小船，向大船边冲来。同时揭去上面的芦席，点着了火，刮刮杂杂，哔哔剥剥地烧起来，且驶且烧，宛如十座火焰山，向官军艨艟大船里直搅。许占魁和黄瑞都说声不好，忙叫部下放箭，但是魏南鲲的船已近，一刹那间，已冲入官军船里。官军的船四处着火，许占魁大叫中计，忙令战船快快散开，不要密集，然已无及，幸亏自己的艨艟尚未被烧，急令退后。魏南鲲、赵虬二人都如生龙活虎一般，和众儿郎驱动小艇，东钻西撞，只拣战船多处乱搅，所以处处起火，不及扑灭，最后，魏南鲲和赵虬等因自己船上立足不住，都跳入海里去，扶了小艇，向黄瑞等大船冲去。而林道乾、张琏等众英雄已从港内杀出，金鼓大震，声势百倍。黄瑞和许占魁等虽然能征惯战，此时也约束不住，无法抵御，只令未被延烧的船只速速退后。许占魁自己立在船头，拈弓搭矢，想射倒几个海盗，挽救颓势，无如黑夜中星月不明，漫无鹄的，乱放了数矢，射死了几个儿郎，毫不济事。林二姑和孙天禄十分恼怒，早上前把他左右围住，他只得舞动长枪，和二人交战。林二姑的双刀使得十分紧疾，而孙天禄的双锤也矫如流星，许占魁被二人困住，不得脱身，海面上一片火光，照得四面通红，焚烧的都是官军战船，有些兵士烧得无路可走，焦头烂额，只得望海里跳。魏南鲲、赵虬在海中见人便杀，官军大败。

许占魁正在危急之际，幸亏狄云杀至，把他救了出去。那黄瑞被张琏、林凤、林道乾三人围住，任他骁勇，怎敌得过三位豪杰？战至一百余合，渐渐力怯，被林凤乘间一戟刺中他的左腿扑地仰后仆倒，被林道乾将他擒住，率众追杀一阵。官军大败而去，所有战船十去七八，马头岛众英雄大获全胜，鸣金收军。赵虬、魏南鲲夺得两艘大船，赤裸裸地来见张琏，大家不胜喜欢。

回至岛上，天已大明，张琏即取出存贮的金银犒赏众健儿，吩咐他们都去休息，又令左右把黄瑞推上来发落。黄瑞见了他们，挺然直立，大骂："海盗，侥幸获胜，何足道哉？自己不幸被擒，有死而已，速速杀我！"张琏、林道乾敬重他是一位英豪，不忍杀害，所以劝他归服马头岛，一起入伙，将来有福同享，有难同当，然而黄瑞坚不屈服。林道乾只得叫人把他监禁在一间土牢中，不许走脱，每日三餐送给他吃，也不让他饥饿，希望他可以回心转意，所谓惺惺相惜了。

这天又大排筵席，彼此庆功，张琏、林道乾因为这次大破官军，论起功劳来，要推李安涛第一，请李安涛上座。张琏且说道：

"我们幸有李君划策，火烧官军，方获空前胜利，所以，今天庆功，大家都该向李君恭贺的。况且李君以一书生而能到官军那边去诈降，这种胆量倒也难得，真使我老张佩服之至。"

李安涛哪里肯坐？谦辞道：

"幸赖众英雄努力冲杀，才能战胜，小弟不过聊贡刍荛，以备采择。至于送书诈降，也是偶然尝试而已，亏得林家寄妹护卫，壮胆不少。此次胜利，要推赵、魏二头领的功劳居多，因二位水性精通，故能冲入官军阵里，而东南风也助我不少，小弟何功之有？"

李安涛说话时，林二姑脸上露出微笑，而孙天禄对着他圆瞪双目，很有仇视的样子。林道乾道：

"李兄太谦恭了，这次功劳当然是你运筹帷幄所致，不要客气。他日我们正需要你参赞一切呢！其实自然要推魏、赵二兄他们的水性精通，不输于当年梁山泊的阮氏三雄呢！"

魏南鲲道：

“这是全体的功劳，大家都不要客气，今天是大家欢贺的。”

赵虬道：

“对啦！我们快快痛饮数杯吧！张大哥和林大哥上座，李君次座，我们不妨随意坐下便了。谁不坐，我就要拖。”

张琏说一声好，遂先和林道乾上座，李安涛只得欠身坐在次位，大家团团坐定，彼此举杯痛饮，异常快乐。李安涛又说道：

“这两次我们虽然都幸得胜，而小弟料官军不肯甘休，必然再来征剿，倘然俞大猷将军率雄师来时，我们区区弹丸之地，势力薄弱，究竟难御，因此我们必须积极扩充，增加兵力，方可抵抗。”

林道乾道：

“安涛兄之言甚是，小弟以为马头岛的出产不足自给，倘然官军采取封锁政策，对于我们就很有危险，此次火攻取胜，是偶然的，所以一面固然要扩充兵力，一面再要出兵寻找新的根据地，以便彼此联络，成犄角之势，使官军不敢小觑我们，也是狡兔三窟之意啊！”

魏南鲲道：

“据小弟的意见，我们最好编练一队水军，将来官军来攻时，我们便可在海底进行破坏的工作。好在赵虬哥的水性非常之好，足可统率。”

赵虬道：

“我的本领哪里及得上魏大哥？现在魏大哥有此建议，小弟极表赞成，小弟情愿听从指挥。”

张琏哈哈笑道：

“你们都不要客气，一个是‘闹海蛟’，一个是‘南海龙王’，大家是半斤八两，不相上下的。魏兄弟既然有如此主张，就请你们两位一同去编练水军吧！”

魏南鲲和赵虬都说好，大家一边喝酒，一边讨论，各人意兴甚豪，尽欢而散。过了数天，张琏、林道乾等天天驾着海舶出外去找寻形势较好的海岛，离开马头岛较近的，可以占据着，做他们的犄角之地。魏三虎的伤势也好了，魏南鲲和赵虬却天天操练水军，他们选择岛上健儿素会泅泳的，以及南澳岛上来的渔夫，一共有三十多人，各人预备使用一副椎钻，把来凿沉人家的船底，可使官军的战舰沉没，恃以取胜。李安涛特地代他们起了一个名字，叫作海鲸队。

黄瑞被他们软看着，却始终不肯投降。林道乾不肯害他，仍是好好款待，有暇时还要去探望他，和他谈谈，黄瑞也未尝不感激他的美意。

有一天，张琏和林道乾、孙天禄坐着海舶出去，向南驶行至三四十里光景，忽见前面水波轰腾，海面上有一庞大之物，喷起一丈高的水，正是鲸鱼。林道乾知道这东西怪厉害的，免得吃了它的亏，便叫坐船避开鲸鱼，向西南绕道行驶，又见前面有许多小舟围拢来，舟上有许多岛上的土人，像马来人种一样，赤裸着上身，手里都拿着标枪，态度非常勇敢。张琏、林道乾等知道这种人是来捕鲸鱼的，遂把船慢慢地行驶，看他们怎样去捕捉鲸鱼。这些小舟靠近鲸鱼时，那鲸鱼冥然无觉，正在喷水，透换空气。那些土人一些儿不知怕惧，把手中镖枪纷纷地向鲸鱼身上掷去，鲸鱼中着镖枪，负痛掉尾，它也知道那些小舟上的土人是去害它的仇人，所以立刻向小舟丛中冲过去，海浪激起有二丈多高，早有几只小舟翻倒在海里。幸亏那些捕鲸的土人都通水性的，虽然落了水，在海浪里挣扎出来，爬上没有倾覆的小舟，许多人把手中的绳拉紧了，毫无胆怯模样，那鲸鱼冲了一下，已沉入海底去了，张琏的船也被颠簸震荡得如摇篮一般。说也奇，鲸鱼已逝，而那些小船忽然都跟着望北面划去，因为土人所用的镖枪上面都系有很长的绳子，那绳子都系住在船上，土人一半拉紧绳子，一半划着桨，顺着势，如箭一般冲去。因鲸鱼沉在海底，也想逃生，身上的镖枪却依然刺着，自然小舟也随着鲸鱼跑了。

张琏等正看得出神，不料那鲸鱼改变了方向，直逃到张琏船边来，海浪冲起数丈。张琏的坐船如何受得起？立刻倾覆，张琏等三人和部下一齐落水，此时捕鱼船上的人中间有一个壮汉见有船倾覆，便下令渔人相救，土人们纷纷跳入海波，把张琏等众人一齐救起，一个也不少，载在一只小舟上。张琏等不防有此种事情，虽然受了此惊恐，却赖土人仗义相救，未尝不心中感谢，便把身上衣服脱下，晒在日光里。又见那鲸鱼已逃到东边去了，许多小舟围着鲸鱼，看那壮汉指挥着，连将镖枪去刺中鱼的要害，那鲸鱼方才奄奄待毙，浮在海面。众土人一齐欢呼，拖着鲸鱼回去。张琏等自己坐的船已覆没，只好跟他们去。

不多时，到得一个小岛，土人将船在海滨泊住，先后上岸，岛上有许多土人男女老少齐来欢迎。那壮汉招呼张琏等上岸，众人衣服已干，早已重又穿在身上，跟着走上岸去。其中有一个年纪较老的，和捕鱼船上招待张琏的壮汉是父子，瞧二人的情形，好似在岛上很有权力的，对于张琏殷勤招接。那些土人却拽着海里长绳，把那已死的鲸鱼拖上岸来，又大又肥，占去不少地方。许多土人手舞足蹈地围在四周观看，嘴里又唱起蛮荒的俚歌来。那壮汉向他的同伴吩咐了几句话，遂和他老父招接张琏、林道乾、孙天禄等三人到他家中去坐谈。海南岛上其余的健儿，张琏叫他们暂坐在海滨，等候命令，张琏等随着壮汉父子走到一处矮屋中去，席地而坐，中间置着一张矮圆儿，壮汉拿出槟榔来给张琏等三人嚼。张琏请问他们的姓名，始知那壮汉名唤孛丁，是在这里苏婆腊岛上捕鱼中的首领，他父亲名耶鲁齐，世居此岛，父子俩好客情重。孛丁又唤他的妻孥出见，告诉张琏说：

"此岛周围约有一百五十哩，产生水果甚多，居民大都捕鱼为生，常和西沙群岛土人往来交易。岛上又有一座高山，山中很多毒蛇猛兽，榛莽未辟，此处并无酋长，遇事推年老者公决。耶鲁齐年高德劭，岛上土人一致爱戴。"

林道乾听着，一一记好。

这天晚上，孛丁做馔款请张琏等三人，留他们住在屋内，其余随来的人也都分宿在土人家中，都是孛丁出去安排的，父子俩也不多向张琏等盘问。林道乾却得间私和张琏说道：

"我等无意中到这岛上来，我瞧土人忠朴可使，海岛的形势又很壮大，北和马头岛相去不远，东面又通西沙群岛，若得占据此岛，不但可与马头岛势成犄角，而又可独霸交通南洋的海道，将来势力雄厚时，也可向南扩张，十分便利。"

张琏道：

"林兄弟的话一定不错，你说好时，我无有不说好的。"

林道乾又道：

“且待明天小弟再向岛上去细察一番后，决定方针。”

晚上，三人住在一间小室中，本是耶鲁齐的卧室，特地让出与客的。次日，三人起身后，孛丁和他妻孥送上早餐，张琏等吃毕，向孛丁致谢，林道乾又对孛丁说要一游岛上风景，孛丁当然欣诺。于是孛丁陪着三人出游，走到海滩边，见许多土人正在肢解那鲸鱼，孛丁欣欣然告诉三人说：

“这里的土人惯捕鲸鱼，因为一年之中只要捕到四五条鲸鱼，便可优游度日了。但有时捕鲸鱼也有许多危险，说不定有些人会葬身鱼腹中的，因为鲸鱼的挣扎很可怕，昨天捕鱼的情形很是顺利，不算凶险。”

孛丁又说：

“这条鲸鱼把它熬起油来，至少可得数百斤呢！”

三人站着看了一会儿，便向岛的内部走去。见土人种田的种田，操作的操作，并无空闲的人，妇女也多和男子一起做工。三人因有孛丁陪着，所以安然走去，并无了阻挡，渐渐便见有一座大山，就是孛丁所说的了，问这山名唤什么，孛丁答道：

“因为山上常多云雾，故土人称为大云山。”

林道乾和张琏、孙天禄走至山麓，仰视一会儿，因孛丁说过山中多猛兽，他们身边未携武器，遂不敢冒险攀登，只沿着山崖走了许多路。岛上的形势大半已是明了，仍随孛丁回至他的家中。午饭已是煮熟，肴馔有鱼有鸡，都是孛丁的妻子预备的。张琏等吃过午饭，孛丁对他们说：

“明天想雇用一艘帆船送你们回归琼崖，只是这里的人不识航海行程，要请张琏船上的人掌舵。”

张琏等含糊答应。夜间，三人在小室里，一齐暗暗秘密商议，林道乾主张要把这岛占领，为马头岛另辟一处新的领域，张琏赞成这主张，孙天禄自然也以为是，但如何下手呢？一则自己带来的人不多，覆舟时损失了军械，既无接济，又无退路，万一不成，归去不得；二则孛丁父子等款待甚厚，捕鲸的土人都把他们从水中救起，倘然演起武剧来，未免以怨报德，将来难服人心。辗转思量，林道乾又有一个主意，想等到明天早晨，凭他的三寸不烂之舌，和孛丁父子说明意旨，用和平的方法占领这个苏婆腊岛，彼此不致流血，并可利用孛丁父子镇服土人。因岛上土人十分信服孛丁父子的，也许有了他们父子俩的说话，不致反抗。孙天禄道：

“林兄所议的办法是很妥善的，我们决定遵照行事，万一孛丁父子不服时，我们只有和他们拼上一拼，料那些土人散漫而无纪律，只要我们擒得孛丁，再杀却几个不服从的，向土人威胁一下，怕他们不威服吗？”

林道乾道：

“此时若用武力，终恐不妙，我们明天看了情势再说吧！”

到得次日早晨，林道乾等起身后，孛丁又来请他们吃早餐，且说他已想法得一艘帆船，可送张琏等重返故乡。张琏等三人一齐向他道谢，林道乾正想吃好了早餐开始和孛丁谈话，忽见耶鲁齐和几个土人急急忙忙地跑进来，对孛丁说道：

“不好了，天大的祸事来了，你还坐在这里吗？”

此时，不要说孛丁骇异莫名，连张琏等三个人也都如丈二和尚摸不着头脑了。

第十五回

仗义救危邦骤飞血雨
思亲归故里忽散慈云

孛丁一听这话，连忙跳起身来说道：

“父亲究竟有什么祸事？快快告诉我听！”

耶鲁齐道：

“前数天不是海上有一艘帆船到我们岛上来取淡水的吗？船上的人生得异样，目灼灼如贼。我早和你们说过，那一伙不是好人，他们观望了一会儿，开船驶去。你们以为没有事的，谁知现在海面上驶来七八艘大船，船中人各执兵器，不问情由，已在登岸。海边土人逃来报告，方知是海中的盗魁田吉，一向盘踞在西沙群岛那里的，此番必然来我岛上劫掠，其中领导的人就是前天来取淡水的，明明是他们有意觊觎，回去后引导他们的盗魁来此骚扰的。我们事先没有防备，如何去抵抗？不是俯首受戮吗？”

孛丁听了，啊呀呀喊起来道：

“我们怎能忍受海盗的剽掠残杀？与其坐而待毙，还不如起来抵御，快快吹起号筒，召集岛上土人，大家奋力和他们厮杀一回吧！”

这时，张琏在旁拍起手来说道：

“很好，很好，你们若准备抵抗，我们决定相助你们一臂之力，不要害怕，盗数众多，有我们在这里，绝不会使你们吃亏。”

张琏说了这话，又回顾林、孙二人道：

“原来田吉那厮仍在这里海面上骚扰各处的岛民，前番特里屯岛的藏金，不知被他取去了多少，我们不及和他交手留下他的头颅，便宜了那厮，不想我们会至这里，他也会送上门来，我们断乎不可饶过他了。”

孙天禄哈哈笑道：

“这是老天把田吉那厮交给我们呢！”

林道乾便问孛丁道：

“你们岛上能够和人家决斗的男子有多少？兵器可充足？”

孛丁答道：

“能战的男子约有百十人，大半是捕鱼的，兵器却甚缺少，只有渔叉、短刀、镖枪之类。”

林道乾点点头道：

“这也够了，料那些海盗的力量也有限的，你快快吹起号筒来吧！家里如有兵器，借给我们一用。”

孛丁道：

“有一柄刀，一把斧，还有数支镖枪，你们拣用吧！”

于是他就和两个土人跑到他的房间里，把刀斧镖枪搬了出来。张琏取刀，孙天禄取斧，林道乾取了一支镖枪，孛丁自己也拿了一支，遂跑到门外去吹起号筒来。号筒声呜呜然地传遍了四处，岛上土人也已知道有盗来侵犯，胆壮力强的男子听了号筒之声，大家握着镖枪，举着锄耙，都到孛丁这里来聚集。而张琏的部下也闻声而至，前来听令，张琏便吩咐自己部署下向土人借了镖枪等兵器相助作战。林道乾遂叫孛丁率领土人先行，自己和张琏、孙天禄以及部下跟在后边，他又吩咐部下道：

“今天我们必要尽力和田吉鏖战，帮助岛上土人，逐走小丑，以后我们便可乘机在这岛上占作根据地了。我们缺少兵器，停会儿不妨抢夺对方的兵刃，有进无退，怯战者斩。”

众人一齐应诺，于是两队人立即赶向海岸边去。这时候，盗已尽登，喊杀之声惊天动地，海岸边土人的房屋已有数处被盗放火焚烧，黑烟弥天，土人们纷纷向岛中内地逃窜。孛丁是个壮男子，迎上前去拦截，见来人前锋约有一二百人，服装奇诡，手中都执着明晃晃的刀枪，有一个身躯较长的，坐在一匹黑马上，手里握着一柄长刀，指挥盗众进攻，正是田吉。他在平常时候东劫西掠，怎把这些土人放在心上？张琏睁双眼迎上去，大喝一声，把手中的刀劈向田吉马头，田吉见岛上有了接应，但人数甚少，也不在意，便挥刀格住张琏和他猛斗一会儿。田吉果然骁勇，一柄长刀上下翻飞，林道乾早挥动镖枪，上前助战，孙天禄和孛丁也拦住众盗酣战，林道乾估料田吉只可智取，等他有个破绽时，突然一枪从他的背后刺去，田吉不及躲避，大叫一声，从马上跌下，背上已搠了一个窟窿，张琏加上一刀，早割下他的头来。土人见了，一齐大喜。林道乾因见田吉的刀锐利光亮，俯身拾起这柄刀来，算是他的虏获品，盗众见田吉已死，顿时哗乱，望海边溃退。张琏、林道乾、孙天禄三人宛如三头猛虎，把盗众砍瓜切菜般乱杀。孛丁也乘胜追赶，直杀至海滩边，盗众死伤在半，剩下的抱头鼠窜，逃回船上，急急开船遁去。张琏等方才住手，身上满溅战血，孛丁和土人见他们如此神勇无敌一齐拜倒，感谢救援之恩。张琏对他们带笑说道：

"昨天多谢你们救了我们的性命，现在你们有了祸殃，我们岂能袖手旁观，见义不为呢？这是我们分内之事，请你们不必道谢的。"

于是孛丁等又留张琏等众人在岛上，预备上等的酒食款待他们，又取出许多金珠、象牙来分赠给张琏的部下。孛丁又因张琏、林道乾等既为商人，何以能有如此好身手，助他们杀败海盗，向张琏等询问，林道乾等笑而不言。孛丁又恐海盗要来报复，问计于林道乾，如何可以加强这苏婆腊岛的防务，林道乾遂乘机进言，说：

"海盗或要再来骚扰，岛上赶快要训练土人，成为队伍，以资防守。"

孛丁唯唯从命，他把张琏、林道乾等看得如天神一般，非常敬重。次日，张琏要想回去，孛丁父子仍留住他们，不放就走，林道乾瞧着这情景，便知孛丁有机可乘，所以就在这天晚上，张琏、林道乾、孙天禄三人和孛丁父子做一度秘密的谈话，将他们的真相宣布出来。且说马头岛上朝气充沛，希望能在海外干些石破天惊的事业，为祖国扬眉吐气，所以苏婆腊岛若能顺从他们的命令，和他们合作，非但能使海盗不敢小觑保全岛的安宁，而将来又有争霸南洋的企望。苏婆腊岛地势冲要，亟须自谋，免为他人所垂涎，若归服在马头岛旗帜之下，自然互相联络，彼此有益。又怂恿孛丁趁此机会，仗着他们的相助，可以在此岛上起来指挥岛民，控制一切，李丁听了林道乾的话，又惊又喜，他已识得他们的厉害，立即表示愿意合作。张琏等三人一齐欢喜。

这天晚上，彼此欢聚一番，次日，张琏、林道乾、孙天禄等三人坐着李丁代他们雇就的一艘帆船，带领部下，离了苏婆腊岛回马头岛去。林凤等迎着设宴洗尘，大家听取报告，林道乾遂把他们所遇的事以及杀死海盗田吉的经过详细告诉。林凤大喜道：

"此番张大哥等出去，马到成功，且又杀了田吉，真是再巧也没有了。小弟可惜没跟你们前去，否则也可杀一个畅快了。"

张琏道：

"虽然杀得爽快，可惜特里屯岛的藏金已被那厮早先攫去了许多，不能夺来呢！"

魏南鲲道：

"算了吧！恐怕那厮得着的早已消耗尽了，还不如我们能把那黄金慢慢地花用呢！"

林道乾道：

"杀了田吉，固是一件快事，而我们因此得到苏婆腊岛土人的推戴，更是快意之事，将来犄角热成，马头岛无复有孤立之虞了。"

张琏拍着林道乾的肩膀道：

"他日全仗林兄弟去经营了，我是个粗人，须众位弟兄一齐帮我的忙才行。"

众人都道：

"张大哥的威望谁不翕服？我们都愿追随左右，共兴大业。"

张琏见众人如此说，好不欢喜，又设宴和众头领欢饮。次日，张琏便要和林道乾出发到苏婆腊岛去经营新的根据地，这里马头岛仍请林凤、赵虬二位头领担任一切，他和林道乾兄妹、李安涛、魏南鲲、孙天禄、邝刚、魏三虎等众人，坐了十五艘大船，驶到苏婆腊岛去。临别时，和林凤约定半个月后当来请林凤、赵虬二人过去观察，共商联防事宜。林凤见张琏、林道乾等一腔雄心都在新得的岛上，自知马头岛地方狭小，断难使群雄立足，而形势也太孤单，只得让他们一伙人去了，然而他的心头上未尝不反形孤寂呢？张琏、林道乾等众人离了马头岛，驶至苏婆腊岛时，孛丁父子早在岛上望见，率领土人迎接。十五艘大船开入港口，旗帜鲜明，刀枪森列，军容甚为齐整，孛丁等土人瞧着，更是敬服。林道乾、张琏遂和林二姑、李安涛、孙天禄、魏南鲲等众人离船上岸，其余众儿郎仍叫留在海舶上，由邝刚、魏三虎督领，不得命令不准上岸，免得和土人发生误会而起冲突。张琏等登岸后，介绍孛丁父子和众人相见，林道乾向孛丁问起海盗的消息，孛丁回答说：

“田吉死后无人前来复仇，也许这里的一股就此消灭了。”

林道乾闻言甚慰，于是孛丁父子便在大云山下聚集岛上许多土人，开一个盛大的欢迎会，土人争先献上鲜花和各种礼物。这因孛丁父子在林道乾等回去后，已向土人说明一切，劝土人听命于新来的主人，以便保护这苏婆腊岛，勿使土人生觊觎之心。土人本感张琏、林道乾等相助他们杀退海盗，又经孛丁父子一番解说，所以咸愿乐从。张琏、林道乾先后向土人说明自己的意旨，对他们绝无坏意，要请他们彼此合作，巩固苏婆腊岛的防御，土人听了二人的宣言，大家欢呼而散。张琏、林道乾等不欲占据土人的草庐，所以都在大云山下搭起帐篷来过夜，众儿郎仍住在船上。孛丁父子以为张琏等既来这里做岛主，不可不有住处，遂命土人赶紧代他们造起屋宇来，又请张、林二人发号施令，张琏、林道乾因大云山尚未开辟，便命自己带来的儿郎担任这工作，当众儿郎上岸时，由邝刚、魏三虎领着，在岛上游行一周。众土人都出观看，争先献花。张琏、林道乾为欲得人心起见，把所有艰难的工作都叫自己弟兄去做，土人因此更是爱戴。林道乾遂叫孛丁部勒岛上的壮丁编为一大队，约有一百五十人，便由孛丁督率，朝晚勤加训练，以备异日之用。又取出以前的藏金，添金添备器械粮秣和船舶，旬日之后，粗具规模，大半出自林道乾、孙天禄二人的擘画，赏罚分明，待遇公平，所以，张琏等外来的人和岛上的土人都能融洽无间，泯除猜忌。

林道乾想起自己和林凤的约言，便叫孙天禄、邝刚二人坐船回马头岛去邀林凤前来，林凤盼候已久，喜滋滋地和赵虬、郭玉辉等坐了一艘战舰前赴苏婆腊岛，而留邝刚代他管理马头岛。林凤等到得岛上，张琏、林道乾竭诚款待，又介绍李丁父子相见。张琏、林道乾商议如何防御官军的事情，议定每隔一日由双方各派船只一艘互通消息，所有食粮器械等物如有盈虚，彼此接济。倘然官军来攻时，各出全力联络抵抗，依着林凤的主张，因为张琏是大头领，所以马头岛上也该在一月中驻足数天，不致冷落。张琏也答应了，又问起“小温侯”黄瑞的近状，林凤答道：

“黄瑞仍软守在岛中，每日三餐很丰腆地供给他，自己时常走去和他谈谈，瞧他的态度比较初被俘时温和得多了，我想不久他也许肯和我们一起干的。但我仍叫人很严密地暗暗监守着，免得被他来乘隙兔脱。”

林道乾道：

“你办得很好，现在不妨羁着他，将来他必然属于我们，他的武艺非常精妙，我很佩服的。”

又讲起官军败衄而去，倘然俞大猷将军得知败耗，当然不肯罢休，必要自己率领大军来攻打的，这却不可不防。然而这次业已过了十多天，为什么官军那边毫无声息呢？林凤道：

“小弟已派出几个得力的儿郎，扮作渔夫，驶往广州那边去刺探消息，我想不久必能明白底细的。”

张琏道：

“俞大猷将军迟迟不来，此是老天畀给我们一个部署儿郎的机会了！等待他们再来的时候，我又可大战一场了。”

林道乾微笑道：

“话虽这样讲，我却不希望官军再来和我们厮缠，因为我们若和官军对叠不休，无非是流的自己人的血，耗损自身的元气，又给不原谅的人家说我们弄兵潢池同室操戈，加以‘盗匪’两字，这最是我痛心疾首的，所以我不盼望俞大猷将军亲来征剿，大动干戈。我的希望就是想要在国外建立些事业，南洋群岛的许多岛屿，哪一处不充满着财源？听说西方来的欧洲人正在攫夺，我们若是有胆略的，何不往那边去争霸呢？”

林凤在旁听着，不觉鼓掌道：

“道乾兄说得甚是，小弟久有此心，现在先立好一些根基，待有机会，便可达到我们的志愿了。”

经过一番讨论之后，马头岛和苏婆腊岛联合成为一家，各有步骤，以便遵循。张琏、林道乾又伴着林凤到大云山中去射猎，赵虬和魏南鲲却在海边教练众儿郎入水泅泳。

过了数天，林凤急于回去，却经出去刺探消息的人回来报告，官军本要大举进剿，只因海盗窥闽甚急，胡宗宪大帅飞檄调俞大猷将军援闽，所以官军调往闽浙海面的甚多，粤南可以暂时苟安了！林道乾道：

“如此，我们更可趁这当儿从事扩充军备了。”

因此，林凤又被张琏等苦留在苏婆腊岛上多住几天，而林二姑和郭玉辉天天相聚，暇时去和岛上妇女谈话，指导她们做工作，所以张琏等一伙人在这岛上，和土人感情非常融合，如家人父子一般。

约莫又住了旬日，林凤、赵虬方才告别回马头岛去，换邝刚回来。张琏等在苏婆腊岛上招军造船，积极准备，势力渐渐浓厚了不少，海盗也始终没有再来过。张琏遣人探听，方知西沙群岛的一部分海盗自从田吉被歼后，都已退去，西沙群岛地方上也安谧了不少。依着张琏的意思，要想去进占，林道乾却以为自己兵力没有充足，倘去占领这些小岛，容易使自己的力量分散，且也没有多大意思，所以，张琏听了他的话，也就不即发动。林道乾却防备官军再来进剿，故欲蓄锐以待。

又隔了一个月，探子回报官军在闽浙海面大败海盗，俞大猷将军不日即将旌旗南指，做肃清的工作。林道乾听了，便对张琏说道：

“官军此次克奏肤功，回至粤省，必将乘其得胜后的锐气，来攻马头岛，一雪以前兵败之耻。我们不可不预备啊！”

张琏哈哈笑道：

“让他们来了，我老张只怕杀得不爽快！依我的心理，最好杀到潮城去。”

林道乾笑了一笑，没有说什么。李安涛在旁听着，接口说道：

“张大哥倘要到潮城去，我倒很赞成的，因为小子和生身老母离开了许多时日，心里时常要思念她，又不知我老母倚闾之思怎样深呢！”

张琏道：

“那么我们起兵前去借粮，兼迎李君的母亲何如？”

林道乾道：

“若要迎接李兄的母亲，只要此间派几个人跟随李兄前去便够了，何必兴师动众，又要去荼毒潮城的生灵呢？好在张大哥的宠姬小莺已死了，仇人也已诛掉了，还恋恋于潮州做什么呢？”

张琏叹道：

“林兄弟你休提那贱人，一经提起，使人着恼，我老张这条性命至今还能多活着，是全仗众位弟兄救我出来的啊！”

林道乾见张琏不悦，便又拉扯到别的地方去了。但是隔了一天，李安涛来见林道乾，说他愿意秘密返乡一行，倘然老母无恙，想要把她迎接至此，一同居住，免得母子长此分离。

林道乾听李安涛说得诚恳，况前已有言，此刻不忍不依他的主意，遂说道：

“这是安涛兄的满怀孝意，我似乎不能不允许你，但也是冒险的事情，待我派一二人伴你前往，有人保护，方可无虞。”

安涛道：

“倘能如此，再好也没有了，我很感谢道乾兄的美意。”

道乾想了一想道：

“这里的人在潮州城里都已露过脸了，与你同行，甚为不便，待我差人到马头岛去邀请赵虬陪你走一遭。此人十分忠实，武艺很好，且谙水性，足可护你，不过性情粗暴一些罢了，你自己该一切小心。”

安涛点点头道：

“我当格外谨慎，且可化装前去，以避耳目。”

林道乾道：

“这样最好了。”

次日，林道乾和张琏本要到马头岛去晤林凤，遂带了邝刚、魏三虎同去，以便换赵虬过来。张琏等在马头岛上住了一夜，征得赵虬同意，带着赵虬回转苏婆腊岛。

当林道乾去的时候，李安涛得间已把此意告知林二姑，林二姑自然也很赞成，但她觉得赵虬鲁莽，恐要偾事，所以她愿化装为男子，陪伴同去。和安涛一说，这真是安涛求之而不得的事，遂欣然道：

“倘得寄妹伴我同行，这更是千稳万妥了。我自知是没有勇气的人，上次到官军船上去下降书，也是寄妹鼓励我的，寄妹好像是我的灵魂。”

林二姑听了，嫣然一笑，李安涛是稳稳地预备和林二姑同行了。林二姑等林道乾回来后，便把自己要伴李安涛同返潮城之意告诉她的哥哥，要得到他的允诺，谁料林道乾摇摇手道：

“妹妹前番已在潮城干过劫狱的事，人家认识你的很多，怎能再到那地方去呢？我以为你还是不去的好。安涛此行本是很危险的，我只因他一孝之念，不得不应许。遂叫赵虬伴同前去，或可无虞，你又何必多此一行呢？”

林二姑被她哥哥这么一说，倒觉有些不好意思起来，只得说道：

“我也不一定要去，但恐安涛遇到危险罢了。赵虬倘能胜任愉快，这是最好的事了。”

她说完这话，转身走去，也不再和她哥哥说什么。林道乾瞧见林二姑这种不高兴的神情，心里更是明白，懊悔自己阻挡她去，然言已出口，也只有让他妹妹去不快活了。李安涛到林二姑处来问讯，林二姑露着满面忧郁的形色，说道：

“对不起得很，安涛兄只可同赵虬同去吧！我不能相伴同行了。”

遂把自己和林道乾商谈的经过告诉安涛听，安涛听着，不由悠悠地叹一口气，他也不能勉强林二姑必要相伴，但一团高兴完全打消，自己好生没趣，只得说道：

“既然令兄不放寄妹同行，这也是无可如何之事，令人扼腕。好在我此去接得母亲，立即回来，绝不能逗留片刻自招祸殃。”

林二姑道：

“我就是为了不放心你去冒险，所以想一同前去。赵虬的勇力足够保护，虽然此人鲁莽，恐有偾事，你少和他讲话，不让他吃酒，一切自己格外谨慎，你也须改装了商人，以免人家认出你的庐山真面。你至潮城时，最好傍晚时入城，黎明出城，较为稳妥。”

李安涛点点头道：

“寄妹叮嘱我的话，我一定依从，多谢美意，铭感五中。此去当能徼天之福，平安无恙，望寄妹勿念。”

李安涛话虽这样说，心头总觉得如失去了一样宝物，不能释然于怀。但这事除了林二姑，彼此心照不宣，不足为外人道的。赵虬既来，李安涛便要整装出发，预备好一套乡人的衣服，藏在行箧里，别了众人，和赵虬坐了一艘帆船，离开苏婆腊岛，向潮州城驶去。船中共有八名儿郎，都是挑选下机警健壮之辈，以资保护。赵虬是粗莽之人，他在船里只管喝酒，喝醉了倒头便睡，什么事都不管。李安涛无话可说，十分寂寞，暗想：倘然此行有林二姑做伴，船上一定使人感觉到快活，无奈好事多磨，偏被道乾梗阻。唉！林道乾也是个聪明之人，难道不知他妹妹的隐衷吗？何必拂人之意，乱人之局呢？可是他对于我和他妹妹的婚姻，他有些不赞成吗？虽然他们都是刺枪弄棒、身怀绝技的豪杰，我是个手无缚鸡之力的文人，但我究竟不是三家村里的老学究，自问也是个有志之士。况且林二姑对于我款款情深，可称红粉知己，不可多得，他做哥哥的理当玉成其事才是。想到这里，好生烦恼，也只得以酒浇愁。

这一天，到得潮城外海，帆船便在海岸边泊住。李安涛在船中挨到薄暮时候，准备上岸，他就取出一身乡人的衣服换在身上，又把面色涂黑了几处，戴上一顶毡笠，深深地覆在额前，这样把半个面目都掩蔽住，好一位斯文风雅的儒生，变作朴鲁草野的乡愚。赵虬也打扮着一个乡人，背上一个包裹，像是赶路的，包裹里面却藏着一双蘸金短斧，是赵虬特地带来的防身家伙，又有四个儿郎，各各暗带武器，随同登陆。李安涛叫他们在城门外边预伏着，倘有不测，可以接应。

李安涛上得岸来，和赵虬等一行人赶向东城。将近城门口，他叮嘱四名儿郎便在东门外吊桥附近徘徊等候，自己倘然接得母亲，明日黎明一定出城。四人唯唯受命，于是李安涛同赵虬混进城去，城门上果然无人注意。

黄昏时已至自家门墙，他载欣载奔，见家门在望，一会儿便可省谒慈容，以慰老母倚闾之思了。他和赵虬走至门口，留心察看左右邻居没有人在外面，他就带着赵虬踅进门来。他家外面是一个石库门，里面是四扇朱漆的屏门，安涛伸手轻轻叩了两下，便有一个十六七岁的小厮出来开门，乃是书童李贵。李贵不认得是安涛，便问：

“你们从哪里来的？到此欲见何人？”

安涛道：

“你家老太太可安好？我们是来拜见她老人家的，烦你引导。”

李贵道：

“你们要见老太太，有何要事？难道还不知道我家老太太已于前数月病故了吗？”

安涛一闻此言，宛如当头打下一个霹雳，惊得他目瞪口呆，几乎晕厥过去，忙问道：

“你这话可真吗？”

李贵道：

“谁来哄骗你们？”

安涛又道：

“那么这里有谁人做主呢？”

李贵道：

“有四老爷来管理了。”

安涛不由长长地叹了一口气，便又说道：

“李贵，你快领我去见四老爷，你听得出我的声音吗？”

李贵又对安涛相视有顷，面上露出惊奇的样子，悄悄地说道：

“你就是相公回来了吗？”

安涛道：

“正是。老太太生的什么病？以至于死？”

李贵摇摇头道：

“不要说吧，老太太自从相公去后，就生起病来，医治无效，不幸逝世，可怜得很。少停相公去见了四老爷，自会知道。”

李安涛听着，双目中早流出泪来，和赵虬跟着李贵走至自己的书房中，灯光下，见他的远房叔父李静斋正坐在书桌边，打着算盘算账。

原来安涛在潮州有远房的族叔就是李静斋，此人性情甚是贪婪，人格甚是卑鄙，大家起他一个别号叫作“偷油老鼠”，也是说他无孔不入、无钱不要的意思。安涛和他很是疏远，罕有来往，感情很是不佳。

当时安涛、赵虬走进室中，李静斋抬头瞧见两个乡人跑进书室来，而赵虬的相貌更是可怖，便向李贵斥问道：

“这两人是谁？你领他们进来作甚？快快退出去！”

李贵方要答话，李安涛早上前轻轻说道：

“叔父，我就是安涛，回家省亲。”

李静斋听了他的声音，又向他面上仔细看了一下，立起身说道：

“你难道是安涛贤侄吗？为什么如此改扮？”

安涛道：

“小侄因林家的事受了嫌疑，逃亡在外，但时常苦念我的母亲，所以今天化装回潮，想要拜见我的老母，谁知李贵说我母亲业已逝世。唉！小侄不孝之罪，莫大乎此，但不知我母亲犯的什么疾病？缘何不起？使小侄终身抱恨。”

说时，声泪俱下。李静斋道：

“贤侄，你须知你母亲唯有你一个儿子，平日晨昏侍奉在一起惯的，蓦地里起了风波，你虽幸得脱身远扬，然而官里捕役曾到你家中搜捕，常常来叫嚣隳突。你母亲没有办法，遂着人叫我到此，于是我用去不少金钱，代你在衙门里上上下下地使用，暂时买个太平。你母亲受了惊恐，又思念你在外边不知是安是危，朝夕向我哭哭啼啼，要我想法找你。我虽差人四处探听，可是一些儿消息都没有，你母亲因此恹恹成疾，卧倒在床。我虽请过不少名医，然而吃下去的药如水沃石，毫无效验，所谓心病总须心药医，使人徒唤奈何，一筹莫展，终于你母亲撒手长逝了，身后之事我都遵照你母亲办妥。”

李静斋说到这里，安涛再也忍不住了，放声大哭。李静斋和李贵都在旁相劝，安涛又道：

“我母亲的灵堂在哪里？”

李静斋道：

“我抱着入土为安的主意，早把你母的灵柩葬于祖茔了，灵座设在里面客堂中，朝夕焚冥镪，一切的事都由我代你掌管着。现在你回来了甚好。”

李安涛道：

“待我到亡母灵前去一拜吧！”

遂回身走出书室，一径向里走。李静斋、李贵、赵虬等跟着一同步入。有几个仆从见了，一齐奇怪，因李静斋的家人早都换到这里来住了。安涛走到他亡母灵座之前，见了上面悬着的遗像，穗帐风冷，音容宛在，早已滴下泪来，遂点起香烛，在灵座前拜倒，以头抢地，又哀哀痛哭。赵虬见了，心中也觉凄然，良久，又被李静斋劝住。一会儿，李静斋的妻子儿女都来相见，经李静斋说明了，方才明白。李静斋又把安涛让到外面书室中坐定，命李贵退去，然后向安涛说道：

“贤侄此来，我可聊息仔肩，将你家所有的财产交还你了。”

安涛道：

“叔父在此，代我照料一切，甚好，先母故世，承你代办丧事，不胜感谢。小侄因先母既已逝世，不欲多留，明日便要离去的，只请叔父把先母所有一只首饰箱，其中满贮珠玉金宝的，交还小侄，其余房屋田地等产业，仍烦叔父代管着便了。不知先母弥留时，怎样交代叔父的？”

李静斋点点头道：

“很好，你母亲临终之时，也托我代管一切，所有贵重的东西，我一切封好不动，预备异日归还贤侄的。今番你回来甚好，谅贤侄肚子饿了，请你和这位同伴吃了晚餐，歇息一夜，明天我再一一点交于你，可好吗？”

李安涛不能十分勉强他叔父今夜定要交出，遂说道：

“多谢叔父，那么请叔父明晨点交于我，我决定明天便要离去的。”

李静斋一口答应，便陪同李安涛、赵虬二人去吃晚饭，吩咐厨下端上美酒好肉，十分丰盛。赵虬肚皮饿了，大碗酒大块肉只顾吃喝，安涛哀毁之余，内心苦痛已极，哪里吃得下？勉强吃了半碗，便不吃了，又向他叔父问起本地的情形。李静斋告诉他说，自从上一次张琏、林道乾等闹了劫狱案以后，地方上多了五百驻军，戒备严密，张、林诸人悬赏的告示至今尚未取消，但对于李安涛的事却因他花去的银钱很多，所以没有人提起了。且劝他放心，不要胆怯，或者自己到县衙里去申明一切，取消此案，仍可在故乡为良民，免得漂泊异地。然而李安涛情虚胆小，怀着鬼胎，怎敢前去冒险，自投罗网呢？停一会儿，李静斋的儿子李镜回来了，李镜是一个博徒，以前和安涛只见过一次，经他父亲介绍后，也没有多谈。李静斋便请安涛到上房去睡，安涛和赵虬走至上房，这房是以前的客室，想不到鹊巢鸠占，自己回家反住客室中的，又不禁感叹。赵虬十分疲倦，一到床上，倒头便睡，李安涛把门关上，在孤灯下独坐一会儿，泪眼未干，听听床上的赵虬已是咳台大鼾，外面四无人声。他正想也到床上去休卧，虽然不能入睡，可以略养精神。这时，忽听室门上有极轻微的敲击声，不由一怔，忙问：

“是谁?”

外面有人轻轻说道：

“是我，相公快快开门。”

安涛听得出是书童李贵的声音，便起身去开了房门。只见李贵向里面一钻，站在桌子边，脸上露出紧张的神情。安涛便问道：

“李贵，你有何事，在这时候跑来见我?”

李贵过去把门阖上，悄悄说道：

“相公，你即刻有危险了，你该知道四老爷父子都不是好人，自从老太太故世后，他把相公的家财一起吞没了去，下人也换过，我是卖身于此的，所以仍在这里。幸喜相公回来，心中甚是快活，然小的看四老爷很不怀好意，方才他们父子俩在书室中秘密商谈，小的在窗外窃听，原来他们主张要到县衙去告发，说相公乔装乡人回家，又将勾通盗匪，在潮州城内起事，请捕役赶紧前来拘捕。他们商量之后，四老爷自己出门去了，小的前受相公深恩，不忍眼见相公受祸，老太太也要不安，故即前来报告这凶音，给相公知道。请相公快些逃走他方去吧！万万延迟不得了，小的没有半句谎语，请相公明鉴。”

安涛一闻这个恶消息，不由大惊失色，知道李贵本是自己亲信宠爱的书童，绝无虚语，遂点点头道：

“幸蒙你来报信，我只得立刻就走了。”

李贵道：

“相公，大门是走不得的，他们外边有人，不如打从后门走吧！后门虽已锁上，而这锁是由小的执掌，待小的去开了，你们从那里走或可不致撞着熟人。”

安涛道：

“那么害你要吃官司了。”

李贵道：

“小的孑然一身，情愿跟着相公去，不愿再在这里受他人的奴使。”

安涛道：

“这样也好。”

忙去唤醒了赵虬，把这事告诉他，要他保护着一起逃生。赵虬不由大怒道：

“天下有这种丧心昧良的叔父吗？他不但不将财物交代与你，反而要陷害你入狱，禽兽不如，待我前去杀尽了他一家人再保护你出城去吧！”

赵虬一边说，一边要去从他包裹里取出家伙来时，李安涛伸手将他一把拖住，说道：

“赵兄，你虽是一腔热忱，但危机已迫，间不容发，他们已去报官，我们倘然走迟一步，便不能出城了。姑且便宜了他们吧！将来一定没得好报应的。”

李贵也催着快走，赵虬又道：

“那么你所说的首饰箱竟不要了吗？”

李安涛咬着牙齿说道：

“只好牺牲了，免得惊动他们。”

于是赵虬背起包裹，说一声走，李贵当先便跑，安涛和赵虬跟在后面，黑暗中摸索至后门，幸喜无人觉察。李贵过去开了锁，三个人都悄悄地踅出后门来，转到大街上，急匆匆地向东门走去。一径出了城门，行至吊桥边，见自己那边的一个健儿正在桥下徘徊，赵虬唿哨一声，那人过来问询。安涛道：

“我们下船去吧！背后恐怕有追兵来了！”

赵虬道：

“我们出了城关，还怕什么？不是我老赵夸口说，他们若有兵马追来时，凭我两柄板斧，总可以杀退他们的，李兄休要惊慌。”

安涛回顾背后无人来追，心头稍安，笑了一笑，会合着儿郎，一同向海滨紧走。直至下半夜四鼓时分，方至泊船之处，唤醒了船上的儿郎，大家下了船，看看岸上并无官兵追赶，安涛心头大慰，如脱虎口，与赵虬各换上自己衣服。天色黎明时，挂起大帆，向南海驶去。行了三日，忽遇海上大雾，安涛的船不能行动，后来，迷雾渐消，船正向南驶行，哪里知道方向已错误了一些，以致撞到一处礁石上，船底撞了一个窟窿，海水涌入舱来。众人忙逃到船头上去，此时急坏了安涛，大呼奈何奈何，真是才离虎口之险，又遇沉舟之危，彼苍者天，好似故意施弄狡狯，难倒这个怯书生呢！

第十六回

海舶巧逢名伶访友
重围难突勇士求亲

李安涛虽然惊惶万状，而赵虬却镇定自如，拍着胸脯说道：

“李兄莫惊，有我南海龙王在此，一定要救你出险的。”

李贵在旁忙伸手一把拉住赵虬的衣襟说道：

“赵爷请你也救救小的一命。”

赵虬笑道：

“别慌，我都要救的。”

便叫儿郎们各抢木板，预备负着安涛主仆二人在惊涛中泅泳出险，然而海天茫茫，一时浮向哪里去呢？自己有这种长力能和浪涛挣扎吗？赵虬也顾不得了，正在预备下水之际，忽然后面驶来一艘巨大的海舶，张着三道大帆，破浪而进。李贵便高声呼救，海舶上的人似乎也已瞧见这里的破船，立刻驶近前来，抛下又粗又长的索子，来援救李安涛船上的人出险。赵虬让李安涛主仆两人先拉着绳子逃性命，李安涛、李贵此时也不再客气，立即紧拉着长绳，被海舶上人拖救到他们船上去。海舶上人救了李安涛主仆，又把长绳抛过来，赵虬挥手叫部下儿郎速走，他独自立在沉舟上，浪花扑到他身上，兀自不走。海舶上的人早大声向他呼唤道：

“你这汉子还不快快抱着绳子逃命吗？水到你脚上了。”

赵虬低头看时，果然水已浸上了足背。他是个精通水性的好男儿，出入惊风骇涛之中，视若无睹，怎像李安涛是个文人？对着浩渺大水，惊慌无措。他岂肯去倚靠这劳什子的绳索而逃生呢？所以他不慌不忙，神色自如，慢慢等到海水浸没了他的小胫，而大腿，而腹部。海船上的人都觉此人奇怪，只见赵虬一个翻身早跳入海波中。在他人看去，赵虬已被怒浪所吞噬了，一会儿，却又见他已在海舶船尾爬上船来，湿淋淋地沾了许多水。这时候，海舶上有一个燕颔虎头剑眉星眼的中年汉子，走出来对众人说道：

“我已在舱里瞧得清楚了，这位壮士水性很好，绝非寻常之人，你们休要怠慢他，待我问个明白。”

众人早让开一边，李安涛和李贵等都站在船头上，赵虬走到他身前，双手撑着腰，对李安涛哈哈大笑道：

“李兄，你现在得救了，心里别再惊慌，其实没有这海船来救时，凭着小弟一个人的力量，总可以把你救出洪涛的，所以此次林凤兄派我……”

赵虬说出了“林凤”两字，连忙缩住口道：

“所以你不要害怕。”

李安涛笑道：

“我也知道赵大哥水中的本领确乎高强，只是茫茫大海，假使没有一艘船来，那么泅到哪里去上岸呢？因此小弟禁不住害怕起来了。”

赵虬正要再答话时，那船上的中年汉子早已过来，向赵虬一揖道：

“赵大哥，你所说的林凤兄，现在哪里？我正要访寻他呢！请你快快告诉我。”

赵虬听那汉子向他追问林凤，却不由心中一愣，告诉他知道呢，还是不告诉的好呢？并且自己素来不认识这汉子，萍水相逢，他好似认识自己一般的，竟称我赵大哥，好不奇怪。哈哈！赵虬究竟是个莽汉，他不想方才李安涛曾经唤过他赵大哥的，所以别人家知道他的姓啊。他正在沉吟之际，李安涛是虚着心的，他想现在省里官军正要捉拿林道乾、林凤、张琏这一伙人，咱们怎可泄露消息？万一他们认识官中的，告诉他们后，他们也许要把我们送入官里去得功，这不是很危险的事情吗？立刻对赵虬眨眨眼睛，暗递信息，叫他不要声张，自惹祸殃。然而那汉子已识透他们俩的秘密，便冷笑一声道：

“谁不知道林凤是南海著名的海盗？你们倘然和他有什么关系，也不必鬼鬼祟祟地隐瞒，我也并非是不讲义气的人，总不会你们说了出来，我就把你捕送到官里去请功。大概你们还没有知道我是个何许人吧！”

李安涛经这汉子一说，脸上不由一红，只得嗫嚅着说：

“我们多蒙足下等仗义援救，不胜感谢，足下有问，敢不实告，但不知足下和那林凤是不是素来相识的？我们约略也有些熟悉。”

那汉子听李安涛颠倒问起他来，遂很诚恳地说道：

“在下和林凤往日也是很好的朋友，前数年他到敝处漳州来盘桓，相聚甚欢，只因他后来见义勇为，帮助了一个姓郭的朋友，处置了卢荣，在地方上闹出了惊人巨案，遂和姓郭的逃到别地方去，至今没有谋面。闻得他在海上做了海盗，又在潮州城里和张琏、林道乾等犯过劫狱血案，现在不知他究竟遁迹海外何地，时时萦念。方才只因我听这位姓赵的朋友提起林凤的名字，大概你们有些知道他的踪迹，所以问起一声，你们何必要隐瞒？我是喜欢直直爽爽的，你们问我，我就老实告诉一切。”

李安涛遂向那汉子深深一揖道：

“请足下勿怪，我们自当奉告。足下和林凤既是知交，莫非就是林凤所说的萧柯英雄吗？”

汉子哈哈笑道：

“丈夫行不更姓，坐不改名，在下便是漳州的萧柯，你们既然知道我的姓名，那么可以告诉我了。”

李安涛道：

“原来你就是萧柯英雄，以前曾听林凤兄说起你的大名，今日相见，可谓有幸，请萧英雄切莫见怪，实因我们这伙人官中十分注意，为自身性命计，不敢轻易在人家面前泄露口风，千万请你原谅。”

萧柯拍着李安涛的肩膀笑道：

“请你不要绕着圈儿说话，快快告诉我吧！林凤究竟在哪里？船上都是自家人，你不用犹豫，不用顾虑。”

赵虬听萧柯说话爽快，便道：

"很好，我姓赵名虬，人家都称我南海龙王，现在和林凤都在马头岛上暂时栖身。此次因为伴送这位李兄回潮州去迎接李兄的老母，不料李兄的老母早已病逝，遂和他一同乘舟归去，却在此间触礁沉舟。我本待负着李兄浮水脱险，却遇你们前来救援，而你就是林凤的朋友，真是巧极了。他在我面前时常要提起你的，你想去和他会会吗？"

萧柯道：

"我怎样不思念他？此时既然知道了消息，倒要有烦二位领我前去一见呢！"

李安涛道：

"萧英雄既欲与林凤兄晤面，我们自愿领导前往，此去也不远的。"

萧柯点点头道：

"很好。"

遂又向二人问明姓名，便招接李安涛等到舱中去换却湿衣，拿几件干衣服给他们蔽体。李安涛见舱中的客人老老少少，上上下下都有，还有几个妇女，不知萧柯等是到什么地方去干什么工作的。萧柯遂告诉李安涛等，说：

"我们本在漳州开办鸣凤戏院，只因近年来漳州地方萑苻不靖，灾荒荐至，营业日渐衰落，而南洋各岛有许多华侨，很喜欢看中国戏的，盼望中国的梨园子弟到那边去演剧奏技，然而国内的人往往不敢冒险出去，我得知这个消息，很有志于乘风破浪，到海外去一广眼界。且知南洋地土肥沃，物产丰富，有钱的人很多，也许可以得些薄利。于是便和鸣凤戏院中的班子数度商量之后，组织一班，摒挡旅资，雇定海舶，在去年春间泛海到小吕宋、菲律宾一带去做了几个月的戏而归，很被我获得一笔钱，且又因此而熟悉一些彼邦的风俗人情。此番我们又受到马尼亚华侨姓潘的约书，所以挈同家眷，以及全院戏班，正要赶向那边去演奏。行至此间，适见你们沉舟呼救，遂来援助，想不到无意中巧获林凤兄的消息，必欲一见，以慰渴念，请你们引导我去见见他吧！"

李安涛道：

"自当遵命。"

于是他也将自己到潮城去接老母的经过告诉一遍。萧柯与李、赵二人一见如故，且吩咐船上预备好酒好肉，款待二人并赵虬部下。赵虬便叫部下一个熟识航路的，帮同舟子将船驶向马头岛去。途中又把他们如何和官军鏖战，以及经营苏婆腊岛等事讲给萧柯听，萧柯听得津津有味，他又向赵虬问起郭景明来。赵虬遂说，林凤起初和他在马头岛相识，后在海上邂逅郭景明，便在一起聚首，但是不多几时，郭景明突然患病逝世，而临终之时曾把爱女郭玉辉小姐许给林凤为妇，所以郭景明故世以后，丧葬之事都由林凤妥办，且遵遗嘱和郭玉辉成婚，做了夫妻，一块儿居住在马头岛，伉俪间甚是和好。萧柯听老英雄郭景明业已化为异物，不在尘寰，不胜黄垆之悲，尚幸得林凤为婿，爱女终身有托，也可无憾于九泉了。

舟行数日，已至马头岛，见港外正有数艘游弋的小船在那里巡逻，遇见了萧柯的船，十分注意，早有一艘船遥遥地将旗子招展，命令萧柯的船舶停驶。赵虬见自己岛上防备加严，形势紧张，一定有战事发生，恐防彼此误会，遂立刻走到船头上去，果然来船渐近，船上的健儿都是张弓搭矢，持满待发，有一个儿郎向这里喝问道：

"你们是哪里来的船？我们这里的海港无故不许外船驶入，你们须要老实告诉，免得我们动手。"

赵虬大声喝道：

"儿郎们休要误会，赵虬来了。你们可认识自家人吗？"

赵虬声明之后，对面小船上的人果然不敢动手。两船相近时，大家欢呼道：

"赵头领回来了。"

赵虬点首道：

"正是。林头领可在岛上吗？"

船上回答一声在，赵虬道：

"你们的船快让开，没有事的，尽放心好了。"

游弋船上的儿郎听了赵虬的话，立即退去。萧柯的海舶安然无阻地一直驶进港中，落下大帆，到岸边停住。于是赵虬、李安涛带了众儿郎，陪同萧柯登岸，到寨中去见林凤。恰巧林道乾也在岛上，闻得通报，和邝刚、魏三虎等一齐出来迎接。二林瞧见了萧柯，都不由大为惊奇，便问：

“萧兄如何来此？数年不见，渴念何如？”

萧柯也说：

“难得二位老兄都在此地，今日重逢，恍如隔世。”

大家簇拥着萧柯到寨中堂上坐定，献过香茗，赵虬便将遇雾沉舟，巧逢萧柯，说明来由的事告诉二林听。林道乾道：

“这真是天使我们辗转相逢，所以这样巧极，不然海角天涯，音信不通，我们怎样可以相见呢？”

林凤又向萧柯问起别后的情形，萧柯一一讲给他听，说到南洋演剧之事，二林听得更是起劲。林凤也将自己在漳州出走以后的情况，缌奉告一遍，萧柯点头太息。二林和萧柯话旧一番后，林道乾见安涛此行并没有接到李老太太，心中也有些怀疑，遂向李安涛询问。安涛凄然下泪，便将老母病亡、族叔谋害等情形一一奉告。林道乾叹道：

“那么此次返里，真是危险极了，幸有忠心的下人报告凶信，否则李兄非但接不到老母，而自己的性命反要送在潮城呢！”

安涛道：

“可不是吗？且要连累赵兄受无妄之灾，如何对得起呢？”

赵虬在旁插口道：

“李兄是个文人，但我赵虬却是个粗莽的武夫，万一那些捕役要来擒捉时，岂肯束手受缚？好在带得一双蘸金短斧在身边，作为防身家伙的，料他们有几多头颅，供我排头一阵乱劈呢？哈哈！依我的心时，须要把李兄的族叔割下头颅，给他一个痛快的惩戒，然后再走的，都只为李兄胆小，所以只自逃避，没有动一回手，至今还觉得不爽不快呢！”

李安涛微笑道：

“自古道寡固不可以敌众，赵兄虽是骁勇绝伦，却是在潮州城里，一人焉能抵御官军？况又有小弟为累，出不得城时，如何是好？所以小弟宁可吃亏一些，悄悄走了，算为上策。暂时让那厮占些便宜，那厮怀着黑良心，到后来总不得好报应的。”

林道乾道：

“是这样的好，现在官军之势力方盛，你们远在外边，没有救应，倘然有失，如何是好？吃亏就是便宜，李兄的主意不错。”

赵虬听了这话，便问林凤道：

“方才小弟回来时，港外游弋的小船甚多，比较平常时候戒备森严，难道官军方面有什么紧张的消息？要来征剿我们吗？”

赵虬刚才问起，林凤早皱着眉头说道：

“赵兄和李兄此去，虽然无多时日，可知我们已和官军血战过一回了。”

赵虬很兴奋地说道：

“唉！可惜我不在这里，失去了大好机会，不知我们可曾得胜？”

林道乾道：

“这次我们大为不利，魏兄受了重伤，我也险些被围住不能生归呢！”

赵虬和李安涛听了，都吃一惊，忙问怎的怎的，林道乾遂把鏖兵的经过告诉他们听。原来，当赵虬等去得一二日以后，林凤在马头岛上得到探子的报告，省里俞大猷将军已调拨大军前来剿灭马头岛的海盗了。林凤不敢怠慢，立即派人往苏婆腊岛去报信，请张琏、林道乾等前来接应。林道乾得知消息，当然要全力赴援，立即点齐部下儿郎，准备出发。恰巧林二姑自从李安涛去后，心中不乐，恍然如有所失，饮食少进，精神萎颓，卧在床上，恹恹地生起病来。林道乾部下也有一二略知医道之人，派为军医，便叫他们去诊视，大家不知林二姑的心理，反说这是热带病，开方服药，毫无效验，所以此次不能出战了。只有林道乾和张琏、魏南鲲、孙天禄四人，各率战船十五艘，分为四个纵队，以便拊官军之背，留下李丁防守苏婆腊岛。又派出小船前去探听消息，知道官军的战船已近马头岛了，遂命大小战船开驶前去，奋力冲杀。

这时，林凤等已和官军开战。官军此次前来，期在必胜，不比以前了。这时，在俞大猷部下五虎将中荣居首席的要算“飞天龙”岳永昌了，不但十八般武艺件件精通，而水性也是非常之好。前次在闽海击败海盗，要推岳永昌的功劳最多，所以此次征剿海盗，岳永昌自告奋勇，在俞大猷面前夸下海口，必将踏平马头岛，奏凯而还。俞大猷特拨一千名精锐士卒，大小战船百艘，归他率领，又命许占魁、狄云二人辅导，因他们虽是败军之将，而马头岛的地势与航船业已熟悉，可以指点海程，立功以赎前愆。许、狄二人自然衔恩抚躬，忠义奋发，愿随岳永昌去剿除海盗。俞大猷又恐海盗猖獗，难以必胜，岳永昌是他麾下的爱将，加意爱护，遂又加派两员勇将胡达、钱永清同往。胡达和钱永清都是粤人，非常骁勇，真是如虎添翼。大军向马头岛进发，浩浩荡荡，气吞南海。林凤闻报官军已快杀到，他明知自己岛上儿郎寡少，兵力薄弱，不足以御大军，然也不能不硬着头皮出战。好在苏婆腊岛的张、林二位早已得信，一定要来援助的，或可收夹击之效，于是他就和邝刚率领三十多艘战船，出港迎战。又叫魏三虎带领一百名弓弩手，坐着小船，分布在港口隐蔽之处，倘然自己力不能敌，退下来时，可用乱箭射退官军，免得敌船入港，来抢马头岛。此时却因赵虬不在这里，未能利用海鲸队去制胜官军。

当他们出战之时，瞧见官军的战船分为左右二翼，军容甚盛，舳舻衔接，乘风破浪，向马头岛进攻。林凤传令儿郎们务要各各出力死战，没有军令时不得后退，如有违令者斩，众儿郎得令，鼓着一团勇气，预备厮杀。林凤握着镔铁双戟，站在船头上，见对面有数艘艨艟向这里冲来，一艘战船上立着的乃是许占魁，挺着长枪，大喝：

“林凤狗盗，今快快前来纳命！”

林凤哈哈笑道：

“你是败军之将，还赶来作甚？岛上现有黄瑞等候着你一同去做朋友呢！”

许占魁大怒，催动坐船上前，一枪向林凤头上挑来。林凤舞动画戟，迎住便战，二人的本领都占上乘，所以杀得难解难分。岳永昌在后边大船上，见林凤和许占魁恶斗，只觉得林凤的双戟上下飞舞，宛如夭矫的两条银龙，搅住许占魁，一道长蛇，没有半点儿破绽。盗匪中有此骁勇的健儿，真是未可轻视，莫怪以前许占魁败北，黄瑞被擒了。此番出兵，自己一定不可挫折锐气，消失威风，坐视海盗猖狂。于是拿过自己生平善使的鎏金镋来，足有一百五六十斤重量，这是军器中最重的家伙，非有天字号力气的人不能使用。此刻他举起鎏金镋，喝令坐下战船向前进驶，背后大纛旗上有一个斗大的绣花黑字，便是他的姓氏“岳”，冲至林凤船边。邝刚见官军主帅船到，也就把坐船驶去迎战。岳永昌见了邝刚，立即把鎏金镋展开，向邝刚头上一镋打下，邝刚使的是双刀，把左手刀去招架时，觉得鎏金镋十分沉重，一时削不开去，直望下沉，连忙又将右手刀并在一起，竭力抵御，好容易把一镋拦开，还手一刀向岳永昌身上斫去。岳永昌将镋望下用力一扫，当的一声，邝刚右手的刀早已脱离他的掌握，飞到海水里去了。邝刚大惊，知道明将不可力敌，而岳永昌一镋又向他胸口捣来，邝刚把左手刀架格时，震得虎口尽裂，只得退下去。

岳永昌战胜了邝刚，便来助许占魁双战林凤。本来林凤和许占魁斗平手，现又加上生龙活虎的岳永昌，呼呼呼一连几镋，打得林凤手忙脚乱，招架困难。虽然他一时不甘示弱，还施展出平生本领，死命肉搏，然被两人困住，没有还手余地，背后官军的战船又如潮水般涌上来，恐防被官军围住，不得脱身，只得下令鸣金收兵，退入港去，自己架开许占魁、岳永昌二将的兵器，徐徐退后。岳永昌见海盗受挫败退，遂令诸船鸣鼓进攻，追至港口，幸有魏三虎等一队儿郎埋伏在那里，突然杀出接应，一齐发出乱箭攒射。岳永昌生恐吃亏，不知虚实，未敢躁进，也叫部下将箭射出，两边对放了一阵。

林凤等正在危急之际，恰好水面上金鼓大震，西南上有许多战船冲向官军阵后，宛如四条蛟龙，整整齐齐的，乃是林道乾、张琏等援兵来了。许占魁登舵楼一望，见敌船上张着的旗帜上面都有“张”字、“林”字，他便知道张琏等一伙海盗杀来，但他不明白为何张琏等出在他们之后，莫非正从外边回来，或是在别处闻警来援，他便去告知岳永昌。岳永昌听说后边来的是张琏、林道乾，他想擒贼先擒王，断乎不能轻易放过的，况且后路吃紧，必须自己去擒敌。于是他吩咐狄云带领三十艘战船封住港口，不要放林凤的船出来，若被他们连结一气，对于官军便有不利的。他自己带领大队战船，回船杀将过去。林道乾等初见官军已将林凤击败，火速上前接应，继见官军战船如蚁而至，知他们来反扑了，遂令儿郎们努力冲杀。魏南鲲挺起一双钢叉，带领他的一队战船，首先杀上，正逢许占魁，两人接住便战。林道乾见官军大纛旗上有个“岳”字，知道是新来的主将，他就和张琏左右冲上。岳永昌举着鎏金镋，他的艨艟正与林道乾的船撞个正着。林道乾见岳永昌约有四十多岁年纪，颔下微有短须，紫棠色面皮，身躯伟硕，圆睁豹眼，全副盔甲，威风凛凛，手里举着的鎏金镋，像是十分沉重的，估料是一员虎将，未可轻视。岳永昌见了林道乾，便大声喝道：

“你就是林道乾吗？豺狼成性，弄兵潢池，胆敢抗拒王师，自逞其能。今日遇到了你家岳爷，快快束手就缚！”

林道乾道：

“呸！你不要说这些梦话，我和你且战一百合再说！”

岳永昌冷笑一声道：

“你家岳爷在闽海连败海盗，纵横无敌，死在我镋下的不计其数，岂惧你这海盗？”

说罢，呼的一镋向林道乾头上击下。林道乾岂肯让人？他手中使用的便是向田吉夺来的宝刀，把刀去迎镋时，觉得异常猛烈，手臂震动。幸亏自己握得紧，否则这柄刀早要被他打落了，因此不敢懈怠，放出全身力量和岳永昌酣战。一个刀光霍霍，一个镋影团团。张琏生恐林道乾有失，也舞动双刀赶上前来。官军中早杀出胡达，手舞蛇柔，接住张琏的船头，厮杀在一起。此时只剩孙天禄一队战船，他想：众人正在捉对儿地厮杀，自己正要冲入马头岛港边去接应林凤，却又被官军拦住，乃是钱永清。他也欲立功，摆动手中大发，向孙天禄力斫。孙天禄使开双锤，和钱永清力战。这时，官军战船数量众多，四面包拢来，已成包围之势。要算张琏、林道乾相近处最多，都是艨艟巨舰，孙天禄在西边，战船尚少。钱永清的武艺在众人间较弱一筹，孙天禄又较为乖巧，他假装力乏，让钱永清的大刀砍入，侧身避过，飞快地一锤打向钱永清腰里。钱永清一刀砍个空，自知不妙，身子向前一冲，一锤打个正着，还想挣扎，孙天禄又一锤击中他的肩膀，倒在船首，孙天禄踏进一步，照准钱永清头上又是一锤，打得脑浆迸裂。儿郎们一齐欢呼，但当孙天禄打死钱永清的当儿，许占魁佯作败退，魏南鲲追上去时，林道乾在后瞧见，高声大呼：

“魏兄，休要中计！”

但是，许占魁早已得个间隙，抽弓搭矢，一箭射出，正中魏南鲲的面门，立刻跌倒。官军上前来擒时，林道乾慌忙丢下岳永昌，将船力驶上前，救出魏南鲲，吩咐速退。岳永昌大怒，便和许占魁合并着追赶上来。孙天禄见林道乾等败退，就指挥战船，杀过来接应，三队战船合在一处，向南方退下，唯有张琏的一队仍在苦战。林道乾此时也顾不得他，要紧救护魏南鲲，将自己战船和魏南鲲的船相连在一块儿。至于魏南鲲，早有儿郎们把他扶至舱中去卧，因面门中箭，伤势沉重，昏迷不醒，左右忙到林道乾船上去报告消息。林道乾虽然十分发急，可是官军又向他们追来，不容他去魏南鲲船上探视，忙着指挥儿郎抵敌。官军的战船飞驶得真快，尽顾追上来，前面有个荒岛，林道乾等战船退至岛边。不知从哪里飞来一支流矢，射中了林道乾的左臂。林道乾裹创再战，哪里再能够抵敌得住？众儿郎们也都精神颓败，锐气大挫。此时，身边只有孙天禄一人尚可血战，他船近时跳至林道乾身边，慰问道乾，且商如何冲出重围之计。林道乾将一手拍着孙天禄的肩膀说道：

“今日魏兄已受重伤，恐有性命之忧，我自己臂上也中了流矢，缺乏力气，只有孙兄一人，希望你能鼓舞勇气，领导儿郎杀出重围去才好。否则，全军覆没，我等性命都难保全了。”

这时候，孙天禄踌躇了一会儿，对林道乾说道：

“当然，今日之事，只有死战，方能突围。林兄与魏兄俱受矢伤，张大哥又在那一边力战，谅他自己也难保全。官军果然厉害，小弟冲杀出去也没有一定的把握。万一战死，请林兄收拾遗骸，倘能侥幸得胜，小弟不揣冒昧，有个非分的要求，不知林兄可能应许我吗?”

林道乾道：

“孙兄有什么要求，我无有不允之理。”

孙天禄道：

“小弟流浪江湖，尚望妻室，自从遇见令妹后，心中殊为爱慕。自揣生平武艺尚能和令兄妹相称伯仲，倘得林兄不弃，将令妹许配于我，这便是小弟三生之幸，敢不效死以供驱遣？林兄也要笑我做万分的妄想吗?”

林道乾听了孙天禄的话，不由一怔，暗想：在这个时候他忽然向自己提出这个要求来，倒叫自己难以主张，答应他吧，未知自己的妹妹可能同意？瞧自己妹妹的情景，倒和文弱的李安涛很有情愫，至于孙天禄，虽然武艺不弱，能不能得林二姑的青睐，这也是一个疑问。设或不允许他，那么鼓励不起他的勇气，今天难以杀出重围了。此时的林道乾真是左右为难，十分狼狈，大有楚歌四面之势了。

第十七回

海上飓风大军忽撤
窗前利剑刺客何来

孙天禄这个想入非非的要求，不是癞蛤蟆想食天鹅肉吗？实在他痴心恋恋于林二姑，只恨自己没有机会接近她，而李安涛不啻是他最大的情敌。现在李安涛回乡去了，他希望李安涛事机不密，被官中捉了去，那就上天保佑他自己和林二姑的姻缘有成功的希望了。然而其中最好有一个人代他在林二姑面前转达诚意，自然端赖林道乾了，平常时他如何向林道乾说得出口呢？所以他不顾孟浪，径向林道乾开口，但乘人于危，说这种话不免带些要兵的性质。林道乾觉得孙天禄有些可畏，然而此时正要用他，如何可以不答应，只得向孙天禄说道：

“孙兄，你的要求当然我是可以答应的，但不知我的妹妹心里怎么样，我却不能说定。”

孙天禄道：

“只要林兄赞成代小弟撮合一下，令妹当可许诺，万一不成，我也不怪林兄的。总之要请林兄把小弟的一番诚意在令妹面前善为说辞，那就感恩不忘了。”

林道乾点点头道：

“我准答应你就是，请你相助我一同杀出此重围吧！”

孙天禄见林道乾业已允诺，精神抖擞，勇气百倍，举起他手中的鸳鸯锤，对部下儿郎大声说道：

“今天我们被官军围住，须破釜沉舟之志，有死无生之心，一致努力，往前冲杀。我孙天禄已拼一死，要保护林、魏二头领出险。想我们平日都以义气为重，今日临难，大家不可退缩。与其坐而待亡，受官军的围歼，何不人人誓死突围，杀开一条血路？困兽犹斗，死中求生呢！”

众儿郎听了孙天禄的说话，又见林道乾裹创立于舟首，大家热血沸腾，高声呼道：

“我等愿从林头领、孙头领誓死血战！”

林道乾听了，心中稍慰，便振臂一挥。孙天禄当先率领众船杀出重围去，许占魁上来拦阻，被孙天禄奋起神勇，使开双锤，狠命猛扑。许占魁见海盗如此骁勇，只得挺枪迎战，其余众儿郎都把战船猛战，林道乾也裹创苦战，儿郎们无不以一当十，被他们冲出重围。

岳永昌赶来时，林道乾已杀出重围去，只有二艘战船被官军截住，俘获过去。孙天禄和许占魁酣斗多时，一锤击中许占魁的手腕，许战魁手上受了伤，不能舞枪，把船退后。孙天禄乘机杀出重围，和林道乾的船会合在一起，只得迅速退回苏婆腊岛去，不能再顾到马头岛的事了。岳永昌率官军追了一程，追赶不着，因许占魁手腕受了伤，遂回到马头岛港口来。这时，林风得知苏婆腊岛前来助战，勇气倍增，便和邝刚、魏三虎一齐重又杀出港口，狄云阻遏不住，混战在一起。林风见张琏一队战船被官军困在那边，立即杀上前去接应。张琏正和胡达酣战，见林风杀来，心中大喜，就和林风合并，反把胡达围住。恰巧岳永昌等追赶林道乾等不着，回船过来。林风、张琏见官军声势浩大，知难力敌，又不知林道乾等退向何处去了，徒然牺牲部下，丧失实力，于是一齐退入港口，只把硬弩劲矢射向官军。岳永昌见海盗果然勇悍善战，未可轻侮，遂也收住战舰，并不穷追，在港口屯住。张琏等退入港中，恐防官军要杀进港来，大家都在战船上，甲裳不卸，小心防备。幸亏天色已黑，港中隐蔽尚多，又探知官军业已停住，心中稍安。张琏、林风、魏三虎、邝刚都在一艘船上商议，他们知道魏南鲲中箭，林道乾等败退，未知能否安然杀出重围去。即使幸而得脱，败残之余恐怕再没有力量来救马头岛。而马头岛的众儿郎死者甚多，伤者数也不少，补充困难，战斗力为之削弱。林风又把受伤的送上岸去休养，郭玉辉闻得败耗，亲自预备了食粮送至船上，向他们慰劳。林风也安慰她数语，叫她安心在岛上抚慰部属，他自己和张琏等在船上当心港口的防务。张琏只是切齿痛恨，大骂官军不已。

且喜一夜过去，平安无事。五鼓时，海面上起了大雾，遮得白茫茫一片对面不能相见。林凤见了这大雾，心中大喜。便与张琏商议用疑兵之计，叫部下儿郎预备十数面大鼓，分开四处，只是紧擂战鼓，却不要杀出，擂了一通又一通，部下遵令，果然在四面紧紧地擂起战鼓，鼓声咚咚，真是声震江河，势崩雷电。官军听得马头岛港内鼓声大震，疑心海盗将要乘这大雾迷茫之时杀出来了。他们究竟都是客兵，主客的形势异殊，而况许占魁等前番吃过海盗的亏，此次海盗虽败而尚未大挫，是以更不敢轻视。岳永昌和许占魁商量之后，不求有功，但求无过，只得命令三军徐徐后退。因在雾中不便交战，且把乱箭放出去，免得被对方掩袭，这一退直退了七八里，不见海盗杀来，方才安心。岳永昌下令将船舶停住，徒然损失了许多箭，大雾亦渐渐消散。岳永昌对许占魁、狄云等说道：

“海盗狡诡殊甚，我等又中了他们之计，料他州岛上盗党也不多，我今与诸将军冲进港口，方可犁庭扫穴。”

胡达急欲为钱永清复仇，他颇不赞成许占魁等持重缓进，遂也攘臂说道：

“我们的军力加倍于海盗，海盗业已受挫，躲在港内不敢出战，我等怕他什么？理应乘势杀进港去，一鼓破贼。虽然地理不甚熟谙，我们只要彼此接应，也无顾虑。倘然守在港外，和他们做持久之计，那么不知待到何日，他们方才粮尽力竭。何况我等远来，利在速战。军粮虽有接济，远道也很不便，彼等以逸待劳，随时可以出击。林道乾等在他处也可重整他的部下，击我背后，为其犄角，我等却是师劳力竭，军心一懈，真不能战了。所以，末将主张速攻。”

岳永昌听了胡达之言，点头说道：

“胡将军之方甚合吾心，今日下午待大雾全消后，三军一齐饱餐，分为三队，进攻马头岛。务要鼓勇冒险杀入港口，不愿牺牲，昔项羽巨鹿之战，大破秦师，因他能抱破釜沉舟决心。况这些盗匪究竟不是劲旅，难道杀不过区区乌合的海盗吗？我今自领前军，胡达副之，许将军继进，今日天晚一定要把马头岛攻破。”

许占魁、狄云龙、岳永昌如此说，自然也都奉命，在海面上部署一切，坐待雾退净尽。但是雾未退尽时，老天忽然下起雨来，风斜雨急，直向岳永昌等战船逢迎打来。官军中有熟识天时的，遂向岳永昌进言道：

“天气变了，少停将有飓风吹袭，我军不可不防。”

岳永昌闻言，自己又亲自上舵楼观察天空气象，见了天上的云雾，知道这气候果将愈趋恶劣，那么对于自己的用兵又将受到影响，不能一鼓而攻马头岛了。于是下令大小战船一齐向东边小岛边，择可安泊之处避风。大军战舰遂望东移，纷纷就海中岛屿旁抛锚泊舟。

到了下午申时过后，果然风雨更大，那狂风怒吼不止，海中风浪大作，激起数丈，奔鲸骇蚪，夺魄惊心。幸亏他们坐的都是艨艟，兀自颠簸不已。海面上唯见白浪滔天，不见有片帆只影。那飓风刮了两日一夜，方才渐渐平静。天气晴朗，岳永昌重又点齐战船，再做进攻马头岛之计。忽然俞大猷将军派遣差官乘船前来，吩咐他们的战船即日撤退回去，拱卫省垣。一因岳永昌等攻马头岛等尚未能克日攻下，遇着飓风，放心不下；二因有探子来报，海盗骚扰浙闽，未能成功，最近从福建那里驶出许多战船，像要进犯粤垣模样。俞大猷恐兵力一寡薄，不足应付，所以檄令岳永昌等暂行停止进攻马头岛，回去防御海寇。岳永昌只得奉令将三军撤退回粤，这样却便宜了马头岛上众好汉，使他们有喘息的时间去整顿部队。

林凤在港内鸣鼓吓退官兵后，见大雾渐退，正忧虑官军又将来攻，忽然起了飓风。林凤知道风雨大作，海面上断乎不能用兵，遂令儿郎们当心将船舶系住，谨防一切。好在战船都泊于港内，可以避免飓风袭击，他们众人一齐上岸去歇息。郭玉辉端整酒肴，款请张琏。大家讲起官军的势盛，以及岳永昌的骁勇，惦念林道乾等一行人不知作何光景，是否安然退回苏婆腊岛去的。

这时，外面飓风尚在呼呼狂吼，急雨如泻，天气大凉，都觉得十分爽快。张琏听着风声，向林凤、魏三虎等说道：

“老张昨天吃了败仗，一百二十个不高兴，但愿这飓风愈刮愈大，翻江倒海地把那些官军的战船一齐覆没在大海里，免得我们动手，便是天佑老张了。”

林凤微笑道：

“他们的战船都比我们的大，他们逢到了飓风，自然也会找寻地方去避风的。张大哥诅咒他们有什么用？还是待天晴以后，我们再想妙计去击破他们的好。”

张琏道：

“可惜李安涛不在这里，否则他必能代我们运筹决算的。”

林凤道：

“你可惜李君不在，小弟却深憾赵虬也跟他去了，我们少去一员战将，不是有些吃亏吗？他和魏南鲲习练的海鲸队也没有一试其效呢！”

张琏听了，点点头。席散后，张琏、林凤等因为战争后不免身子疲乏，遂即各自安眠。次日，飓风仍未止息，大家也没出外。第三日，风势已杀，天气转晴，张琏、林凤等仍回到船上，派出数艘小船，到港外去探察官军踪迹，但行了许多海里，不见一舰一旗，静悄悄的毫无一些儿影响。于是回至港中，报告与林凤、张琏知道。张琏大喜道：

“我老张的诅咒实在是很灵验的，大约那些官兵的战舰都被大风吹回去了。”

林凤摇摇头道：

“没有这种便宜事，也许他们躲在什么地方，诱骗我们出去。”

张琏哈哈大笑道：

“大海之中一望无际，他们有许多战船，能够一齐藏在何处呢？林兄弟休要过于小心，我和你且亲自出去一看究竟，至多再厮杀一阵罢了。”

林凤道：

“也许他们改换了计策，打到苏婆腊岛去了，那么我等却不可不去接应的。”

魏三虎说道：

“官兵主要目的是马头岛，现在马头岛尚未能夺取到手，怎肯轻离？即使他们要去攻打苏婆腊岛时，他们不好分一路兵去吗？何必要丢开这里呢？”

张琏道：

“魏兄弟之言不错，我们开船出去吧！”

于是张琏、林凤等一齐坐了战船，分为前后二队，驶出港来，向海中去窥探官兵踪迹。飓风过后，阳光晴朗，波澜不惊，远望过去，哪里有什么一卒一船？虽知官兵已像退去的样子，却猜不出是何道理。四周观探一番而回，但仍不敢懈怠，守住港口。

又过了一天，不见动静，料想官兵必有别的事故而撤退，林凤便又派出探子到广州省城里去探听真实消息。张琏对林凤说道：

“我惦念着林道乾兄弟等一伙人，急于回转苏婆腊岛，谅官兵在短时期内未必前来进攻，待我先回去瞧瞧他们的情况，使我心中也可安定一些。恰巧这时苏婆腊岛上已有儿郎到马头岛来刺探消息，方知林道乾等在那天杀出重围，尚能安然回去，但儿郎们受伤的却不在少数。”

张琏、林凤闻言，心中稍安。张琏遂仍留邝刚、魏三虎二人在马头岛相助林凤防守，自率他的一队战船，别了林凤，回苏婆腊岛去了。

那天，林道乾仗着孙天禄奋勇冲杀，得从官兵重围里出死入生，带领儿郎们狼狈退至苏婆腊岛。检点部下，除张琏的一队不计外，三队儿郎轻伤者最多，重伤者次之，死的尚少。先把魏南鲲舁上岸去，孛丁等迎着，得知败耗，不免人心惊惶。林道乾极力镇定，谕令部下安定毋乱，官兵绝不会来攻打苏婆腊岛的，但防守方面却要加紧。魏南鲲的伤势很重，箭头虽已拔去，神志依然昏迷，林道乾十分发急。幸亏孛丁藏有一种药草，专能医治一切创伤，把来煎沸了凉过，在创口上屡屡揩洗，自能有效。又有一种药可以内服，林道乾便如法给魏南鲲试过，果然灵验。饭许时，魏南鲲早已重苏。林道乾方才喜悦，他自己的轻伤也用药草的水来洗拭，自然好得更容易了。又因孙天禄突围有功，当着众人面前奖励数语，又赏了力战的儿郎，自然要推孙天禄的部下得赏最多了。经过此一战役，林道乾觉得孙天禄勇猛可使，武艺实在不错，急难时可供驰驱之用。晚上，又到林二姑房内探望，林二姑犯的是湿热病症，所以还没有痊愈。此时她早已闻得哥哥的败耗，心中十分气闷。林道乾把兵败的经过情形详细告诉她知道，唯有把允许孙天禄要求的事暂且隐瞒不提，因为林二姑尚在病中，没有机会，不便启齿，却将孙天禄鏖战突围的事一一讲给林二姑听，称赞孙天禄的勇武，以便他日向他妹妹开口提起这件事来，容易说动他妹妹的心。林二姑自己也曾见过孙天禄的武术，所以林道乾揄扬孙天禄时，她也频频颔首，表示同情。林道乾觉得尚有数分希望。他的心中仍悬念于马头岛的情势，不见张琏回来，可是他一同被围在岛上吗？官兵虽然势大，谅林凤合着张琏的儿郎，总可以勉强守住了。遂又和孙天禄商议一番，预备明天派人前去探听消息，如林凤等仍被官兵围困，那么自己这里一定再要设法前去救援的。

次日，刚想派人去探，忽然起了飓风，行驶不得。暗想：这飓风倒是天助马头岛，可阻止官军的进攻，也许可使官军丧失些船舶，所以他的心头宽慰得多。再去看看魏南鲲的伤势，已渐减轻，偃息在床，休养精神。魏南鲲谢林道乾救了自己性命，林道乾却因兵败而回，十分惭愧，躬自引咎，安慰数语。

第三天，飓风已过，天色已晴，林道乾遂派出几个得力儿郎到马头岛去刺探消息。林二姑病愈出房，对林道乾说道：

“前次我们去援马头岛，我因患病未能出战，此番探明白后，要请哥哥就重整队伍，补充军械，再去和官兵决战，自愿前驱，与岳永昌一决雌雄。”

林道乾便故意带笑说道：

“妹妹，你是英雌，不甘雌伏而要雄飞的，我们若再发兵，当请妹妹和孙天禄同任前锋，骈肩作战，我看你们俩倒是一对的儿女英雄呢！”

这句话是林道乾试试他妹妹心的，林二姑听说，笑了一笑道：

“孙天禄技艺很强，我虽不敢和他并论，但自知我性情高傲好胜，不甘屈服人前的，如遇岳永昌，定要苦战一百合。”

林道乾见林二姑尚没有不快的表示，所以他心里踌躇了一会儿，决定要向他妹妹试一下子。倘然林二姑能够表示同意的，那么自己在朋友面前可以不致失信，而孙天禄将来更当死心塌地地为自己所用了。他遂笑了一笑道：

“我和你是亲兄妹，有几句意中的话，要征求你的同意，不知你意下如何？”

林二姑不知她哥哥要和她讲些什么，她是直爽的人，不喜欢吞吞吐吐，便问道：

“哥哥有什么意中话，请你告诉我知道，当然我可以同意的。”

林道乾道：

“我想妹妹年纪渐渐长大，早该择一志同道合的俊杰之士为佳偶，庶几不负妹妹一身好武艺。我一向也代你物色，觉得诸子碌碌，难中雀屏之选，唯有孙天禄武艺高强，其勇力又在我之上，可说铁骨铮铮，相貌也生得魁梧而不猥琐，和魏南鲲兄是好友。相聚良久，迭经争战，和我们很能沆瀣一气。我想妹妹若和他订秦晋之好，岂不是大好姻缘？他前日在我和魏兄被围之时，全赖他一人奋力督率诸儿郎，突出重围去，方得退回岛上。当时他曾向我有一个要求，就是说他非常爱慕妹妹，要我代他在你面前转达他的诚意，以求成就。我不能失他的信，所以今天向你开口说明，你可要怪我多事吗？”

林道乾说了这话，瞧他妹妹的面色，桃靥有些微红，双目向林道乾紧瞅了一下，说道：

“那么哥哥可曾允许他吗？”

林道乾笑道：

“我知道你的脾气，谁敢做你的主？只不过答应他代转达，允许不允许这要请妹妹自己酌定。不过我以为妹妹年纪可以择人而事，早定终身了，否则年华蹉跎，标梅兴感，似非所宜，况孙天禄这个人也还不错，妹妹以为如何？”

林二姑冷笑一声道：

“哥哥，你可谓忠于谋人而拙于为己了。如哥哥这样，自然该早日娶个嫂嫂，为嗣续之计，何以哥哥尚没娶而急急代你的妹妹许人呢？孙天禄的武艺虽精，然乘危急之时向哥哥提出这种要求来，未免使人难堪。哥哥若是要强逼我的，那么我不必多说，既然要征询我的同意，那么此事且待以后再谈吧！目前最重要的事情就如何抵御官兵，其他之事都可从缓的。由孙天禄去胡思乱想便了，我等且不要理会他。”

林道乾听林二姑这般说，便知孙天禄的希望渺茫微小，难以成功，他妹妹的心里，并不看重他的勇武，那么自己也断乎不能勉强他妹妹了。然而孙天禄的要求落了空，他心中难免不要怨望，自己怎样去安慰他呢？除非别觅美貌的女子，或可弥补他的缺憾呢。林道乾既然讨了一个没趣，也就不再多说。林二姑知道她哥哥不快，但也没法，又讲了几句防守岛务的话，她就走回房去歇息了。林道乾独自走至外边，他心中暗想：林二姑的性情是很倔强的，自己断乎不能强行做主，凡事急则有变，只好暂搁，对不起孙天禄了。妹妹如此意志坚决，也许她的芳心中早已别有所注，所以对于他人漠然无动，那么林二姑必然钟情于李安涛。前次安涛诈降，她自愿随护；此次安涛回潮接母，她又欲同往，我阻止了她，她就大大不快。莫非对于安涛有特别良好深切的情感，即如昔日在潮城时他们常常过从，谈笑甚欢。我起初也以为二姑怜才，想不到她竟有意青睐安涛了，这事若然估料得不错，那么妹妹以媕婳将军而偶文弱书生，未免不合呢！我瞧安涛和她的情愫也是很深的，天下之事真不可以常理推测啊！林道乾正在感慨，孙天禄走了进来。林道乾遂和他一同坐下，起初谈谈战事，后来孙天禄忍不住向林道乾开口问道：

"小弟前日冒着危险，侥幸护着道乾兄和魏兄突围而出，当时自己的勇气不知从哪里来的，大约都是道乾兄鼓励所致。小弟对于道乾兄所许的事，常常挂在怀抱，不揣冒昧，敢向道乾兄奉询，不知道乾兄可曾和令妹谈起？敢请赐知。"

林道乾听孙天禄提起那件事，知道他忍不住了，但自己怎样回答他呢？不由眉峰微蹙，向孙天禄说道：

"你所渴望的那事，我本很表同情，所以那时候就一口答应了你，耿耿此心，未尝忘弃，言犹在耳，安敢翻悔？但我早已说过，舍妹不比寻常女子，她的婚姻大事别人做不得主的，成不成全在她自己。刚才我已乘机代你进言，不可谓不婉转，满望你们这段姻缘可以一言而成，彼此快活也便我的心愿了讫。无如我妹妹很坚决地说，哥哥没有娶妻，妹妹何必急于配人？她对于你也不批评什么优劣好恶，亦不要提起这事。她如此一说，我倒不能逼迫她了，她的性情恐怕你也有些知道的，所以这里一时心急不来，只好稍缓再谈。不是我忘却前日的应许，孙兄弟，你须知我是我，她是她，我怎能强要她答应呢？请孙兄弟稍待一下，我总放在心上，代你多说好话，促成这事。你的武艺和勇敢，我也十分钦佩，千万请你不要灰心。古人云，欲速则不达，凡事太急也无用的，你以为如何？”

孙天禄一团热望，万分渴念，现在一听林道乾这般说，好似浇了一瓢凉水在头顶，知道自己的希望难以实现，那么前天一番激突力冲的辛苦，不是等于画饼充饥吗？心中顿时不高兴起来，淡淡地说道：

“既然有这样的困难，此事也只好听其自然，也许是小弟缘悭，但我的一颗心终是系在令妹身上，未能忘情，还望林兄随时代我乘机进言，玉成其事，小弟铭感心版。”

林道乾点点头道：

“当然我绝不漠视的，稍缓或可报命，请孙兄弟鉴谅。”

此时，孙天禄也不能再逼林道乾如何成全其事了，告退出来，心中异常不高兴，怅怅然若有所失，暗想：林二姑所以不能允许，无非是为了姓李的小子。前次我曾偷窥他们在月下喁喁谈心，大概彼此很有情感的了。李安涛年少翩翩，确乎斯文儒雅，鹤立鸡群，我等和他相较，自惭形秽，那厮文绉绉的，对于妇女面前很会讨好，极尽诱惑之能事，无怪林二姑爱上了他，他人都说不上了。其实李安涛只会念书，记古人的姓名，有什么本领？哪里及得上我们长枪大戟，喋血鏖兵，轰轰烈烈地干一番？林二姑是个能武的女子，不想嫁个伟丈夫，却反爱上了儒生，这岂不是出人意外的吗？唉！李安涛真是自己唯一的情敌，自己也早防到有他一层障碍的。此刻李安涛赴潮州去迎接他的老母，尚未回来，但望他到了潮州，形迹破露，被官兵觉察，把他捉去，那么他一辈子再也不能重来此地，也好使林二姑从此死了心，我的婚事方有成功的希望呢。孙天禄左思右想，因为他的希望不能达到，怨毒都结在李安涛身上，甚至恨不得李安涛死在外边，情敌的心理真是可怕呢。

隔了一天，林道乾得到探子的回报，始知张琏在马头岛和林凤等一起坚守，并未被官兵夺取。官兵受了飓风的打击，忽然收兵退去了。林道乾听了，自然喜悦无限。接着，张琏也率部下回来探望，二人相见，各述败散后的状况，额手称幸。魏南鲲的伤也好了不少，在他室里休睡着。林道乾陪着张琏去慰问探视，魏南鲲见了张琏，也觉宽慰，问问马头岛战后情状。张琏约略告诉了一遍，劝他好好养伤，将来可以复一箭之仇。又和孙天禄、孛丁父子等会晤一番。晚上，张琏和林道乾商量岛上的事，感觉到手下儿郎尚嫌缺少，以致力量单薄，未能与官兵对抗，其势非广事招募、大加操练不为功。林道乾遂主张把昔日在特里屯岛所得的黄金尽量用去劝令部下四出拉拢，劝人来归，又起造弓矢军械，以便应用，战船亦力求补充。次日，遂又出示推行。

数日之内，果然有人纷纷前来，大都是些海上逃亡之流，以及不事生产的岛民。林道乾便叫孙天禄主持此事，先将姓名籍贯登记入册，然后待自己检阅后编入队伍。他又因挂念马头岛，恐防官军再来，所以他又请张琏、孙天禄、魏南鲲戒备岛务。自己却驾舟到马头岛来和林凤相见，备述前此战况，商量以后防务。林凤派去的探子回来报告，方知此次官军撤退的内幕，这是一时的侥幸，更要防备官军再来征剿了。林道乾问起黄瑞，知道仍软禁在一处，便和林凤走去访问。黄瑞也很感谢林凤等待他殷勤，态度和缓了不少，只是身为朝廷命官，业已做了败军之将，弥觉愧恧，又如何可以屈身降贼呢？

林道乾在马头岛一住数日，意欲归去，检阅新来的部伍。那时候，忽然赵虬、李安涛等伴着萧柯等来了。故友重逢，他心里如何不快活？酒席间，赵虬问起岛上的情况，林道乾便将前后大战经过告诉他们听。赵虬、李安涛方才明白一切，为魏南鲲、林道乾称幸。而赵虬大声嚷起来道：

“官军以多取胜，何足道哉？凭岳永昌如何厉害，小弟倒要和他斗三百合呢！”

林道乾笑道：

“赵兄弟休要心急，他们自有一天来的，恶战尚在后边呢！现在且不要谈这事，萧兄远来，我等应该欢叙欢叙，倘蒙萧兄不弃，还要请萧兄到苏婆腊岛去一行，和张大哥会会呢！”

萧柯微笑道：

“不敢请耳，固所愿也。”

林凤又叫他夫人郭玉辉出见，提起了老英雄郭景明时，萧柯不胜唏嘘，颇有物换星移之感。郭玉辉也盈盈欲泪，追念亡父，大家喝酒谈心，各有醉意，方才散席。萧柯自有林凤代他收拾客堂，即和林道乾住在一起。至于萧柯带来的眷属，以及上下人等，林凤都妥为招待。好在岛上自从张琏、林道乾等迁往苏婆腊岛后，空屋甚多，足够下榻。

萧柯在岛上一连住了两天，二林终日陪着他畅饮笑谈，极尽友朋之乐。第三天的晚上，萧柯和林凤、林道乾坐在一间室里饮酒谈心，旁边没有他人，萧柯便对二林说道：

“我们都是草野生死之交，好多时候，彼此分离，天涯海角，不知飘零何处，且喜今日得以把臂重晤，其乐何如？你们二位行侠仗义，小弟素所佩服，毫无闲言。今因锐身赴人之厄困，连累了自身，不容于官吏，在海岛上暂图栖身，而官军屡次派兵来征剿，逼得你们不得不动手反抗。照这样兵连祸结，终非善策，小弟有几句不中听的话，大胆向二位贤兄一说。虽然地方上那些贪官污吏是非颠倒，不能用人，以致逼得人家走上这条途径。可是国家总当你们是海盗土匪，为闾阎之害，天下后世也以为你们是啸聚海上亡命无赖之徒。谁能原谅你们有不得已的苦衷而出于此呢？大丈夫在世，天生一具铜筋铁骨，理当流芳百世，给人家称赞一声，即不然，亦将投荒万里，轰轰烈烈地干一番。老死户牖已是可羞，何况弄兵潢池，自附于绿林之列呢？我的话说得过重了，二位可要见怪吗？”

林凤听了，点点头道：

“萧兄说得一些儿也不错，句句打入我的心坎，我岂好为盗哉？不得已也。自然难求人家原谅的，我常和道乾兄提起这事，茫茫前途，殊为可虑。朝廷不能招安我等，我等也不愿屈居人下，为人隶使，受那些肮脏之气呢！”

林道乾也将手频频拍着自己的膝盖说道：

“萧兄真是自己人，肯说这种话，此番聚众抗拒官军，实在是官军逼迫过来，为保全自己安宁计，不得已而为之。小弟的目光一向在南洋群岛，那地方的土人愚鲁无知，物产却很丰富。我们国中人近来虽也有许多前往那里经商作业，可是毫无保护，而西方的白人海舶东驶，接踵而来，兼弱攻昧，盘踞以后，加以经营。为根深蒂固之计，使后来者不能逐鹿。而我们许多华侨屈居人下，势力及不上他们，将来岂不要权力尽为所夺，难在那些地方立足吗？必须有一二雄才大略之辈，趁他们基业未定之时，往那里和他们争雄，占得一些土地。他日也使我华人有所依附，不至于寄人篱下，仰人鼻息。以前小弟有几个朋友往来南洋群岛经营些商业，常常向他们探问风俗，很有意思随他们前去走一遭。此番厚集人力财力，也并不想用来抵抗官军，侵犯土地，和自己人相杀，无非要他日在异域建立一番功业。此意早和林凤兄弟说过，今日承萧兄忠言劝告，借此也把小弟的心迹剖白一下。”

萧柯听了，不由翘起一只大拇指来，啧啧称美道：

“好极好极，所谓英雄之见略同，既然二位都有这样伟大的志愿，可贺可喜，小弟亟盼早日完成这事业，也愿追随左右，戮力同心。”

林凤喜道：

“能得萧兄一同努力，这是弟等之幸，萧兄曾到过南洋，既有此心，料想萧兄对于那边山川形势风俗人情已有相当的注意了。他日我辈南进，还要仰仗萧兄的指挥呢！”

萧柯道：

“倘蒙不弃，许以识途老马，自当前驱，我们此番前去菲律宾演剧，倘然那边有机可乘，一定回来报命。”

二林闻言，不胜欣喜，谈至更深，始各归寝。次日，萧柯因日期问题，便要动身南行，连苏婆腊岛也不欲去了。二林又固留数日，方才分别，扬帆南驶，赶奔菲律宾岛去了。林道乾自萧柯去后，惦念苏婆腊岛的情形，便留邝刚在此助守，他和李安涛、魏三虎乘舟回去。张琏、孙天禄等接着，见李安涛回来，很是奇异，问起缘由，方知其中情事。张琏因知李安涛的老母已化异物，空劳往返，遂安慰他数语，又恨自己不及和萧柯一见，殊为抱憾。孙天禄见李安涛回来，好似他眼中之钉。见了李安涛，恨得牙齿痒痒的，为什么他不死在海中，不死于潮城，偏偏平安归来呢？林二姑有了他在一起，自己这头婚事更是无望了。但是李安涛懵懵懂懂，哪里知道有这回事呢？李安涛既回至岛上，立刻换上孝服，来见林二姑。

二姑见他一人回来，而又穿了孝，惊问安涛，方知寄母已在潮城因病逝世。安涛把噩耗告诉了她，潸然泪下道：

"生不能侍奉晨昏，殁不能抚棺尽哀，此恨百身莫赎，不孝之罪无可辞其咎了。"

林二姑也凄然下泪，想起李安涛母亲往日待自己的优渥情意，悲感不已。但因见李安涛十分伤悲，故强自抑制悲哀的情绪，反用话去安慰他。李安涛更是感激二姑的美意，且说：

"此番回里，徒然得到了一个不祥的消息，又险些送去一命。族叔无良，一至于此，将来倘有机会，必定不肯放过他。所缺憾的自己未能到亡母墓前去祭拜一番，何以为人子之礼呢？"

林二姑叹道：

"死者不可复生，我们不必再谈吧，只要以后我们能够打起精神，好好地干一些事业，便可慰彼泉壤幽魂，而告无罪了。"

李安涛皱着眉头说道：

"这也谈何容易？我等现在亡命海外，官军屡次征剿，不肯宽放，也不来招抚。在他们目光中看，我们啸聚海岛，比于盗跖之列。一旦覆败，人家都要说孽由自作，受王师之诛，谁知道我们的苦衷呢？"

林二姑点点头道：

"你说得不错，我哥哥一向也忧虑及此。他的心思很想到南洋群岛去，为海外扶余，将来抚慰侨民，通使祖国，岂不是好？"

李安涛道：

"这个当然是另辟蹊径，无上上策。现在听说萧柯往南洋去，便是做我们的先锋，但望将来能够实现，这就是一条生路了。"

二人谈了一刻话，方才各自走去。李安涛风木兴悲的情绪得林二姑的安慰，可以略杀哀思。然而林二姑内心的沉闷却丝毫不得释放，她自从经她的哥哥向她代孙天禄说项之后，心中老是不高兴。她是个爽快活泼的女子，心目中早已存着一个少年书生李安涛。在往日早已积有情愫，萌有爱芽，并不以李安涛文弱为非偶。她觉得赳赳武夫，虽然豪爽可取，而类多粗犷不文，桀骜难驯，没有李安涛那样的温存斯文，谈得投契，因此她很钟情于李安涛。那孙天禄虽然武艺高强，怎在她的心上呢？不过她知道孙天禄注意于她时，好似多了一重心事，这心事一时却又碍难告诉李安涛听，只得暂时闷在肚里了。林道乾却忙着补充部伍的事，所以他回至岛上以后，就和孙天禄谈话，问他招罗得多少人数。孙天禄遂说：

“共有二百四五十人，大半是从海南岛来的。还有一个好消息报告，就是离此七八海里附近有个小笠岛，岛上也有一伙流亡的同胞寄居在那边。其中有个首领姓戴名大荣的，本是钦州人氏，武艺甚好，慕张、林二位之名，来此求见，愿将小笠岛隶属我们，听我们的调遣。曾由张琏接见过，因张琏要待林道乾回来决定，所以嘱戴大荣缓日再来相见。”

林道乾听了，欣然说道：

“这是再好没有的事了，此时我们愈多愈好，倘有扩充势力的机会，无不接受，待他再来时当抚为已有。”

遂又和张琏商议，决定明日在大云山下检阅新来的儿郎，挑选人才，即叫孙天禄传令知照。次日，张琏、林道乾、孙天禄、魏南鲲、孛丁等诸人一齐披上戎装，佩上刀剑，到大云山下新辟的校场去检阅。那边是张、林等到后会同土人们新近开辟的，也有座小小规模的演武厅。张琏、林道乾等自然都立在演武厅上，原有的众儿郎排成队伍，整整齐齐地分列两旁。孙天禄便引着新来的诸健儿入场，唱过名后，林道乾便吩咐众人中间谁精武艺的，可以自行上前献技，每人须于刀枪剑戟各样兵器中试舞一种，并须试射箭三支，以定优劣。二百四五十人中间精于武艺的很少，大多数的人不过身强力壮而已，所以，只有十数人自愿在场中演习武技，而在这十数人中也只有二人可称武艺娴熟。有一姓唐名翱的，他拿着一支戟，舞得甚是出色，连放三箭，皆能中鹄，而且射的是连珠箭，张琏、林道乾等大为激赏。又有一个姓傅名友龙的，舞一柄开山大斧，足有七八十斤重，上下左右，斧影如飞，确是骁勇之辈，孙天禄在旁边也暗暗佩服。张琏、林道乾遂挑选此二人也为头领，叫他们统领新来众儿郎，勤事操练。散开后，林道乾又请唐翱、傅友龙晚间欢宴，其余众人也都有酒肉赏赐。林道乾对于唐、傅二人竭意抚慰，把自己的壮志讲些给他们听，将他们当作自己弟兄一样看待。唐、傅二人自然衔恩抚躬，忠义奋发，情愿在张、林二人手下效力。

隔了一天，戴大荣从小笠岛上来拜见林道乾。林道乾见戴大荣年纪不满三十岁，相貌魁梧，确乎是个南国英雄。且知他亦谙水性，能在海底潜伏数小时，又善舞刀，当然接受，许为同志，设宴款接，待以宾礼，留在岛上住宿一夜。翌日，林道乾、张琏、孙天禄、魏南鲲等坐着船，都随戴大荣到小笠岛上去视察。见小笠岛形势比较苏婆腊岛峻险雄深，可惜地方太小了一些。岛上也有二三百居民，男子为多，大都是业渔的。树木田地也多，并不是个荒岛，倘然好好儿地加以经营，收获必佳。因此，林道乾便留魏南鲲在岛上，相助戴大荣经营一切，训练部伍，好使自己多得一个臂助。魏南鲲欣然听命，留居在小笠岛上。张琏、林道乾等仍回转苏婆腊岛，加紧训练部下，和马头岛互通声气，防备官军再来征剿。林道乾等布置一切，甚是繁忙。而李安涛却是书空咄咄，萦纡郁闷，一则老母易箦，自己未能亲视含敛，不孝之罪莫大；二则遁迹荒岛，壮志未酬，前途尚不知如何归宿；三则自己和林二姑的婚姻尚是若即若离，可成可否。虽然二姑对于自己的感情很好，而中间没有一个冰上人代他们早早撮合。林道乾似乎毫不注意于此，他们都是精通武艺的豪杰，未必能垂青于文人。自己碍难开口，免得万一不成，反被人家窃笑，所以，他孤单单地落在人后，言知甚寡。林道乾、张琏等还以为他新遭大故，不免戚戚于心呢。唯有林二姑很关心于他，她见李安涛郁郁寡欢，很想有以慰藉数语，所以这天晚上夜膳后，便悄悄地走到李安涛睡室来。

苏婆腊岛上人的住处十分简陋，大都是些篷帐或是倚山崖凿洞而居。林道乾等来此后，曾鸠工庀材，在大云山之南造起一带房屋来。材料都是劣质的，暂庇风雨炎日之加，瓦屋小庐，桑户卷枢，然而比较土人所住的已是优胜得多了。李安涛所住的一室，是在东边将近尽头之处，在他的间壁有一间较大的，是预备马头岛上赵虬等人来此歇宿的。其他一间即新近收抚的傅友龙、唐翱的卧室，地方较为僻静。张琏、林道乾、林二姑等是住在中心，而魏南鲲、孙天禄等却住在西边的。

这天晚上，李安涛独坐灯下，正在阅览《孙吴兵法》，室门未掩，两扇木板小窗也朝外开着，尽让那凉风吹进来。李安涛披阅了数页，有些疲倦，打了两个呵欠，正要站起身子，忽然门外有一个黑影一闪，翩然走进一个人来，定睛一看，正是林二姑。不由心里一喜，连忙立起身招呼她在窗边一同坐下。林二姑向桌上的书一看，带笑说道：

“安涛兄如此用功，还在这里读兵法吗？”

安涛笑道：

“独坐无聊，借书遣闷，若说研究兵法，则吾岂敢？想我虚度光阴，不学无术，厕身在众位豪杰之末，自愧无所建树，被人轻视。而况游于他乡，老母见背，更觉得吊影凄凉，徒唤奈何呢！”

林二姑听了这话，蛾眉微蹙，说道：

“我生了几天的病，也感到十分岑寂，你又新遭大故，无怪你要悲伤不能自已了。但一个人总要振作勇气，向前努力，安知将来没有出人头地、扬眉吐气的一日？以安涛兄的才学而论，绝不会埋没蓬蒿的。你说被人家轻视，但自从你前一次设计破敌之后，哪一个不钦佩你的才智无双呢？你千万不要自己颓丧。”

安涛听了，心里十分感激，又说道：

“我虽自悲遭遇，然而幸逢贤兄妹把我特别看待，殷勤可感。而寄妹又能时时加以温慰，红妆季布，举世罕觏，所以我虽为之执鞭，亦忻慕焉。不知寄妹视我这个畸零之人怎么样，我很望寄妹能鉴谅我的心，使我终身得以追随左右，那么也不负我弃家离乡、漂泊海外的一番苦心了。”

林二姑听李安涛这样说，无异重申前言，要自己答应他。本来她仍要矜持，自从听到孙天禄向她哥哥求亲的话，心中大为不悦，也早想把自己和李安涛的姻缘妥定，以免他人觊觎，节外生枝，所以她就说道：

“安涛兄的意思我都知道了，我也未尝不愿意和安涛兄始终在一起，请你宽慰一切。我虽是个粗陋不文的女子，倘蒙不弃，当然可以……”

林二姑虽然豪爽，但说到“可以”两字，以下却说不出来了，不由低头一笑。李安涛怎样不明白伊人的心？听她已有很明显的表示，不由心花怒放，便道：

“寄妹，我本是你救活的人，侥幸得以常侍左右。你是个巾帼英雄，能够不弃我这个文弱的书生，这是我千载难得的机遇，我真感谢寄妹体贴我的深情厚谊。隔一天我和令兄说了，这大事当可成功了！”

李安涛说了这话，又向林二姑瞧瞧，见她仍低着头，一声也不响，这无异表示默许，喜不自胜，立起身来，无意中一眼瞧见木板窗外有一道光芒一闪，他不由心里奇异，忙走至门边，探首外视。见窗外黑暗里正立着一个长大的黑影，手中明晃晃地握着一柄利剑，他不觉吓了一跳，倒退数步，口中大声喊着道：

“有刺客，有刺客！”

第十八回

杯弓蛇影仗义送书生
火炬神歌求仁援弱女

当李安涛惊呼倒退之际，林二姑早从椅子上跳起来说道：

“刺客何在?”

李安涛脸上露出惊慌之色，一手指着窗外颤声说道：

“那边有一刺客。”

林二姑身边虽然没带兵器，但她究竟是个有胆有勇的女子，毫无惧怯，很迅速地跳出房去。然而在这个时候，窗外黑影早已回身便跑。林二姑一双夜眼，虽在月黑夜里，已瞧得出对面是个男子，一心要想捉住他，瞧瞧到底是谁，立刻拔步便追。那黑影飞跑得很快，没有本领的人绝不会如此，而要早被林二姑追上了。林二姑追不及他，又是月黑之夜，那人又背着身，低头紧奔，头也不回，所以瞧不清楚是谁，但林二姑见了这黑影，心上蓦地想起一人，等到她追到西边房屋前，那黑影忽然一闪，便不见了。

林二姑又向前走了十数步，夜风拂袂，四下寂寂，更无一点儿声息，那边正是魏南鲲、孙天禄等住宿的所在。再瞧瞧各室灯火全熄，毫无动静。况魏南鲲正在小笠岛上，辅助戴大荣经营一切，这地方更无他人。若是土人时，一定望外边逃避，绝不会跑向这里来的。林二姑默察一会儿，芳心中更是确定这个人了，但因自己没有照面，不便贸然声张，立即回至李安涛那里。见李安涛立在睡室门内，面上惊慌之色尚未消除，一见林二姑回来，便问道：

“寄妹，你……你可追着那刺客吗？究竟是哪一个？”

林二姑走进房中，仍在椅子上坐定。李安涛却依旧立着，双目紧视着林二姑，要等候她的答话。林二姑摇摇手道：

“那个刺客飞行功夫很好，我很惭愧没有追着，被他逃走了，但你没有遇到他行刺，总是大幸。”

安涛把手搔着头道：

“那刺客是谁呢？想我在此与人无忤，李丁父子也待我很好，一向没有仇人，那人为什么要来刺我呢？今晚若没有寄妹在这里时，那刺客一定毫无顾忌地跳进房来，刀入于我胸中了，那么连我死得也不明不白，徒作枉死之鬼。天可怜我的，鬼使神差，寄妹忽然到我房中来叙谈，那刺客大概见了寄妹在此，所以不敢下手，被我一嚷，便跑掉了，我这条性命岂非又是寄妹救我的吗？那厮谅已躲在窗前好多时候了，一直没有机会，终于跑掉，只可惜未曾瞧清楚他的庐山真面。寄妹，你想同伴中有哪人和我有仇，要把我置诸死地而后甘心呢？我是无论如何在头脑中摸索不出的，然而我这个人在此，又是何等危险。寄妹是偶然来此的，不能一天到晚防护我的，说不定那刺客今晚未能得手，明晚或以后日子仍要再来行刺的，叫我如何能够防备？可怜我又是个文弱的书生，无拳无勇，方才瞧见了利剑的光芒，我的心里立刻惊骇得无以复加，怎样能够抵抗呢？真是越想越危险了。”

说至此，又叹了一口气。林二姑的面上也十分严肃，不像刚才那样地欢笑，她对李安涛说道：

“你且请坐，不要心乱意慌，任何天大的事情，我们总有对付的方法。你前日不也曾只身赴官军那里去诈投降书吗？官军尚且不惧，却怕起那刺客来吗？”

说罢，勉强笑了一笑。李安涛听了这话，也不由微微一笑，坐下来说道：

“寄妹说得一些儿也不错，但在那个时候，我是耻受人家讪笑，更兼立功心切，于是勇气陡增，把生死置之度外，因此不觉害怕，况又有寄妹护从，更是使我兴奋。现在遇到了刺客，这是出于意外的，所谓徒手遇蜥蝪，变色而却步，此亦人之常情，何况知道人家将要置我于死地呢？最紧要的先要查明那刺客是谁，最好除去他，也使我明白我和人家有什么深仇宿恨，以后也好防范了。”

林二姑眉头一皱，说道：

“恐怕这事不容易查明白吧！安涛兄，你在此间确乎有些危险，我和你去见过哥哥再说。”

安涛深觉自己危险，但也没有良法，只得随着林二姑同去见林道乾。那时，林道乾正袒裼坐在藤椅子里，剥着香蕉吃，态度十分暇豫。一见他妹妹和李安涛一同走来，不由一怔，立起身来问道：

“这个时候你们二人到我这里来作甚？”

林二姑道：

“哥哥，安涛兄那边有刺客狙击。”

林道乾惊骇道：

“刺客吗？哪里来的刺客？安涛兄可曾受伤？妹妹怎会知道？刺客可曾擒住？”

安涛正要回答，林二姑早抢着说道：

“今晚我左右无事，跑到安涛兄那边去谈谈。正在闲谈时，安涛兄窥见窗外有个人影，手中握着利剑，惊呼起来。那刺客回身便跑，我立即追出去时，那刺客跑得很快，一时竟追他不着。追得不远，那刺客跑到西边屋子那边，一眨眼便不见了。真不凑巧，今晚是月黑夜，若是有了明月，我一定能够瞧清楚那厮是谁的。哥哥，你猜想那人是谁呢？”

林道乾想了一想，说道：

“妹妹既然瞧不清楚，我又怎好说是谁呢？但是安涛兄一向和人家没有什么衅隙，何至于要有人家来行刺呢？”

安涛道：

“林兄说得是，小弟谨慎自饬，和人家客客气气，敢说绝无私仇，想不到会有荆、聂之徒光临，这是小弟梦想不到之事。但请林兄相助我，查明此事，使我不要做枉死城里冤鬼，这就大幸了。方才若没有令妹一同在那里，恐怕小弟已饮刃而死，陈尸室中了。”

林道乾道：

“凡事自有天意，安涛兄得以转危为安，冥冥之中未尝没有主宰，命该不死，所以舍妹会到你室中来闲谈，这岂是人力所能办到的呢？徒见那刺客辛劳日绌而已。”

安涛道：

“话虽这样说，那刺客一击不中，翩然而逝，安知他不再来窥伺？那么小弟的生命终是岌岌可危，惴惴难保，不要说别的时候，就是今夜我也难以安枕而卧，为之奈何，非请林兄相助不可了。”

林道乾点点头道：

“当然我绝无袖手旁观之理，当初在潮城时，若没有安涛兄冒险送信，我等早做了瓮中之鳖，给孙高崧一网打尽了，此情此德，我们怎会忘记？安涛兄且请放心，我除非不知此事，既然知晓，绝对不使你的生命再有危险。今晚可请在我室中一同睡眠，在此间料那刺客一定不会再来下手，到了明天，待我再想办法。”

李安涛拱拱手道：

“蒙林兄这样爱护我，云天高谊，终身不忘。”

林二姑又对林道乾说道：

“那刺客绝不是岛上的土人，而是我们自己的人，语云，明枪好避，暗箭难躲。他既有这种阴谋和毒辣的手段，此次虽未成功，其心不死，自然再要乘隙行刺的。安涛兄是个文人，叫他怎样可以自卫呢？哥哥不可不代安涛兄早谋安全之计。”

林道乾道：

“妹妹的话不错，你要叫我代安涛兄谋安全之计，一时没有好的办法。我想小笠岛上正缺乏人去经营，前天我即派魏南鲲去，可是这里海鲸队缺少人去训练他们，倒不如就派安涛兄前往那里换回魏南鲲，也好让安涛兄有事可为，施展些鸿猷。”

安涛道：

“这样很好，小弟只要有安身之处就是了，倘蒙林兄派我做些事情，极愿效力。”

林二姑道：

“这个办法也好，但恐安涛兄到了那边，乏人保护，倘那刺客依然放不过他时，危险仍可随时发生。”

林道乾道：

“这也不妨，戴大荣虽然新来归附，我看此人忠实可靠，可以托他留心保护，绝无他虞。况此人武术高强，足够对付，我料刺客见安涛兄既已不在此地，未必再要跑去那边行刺的。”

李安涛道：

“费林兄的神，代我思虑周到，小弟准于明天前去。”

林道乾道：

“我当送你同往。”

林二姑听她的哥哥已决定如此处置，而安涛也已同意，她也没有别的话说了。又坐谈了一会儿，告辞而去，在她归房时，一路走，一路想，明知那刺客除了孙天禄，绝没有别人，方才那影儿也很像他的。因为李安涛是个文人，和部伍中无甚接触，何从而结怨仇，遭人行刺呢？至于孙天禄何以要刺李安涛，其故不难臆测。以前林道乾若没有和自己提起婚事，那么到今朝自己当然不明线索了。听我哥哥的说话，他也已料知孙天禄所做的事，故要把李安涛送至小笠岛去，免得在此遭受人家妒忌，而遇到不幸的事，这也是我哥哥的一片苦心。他方要倚畀孙天禄作战，不肯为了安涛一人的关系，而揭破内幕所包含的秘密，唯有我是知道他心的。李安涛却以不知刺客何人为憾，他哪里知道这刺客的姓名不能宣布的呢。自己在此时又碍难将内幕告诉安涛，恐他知道了，心里更要不安，只好让他往小笠岛上去暂避些时吧，不过自己和他不能朝夕相见罢了。又思孙天禄这人态度太欠光明，他虽然为了我的关系而迁怒移恨于李安涛，然而终不该出此狙击的下策，去残杀一个无拳无勇的文人，岂是大丈夫所为之事？他不想即使李安涛给他刺死，我哥哥和张琏等不要查问谁是凶手吗？他是第一个嫌疑犯，我们不要疑心到他身上的吗？李安涛死后，他就可得到我的允许吗？天下绝没有这种便宜的事，谋之不臧，反贻后悔，他究竟是个武夫的头脑，太欠缜密了。现在更使我对于他多一种怀疑，而有鄙夷之心，这又岂是智者所为呢？唉！姓孙的你真枉费心思了，我林二姑不是寻常的裙衩，岂肯嫁你这种鲁莽灭裂之人？我的心已寄托于李安涛，纵你有利剑，也分不开我们的心了。

次日，林道乾告知张琏，说自己要送李安涛至小笠岛替换魏南鲲回来，而没有将昨宵安涛遇刺的事提起。张琏当然无可无不可的，一任林道乾如何主张，林道乾也不去告诉孙天禄，把岛事托了张琏，便和李安涛动身。孙天禄在这天也没有和林道乾见面，林道乾料想他良心上必有些内愧了，也不便去盘问他。吩咐部下预备一艘大帆船，他和李安涛率领七八名儿郎下船，林二姑知道李安涛离去，亲来送行。李安涛当着道乾的面，不好意思和林二姑多说话，只说自己到了小笠岛，当尽心经营，希望缓日二姑能去一游。林二姑也说稍缓当来一玩小笠岛风景，她立在岸上，目送着安涛和道乾下船。不知怎样的，心中忽然一阵难过，眼眶里有些酸溜溜的，连忙别转脸去，等到她再回过头来时，李安涛的船已解缆挂帆，望海外驶去了，只得怅怅然走回去。正逢孙天禄从里面走出来，他见了林二姑，叫得一声“林姑娘”，便向旁边走开，好似愧对她的容颜一般。林二姑也淡然无话可说，自回她的卧室，从此，她心上好似失去了一件东西，更是沉闷无聊了。

林道乾把李安涛送至小笠岛上，和魏南鲲、戴大荣相见，彼此欢然。戴大荣特地预备了几样好的肴馔，款请林、李二人，魏南鲲也将自己到此岛上后如何经营的经过告诉林道乾，林道乾称善不已。歇宿一宵，次日，戴大荣又和魏南鲲陪同林道乾、李安涛到岛上四处去游览一番。李安涛自然处处留心，见岛上人很是朴实，对他们很有礼貌，知道较易对付，心中宽慰不少。林道乾遂将自己调李安涛来此的意思告诉魏南鲲，却不说出刺客是何人，魏南鲲也很奇怪，当然赞成此举。林道乾又和戴大荣说了，叮嘱他好好听从李安涛的计划，保护李安涛的居处，不要使李安涛受到任何危险。戴大荣很爽直地说道：

“我是一介武夫，蒙林头领不以外人见弃，收为同志，此后一心一意地跟随左右，所以誓愿保护李安涛在此治事，李安涛倘有危险，林头领唯我是问便了。”

林道乾听戴大荣说话坦白，心里更是安定，又用话勖勉他一番。这天晚上，林道乾又和李安涛长谈了许多时候，定下方针，把小笠岛上的事完全托付与李安涛。第三天，林道乾急于回去，恐防官军再要来剿，诸事亟待处理。于是他便和魏南鲲向李安涛、戴大荣二人告辞，仍坐原舟而归。驶至中途，忽见对面海上有许多渔舟，约莫有百十艘，排列做一字长蛇之式。每一艘渔舟的桅顶上都悬着一面小小的黄旗，迎风招展。舟上满立着许多蛮人，手中一例高高地举着火炬，火焰闪闪，若是在晚上时，更有奇观呢。一会儿，大家唱起歌来，这歌词当然也听不清楚了。林道乾瞧着，便对魏南鲲说道：

"魏兄，你瞧那边船上的蛮人到此海面上来做什么呢?"

魏南鲲也在注视，听林道乾问他，便带笑答道：

"林兄，这必是蛮人行什么礼节，他们唱的是一种神歌，我虽听不明白，料想必是献祭之用。我们南澳岛上渔人每年春季也有歌颂海神，到海上去祭祷的，谅是这种玩意儿。"

林道乾点点头道：

"魏兄说得不错，我们难得遇见的，且去参观一下，以广眼界。"

遂吩咐掌舵的儿郎快快将船驶至那边去，林道乾的船果然如箭一般地飞驶至渔船那边。那些蛮人尚在高声歌唱，如醉如狂，也没有注意外来的船，火炬通红，乱舞不已。林道乾和魏南鲲一齐站在船头上作壁上观，蛮人歌舞了一会儿，又将火炬向空中乱舞，口里不知狂喊些什么，便有两个蛮人在船舱里簇拥出一个青年女子来，瞧那女子全身罩着一件把鲜花织成的衣服，望过去全身上下都是花，只露出她的一张娇脸，明眸皓齿，云发玉颜，非常美丽。魏南鲲便指着她对林道乾说道：

"林兄，你瞧这女郎不是我们本国人吗？怎么落在他们手里?"

林道乾点点头，说道：

"小弟瞧这女郎虽然装扮得如此华美，可是细瞧她的脸上，隐隐有泪痕，面色也很凄惨不乐，这不是好现象啊!"

二人说着话，又见在女郎背后跟着一个年近五旬的老者，一看他身上穿的衣服，便知是中国人，他两手揩着眼泪，站在女郎背后哭泣。这时，蛮人中间有个长大的走上去，将一杯东西送给女郎喝，女郎摇摇头，不肯喝，蛮人一定要给她喝，老者便在背后向蛮人做出央求的样子，不知说了几句什么话，蛮人早伸起巨大的手掌猛向老者颊上打了一下，打得那老者踉跄倒跌。老者喊一声“冤枉”，又有一个蛮人对他怒目而视，狂斥一声，把老者踢下海里去。林道乾说声可怜，便叫一个部下精谙水性的下水去把那老者救了起来，幸没有与波臣为伍。林道乾正要问那老者，只听那边船上又举起火炬来，有一个年老的蛮人走到那女子身畔，举起了手，好似代女子祝告一般，等到老蛮人祝告完毕，众蛮人又围着少女而舞。老者对林道乾哀求道：

“他们要把我女儿丢在海中去了，可能想法救救她吗？”

林道乾点点头，吩咐坐船快快驶向那边去。两船相近时，林道乾把双手向蛮人紧摇，刚想和他们做手势，喝止他们的行动，可是蛮人好似没有瞧见一般，不来管这事，一齐又唱起歌来，将插花的女郎高高举起，要往海中抛下去的模样。林道乾大声喊着：

“使不得，使不得。”

老者跪倒在船头，发出哀嘶，但有一个长大的蛮人喊了一声口号，已将女郎轻轻抛入海中。老者狂喊一声，也想跟着跳下海去，早被林道乾将他一把拖住，说道：

“你何必轻生？待我想法救起你的女儿。”

遂对魏南鲲附耳低言数语，魏南鲲点点头，也不及更换衣服了，扑地跃入海波中去。众蛮人在船上早已各把火炬高高举起，唱着神歌，一齐回船驶去了。老者向林道乾睁大着双目说道：

“我女儿已到海波中去，立刻葬身鱼腹，你如何救她呢？”

林道乾笑道：

“你没有瞧见方才我的朋友已跃入海中去吗？保管停一会儿可以将你的女儿救起便了。”

老者听了林道乾的话，有些似信不信，张大着一双眼睛，尽向海中注视。这时，蛮人的船渐去渐远，歌声还是送到林道乾等耳朵里，闪闪的火炬尚在远远地照耀着。林道乾把手向船后一指，对老者说道：

"你瞧这是不是你的女儿呢?"

老者跟着看时，只见魏南鲲的上身已从海中涌出，双手托着一人，鲜花被体，水淋淋的，不是他的女儿还有谁呢？魏南鲲已泅至船艄，托起女郎，交到儿郎手里，然后自己一跃上船，身上也已湿透了。于是林道乾和老者连忙走进舱中去，儿郎们已把女郎平放在船板上。魏南鲲进舱，脱下水湿的衣服，对林道乾带笑说道：

"幸不辱命。"

林道乾道：

"我知此事非魏兄不办的，这女郎想还有救吧!"

说着话，遂和老者一齐走至女郎身前，见女郎虽已昏晕，而胸口尚温水也喝得不多，方才在后舱已给儿郎们倒提着，使她呕出许多水来了。魏南鲲又上前，在女郎胸前按摩一番，女郎嘤咛了一声，已睁眼醒转，一见老者在侧，不由呜咽道：

"爹爹，我和你是不是在地下相会？这里又是什么地方?"

老者把手向她摇摇道：

"你不要悲伤，也不要惊骇，方才你虽已抛堕入海，但天可怜的，已有恩公将你救起来了，你尚活在人间呢!"

林道乾在旁说道：

"她刚才苏醒，不要多说言语。"

遂把她舁至前舱，将一条布来覆在她的身上，叫她安睡，不要管事。坐船仍向归途疾驶，且喜魏南鲲救起这弱女来时，众蛮人正在欢呼而归，没有留意后顾，所以并无阻挠。林道乾、魏南鲲在舱中坐定后，便向老者询问此事的颠末。老者遂说道：

"小人姓章名祖华，以前本是番禺人氏，后随叔父漂洋泛海，到南洋去经营商业，在马来半岛的浡尼国中开设数家行号，家道小康。小人并无儿子，只有一女，闺名秋花，便是方才给恩公等救起的。最近因叔父在浡尼国与人涉讼，触恼了国王，以致失败，数家商行都封闭了。我叔父气愤成疾而死，小人不得不独自侨居在那边。不幸去年老妻又已故世，只剩我女秋花，父女二人相依为命。小人又时时多病，思念祖国，于是决计抛弃了那边的生产事业，整理行装，为归国之计。数月以前，恰巧有一艘海船驶往祖国琼崖的。小人想，到了那边，再可换船归番禺。故同小女整装乘船，想回到中国来。谁知舟至中途，忽然触礁船没。当海船下沉的时候，驶来一艘渔船。船上都是蛮人，把我父女以及几个商人一齐救到他们岛上去，载至一个小岛，这就是黑佛郎岛了。我们初至岛上，和蛮人言语不通，蛮人待以奴隶之役，我们一时没得走，只得忍受他们的驱使，留居在岛上。而岛上的蛮人都是以捕鱼为生的，很信神鬼，我们和他们相处渐熟，言语也有些懂得了。这样，过了数月，忽逢岛上有祭祀海神大会，照例每年要由蛮人将一个美丽的未成婚的少女抛入海中，送与海神为嫔，以求海神降福，而使岛上渔人捕鱼时可以得利。他们遂有意于我的女儿，决定将我的女儿嫔于海神，我得到噩耗后，和女儿整整哭了一夜，向蛮人的酋长去恳求时。蛮人怎肯答应？一定要把我女儿葬身海涛。我父女在那边又没有丝毫力量可以违抗，只得束手待毙，徒自哀哭。今天他们把我女儿用鲜花缀满了全身，把船载送至海中祭神。我跟在一起，预备等我女儿下海以后，小人也跳入海波，和女儿同归阴曹。却逢恩公等前来，竟能使我女儿绝处逢生，这再造之德，叫小人怎样图报呢？”

林道乾笑道：

“说什么图报不图报，见义不为无勇也。凑巧我辈舟行此间，不忍你女儿被蛮人送去性命，所以想这法儿救起，这也是你女儿命该不死。”

章祖华又道：

“我父女终身不忘二位大德，只不知你们的船驶到哪里去的，倘蒙不弃，我父女情愿追随左右，操作贱役，以报救命之恩。”

林道乾笑了一笑，便把自己的来历约略告诉一二，且说道：

“你们父女俩倘然一时没有别的地方去时，不妨同至苏婆腊岛小住为佳。”

章祖华自然愿随林、魏二人去的，谢了又谢。隔了一会儿，他们又去外舱，瞧瞧章秋花业已恢复精神。她见了林、魏二人，忙起身拜谢，林道乾吩咐她不必多礼，且给些饮食与她。途中林道乾又向章祖华询问浡尼国的情况，章祖华略述一些，夸赞那边土地肥沃，人民殷富。林道乾听了，又不免心中跃跃。

薄暮时，已回至苏婆腊岛，见了张琏、孙天禄等，即将此事奉告。众人听了，也觉奇异，但救得两条性命，也是功德之事。林道乾便指定西首一间空房让章祖华父女居住，又叫她妹妹林二姑拿出几件衣服给章秋花暂时穿着。

次日，章祖华引了他女儿秋花来叩谢林道乾，林道乾正和魏南鲲、张琏等坐在一起谈话。林二姑也在一旁，今天章秋花换了林二姑的衣裳，上下又略加修饰，风鬟雾鬓，杏眼桃腮，越显得容光焕发。不但张、林等要赞美秋花的容颜，连二姑也自觉弗如了。因此林二姑拉着秋花的手，和她有说有笑，虽属初见，十分亲近。林道乾因为章祖华善于持筹握算，便叫他在岛上助理会计事务，又叫林二姑和秋花为伴。大家见林道乾优待章祖华父女，以为林道乾中馈犹虚，章秋花容貌美丽，也许他有意要娶秋花为妇了。

有一天，张琏和魏南鲲商量之后，很愿意早日玉成其事，遂去见林道乾，以蹇修自任。魏南鲲首先开口道：

“林兄，我们前日送李安涛至小笠岛归途时，在海上忽睹火炬神歌，蛮人祭海，一念之善救了章秋花，也是救了章祖华的老命，他们自然对于林兄感激非常了。”

林道乾不明白魏南鲲说话的意思，不待魏南鲲说毕，早抢着带笑说道：

“这也是魏兄入水援救之功，小弟何功之有?”

魏南鲲不防林道乾说出这话，不由一怔，想了一想，又说道：

“这虽是小弟下水去救起的，而都是林兄识见的高妙，譬如用兵，三军咸赖主将的调度得力，方能奏功。”

林道乾笑道：

“魏兄不欲归功自己，即定要将功让与他人，真是大树将军的流亚了。可这是小事，就算小弟之功，将来在海上鏖战，都是要让魏兄多得些功劳呢!”

魏南鲲笑道：

“林兄既肯以功自承，这事便好办了。”

林道乾却一怔道：

“什么话？我真不明白魏兄的用意。张大哥，你快说吧！”

张琏哈哈笑道：

“我们是来代你做媒的，林兄弟，你该让老张喝喜酒了！”

林道乾更是诧异，道：

“你们越说越使我不明白了，别开玩笑。”

魏南鲲道：

“小弟也直直爽爽地讲吧，林兄年纪不可谓轻，至今尚无妻室，这个未免美中不足。现在我们见那位章姑娘姿容美丽，性情温和，堪和林兄匹配。这也是天作之合，故使林兄在海上邂逅彼美，所以我等愿代林兄为媒早缔良姻，也使大家快活快活。”

林道乾听了这话，忙问道：

“魏兄可已在章氏父女面前提起这事吗？”

魏南鲲摇摇头道：

“这却尚未，因为他们一则感恩图报，二则得婿如林兄，也是求之不得的，一定可以答应，所以我们先来向林兄说明之后，再往那边说合，必能成事了，不识林兄之意如何？”

张琏道：

“有什么如何不如何，我是要强作撮合的，林兄弟若然不答应时，太辜负我们俩的好意了，快些说一声是吧！”

林道乾点点头道：

“你们既没有在章氏父女面前提起这事，很好，很好，小弟承蒙二位热心为媒，感谢不胜。若以人情而言，小弟绝不是鲁男子第二，要终身做鳏鱼的。章姑娘的美貌，也是有目共赏的，在小弟眼里并无不合，何必一定要辜负二位美意呢？然而小弟心里另有苦衷，这婚姻的事且请暂时勿提，留着章姑娘在此，小弟别有主张，请二位不要当作我是木强无情之人，一切鉴谅，幸甚幸甚。”

魏南鲲和张琏听了林道乾的话，觉得他话里蹊跷，不明白他究竟有何苦衷，张琏早忍不住嚷起来道：

“林兄弟有什么苦衷，不妨以实相告，真使我们堕入五里雾中了，为何好好的事反不要成功呢？”

林道乾叉手答道：

“这苦衷此时小弟尚未便宣布，将来二位自会明白，尚祈原谅。张大哥弯弦久未重续，魏兄也远离家庭，此间只有林凤伉俪成双，大都孤身无伴，但我们有朋友便是大佳，何必急于此事呢？况小弟对于章氏女另有主张，千乞二位不要错怪小弟，小弟只得辜负雅意了。”

说罢立起身子，又向二人深深作揖，表示歉忱。二人听他说得如此坚决，也只好罢休，未便紧紧追问了，张琏却是很不高兴。林道乾觉得自己的主张不得不早求实现了，更有促进他主张的，就是小笠岛戴大荣因编练队伍的事，由李安涛修书差人来请张、林二人的示，并送上不少粮草。在原船回去的时候，林二姑忽然向她的哥哥要求准许她往小笠岛一游。林道乾明知他妹妹思念安涛，故要亲去访问，自己也不能过于阻止她，只好让他妹妹前去，即将书信交与她，并嘱她早日回归。林二姑听她的哥哥业已允许，芳心喜悦，便盛装而往，坐着那边的船到小笠岛去了。

林道乾等林二姑去后，便把孙天禄请到他的室中去和他叙谈。这几天孙天禄的意兴十分阑珊，往往在众人聚议的当儿，他很静默地抱膝而坐，不发一语。林道乾心里是十分明白的，对他很觉抱歉，所以今天他先对孙天禄说道：

“前番所许的愿，至今未能实践，深以为憾。只因舍妹的性情十分执拗，我虽是她的兄长，也不能强做她的主，而促这事早日成就，这是我耿耿于怀，而恨无以相慰的，务请孙兄原谅。”

孙天禄的心中也怀着隐匿，所以林道乾一提起这件事，他的脸上也不由微红。那晚，李安涛卧室窗前的刺客，不是他，还有谁呢？他得不到林二姑，便视安涛为眼中之钉。自从安涛回来后，他包藏祸心，要把安涛暗暗刺死，好使林二姑失去她心中所爱的人，将来自己或可如愿以偿，其实这也是他的笨计策。恰巧安涛命不该死，他前去的时候，正逢林二姑在那里喁喁情话。他在窗前窃听明白，心里又气又酸，对于林二姑完全绝望了，又因有林二姑在内，她是精通武艺的人，自己岂可孟浪行事？只得微微叹口气，呆若木鸡一般。又被李安涛窥见他的影儿，大喊起来，他连忙回身遁逃。幸亏没被林二姑追及，然料林二姑也已猜疑到他了，所以，次日林道乾即有护送安涛他往之举了，他岂有不愧怍呢？因此从那天起，精神愈觉颓唐，百无聊赖，心中痛苦得很。今日林道乾又和他提起心事，他不由叹口气说道：

"蒙林兄诚意相待，感谢之至，但万事不可勉强，令妹的心理，小弟也有些妄臆到了。林兄不必再提这事，使小弟益觉痛苦和惭愧。"

林道乾道：

"孙兄何必如此？这是我所负疚的，现在我有一补过之道，请你听从我言，也不可谓非美满姻缘呢。"

孙天禄听了，不由怀疑，便问道：

"林兄有何赐教？"

林道乾遂道：

"最近我从海上救回来的章秋花姑娘，容貌美艳，高出舍妹之上。所以小弟愿为冰上人，代你撮合，弥补这个缺憾，望你能够答应，这事不难成功。"

孙天禄也见过章秋花姿色娇美，态度婀娜，起初以为林道乾有意于娟娟此豸，谁知林道乾有意要玉成自己的婚姻。他对于林二姑既已绝望，当然表示同意。林道乾欣然道：

"孙兄既能合意，也使小弟心中得以稍安了。"

于是，林道乾又去和章祖华商议，章祖华当然唯命是听。林道乾遂把这个喜讯宣布出来，大家无不快活。张琏方知林道乾所谓的苦衷，原来他一片苦心，完全为他人谋，毫不自私，更觉可敬可爱了。林道乾遂择了吉日，为孙天禄、章秋花成婚。他自己和魏南鲲为媒，通信于两岛，马头岛上的林凤、小笠岛上的戴大荣都来吃喜酒道贺，唯有林二姑在小笠岛住着不归，李安涛也没有前来。大家畅喝喜酒，孙天禄虽然娶不到林二姑，却有了章秋花。虽然一个是巾帼英雄，一个是红粉佳人，其间自有不同，然有女如花，足慰饥渴了。众人借此欢聚了两三天，林凤和戴大荣方才各各辞去。

孙天禄正在新婚燕尔中，却不料警报传来，俞大猷将军又派大队战船杀奔马头岛来了。

第十九回

海舶合围岛人败北
奇兵破敌壮士遁南

林凤在马头岛得知这个消息，一面派人飞报与林道乾知晓，一面戒饬众儿郎做防守之计。谁知此次官军来剿，是下了莫大的决心，分兵两路而来的。俞大猷将军因为官军屡攻马头岛不下，知道张琏、林道乾等非寻常海盗可比，更欲用重兵早来剿除以免养痈之祸。他已派密探先到南海，刺探他们的情形。知道他们已分别占有马头岛和苏婆腊二处，招军制舰，其志不小，非用双管齐下之势不能取胜。所以他派岳永昌会同许占魁、胡达二将，率领一千官军，战船四十艘去攻马头岛；而自率狄云等诸将，三千精兵，战船二百艘，来攻苏婆腊岛。军容之盛，在过去剿除海盗诸役中可谓创举，这个消息接连报到了二林耳畔，如何不吃一惊呢？

林道乾起初和张琏商议之后，即欲率众先往马头岛和林凤等协力守御。后来听得官军是分两路而来，他估料苏婆腊岛已被官军注意，其势不免了，遂去海岸边亲自布防。又闻俞大猷将军虎驾亲临，他素知俞大猷是足智多谋的大将，这次战事便觉很难对付了。张琏却逞着勇气，绝不顾虑，大声说道：

“兵来将挡，水来土掩。俞大猷将军并非三头六臂之人，有多大能耐？即使他真有三头六臂，我老张也要和他拼这一拼，何惧之有？”

所以，他对林道乾说，这遭出战让他去当前战。林道乾拗不过，只好听他的办法，但叮嘱他好好留心，不可大意。于是将部下分为二大队，张琏、魏南鲲、傅友龙为第一队，率战船三十艘，儿郎四百人；林道乾自和孙天禄、唐翱率战船三十艘，儿郎四百人为第二队。留着李丁父子等百余人防守岛上，并叫人去小笠岛报信，使他们那边也可早早防备，也许他妹妹林二姑可来应援。将战之前，林道乾又恐土人未遇大敌，难免心怯，所以集合部下，当众晓谕，叫他们一切镇静，万勿畏葸，努力奋发，以求胜利。新来的唐翱、傅友龙等要立头功，各自摩拳擦掌，准备厮杀。林道乾派了许多探船到海上去探听消息。

这一天，虽在秋日，而气候依然很热。林道乾、张琏等正在岛上喝酒谈天，忽然探子回报，官军战船离此已只有四十多里了。张琏放下酒杯，跳起身来喊道：

“他们来送死吗？待老张先去杀他一阵，不要给他们把我们的岛围困才好。”

林道乾知道张琏贾勇好胜，自己遏止不住他的，遂说道：

“张大哥接战时务要见机行事，俞大猷将军非他人可比，此次前来，一定兵盛气壮，不易对付。小弟当领第二队战船在后接应，如若不能取胜，还是退守为宜。”

张琏嚷道：

“林兄弟休要长他人锐气，灭自己威风，上次我和林凤兄弟守在马头岛港内，给官兵围住，林凤兄弟坚守不出，我老张实在气闷不过。今番若再躲避而不应战，使我不要生起病来吗？病死卧榻，何如战死海洋？我是喜欢活动的，若被官军长围住，岂不要索我于枯鱼之湖吗？”

林道乾道：

“张大哥说得也是，小弟当然也要和他们决一死战的，不过因官军势大，故再三叮咛张大哥要特别小心，免得吃亏。小弟制得十几个烟火信炮在此，我们可以各携几个，待到紧急时候，燃放起这信炮时，便有许多黑烟和火花涌出，日间可以望见烟雾一团，历久始散，夜间则可瞧见很亮的火花在空中爆发，接到这信炮的呼号，便可知道方向何在而去救援了。”

张琏点点头道：

“这个很有用处的，待我带几个去。”

林道乾遂取出六个信炮交与张琏，张琏便和魏南鲲、傅友龙赶至海滨，带领第一队战船驶出海港去了。林道乾不敢怠慢，唤过李丁父子，嘱咐一遍，叫他们好好看守着粮秣军器，镇守岛上，李丁父子诺诺遵命。林道乾便和唐翱、孙天禄率领第二队战船随后出发。张琏领着第一队向前急进，行了二十多里海程，早和官军相遇。只见前面海面上正有无数艨艟衔接着向这边驶来，旌旗蔽日，戈柔如林，张琏瞧着，也觉此次来的官军和以前不同，其势未可轻侮，遂吩咐儿郎擂鼓前战，休要馁怯。张琏的战船上早擂起鼓来，接着对面官军的战鼓也已咚咚地响起，有十数艘战船冲上前来，当先船上立着一将，正是狄云，倒提大刀，吆喝着说道：

“此番你们这些海盗合该命休，不容猖狂了。”

张琏把船迎上前，举起手中刀和狄云接住便斗。今天张琏十分努力，把刀使得非常紧酣，狄云悉力抵住，翻翻滚滚，战了二十多合。傅友龙忍不住上前助战，他是新入伙的人，格外出力，使开一柄大斧，杀到狄云身边去。对面大队官军阵里一声号炮，又杀出七八条战船，船上有一少年明将，手握长枪，和傅友龙接战。魏南鲲恐二人有失，也令船驶上前去接应。这时候，狄云战不过张琏，虚晃一刀，退后数步，回船向东南上退去，少年明将和部下战船也跟随同退。张琏大喜，一心想捉狄云，便指挥战船追上前去。傅友龙当然一同追杀，想要把官军的阵脚冲乱。魏南鲲见二人向前追赶，自己的战船也只剩小一半在他部下了，只得也在后赶上前去。张琏追了一会儿，见狄云等落荒而驶，并不归到官军大队，他心里更觉轻易，定要把他们一齐俘获，所以紧追不舍。哪里知道追至半途，又有一队官军的战船杀向张琏的背后，把张琏和魏南鲲的战船截为两半，各不相顾。魏南鲲虽然不怕，而心里惦念着张琏，未免担忧，舞着手中一对钢叉，奋勇酣战，刺死了一员明将。但是官军越杀越多，战船来了无数，把魏南鲲围在核心，魏南鲲虽然骁勇，一时也冲杀不出。

此时，林道乾已率第二队杀至，但见海面上有几处战船分开，正在喊杀。观察旗帜，都是官军，明知自己这边的战船都被官军包围，可知官军声势之大了，忙令部下擂鼓前进。只见官军那边又有两大队战船分左右翼杀来，林道乾叫孙天禄去敌右翼，自和唐翱敌左翼。官军船上有几员战将顶盔贯甲，立在船头上。唐翱初出茅庐，贪立功劳，将手中画戟挂住，抽弓搭矢，向着当先一艘船上的明将嗖的一箭射去，正中面门。那明将应弦而倒，唐翱跟着放出第二支箭，射中船上的帆，大帆顿时落下，战船便横在海面上。林道乾看着大喜，觉得这位新来的弟兄果然不错了，官军的战船却依旧不退，蜂拥而前。有一员很魁梧的明将，手舞双刀，迎住唐翱便斗，唐翱舞开画戟，放出本领来酣战。林道乾跟着杀上，又闻号炮声响，对面官军大队战船整整齐齐的，做人字形而来。林道乾便去迎战，瞧见正中巨舰的船头上，虎皮交椅内坐着一位大将，面色白净，三绺长髯，相貌甚是英武，顶盔贯甲，佩弓悬矢。背后一个小校持着一柄錾金枪，两旁又有八名藤牌兵侍卫，船桅上飘动一面大旗，锦绣着一个"俞"字，便知此人是俞大猷将军了。林道乾心里暗暗佩服，然而不甘示弱，挺着手中的宝刀，坐下的船追上前去。俞大猷将军也已瞧见林道乾，估料他必是盗魁，待到两船相近时，俞大猷把手指着林道乾说道：

"你们这些愍不畏死之徒，负隅自固，弄兵潢池。官军叠次前来征剿，你们不肯束手归降，反而率众抵抗，杀伤官军，罪恶益发大了。所以今日本将军自来痛剿，一定要犁庭扫穴，收拾你们干净。"

林道乾答道：

"俞将军，你哪里知道，我们做海盗也是不得已而为之，你们官兵不能录用贤能，反而苦苦施剿，自然逼得我们不得不起而反抗了。人孰无良，谁无父母妻子，谁无祖国，为什么逼得有家难奔，有国莫投呢？将军，你这个也要想想的啊！"

俞大猷怒道：

"狂寇，休要狡辩！你是谁？"

林道乾道：

"我姓林，名道乾……"

林道乾话犹未毕，俞大猷又冷笑一声道：

"原来你就是大反潮城的林贼道乾，郑将军已把事情详细禀白我了，你和张琏都是桀骜不驯之徒，罪在不赦！"

接着回头向左右船上喝一声："谁与我擒此林贼的得上赏。"左边船上早有一位官将，使动手中大刀，冲上前去。林道乾听俞大猷口口声声骂他盗贼，不容他分辩，心中自然也格外愤怒。将宝刀使开了和来将交战，斗至十余合，道乾乘个间隙，把手中宝刀迎着那明将的刀只一削，呛啷一声，那明将的刀头落地，手中的刀已被削作两截。林道乾的刀本是田吉的，果然犀利。明将慌忙退下，俞大猷大怒，把令旗挥动，大小战船四面合拢来，又把林道乾的战船围住，大呼厮杀。这时，林道乾那边的两大队伍早被官兵冲开杀截，人自为虞，各不相顾，这也因苏婆腊岛的人数和战船太少，众寡之势悬殊，不免大大吃亏了。林道乾心知不妙，已被俞大猷部众围住，他虽和唐翱尽力苦斗，而官兵越杀越多，自己的部下多有伤亡。孙天禄的一队战船想又为官兵包围了，自己对于他已失信用，虽曾把章秋花弥补他的缺憾，可是他本心欲得林二姑的，心里一定不十分满意。今日又逢危急，恐他自顾不暇，岂肯再像前次那样地出死力呢？只有自己杀开一条血路，退回岛上再说吧！但如何下令与诸军知道呢？林道乾一面酣战，一面踌躇，忽听东南上扑通通地放起三个信炮，天空里黑烟团团，随风袅动，林道乾知是张琏燃放的。张大哥素性倔强，不到十分紧急之时，他绝不肯放这信炮的，此时他必然很危险了。瞧这方向离此已远，谅他已被官军围困在远处海面上，冲杀不出了。唉！张大哥怎知我也被官军围住，不能脱身呢！他心中非常焦躁，觉得自己不可不给他们一个紧急的信息，否则他们还要老待救援呢。所以，他也吩咐儿郎放起三个信炮，黑烟冲天，这样可使自己部下知道他也在危境，须各自努力冲杀出去了。俞大猷见林道乾等燃放信炮，便知自己分散海盗的兵力已见成功，暗暗欢喜，即令官兵加紧包围，休要放走了海盗。官兵自然贪立功劳，重重叠叠地向林道乾坐船进攻。林道乾挥刀力战，渐觉疲乏。幸亏唐翱也知情势不妙，倚仗他的射术灵妙，所以又取了弓矢，连连向官军船上射去，又被他射中数将。官军稍乱，林道乾遂得和唐翱乘机冲出，战船已损折了不少，又见西边有二十艘官军的战船围住自己岛上的船厮杀甚烈。林、唐二人又冲杀过去，里面的战船方得解围，乃是孙天禄，飞舞鸳鸯锤冲出重围来。今天他虽然勇猛，不减于昔，而左肋下已受了伤，血殷甲裳，力气稍竭了。林道乾大呼：“孙兄弟，我在这里。”孙天禄望见林道乾等战船，好似从黑暗里窥见光明，精神兴奋，率领创残的儿郎杀出重围，和林道乾会在一起。对林道乾说道：

“今日官军兵力雄厚，把我们四分五裂地截为数起，首尾不能相顾，小弟正要跟踪杀上时，却被一队战船拦住，以致被围。听到了信炮，明知林兄被困，然因自己也遭逢同样的围困，遂不能上前来援助了，幸亏兄等杀至，方得重逢。”

林道乾紧皱双眉说道：

“我们的第二队虽然吃了败仗，尚喜仍能聚在一起，未曾失败，但张大哥带的第一队早已被官军围困，断了归路，不能回来，如何是好？他虽放信炮，而我们不知他在哪一方，怎能相救？”

唐翱指着东南方说道：

“二位请看，那边很远的，不是有点点帆船踪影吗？”

林道乾回头一看，点头说道：

“正是。大概张大哥被围在那边了，我等快去援救他出险。”

当他们刚要整顿战船驶向那边去时，官军大批战船又向林道乾这边掩杀上来，每艘船上都是弓箭手，发出连珠神弩，箭如飞蝗，尽向林道乾等船上纷纷射来。林道乾和孙天禄等众人都已力乏，难以抵御，看看又要被官军包围起来了，幸亏天上忽起乌云，下了一阵大雨。林道乾等方才乘此机会，收兵退回岛上，也顾不得第一队了。晚间，雨势未止，官军也不能来攻岛，林道乾忧心忡忡，一夜没有安睡。到得天明，风雨已止，林道乾和李丁攀登大云山巅，向港外窥探虚实。这是岛上最高之处，向外远望，瞧见天气晴朗，港外波涛平静，许多官军的战船往来游弋，声势壮盛。林道乾瞧了这个光景，眉峰紧皱，踌躇无计，想起李安涛来，又不在此，自己去和谁人商量呢？在李丁面前又只好强自镇定，以免岛上土人惊乱。一方面又命孙天禄、唐翱二人率众儿郎好好守在港口，多备弓矢，官军若要杀进港来时，可以用箭射退。发令去后，果然有一队战船驶来港口窥探。唐翱亲率众儿郎放箭，官军见唐翱的箭厉害无比，不敢深入，徐徐退去。林道乾闻警赶至船上，亲来助战，见官军已退，方才心头稍安。然而这一天张琏的第一队仍不见各只船回岛，料想他们必然凶多吉少了，那么张琏等究竟到哪里去了呢？

张琏被官军包围的当儿，尽力冲杀，不得突围。虽然放了信炮，非但不见自己的队伍来援救，反又听得远远地也有信炮放起。明知林道乾的第二队也被官军包围住，自顾不暇，未能来解围了，那么只有凭自己的力量突出重围了。他就回顾傅友龙，说道：

"今天我们形势不利，我与你速速突围吧！"

傅友龙答应一声，他用力舞着大斧，没命地向官军战船冲杀。张琏也挥双刀死战，傅友龙的一柄大斧不知砍倒了多少官军，可是官军依然不退，战船四集。张琏心里暗暗吃惊，忽然天空里下起一阵雨来，张琏、傅友龙合力向东南面冲杀出去，好似两头疯虎，果然被他们杀开一条血路而得脱围。然张琏和傅友龙身上都已受了创伤，部下伤亡不少，相随在一起的只有六艘战船了。回望官军的战船，衔接如蛇，归途已被遮断。天色垂暮，只得别觅避藏之处，遂望东南面逃遁。驶了一程，见官军帆影渐杳，知已不来追赶，方才透了一口气。瞧见前面有一小岛，急急驶至那里去泊舟。那岛唤作白栗安利，岛上只有七八家渔户，甚为荒凉。张琏和傅友龙只得暂行歇息，但不知魏南鲲生死下落，甚为系念。次日，张琏遣人驾驶渔舟到海面上去刺探消息，知道俞大猷将军已把大小战船屯于苏婆腊岛之外，包围甚密。他明知林道乾在岛上独力必难久持，自己要回去救援，却又嫌人少力薄，这区区不满十艘的战船，不够大军一击的。况船上剩有的儿郎，十人中倒有半数受伤，其势难再力战了，所以又观望了一日。白栗安岛上粮食甚少，势难久居，并且也不放心林道乾等的安危，自己想想马头岛上的林凤不知怎样了，也许他那里还没有战败，自己可以合着马头岛上的兵力，方可去救援苏婆腊呢！于是他就告知傅友龙整顿败残之众，多多预备了淡水和食粮，立刻偃旗息鼓，驶向马头岛去。将至马头岛时，见岛外很平静地没有战船，心中暗自喜欢，大概进攻马头岛的官军已被林凤击败，那么可以合力去救援苏婆腊岛了。谁知坐船快快驶入港口时，港内一声鼓响，杀出一队战船，旗帜鲜明，并不是自己弟兄，而是官军。船头上立着一员明将，正是胡达，挺着丈八蛇矛，大呼："寇盗，快快投降，你们的巢穴已被我们占领了。"

张琏方知马头岛已告失败，林凤等不知生死。他平日虽自恃勇敢，此时也不敢再和官军对叠，立刻吩咐坐船速退。官军追了一程，追赶不及，也就退回。此时的张琏宛如丧家之狗，在海面上徘徊着，无路可奔。漂泊了两天，舟中食粮也不多了，心中暗暗恐慌，只得再向苏婆腊岛那边去刺探消息，要死时和林道乾一块儿死吧。谁知等他赶回苏婆腊岛时，苏婆腊岛早又被官军占领，根据地一齐失去，林道乾、林凤都已不知何往。他不由长叹一声，要想跃入海中自尽，却被傅友龙抱住，苦劝一番，他们遂向南面驶去。漂流到南洋群岛，在三佛齐登了岸，儿郎们所剩不多，也有疾病而死的，张琏的一颗雄心顿时收敛。恰巧在三佛齐遇到一个故乡的友人姓郭的，在那里开行海舶，载送货物客人，所有船舶甚多，营业很是发达，遂请张琏一同相助。于是张琏暂时洗手，不再干这海盗生涯，而做了海舶长。傅友龙也和他一起，儿郎们有的仍旧跟随他，有的却自往别处了。张琏有时酒酣耳热，和姓郭的朋友谈起往日海岛的事来，一腔雄心兀自跃跃欲动。姓郭的再三劝他，他也既来之则安之，在三佛齐娶了一个华侨的女子为妇，就此住居不支。但是想起了林道乾和林凤，却又举首天涯，远瞩海云微茫，不知道二位共患难的海上英雄漂泊何处呢。怎知道张琏的雄心虽戢，而林道乾和林凤却怀抱着宏大的志愿，各在海外创造起一番新事业呢。

当林道乾被困在苏婆腊岛时，他除了自己尽力守御，还希望张琏、林凤、林二姑等或可前来解围，使自己反败为胜。但怎知张琏已是溃不成军，林凤自顾不暇，和他处于同一厄运的环境里。只有林二姑在小笠岛上得知这边的败耗，曾和李安涛一度商量，如何回去救援。可是探知官军兵多势大，小笠岛上的兵力寡薄，即使前往，也是杯水车薪，无济于事。然若坐视苏婆腊岛被围日久，而被官军破灭，这又是良心上不安之事，无论如何必去一救。李安涛想了一刻，遂对林二姑说道：

“我们若要去救援苏婆腊岛时，白天进兵是无裨实际的，不如乘夜进攻，蹈瑕候间，或可冲杀进去。最好我们先遣人去那边通个信息，让道乾兄可以预备，里应外合，也许可以把官军击退。”

林二姑道：

“官军已将苏婆腊岛围得水泄不通，如何再可通信？不是反送与官军消息吗？”

李安涛道：

“我本也是这样想，未免太冒险一点儿。”

林二姑道：

“现在事已危急，别无妙计，我们只有前去杀他一阵，冲乱他们的队伍。我哥哥在岛上也许能够乘机杀出来的，成败利钝，置之不顾了。”

李安涛见二姑一心要去救援苏婆腊岛，当然兄妹关系，手足情深，自己未便阻止，便道：

“寄妹若要去时，还是在黑夜为妙，我们不妨一同去。”

于是林二姑又把戴大荣请来，说明自己的意思，戴大荣是个爽直而有义气的男子，自然愿效前驱。遂去点齐了二十多艘战船、二百多健儿，听候李、林二人指挥。林二姑披起戎装，挟着梨花双刀，午餐后，和李安涛一同下船。戴大荣倒提大刀，率众儿郎打先驶行。薄暮时已近苏婆腊岛，但见官军的战船云屯雨集，把苏婆腊岛密密围住。附近许多小岛屿，十有七八屯泊了他们的战船。林二姑瞧着这样子，蛾眉深锁，知道自己去和官军争战，不是以卵击石，其势很难吗？然而自己为了手足关系，不得不冒险厮杀一阵，尽尽人事。李安涛四周相视，见一里之遥有个荒凉的小岛，尚没有被官军占领，遂叫儿郎们快快驶向那里去，暂避行踪，免得给官军察觉，反为不妙。于是在暮色苍茫时，林二姑等一群船只已驶至小岛旁泊下。且喜没被官军瞧破，船上带着干粮和淡水，大家胡乱吃了一顿。挨至二鼓时分，李安涛和林二姑驾了一艘较小的船，悄悄地驶向前面海上去观察。这天虽是月黑夜，而天上繁星点点，好像一个很大很广的圆幕上，镶着许多蓝宝石，而那些蓝宝石竟会一闪一烁地动着，在蓝宝石四周的下面，却是黑沉沉的只听着轰腾的波涛声。这时，海面上起了些风，所以浪头较高，林二姑的坐船也一颠一簸的好似摇篮。李安涛和林二姑并肩依偎着向苏婆腊岛那边的方向遥望过去，只见一处处有灯火亮着，知是官军的战船所在，且有活动着的灯光，忽东忽西，这又是官军的巡逻船了。二人望了一会儿，李安涛指着西北面，对二姑说道：

“那地方灯火较少，大概战船也不多，我们若从那方面杀进去，倒是一个间隙，可惜我们总是要想驶入港口的，那么官军在港口的战船必多，我们仍不免要有一场恶战。”

林二姑道：

“这个却不能管了，只要让我们能够冲杀进去，救出他们来，这是最好的事。否则，我和哥哥死在一起也好的。”

李安涛见二姑意志坚决，不便拦阻，遂驶回小岛，把部下战船分为三个纵队叫儿郎们多多鸣打战鼓，戴大荣在左，林二姑在右，李安涛在中，分配已毕，向苏婆腊岛驶去。将近官军时，林二姑等战船上一齐擂起大鼓来，鼓声大震，林二姑和戴大荣挥动手中刀，指挥儿郎们乘势向官军战船边冲杀过去。官军在昏黑中没防到外边有海盗的党羽前来接应的，事出仓促，又闻一片鼓声，不知海盗来了多少，顿时纷乱。林二姑和戴大荣杀到官军里面，逢人便砍，遇船便掷。官军的船舶都是很高大的，一时不易使他们翻倒，只击沉了五六艘。俞大猷将军得到这消息，急令前面的战船一概不许逃散，快将强弓硬弩向盗船急射，如违者斩，又令围在港口的船不许擅自移动，休要慌张，免得海盗从港中杀出，里应外合，自己反陷在中间。又令部将狄云和王显时、曹太彬等率二十艘战船从旁攻击，这样一来，林二姑等果然冲杀不入了。因为官军船上一齐放起乱箭，疾如急雨，林二姑等要避箭雨，不能上前，李安涛虽命部下也向前放箭，然而自己方面人少箭少，怎敌得过官军的箭多？可惜这时候林二姑没有信炮，否则放起数个来给林道乾等知道，从里面杀出来接应，也许可以获胜，无奈林二姑这次前来，和林道乾没有约定，两边隔着不通消息。

林道乾在岛上始终糊糊涂涂的，没有知道他的妹妹曾在夜间来此救援的事，所以未发一卒，依旧守在港里。林二姑等冲了一会儿，官军的箭越放越多，戴大荣一个不留心，腿上也着了一箭，而狄云等又领着战船，从旁边掩杀而至。李安涛见官军业已有了准备，自己冲杀不入，岛上又没战船出来接应，自己人少船寡，恐怕被官军包围后难以杀出，遂把坐船驶近林二姑船旁，劝林二姑速退。林二姑知道戴大荣业已受伤，官军如此之多，断非自己一人之力所可取胜，久战下去，一定吃亏，没奈何，长叹一声，下令退走。狄云等本欲穷追，因俞大猷将军有令，黑夜莫追敌船，所以收兵回去。经过了一场纷乱，天色也明了，林二姑等把部下船舶徐徐退回小笠岛，幸喜官军没来追赶，死伤人数也不满十名，然而自己徒劳往返，解不得苏婆腊岛之围，心里万分焦灼。

次日，俞大猷见海盗厉害，遂想出一条计策来，就是吩咐部下数十艘战船，假作海盗的船，从外边冲杀而入，和自己的官军混战，给岛上海盗见了，信为党徒前来救援，可以杀出来，请他们中计，而自己部下假扮海盗的官军，可乘机冲进海港去了。果然这样做后，林道乾等在岛上听得外边号炮声和厮杀声，便登大云山顶眺望，只见港外有十数海盗船插着自己这边的旗帜，正向官军击杀。林道乾和孙天禄估料外边来的，若不是马头岛上的林凤，一定是小笠岛上林二姑，孙天禄大声嚷道：

“林兄，我们还不乘此时杀出去吗？”

林道乾点点头，表示同意。于是大家到了船上，把所有战船悉数开出港去。孙天禄打先，林道乾居中，唐翱押后，鼓声如雷，呐喊声声，杀到海面上。官军见港内海盗杀出，纷纷倒退，孙天禄更是勇猛，左冲右突，他的战船首先冲至官军队伍中去。林道乾大喜，自己部下的战船悉数出了海港，要想和外来的船联络在一起，一时却又遇不到，只好向前追杀，希望可将官兵击退。一会儿，官军后面一艘战船上扑通扑通地放起三个号炮，败退的官军立刻杀转，一艘战船上有一大将，举刀而喝道：

“海盗，今番你们中了我们大帅之计了，想逃到哪里去？”

正是狄云。林道乾大怒，挥动手中宝刀，便和狄云酣战。这时，左右杀来，两队战船乃是王显时和曹大彬，孙天禄去迎住王显时，唐翱去敌住曹大彬，可是官军的战船蜂拥而至，把林道乾等取了包围之势。林道乾正要退后，却望见一队战船，船上插的旗帜和自己仿佛，鱼贯而进，很快地驶向自己那边港湾里去了。他不由一怔，心中暗想：倘然是林凤或是自己妹妹那边杀来的儿郎，为什么不和自己接连在一起，反而悄悄地驶进港中去呢？这样一想，他恍然大悟，回顾孙天禄说道：

“孙兄弟，我们中了官兵之计，快快退兵。”

狄云哈哈笑道：

“姓林的，你到此时方才觉悟吗？太嫌迟了，你们藏在里面不肯出战，今被我们俞大将军用计诱骗出来了，你们的巢穴此时已被我们乘虚杀入，还想回去吗？”

林道乾大怒，这时候，也顾不得其他了，指挥自己的船速退。孙天禄知道中计后，怒不可遏，奋起神勇，一锤把王显时打倒在船头，夺路而走，他领着四五艘战船首先冲出，可是等到他驶回港口时，只见港口早已密布官军的战船。起先插着自己岛上旗号的船舶都已换了官军旗帜，齐声大呼：“苏婆腊岛已为我们夺下，海盗是走向哪里去？”同时又见岛上有黑烟一缕缕地冲起，必是官军在那里放火焚烧了，想着自己新婚之妻章秋花，不知此时是安是危，若被官军捉了去，非但性命不保，反恐受其污辱，心中一阵难过，立刻怒发冲冠，咬碎钢牙，奋勇向官军阵上冲过去，尚欲闯入港中。但是，官军势头甚大，且用弩箭向孙天禄等船上射来，孙天禄冲杀一阵，不得上前，只好退下，恰巧林道乾率领十多艘战船退回。孙天禄见了林道乾，报告苏婆腊岛失陷消息，林道乾惊怒不已。一会儿，唐翱也已率领战船退至，归路已断，三人在船头上商量作何道理。这时，官军的大队战船又已四面杀来，林道乾愤然说道：

“官军如此可恶，我等与他们势不两立，不如背城借一，和他们决一死战，倘然不胜，我等就死在海上，也不想再活了。”

唐翱也说道：

“今日我们固决死，但也不让官军便宜，我必要杀死百十人，方许换得这条性命。”

孙天禄却说道：

“林兄何故说这种颓丧之语？官军势大，我等力薄，若和他们死战，结果必至全军覆没，徒死无益。不如合力杀出重围去，别作企图，况且林凤、张琏、魏南鲲等诸兄虽已失散，存亡莫卜，然安知他们不在海天的一角等候我们重行聚首呢？林兄素来很有智谋，今日为何这样说法？”

林道乾点点头道：

“孙兄的话不错，我也是一时愤激使然，那么我们赶快杀出重围，万万不可再给他们围困分散兵力了。”

于是三人合在一起，望东南角上官军战船较少的地方冲去。三人各奋神勇，尽力冲突。唐翱仗着他的穿杨之技，又射倒了两员明将，官军稍稍引退，遂被他们冲杀出去。见东西北三方面都有官军的战船，鼓角怒号，旌旗飘扬，他们不敢再撄其锋，只得望南逃遁。遇见西边有两艘帆船驶来，像是自己岛上的船只，又见那边船上隐隐地有人挥着旗帜，似乎向自己这边打招呼，也许是第一队中的战船吧，林道乾十分兴奋，也命人到舵楼上去挥动旗子，做暗号，表示彼此是自己人。两边渐渐驶近，方见那边第一艘船上立着一个袒胸赤脚的汉子，手里拿着镖枪，正是孛丁。孛丁也已瞧见林道乾等诸人，把手中镖枪上下舞着，似乎十分快慰，彼此靠拢时，孛丁早已飞身跃上林道乾的舟首，向他拜倒。林道乾伸手将他扶起，问他怎样来此，孛丁说道：

“自从头领出战后，我等守在岛上，忽然有一队战船驶进港来，打着自己岛上的旗帜，我等以为是救兵已到，没有拦阻，不料他们泊了船，立刻杀上岸来，岛上土人抵敌不住，我见势不妙，立即跑回家中，可是不幸的，我父亲已被官军杀死，我遂保护着妻子，杀到头领那边去，救出老人章祖华和他的女儿，逃至海边，和十数部下偷偷地驾了自己的帆船，逃出虎口。侥幸没有被他们发现，驶至此地，又幸遇见头领，十分欢喜。”

林道乾约略听得岛上失陷的情形，且知章氏父女安然脱险，而孛丁的父亲却已被害，心中很多感慨。孙天禄闻爱妻无恙，便觉心头稍慰。此时章祖华已从后边一艘船上走出船舱，向这里举手招呼。孙天禄赶紧走过船去，到舱中去见章秋花。美人虽幸无恙，而玉颜已是憔悴，受了很大的惊恐，一见孙天禄，连忙投身入怀，嘤嘤啜泣道：

“你在外边战败了吗？我在岛上险些被他们捉去害死，幸有孛丁把我们父女俩救出，又到这茫茫大海里来。自以为今生不知可有日子和你重见，想不到就会相逢的，难道我们是在梦魂中吗？”

孙天禄忙抚着她的云发，安慰她道：

“我在外边没有战败，实在官军施行狡计，夺了我们的苏婆腊岛，以致我们欲归无路，使你也受到惊恐，且喜你已逃出来了，我们又在此间海面上重逢，这也是苍天可怜我们，不忍我们折翼分飞啊！愿你不要忧惧，有我在此，必要保护你安安稳稳地寻个去处可以安身，千万不要惊碎你的芳心。”

章秋花听了孙天禄这般安慰的话，惊魂渐定，心中稍慰，章祖华也走过来和孙天禄问答数语，孙天禄遂回至林道乾船上。林道乾已和李丁讲过许多话，见天禄的脸上微有笑容，遂说道：

“恭喜孙兄，嫂子无恙，你的一颗心也可安定多了。”

孙天禄点点头，这时，天已垂暮，大家没有去处，遂驶至前面一个荒岛旁，把船泊了，预备晚餐充饥。晚餐后，林道乾、孙天禄、唐翱、李丁都在一艘船上商讨大事，老人章祖华也坐在一旁参加会议。林道乾对众人说道：

“这是很凄怆而很惭愧的，我们在海上聚义以来，屡摧强敌，渐渐有了一些基础，私心方自庆幸。谁知此次官军大举来攻，我们自己失策，分散了兵力，又堕了人家的诡计，以致第一队被围失踪，苏婆腊岛又告失陷，马头岛存亡未卜，照此形势看来，也是凶多吉少了。今后我们采取怎样办法，以挽颓势呢？我本想去援马头岛的，只因现在战船不满二十艘，儿郎不满二百之数，不复成军，如何可以去救援他人？况要到马头岛去，这条航路必经苏婆腊岛，逃不了官军的耳目，岂不使自己又送到他们的门上去吗？所以踌躇不决了。又想起我的妹妹和李安涛在小笠岛上，不知他们得到消息，又作何光景。量他们兵力单薄，未能前来应援，即使我妹妹要奋勇救援时，恐怕她那里也不堪官军一击的，实在此次官军完全倚仗着人众船多，先发制人，我们吃亏的还是预备不够，实力不充足。我们没有别的地方走，除非到小笠岛上去看看形势，再作道理。”

孙天禄听林道乾提起林二姑、李安涛，又使他触起旧恨，暗想：他们躲在小笠岛上恐怕早已同床合枕，做了夫妻，李安涛这小子诱惑上了二姑，达到他的愿望，快快活活地在那里度日子了，怎高兴再去救援苏婆腊岛？做了哥哥的总不会猜到妹妹变心肠，林道乾真是聪明一世，懵懂一时呢。所以等到林道乾刚才说完时，孙天禄早嚷起来道：

“马头岛既不好去，小笠岛的航程也在官军战船所及的范围里头，我们岂可贸然送去？况小笠岛地方狭小，不足为根据之地，我们若往那里，被官军侦知时，立刻便可派遣战船前来包围的。我们又要遁至哪里去呢？

为今之计，这两处都不可以去了，唯有另觅新地，卷土重来。至于小笠岛，我是万万不能去的。”

林道乾听孙天禄这样说，明知他又有些不愿意和安涛、二姑重见，引起以前的不愉快。但因他说的话也未尝没有理由，自己不便驳倒他，可是一时没有妙计，遂默然无语，摸着自己的下颏，只是出神地思虑。章祖华却说道：

“南洋土地肥沃，物产丰富，那边的土人知识愚陋，我国的华侨在那边经商的很多，没有不会发财的。只惜自己的国家没有保护华侨，以致优厚的权利都被西来的白种人夺去。而本地的蛮王番国往往妄用武力，欺侮华人，这是我在南洋常常看在眼里，引为平生绝大憾事的。像头领这般智勇双全，若到那边去，怕不能为华侨的保障，扬声威于异地吗？头领若然肯去，我愿追随鞭镫，再往那边走一遭。”

林道乾道：

“依你的说话，要劝我到浡尼国去吗？”

章祖华道：

“那边的情形我比较熟悉一些，故愿做识途老马。头领若往那边乘机而动，倘得为异邦雄主，海外扬名，岂不胜于局促一岛，受海盗的恶名，为官军所逼迫呢？”

林道乾听了这话，点点头道：

“你说的话很是合我的怀抱，我和林凤等本来早有此志，只因未逢时机，尚欲有待，特先在海岛上图谋根据之地，待到实力雄厚时，也要扬帆南进，不想去和官军争胜负的。即如官军逼得我们走投无路，只不过在朝廷面前报些功劳，人民的疾苦若不解除，铤而走险的何止我林某一人？”

林道乾说到这里，长叹一声，孙天禄接着说道：

“老人之言，小弟也很赞成，不知林兄可有意往浡尼国走一遭？”

林道乾道：

“漂泊天涯，到处为家，我本无可无不可的，你们倘然高兴跟我前往，我就去试试也好。”

唐翱道：

“小子是唯林头领马首是瞻的。”

林道乾见大家都赞成前往浡尼，并无异议，于是他遂决定明日启碇遄赴浡尼，至于张琏、林凤以及自己的妹妹也顾不得了。章祖华听林道乾和自己的爱婿都愿往浡尼，他更是兴奋，回船去告知他女儿，章秋花自然也很欢喜。

到了次日，林道乾检点战船，共有二十一艘。遂群集众儿郎，把自己要到浡尼去的意思传达他们知道，问谁愿去的可以跟着同行，倘有不愿远征的，也不妨自己回国去，另谋生计。林道乾宣布后，只有少数的人不去，林道乾遂留下四艘船让他们自己回去。他带着愿去的儿郎，挂起大帆，向南驶行，但驶行不远时，瞥见西边有数艘战船正向自己这边紧紧追来。孙天禄首先瞧见，十分怀疑，以为是官军侦察的船舶，尾随不舍，遂去报告与林道乾知道。林道乾和孙天禄、唐翱上舵楼去观察，见来船也不过五六艘，因为距离较远，所以瞧不清楚。林道乾道：

“官军欺人太甚，我们让了他，他们还要贪立功劳，想把我们一网打尽，忒是可恶，岂知困兽犹斗，蜂虿有毒，而况人乎？料他们区区几艘战船有什么了不得？我们休要逃遁，待他们来时，和他们拼上一拼，杀得他们片甲不返，也好代已死的儿郎出口气。”

孙天禄、唐翱都说是，林道乾遂下令自己船只一字儿排开，各各预备兵刃弓矢，等候厮杀。他自己握着宝刀，站在船首，恶狠狠地专等交锋。谁知来船驶近时，细细察看，并不是官军的战船，反像自己岛上的船舶，鱼贯而至。首先一艘船上站着一人，手托铁叉，正是魏南鲲，不由惊喜交加。魏南鲲也已瞧见这样的船，急急驶近，林道乾便命众儿郎休要误会，彼此相见。魏南鲲走过船来，见了林道乾，便道：

“原来林兄在此，今日相见，可称不幸中之幸事，苏婆腊岛怎样丢失的？官军真是厉害，此次我们吃了亏也。”

林道乾道：

“我们这遭战败，不幸已极。你们的第一队为何全都失踪，张大哥到哪里去了？为何不见回来？”

魏南鲲便将自己被围突围的经过告诉一遍，且说自己漂流海面，张大哥被官军重围，大概凶多吉少，即使突围而出，也势必溃散不能成军，他既然知道苏婆腊岛已失陷，不知避到哪里去了。林道乾也把苏婆腊岛失陷情形略告一些，且说道：

“张大哥既无影踪，尚有马头岛上的林凤兄弟，不知他那里能不能坚守？我也非常挂念，只苦自己力量薄弱，不能够去援助，恐遭官军的截击。”

魏南鲲道：

“林兄想念马头岛吗？小弟昨日在海面上却探听得一个消息，因有一艘小船是从马头岛上逃出来的，相遇后始知马头岛也被官军攻破了，林凤兄等也不知往哪里去了。”

林道乾太息道：

“这恐是我们众弟兄的命宫魔蝎吧！林凤倘然脱险而出，一定是往南洋去了，他的朋友萧柯，不是已约定我们往南洋去开辟霸业的吗？林凤和我早有此想，现在事实驱使我们走上这条路了。虽然我们的目的地各有不同，然而志向则同，但愿上天垂佑使我们能在海外建立一些伟业，便不负我们的一番辛苦奋斗了。魏兄，你我是好友，你不如跟我一起去吧！”

魏南鲲道：

“小弟在南澳追随张大哥和林兄之后，一同出外，早已将故乡和家人淡然忘却了，南天万里，只愿随着你们走，所以我正在海上找寻你们。方才遇见了林兄遣散的船，方知林兄率众正赴浡尼，故我立刻追踪而来，重见故人，不胜欣喜。”

林道乾也说道：

“我得魏兄同行，正是大大的臂助，更增加了我们的力量，甚觉快慰。”

于是，魏南鲲的战船并入一起，这几位海岛英雄同赴南洋，石破天惊般别创许多新事业，亦奇亦烈，可泣可歌。

第二十回

誓死不降效负隅猛虎
决心他去做脱壳金蝉

张琏、林道乾、林凤本是海上三雄，虽然屈身草莽，可是有志天南，都不肯庸庸碌碌、老死户牖的。他们纠集健儿，盘踞海岛，无非要想做他日称王扶余。不幸毛羽未丰，根基未厚，几次三番被官军痛剿。此次俞大猷将军挟其雷霆万钧之力，大加挞伐，两面包围，以致众寡不敌，败走他方。现在张琏既已在三佛齐做了海舶之长，林道乾又到浡尼去问鼎异邦，那么林凤又到哪里去呢？

当苏婆腊岛被围之日，正是林凤孤军喋血之时，自顾不暇，当然没有兵力可以来救援林道乾了。岳永昌奉了俞大猷将军之命，偕同许占魁、胡达二位同袍率领战船，杀奔马头岛去。他因前次出剿，未能胜利，此番和俞大猷将军分兵进剿，各攻一处，自己更宜用出全力，务求早将马头岛夺取到手，以增光荣。万一俞大猷将军已攻下了苏婆腊岛，而自己尚不能大败海盗，更有何面目再见俞将军呢？因此，他将至马头岛时，便请许占魁、胡达二人到他的大船上去商议进攻之计。许占魁也知林凤等十分厉害，进攻不易，遂想出一个诱敌之计，大家照计行事。

林凤在岛上得知俞大猷将军雄师前来的消息，他格外小心准备，聚集战船，以图迎击。等到官军战船将近马头岛时，他命魏三虎留守港中，自和赵虬、邝刚悉起舟师，驶出港口去和官军决战。赵虬更是奋勇，赤裸着上身，露出一身乌黑的肉来，腰下只穿了一条短裤，头上挽个椎髻，手里拿了两柄蘸金板斧，驾着一艘快艇，当先杀上。胡达挺起丈八蛇矛，赶过来和他接住酣斗。岳永昌见赵虬勇猛非常，双斧上下左右地向胡达身上进卷，好似一个疯狂的猛虎，有万夫莫当之概，他深恐胡达有失，便向左右取过鎏金镋来，催动坐下战船，望赵虬那边杀过去。赵虬一见大纛旗，便知是岳永昌来战，他就抖搂精神，丢了胡达，和岳永昌狠斗。岳永昌的鎏金镋是十分厉害的，呼呼呼地一连数镋，向赵虬猛扫，赵虬的两柄板斧尚能招架得住。林凤立即舞动双戟，杀上前来，胡达便和他战住，看看斗到二十余合，胡达战不过林凤，虚晃一刀，马上退后，岳永昌也架住赵虬的板斧，喝令战船速退。官军的战船立刻如云逝水流般向后倒退，林凤以为官军果败，挥众进攻，赵虬首先追赶，林凤继进。唯邝刚领着少数的战船尚在后面，没有远离港口，忽见西边有许多帆船疾驶而来，船上并无旗帜，邝刚正觉有些奇异，吩咐部下船向前阻止，询问他们的去路。但那些船将至近处，突然一声号炮，船舱里钻出许多官兵来，刀枪剑戟，旌幡旗旄，来抢马头岛的港口。邝刚大惊，一面挥众抵御，一面叫船上鸣金，港中的魏三虎闻得消息，忙率部下八艘战船杀出接应，官军的主将乃是许占魁，飞舞长枪，指挥战船猛冲。邝刚、魏三虎识得他的厉害，死命迎战。

此时，林凤在前面听得后边鸣金声，知有变故，急令儿郎们速退，但是赵虬已追得远了，只得令自己船上鸣金。岳永昌退走时听得后面海盗中间鸣金之声，知是许占魁袭取得手，即刻燃起三个号炮来，大小战船一齐反攻，他和胡达分左右翼向前包围。林凤退得快，没被官军围住，迅速退回港口。邝刚、魏三虎正和许占魁喋血死战，岌岌危殆之际，恰幸林凤退回。两下混战一阵，林凤见了许占魁，知自己业已中计，要紧保守港口，便分一半战船去守海港，自己舞动双戟，和许占魁狠斗。背后金鼓大震，官军的战船又已杀来，却不见赵虬的影踪，林凤的部下顿失斗志，纷纷倒退。此时林凤也约束不住，顾不得赵虬了，和邝刚、魏三虎合在一起，杀开一条血路，退入港口。许占魁见林凤退走，他取过弓箭，照准林凤头上射去，林凤听得弓弦响，把头一低，那箭恰从他的头发上擦过。林凤知道许占魁的箭术高明，留心防备，果然第二支箭跟着又到，林凤把戟一掠，当的一声，那箭便被打落水里去了。但是第三支箭又到了，林凤的身子望下一蹲，让那箭从头上穿过，却射倒了一个儿郎。

林凤退至港内，便叫儿郎们一齐放箭，立刻箭如飞蝗，向外放射。许占魁见海盗尚不溃乱，不敢冒险杀入，只在港外列阵而待。一会儿，岳永昌、胡达等掩杀而至。岳永昌以为许占魁已取得马头岛了，谁知仍没有得手，心中大怒，遂令许占魁速速进攻，许占魁遂冒险杀入港口。林凤、邝刚、魏三虎等誓死力战，岳永昌见官军攻了一阵，不能攻入，深恐多有损伤，只得下令停止进攻，把港口封锁了再说。于是大小战船围住在港口。

林凤苦战良久，见官军业已止攻，心里稍觉安慰。天色渐晚，叫儿郎们依然坚守勿懈，他心中惦念着赵虬，不知赵虬生死下落，忽然赵虬在水中泅上船来，胸中也受了两处创伤。林凤接着，问赵虬如何脱险归来，赵虬遂说道：

"小弟当先追杀，不料官军诈败，袭我马头岛，小弟一时不能退回，反被官军困住，官军越杀越多，自己儿郎们斗志涣散。小弟虽然奋勇死斗，可是寡不敌众，冲杀不出，儿郎们死伤益发多了，小弟哪里突得出？官军见小弟死战，杀伤了他们许多人，便放乱箭，要将小弟射死。小弟没法逃出，幸亏自己擅长泅水之术，便跃入海中，极力挣扎图遁，方才逃回岛来，但是身上已受创伤了。"

赵虬说着话，把手指着自己的胸口。林凤对他说道：

"赵兄弟这样狼狈，都是我的过处，我因得闻后面邝兄弟的鸣金声，知道情势不妙，自己的港口有被袭的危险，要紧赶回救援，遂顾不得赵兄弟了。且喜马头岛尚未失陷，赵兄弟也得生归，尚属不幸之幸事，现在我们兵少势弱，如何抵御官军？未知苏婆腊岛上张大哥、道乾兄等可能前来救援？只恐他们也被官军包围住，自顾不暇，不能分遣儿郎们到此救援呢！"

赵虬道：

"这次小弟也太轻敌急进，以致中了官军之计，丧失许多儿郎，惭愧得很。"

林凤道：

“这也难怪你一人的，我自己也太鲁莽些，没有料到官军诈败诱敌，过去的事，悔之无及，以后我们将怎样去对付？出战呢，还是坚守不出？”

赵虬道：

“守在岛上，若被他们长围不撤，怎样可以免除患难？依小弟的主见，仍用以前安涛兄火攻计，击退他们。”

林凤道：

“火攻计是可一而不可再的，上次一则有安涛兄的假投降书，二则又得乘风纵火，所以克奏肤功。官军已吃了一次亏，岂肯再上当呢？以我之见，还不如坚守两日，再作道理。倘然张大哥等能够击退官军，他们自会来救助的，赵兄弟，你已受伤，岂能再战？请你暂住岛上，裹好伤处，休息一天吧！”

赵虬道：

“小弟吃了这个大亏，一定要报复，否则也给官军笑岛上无人了。岳永昌那厮，你们都说他本领高强，但我和他交过手，也不过如此。”

邝刚道：

“赵兄的本领好，自然对付得过，岳永昌手里的鎏金镋本是十分厉害的，换了小弟等哪里敌得过他呢？”

林凤道：

“岳永昌一人本不足畏，可是官军倚仗着人众船多，我们未免吃亏了。今晚赵兄弟且暂休息，明日待我整顿部下，再行出战便了。”

遂送赵虬上岸去睡息。郭玉辉又预备美酒佳肴，送到船上来慰劳众儿郎。晚餐后，林凤因官军势盛，不敢上岸，和邝、魏二人督率战船，轮流巡视，且喜一夜平安过去。次日清晨，早饭后，林凤召集众儿郎在船上训话，叫他们休要胆怯，苏婆腊岛不日必有救兵前来，大家务要鼓勇向前，官军虽多，不免久持，我们必要死守这岛，休放他们杀进港来。林凤激励了一番，大家齐声答应，忽然儿郎们报称官军中有人前来下书。林凤在船上听着，不由一怔，叫左右引导上船。隔了一会儿，便见左右领进一员武弁，捧上一封书函，林凤接过，拆开信封，抽出信笺来，读着道：

马头岛林凤、赵虬二头领均鉴：

本将军奉俞大猷将军之命，二次进剿，原期一鼓而下，扫荡巢穴，早奏郭清摧陷之功，第念不教而诛，古人所悯，网开一面。仁政之出，尔等虽皆草莽枭雄，啸聚海岛，弄兵潢池，罔知大义，然清夜扪心，人孰无良？兔罝野居，干城可选。本将军颇惜尔等勇材足智，陷身盗跖之流，一旦败亡，玉石俱焚，故于进攻尔岛之日，特做最后之警告，倘汝等能改过自新，放下屠刀，愿为本朝良民者，尽今日从速倒戈释甲，束身归降。先将黄瑞将军安送前来，则本将军当代汝等向俞大将军陈说，恕其已往之罪，听候发落，不亦美乎？倘若怙恶不悛，负隅自固，则釜底游魂，车前螳臂，必难免草薙禽狝之祸矣！又有告者，汝等党羽之在苏婆腊岛者，已为我俞大将军所击溃，旦夕可破，汝等之势益孤，末日已不远矣！幸毋犹豫，自始伊戚，专引劝告，余不多白。

岳永昌手泐

原来这是一封劝降之书，林凤自知势孤力弱，苏婆腊岛自身已濒于危，张琏、林道乾等怎有余力来援救呢？自己被困于此，不是坐而待毙吗？然弟兄们都有义气，张、林二人不知存亡安危，自己岂可胆怯先降？不得不死守于此，再看形势。邝刚、魏三虎等闻得官军劝降，他们都表示誓死力战。林凤遂对那武弁大声说道：

“你是岳永昌差来下书的人吗？壮士有死而已，岂肯投降？你去回报岳永昌，说我姓林的绝不散伙乞降，你们虽然兵多，何足道哉？”

说罢，把岳永昌的书信撕作数条，掷于地下，逐退武弁，料他回去后，官军必然要加紧攻打，叫儿郎们多多预备弓矢，倘然官军进攻，我们守住港口，专候他们的战船，来一只杀一只，不得退缩，于是大家准备厮杀。赵虬闻信，裹创登舟，鼓励部下。可是港外官军尚无动静，蓦地里，岸上的郭玉辉差人来报，有人见岛后有帆船数艘在那里徘徊，像是侦探岛上的模样，莫非官军不从正面进攻，而想来岛后袭击？不可不防。林凤听说，便和赵虬立即登岸去会见了郭玉辉，详询究竟。郭玉辉遂说儿郎们在岛后海边伐木做箭，刚才瞧见，火速来报告的。遂叫人引至岛后海滩边瞭望，果见有五六艘帆船在岛后近处，慢慢地往来驶着不去，真好像向岛上窥探虚实的模样。但是所可疑的，船上并无官军的旗帜，也没有耀目的戈矛，然也许官军偃旗息鼓而来偷窥的。赵虬对林凤说道：

“我们的岛后沙滩与礁石很多，难于泊船，所以我们对于官军也未加防备。据小弟所知的，只有离此稍东二百余步相近之处，那里没有明沙暗沙，可以泊一二船只，但也不能容多数的人在那边登岸的。林兄尽请放心，官军若要从岛后进攻，这是他们自趋死亡之路，我们以逸待劳，坐待他们失败，难道怕他们插翅飞上岛来不成吗？”

林凤听了赵虬之方，较为安心，便点点头道：

“赵兄弟，这岛上的地势，你比我来得熟悉，你如此说了，我当然放心。但岳永昌和许占魁勇而多智，他们一心要攻下我们的马头岛，我们既已表示不降，自然他们更要设法夺取了，我们更要小心，休被他们乘隙而入。”

二人正说着话，海中的帆船上的人似乎也已瞧见了岛上的人影，帆船愈驶愈近，可是相距海岸二百步外就不敢更靠近了。船头上站着几个人，向这里相视了一下，有几个人便到船舱里去取出几面旗来，高高地举着，向岛上挥动不已。林凤瞧得清楚，这些旗子都是苏婆腊岛上的，莫非是苏婆腊岛派来传递消息的船只，他们因为港外有官军包围，不能入内，所以绕到后边来想法了？立刻对赵虬说道：

“赵兄弟，我们倒不要疑心是官军侦察，你试看他们船上的旗帜，不是苏婆腊岛上用的吗？他们正在向这里频频挥动，明明是要和我们传递消息，大概张、林二兄派到这里来的，我们快些指示他们在海滨泊舟，以便他们上岸吧！”

赵虬也已瞧见船上挥动旗帜，他相信林凤之言，便叫手下儿郎去取来一面旗子，一边高高举起，向空招展，一边跑向那可以泊舟之处，站定着仍是挥动。林凤也取了一面旗，同样挥舞。此时，帆船上的人也已瞧见这里岛上的指示，明白林、赵二人立的地方是安全之处，可以泊船的，五六艘大船果然鱼贯而来。林凤、赵虬见了，暗暗欢喜，仍是不停地挥动，帆船靠近海滨时，纷纷下帆。有许多人都拥立到船头上来，果见其中有几个都是苏婆腊岛上来的，本是魏南鲲手下的渔户，也是从这里分过去的。林凤、赵虬更是放心，帆船既已泊住，但距离海岸还远，帆船上的人放下很长的跳板，搭到沙石滩上，一个个涉水而登。林凤一眼忽见萧柯也在其中，不由喜出望外，高声大呼道：

"萧兄，你怎么到此？好极了。"

萧柯伸手挥着，走上岸来，背后跟着的都是他同行之人。林凤很快地走过去，和萧柯握手相见，不胜惊异，以为萧柯到了苏婆腊岛，由岛上伴送他们到此的，便问张大哥和道乾兄如何不来，苏婆腊岛已解围了吗。萧柯摇摇头道：

"这个小弟却不知，请林兄问那些岛上人吧！"

林凤听了，又是一怔，于是萧柯又说道：

"小弟此番从菲律宾驾舟归航，中途忽然遇见苏婆腊岛上的几艘海船，要向我舟行劫。小弟出舱抵抗时，恰遇见那几个儿郎，我虽然不和他们相识，而他们却认得我的，因此大家没有动手。问询之下，始知他们是从苏婆腊岛溃败下来的。"

萧柯说到这里，林凤依然不明白，口里只说怎的怎的，一个儿郎在旁插口说道：

"此次官兵来攻我岛，我们本随张头领所率的第一队作战的，林头领率的是第二队，在后面接应，怎奈官军船多势大，把我们的第一队截断数起，首尾不能相顾，张头领虽然放信炮呼援，而不见林头领来相助。被围多时，死伤大半，我等跟着张头领殊死突围而出，但又和张头领相失。我等虽欲退归苏婆腊岛，又闻官军已将我们的岛围住，那么我们区区数艘战船，杀回岛去也是无用，所以徘徊海上，一时尚没计较。恰巧遇见从南洋驶来的海船，以为必是客商们饱载而归，遂不顾岛上孤客不劫的禁令，上前拦劫，无非想得些油水，可以别处远扬，哪里知道又逢见林头领的好友，在这里马头岛上见过的，怎敢得罪英豪？所以和众弟兄说了，大家住手，这是很惭愧的，请林头领恕宥孟浪之罪。”

林凤听了，皱着双眉说道：

“哎哟！照你的说话，张大哥生死存亡也不可知，而苏婆腊岛也是岌岌可危了。”

萧柯接着说道：

“不错，据情推测是十分可虑的，所以小弟得到消息，便叫他们同来此地探问林兄。果然这里也被官军围住了，我们远远望见官军的战船，便不敢向前行驶，恐被官军瞧见，反为不妙。我惦念着林兄，心里异常焦灼，不得其路而入，听儿郎们说岛后尚无官军，因此迂道驶到岛后来，然而看到海滩边都是暗沙明沙，礁石错列，海岸峻险，绝少可以泊舟之处。正徘徊间，小弟在船头上用着西人所制的望远镜，察见岛上有人注视我们的行动，我遂料到你们已发现我们的海舶了，心中一半喜，一半忧，喜的是彼此相见，忧的是恐防你们误会，遂叫儿郎们即用苏婆腊岛上的旗帜向这里挥动，侥幸林兄等已察觉是自家人，而指点我们泊舟之处了。现在岛上情形谅必十分紧张，你们能够敌得住官军吗？”

林凤叹了一口气，说道：

“这个要请萧兄到寨中去坐了细谈，便可知晓。萧兄此来可携宝眷？”

萧柯点点头道：

“当然同来同去，但现在可以留在船上，不必上岸，且先让小弟跟林兄去坐谈一会儿。”

林凤说声好，遂叫儿郎们招待船上的人去休息，他自和赵虬陪着萧柯回到寨中去坐。左右献上香茗和水果，林凤便把自己作战不利，官军劝降，以及誓率儿郎同为玉碎的事细细告诉一遍。萧柯听了，便对林凤说道：

“林兄现在既被官军围困，濒于危殆，按理小弟自当相助，但官军之势盛大，小弟又无部众，虽有薄技，无所施用，解不得马头岛的重围。”

林凤和赵虬听了，面面相觑，默然无语。赵虬忍不住刚要开口，萧柯早接着说道：

“但小弟此来本有意思要劝林兄离开这里，一同到菲律宾去，别有企图，以践前约的。林兄与其冒着危险在此死守孤岛，独力难支，终将失败，何不留下有用之身，和小弟一同往菲律宾去别创一番伟业？”

林凤叹道：

“小弟何尝没有此意？前番经萧兄和我说了，我与道乾兄等久想往南洋一行，别辟新天地，所以萧兄去时，小弟重重拜托。现在萧兄既已重来，自当随行，只是小弟如何轻易弃了马头岛而去？况且小弟和张大哥、道乾兄向心聚义，纵横海上，今当急难之际，小弟又怎能不先和他们二位商量定了，然后一同登程呢？最好能把官军击退，方可和张、林二兄从长计议，同赴南洋。”

赵虬说道：

“那么我们还须和官军拼死一战，冲出重围，到苏婆腊岛去救援张、林二兄，方可合在一起。”

萧柯道：

“方才二位没有听得苏婆腊岛的儿郎报称张大哥已不知生死存亡吗？现在苏婆腊岛恐怕林道乾兄一人也守不住了。这里的力量并不雄厚，港外官军众多，他们如何肯让我们安然通过呢？倘然冲杀出去，一定又要吃亏，被他们截击一番的。”

赵虬睁圆了双目，大声说道：

“请问萧兄，我等若不冲杀出去，难道可以飞过他们的头顶吗？”

萧柯笑道：

“赵兄，你莫心急，你想我们怎样来的？既然岛后有这一条出路，你们何不便从那边悄悄出走呢？”

林凤点点头道：

“萧兄说得不错，我们还是用金蝉脱壳之计，瞒过官军的耳目，离开这个孤岛吧！”

赵虬道：

“林兄何谓金蝉脱壳之计，我们要不要和官军一战？”

林凤道：

“我们若要和官军战时，真如萧兄所说很不容易突而走的，所谓金蝉脱壳之计，就是我们要照着萧兄的指点，从岛后这条路悄悄出走，表面仍要镇静，不可给官军知道一点半点的消息。”

赵虬道：

“那么我们这许多船只怎样驶出去呢？”

林凤道：

“我们可以挑选较大的船舶，叫儿郎们搬运上岸，再运到岛后去，一一放下海去。然后我们坐了船，暗暗地丢下这孤岛，一走了事。留下少数的小战船在港口虚张声势，休给他们窥破，使他们不能拦截，这就唤作金蝉脱壳，不让官军知道的，只是我们麻烦些罢了。我想今夜官军不致进攻，即使他们要动手夺取这岛，也要在明天早晨。我们可尽力在今夜设法离去这马头岛，让他们扑个空，众弟兄不致吃亏。”

萧柯点头道：

“此事宜速不宜迟，今夜林兄等必须完全离开这岛。”

林凤道：

“小弟已决定跟随萧兄走了，谅赵兄与邝、魏诸兄也以为然的。我今即请邝、魏二人前来说个明白。”

于是林凤便差人请邝刚、魏三虎上岸来，一齐和萧柯相见，且将自己的主意告诉二人听。二人本来没有什么主张，林凤、赵虬二头领既然不愿再和官军血战而要弃岛远扬，他们也只有唯林凤的马首是瞻，遂都表示愿意。林凤大喜，立即叫厨下预备午餐，请萧柯等用饭，因为时候已是不早，各人肚里恐要饿了。这次不比从前，一顿午餐草草用过。林凤先和自己的夫人郭玉辉说明了，叫她快将金银细软收拾收拾，因为岛上还留下不少黄金呢。林凤又去召集许多心腹的儿郎上岸来训话，把自己远征南洋，别作远图的想法告诉他们，要他们同心戮力，到异城去轰轰烈烈地干一番事业。众儿郎本在此间身处危险，无可奈何，现在听说头领叫他们同到南洋去，岂有不肯乐从之理？大家齐声欢呼，愿随林头领不论到什么地方去，生死弗渝。林凤见众意一致，更是安心，遂命儿郎们从速把大帆船一一吊运上岸，顺着次序运至岛后，至于许多有损坏的较小的战船，仍留在港内，遍插旌旗，迎港排列，不要给官军瞧出破绽。儿郎们得令，各自奋力，将所有的战船从港中吊运上岸，一一搬至岛后听令，到天晚时已将次运毕。林凤又命众人饱餐一顿，将船上储藏着的兵器粮食一起运到后岛，须要带着走的，将来大有用处。

这时，天色虽黑，而明月东升，月光下百步见人，正好出走。林凤临行时，又吩咐儿郎将禁守着的黄瑞将军好好儿带下船中，一同离去。邝刚道：

“此人拘留多时，至今不降，可见其心不能倾向于我，何不杀却以绝后患?”

林凤微笑道：

“黄瑞武艺高强，是个好男儿，我总不忍把他处死。现在带他远走，使他欲归不得，将来必有相助我们之处，只要我们把诚心待他，所谓至诚而不动者，未之有也。你们请拭目以待吧!”

邝刚听林凤意志坚决，也就不再多说了，儿郎们将船运毕，便来禀命。林凤遂检点儿郎，分配各船，连苏婆腊岛的船和儿郎共计有三十艘海舶、三百多名健儿。林凤先让萧柯带来的戏班中人坐了他们的来船先行，然后把一艘一艘的海舶搬运下水，每一船放下海边，每一队儿郎跟着上船。林凤虽然这样行使金蝉脱壳之计，心里仍不免有些惴惴，恐怕被官兵知道了，或是突然进攻，或是中途截击，都是很危险的。他请萧柯的戏班里人当先引路，而叫赵虬率战船八艘，保护着同行。他和萧柯以及妻子郭玉辉，带同明将黄瑞等，监着船上财物辎重，率领战船十二艘，居中策应前后，而命邝刚、魏三虎率战船十艘压后。在四更以后，一行战船已完全驶离马头岛，悄悄地向前急行。晨光熹微时，林凤等已离开马头岛二十多里了，回望马头岛，只有一小点儿影踪，且喜官兵没有觉察，故未追赶。料想官兵稍缓察破真相，攻入港内时，岳永昌等一定要大大失望。然而自己和这马头岛栖身多时，一旦抛弃，心中不免也大有感叹。萧柯在舟中见林凤只是低着头思想，他也知道林凤的心事，便对林凤说道：

“我等天涯漂泊，到处为家，既不能得志于国内，还不如凭着自己的力量和胆子到海外去干他一番，也不负天生七尺之躯。小弟所到的菲律宾群岛，那边土地肥沃，物产繁富，闽粤两省都及不上，林兄弃了这区区小岛，将来所得的有千百倍于今日，林兄何必不乐呢？况且小弟此来，便是因为那边西班牙国的总督黎牙石比新近故世，换了一个名唤捞力撒里的代做总督。但那厮荒淫酒色，勇而无谋，放纵部下虐待华侨，华侨对着他重足而立，侧目而视，心里暗暗怨恨，土人也是对他毫无好感，所以这个机会很有利于我们的。我们此去，倘能把他驱走，虬髯第二，不足为也。他日上表明廷，和祖国联络，明廷也必能宽恕林兄等已往之咎，而册封为海外国王。那时，我们华人不是有了出头之日吗？"

林凤点点头道：

"陈萧兄指示一切，甚为感谢，我们将来富贵同享，生死共之，小弟处处都要萧兄相助的。今日我们离开马头岛这个丛尔之地，当然不见得过于留恋。可是小弟想起和张琏、林道乾等同在这里称霸海岛，自以为可以长相与共，前程远大，怎知道今天张大哥生死莫卜，而道乾兄困守在苏婆腊岛，非常危险，小弟虽幸得萧兄的启示，用了金蝉脱壳之计，悄悄离开了马头岛，没有断送性命在官兵手里，然而想到苏婆腊岛的众弟兄，心中未能忘情。倘然不去顾及，自己就往南洋，那么以前小弟和道乾兄也曾有约，我何忍在患难的当儿丢开了他，独自一走呢？若然我要去苏婆腊岛解围，援助他们击退官兵，然后一同整装南行，却又恐自己兵力寡薄，有心无力，不能解苏婆腊岛之围，反而断送自己的儿郎，所以心里很为踌躇，不识萧兄何以教我？"

萧柯听了林凤的话，不由也紧锁双眉，慨然答道：

"俞大猷将军用兵如神，一向有名的，恐怕苏婆腊岛朝晚要告陷落，道乾兄是机警之人，也许他自有脱身之计，倘然他能逃出重围的话，那么他也一定要赶向南洋去的，我们此时顾不得他了，须防围攻马头岛的官军进扑了个空，迟早必然要来追我们的。我们若去和攻打苏婆腊岛的大队官兵鏖战，那么他们必要掩袭我们的后路，我们腹背受敌，岂有幸胜之理？毒蛇螫手，壮士断腕，林兄今日要谋前程，不能顾到苏婆腊岛的安危了。"

萧柯这番说话是凭理智来判断的，但是林凤究竟是个有义气重感情的好男儿，要他舍弃自己弟兄，自觅生路，这是他心中万分不愿意之事，所以他仍是有些为难的模样。萧柯见他如此，便又说道：

“既然林兄一定舍不得苏婆腊岛众弟兄，义重如山，小弟也不敢过于勉强，但为慎重计，我们的战船不如速速趋向前面，找得一个隐僻的小岛，暂且停泊。一边派出弟兄们坐了船前去苏婆腊岛附近探听，倘若有机可乘，我们不妨想法通一消息与道乾兄，叫他如何设计遁逃，和我们会合一起，同赴南洋，也是最好的事。总之，这是要见机而行的，林兄以为如何？”

萧柯说了，林凤以为这未尝不是没办法中的一个较妥的办法，遂说道：

“萧兄之言甚是，我们快去寻找了停泊之处，然后可以遣人前去探听。”

立即传令到后队，叫赵虬等留心寻找隐僻的小岛，以便泊舟，赵虬问明白彼意，只得遵命。又驶了十多里海程，前面将近苏婆腊岛了，赵虬怕给官兵瞧见，忙令儿郎们向西绕道而行。远望前面有几个小岛，但是形势并不隐蔽，赵虬以为不妥。过了小岛，又瞧见远处有一孤岛，地势较为偏僻，赵虬便叫儿郎们对着这小岛驶近去。到了那边，见岛上只有少数渔民住在那里，正好泊舟，岛上渔民见了赵虬等许多战船，疑心海盗来了，一齐惊惧，躲藏着不敢出见。赵虬将舟一字儿泊住，一边叫儿郎们通报林凤，一边领着几个儿郎上岸去。瞧见三四个渔民在林子里探头探脑，赵虬喝一声：“你们快出来和我们相见，休要鬼鬼祟祟地躲避，恼怒了你家赵爷时，管叫一斧头一个，把你们的脑袋都砍掉。”渔民见赵虬模样凶猛，手里挟着双斧，说话又是这样厉害，真和盗匪无异，更吓得不敢出来了。赵虬如何忍耐得住？早一个箭步跳进林中，伸手抓住一个渔民，拖出林来。那渔民吓得跪在地上，喊叫大王饶命。赵虬哈哈笑道：

“你不要害怕，我们此来是暂借你们岛边寄泊船只，并非是来行劫的，绝不伤害你的性命，不要乱喊什么大王不大王，你且告诉我，这岛唤作什么？可有官兵到过？”

渔民听赵虬这样一说，心中稍安，战战兢兢地说道：

“我们所居的小岛名为榕岛，因为岛上很多榕树。这是个偏僻贫苦的地方，岛上没有什么出产，只有我们十数家渔民住在这里，靠着捕鱼为活。平常时候罕有人来，我们也没有瞧见什么官兵。只在前数天，我们出去捕鱼的时候，曾瞭见远处有大队官兵驶过，其他不知，还请大王饶命。”

赵虬把手一放，笑了一声道：

“叫你不要称什么大王，休要胡说乱道，你们今天都须留在岛上不许出去，我们有许多船要在这里借泊一天。明日便要离去的，绝不伤害你们岛上的人民，但若有人敢私自出去泄露半点儿风声时，立刻就要杀尽你们这些人家，莫谓言之不预，你快去告诉他们吧！”

渔民连声答应，又在地上磕了一个头，立起身，很快地跑去。赵虬又向四周看了一下，果然十分荒凉，除了张幕成荫的榕树，没有什么四围风景可观，遂回至海边。林凤和萧柯等船也已到临，赵虬下船去报告，跟着邝、魏二人所率的船亦至，战舰相接，气象森严。岛上渔民虽经赵虬说过绝不伤害他们，但见了这许多战船、许多健儿，禁不住心惊胆战，怀着一肚皮鬼胎，好似老鼠躲在穴里，不敢出来窥探。赵虬和林凤讲明以后，大家上岸去，在绿树下席地而坐，商议探明苏婆腊岛消息之事。赵虬自告奋勇，扮着渔夫前去，林凤点头道：

“小弟也知此事非赵兄不可，赵兄精通水性，熟谙航路，必可胜任愉快，为了道乾兄面上，自然必要劳驾了。”

赵虬给林凤奖励数语，更觉高兴。他要带着四名儿郎同去，便向这里岛上的渔民借了渔人的蓑笠网罟，驾着岛上的一艘渔舟，带着干粮，立刻扬帆而去。赵虬去后，萧柯笑嘻嘻地对林凤说道：

“赵虬兄真是个有血性的男子，又是骁勇绝伦，此去南洋大有用他之处呢！”

林凤道：

“不错！这人很够朋友，小弟和他萍水相逢，一同在马头岛草创霸业，他很帮我忙的，可惜现在被逼着把辛苦经营的马头岛抛弃了。赵虬所率的一队，大都是他训练的健儿，通水性的很多，但前天和官兵大战时，我们不幸中了官兵诱敌之计，赵兄的第一队不及撤退，全军覆没，赵兄一人单身受了伤逃回来的。其他战船散失的散失，被掠的被掠，不能回归，料他们倘然逃在外面，必以为马头岛已被官军攻破，小弟生命危险了。这倒亏得邝、魏二兄力挡一阵，设被许占魁抄着后路，那么恐萧兄来时，小弟等真的一败而不可收拾，难与萧兄见面了。赵虬兄又曾和魏南鲲兄练过海鲸队，惜未及用来和官军对抗，这也是我们的失策。现在那些儿郎们被官军掠去的，当然要做阶下之囚，而有些流亡在外的，倘然道乾兄那边又去不得，必然如飞絮般四散去了。”

林凤说到这里，深深太息。林凤惋惜部下，也因为这些健儿很不容易聚集的，哪里知道有几艘船上的儿郎已和魏南鲲相遇，并在一起，仍在林道乾部下，同奔浡尼去呢。

林凤等在岛上埋锅造饭，饱餐一顿后，因昨晚匆促之间未及多取淡水，故又令儿郎们在榕岛上多取淡水，贮藏在船上尽用。令邝刚率二十多名儿郎驻在岛上，监守渔民的行动，他和萧柯等仍回至船上，等候赵虬回音。

将近天晚时，赵虬的渔舟回来了，到林凤船上来报命。林凤见赵虬的脸色很不好看，估料及没有好消息了，遂问赵虬此行如何，赵虬叹口气，又摇摇头道：

“这也是天数使然，合该我们众弟兄要分散的了。当小弟把船驶回苏婆腊岛去时，见前面有一队战船正向那边行驶，小弟下了渔网，徘徊附近。见那战船上的旗帜有‘岳’字模样，知是岳永昌的战船，必是他们取了马头岛，识破我们金蝉脱壳的行径，故去俞大猷将军那里去报告一切了，因此心里更代苏婆腊岛担忧，遂把自己的渔船渐渐驶近去。约莫又过了炊熟五斗米时，忽逢一小队官军的巡逻船驶来，见了我们的渔船，立即将我们围住，问我们可曾瞧见苏婆腊岛逃窜的盗船，小弟假装不知，说我等都是良民，不识盗寇，反问他们海盗在哪里。官军遂说：‘你们还不知，我们是官军来剿苏婆腊岛海盗的，现在苏婆腊岛已被官军用计攻破，海盗林道乾、张琏等都被逃走，岛上也有逸出的盗舟，所以俞大将军派出各队战船，四面游弋，都望侦得海盗去处，以便追剿。你们敢在此间捕鱼，真是不知利害，快快回去，免被殃及。’至是，小弟方知苏婆腊岛业已失陷，林兄道乾亦已他遁，那么我们须早走，免得逗留在此，被官军侦知，反为不妙。所以，等候官军离开时，小弟立即驾舟归来，报告这个不幸的消息与林兄知晓。”

林凤叹道：

“同是有家归不得，官军也逼人太甚了，大概道乾兄既已败走，也不会上马头岛去的，十有八九早往南洋去了，我们若逗留不走，说不定官军就要追来，还不如准赶，快随萧柯兄到南洋去吧！”

遂又安慰赵虬数语，赵虬因苏婆腊岛失陷，更使他心上愤怒不已，恨不得独自挺着双斧去找俞大猷将军鏖斗三百合。邝、魏二人也觉得异常没趣，他们本是追随张琏的，现在张琏的下落尚不知道，只得随着林凤往南洋去了。林凤见天色近晚，又叫众人预备晚餐，以便饱食，夜间派邝、魏二人轮流着巡逻，以防官军万一来袭击。次日，林凤遂与萧柯督率部下，离了榕岛，一齐向南洋出发。在舟中特地和萧柯、赵虬等人请出黄瑞，陪他饮酒，介绍他和萧柯相识，且把自己到南洋去的志愿告诉他听，并劝他消除前嫌，一同相助，从此弃却海盗生涯，去争霸异国。黄瑞本不明白林凤等要带他到什么地方去，自己业已落在人家手里，挣扎不得，生死置之度外。以前林凤曾向自己劝过数次，决意不肯跟人家做这种椎埋剽劫的生活，今番林凤却又劝自己同往南洋，和西班牙人争夺天下，已走在半途了，自己若再不答应他时，也不能重返祖国了，所以，他低着头默然无语。萧柯在旁，也用话劝他不要坚执，务求同心协力，共图伟业。黄瑞见他们态度诚恳，言行义气，心中不由也为感动，于是他对林凤、萧柯等说道：

“败军之将，本不欲苟活人世，早拼一死，以报朝廷，多蒙林头领等待遇优渥，私心感幸，但要叫黄某为盗，那是宁死不从的。现在诸位既已立志远赴南洋，猥蒙不弃，要我相随，我黄某自当乐从。”

林凤听黄瑞已有允意，不由大喜，又说道：

“黄将军许同戮力，使我们多得一臂助，不胜感激，但请黄将军勿再称我头领，因我此后已决心不干这种海盗生涯了。”

黄瑞微笑道：

“此言甚是，我等此去同辟新天地，那么请诸位也不要再称我将军了。”

大家都表赞成，欢饮多时，方才散席。林风因为黄瑞业已回心转意，肯和他们一起去，心里比较高兴一些，萧柯又讲些南洋的风土人情给众人听。一行人日夜趱程，赶奔菲律宾岛而去。当林风等将至菲岛时，林道乾等却已在浡尼登岸了。

第二十一回

智攻海霞城英雄创业
火烧云龙谷大将丧生

林道乾听了老人章祖华的说话，和魏南鲲、孙天禄、唐翱，以及李丁等众儿郎扬帆南驶。他心里虽然也像远奔菲岛的林凤一样，不能忘怀于自己弟兄，而张大哥的生死下落也是常在忆念之中的，可是为了自己的前程，不得不振作雄心，到异域去奋斗一番。海天茫茫，日夜南奔，将近浡尼时，又向章祖华细细叩询马来半岛的风土人情，以及浡尼国王的势力，章祖华遂说那边地土无处不丰富，最热闹的要算北大年了。他在北大年居住甚久，所以那边地势很为熟悉。浡尼国王名唤阿力布，年纪约有五十多岁，昏庸无能，一切的权柄都操于大将吉里龙之手，自己只知道剥削小民的钱财，对于华侨待遇尤其苛虐。而吉里龙既握虎符，好酒好色，作威作福，只知巩固他一己的地位，军事方面毫不整顿，所以，他的部下只会鱼肉良民，而不惯征战。也有许多土人反对他的，山泽之间，常有吉里龙的兵士和人家厮斗而被人刺死的，乌合之众，必不堪吾们一击。林道乾听了大喜道：

“承你指教一切，使我心里较觉安慰。浡尼国的君臣既不足畏，自予我们进取的大好机会，不过我们究竟是远道抵此的，利在速战，以便因地就食，接济便利。我不知海口附近有什么地形优胜之处，可以让我们先占取了，作为根据之地。然后可以乘机争取，以期不败。”

章祖华答道：

“有个海霞城，地近海岸，居民富饶，是个沿海重要之区。以前我也到过数次，对于地方情形尚称熟悉，那边虽也有兵士把守，不过数量却是很少的。”

林道乾听了大喜道：

“既然有这好地方，那么我们先去取了它再说。”

章祖华道：

“但是我们许多船开到时，守军一定要拒住我们登陆，一方面飞报浡尼大军来坚守海岸，也很可虑的。依我看来，不如先让我同小婿率领少数儿郎，化装商人，先到那边去要求上岸，埋伏在海霞城内，里应外合，等到我们大队人马到达时，海霞可以不攻自破了。”

林道乾对章祖华的建议深以为是，遂叫孙天禄率领二十名儿郎，两艘大船，跟章祖华先行，按计行事。孙天禄所率的两只船开至浡尼国海岸已是下午。进港停泊的当儿，岸上早有许多土人走拢来观看。一会儿，又有一小队兵士，荷戈悬矢，跑来巡视，问他们因何到此，亏得章祖华能通土语，遂说：

“我们都是从中国来的正当商人，要到贵国来采办象牙、玛瑙等名贵货物回去。”

兵士听章祖华说话纯熟，又见他是个诚实的老人，遂深信不疑，让他们上岸。章祖华和孙天禄等引儿郎们上岸，各携行李，走入海霞城去，船上只留二三儿郎看守。孙天禄进城时，留心观察，那海霞城十分低矮，哪里有潮城那样的高大？攻之颇易，何须内应？不由暗暗匿笑。进城后，又见街市很为热闹，商店林立，男女杂沓，老人的说话果然不错。土人见了他们一伙人，都很注意，也有许多华侨瞧见了本国人，面上都露出欢迎的样子，便有些人上前来询问。章祖华恐怕人多了，自己一行人或要露出破绽，所以他就引导众人到一家华侨所设的旅店里去歇宿。本来他们有船的，但因要在城中做内应的缘故，遂不得不落店了。章祖华得闲又和孙天禄往街上溜达一会儿，买些水果解渴，回至店中，用过晚餐，天已黑了。岳婿二人坐着休憩，孙天禄又向章祖华道：

“在这海霞城中可有几名兵士？”

章祖华道：

“约有三百左右。”

孙天禄方才已瞧见浡尼国兵士的模样，便大言道：

“原来只有这些兵马，我一人也足够的了。何劳道乾兄等动手呢？我看浡尼国的兵士都如酒囊饭袋，蠢如鹿豕，哪里值得一战？”

章祖华道：

“这当然比不得的，但是主客之势也不可不顾虑。因为三百士兵虽然不多，而此地的马来人甚是蛮勇，倘然他们一致加入作战，其势也就未可轻侮了。这样有了我们做内应，那就容易取胜了。”

孙天禄听章祖华如此说，也就不再说什么，他心里自恃勇武，不把马来人放在心上。夜来大家睡了，没有什么动静。次日，晨光熹微时，孙天禄等早已醒转，大家赶紧起身，只听街上人声鼎沸，似乎很是忙乱的样子，店里的酒保形色仓皇，无心侍奉客人。孙天禄假意探问道：

“外面可有什么大事，你们为何这样慌乱？”

酒保本是华人，遂答道：

“早上海面杀来数十战船，不知是哪里来的，也许是南海的海盗来此剽掠，城中的兵士正开出去阻止上岸了。这里太平了好多日子，谁料今日忽有大祸降临呢！”

孙天禄知道林道乾已在外边动手了，忙去通知众儿郎，纷纷携了兵器，走至外边，在城门下会合拢来。孙天禄分一半人去各街道放火呐喊，自率一半人冲上城墙，拔出刀剑锤尺，一齐乱杀。城上的守兵只有寥寥十数人，怎禁得孙天禄等厮杀？孙天禄舞开鸳鸯双锤排头打去，打得士兵们东倒西仆，立刻斩开城门，接应林道乾等进攻海岸之众。这时，儿郎们已在城里各处放起火来，烈焰直冒，黑烟蔽天，土人不知是怎么一回事，号哭连天，乱窜乱逃，城中秩序顿时大乱。在海岸边的兵士正对着林道乾的战船用箭纷纷乱射，不放他们上岸，希望可以射退，不防后边城里突然起了乱子，真是万万意想不到的。海盗的船尚未近岸，怎么城中已有了他们的影踪呢？难道是飞将军从天而下吗？立刻哗乱，跑回来救时，林道乾乘机指挥战船傍岸，和唐翱当先率领众儿郎杀上海岸，直扑海霞城。这样一来，竟使浡尼国驻守海霞城的兵士变得受了前后夹攻之势，区区三百人如何抵挡得住？所以蹂借而奔。孙天禄在城门口挺着双锤，等候浡尼国兵士奔回来时，来一个杀一个，打得他们落花流水，浡尼国兵士竟回不得城。背后林道乾等杀来，所以三百兵士一霎时早已杀得一干二净，只剩下十数人逃去。孙天禄接着林道乾等一齐进城，杀入衙署，立刻把海霞城占领，扑灭各处火势。林道乾命令儿郎们不得残杀当地人民，又命孙天禄率儿郎百人把守城门，唐翱率儿郎百人，巡行城中，安抚百姓；又命魏南鲲带领儿郎百人管领战船，屯泊海边，以便进退，于是出示安民。为收辑镇抚之计，林道乾等还是初次到临，一切事情都觉隔膜。遂和章祖华商量后，召集城里华侨的耆老在一处，由章祖华陪同林道乾，向他们传达到此间意思，说是因为在这里的华侨常受浡尼国王阿力布和土人等的虐待，所以特地来此护持侨民，劝他们安心营业，大家一致拥护。耆老等散出去，许多的华人正在惊异，经耆老等传知以后，大家知道林道乾等一行好汉是来保护自己华侨的，并非寇盗，于是一齐欢呼："中华万岁！大明万岁！"马来土人见是中国人，自然比较华侨格外惊骇，纷纷避匿。林道乾要笼络土人的心，又叫章祖华带着本地的华侨，到四处去劝导土人，说林道乾等此来是探望华侨，且向浡尼国王阿力布讨罪的，土人倘能真心归顺，绝不妄行杀戮，令土人不必畏惧，土人等听了，也各渐渐安心。林道乾便和部下住在城中浡尼守将的衙署里，地方虽然简陋，已足够他们容身。

到了次日，林道乾一早起身，和章祖华商量之后，立刻派出本地数名华侨到北大年去刺探消息，以便如何进取。自己又率着儿郎在城中各处游行一匝，劝导华侨土人安心营业。既而又出城去海边视察一番，觉得这地方真是个大好海口，自己欲图霸业，这地方必须守住，方才进退自如。魏南鲲接着报告些海边情形，土人船舶本不多，现在都被魏南鲲派人看住，不能行动了。林道乾把金帛犒赏船上诸儿郎，又叮嘱了魏南鲲数语，因为他虽然在岸上得了一处根据地，然前进的胜负尚在不可知之数，后路不可不预备好的，这责任便依赖在魏南鲲身上了。

林道乾在海霞城里部署了一切，总算有了一些眉目。孙天禄也把他妻子章秋花从船上接至城里，和章祖华一同借着一座侨民的住宅住下。章秋花因为这次南行由于她父亲指点的功最多，而夫婿斩杀争战的力也是很大，得到林道乾的倚畀，芳心自然也是喜悦无限。孙天禄一战而胜，得意扬扬，退归时和章秋花畅寻欢乐，忘记了一切。

到得明天，华人探听消息的回报，浡尼国王闻得海霞城陷落的消息，十分震惊，已派大将吉里龙带领马来士兵一千余人，杀奔海霞城来了。林道乾闻报，便召集孙天禄、唐翱等一同商议抵御之计，章祖华献计道：

“我们远来，只宜战，不宜守，前面有座五云山，我们若能先去占领它，便可攻破浡尼之兵了。”

林道乾答道：

“老人之言正合我意，只恐此城新得，我若离开，难保土人不会反叛，使我有后顾之忧的。现在我想请魏南鲲兄来代我守城，只要能够先把华侨联络好了，便可以安定得多，老人也能代我去招抚华侨，使他们一致拥护我们吗?”

章祖华道：

“我有两个姓陈、姓席的朋友在此间经商，很有信用，我昨天无意中遇见过，待我去访问他们，请他们来一谈如何?”

林道乾道：

“很好。”

于是章祖华便告退出去。历时不久，已把陈、席二人找了来，见过林道乾，二人备述华侨归心的情形，他们愿意尽抚慰之责。林道乾大喜，便又命人去请魏南鲲到来，隔得不多时候，魏南鲲也已赶到，林道乾便将自己的计划一齐告诉了魏南鲲，又介绍他和陈、席二人见过。魏南鲲说道：

“林兄等快快前去努力吧！这里一切后防的事，可由小弟负责。”

于是林道乾把海霞城以及战船事务都托付与魏南鲲，并叫李丁一同相助守船，自己率领二百数十名儿郎，向北大年出发。孙天禄、唐翱各率儿郎七十为前队左右先锋，他自和章祖华居中，章秋花仍留居海霞城中。林道乾自觉人数寡薄，恐难应付大战，所以，在路上很留心察看形势，瞧见前面有一个山头，连绵数里之长，草木行列，地势险峻，便问章祖华道：

“是什么山?”

章祖华答道：

“此是五云山，山上常有云气，山谷幽深，野兽众多。过了此山便离北大年不远了。”

林道乾便令前队众儿郎快快抢先占领这座山头，孙天禄和唐翱奋勇赶上山冈时，吉里龙已率众杀至山下了。吉里龙在北大年沉浸女色之中，国内一向平安无事，所以他的筋骨都懈弛了。今番接到国王命令，着他剿除海盗时，他却还拥着艳姬酣睡帐中呢。懒懒地起身，下令调集人马，向海霞城出发，探子还报掠夺海霞城的海盗只有二三百人，吉里龙听说，更不放在心上，他对着部下狂笑道：

“区区二三百海盗，何足当我一击？国王也太看重此事了。待我去手到擒拿，易如反掌。”

因此他并不催紧人马进行，部下也好久没有从事战争了，缓缓地向前，所以这座五云山竟被林道乾抢先占据了去。林道乾在山上遥望，山前十数里外平原上尘土飞扬，有许多旗帜戈矛，簇拥着一群战马，飞奔而来。林道乾知道浡尼国的兵马已至，便叫部下在山上一齐遍插旗帜，预备弓矢石块，休放敌人上山，且在山顶上齐声呐喊，使敌人不知虚实。那吉里龙正督着兵士们开至五云山下，前头部队忽然停止，报称海霞城里的海盗已来占据五云山去了，吉里龙跳起来道：

“哎呀！怎么这座险要的山头已被他们先登呢？真好快啊！难道他们还想来侵犯我们的北大年吗？”

便叫手下的将士快上前夺回五云山，逐退海盗。浡尼前锋的将士是玛德鲁国王的侄儿，奉了吉里龙之命，指挥三百名兵士冲至山上。林道乾在山上瞧见浡尼国的兵士直奔山上而来，步兵居多，战马尚少，他知道这些马来土人惯在山林里作战，平原上是不足畏惧的，便要叫唐翱守山，自和孙天禄出战一阵。孙天禄自恃勇武，技痒难耐，就在林道乾面前自告奋勇道：

“这些蛮人完全不在小弟心上，割鸡焉用牛刀？待小弟一人当之，已足了事，何劳林兄贵手？”

林道乾见孙天禄战兴正浓，自己不欲阻遏他的勇气，遂笑道：

“这样也好，便烦孙兄引一百儿郎下山迎战，我等可为后援。”

孙天禄欣然将行，章祖华在旁却忍不住向孙天禄说道：

"浡尼兵士虽不济事，而吉里龙却是非常骁勇，是浡尼国有名的勇士，所以全国境内，上自国王，下至野人，没有一个不向他慑服的。贤婿出战若遇见他，和他交手时，务要小心。"

孙天禄冷笑一声道：

"老人家不要长他人威风，灭自己锐气，我手中一双锤头，也不知会过多少英雄豪杰，岂惧一野人？你们看我力取吉里龙之头便了。"

孙天禄说完这话，便引着儿郎们驰下山坡，正遇玛德鲁，跨下一头银鬃马，手拿两柄长矛，来抢山头。浡尼兵士大都是步兵，身上也不穿什么，只是腰下系一条战裙，手里拿着的兵器都是些长矛标枪和铁锤之类，也没有什么阵势。一见孙天禄等下山，一齐高声狂呼，包围上来。孙天禄是在步下，挺着一对鸳鸯锤，见了玛德鲁，知是浡尼国的战将，立刻大喝一声，径奔马前举锤便向玛德鲁打下。玛德鲁知是盗魁，舞矛反搠，两人狠斗起来。孙天禄见玛德鲁只是一些蛮力，方法并不高明，只因人家在马上，自己在步下，未免吃亏一些，战至十数合，玛德鲁一矛刺向孙天禄颈项，孙天禄把头一低，在矛头下而钻过去，直奔玛德鲁马头，奋力一锤向玛德鲁腰际打下。玛德鲁一矛刺个空，坐马冲前数步，孙天禄的锤头又到了他的腰边，他忙将左手矛架开锤头，索性将马一夹，让那坐马蹿向前去。孙天禄的右手锤虽被玛德鲁的长矛架开，而他十分敏捷，跟进一步，飞身跃至玛德鲁战马左侧，又是一锤向玛德鲁背上打去，玛德鲁闪避不及，咚的一声，正击中他的后背，怎生当得住？立刻大叫一声，向前翻跌下马，在地上挣扎欲起，孙天禄怎会放松？跟着一锤，照准玛德鲁的脑袋上重重打下，把玛德鲁的大好头颅打得血肉模糊，变成一个肉饼。孙天禄打死了玛德鲁，抢得玛德鲁的坐骑，一跃而上。此时好似猛虎添翼，将一对鸳鸯锤使开了，杀入浡尼兵士里头。浡尼兵士正和孙天禄手下的儿郎酣战，忽见王侄被来人杀死，不觉气为之馁，纷纷败退，孙天禄率众冲杀过去。

这时候，吉里龙尚在后边，瞧见前面自己的兵士败退下来，左右报称王侄玛德鲁已为海盗所杀，国兵败走。吉里龙顿时大怒，亲自拍动坐下青鬃马，舞起手中一根金钉狼牙棒，杀至阵前，正和孙天禄相逢。孙天禄见对面翻翻滚滚地杀来许多马，来人打起一面红旗，敲着战鼓。为首马上坐的一个蛮将，身躯十分魁梧，面色灰黑，用红色的锦布缠着头，赤裸着上身，皮肤粗而且黑，筋肉坟起，胸口毛茸茸的宛如野猪，手里的狼牙棒足有五六十斤重，便知是他丈人峰章祖华口里说起的浡尼国元帅吉里龙。自思今天倘能斩得此人，夺取浡尼国，如反掌之易，要让自己立下第一功了，自己和他言语不通的，所以便不多说，舞开双锤，直取吉里龙。吉里龙的部下早有人告知他，说这个使锤的海盗就是杀害王侄玛德鲁的仇人，因此吉里龙一心要代自己人复仇，迎住孙天禄，举起狼牙棒向孙天禄胸口直捣。孙天禄乘战胜之威，将锤架开狼牙棒，一锤击向吉里龙的头上，吉里龙早已收转棒向上迎住，又是一棒，直往孙天禄左腿扫来。孙天禄将左手锤拦住，他觉得吉里龙的棒势很是沉重，呼呼呼地一连几棒，尽向他要害猛击，非常凶猛，果然不比寻常之辈，他丈人的说话不错了，遂用出平生之力和吉里龙狠斗。吉里龙也觉得海盗厉害，手中狼牙棒绝不肯松懈。

此时，林道乾和唐翱、章祖华在山上瞭望得清清楚楚，知道孙天禄遇到劲敌，不能取胜。吉里龙浡尼勇士，名不虚传，唐翱遂要下山去接应。林道乾瞧着右面一个山谷，林木丛深，路径隐蔽，便问章祖华此是何谷，章祖华答道：

“这是五云山下的云龙谷，十分险阻，从山上下去有一条小径，若从外面进去，也只有一条小路，陌生人走了进去，往往走不出来，死于毒蛇猛兽馋吻之下的不知其数。此间一班华侨视为畏途，绝少有人敢进去的。”

林道乾听了，心生一计，遂不叫唐翱出战，而令儿郎们快快鸣金收军。孙天禄在山下正和吉里龙斗到一百合，自己也觉有些力乏，而见吉里龙精神抖擞，愈战愈勇，心中暗暗发急，忽听山上一片鸣金之声，不知林道乾为什么自己不来接应，反而鸣金收兵，未免示人以弱，但也无可奈何，只得将双锤拦开狼牙棒，跳出圈子，回马便走，众儿郎也跟着退下。吉里龙指挥部下兵士一齐追来，林道乾接应孙天禄上山后，便叫儿郎们快放弩箭。

吉里龙正冲上五云山时，山上箭如雨飞，手下的兵士早被射倒了好几个，吉里龙自己上身赤裸着，恐防中箭，遂令兵士们一齐站住，也向山上放箭。两边对射了一阵，究竟林道乾等高据山顶，占了优势，吉里龙冲杀不上，只得退回前面一个村庄里去屯扎。那村庄里的人民合该晦气，大大地受着兵士们的骚扰，吉里龙每晚无女子不能安睡，遂要村庄里的百姓于献奉粮食刍秣以外，还要两个妇女供他行帐中的取乐。当地人民真是敢怒而不敢言，一夜过去。

次日，在烈日照射大地的时候，吉里龙尚拥着两个女子酣卧在帐中，没有起身，而五云山上的孙天禄又领着百十儿郎前来讨战。左右慌忙报告，吉里龙从睡梦中惊醒，早饭也不及吃，连忙挟了狼牙棒，跨马出战。他怒气冲冲地命令众兵士今天务须猛力进攻山头，逐退海盗，如有后退者斩。他匹马当先，杀向前面平原上来，早和孙天禄等相逢。孙天禄纵马上前，高举手中鸳鸯锤，大声痛喝。吉里龙见是昨天战败之人，今日又来，狂笑了一下，舞起狼牙棒，直到孙天禄，二人又在阵上酣斗起来。吉里龙更是奋勇，手中狼牙棒使得如疾风骤雨一般，斗到三十合以上，山上又鸣金收军，孙天禄虚晃一锤掉转马首，并不向山上逃走，却向山上云龙谷跑去，众儿郎纷纷随着逃遁。吉里龙瞧在眼里，大喜道：

“海盗逃到云龙谷中去，这是无异自趋死亡之路，再也逃走不出了。”

遂率浡尼兵士紧紧追赶上去，想把孙天禄生擒以报王侄之仇。看看追近谷口，见孙天禄等一干人没入谷内，吉里龙以为瓮中捉鳖，手到擒拿，双腿将马一夹，冲进云龙谷，兵士跟着追进的已有二三百人。谷中树木阴森，蒿草没径，两旁都是巉岩峭壁，不见孙天禄等逃向哪里去了。吉里龙是土人，不怕草木塞道的，正要上前搜寻，忽听背后山上一声呐喊，滚下许多木石，一刹那间，已把谷口塞住，将吉里龙部下的军士前后截断，吉里龙不由一怔，知道自己业已中计。正要别觅出路，又闻山上呐喊一声，有许多火箭火球抛射到谷里来，树木着了火箭，顿时燃烧。顷刻之间，烈焰四飞，浓烟笼罩，火势十分炽盛，宛如有许多火龙从火树中腾挪而出，映得四壁通红，满谷皆火。此时吉里龙虽有勇力，却无使处，怎敌得这上下左右的火焰？急切没有躲避之处，而在那些火箭、火球之中，尚有许多利矢纷纷射下，所以约莫经过一炊时许，吉里龙和他部下二三百名兵士一齐烧死在云龙谷中，化成灰烬。

这就是林道乾用的妙计。他昨日在山上向章祖华问清楚了这山谷的形势，就令孙天禄退兵，在夜间预备一切，布置着这地方，以结果吉里龙的性命的，所以，次日就仍命孙天禄前去诱敌。明知吉里龙粗犷蛮勇之辈，不智不文，绝不防到诱敌而必要中计，果然如了自己的心愿。孙天禄等一干人早已预先认明白了山径，在火箭放射之前，已爬到山上去了，并未受到损害。林道乾如何不快活？他遂挺起宝刀，和唐翱、孙天禄等一齐杀下五云山。浡尼国的兵士失了吉里龙，正在彷徨惊骇，无计可施，又见海盗杀下山来，他们早已丧失了勇气，毫无斗志，平日又乏训练，经不起败衄的，所以乱窜乱逃，溃不成军。林道乾等所向披靡，如摧枯拉朽一般，斩获无算，大大得胜。章祖华也十分欣喜，对林道乾说道：

"吉里龙已死，浡尼国别无勇将，我们可以直捣黄龙了。"

林道乾也以为然，遂留五十人把守五云山，自率孙天禄、唐翱等众人凭着战胜之威，向前进发，要去夺取北大年。噩耗传至北大年，一时城内外居民无不惊慌异常，晏安日久，不防有这么外来的海盗杀入国境来夺取土地的，一时风声鹤唳，草木皆兵。浡尼国王阿力布听说大将吉里龙业已阵亡，国兵溃败，慌乱万状，连忙聚集文武官僚商议防守之计。有一武将赫特，也是王侄，在浡尼国内称为少年勇士，现在王宫任卫队长，一向被吉里龙罩在上面，不能手握兵权。此时吉里龙已死，他自然想乘此机会脱颖而出，遂向国王说道：

"吉里龙好勇轻进，致遭败衄而死。现在我们大军虽败，情势虽急，然悉索敝赋，尚有二三千人可以应战。我愿率领部下死守这北大年，不让海盗攻进城来。"

阿力布闻言稍慰，但又有一个掌税务的大臣名叫克里满的，却向国王建议道：

"今番海盗的势力未可轻视，吉里龙大将是全国仰望的大元帅，谁不知道他有万夫不挡之勇？尚且被敌人所杀，其他的人还有谁能胜过于他？况且军心已是摇动，人民惊惶不安，城中兵器粮秣俱不充足，难于久守，所以，依臣之见，还不如想法与海盗媾和，以免涂炭生灵。"

阿力布本是沉湎酒色、颟顸无能之主，平日倚仗吉里龙以自固，吉里龙一死，他早已心慌意乱，毫无主宰，听克里满提议媾和，正中心怀，遂说道：

"倘能不动干戈，这是最好的办法，你有什么主见，快快说来。"

克里满道：

"臣虽有一个最好的计划，只是不敢便说，恐触王怒。"

阿力布道：

"你如有计划，尽管直说，此刻正在危急存亡的时候，我绝不责备你的，只要能够保全北大年便了。"

克里满遂又说道：

"那么臣就斗胆妄言了，臣知国王的女儿窦梨银姿色美丽，举国无双，尚没有招驸马。不如就将国王女儿许嫁与盗魁林道乾，令其退兵，收编他手下的健儿，为我国的军队，驻守海口，以防他国侵袭，那么林道乾必然感恩图报，肯为我用了。臣闻此间华侨言林道乾为中华豪杰，到南洋来视察华侨，并无恶意，那么我们何不与他联欢交好，免得伤了和气！"

国王阿力布听了这话，踌躇未决。原来阿力布有一个长女，芳名窦梨银，年方十九，容貌非常秀丽，在浡尼国中可称翘楚，艳名久已传播四处，见之者无不销魂蚀骨，醉心于她的。以前大将吉里龙亦曾一度向她求婚，欲得这位美人为妻，终老温柔乡。然而窦梨银憎嫌吉里龙年纪已大，又是性情粗暴，面目丑恶，所以誓死不从，国王也不赞成，吉里龙梦想徒劳，不得如愿。每年国中有迎神赛会之举，名为嘉谷年会，也有劝农的深意，赛会时举会若狂，热闹异常。窦梨银必饰作花神，全身上下缀满了五色鲜艳的名花，坐在象背上，在会中游行，参与盛会。那象也披了彩色的绸，挂了彩球，上面撑着彩盖，球璎纷垂，五光十色。窦梨银端坐其间，仪态万方，经过之处，人民纷纷把花朵、米粒向她身上撒去，凡被撒中的，都称有福。因此浡尼国人形容任何美丽的人，都要说可有窦梨银那样的美艳，"窦梨银"三字变作美好的代名词了。克里满却把她作为香饵，想用美人计去驯服林道乾，以免遭难，这也是他在没办法中找的一个办法。国王还未决定之时，众人中间早又有一人名哈葛，是国王的亲戚，上前说道：

“克里满的话太侮辱国王了，堂堂国王的女儿，金枝玉叶之尊，岂能轻易送与海盗？这是窦梨银公主万万不肯答应的。我愿相助赫特，和那海盗背城一战，如若不胜，再讲议和之计，也未为晚。”

阿力布本来要把女儿献与海盗也有些舍不得，遂点头说道：

“你们二人的说话未尝不是，即命你二人率领城中二千兵士出城迎敌，倘能得胜，定有重赏。”

哈葛道：

“臣若战胜敌人，务请吾王将来把窦梨银公主赐给臣为妻。”

阿力布哈哈笑道：

“你这小子想要我的女儿吗？你快快出去努力作战，打了胜仗，自有道理。”

于是赫特和哈葛拜别国王，出宫去点齐二千人马，出城退敌，二人都在少年，自恃勇力，贪立功劳。赫特手拿二矛和弓矢，骑着一头巨象；哈葛跨一匹黑马，手使一柄三尖两刃刀，打着旗号，开城杀出。这时候，林道乾一队人已离城十数里了，满以为吉里龙已死，北大年可以一鼓而下，没有抵抗。前哨儿郎忽来报告说北大年城里有大队兵马杀出来了，林道乾听了，不由一怔，遂命儿郎前去探听，一面吩咐前锋孙天禄、唐翱二人留心防备。一会儿，儿郎归报详情，章祖华听得消息，便对林道乾说道：

“这些都是乳臭小儿，并非了不得的人物，我们照常进军，小婿等一定能够把他们击败的。”

道乾大喜，下令进兵。孙天禄和唐翱在前，遇见浡尼兵士又来，孙天禄知道吉里龙已死，余子碌碌，更不足畏，便令儿郎们在一片林子边排开阵势，等候厮杀。转瞬间，浡尼兵士已如潮水般涌至，论起兵的多寡来，浡尼国不知要多出好几倍。然而孙天禄和唐翱等早已看破蛮人无能，自己又乘着得胜之势，自然不在心上，毫无畏惧，他和唐翱各率儿郎五十人，左右而列。只见蛮兵并无阵势，如一群蜜蜂飞也似的跑至，巨象背上驮着一个少年，相貌也很威武，乃是赫特，他就舞起一双鸳鸯锤，拍马迎敌。赫特左右使开长矛，和孙天禄酣战，哈葛也举起三尖刀，冲上前，唐翱使开手中画戟，和他战在一起，哈葛的武术甚为低微，岂能敌得住唐翱的技艺超群？所以不到二十合，哈葛的手中只有招架功夫，上下左右都是唐翱的画戟，稍一发懈，唐翱呼的一戟，已挑到他的头上，哈葛将头一偏，左耳朵已被戟锋擦伤，鲜血淋漓，回马便走。赫特也觉孙天禄的双锤神出鬼没，断非己敌，心中已着了慌，一见哈葛败走，连忙跟着退下。孙天禄挺锤追去，赫特射术颇娴，见海盗追赶，便取弓搭矢，回身发出两支箭来，第一箭直奔孙天禄的咽喉，孙天禄觑个清楚，举锤迎着一击，那箭早扑地打落草地了。第二支箭飞奔马头，孙天禄把马一拴，那马向旁边一跳，赫特的箭恰恰从旁边拂过，射了个空。孙天禄略为踌躇，唐翱怎肯示弱？他也就挂了画戟，抽弓搭矢，倏的一箭向赫特后背射去。赫特听得弓弦响，急忙横身躲避，唐翱的箭从他肩旁飞过。弓弦又响，第二支箭又到，正中大象后股，大象跳了一下，驮着赫特狂奔回去。孙天禄指挥儿郎追杀，浡尼国兵又吃了一个败仗，一齐退入城中。赫特和哈葛连忙紧闭城门，登陴死守。林道乾的部下乘胜杀至城外，向城上攻打，赫特、哈葛吩咐部下放下矢石。林道乾等究竟人少，一时攻打不进，林道乾恐防损折儿郎，遂停止攻城，相度地势，扎下五处营帐，放了许多鹿角，掘了几道壕堑，要设计破城。然而北大年的城池比较海霞城来得深固，城中兵多，尚可死守，没有内应，一时不易攻破。

林道乾等一连攻了三天，不能杀上城头，又用挑战之计，使孙天禄在城下百般辱骂，诱引浡尼士卒出战，但赫特和哈葛畏海盗势强，再也不敢出城交锋，只是死守。国王阿力布闻得败耗，十分忧虑，赫特和哈葛却仍安慰国王誓死力守。

又过了三四日，林道乾攻不进北大年，心里异常焦躁。他们劳师远来，利在速战，倘然长此持久，不利于自己的。和章祖华细商议之后，叫人写好百数十书札，把箭射入城中去，劝谕城里华侨效忠祖国，速速来降，有能斩得浡尼国王的头颅来献的，赏千金，这是故意要使城中因恐慌而发生内乱。他又准备要用火攻之计去破北大年，正和章祖华、孙天禄、唐翱等坐在帐中密议的当儿，忽然儿郎入报，浡尼国王派遣代表前来面商要事，这却出于林道乾所不及料到的了。

第二十二回

美人和敌帐里添欢情
壮士觐王宫中生杀气

浡尼国王在此时派遣使者前来，为的是何事呢？林道乾等都觉得有些奇怪，便叫放使者进来。一会儿，那儿郎早引着浡尼国王的使者进帐，林道乾细瞧使者的装束，原来是一个华侨，心中又不免有些疑讶。那使者见了林道乾，连忙拜倒在地，林道乾令左右扶他起来，向他叩问道：

“你是浡尼国王差来的使者吗？可有什么事情？瞧你的服装、容貌并非浡尼国人，乃是中国的侨民，为何受人之命？”

使者恭恭敬敬地说道：

“小人原是华侨，姓童名文彪，两代居于此邦，故在浡尼国王手下做一小小官吏。此番闻得祖国豪杰到南洋来安抚侨民，不胜欣忭，并知林义士是当今的英雄，非常钦佩。”

林道乾听他说话悦耳，便笑笑道：

“你既然知道如此，理应劝导国王，早早投降，免得多所杀伤，你们华侨尤宜开门欢迎。”

童文彪道：

“我们自然愿意拥戴林义士的，不过此来是奉国王之命，报告一个喜信的，不知林义士可能听小人之言吗？”

林道乾道：

“什么喜信？你就不妨直告。”

童文彪道：

“林义士连获胜仗，北大年上下震恐，危在旦夕。本有朝臣克里满劝王议和，无奈王族哈葛和赫特二人必欲背城一敌，但又遭败衄，他们虽要死守，而克里满一再进言国王，愿与林义士永修和好，故派小人前来请命。”

林道乾冷笑道：

“阿力布要讲和吗？他可有什么主张？能不能将北大年拱手让我？”

童文彪道：

“倘然他把北大年让出，那么浡尼国无异于灭亡，这是他万万不肯的。现有两个优惠的条件，要请林义士俯纳。”

林道乾道：

“他竟不待我提出条件吗？你姑且一说。”

童文彪道：

“国王有一爱女，芳名窦梨银，国色天香，无人不知，年华十九，尚未许配与人，这因国王和她择婿綦奇苛，没有相当地位之人。前年暹罗国王丧妻，要想重续鸾胶，遣人来此说媒，窦梨银却因国王年老而未曾应允。今番我们国王阿力布景慕林义士豪侠超群，愿将窦梨银公主嫁与林义士，侍奉巾栉，结为婚姻之好。且愿把海霞城赠给林义士为食禄之邑，即请林义士镇守海口，为国干城，这两个条件都于林义士有益无损，何乐而不为？况且窦梨银公主是马来美人，他人求之不得的，林义士倘然见了她的玉颜，一定喜欢。小人可以担保的，所以小人冒死前来，奉达国王的诚意，务请林义士三思为幸，倘蒙许诺，浡尼全国人民幸甚。”

林道乾听了童文彪所说的两个条件，知道浡尼国王到了兵临城下、无计可施的时候，不得已而用个美人计来笼络自己的。所谓窦梨银公主，究竟不知怎样的美丽，是不是真心嫁给异族，这些都要经过一番考虑。倘然贸然答应，也被自己部下笑我太好色了，遂回顾章祖华和孙天禄等说道：

“你们听得吗？浡尼国王不知心怀何意，莫非用缓兵之计吗？”

孙天禄道：

“兵败而来乞降，谁要得他的海霞城，非取北大年不可。况且海霞城早已被我等占领，何劳他们开口赠送，给这种有名无实的人情呢？不如斩其使者，断绝他们的希望。我等自愿努力攻城，当生擒国王，献于麾下。”

孙天禄的话刚才说毕，童文彪早发急起来，连忙又向林道乾拜倒道：

“这是千真万确的，国王愿意将爱女许嫁与林义士，小人劝林义士千万勿可失此机会。倘然林义士听了旁人的话而生疑心，小人一死不足惜，只可怜北大年全城老幼都要受刀兵之灾。而王侄赫特等本都不肯媾和，他们力量虽然不强，而城中可战的兵士尚有二千之数，马来壮士也可抽调，北大年一时也恐未易陷落呢！”

林道乾刚要开口，章祖华在旁说道：

“以愚见而论，此事不妨斟酌一下，再行决定。”

林道乾道：

“老人说得甚是。”

遂叫人陪同使者暂退，少停再给复音。使者退后，章祖华遂对林道乾说道：

“童文彪的话大概也是实情，浡尼国王的女儿窦梨银确乎是全国闻名的美人。去年我在嘉谷年会中曾见她被许多宫女簇拥着，身缀鲜花，坐在象背上，游行各处街市，艳丽如仙，便是小女姿色虽美，也及不上窦梨银公主的冶情媚态。林头领年近而立，中馈犹虚，何不趁此机会，纳之为妇，复向他要求割地，分界而治，俨然自成一国。渐渐聚集各地的华侨，晓谕一切，巩固自己的财力人力，再买服马来土人的爱戴之心。到那时候，浡尼国无异为头领所有，一举手而得之，无烦动干戈之劳了。此时倘然我们不允，他们失望之后，誓死守城。即使我们可以攻下，也必挨延时日，不免要牺牲一些儿郎。况且各地尚未归服，说不定尚有他处马来人要来救援，兵连祸结，亦非上策。我们还是择其易者而行之，可收实在的利益，不知林头领以为如何？”

林道乾听了，点点头道：

“你这话说得真合我意，我不妨要求他们多送些土地便了，他们若肯遵从，我就将计就计，暂时得了一个立足之所，再行扩张势力，为祖国同胞求幸福。否则，我们再用力攻城，尚未嫌迟。”

孙天禄听林道乾这样说，他本要反对，继思好色之心，人人相同，林道乾一向鳏居，尚无妻室，他以前得了章秋花，不肯占为己有，诚心代自己撮合，今日他闻得浡尼国王肯以美貌的女儿下嫁，自然心志要活动了。我若极力阻止他，不但要使他烦恼，亦殊不近人情，不如由他怎样去定夺吧，遂笑了一笑，不说什么。林道乾却向他问道：

“孙兄弟，你以为如何？”

孙天禄道：

“这样也好，只要贯彻我们的宗旨，迟早不成问题。”

林道乾笑道：

“我自信不至于迷恋温柔乡里而忘了南来的大事的，请孙兄弟等放心。”

唐翱见他们的意思已决，他也不便多说什么。林道乾遂又把那使者唤来，对他说道：

“我现在鉴于你的诚意，一准答应你们国王的请求，但那两个条件，我尚不能完全同意。”

童文彪听林道乾已有允意，心里十分快活，便道：

“林义士既能许可，浡尼人民幸甚，小人幸甚。如有吩咐，小人可以回去，代达于国王的。”

林道乾道：

“我的意思，要浡尼国王在三天限期之中，送他的爱女到我营中来成婚，过期我就要攻城。至于海霞城，早已入我掌握，不用他来赠送，我的要求是以五云山为界，山之北仍是浡尼国王管辖之地，山之南却要完全归我所有，国王不得过问。因我不欲接受他们的赠送，我到南洋来是要创造些事业，为我华侨解羁厄，谋幸福，不是来称臣供职的，你也是华人，该明白我的意思。你就这样回去禀报浡尼国王吧，我不再多说了。”

童文彪道：

“是是是，林义士的意思小人完全明白，立刻回去告知国王，再趋前复命便了。”

童文彪又向林道乾拜了一拜，告辞而去。林道乾暂缓攻城，静候回音。到得傍晚时，童文彪又来叩见，说浡尼国王得到回音后，却和诸臣商议，克里满等主和最力，赫特反对无效，所以决定在第三日早晨亲送窦梨银公主到林义士营中来，并愿遵照尊意划分五云山以南之地归林义士管辖。君臣的名份可以不定，而岳婿的关系要求承认，从此两边永远不动干戈。请林义士尊重浡尼国所有之权利，待浡尼人民和华侨一般无二。林道乾听浡尼国王没有异言，遂道：

“我这里将预备一切，等候国王亲送窦梨银公主前来便了。”

遂取出五十两银子赏给童文彪，叫他后天一同早早来吃喜酒。童文彪又道：

“那天的酒肴，浡尼国王准备挑送三十桌前来，别以斗酒犒赏林义士麾下，顺便附告一声。”

林道乾听了，点点头，说一声很好。童文彪又拜别而去。孙天禄却和林道乾打趣道：

“想不到我们赶至南洋来吃喜酒的，金戈铁马之后，来一个鸾凤和鸣，大家应该快活，我要去迎接内子也来喝喜酒了！”

林道乾道：

“不错，大家应趁此热闹，祝贺胜利，我们立了一些基础，再来扩充出去才好。魏南鲲兄虽在海霞城，我也要请他到此一聚的。”

孙天禄道：

“那么待小弟亲自去走一遭吧！”

于是孙天禄别了林道乾，带着四名儿郎，跨马而去。林道乾遂命众儿郎把营帐重又布置一番，在中军帐前扎起一个采牌楼，缀上许多名花异草，中军帐分为前后，前面设一个礼堂，后面作为临时的洞房，因在军中，一切都只得简单。而在帐外一片草地上放了许多桌椅，四周围着临时构成的木栏和绳索，也遍缀有各色鲜花，上面张着绿色的布幕，作为宾客们宴会之所。又吩咐唐翱率领一百二十名儿郎佩弓矢，握戈矛，为中军帐前的护卫，戒备不测，因林道乾十分精细，恐中敌人之计，仍要预防着仓促之事。

到了第二天，孙天禄已接了章秋花和魏南鲲同来。魏南鲲向林道乾道贺，林道乾却因自己一向不亲女色，前在苏婆腊岛曾有拒绝以章秋花为妻之事，今日到了浡尼，忽然同意娶窦梨银公主，似乎对了故人之面，有些忸怩。遂将自己所以纳妇的原因，还是为了羁縻马来人心，以收后效的用意告诉魏南鲲，魏南鲲哈哈笑道：

“林兄早该有一位玉人以慰朝夕的寂寞了，林凤兄不是已有郭玉辉为夫人吗？况闻这位窦梨银公主艳名久著，英雄美人，相得益彰，这不是天缘巧合吗?”

林道乾笑道：

“魏兄如此过誉，令人丑死。”

遂又问问海霞城中的情形，魏南鲲报告说城中情形甚为安谧。马来人大半逃遁在外的，已渐渐回来，华侨更是亲近，所以并没有人敢发生异动，海滨诸船平安无事。他来的时候，曾托孛丁兼管。林道乾听了，甚为安心。隔日就和魏、孙诸人在帐中欢饮，到了明天吉期，林道乾一早起身洗脸漱口，沐浴更衣，喜滋滋地预备做新郎。到辰时，童文彪和许多马来人扛着许多礼物前来，猪羊鸡鱼，酒菜全备，叩见林道乾，说浡尼国王已亲送公主出城来了。林道乾遂亲自出迎，魏南鲲、孙天禄持械械右护持，唐翱率众儿郎如雁行般排列在营门之前，很严整地等候浡尼国王到临。

将近巳时，听得前面鼓乐之声大起，有许多蛮人吹着箫，打着鼓，簇拥着两面大红旗而来，背后便是一队蛮人，手里都持长戈，戈上都扎满着鲜花，有浡尼国的将士骑着巨象，督队而行，到营门之前，向两旁分开，齐齐整整地陈列着。这队蛮人到后，紧接着又有一小队蛮人，身上都缠了彩帛，舁送着许多象牙、鹿角、金银器皿等贵重的东西，算是窦梨银公主的奁物，早由童文彪领导着送到中军帐里。妆奁过后，只见有一小队浡尼兵士前来，有赫特督率，是国王的先驱。兵士后面乃是国王，头戴王冠，身披很长很大的黄色王服，坐在一辆没有篷的车子里面，有两头大象拖着。在国王车辆之后，又有许多彩色衣裳的蛮女，捧着名香鲜花，拥护着一辆有盖的宝车，那车中方是窦梨银公主，香气氤氲，花色烂漫，远远地瞧不清楚。

一行人离开大营数十步外停住，童文彪慌忙陪着林道乾上前相见，赫特佩着剑锤，伺候国王阿力布下车，和林道乾彼此行礼。林道乾细瞧国王，已近五旬年纪，生着一嘴络腮胡子，一双眼睛很大，装饰虽甚华贵，而容貌平常，没有什么威仪。阿力布也在那里留心察看林道乾，觉得这位中华健儿果然英姿雄爽，卓荦不凡，无怪他有此胆量到南洋来角逐，心里暗暗敬畏。国王既和林道乾行过礼后，许多蛮人已簇拥着窦梨银公主下车，一步步走向前来，两旁站着的蛮人又大吹大打，甚是热闹。唐翱带领众儿郎排成半圆形，高高擎着红缨的长矛，欢迎浡尼国王和公主进帐。林道乾和魏南鲲、孙天禄当先引导，到得帐中，分宾主站定，中间点着红烛，许多象牙、鹿角、金银器物分陈两边，珠光宝气，充满一帐。窦梨银公主由两个年轻的蛮女扶着，站在右边，身上满缀着鲜花，脸上有一块红幕蒙着，芳容竟不得窥。魏南鲲等都觉得未见庐山真面为憾，偷偷地向童文彪询问，童文彪道：

"这是我国一种贵族中的礼仪，新娘例须戴上红幕，须交拜后由新郎当众亲手将这红幕揭去，倘是新娘姿色美丽的，那么众宾客俱要高声欢呼，表示庆贺。"

魏南鲲把这话就转告于林道乾，林道乾本来心中很是忐忑，闻得此语，心中稍安。婚礼即在此时举行，都照着马来的仪式，因为林道乾没有预备什么，便由他们来的人指挥了。礼节甚是简单，参拜以后，有一小队蛮女上前执着花枝，往来跳舞，随来的乐手奏着异国之乐，胡乱吹打了一刻。童文彪早拿着一条五彩的细竹竿，双手奉与林道乾，叫他用了这竹竿去挑开窦梨银公主脸上的面幕。林道乾接在手里，走上数步，将这竹竿照准窦梨银公主的面幕上只一挑，那面幕已轻轻落下，露出新娘的庐山真面，两旁的人早一齐春雷般喝起彩来。林道乾对着新娘做刘桢之平视，只见窦梨银公主鹅蛋般的脸，不肥不瘦，容光焕发，细细的蛾眉，溶溶的秋波，目光中含有不少情愫，非常妖媚。林道乾看了，不由一呆，因这位窦梨银公主虽是蛮荒娇娃，而她的面目酷肖当年潮州城里张琏热恋着的薛小莺，魏南鲲站在旁边，也是这样想。闻得乐声又起，众人方才簇拥着林道乾和窦梨银公主步入后帐。阿力布送女已毕，便要回去，魏南鲲和唐翱等送出大营，并犒赏从者，看国王等去后，便叫排上筵席，和众儿郎在草地上大喝喜酒。林道乾又和窦梨银公主骈肩钩臂，出来敬酒，众儿郎高声欢呼，大家又把鲜花纷纷抛掷在二人身上。这样狂欢了一日，到得晚上，林道乾又陪着魏南鲲等在帐中饮酒，饮至微醺，方才散席。魏、孙等诸人送林道乾入帐，享鱼水之欢，新婚之乐。林道乾虽对于马来土语不甚熟谙，而这位窦梨银公主却也会讲些华侨说的话，所以彼此不甚隔膜，林道乾在红烛影里瞧着窦梨银公主靓装端坐，若有所思，他走过去握着她的柔荑，笑了一笑，说了几句话。窦梨银却只对答一二，并不多说。林道乾遂也坐在她的对面，窦梨银公主只把双目斜睃着他，林道乾已有半醉，当着如此艳丽妖媚的女人之前，怎禁得挟有魔力的眼睛向他看了几下？英雄难逃美人关，他不觉色授魂与，再也矜持不住，立起身来，要搂抱着窦梨银公主。窦梨银公主忽然把他的手一推，走到屋隅去。林道乾不明白是何原因，背着烛光，呆呆地立住，瞧见窦梨银公主从她的腰间取下一样小小东西，望衣物中间一塞，回转身来，对他很妩媚地一笑，忽然投入林道乾怀抱，将粉颊贴上林道乾的面庞。林道乾生平从来没有遇见过这种热烈的女子，好似中了极醇厚的醴酒，陶陶然，遽遽然，便和窦梨银公主同圆好梦，这一夜的风光旖旎自不消说。林道乾如得佳境，异常欢愉。次日起身后，见窦梨银公主尚慵睡未起，万分媚态，他忽然想起了一件事情，便走到那边屋隅，从鹿角中间伸手一摸，被他摸着了一件东西，拿在手掌里一看，不由面色陡变。原来是一柄小小匕首，外面用红罗裹着，这东西带在身边有何用处呢？抽去红罗，晶莹耀眼，此时林道乾有些不寒而栗，暗想：昨夜我太快乐了，一切都忽略，若然这东西拿在美人纤手里，刺到自己的颈项里，包管糊糊涂涂地送去了自己的性命，那么自己没遭毒手，还不是天幸吗？想到这里，欢心尽敛，怒气上冲，握着这匕首，跑至窦梨银公主身边，高高举着，一手把窦梨银公主光泽的头发抓住，恶狠狠地喝骂一声：“贱人，胆敢挟刀行刺！”窦梨银公主从梦中醒转，睁开星眸，一见林道乾这个样子，不由一呆，又瞧他手中握着的匕首，方才明白，顿时大惊失色，便操着华侨语说道：

“你……你……你怎么……”

林道乾已知她会说华侨话，遂把手中匕首扬了一扬道：

“这东西不是你带来的吗？如此犀利，杀人立死，我窥见你昨夜暗暗藏在那里的，今日被我搜得，这是我的便宜，也是你的末日到了。现在我若不结果你的性命，以后一定要死在你这贱人的手里，宁可我负人了。”

说着话，把匕首抵到她的脸上，窦梨银公主无力抵抗，娇声哀求道：

“你不记昨宵的相爱而忍心要杀我吗？容我说了几句话，你再用这匕首刺我吧！”

林道乾点点头道：

“好！我本要问你的口供呢，你莫不是奉你父亲之命，阳为嫁我，暗中却要乘机刺我，所以带了这利器而来，你说你说！”

窦梨银公主滴着眼泪说道：

“这事和我父王是没有关系的，你不要冤枉他啊！他是个庸弱的人，听了克里满的话，许亲求和，但望两边早息干戈，相安无事。只是我起初倒很有些不愿意，遂和几个亲近之人商议后，他们便怂恿我暗携军器，向你行刺，若得成功，即便兔脱，他们城中人就可以乘机击退你们了。”

林道乾听到这里，不由打一个寒噤，又点点头道：

“这计策确乎是很毒辣的，我险些着了你的道儿，幸亏天诱其衷，被我发现。我本不该和你联姻的，要被孙天禄等讪笑我不肯听从良言了。瞧你貌美如花，而心里却毒如蛇蝎呢！”

林道乾说完，窦梨银公主又道：

“哎哟！你这个人真没有良心的，我这样老实告诉你，你还要说我毒如蛇蝎吗？”

林道乾呆了一呆道：

“此话怎讲？你要刺死我，你的心还算不得毒吗？”

窦梨银公主道：

“你该明白，若是我真要刺死你时，昨夜我们欢乐的时候，你什么都没有防备，为什么我不乘机刺死你呢？”

林道乾听了这话，暗想：她的说话也不错，她为什么昨夜不就将我刺死，却迟迟等待呢？遂说道：

“恐怕你一时没有这胆量吧！”

窦梨银公主道：

“我再老实说了吧，这也并非是我无胆，当初我们听了人家的怂恿，一股勇气，决心要向你行刺的。后来见了你的仪表可爱，不愧是中华好男儿，心中起了无限的敬爱，不忍加刃于你，转念多时，方才改变我本来的志向，而将这匕首藏去不用的。否则我为什么不早早行刺呢？恐怕这时候你早已不在人间了。唉！我行了好心，却得不到好报，所以必须向你声明一下的，或杀或剐，任凭你吧！”

窦梨银公主说着话，泪如泉涌，呜咽欲绝。此时此景，真如梨花一枝春带雨，万分哀艳。林道乾那只握匕首的手早已软了下来，点点头说道：

“你的话果然是实，但你既然起初有这种念头，难保以后不再发生害人的心，我若不……”

林道乾说话没有完时，窦梨银公主觉得林道乾要按住她的一手也松了不少，便使劲儿纵身投入林道乾的怀里，袒开酥胸，说道：

“那么你就把匕首刺入我的胸膛吧！我不忍杀了你，你却饶我不得了，这是我的报应。”

这个时候，林道乾已知窦梨银公主怀的一片好意，爱心的伟大，使他心里又感激又庆幸，怎忍心再把窦梨银公主处死呢？所以当的一声，把那匕首抛在地下，双手搂住窦梨银公主，在她的嘴唇上很热烈地接了几个吻，见她颊上满挂着泪痕，一双可爱的双目带着无限的娇怨，更觉得伊人可爱，忘记了其他的一切。窦梨银公主又说道：

“你要杀我吗？”

林道乾摇摇头道：

“你既然对我很好，有绝大的情爱，那么我又何忍杀你？我们俩依然是夫妇，你爱我，我爱你，谈不到什么仇恨，这件事但愿彼此相忘，只要你告诉我是谁教唆你的，请求国王把此人诛掉，便无事了。”

窦梨银公主道：

“请你不必再要追究此事，兴起风波，给人家知道后反为不妙。我可当天宣誓，我若有害你的心肠，天诛地灭，毒蛇猛虎把我咬死。”

林道乾听她起了这样的重誓，更是深信不疑，又对她说道：

“你也不必宣誓，我相信你的话就是了。”

二人拥抱了一会儿，林道乾方才把窦梨银公主放下，让她穿衣起身，又将地上的匕首收拾去，这一场风波暂告平息。

林道乾出帐去会见魏南鲲、孙天禄诸人，大家又向他说了几句打趣的话，方要商议正经事情，忽报北大年有一小队浡尼国人前来犒师，兼候窦梨银公主。林道乾明知这是浡尼国人来刺探消息的，他也不向众人明言，就令唐翱带领儿郎拱卫，自和魏、孙二人披上戎装，各佩刀剑，出外迎见。只见浡尼国人又送来许多猪和羊，以及玉蜀黍等食物，为首一人正是少年哈葛，手握三尖两刃刀，相貌很是俊秀，和林道乾相见后，便问公主可安好。林道乾微笑，答称公主无恙，又差人去问公主可要纳见，但公主回绝不见。哈葛遂也不欲多留，怏怏地率领部下回城去了。孙天禄便对林道乾说道：

“此人是浡尼的将士，我们和他在战场上见过，今瞧他目光凶恶，恐对林兄很不怀好意。”

林道乾不将早晨发现匕首的事告诉他们，便点点头道：

“此人果然显有可疑，但我有备无患，他也奈何我们不得啊！”

大家回到帐中坐定，魏南鲲道：

“林兄既已娶了国王之女，和他们媾和，那么驻屯于此，更无意思，不如收兵回海霞城，先从那边着手做起，增厚了势力，再想开始的计划。”

林道乾道：

“魏兄说得是，但昨日浡尼国王亲送公主前来，我们若要回归海霞，理当亲赴北大年去辞行，方不失礼，且可定了盟约。”

魏南鲲道：

“林兄若要到北大年去，此事必须仔细考虑，蛮人性颇狡诈，不可不防。”

林道乾道：

“当然我也要有防备，方可前去。”

大家正在议着，浡尼国王忽又着人前来下书，邀请林道乾和公主到北大年王宫去聚宴。儿郎将使者引进帐中，林道乾接阅来信后，立即修书回报，约定明日上午入城拜会，使者得书，拜辞而去。孙天禄道：

“林兄决定要往城中走一遭吗?”

林道乾点点头道:

“我和浡尼国王既有姻娅之好，他今来书邀请，我在理也当去走一遭，倘然我们绝不去，不但失礼，而且示人以怯。我们本来冒着危险而到南洋来的，什么虎穴龙潭，都不在我心上，岂可不去?”

魏南鲲道:

“林兄既已答应，我等也未便异议，只是我们须先商量一番，明日如何前去，可以比较稳妥一些。”

林道乾道:

“不错，对付的方法不可不预定的。”

遂把老人章祖华请来，向他问询北大年城内外的形势。章祖华听说林道乾要去会晤浡尼国王，他也劝林道乾谨慎行事，又将北大年的大约形势讲了一遍。林道乾胸有成竹，便道:

“诸位放心，我们本来是要攻打北大年的，只因国王讲和，把公主下嫁，你们劝我接受议和，待时而起，所以略略变更了初起时的宗旨。现在我们用诚心来待蛮人，要使他们心悦诚服，倘然他们居心叵测，要有什么意外行动时，我们也不妨将计就计，取了他们的北大年。譬如没有这么一回议和的事情。好在窦梨银公主业已真心嫁给我了，蛮人蕞尔之力，我等也毋庸多虑。”

魏南鲲道:

“林兄既有锦囊妙计，我们自愿戮力，愿闻其详。”

林道乾道:

“明天早晨我和公主入城去拜见国王时，暗中不妨做下准备，可请孙天禄带领二十名健儿一同护卫。到了王宫里，若有异变时，我和孙兄弟一齐动手，燃炮一响为号。另请唐翱率领一百健儿随同进城，停驻在王宫外要道上，倘闻宫中号炮之声，立刻杀奔南门，抢夺四城门，接应外来的我军。方才章祖华已告知北大年的南门离此甚近，唐翱兄弟夺得城门时，可以燃放号炮二响。我再请魏兄弟带领一百二十名儿郎候在南门城外，一听号炮声响，立刻进攻，便可杀进城门。这样里应外合，北大年便可唾手而得，所以他们没有什么异动便罢，若存心不良，谋害小弟时，我们便乘势取了他们的北大年，也未为不可。”

魏南鲲、孙天禄等听了林道乾的计划，莫不忻悦，释去疑团，抖擞精神，又想乘机夺取北大年，充满着更大的企图。

这天大家休息无事，到了次日，窦梨银公主盛装华服，预备到北大年去归宁父母。因为昨宵林道乾已告诉她要一同去会晤浡尼国王，心中一半喜，一半忧，喜的是归宁双亲，忧的是别有衷肠，她还不能老实告诉林道乾，但劝林道乾前去时，一切须要小心，恐防北大年城里或有不肖之徒，要乘机一逞的。林道乾很感谢她的爱护之意，对于她的叮嘱，连声说是。其实他早已有了准备了，他自己穿好了衣服，佩着宝刀，和窦梨银公主携手同出。魏南鲲、孙天禄等早已在外面伺候，林道乾遂下令出发。他让窦梨银公主坐上象背，自己跨了一匹白马，孙天禄也背负双锤怀藏信炮，跳上一匹青骢马，带领二十名儿郎，保护着一双新人，向前进行，唐翱带了一百名儿郎，紧随后面。这一行人去后，魏南鲲便率儿郎悄悄开拔到北大年南门外林子里去埋伏，表面上称为行猎，暗地里却要袭取北大年。林道乾等进至北大年城外，早有浡尼的代表前来迎接，引导入城。林道乾留心察看北大年城垣，比较海霞城高厚得多了，自己兵力太薄，攻下此城，也非易事，那么媾和也未尝不是了。入得城来，有一队浡尼兵士持着锐利的戈矛，鸣鼓来迎，作为先驱，北大年的人民，老老小小，男男女女，都到街上来争看中华英雄林道乾，人山人海，挤轧不堪。到得王宫之前，悬灯结彩，装饰华丽，又有那哈葛手提三尖两刃刀，腰悬龙泉宝剑，率领一队卫士来迎。林道乾很注意于他，瞧他脸带杀气，颇有狰狞之态，一双凶狠的目光向他脸上和窦梨银公主身上闪闪霍霍地紧射不止，而窦梨银公主的妙目也向哈葛若有意若无意地看了几眼。

这时候，唐翱所带的一百健儿都留在宫门之外，不放进去了，孙天禄却和二十名健儿紧随着林道乾，一齐走入王宫。宫门内外执戈的卫士很多，又有王侄赫特，佩剑悬锤，站在一边，他对着林道乾怒目而视，好似心有不甘。走得不多几步路，又有七八名蛮女含笑来迎，行至殿上，许多浡尼国的官吏，分开两旁迎候。浡尼国王阿力布降阶迎接，把林道乾接至殿上，孙天禄所带的儿郎只得止步站在殿下，唯有孙天禄却仍紧随在林道乾身边。窦梨银公主见了她的父亲，就和林道乾上前拜见，阿力布慌忙答礼，便在殿上分宾主坐定。林道乾东向而坐，阿力布西向陪坐，窦梨银公主北向坐，孙天禄坐在林道乾的下首。阿力布见女儿笑容满面，一些儿没有委屈之色，他心里倒有些踌躇起来，因此脸上神色很不安宁，勉强和林道乾叙了几句客套，便叫左右摆上酒席，款请新人。林道乾十分机警，他如何不觉得？但他也并没有恐惧之心，镇静自如。

今天国王所治的肴馔异常丰富精美，海中珍品也甚多，器具都是金银特制的，照耀桌面。酒过三巡，阿力布叫他女儿且往宫里去见她的母亲，但是窦梨银公主却不肯离开林道乾一步，她的意思要停会儿请她母亲出见，因为她今天也有些不放心呢。阿力布无可奈何，只得陪着喝酒，忽见哈葛披着彩衣，腰佩利剑，走上前来，行礼后说道：

“今日欣逢喜事，宫中无以为乐，请以舞剑。”

阿力布未加可否，哈葛早向殿下一招手，便有八个身长体壮的蛮人，一例披着彩衣，手中各拿着一柄宝剑，迈步上殿，见了国王，一齐拜倒。哈葛说一声起舞，八个蛮人倏地起立，哈葛自己也拔出剑来，领导着八蛮人徐徐而舞。林道乾知道哈葛等不怀好意，他依然不动声色，一手按着自己佩刀的柄，闲闲地瞧着，孙天禄脸上也有些异样。哈葛一面舞剑，一面常向窦梨银公主暗使眼色，但是窦梨银公主却视若无睹，并不回答什么，低垂着头，面有忧色。哈葛舞到分际，听得殿下咚咚地响，只见有一队蛮人，约计百数，手中都持着长矛，为首的敲着鼙歌，齐齐整整地列在殿下，顿时宫殿之内，杀气横生。林道乾忍不住向阿力布说道：

“今日我送公主归宁，且觐见国王，愿修好会，多蒙饲以酒肉，盛情可感，但酒尚未酣，忽来这些执戟舞剑之士，其意何在？”

浡尼国王方要回答，而哈葛已渐舞渐紧，一个箭步跳到林道乾身前，寒光一道，直奔林道乾的咽喉，殿上殿下一齐震惊。

第二十三回

航海寻兄情深手足
中宵侍疾好合瑟琴

在此间不容发之际，其危险胜过于鸿门之宴，幸亏林道乾早有防备，立刻向旁边一跳，闪避过了这一剑。哈葛见一击不中，更是恼怒，恶狠狠地又是一剑，使个“蜻蜓点水”式，刺向林道乾的胸前来。林道乾早抽出宝刀，使个“白蛇吐气”，铛的一声，把哈葛的剑恰好拦住。这时，和哈葛同舞的八个健儿呐喊一声，也向林道乾冲来。孙天禄瞧着这情景，一声狂吼，从背上取下鸳鸯双锤，径奔国王，国王身边两个侍卫拔出刀来拦阻时，被孙天禄一锤一个，都打倒在地，过去将阿力布擒住，同时林道乾却和哈葛等在殿上格斗，窦梨银公主也惊骇万状，离了座位，连摇双手，说道：

“使不得。”

殿下的蛮人正待冲上殿时，早被孙天禄所率的二十儿郎举刀拦住。孙天禄一手擒住国王的衣襟，一手把双锤合并着，指了殿上下众蛮人，大声说道：

“谁敢胡乱动手？我们是修好而来，不得无礼！若有伤及我们尺寸之肤，你们的国王也休想活命！”

孙天禄说时，双目圆睁，声色严厉。阿力布却觳觫万状，挣扎不得。林道乾尚和哈葛剑来刀往地酣斗，宛如两头猛虎在殿上扑击，其余的蛮人却因国王阿力布已被孙天禄擒住，投鼠忌器，恐怕损及他们国王的性命，所以呆呆地倒退下去，不敢动手了。孙天禄眼看林道乾手中的刀尚敌得住哈葛，遂也不下毒手，信炮亦未燃放。哈葛下手不成，心里不免惊慌，又见林道乾刀法毫无破绽，心中急躁，狠命向前进攻，然而剑法已有些错乱，却被林道乾觑个间隙，一刀劈去，把哈葛的头颅削去了半爿，倒在血泊中死了。林道乾诛了哈葛，正要放炮，通知部下乘势夺取北大年，窦梨银公主早跑到他身前，哀求他务要饶恕国王的性命，这都是哈葛之罪，其余都不相干的。林道乾见自己不但无恙，且已胜利，遂令孙天禄速将国王放下，不要加害。孙天禄将阿力布掷于地上道：

“姑且饶你一命，你若再有三心二意，要伤害我们的林头领时，早晚必死我双锤之下。”

国王爬起身来，羞惭满面，一种狼狈的情状难以形容。窦梨银公主见林道乾已听从她的说话，便走至国王面前，要求他快快下令撤退军队，莫信小人之言，伤了两家和气，反而自遭殃咎。阿力布怎敢不依？立即下令殿下蛮兵一齐退去，于是跟随哈葛同舞的健儿一齐垂头丧气地舁着哈葛的尸骸下殿，殿下的蛮兵也从两旁退去。赫特在外面尚未动手，一闻警耗，他也不敢鲁莽从事，只得按兵不动了。

原来这一幕武剧也是赫特和哈葛二人布下的局，处心积虑，要把林道乾除去，复兴王室，逐走中华健儿。当他们起初败退之时，请命国王，要调北部的蛮人来此助战，且欲向暹罗国去借兵，可是国王胆小，无志再战。而克里满等一班人始终主张议和之计，要将美人饵敌，同时城中所有的华侨也蠢蠢思动，形势甚是不稳，于是国王到底听信了克里满等主和派的主张，愿将爱女下嫁于林道乾，以纾国家之难。

窦梨银公主初尚不肯允从，经阿力布再三向她说了，她才勉强徇顺父亲之意。阿力布遂派童文彪做代表，到林道乾营中去传达意旨。哈葛本和窦梨银公主有恋爱关系的，他始终不赞成和议，更不愿眼看着美如天仙的窦梨银公主离开了自己去和异族结婚，供异族玩弄。他气得寝食俱废，几成疯狂，知道国王的意思业已不可挽回，便和窦梨银公主商量了好久。哈葛想出一条秘密的计策，要请窦梨银公主在衣底里暗藏锐利的匕首，乘林道乾和她欢乐的当儿下手行刺，那么林道乾猝不及防，一定可把他刺死，窦梨银公主便可悄悄地逃回北大年来。这是很阴险的计划，哈葛所切盼的。自从窦梨银公主被国王送到林道乾的营里去成婚后，哈葛和赫特商量如何进攻之计，一面派出人去探听消息，但等窦梨银公主逃归北大年，便可出城掩杀。谁料窦梨银公主没有回来，而林道乾那方面也不见有何动静。哈葛心中十分怀疑，恐防窦梨银公主下手不成，反送去了她的性命，所以他自己率领一小队蛮人，表面算到林道乾那边去犒师，其实仍是要刺探窦梨银公主的安危，以及林道乾一人的情形。但最使他失望的，不特林道乾亲自出迎，壮士无恙，而窦梨银公主反而拒绝见面，这又是何等创痛了他的心？他回去后，知道这是公主变了心肠，没有照计行事，不觉由妒生恨，更不甘心于林道乾。遂乘国王迎接林道乾和公主欢宴的当儿，他和赫特暗暗布下罗网，要向林道乾行刺，夺回窦梨银公主。然因林道乾早有防备，更兼勇力超人，未可蹈瑕，遂致一击不中，反殒其生。赫特闻得哈葛已死，林道乾等占得优势，他便觉孤掌难鸣，不敢鲁莽从事了。一场险恶的风波，就此过去，国王阿力布向林道乾连连道歉，表明自己没有预谋，承认失察之咎，并捕哈葛余党入狱。克里满、童文彪等都上殿来向林道乾赔罪，窦梨银公主也劝林道乾息怒，不要把此事介怀。林道乾看在窦梨银公主面上，故忍着怒气，没和国王翻脸，然而为了此事，心里未免有几分不快，勉强仍和国王等坐下，急于回营，坐不终席，便和窦梨银公主告辞。国王不便挽留，又馈赠了许多贵重的珍品，亲送林道乾出城。唐翱所率的众健儿没有下手，只得相随同行。

林道乾和窦梨银公主出得北大年城门，向国王告别后，一行人向归途进发，林子里早拥出魏南鲲一队人马，见林道乾无恙归来，便上前迎接。林道乾在马上略将宫中所遇的事情告诉魏南鲲，魏南鲲额手称幸，暗中却未尝不怪林道乾不趁此时下手夺取北大年，失却一个大好的机会。想他总是为了窦梨银公主的关系，适可而止，保留浡尼国王的势力，真是英雄难逃美人关了。林道乾回顾窦梨银公主，指着魏南鲲等一队人马，对她说道：

“你看，我早已埋伏下人马，倘然没有你向我说情时，此时我早已夺取北大年了。哈葛那厮不是自作孽吗?”

窦梨银公主听了林道乾的话，报以媚笑。林道乾回营以后，也不再追究此事，便将浡尼国王赠送的礼物分赐给众儿郎，对于孙天禄更是奖宠逾常，因为得他相助的力量很是不少。然而孙天禄见林道乾宠爱窦梨银公主，轻赦了浡尼国王，没有乘机袭取北大年，心中很不以为然，背地里和唐翱、魏南鲲议论这事，魏南鲲也不赞成，认是林道乾的失策，尚幸没有遭受暗算，无恙而归，否则自己一伙人的命运真要不堪设想呢。林道乾因为和约已成，自己又已娶了窦梨银公主，雄心稍戢，遂下令众儿郎凯旋海霞城，又吩咐唐翱率领一百二十人屯守五云山边界，添造烽火台，以防浡尼国王再有反复。他回到了海霞城，一面把练习部伍之事托付魏南鲲，招抚华侨之事托付章祖华老人，而将守城之责交给孙天禄和孛丁，自己在此时稍作休息，以便乘机扩展。窦梨银公主实在是一朵蛮荒中的鲜葩，林道乾遇到了她，不知不觉地竟然英雄气短，儿女情长，在温柔乡里寻取娱乐。嫌他所居的邸第缺少闳丽的壮面，所以鸠工庀材，添筑起宫室来，美轮美奂，和浡尼的王宫相埒。魏南鲲见林道乾这样声色自娱，和原来的宗旨大相刺谬，颇抱杞人之忧。自己只得加紧练习部伍，扩充人数，且喜一班少壮华侨闻了林道乾歼灭吉里龙，使浡尼国王慑服媾和的雄风，纷纷前来投军。渐渐增加了五六百人，兵力益发雄厚，正可开辟异域。

有一次，魏南鲲和林道乾说了，要驾驶海舶向附近海上巡行，希望有什么新发现，可以进取，借此也好使儿郎们练习航海，不致懈驰筋骨。林道乾自然赞成他的主张，便叫魏南鲲和孛丁率领五十艘战船，三百儿郎，往海上去练习。魏南鲲欣欣然和孛丁率领战船，驶出港去，向北行了二十多里，魏南鲲下令将自己的船只分为两队，一队往东，一队往西，向远远的海面上的一个小岛做袭击的行动，他和孛丁各率一队，分开着驶行。

向东行了数里，忽见前面有数艘帆船正向这边驶来。魏南鲲留心观察来船，船身并不沉重，不像商人载货的船舶，疑心他们又是海盗之类，便叫儿郎们大家准备兵刃，以防对面来船的袭击。于是魏南鲲等一小队海舶迎上前去，可是对面船上的人也已注意，便有几个人影出现在船头上，向这里观察。两边的船渐驶渐近，对面船上的人忽然大声喊叫，并拿出一面旗子，不住地向空中招展着，似乎要求这里停船，且有什么事要问询的样子。魏南鲲见对方尚无恶意，也就令掌舵的靠近去。等到两边船只徐徐接近之时，听对面船上有人问道：

“你们的船驶向哪里去的？我们正要到浡尼国去，迷了海路，不能到达，请你们指点指点，非常感谢的。”

魏南鲲听对面船上人的说话乃是中华口音，是自己祖国的同胞，心里不由一动，自己走到船头上来，向他们还问道：

“你们可是从中国来的吗？要到浡尼去作甚？我们恰从浡尼国出来的。”

魏南鲲说了这话，对面船上早已走出一个女子来，高声说道：

“既是你们从浡尼国出来的，那么可知那边有一个中华健儿前往经营异域的林道乾吗？”

魏南鲲听人家问起林道乾，又听这女子的声音很有些耳熟，遂又注目细视，这时，两船十分靠近，魏南鲲方才识得这女子正是林道乾的妹妹林二姑，不由惊喜异常，连忙举手喊起来道：

“你是林家二姑，可认得南澳魏南鲲吗？”

魏南鲲说了这话，对面船上的林二姑此时也已瞧见了魏南鲲，这一喜真是非同小可，立即把手一招道：

“好极了，原来是魏先生，好极了，我们正在找寻你们呢！快请过船相见。”

魏南鲲听二姑相邀，马上一耸身跳到林二姑的船头上去。林二姑请魏南鲲到舱里去谈话，又有李安涛上前相见。林二姑道：

“自从官军进攻苏婆腊岛时，我们在小笠岛上得到了消息，曾率众前去应援，无奈众寡不敌，未能杀入，只得退回岛上，心里异常懊恼，只盼望马头岛或能援救了。不多几天，我又患病，真是不幸，睡倒在床上，自己病得昏天黑地，支持不住，如何再能设法去救苏婆腊岛呢？及至痊愈时，遣人探听，方知苏婆腊岛和马头岛都被官军攻下，我哥哥和林凤等早已不知去向，存亡莫卜。俞大猷将军也已班师回粤了，我心里异常难过，幸而官军没有注意到小笠岛，否则不也要同归于尽吗？我遂和安涛亲去岛上询问，那边仍住着土人，他们告诉我，说我哥哥等没有给官军擒获，都逃到别处去了。我虽略觉安慰，然不知我哥哥究竟遁迹哪里，叫我们何处去找寻呢？回转小笠岛后，常常派人坐船去四面远近岛上访问，却是杳无消息。前月我们碰到一艘商船是以南洋回国的，路过小笠岛，因风停泊。我们遂向他们叩询南洋情况，问他们可知道最近中国有什么人前去争夺。他们就告诉我说，在浡尼国曾有一伙华人前往夺取土地，其中的领袖姓林，听说是一位英雄，浡尼国王敌不过，割地求和，因此他们也没有到浡尼国去做贸易而回国的。我闻得这个消息，料定是我的哥哥，否则也许是林凤，所以我遂和安涛带领众儿郎坐了数艘海船，驶至南洋来访问，但因海路不熟，一时找不到浡尼国，心中十分焦急。今日在海面上遇见你们的一队船舶，所以迎着问询一下，恰巧遇到魏先生，这真是天幸。望你快快告知一切吧，我哥哥究竟可在浡尼，或安或危，我真是十二分地悬念呢！”

魏南鲲听了林二姑的一番叙述，又见她非常迫切的样子，遂点点头说道：

“姑娘不要心急，你哥哥很安好，我和他正在一起，他在浡尼国业已占有一些根据地，尚称顺利。今天我和孛丁出来海上练习，凑巧遇见了姑娘，这不是鬼使神差吗？合该你们兄妹可以团圆了。这里离浡尼只有三十海里，天晚之前便可回归的。”

林二姑大喜道：

“真是天赐我也！我就请你引导我前去一见我的哥哥吧！”

魏南鲲道：

“当然我就要领姑娘等去见道乾兄的，只是我已约定孛丁练习，假作掩袭前面的小岛，不能不和他的船只会合后，然后回去，请姑娘稍安勿躁，同我们一起驶向前去，我见了孛丁，马上可以叫他回浡尼的。”

林二姑只得听命。魏南鲲又请林二姑和李安涛一齐到他船上去坐谈，林二姑自然答应，便吩咐自己的船舶须要跟随魏南鲲的船为进退。其中有一半儿郎都认得魏南鲲的，当然奉命维谨，掌着舵相随同行。魏南鲲和林二姑、李安涛又谈起张琏、林凤等众人，消息隔膜，十分萦念，大概各居一方，形迹分散，短时期内难以重聚了。

将近前面小岛时，左面海上有小队帆船出现，魏南鲲指点给林二姑看，道：

"这是李丁的船了，我瞧得出桅上的旗子的。"

遂叫部下速即迎上前去，用旗子去传令他们停止前进，快和这边的船舶相合。儿郎奉令到船头上去用旗语，一会儿，李丁之船已近，魏南鲲便叫李丁过船相见，李丁见了林、李二人，也不胜喜悦，魏南鲲于是不再演习，吩咐众船速返浡尼。顿时大小船只，舳舻相接，驶回浡尼国去。那小岛上本有一伙土人居住，起初望见两边都有战船驶来，人人惊慌，以为将有海盗行劫，大家正要持械自卫，不让海盗登陆，后来又见诸船退去，大家方才放心，却不知是怎么一回事。他们怎知道这是魏南鲲指挥的海上演习呢？魏南鲲在归途中，始将林道乾娶窦梨银公主为妇的事详详细细地告诉与林二姑知道，林二姑闻她的哥哥娶蛮女为妇，很不赞成。魏南鲲遂又将浡尼国王招饮，哈葛行刺等事告诉她听，林二姑更觉林道乾为了一个异族的女子太冒险了，她对魏南鲲说道：

"待我到了浡尼，一定要劝谏我哥哥须要严密防范，莫再中蛮人之计，自隳大业。"

魏南鲲道：

"我等言之无益，此事须待姑娘前去剀切劝诫了。"

李安涛却对林二姑带笑说道：

"令兄一向不以女色为重，以前在潮城时，张大哥迷恋于小莺，而令兄也在背地里怪张大哥难逃美人之关，却不料今番自己着了魔，而所恋的又是一个蛮荒女子，真可谓嗜痂有癖了。"

魏南鲲哈哈大笑道：

"嗜痂有癖，李君之言妙极了。我要问问你们在小笠岛上的情形呢，林二姑可能告知一二？"

魏南鲲这样一问，林二姑的玉靥上顿时泛起红云。李安涛在旁却代她还答道：

"小弟有一件事要告知魏兄，就是小弟承二姑的垂爱，已和她在小笠岛上结婚了。这事早晚要告诉你们知道的，所以我先告诉你。"

魏南鲲听了这话，对二人脸上望了一下，说道：

"恭喜恭喜，你们几时请我补吃一顿喜酒呢？"

林二姑只得微笑道：

“到了北大年，我们当补请何如？”

魏南鲲道：

“很好。”

心里暗想：林二姑是一位侠义英雄的巾帼须眉，右不嫁，左不嫁，却甘愿侍奉士人的巾栉，可说是别有钟情，由此也可知平日林二姑常常对于李安涛一种恳切的关注，并非偶然的了。而李安涛的为人很是儒雅风流，比了粗犷的武夫，自然不可同日而语，他们二人的情愫厚密，大约也非一朝一夕之功呢。以前听林道乾说，很愿意将他妹妹嫁与孙天禄，无奈二姑始终不肯同意，因此未能成就姻缘。孙天禄也背后时有怨言，在自己面前吐露过，恨二姑瞧不起他，自己也不欲多管闲事，未曾向林道乾探问明白。以后林道乾把章秋花嫁与孙天禄为妻，弥补他的缺憾，彼此离散，消息隔膜。谁知林二姑在小笠岛上已和李安涛结了婚，此事若给道乾和天禄知道，他们也要惊疑这婚姻太急骤了。魏南鲲如此揣想，他岂知中间还有一件事促进二人恋爱的成熟呢。

原来，林二姑在小笠岛上曾和李安涛一度去救援苏婆腊岛，只因兵力寡薄，未能冲破明军的围困，不得已而退归。她心里十分焦急，代她的哥哥杞忧，但愿她哥哥和张琏等能够击退官军，转危为安。一连数天，她和李安涛商议如何出兵前去援救苏婆腊岛，终因仓促之间，缺少精锐，敌不过官军的势盛。林二姑竟要亲驾一舟，冲入官军长围之中，去和她哥哥同死。李安涛劝她切勿轻生冒险，且想出一条小小计策，是叫林二姑预备十多艘小船，上面满载着许多假扮的草人，在夜间出发，拣选熟谙水性的儿郎驾驶，每船上敲起战鼓，作为疑兵，杀到官军那里去。待官军来战时，放弃小船，坐在最后一艘船上逃回。官军若然捕获草人，知道我们缺少战士，故作疑阵，去搅乱他们，自然生轻视之心，那么我们再派第二队战船前去，在打先的数船仍载草人，而后面的船只却藏精锐，虚虚实实，杀他一个措手不及，或可冲进苏婆腊岛的港口。林二姑听了，心中稍喜，正要依照李安涛的计策行事，谁知便在这天薄暮时候，林二姑忽然大吐大呕，手足冰冷，面色都变了。李安涛大惊，不知她生的什么病，自己又不懂医道的，惊得手足无措，便和戴大荣商量，方知在小笠岛上一座古庙里有个老道士，专售各种药草，平日常代人医病的。李安涛连忙去请了那位老道士来，叫他医治林二姑的病，那老道士诊过林二姑的脉，对李安涛说：

“这病是很危险的寒热病，非要发出一身大汗来不可。”

遂从他的药囊里取出两包药来，交与李安涛道：

“你给林姑娘煎了速服，倘然能够出汗，便有希望，否则我也没有法想了。”

老道士去后，李安涛叫人生了炉子，亲自制药，等到药煎好后，便倒在碗中去给林二姑喝。林二姑喝后，偃卧在藤榻上，这时，天色已黑，李安涛已用过晚膳，坐在林二姑榻边，默觇动静，见林二姑昏昏沉沉地睡着，隔了会儿，浑身发出汗来，额上香汗浸淫，湿舟冰枕，他暗暗欣慰，以为老道士的药果然灵验，林二姑出了这身大汗，定会好了。再瞧二姑的面色，不像以前的苍白，嘴唇和两颊都变得绛红，口里呻吟不绝，李安涛希望林二姑病象好转，守在榻前不去。又隔了好多时候，林二姑嚷着热，将身上盖着的一条布单被掀开一边，李安涛忙代她覆上，林二姑又用力掀去，这样一掀一覆了三次，林二姑张大了眼睛，对李安涛说道：

“我心里难过得很，快要烧死了，你还要把这单被裹住我，这不是要了我的命吗？”

李安涛摸摸她的额上，热得发烫，心中又不禁深为杞忧。林二姑忽然向他要椰子和芒果吃。李安涛想：她正在出汗发热之时，如何可以吃这种东西？遂说道：

“这东西此刻不能吃的，明天我可以拿给寄妹吃，请你忍耐一些吧！”

林二姑只是向他要，同时口里嚷热，好像失了理智似的，自己把她穿着的小衣很快地解开，露出雪白的酥胸和高耸的玉乳。李安涛便道：

“寄妹，何以如此？”

林二姑道：

“你快把凉水浇在我的心口，我的心要热死了。”

李安涛摇摇头道：

“这哪里可以？寄妹请耐一会儿就会好的。”

一边说，一边代她去扣上纽扣，却被她伸手用力一推道：

“谁要你扣纽扣？”

李安涛见二姑神色有异，不由一怔。林二姑又对他说道：

“你快去取冷水来给我洗一个澡吧！”

李安涛又摇摇头道：

“使不得！”

林二姑忽然一个翻身坐了起来，说道：

“什么使不得？你不代我去取，要坐视我热死吗？好不忍心！”

安涛劝慰道：

“寄妹，你这热是服了药而发出来的，出过一身汗，你的病自然会好，怎可用冷水洗浴呢？你还是耐着性睡一会儿吧。”

二姑摇摇头道：

“不成功，不成功，你一定要代我去拿。”

安涛伸手扶着二姑的玉臂，叫她睡下去。林二姑忽又睁圆了眼睛，对李安涛说道：

“你是什么人，快与我出去！”

李安涛听二姑说话也异样，神志有些不清，心中又不禁十分忧虑，只得不回答她。他刚要站起身来，林二姑忽然跳了起来，说道：

“我去河里洗个浴。”

李安涛还要想拦住她，却被林二姑双手拦腰一抱，把他紧紧抱住，说道：

“我与你一同去洗个浴。”

这时，林二姑的气力特别大，李安涛本是个文人，怎敌得过林二姑的力量？被她抱住了身子，挣扎不脱，急得他满头是汗，忍不住大声呼救。门外有两个儿郎闻声奔入，见了这个样子，他们也没有主意。恰巧戴大荣从外面进来，问问林二姑服了那老道士的药后可能奏效，一见林二姑袒露着上身，把李安涛搂住在怀里，李安涛竭力挣扎，涨得面孔如猪肝一般，不由大大地奇异，忙问儿郎们这是怎么一回事。李安涛一见戴大荣，连忙喊道：

“戴兄快来救我，二姑热得发了狂，所以把我抱住了。”

戴大荣忙过来用力解围，二姑丢了安涛，来抱戴大荣，戴大荣怎肯被她拦住？忙将她的二臂挟住，推到榻边去。两个儿郎帮着动手，七手八脚地费了九牛二虎之力，才把林二姑按倒在床。林二姑口里嚷道：

“你们都来欺侮我，不给我洗个浴吗？不要恼怒了我，我把你们的头颅砍下。”

说着话，还在挣扎欲起，戴大荣见林二姑如狂如癫，不敢放松，叫儿郎们取了两条很粗的带子前来，不得已，将林二姑束缚在榻上，使她动弹不得。李安涛喘着气对戴大荣说道：

“二姑大概热极发狂，要冷水洗浴，又要到河里去，我把她拦住时，她就将我抱住了。幸亏你来解围，但她的热这样重而高，不知那老道士的药可曾吃错？”

这时，林二姑又在榻上大声呼喊，要喝冷水，并向二人喃喃咒骂。戴大荣皱着眉头说道：

“那老道士医道很好的，我想不至于吃错吧！他不是说过吃了他的药须要出一身汗方会好吗？现在林姑娘不是转冷为热，出了一身汗吗？”

李安涛点点头道：

“话是不错的，但二姑热得太甚了，防有他变，我总是有些放心不下，你可以找他再来诊视一下吗？”

戴大荣道：

“可以可以，我就去把他唤来。”

戴大荣说罢，回身便往外走。李安涛走近二姑榻前，对二姑脸上相视，见她双颧如火，眼角倒斜，口边吐着白色的唾沫，身子一挺一挺地仍要跳起，幸亏有带子缚住她。李安涛瞧二姑的神色大变，心里忧急，在室里只是绕着圈儿走，双手频搓，一筹莫展。

不多时，戴大荣同老道士急急地走来，李安涛迎着说道：

“道人，你的药用得可对吗？为什么她吃了你的药大发狂热呢？”

老道士走近二姑榻畔，仔细瞧了一会儿，又一把二姑的脉，回头对李安涛说道：

“我的药不会吃错的，出了汗，她的性命便可得救，但是那热发得太高了一些，我可以再给她吃一种药，便会平服。你们尽放心，若有三长两短，我这条老命赔偿与你们便了。”

说毕，遂又从他的药囊里取出一小包黑色的药粉，递给李安涛，叫他速去煎了给林二姑喝下。老道士告别而去，李安涛赶紧把这包药粉放在水里，煎了一会儿，倒在碗里，给二姑灌下肚去。二姑服了这药以后，果然汗也出得渐少，嘴里不复乱喊乱叫，平静了好多，好似力乏神倦的模样，渐渐闭着双眸睡去。李安涛心中方才略定。

这天晚上，他不敢离开林二姑，便叫儿郎搬来一张藤榻，自己睡在二姑房里陪伴她，又吩咐几个有力的儿郎睡在外边，以备有事呼唤。戴大荣又来看过，见二姑已能安睡，略觉放心，自去睡息了。这里李安涛睡至夜半，忽被二姑说话声惊醒，他下了自己的榻，走过去瞧瞧二姑酣睡着，伸手一摸她的额角，仍是很烫，又听她口里咕着道：

“寄兄你以为这条计策可以行得吗？我哥哥被官军围困，无人救援，我在外边一定设法前去解围的。”

说到这里，便不响了。李安涛方知二姑是在呓语，大约她寒热很重，一时还未易退呢。又听二姑喊道：

“你瞧前面不是隐隐地有官军的战船移动吗？我们快些杀上前去啊！杀啊！”

她大喊了两声，又归静寂。李安涛恐防她又要跳动，幸亏二姑只是嘴里胡乱呼喊，身体却没有动，因此他也没有去唤醒外面的儿郎，只独坐在二姑榻边，看着桌上的孤灯，备觉黯然。自思一介书生，既不能折蟾宫之桂，又未能投定远之笔，驹光虚度，马齿徒增，所为何来？当初自己为了林家兄妹的关系，被逼得跟着林道乾、张琏等出亡在外，在海岛上暂时屈居，而官军几次进剿，不肯宽容，被视为盗跖之列。现在苏婆腊岛又被官军围困，非常危急，不知结局如何。张琏、林道乾辈以前虽说要往南洋去创造新事业，但是毛羽未丰满者不可以高飞，如今还不能实现，反受此严重的打击，怎不令人灰心呢？而自己为了林二姑始终不肯离开他们，高堂已倾，爱妻未得，更觉令人怅惘无已。现在林二姑又患了很重的病，这里又无良医可以治疾，脱有不讳，自己的愿望岂非都成了镜花水月吗？李安涛正在沉思，却又听得林二姑唤起来道：

“孙天禄，你休要伤害安涛，他是个文人，你有本领的只顾对我来挑衅好了，我林二姑绝不惧你，休要鬼鬼祟祟地做刺客。”

林二姑说了这话，又冷笑一声。李安涛在旁听着，非常感动，因此想起自己在苏婆腊岛一个黄昏，窗前的利剑闪闪有光，若不是二姑在侧，恐怕自己早已做了剑底冤魂了。那刺客当然是孙天禄了，现在二姑嘴里更如此说，足见她对于我爱护的热忱深情，使人感谢无及的。至于我到这里来住，也是为了避免孙天禄的嫉害，所以他们兄妹俩想法调我来此的，而在我来后，林二姑亦跟踪而至，即此一点，更可知伊人芳心对于我是怎样的关切了。他这样一想，又向林二姑灼热的脸上凝视了一下，斯人也而有斯疾也，心中更是杞忧，默祷着上苍，希望二姑的病明日便会痊愈。又听林二姑柔声说道：

“寄兄，你可知道我的心吗？我哥哥虽然不赞成这事，而我志已决，他人不能夺我的，你当然也是爱我的吧，须知道我这片心。”

李安涛听了这话，心里跳荡得很厉害，换了二姑平常时对他说，他就要拜倒在美人膝下，大胆地说出他的心话来了。他瞧瞧林二姑，知道这也是她的呓语，然而二姑的芳心不难大白，她果然是真心爱我的。所以迟迟未成良缘，也许是时机未到，我更是缺少勇气的人，不敢向她开口，眼前倒是实现的时期近了，可惜她又无端生了这病。唉！病魔病魔，你早早离去吧，不要苦苦困扰这位巾帼英雄了，所以林二姑口里尽自喃喃地忽高忽低地说着呓语，而李安涛却在他的脑海中辗转寻思，一颗心荡漾不定。幸而到五鼓时分，林二姑呓语已止，沉沉地睡着。李安涛稍觉安心，也就在他榻上睡了一会儿，迷迷糊糊地给人喊醒，睁开眼来，见戴大荣站在自己榻前，红日满窗，时候已是不早了。戴大荣对安涛说道：

“我来惊醒李兄了，因我心里很是惦念林姑娘，一早跑来观看动静，听听你们各自酣睡，我不敢惊醒，到别处去打了一个转，再走来时李兄还没有醒，我只得惊扰了。”

安涛连忙起身，把昨夜林二姑呓语喃喃、高热不止的情形告诉戴大荣听，却没有把说的什么话泄露出来。又说，幸亏天将明时已得安睡，所以自己也就睡着了，因为疲倦之故，直睡到此时。戴大荣点点头道：

“昨夜李兄也辛苦了。”

二人一同走至林二姑榻前，见林二姑仍酣睡着，面上红色虽然稍退，可是桃窝上依然有两小团胭脂一般的红。李安涛伸手一摸她的额角，皱着眉头，对戴大荣说道：

“额上依然很热，我瞧这病很是不轻，那老道士的药也未见有何成效啊!”

戴大荣道：

“我看林姑娘的病状比较昨夜已大见减轻，此间无别人能医，只有再请老道士来诊治，以期速愈。”

二人说话时，二姑渐渐醒转，张开双眸，见了二人，口里嘤咛一声，好似十分乏力的样子，两手要动时却被带子缠住不能动得分毫，遂对二人说道：

“昨天我病得很厉害，一切都昏乱，好似做一场梦，现在只觉热不觉冷了。你们为何把我的手足都缚住呢?”

李安涛遂把昨宵的情形约略告诉她听。林二姑惭愧地说道：

“我怎的生了这种病?现在我绝不胡乱妄动，你们快将我手足松松吧!”

于是戴大荣俯身将带子解开，恢复了林二姑的自由。她正要翻身坐起，但是一阵头晕目眩，仍旧睡倒下去。李安涛便问她觉得如何，林二姑遂说自己感觉到四肢乏力，头晕眼花，心头发热，舌干唇燥。李安涛倒了一杯温开水给二姑喝，知道她的病势未去，遂又叫戴大荣去请老道士来诊治，他自己出去梳洗一番。吃过早餐，戴大荣已把老道士请来。老道士诊察后，对安涛说道：

“林姑娘危险时期幸已过去，但寒热未能尽退，势必淹缠数日了，请再服我的药，不致妨事的。”

又取出两包药粉和一束药草，交给李安涛，依然煎给二姑服，方才辞去。李安涛一面要留心照顾病榻上的林二姑，一面很注意小笠岛的防务，叫戴大荣督率儿郎，防守岛岸，又差人坐舟出去探听和巡逻，恐防官军探得底细，要来攻打。戴大荣本想出去一战，现因二姑患病，以致把救援苏婆腊岛的事不得已而延搁，心中不无怏怏，但也不敢疏忽了岛上的防务。林二姑正在卧病，万一官军来犯时，只靠自己一人抵御，不是很危险的吗？所以他亲自在海岸边巡逻，有备无患。李安涛却朝夕侍奉二姑的汤药，不稍松懈。老道士天天来诊治一次，过了数天，林二姑得化险为夷，心头宽慰不少，取出银子重谢了那老道士，自己仍每日陪伴二姑，解她的寂寞，有时讲些稗官故事给二姑听，清言娓娓，绝无倦容。林二姑芳心感谢，二人的情爱因此而大为浓厚。

有一次，李安涛和她讲起病中抱持的事，林二姑脸上红了一红，带笑说道：

“我在那时自己失了知觉，幸亏抱持的不是别人而是寄兄，寄兄是爱我的，一定能够原谅。此次病中，寄兄每天陪伴我，料量汤药，至为辛苦，如此深情，我将怎样报答呢？”

李安涛听她这样说，心中胆子骤大，乘机说道：

“寄妹何用说这些客气话？我和寄妹相处已久，彼此相知，寄妹偶然撄此恶疾，我心里也万分焦急，恨不能以身相代，天天盼望寄妹早占勿药之喜。因为一则这里岛上的防务全赖寄妹协力相助，二则我年来远离故乡，追随贤兄妹左右，连自己老母病死家中也未能亲视含殓，寝苫守丧，所为何来呢？”

李安涛说到这一句，声浪提高一些。林二姑正支颐静听，他又说下去道：

“寄妹是知道我心的，所以我在世间最亲爱的人可说是唯有贤兄妹了，而寄妹处处能够爱护我，而我到这岛上来，也是寄妹的苦心，我都明白的，感激的。寄妹前次在家乡，已是我的恩人，现在更是双重的恩人，我没有说如何图报，寄妹却说怎样报谢吗？使我更是惭愧极了。人之相知，贵相知心，我这颗心寄妹是知道的，寄妹的心我也有些知道，我对于寄妹爱慕已久，只是一向不敢直说，今日我吐露在寄妹之前，寄妹能够答应我吗？”

李安涛说这话时，声音有些颤动，双目也几乎不敢向二姑看一看。林二姑听了李安涛这几句话，心里大大感动，眼眶里隐隐含有泪，迸了一歇，她方才低声说道：

“寄兄，你说的话不错，一一打入我的心坎。我也老实说，此心唯有寄兄一人，所以我哥哥虽要将我许配于孙天禄，我终是坚决反对的。孙天禄也因此而疑心我和你已有情愫，而要向你下毒手了，及至你到此岛后，我仍有些不放心，追踪而来，可见得我的心早已系恋在你的身上了。现在我生了病，你这样不辞辛劳地陪伴我，照顾我，我如何不感谢你呢？既承你不弃葑菲，垂爱于我，我哪有不答应你的道理呢？”

李安涛听了林二姑这样的回答，知道水到渠成，大事已谐，抬起头来，喜滋滋地握了林二姑的纤手说道：

“感谢寄妹，到今日我这个天涯游子的心总算稳定了，只望寄妹的玉体早复健康。”

二姑又笑了一笑，两心早已契合，毋庸多言了。过得几天，林二姑的病已痊愈，已能下榻，只在室中休息，但她心里惦念苏婆腊岛的状况。早有岛上派出去的人回来报告说，苏婆腊岛已于前数日被官军攻陷。林二姑大惊，又闻林道乾等未遭官军擒获，逃遁别处去了，她心里仍是放心不下，再派人去探听。又隔了数天，探听的人先后回报，得知马头岛也被官军攻陷，林凤等宵遁，不知去向，而苏婆腊岛上的官军把所有林道乾建造的房屋付之一炬，军事上的建筑也都摧毁无遗，然后凯旋回粤去了。林二姑和李安涛先后听到了这些不祥的消息，仰天长叹，愀然不乐。

林二姑痊愈后，又和李安涛率领百十儿郎，坐船到苏婆腊岛去探问，遇见一个漏网逃归的儿郎，始悉林道乾、魏南鲲等俱告无恙，夺围而走。但是海天茫茫，叫他们到哪里去寻找呢？只得回归小笠岛，于是张大哥和二林辛苦缔造的根据地都被官军摧毁，唯有这小笠岛尚如硕果仅存。可惜地方太小，形势也没有马头岛、苏婆腊岛的幽深雄峻，没有盘旋余地的，但不明白何以林道乾等没有前来，难道已在他处寻得较好的地方，以谋发展吗？林二姑以前虽也曾听她的哥哥、张琏等谈起要到南洋群岛去开辟异域的雄图，可是南洋群岛范围很大，不知他们到哪一处去，自己又不熟悉航路，只好暂时守小笠岛上，待以后探得确实消息，再定方针了。然而经过了这许多艰险，以及林二姑的一场重病，二人的相爱日热一日，他们也不待林道乾的同意，便择了一个吉日良辰，在这小笠岛上正式成婚。戴大荣知道了，少不得和众儿郎一齐相助着悬灯结彩，布置青庐。大家欢欢喜喜地热闹一天，畅饮喜酒，虽然在这个时期内一切婚仪都很简单，而二人的情爱既浓且挚，并不因此减色。洞房花烛之夜，李安涛和林二姑多时的愿望一旦得达，不消说得情意相投，胶漆相合，如鱼得水，其乐无央了。婚后光阴，鹣鹣鲽鲽，我我卿卿，真是妻子好合，如鼓瑟琴，伉俪的情深，使他人也觉见而生羡了。戴大荣等暗暗奇异，像林二姑这样的巾帼丈夫，却愿嫁给一个文弱的书生，总是出人意外之事，他们都佩服李安涛的魔力不小呢。李安涛多年来流亡在外，无家可归，老母又亡，孑然一身，现在有了一个多情多义、有貌有艺的妻子，足以补偿他精神上的损失，心头温馨，不言可喻。月白风清之夜，时和二姑并肩携手，闲步海滨。爱河中的光阴过得很快。

有一天，有一艘商船是从南洋回国，途过小笠岛的东南，因海上发生飓风，遂到他们岛旁来暂避。林二姑知道他们从南洋来的，遂向船上人细细探询林道乾的消息，果然被她探得一些消息，心中大喜。

隔了一天，林二姑思兄情切，遂和李安涛商量后，留戴大荣驻守小笠岛，他们夫妇俩带领一百名儿郎，坐了六艘帆船，径驶马来半岛，到浡尼国去访问林道乾，希望骨肉重圆。他们海程遥远，正在迷途之际，恰巧遇见了魏南鲲，林、李二人的心中如何不大大快活呢？

魏南鲲和李丁此番出来海面上演习，邂逅林二姑，也是非常的快慰，遂引导他们的来船一同回至浡尼。进港泊舟后，陪着林二姑夫妇上岸，进得海霞城，和林道乾相见，兄妹重逢，自然也是愉快非常。大家相话别后经过，林道乾闻得他妹妹已和李安涛成婚，他倒并不奇异。因为自从林二姑拒绝了孙天禄的婚事，以及孙天禄行刺，安涛离去，林二姑特地赶往小笠岛去了后，他已知道他妹妹和李安涛的婚姻不久即将成熟而实现了，何况现在经过一次的大分离，二人的好合早在林道乾理想之中，他就向李安涛道贺，李安涛也向他贺喜，要一见新嫂嫂。林道乾遂叫窦梨银公主出见，林二姑见窦梨银公主的形貌果然异常妖媚，确乎是蛮荒中的琼葩，无怪她哥哥要为之颠倒了。但是她早听了魏南鲲的先入之言，以为人心叵测，不可不防，她哥哥不应迷恋异族之女，而贻误自己的前程，所以一心要想乘机进言，向林道乾劝谏。而窦梨银公主见林二姑英爽妩媚，不同流俗，对她甚献殷勤，两边言语不通，由林道乾代为翻译。林道乾以为二姑等南来，兄妹重聚，也是一件极该快活的事情，所以大摆筵席，请众人畅饮一番。大家自然欢天喜地地举杯相庆，可是席上有一个人，心中却独自悄然不乐，一双目光时常射在李安涛脸上，似乎对他非常嫉妒的样子。此人是谁？不问而知是孙天禄了，他虽然已娶章秋花为妻，可是前嫌未忘，宿怨难消。安涛一向不在他眼前，倒也罢了，今日重逢，又知他已和林二姑结为伉俪，好一位侠女竟被这怯书生得偶，自己以前枉费心力，竟失败于情场。虽然时移事迁，然心中的怨愤和嫉妒依然不能解除，仍欲处心积虑，一报前仇。而林二姑以为这事已成过去，大家换了一个地方，当然可以不念旧恶，又谁知祸起萧墙，终成恶果呢？

第二十四回

戈头溅血勇士复仇
箭镞飞身文人殒命

林二姑和李安涛在海霞城里一住旬日，天天欢宴。依着林道乾的主张，要他的妹妹和安涛留在此间，助他共图霸业，而差人去小笠岛招致戴大荣一伙来此增厚势力，大家团聚在一起。但是林二姑早听了魏南鲲之言，留心细察窦梨银公主，虽然美丽无双，而总觉妖冶淫荡，哪里有祖国妇女的德行？往后却终非闺房之福，况且以前发生过不测的事，将来难保她不包藏祸心，对于她哥哥有不利的举动。一方面又觉得她哥哥正被美色迷惑着，似乎减少了他的进取雄心，将来事尚未可知，所以不欲将小笠岛上自己的部下悉数调来，只对她的哥哥含糊答应着。林道乾也不去催促她，听了孙天禄之言，很有意思进窥暹罗和东蟒牛，只叫孙、魏二人添招部队，勤于操练。

李安涛和林二姑在海霞城住了好多日子，去留问题心中还决不定，林二姑总想乘机劝醒林道乾休要迷恋于窦梨银公主身上，有一天竟被她得到一个机会。原来哈葛有一个兄弟名唤莽力萨，十分骁勇，友于之情甚笃，当林道乾夺得海霞城，进攻北大年的时候，莽力萨恰巧不在此地，他和一伙人浮海往阿拉伯去采办货物。及至他回来时，浡尼国又换了一番景象，大将吉里龙战死，窦梨银公主下嫁，浡尼国王已向林道乾媾和，割让海霞城，而他的兄长哈葛也已殉国，这许多不幸的消息，足使莽力萨又惊又怒，又悲又恨。他向赫特询问明白以后，便去向国王陈说，愿起兵前去夺还海霞城。无奈国王不肯听从他的说话，莽力萨遂和一辈少年商量后，他决定伪传国王之命，冒险到海霞城去探望窦梨银公主，乘间再向林道乾行刺，为兄复仇。于是他决定这样做，瞒过了国王，自己和十个同志预备了一份隆重的礼物，又把阿拉伯国带来的名香珍品作为馈赠，各人在衣襟里暗藏利刃，伺隙下手。他临行时，秘密告诉赫特说，此去不拟生还，一则为自己哥哥报仇，二则为国家出力，倘然不能成功，也不必说，万一侥天之幸，能够将林道乾刺死，那么请赫特速领人马，乘此机会，杀向海霞城去收复其地。赫特很敬重他的忠勇，即在私邸设宴代莽力萨饯行，唱着蛮歌，大有白衣祖饯，击筑悲歌，风萧萧兮易水寒，壮士一去兮不复还的神情。在莽力萨悄悄地离开北大年时，赫特便秣马厉兵，等候厮杀，派出探子去刺探消息便出兵，浡尼国王却丝毫没有知道这事，至于林道乾更是想不到了。这天，他正在城外去和孙天禄阅兵后，回府坐着休息，窦梨银公主展开着欢情可掬的笑靥，正安慰他的疲倦。左右忽报浡尼国王派人馈赠礼物，来问候公主，使者专诚求见，林道乾便命左右侍从他和窦梨银公主，走到外边客厅上来延见。林道乾和公主在上面坐定，左右佩刀侍卫的约有二十多健儿，威风凛凛，早有人引导使者进来，使者就是哈葛的兄弟莽力萨了。好一位魁梧结实的壮士，低着头，小心翼翼地趋前拜见，背后还跟着数蛮人，舁礼物而进。窦梨银公主一见莽力萨，不由芳心一怔，好似感触到什么的样子，立刻回过脸去。莽力萨致词的时候，一双锐利的目光却只是对林道乾和窦梨银公主身上打转，窦梨银公主默然无语，林道乾却命左右把礼物收下，招待使者到外边去欢宴。莽力萨却向窦梨银公主说道：

“国王自公主出嫔后，常常思念公主，所以特命小臣前来问候。小臣愿公主派遣一个职务，常在此地伺候公主，听命行事，虽死不恨。”

公主听了，却对莽力萨说道：

“你可到外边欢宴后，待我再决定了召你。”

莽力萨只得辞退。林道乾见莽力萨颇有英武之概，心中便有几分相爱，却不知道此人便是哈葛之弟。所以带笑对公主说道：

“莽力萨很不错，公主若要他在此伺候，我是无可无不可的。”

窦梨银公主沉吟半晌，说道：

“你既然也欢喜他，那么留下亦可，但人心叵测，自从那次哈葛行刺以后，我对于本国的人不敢说什么话了。”

林道乾听了这话，心中也未免有些忐忑，但他在公主面前不欲示弱，况自己话已出口，绝不缩回，便又笑了一笑道：

“死生有命，富贵在天。哈葛既刺我不得，一莽力萨又奈我何？决定留他在这里便了，我用诚心待人，人家绝不至于以怨报德的。”

于是莽力萨和几个蛮人都留在海霞城中，在林道乾府邸旁住下。林二姑和李安涛知道了，很不谓然，因此对于莽力萨一辈人也格外注意。

数日后，魏南鲲因为新造了几艘海舶，请林道乾去检阅战舰，林道乾遂和孙天禄同往，坐了战船在海面上去操练一番，足有半天光阴，直到落日衔山方赋归欤。但在林道乾出去后，窦梨银公主坐在内室，正自无聊，忽见自己带来侍从的一个蛮女跑进室来，对她轻轻说道：

“莽力萨将军有事求见。”

窦梨银公主眉头一皱，说道：

“他有何事求见？”

蛮女道：

“莽力萨将军再三叫我来禀白的，必要一见公主。”

窦梨银公主勉强点点头道：

“着他进来吧！我在庭中棕树下亭子里见他，那边较为僻静，你可秘密传话，不要给别人知道。”

蛮女答应而去。窦梨银公主这才站起娇躯，走到庭中去，在亭子边立定，只见那蛮女已引导着莽力萨从西首回廊下走来。莽力萨一见窦梨银公主，磬折为礼，窦梨银公主一招手，叫莽力萨走进亭子去，她自己在石凳上坐下，又叫莽力萨坐在一边。莽力萨四顾无人，只有那侍从的蛮女远远地站在亭外，他就对窦梨银公主叹了一口气，说道：

“我到了一次阿拉伯去，再也想不到回国时国中情形业已大变，真令人不忍说。公主公主，你在此快乐吗？可想到我的哥哥，他为谁而牺牲吗？”

窦梨银公主听了这几句话，芳心怅触，低头无语。她和哈葛的相爱，莽力萨也知道这事的，想哈葛对于自己的爱不可谓不厚，但是他已丧失性命了，回忆前情，当然也不胜黯黯寡欢。莽力萨见她这个样子，知道她前情未忘，遂又说道：

“死者已矣，生者何堪！我现已回国，无论如何，愿以颈血溅人，为我兄长复仇。故此次冒险前来，望公主顾念前情，为国戮力，休抱乐不思蜀之念，助我一臂之力，以成大事，那就是浡尼国家之幸了。”

窦梨银公主听莽力萨吐语激昂，果然此来别有目的，这时候，她的心里有公私两方面在那里交战，觉得为了国家，应该和莽力萨联络一起，共图大事。但又觉自己和林道乾的爱情方浓，林道乾待自己的种种好处，岂忍坏了良心对他呢？况且自己曾向他宣过誓，亦岂可中道背弃？所以她想了好多时候，对莽力萨说道：

“你的志向虽好，但是太觉冒险了，现在国王和我的丈夫尚好，彼此各不侵犯，倘有什么祸变，断非两家之福，你还是谨慎的好。”

莽力萨不料窦梨银公主这样说，心中大为愤愤，遂又大声说道：

“公主，你是浡尼国的人，又是国王的女儿，岂可觍颜事人？无论如何，你必要赞助我一同鼓起勇气去刺死那个姓林的，也不负我莽力萨此行，望你快快答应我吧！”

窦梨银公主始终不肯许诺，爱情这物是十分神秘的，为了爱情竟忘记了国家，她很不愿意去加害于她的丈夫，对于莽力萨之来，本有些不放心的。林道乾既然主张把他留下，自己不便坚阻，此刻莽力萨逼伊背叛，伊心中实在舍不得林道乾，公义方面竟敌不过私情，到底伊硬了头皮，对莽力萨说道：

“你的话虽然不错，但我已为人妇，怎能助着他人去谋害自己的丈夫呢？万一因此而启战衅，谁为戎首？这个我可担当不起的，以前的事业已过去，不必提起了。请你退出，此间耳目众多，被他人瞧见了，反为不美。依我的意思，你还是早回北大年吧！”

莽力萨听窦梨银公主如此说，国事前情一切都已淡忘，心中恼恨万分，便对公说道：

“公主为何这般胆小如鼠？你既然不肯从我的计划，我也不能勉强你，但我既已到此，生死置之度外，绝不肯空手而回了。今日之言，只有你我二人知道，只要公主不泄露，怕谁知晓呢?”

莽力萨这样说，当然嗤笑公主恇怯，怕人窥见，畏首畏尾，其实这也不是公主的多虑，因为最近确有人在暗地里注意伊的行动，公主也有些知道的。此刻他们二人在亭子里谈话的时候，远远地在西首雕花墙孔里正有一双眼睛注视着他们呢，可惜莽力萨没有察觉罢了。莽力萨见公主犹豫不从，他只得告辞而退，照着他自己的计划而行事了。

傍晚时，林道乾从海滨归来，窦梨银公主照常堆着笑靥欢迎他，温存了一番。晚餐后，林道乾独坐在一间室里，披阅一二文件和地图，以及魏南鲲新拟的造船计划，稍觉疲倦，正想回房去和窦梨银公主同寻好梦，却不防门外突然如鹰隼般跃进一个人来，一手握着利戈，向林道乾身前猛扑。戈头已抵他的胸口，他急忙跃起闪避时，戈头已刺中他的右肩，鲜血直流，幸亏没有深入，同时匕首已刺向他头上来。林道乾手无寸铁，如何抵御?他不及取他的兵器，左手连忙抓了坐椅，把匕首拦开。此时那刺客虎吼连连，挥戈进逼，恨不得立刻将林道乾一戈搠死，好似一头疯狂的猛狮。林道乾认得他就是浡尼国王差来的使者莽力萨，顿时大悟，自知性命甚为危险，因为左右无人，自己右肩又受了伤，只剩左臂尚能运转如意，可是疼痛难忍，血流不止，欲求脱身，已是难能了，只得和莽力萨死力挣扎。莽力萨觑准了林道乾的要害，尽向他奋力进刺。

在此一发千钧、危乎殆哉的当儿，忽听外面一声呼斥，又跳进一个女子来，林道乾瞧见了那个女子，心中一喜，精神陡振。原来那女子正是林道乾的妹妹二姑，手舞双刀，向莽力萨背后扫去，莽力萨要顾到自己，只得回转身子去和林二姑猛扑，林二姑怎肯让他?柳眉倒竖，将手中双刀使急了，上下左右地向莽力萨劈刺剁砍。莽力萨功败垂成，愤怒不已，也将手中戈展开，和林二姑在室中酣斗。林道乾得个空儿便望外奔，莽力萨把手里的匕首向林道乾后脑掷去，林二姑喊一声“留心暗器”，林道乾一偏头，那匕首从他耳旁拂过，正插在门上，颤巍巍地耀着灯光，十分晶莹。林道乾既至门外，即传令左右侍卫速捕刺客，众儿郎奉命奔入，林道乾自己也去取了宝刀回来时，只见林二姑横着双刀站在门口，那莽力萨左肋已受了一刀，倒卧在血泊中了。林道乾过去指着他，操着土语问道：

“你这厮胆敢来此行刺，是受了何人的唆使？快快招来！”

莽力萨喘着气说道：

“我是哈葛的兄弟，此来为兄复仇，并无受人指使，老实说，连我们国王也不知道的。我们不过冒着他的名义而来罢了。大丈夫一人做事一人当，我既刺你不成，夫复何言？不要连累他人，你快把我杀了吧！”

林道乾听了他的话，点点头道：

“你也不愧是一个好汉。”

吩咐左右把莽力萨舁去救治，以后再问口供。儿郎们遂舁着莽力萨去。林道乾又吩咐把同来的蛮人一起缚住了再说，自己连忙扎着肩上的伤处，带笑对林二姑称谢道：

“方才我陷于危急之境，幸蒙妹妹前来救了我，且把刺客击倒，令人感谢，但不知你怎样知道我遇险而来援助的呢？这岂非奇怪吗？”

林二姑将双刀一起握在左手里，颠倒提着，站在窗边，眼睛又向外面望了一望，说道：

“哥哥，我不该说，你也太大意了，你不肯听我的话，致又有今日的祸变，但这也并非是偶然的，你若不听窦梨银公主之言，把这厮留在邸中，那么这厮也何由行刺？哥哥，你太信他人之言了，这真所谓当局者迷，旁观者清。我自莽力萨来后，常常注意于他，今天哥哥出去后，我想悄悄走来窥探公主的动静，恰被我撞见公主身边的蛮女引导着这厮走向里边去，形色匆匆，左顾右盼的，像恐怕被人家窥见的样子，叫我如何不起疑呢？所以，我就踅开去，装作毫不知觉的模样，等这厮进去后，立刻跟踪而往，窥见这厮走向庭中亭子里去，我遂立在隔垣下，从花墙孔里偷瞧过去，被我瞧见这厮正和公主在亭中谈话。我因为隔得太远，听不清楚，何况他们讲的是土话，即令我站在一旁，也听不出的，然而我瞧他们的情景，鬼鬼祟祟，必和你将有什么不利的，后来这厮退出，我也离去，本想待你回来后告诉你，但因你方溺于所爱，恐你也不肯相信的，所以没有说。我只和安涛商量，安涛叫我今天晚上暗暗到你处来刺探，有什么变动，也可随时相助。我听了他的话，遂挟双刀潜至你处侦察动静，恰听室中怒吼的声音，急忙跃入。天幸解了哥哥的围，没遭这厮毒手，可算是不幸之中大幸了。至于这厮的阴毒，请你细细去问了他的口供，再问你宠爱的窦梨银公主，她绝不会不知情的。哥哥，现在可相信我的说话吧！”

林道乾点头道：

“你说的果然不错，待我细细审问后，再行定夺。”

这时，孙天禄、孛丁、李安涛、章祖华等众人已都在外边得到消息而来探望，林二姑把这事经过情形告诉他们，大家因为林道乾虽然受着戈伤，而无大碍，都额手称幸。窦梨银公主也来了，她知道莽力萨行刺后，也说此人可恶，不能让他再活，且向林道乾表示歉意。林道乾此时也未便和公主去理论，大家当着窦梨银公主之面，也未便多说，一一告辞。林二姑也别去。林道乾先叫窦梨银公主回房，他自己再要审问刺客的口供，谁知当他吩咐左右去提上莽力萨时，左右报称莽力萨不愿受辱，已用手指力扼其喉而死。林道乾很为太息，又传随来的蛮人鞫讯，众蛮人皆称我等只从莽力萨的命令来此，实在未受国王之旨，便是公主也在事先没有预闻的。林道乾无如之何，仍叫左右把他们收押了，自己回室向窦梨银公主诘责。公主不肯承认与谋，对林道乾说道：

“我说给你听吧，相信不相信全凭你。这事我是实在不知情的，因为莽力萨是哈葛的兄弟，我料这厮来此是不怀好意的，所以不敢留下，你一定要留他，我也劝不住，要想乘间劝他回去的，希望没有事变发生才好。谁知他蓄意谋刺，一定要动手呢。幸亏你的妹妹前来相助，救你出险，这真是天幸，我也欢喜不尽。”

林道乾道：

“我妹妹瞧见那厮今天曾到你处来和你密谈的，你还说不知情吗？不要欺人。”

遂又把二姑之言说给她听。窦梨银公主听了这话，面色惨变，又对林道乾说道：

“你只听你妹妹如此说，你妹妹也不知此中的真相呢。他今天一定要来见我，劝我相助他一同谋害你，我岂肯对你有坏心肠？所以立刻向他斥责一番，他悻悻而去。我本要告知你赶紧把莽力萨遣去，以免后患，谁知他已在今夜动手呢？你要冤枉我吗？莽力萨已死，没有对证，我也是有口辩不清的，任凭你怎样把我处置吧！不过有一句话要提醒你，就是我倘要谋刺你时，为什么在新婚之夜我把那带来匕首藏开一边，而和你极意尽欢呢？我不在那时候把你一刀刺死，而到了这个时候，恩爱已深，再向你下手吗？即使我要向你下手，那么我何不约定了他，相助他下手，岂非更易吗？你是有智谋的大丈夫，凡事应该前后想想，千万不要听信人家离间之言，我恨不得把这颗心挖出来给你看一个真假呢！”

窦梨银公主说到这里，把她胸前的衣襟撕开，露出她的酥胸，把林道乾的手一拉道：

“你把我杀了吧，剖腹挖心，给你看一看。你这样疑心我，我也不能再活了。”

窦梨银公主说毕，妖冶的眼睛里立刻淌出泪来，她伏在林道乾怀里，呜呜咽咽地啜泣起来。此时林道乾听公主这样很委婉地陈述，早把一团怒气消灭于无何有之乡，觉得公主的话说得很有情理。莽力萨也是自己主张留下的，不干公主之事，他人对我有恶意，公主的心肠实在是不坏的。她若早要谋死我时，何不及早动手？况且平日床笫之间，燕婉之私，她对我何等柔顺？爱情很深，若有害我的心，绝不会诈伪到如此地步的，我相信她的话是实情，她绝不肯叫莽力萨刺我，都是莽力萨要行刺，我不能冤枉她，辜负了她的爱心。我妹妹多疑，怎知公主对我情爱的深呢？于是他反而再三安慰公主说道：

“你不要啜泣，实在是你免不了嫌疑，只要我不相信就是了。我知道你是爱我的，绝不会对我有坏心肠，我也真心爱你，愿我们夫妇的情爱永远无变。这回的事绝不怪你，这都是莽力萨一人之罪，现在他既已畏罪自尽，我也不追究此事了，你安心吧！”

一边说，一边抱起她的腰肢，在她樱唇上很热烈地接了两个甜吻，公主也搂着他，在林道乾额上、颊上吻个不已。这夜，二人更是缱绻情深。

良宵苦短，次日，林道乾便叫左右把莽力萨尸体埋葬，把随来的蛮人一齐逐出境界，不再鞫讯。林二姑昨夜救了她的哥哥，捉住了刺客，以为出了这个乱子，林道乾一定要把窦梨银公主加罪，或是送回北大年，或是幽囚别室，不再和这种蛮女亲近了。哪里知道林道乾竟若无其事，反把蛮人放走。莽力萨已死，对质无人，这事不了而了，她哥哥和窦梨银公主的爱情却并不因此而发生裂痕，依然融洽无间，倒使她莫明其妙起来了。林二姑是心直口快的人，见林道乾不向她提起此事，她就忍不住向林道乾询问，既然遇到了这样重大的危险，侥幸而获无恙，在情在理，对于窦梨银公主岂可置之不问？难道还当她是好人吗？林道乾见二姑责问他，就代窦梨银公主辩护，再三说明她是真心相爱，绝无恶意，对于行刺一事没有与谋的，所以自己不欲追究，免得伤了双方的和气，只要以后谨慎一些就得了。林二姑听她哥哥如此说，心里不由一气，暗想：这真是令人灰心，我同他说的话他全不理会，全不相信，仍被这外国狐狸精迷昏了头脑，热恋着她，不肯醒悟，那岂不使旁人更难说话吗？有了这样明显的凭据，自己妹妹的话还不相信，无怪魏南鲲之言更难入耳了。因此她也不再去劝谏，但心里却是异常失望，欲和李安涛商量归计，李安涛也很不欲淹留于此，因为他觉得在这里不免仍有危险。有一次，他一人到市街上去走走，却见有一少壮的华侨走在他的背后，目灼灼的，似乎很注意于他的样子，自己走得快，那人也走得快些，自己走得慢，那人也走得慢些。李安涛便觉有些奇怪，连忙避入人丛中，转了一个弯，却还望见那人东张西望的，像很要找寻他的模样。于是他就悄悄地溜回邸中，从此他深居简出，不敢自由行动，常和林二姑跬步不离，仰仗她的保护。现在二姑既有倦鸟归巢之意，他遂主张他们二人仍回小笠岛去度他们安乐的光阴。

这几天恰值常有狂风，所以决定再隔四五天离开浡尼。林二姑去和林道乾说明自己要想回去的意思，林道乾道：

“我们兄妹劫后重逢，不是易事，你和安涛应该久居于此，协力同心，以成霸业，如何轻言归去？”

遂不放他们二人回去。李安涛却一心要想归小笠岛，在二姑面前几次劝说，二姑当然听从安涛之言，二人遂又想出一计，只说暂时离开这里，回到小笠岛后，聚集戴大荣等一干人同来。林道乾听他们肯招戴大荣同来，自然喜悦，肯放二姑回去。这消息传出去后，大家知道林二姑将于后天动身，跟来的儿郎也都要回乡去，愿随同行，整理舟上各物，添贮淡水食粮，魏南鲲等又设宴相饯，林二姑假意和众人说，不久可以重见。到了动身的那天，林二姑伴同李安涛辞别林道乾出城，林道乾和几个儿郎亲送他们出城去。不料刚出海霞城门时，忽然从城墙上飞下一支箭来，直奔李安涛的咽喉，林二姑在左边瞥见，喊声“安涛快避冷箭”，安涛出于不防，急忙将头偏让时，然而这支箭迅速地射中李安涛面颊，一个翻身，从马上跌下地来。林二姑大惊，慌忙跳下马去，扶起安涛，只见安涛面色已变，血从口边流出。林道乾也发了急，回头寻找放箭的人，却不见半点儿影踪，又吩咐儿郎们快至城头上去查询。林二姑见出了这个岔儿，他们动身不得了，只得舁了安涛回转海霞城。既入邸中，林二姑代安涛拔出那支箭来时，李安涛已入昏迷状态，急切间找不到医生，林道乾取出金创药，代他敷上。魏南鲲、李丁、章祖华等都来探望，独有孙天禄没来。林二姑见安涛中箭后，情状不佳，芳心十分焦急，她对林道乾说道：

“谁在此间负守城之责的？”

林道乾道：

“这是孙天禄的职权，我方才已叫他去缉查凶手，他答应照办，只是我们一时仓皇惊乱，找不到放箭的人，我心里真是十分抱歉的。”

林二姑道：

“无论如何，哥哥必要代李安涛捉到仇人，否则……”

她说着话，眼泪已从眼眶子里滴到衣襟上来。林道乾顿足说道：

“怎料有这乱子发生呢？我当令孙天禄严厉搜捕。”

林二姑道：

“哥哥若然捉不到凶手，枉为海霞城里之主了。”

林道乾听了他妹妹的说话，心里十分难过，走到外边去了。魏南鲲等探望后退出去，脸上都有忧色。林二姑坐在安涛榻前，看安涛面色苍白，闭着眼睛，口里发出呻吟之声，她暗暗默祷伤势不要有何变化，能够脱离险境，终告无恙。隔了一歇，只见李安涛微微睁开眼，像是苏醒的样子。林二姑此时好如在黑暗里发现一点儿亮光，忙向安涛柔声说道：

“你醒转来了，觉得怎么样？险些把我急死了！”

李安涛喘着气说道：

“妹妹，我疼痛得很，心里也非常难过，大概没有命活了。”

林二姑道：

“你不要这样说，既已苏醒，大致可以无碍。我哥哥已代你敷上金创药，只要不再溃裂，自能渐渐痊愈，化险为夷的。”

李安涛点点头，又说道：

“妹妹，你要代我报仇，我虽然不知道是谁射我的，可是我总疑心此事必与孙天禄有关，前仇旧恨，他尚不能忘却，本来我已觉得在此有些危险了，所以坚主离去，想不到那厮始终不肯放过我而要加害于我。唉!”

李安涛说了这几句话，又晕了过去。林二姑目睹惨状，心如刀割，凑在安涛耳边呼唤。隔了一刻，安涛又醒过来，两目已失了神。对林二姑瞪眼看了一看，喘着气说道：

“妹妹，我负了你，不能和你白头偕老，这是抱恨终天之事，请你恕我，并望你为我报仇，不要为我悲伤。”

李安涛又说了几句，说不动了，只是喘气。林二姑流着泪对他说道：

“哥哥，你不要难过，无论如何，我必要代你复仇，难道你……”

林二姑的话没有说完时，李安涛惨笑了一下，竟撒手长逝了。林二姑见安涛已无可挽救，万分伤心，号啕大哭，遣下人去报知林道乾。林道乾过来，见安涛已死，心里也非常悼惜，陪着他妹妹洒了不少眼泪。林二姑把那支箭藏在行箧中，留一个悲痛的纪念，向林道乾声明必报此仇，林道乾也答应她严缉凶手。次日便购备衣衾棺木，为李安涛收殓遗体。魏南鲲、唐翱、孙天禄、李丁等都来吊唁，章秋花和窦梨银公主也都到灵座前来盈盈下拜。林二姑见了孙天禄，对着安涛尸体更是放声痛哭道：

“你死在阴里，魂而有知，千万不要放走了你的仇人，在梦中指点我，我必要代你报仇，把你的仇人千刀万剐，方快我心!”

林道乾也再叫孙天禄加紧查缉，且把看守城门的儿郎一一传来询问，也问不出口供，无人肯说。孙天禄却说：

“恐怕有蛮人掺在中间，要行刺林兄，误中了李安涛，这是他的不幸。”

林二姑极力反对这说，以为自己明明瞧那箭很准快地飞向安涛头上去的，怎会误射呢？只因凶手未得，不能得到要领，魏南鲲、唐翱等都很愤慨。安涛盖棺之时，林二姑麻衣素巾，哭得昏厥过去。林道乾扶住她，把她唤醒，再三解劝，然而怎能止住她的悲痛呢？

安涛入殓后，棺木便舁至海霞城外，在一座小山之阳，造一个临时墓地，掘土安葬，预备在墓上竖一石碑，上镌“中华文士李安涛之墓”，四围种植松楸，这件事托给章祖华去办理。

这天晚上，林二姑独守空房，泪眼未干，孤灯只影，备觉凄凉，自己新做了寡鹄嫠妇，哀思万斛，如何能杀？想起李安涛才貌俱佳，本是个王孙公子，只因为了援救她兄妹的关系，跟他们一同流亡在外，老母物化，家产被夺，牺牲不可谓不大，他究竟为的是什么呢？他爱我的心，我也完全明白，所以我与他的婚姻不待我哥哥做主，自己一口允许了他，谁料结缡不多时，他忽然给人家暗害，弃我而去，钿劈钗分，生死殊途，回思前尘，几如一梦，岂不令人伤心断肠呢？又想起自己在小笠岛卧病之时，安涛朝夕在身旁服侍汤药，衣不解带，辛劳万分，对我的情意这样的深挚，他的爱心是何等的伟大？现在我却不能救活他，医治他，心中耿耿，永远是对不起他的。早知如此，我也不必和他来这里寻找我的哥哥了，他若不到此地，他一定不至于离开这个世界，这岂不是我间接害死他的吗？那凶手究竟是谁？为什么捉不到？料想那厮一定知道我等要离开这里，迫不及待，遂躲在城墙里暗射冷箭，取去安涛的性命。本来安涛在这几天也有些惴惴不安，催促我动身回去，他自己也知道生命很危险，岂知仍逃不过仇人的暗算呢？安涛待人和蔼，并无冤家，蛮人也和他毫没关系，何至于要刺死他？当然必是孙天禄那厮下的毒手了。唉！那厮大概和我们前世有什么不解的孽障吧！起初他一心垂涎于我，对我哥哥要挟，我哥哥从权答应了他，但我坚决拒绝，所以他因此而嫉视安涛了。前在苏婆腊岛，曾有一次行刺，被我救了安涛，使他不能成功，为避祸计，故把安涛调至小笠岛去的。现在那厮已娶了章秋花，而我也嫁了李安涛，况又经此剧变，大家到异域来建立伟业，理该把以前的恶感消除了，大家一条心做事，哪知他怨毒的心终未忘却，仍欲置安涛于死地，而我也忽略了一些，只注视了自己哥哥的安危，没有顾虑到安涛的处境危险，以致不免遭他的毒手。唉！

孙天禄，孙天禄，你如此手段酷毒，我林二姑不是弱女子，绝不肯让你逍遥于法网之外的。无论如何我必要为死者复仇，否则安涛死在九泉也不瞑目，而我林二姑也不是烈女子了。林二姑左思右想，辗转反侧，一夜没有安眠。

次日起身去见林道乾，把自己的意思告知他，要他赶紧设法破案，代李安涛报仇。林道乾心里也在猜疑放箭射死安涛的凶手，若不是孙天禄指使的，一定就是他自己，否则，安涛在这里并无仇敌，为什么要置之于死呢？二姑要他查缉凶手，这也是一个难问题，一则这事并无佐证，如何可以贸然捉拿？况且孙天禄是自己手下的健将，也是魏南鲲的朋友，自己若把孙天禄治罪，恐怕众人的心就要涣散，自己失了羽翼。而且为了二姑的事，自己对孙天禄已失了一次信，也很有些抱歉的，何能助着自己的妹妹而将孙天禄擒杀呢？然而安涛死得实在太凄惨了，自己若不代他复仇，在二姑面上也交代不过的。二姑救了自己，而自己不能从妹妹之言吗？所以他对着二姑只是劝慰而没有切实的办法。林二姑不觉有些恼怒，忍不住对林道乾说道：

“哥哥不能为安涛复仇吗？何以慰死者之魂？我有一个主张，要求你答应，不知你以为何如？”

林道乾一听二姑这样说，便知更有难问题来了，遂点点头道：

“你说吧，我倘然可以答应，绝无不允之理。”

林道乾虽是这样说，他的眉峰紧皱，很露出踌躇的面色。

第二十五回

海国重来夫仇必报
奇兵突袭战血有腥

在这个时候，林二姑也不考虑到她的哥哥能够答应与否，严肃着她的声容而说道：

“哥哥，我认定孙天禄是李安涛的仇人，不是他发的冷箭还有谁呢？我不愿学他那样地暗算人家，但杀夫之仇，不可不报，有了他没有我，有了我没有他，我要约期和他比赛一下剑术，决个生死，倘然我能胜他的，我必得挥刀于他的胸腹，为安涛报了大仇。万一我不能胜他时，我自然也愿意和安涛同归地下，只望哥哥若能顾念手足之情，为你的妹妹如何复仇吧！”

林二姑说了这话，把两手撑在腰间，面上罩着一重严霜，而凤目之中隐隐还有泪痕。林道乾听了他妹妹的要求，眉峰更是紧蹙了，他明知安涛之死孙天禄有十分之九的嫌疑，可是尚没有确切的证据，不能就把孙天禄逮捕，何况自己正在用人之秋，孙天禄正是自己倚畀很重的股肱。假若帮了妹妹除去了他，那么弟兄们的心一定要涣散，弄到众叛亲离的局面，大失自己到南洋来的本旨了。至于比赛剑术的事，更是近于滑稽的性质，大家都是久共患难之人，如何可以短兵相接，性命相拼呢？因此他劝林二姑不必和孙天禄比赛剑术，两虎相争，必有一伤；况孙天禄的武术高超异常，林二姑未必能操胜利之券，再三遏住她一时怨愤过度的情感，允许待到日后徐徐调查明白后再定什么办法。林二姑见她哥哥不赞成这个办法，芳心更是悲愤，便又悻悻然对林道乾说道：

“哥哥若然不答应我的办法时，未免太对不起李安涛了，无论如何，我必要为安涛复仇，与孙天禄不共戴天。”

林二姑说罢，一怒而去。林道乾心中十分难过，自思若不为二姑复仇，当然非但对不起安涛，而更不能慰藉二姑的。实在孙天禄做这事太残忍了，以前的事早该淡忘，我已使章秋花和他成婚，弥补他的缺憾，似乎他对于李安涛应当宽恕了，这是二姑钟情于安涛而不答应他的，仇恨是在二姑身上，怎么偏偏要致安涛于死？煮鹤焚琴，演此惨剧，他的胸襟也太褊狭了。我这样宽容他，他却肆然无忌，将来他的胆子益发大，也许要暗中谋杀我，自长蛮夷呢！因此，林道乾虽然没有相助他妹妹去破案，然他对于孙天禄心中也有些不欢，只因他是麾下大将，又是魏南鲲的朋友，生恐牵一发而动全局，所以隐忍不发。

隔了一天，他尚和窦梨银公主双睡牙床，好梦初醒，晨曦上窗，鸟声在树时，左右忽然入言有紧要事报告。林道乾慌忙起身，查问时，见是魏南鲲差来的儿郎，见了林道乾，报称方才天初明时，魏南鲲在船上经人报告，林二姑率领他自己船上的人突然启碇离去。魏南鲲自己特地驾船去拦阻时，林二姑一定不肯回来，说稍停几时再来报仇，所以，只好让他们去了，故来报告一声。林道乾踢足问道：

“怎么不早告诉我？现在可还能追及吗？”

儿郎答道：

“船已去远，恐怕虽有快船也追不上了。”

林道乾明知即使自己亲去追赶，也是无用的，遂叹了一口气说道：

“我只得让她回去，对不起她了。”

想手足之情为了孙天禄的关系，几乎濒于决裂，使人徒唤奈何，心中岂能不郁郁寡欢呢？所可稍慰的，唯有和窦梨银公主沉醉于温柔乡中，以消其忧了。那林二姑因为林道乾不允她去和孙天禄比剑，心中十分懊恨，决定不再住在这里，要独自回转小笠岛去，整顿部伍，兴问罪之师，重来这里和孙天禄决斗。因她不情愿效学孙天禄那样地暗箭伤人，阴谋无已，愿意率领徒众和孙天禄明枪交战，决一雌雄，所以她也不再去见她的哥哥，背着他，率领原来的儿郎回归小笠岛。海天鼓浪，愁思萦怀，想到来时鸳侣成双，而今形单影只，变作寡鹄，心头的悲哀怎样消除？凄凉的滋味怎样排遣呢？等到她安然返至小笠岛，上岸后，戴大荣率众来迎。相见时，戴大荣不见李安涛回来，便向林二姑问起李安涛的下落，并询此去可有什么收获？林道乾、张琏等消息可曾探访明白？林二姑便将自己寻至浡尼，和林道乾、魏南鲲等众人相见经过，以及安涛中箭身亡的事，一一告诉他听。戴大荣初闻时，很觉兴奋，继知李安涛不幸而被仇人狙击，正当少年夭折于非命，又不禁深深悼惜。林二姑又流泪说道：

“安涛的仇人一定是孙天禄那厮，始终不肯忘记前恨，处心积虑，刺死安涛，摧残我和安涛的幸福，此仇此恨，如何不报？只因我哥哥方重用他，不肯为了安涛而得罪那厮，更令人愤愤不平，那边处境于我十分不利，更不容我去和孙天禄拼个死活，所以决定离开那边，回到这里来。我哥哥和林凤等都有雄心，要争霸海外，独树一帜，我虽然是个巾帼，只要我有志气，难道不可异军突起，自己创造一些事业吗？何必要倚赖他们男子呢？现在我要在这岛上整军经武，练成劲旅，预备他日自己到南洋去开辟，不让我哥哥专美于先，且欲与孙天禄在海上一决雌雄。我哥哥宠爱蛮女，沉溺酒色之中，恐怕他将来也不能有什么伟大的成功，我不得不自做准备，还望戴君等协助。”

戴大荣道：

“姑娘有志雄飞，不愧女中豪杰，我们自愿追随左右，听凭调遣。自从姑娘去后，这里又来了二三十健儿，内有几个以前苏婆腊岛的部伍，带了他们的朋友而来托足的。我已收编在岛上，明日请姑娘校阅吧！”

林二姑点头说一声好，于是戴大荣等退出，她也叫随行诸儿郎各去休息，自己也亟欲休憩了。晚餐后，她独自一人坐在空房，这是自己和安涛双宿双飞之所，想起以前的绸缪欢情，备觉今后的凄凉滋味，涓涓清泪，又不禁盈眶承睫，真是银簟冰枕，好梦难成，未亡人的岁月何以堪此？幸而她还具着一片雄心，尚可稍解哀思呢。

次日，她到操场中去校阅儿郎，共有二百四十人，分四个小队，两小队为一中队，她和戴大荣各率一中队，督领儿郎们练习海陆方面攻守的方法，以及弓箭武术诸事。一方面想法添造战船，只苦经济力量太薄弱一些，而这小笠岛不但形势欠佳，而又地土偏小硗瘠，未能大加扩充，这是她引为憾事的。她未尝不想重去占领苏婆腊岛，却因羽毛还未丰满，万一官军闻讯再来攻剿时，自己不就要白费辛苦，重蹈覆辙吗？

但是隔得不多时候，却有一个大好机会给予她。起因是从小笠岛上有两艘帆船开往西沙群岛去收买粮食的，当这两艘船满载而归的时候，忽然中途遇着别处海盗的船舶，把他们拦住，要强劫他们的粮食，小笠岛上的儿郎怎肯拱手送与他人？他们自己不去劫掠人家的，已是很讲道理而和平了，现在人家要去抢劫他们的粮食，为自卫计，不得不和人家交手。所以两边混战一阵，但因海盗人数众多，又皆勇悍异常，结果仍把粮食劫去，且伤亡了八九人。他们狼狈逃归，依实禀告，林二姑听得粮食被劫，芳心震怒，她对戴大荣说道：

“哪里来的蟊贼，胆敢劫夺我们小笠岛的粮食？我们若不去夺回来，何以维持威信而服群众？”

戴大荣也道：

“人家欺侮我，我们不能不报复的。”

于是林二姑差人出去探听劫粮海盗是从哪地方来的。数日后，探子回报，说是在南方离此六十多里之远有一个海岛，名唤昆仑，岛上有一伙海盗盘踞，盗魁二人，一姓陆名海龙，别号“大刀将”，一姓陈名恩，别号“赛张飞”，共有盗党一百数十人，常常在外劫掠货物，这里的粮食便是被他们劫去的。林二姑得报后，便和戴大荣率领战船二十艘出发，留下一小队儿郎守岛，其余的都同去和海盗交锋，带着向导同行。从一个清晨出发，行了大半天海程，日已过午，林二姑在船头上遥见东南面海上浮现出一个黑中带青的岛影，左右指着说道：

“这就是昆仑岛了。”

林二姑遂催部下快快进发，渐渐相近时，忽见对面有十数艘海舶，一字儿排开，向这里迎上前来。林二姑等再一留神细瞩时，知是盗船，便下令冲杀。原来岛上的海盗也早望见这边去的战船，谍知将有不利于他们的举动，故来抵抗，两边的船在海波中越驶越近，彼此已望得见船上立的人了。林二姑手挟双刀，立在船首，很注意地向那边凝视。当先一只大船上站着五六个海盗，中间有一个身体很长的，手里正拿着弓矢。看看林二姑的船已近时，弓弦一响，便有一支雕翎向林二姑头上飞来，林二姑将左手刀迎着一击，那支箭已被打落水中去了。但是呼的一声，第二支箭又至，直抵林二姑胸口，又把左手刀望下一压，那箭便跌落船头。林二姑向前娇声喝道：

“贼盗休要放箭，快来和我斗一百合。”

那放箭的海盗正是盗魁大刀将陆海龙，见两箭都射不中对面的女子，知道来者技艺不弱，是一位能人，倒要一试她的本领呢，遂举起大刀，将船驶向林二姑那边去。接近之时，一刀向林二姑身上劈来，林二姑展开双刀，便和陆海龙厮杀。盗船队里又杀来一个盗魁，手挺红缨长枪，相貌狞恶，乃是“赛张飞”陈恩。戴大荣在后望见，即把坐船急驶上前，挥动手中长刀，接住陈恩厮杀。战够多时，林二姑卖个破绽，让陆海龙一刀砍入怀里来，她将身子一侧，踏进一步，恰巧陆海龙一刀砍个空，立脚不住，身子向前一扑，被林二姑飞起右腿，使一个金刚扫地，正扫中他的小腿，忍不住跌倒在船头上。林二姑赶快一把抓了过来，喝令左右儿郎快快将他缚住。陈恩要想过来援救，被戴大荣一刀劈去了左臂，滚落海中去了，二盗魁一死一擒，昆仑岛的海盗顿时失势，纷纷溃退。林二姑却向他们大声说道：

“你们的头领已被我们擒住，如愿归降，我们都肯收纳，一体优待，绝无欺诈，否则莫怪我们便要直捣巢穴，玉石俱焚。”

众盗听了林二姑的话，一声乞降，林二姑心里很欢喜，便叫他们放下兵刃，将船一字儿地归在左首，自己到昆仑岛上去，以便点名收编，接收这岛。众盗听她的命令，遂在前面引导林二姑等到了昆仑岛，一齐将船泊住。林二姑便叫一小队儿郎留守船上，以防不测，她和戴大荣率领一中队，押着俘获的盗魁陆海龙，随众登岸，察看那昆仑岛形势，比较小笠岛雄壮得多，岛上有一座小山，树木田亩很多，海盗的巢穴便在山上。有许多房屋高高低低地依岩而筑，一处处飘着旗帜，也有盗党守着，经引导的盗众告知，方才让开道路，接他们上山。林二姑、戴大荣跟着走到一个较大的盗寨中去坐定，众儿郎一半随在身边，一半驻立寨外，仍取着戒备的状态，林二姑坐定后，即叫左右把陆海龙盗魁推上。陆海龙见了林二姑，却是怒目而视，一言不发。林二姑过去，亲自将他的束缚解除，很温和地对他说道：

“我是小笠岛上的林二姑，我哥哥林道乾，以前便在马头岛、苏婆腊二处称雄，南海大洋无人不知。前天我们采买粮食的船被你们强行劫夺，我当然不能容忍，所以前来讨罪，现在你已被擒，你的党羽都已投顺，此岛已为吾有。但见你尚是一位英雄，我们善意好心，延揽人才，你若肯归降我们，一起合作，将来必有得施骥足之日，我们也绝不有负你的，所以请你考虑我的说话。”

陆海龙见林二姑态度恳挚，他也是一个直爽的汉子，林氏的大名也是以前闻名的，所以他就点点头道：

“很好，我就听姑娘的说话，归顺你们吧！”

林二姑当然不胜之喜，便又引戴大荣和他相见，陆海龙遂陪着林二姑到外边去检点岛上的儿郎。本来有一百五十人，此役中损折了二十人，尚有一百三十名健儿，随着陆海龙，情愿听从林二姑调遣。讲起“赛张飞”陈恩，死在海中，林二姑深为惋惜，林二姑又同陆海龙查收岛上的器械粮食。

转瞬天晚，陆海龙等设宴款待林二姑、戴大荣，又把酒肉分送与船上众儿郎吃，这真叫作不打不成相识了。夜间，林二姑、戴大荣都住宿在寨中，不废戒备。次日，林二姑又去操练岛上的儿郎，自己带来的众儿郎也一同练习。林二姑用军法部勒，陆海龙见林二姑指挥得宜，心里更是悦服。林二姑又到岛上四处去察览地势，她决定要借这里做根据地了，所以隔了一天，她就留驻一小队儿郎，相助陆海龙把守昆仑，而她自己和戴大荣回转小笠岛去，收拾一切辎重财宝，准备迁往昆仑岛。然而这个小小根据地，她也不肯轻弃，仍将一小队儿郎留守在岛。而在众儿郎中间挑选出一个比较精明强壮的健儿，姓王名焕的，归他统率，告诫他数语，叫他每隔十天中须要到昆仑岛报告一切，听取方略。那王焕武艺也很强了的，得到林二姑的拔擢，自然格外黾勉将事，以副知遇之恩。

林二姑遂率领一中队，暨儿郎的眷属以及许多辎重、许多战船，开驶到昆仑岛去，经营扩充。远近岛民以及流浪之徒都闻风来归，渐渐实力大为加增。岛上新旧儿郎共有五百人之多，船舶也增加了不少，大家都知道昆仑岛有这么一位女豪杰了。

林二姑见自己的部伍业已实力增加，差可和她的哥哥较量一下了，决定要重往浡尼走一遭，代安涛复仇。遂和戴大荣、陆海龙说明了意思，择定初一日整队南下，而留少数的儿郎防守昆仑、小笠两岛。总计战船五十艘，儿郎四百人，辎重也带得不少，分为中左右三队，她自率战船二十艘，儿郎一百六十名为中队，戴大荣率战船十五艘，儿郎一百二十名为左队，陆海龙率战船十五艘，儿郎一百二十名，为右队，插着白色的旗帜，鼓浪南驶。林二姑全身缟素，代夫复仇，心中当然有无限凄凉和愤慨。

舟至浡尼时，林二姑差人坐着一艘小舟，先到海霞城去送书。书上大略说自己此来代李安涛复仇，指名要叫孙天禄出战，决一雌雄，且要她哥哥和窦梨银公主即日脱离夫妇之好，进兵北大年，夺取浡尼全国。谁知这个时候，林道乾正在别有所图，雄心勃勃，他已督率雄师，离开海霞城而到暹罗国去助战了。

原来暹罗国王阿布敦因他的邻国柬蛮牛要娶他的女儿狄丽安，以武力相威胁，扬言暹罗国王若不肯将他的爱女下嫁东蛮牛的王子汉宁，东蛮牛国即将大举来犯，把暹罗夷为平地。暹罗国王和东蛮牛国素有仇隙，不肯许婚，东蛮牛国果然起兵来侵，即由王子汉宁为大元帅，统率马步兵五万，攻打暹罗边境。暹罗国王虽也曾派遣大将摩利哥统兵抵御，可是屡次败北，连失三城，朝野震动，暹罗国王没有办法，便差他的心腹赍送重金到浡尼国来乞援，浡尼国王自觉兵力有限，难以赴援，但他也觉得东蛮牛国蛮不讲理，倘然坐视不救，将来暹罗被东蛮牛国并吞以后，那么唇亡齿寒，浡尼国也将有被侵略之虞了。思索再三，忽想到他的女婿林道乾是一位中华英雄，智勇无双，以前大将吉里龙死在他的手里，若得他去救援暹罗，也许可以把东蛮牛国击退呢，遂立派童文彪陪同克里满到海霞城去，代表自己的意旨和林道乾商量，要组织联军去救援暹罗，务求林道乾同意出兵。

童文彪和克里满到了海霞城，晋谒林道乾和窦梨银公主后，便将此事直陈。林道乾正想扩充他的事业，暹罗地土肥沃，人民丰富，久是他垂涎欲得之地，这无异给他一个大好良机，所以他就一口答应，情愿和浡尼国王共同出师。童文彪且说浡尼国王钦佩林道乾的智勇，联军将帅一席，当让林道乾勉为其难，克奏大功。林道乾遂召集魏南鲲、唐翱、孙天禄、章祖华、孛丁等诸人商议一番，决定留魏南鲲守海霞城，林道乾自率孙天禄、唐翱、孛丁诸将和健儿八百人出发，窦梨银公主也随军同行，他们先把队伍开到北大年，浡尼国王遣代表欢迎入城。这一次林道乾重至北大年，大家开诚相见，没有以前那样的尔虞我诈了，浡尼国王在宫中设宴款待林道乾和窦梨银公主等众人，赫特也在一旁相陪，这遭浡尼国出兵二千，即叫赫特统率，国王因赫特以前和林道乾曾有旧嫌，所以代他们解释一切，希望言归于好。林道乾等在北大年耽搁两天，因为暹罗军情紧急，暹罗国王又遣使者到来，急如星火，不能逗留，于是林道乾和公主别了浡尼国王，出师援救暹罗。赫特也领蛮兵开拔，和林道乾分成左右二翼，彼此联络，可是在林道乾师至中途时，恰巧林二姑率领健儿前来海霞城复仇问罪，魏南鲲在海霞城里接见林二姑的使者后，读过来信，他心里不由大为踌躇，想林二姑和林道乾是亲兄妹，她来的时候，我本该欢迎她，招待她。但是在这封书上写得太厉害一些，她既要林道乾和窦梨银公主分离，又要和孙天禄决一雌雄，这些问题太严重了，不是自己可以解决的，立即写了一封信，连着林二姑的来函，一并差人星夜赶往林道乾那里，送与林道乾亲阅，请他指示如何对林二姑，一边也修书回复林二姑，说林道乾方出援暹罗，此事须待林道乾复音到后再说。且劝二姑息事宁人，暂时按兵不动，免务伤了和气，因为魏南鲲也知安涛之死确乎死得蹊跷，孙天禄当然有重大的嫌疑，虽是自己的朋友，也不能为其曲讳，而林道乾迷恋蛮女，本也是自己反对的。林二姑这两个要求，平心而论，未尝不理直气壮，自己不便对她阻挠，只好看林道乾的态度怎样了。然而林二姑急于代夫复仇，岂肯忍耐？听得林道乾、孙天禄都不在这里，谅必海霞城里空虚非常，有隙可乘，不如趁此机会，先夺了海霞城，以待孙天禄来，且可向她的哥哥有所要挟了。她就指挥自己带来的儿郎，将港中的船只一起严密看守住，她和戴大荣、陆海龙率领三百儿郎杀上岸来，直趋海霞，只见海霞城门业已紧闭，城头上旗帜飘荡，刀枪林立，有许多儿郎守在那里，魏南鲲手托钢叉，站在城墙边。林二姑挟着双刀，和十数儿郎走至城下，好在海霞城并不高峻的，上下可以交相答话，她遂向魏南鲲说道：

“我此来只向孙天禄问罪，他不该暗算我的丈夫，害死李安涛宝贵的生命，像他这样为鬼为蜮，阴贼险狠，哪里称得大丈夫？我哥哥不该偏袒着他，装聋作哑，让杀人的凶手逍遥法网之外，我再也忍耐不住的，只叫孙天禄前来和我斗三百合，拼个你死我活，我林二姑绝不怕他。”

魏南鲲接口说道：

“二姑娘，你的来书我已送往你哥哥行营里去了，但等他回音来再作道理。你今率众到此，有什么意思，何不守在舟中，自有着落。我奉命守城，保守海霞，便是我的职责，所以恕我此时不能招待你进城了。”

林二姑道：

“魏君，你无论如何必须先将海霞城交与我，此次我重作南游，不比首次了，便是哥哥若然不听我的话，我也不惜和他较量一下。”

魏南鲲微笑道：

“二姑娘原谅，我受的你哥哥的命令，没有接受你命令的道理，所以还望你忍耐些时，静待林兄到来，他自有办法的。”

林二姑一心要夺取这海霞城，便说：

“你若不放我入城，我也只得进攻了。”

立即指挥儿郎上前抢城。魏南鲲也叫儿郎抗拒，把石子和箭向下面放射。海霞城虽无方城汉水之固，然在古时攻城利器没有进步的当儿，仰仗确乎是比较困难的，因此林二姑攻打了一阵，不能得手，恐怕儿郎们受伤得多了，挫折锐气，只得停止，便把部下留驻城外，向海霞取着包围之势，扎下十数个营寨。

次日，又向海霞城进攻，两边用箭乱射，打了半天，仍不得破城。魏南鲲只是坚守，并不出战，他无非想等林道乾回来如何解决这事，但林二姑以为自己初出茅庐，一定要建立些功劳，以固军心，而振声势，于是她想出一个计策来了。她先叫陆海龙过来，秘密吩咐他机宜，又叫戴左荣上前，也秘密授与他机宜，二人自然照计行事。将近天晚时，魏南鲲因为林二姑攻了半日，不能得手而止，料想今天不再来攻，气势已是稍衰，遂下城在私宅里休息一番。忽报林二姑又来攻城了，他说一声好麻烦，立即挟了兵器上城，叫儿郎多多点起火把，以防敌人扒城，自思换了别人来时，我早已开了城门出去和他酣战一下，只是有碍林道乾之面，所以守着不出，林二姑也许以为我畏怯呢！怎么使者去了两天还不见消息呢？

下面攻城的正是陆海龙，猛力攻打。魏南鲲见攻势厉害，也不敢疏忽，亲自在城墙边立着指挥。正在紧张之时，忽听鼓声大震，西北上有一彪人马从黑暗里杀来，亮着火把，如一条游龙，城下攻打的林二姑部下早纷纷退走。魏南鲲大喜，以为林道乾等回来了，留心瞧看，那边儿郎冲至城下，大叫："魏头领开门，林头领回来了，我们是先到的部队。"魏南鲲闻言欣喜，信以为真，立刻下令开城。

这时，夜色昏沉，不暇明辨，等到城门开时，这伙人便乱杂杂地一拥而进。魏南鲲走下城楼，正要询问详情，忽听一声号炮，进来的人立刻挥动兵刃，向自己这边的人乱杀。魏南鲲一看情势不佳，方知中计，却见从这伙人里面钻出一个人来，揭去头上的凉帽和面幕，正是林二姑，挥动双刀，向自己杀奔而来，娇声喝道：

"魏君，你中了我计，这海霞城请你让给我吧！快叫孙天禄那厮来吃我一刀！"

魏南鲲只得硬着头皮，举叉和林二姑接战，还想把他们驱逐出去。但是城外林二姑的部队陆海龙和戴大荣已从南北两城门乘隙杀上，一齐过来，将魏南鲲包围住。魏南鲲手下的人并不多，一班百姓土人与华侨都已吓得闭户匿伏，不敢出来。魏南鲲见救援断绝，没奈何率领部下冲出重围，放弃海霞城而去。

林二姑既然和他没有什么仇恨，也不穷追，放他们逃走。自己却很省力地占有了这个海霞城，也叫人敲着锣，通知城中人民，照常行事，自己并非前来劫掠和屠杀的，只要找到仇人而已。人民闻得这个消息，各人心中稍安，唯有一个人心里害怕非常，不问而知是章秋花了。她虽然没有知道她丈夫孙天禄以前对于林二姑曾有婚姻的要求，可是孙天禄在城上用冷箭暗中射死李安涛之事，在林二姑负气离开浡尼以后，孙天禄在醉后曾把自己的阴谋吐露出来，说自己和李安涛因有仇隙，故必置之死地而后快。章秋花很不赞成这个举动，但也无可如何，现在林二姑兴师来问罪，要和她丈夫决一雌雄，她也知道的。等到海霞失陷，魏南鲲突围而去，她心中惴惴，深恐林二姑仇恨孙天禄，要来加害于她，连忙请了她的父亲章祖华到来。父女俩商议之下，一时要想逃遁，其势甚难，若被逮捕，反为不美，倒不如由章祖华亲自去向林二姑乞请，免遭毒手。章祖华知道林二姑不比寻常女子，性情慷爽，也许可以答应。

此时，林二姑已占据林道乾的邸第，在内歇息，吩咐戴、陆二人负守城之责。忽报章祖华求见，她知道他的来意，便南面而坐，叫人传唤他进见，章祖华见了林二姑，折腰为礼。林二姑对他大声说道：

“老人，你可知道我此来意思吗?”

章祖华恭恭敬敬地答道：

“小人已知二姑娘此来是要找寻小婿，可是他已随军出发，不在城中，小女秋花为了此事，惊惶万分，不知所可。小人促她来向二姑娘负荆请罪，对她说：‘二姑娘胸怀宽大，明白事理，不肯妄害无辜，自古说得好，冤有头，债有主，罪人不孥，即使小婿有忤犯二姑娘之处，也由他一人承担，绝不来害你的，待我去向二姑娘请个罪吧！’所以，小人不揣冒昧，前来拜见，还望你二姑娘宽恕小女为幸。”

林二姑听了章祖华之言，冷笑一声道：

“孙天禄暗放冷箭，射死我夫，我和他势不两立，此来必要找到他拼一下子。你的女儿虽是那厮的妻子，但我也明白冤有头，债有主，不干你女儿的事，所以绝不想来加害你的女儿，你叫她好好定居，毋庸惊慌。快叫孙天禄那厮来见我，不杀那厮，誓不甘休!”

章祖华听林二姑已允不伤害他的女儿，遂谢恩退出，自去安慰他女儿了。林二姑在邸中歇息一宵，次日亲自出去巡逻，预防她哥哥和孙天禄回来夺取海霞城，她知道这么一来，逼得她的哥哥不能不遣孙天禄来交锋了。果然林道乾在途中得到这个消息，读过林二姑的来书，不由眉峰紧蹙，使他十分为难，立即请孙天禄入帐，把二姑的信给他看了，且说道：

“我这个人对于任何朋友不肯亏待，断不肯偏袒自己人。前日李安涛之死，实在情形蹊跷，虽不能断定是孙兄弟下的毒手，而重大的嫌疑是避免不了的。况且城防之责也在你一人身上，不能查出凶手，这是我很对不起二姑和安涛的。二姑在我面前有种种要求，我全没有答应她，始终隐忍缄默，所以她终于负气而去了，你总该明白我维护你的苦衷吧！然而我妹妹的脾气，你也知道的，她说得到做得到，遂有此次重来复仇之举，连我也归在里边，如何去对付她呢？况此行我们和浡尼联军一同出发去援救暹罗的，兵至中途，而有后顾之虞，进既有碍，退亦不能，使我十分为难。你我是自己弟兄，所以和你商量商量。"

孙天禄看了林二姑的信，听了林道乾的一番说话，心中又愤怒又惭愧，不暇思虑，即对林道乾说道：

"大军业已出发，前敌情势紧急，如何忽又退兵，岂不令人笑话？大丈夫一身做事一身当，令妹既然要和我一决雌雄，我也只好领教，否则给她笑男子汉怕一个裙衩呢！林兄不妨仍在此间进兵援应暹罗，待小弟率二百儿郎回去，倘然能够迫使令妹退兵，自是大佳，否则我也愿和令妹一较身手，只望林兄原谅。"

林道乾一则所处的情势确实十分尴尬，自己分身不得；二则因为林二姑牵涉到他和窦梨银公主的问题，自己正深爱窦梨银公主，寸步不肯分离，怎能依从他妹妹的说话，即将窦梨银公主抛弃呢？现在听说孙天禄既自愿回去对付他的妹妹，他只有让他回去，鹿死谁手，自己也顾不得了，遂说：

"很好，那么请你回去和魏兄一同好好应付我的妹妹，随机应变，保守海霞城为要。"

孙天禄听林道乾已允许他去，立刻调集手下二百名儿郎，别了林道乾，星夜回奔海霞。哪知他将近海霞时，途中遇见魏南鲲等败残之众，方知海霞城业已失守。自己的妻子尚在城内，不知林二姑可要加害，很不放心，他就怪怨魏南鲲道：

"魏兄的本领也是不弱，为何对着一个女子便蝎蝎螫螫地不敢周旋了？"

魏南鲲道：

“我也并非真的怕她，只因碍在林道乾的面上，故没有和她交战，只守着海霞，等候林兄回来做主。哪知自不小心，中了他们的诡计，被他们趁着天色黑时，冒充这里的儿郎混入城来，以致众寡不敌，只得退出了。林兄究竟如何对付呢？”

孙天禄道：

“他也没有什么主见，是小弟自己讨令回来，林二姑娘既然指明要和我一决雌雄，我是一个男子汉，岂肯畏避，给她轻视？所以此来正要和她交手，也使她知道姓孙的不是易与之人，莫要藐视人家。现在魏兄可以同小弟回去，复夺海霞，叫她看看孙某的本领。”

孙天禄说时，咬牙切齿，显出非常衔恨的样子。魏南鲲因失了海霞城，在林道乾方面不能交代，心里当然要想夺回的，遂和孙天禄的部队合并着，奔回海霞来。孙天禄一则被林二姑激起愤怒，二则关心章秋花和她老父的安危，所以他自率前队，魏南鲲督率后队，一齐杀奔海霞城下。他当先挺着双锤，见城门闭着，遂向城上高声喊叫道：

“孙天禄在此，快叫林二姑娘出来厮杀！”

一会儿，果然城门大开，林二姑率领二百名儿郎杀出城来。在她背后有两面白旗，上绣着“代夫复仇”四个黑字，再看林二姑全身缟素，不施脂粉，鬓边插一朵白绒花，手里横着雪亮的绣鸾双刀。一见孙天禄，便把左手刀向孙天禄一指道：

“你这厮现在该知道我的来意了，你几次三番要谋害我的丈夫。前番在苏婆腊岛，你向安涛行刺不成，依了我的意思，早要和你理论了，都是我哥哥宽容姑息，代你隐藏罪恶，否则李安涛也何必为了你而避至小笠岛呢？等到我们南进访兄之时，时过境迁，你也不该再念旧恶了，为什么仍要暗放冷箭，害死我的丈夫？像你这样的阴险恶毒，豺狼其性，蛇蝎其心，我若不来收拾你时，毫无天理了。”

孙天禄自知理屈，冷笑一声道：

“二姑娘，你自恃本领高强，傲视一切，今日相见，何必多言？你既然要同我较量一下，须知我姓孙的也不是个弱者，任何人都不怕的。”

林二姑听他说话强硬，柳眉倒竖，怒上加怒，一挥手中刀，向孙天禄头上砍来，说道：

“今天我同你拼一下子，别人都不要动手！”

孙天禄也就摆动双锤，架开林二姑的刀，和她接住酣斗。一个刀光霍霍，疾如白练，一个锤影团团，转若黄云。魏南鲲等都在阵上观战，两人真是棋逢敌手，一样高强，战至一百余合，不分胜负。忽然东南角上天空里涌起一团乌云，大风刮起，尘沙扑面，立刻下起雨来。南洋地方是时时下雨的，况且又在雨季里，那雨下得很大，两人衣服都湿，不便再在雨中苦斗。孙天禄遂虚晃一锤，跳出圈子，对林二姑说道：

“并非怕你，只因老天下雨，我们不便厮杀，明日再和你在阵上相见。”

林二姑道：

“也好，我明日再来找你，必报此不共戴天之仇。”

于是大家收兵退下。那雨下到黄昏时方才停止，但是狂风仍怒吼不已，天上依旧阴霾，不见星月。林二姑退入城中，坐着休息，暗想：孙天禄那厮武艺果然不弱，自己要想取胜，也难有把握，不过为了安涛之故，自己不顾利害，定要和他拼个死活存亡了。今日下了雨，又是个月黑夜，那厮一定不防我去偷劫他的营寨，不如我突出奇兵袭击一番，使他可以授首。想定主意，遂叫戴大荣、陆海龙各率儿郎一百为左右翼，自为中军，到三更时偷偷出城袭击孙天禄的营帐。果然孙天禄没有防备，睡梦中听得喊声大起，林二姑早已指挥众儿郎杀入帐来，乘风纵火，火势甚炽，孙天禄仓促间取了自己的双锤应战，火光中正遇林二姑横刀大呼：“孙贼，授首！”孙天禄大怒道：

“你约我明日决战，怎么又在半夜前来劫营，是何道理？”

林二姑道：

“有什么道理？我特来取你的首级，不留你活到明天了。”

孙天禄大怒道：

“呸！安知你不是自来送死吗？”

两人各不相让，斗在一起。魏南鲲在后面听得劫营，忙来接应，恰巧戴大荣、陆海龙已从两边杀至，于是他们便混战在一起。此时林二姑和孙天禄又已斗到八十合以上，孙天禄识得二姑厉害，故意露个间隙，让林二姑一刀卷进胁下来，他疾将身子向右边一跳，避一刀，右手锤使个“叶底偷桃”，向林二姑胸口击来，林二姑右手刀不及收转，连忙把左手刀去架格，但孙天禄换了锤法，左手锤又已使个“流星赶月”，打至林二姑颈项边来。林二姑忙闪身躲避时，左肩头已着一锤，喊声“哎呀”，嘴里吐出一口鲜血，身子一歪，仰后而倒。孙天禄大喜道：

“你这贱婢子，今晚合该死在我的手里，谁叫你以前坚决拒婚？待我送你去和姓李的相聚于阴间吧！”

说着话，踏进一步，举起手中鸳鸯锤，恶狠狠地又向林二姑头上扑地打下。

第二十六回

鼓城枭首一女殉夫
帷幄运筹百象破敌

当孙天禄一锤击下之时，以为林二姑一定被他打得脑浆迸裂，香消玉殒，一泄他求婚不遂的耻愤。谁知林二姑虽然受伤，她知道处身在千钧一发之际，娇躯倒下地去时，一半是受了锤震，一半也是她故意仆跌，好使孙天禄反中其计。所以孙天禄俯身下击的当儿，她奋发全力，使一个“鲤鱼打挺”势，突然一跃而起，右手刀使个“白虹贯日”之势，很快地一刀直刺入孙天禄的胸口，顿时鲜血四溅。孙天禄大吼一声，还想挣扎时，林二姑手中刀又已乘势猛送刀尖，早透出孙天禄的背心，孙天禄撒手扔锤，倒于地下。林二姑拔出刀来，又向下一挥，早将孙天禄的首级割下，提在手里。众儿郎见孙天禄已被林二姑杀却，一齐惊骇，纷纷溃乱，魏南鲲遏止不住，只得收众退去。林二姑便叫部下鸣金收兵，所以戴、陆二人也不追赶，一同赶至林二姑身前，火光下见林二姑右手提着一颗人头，左手提着双刀，满身沾血，脸上却是堆着笑容，对二人说道：

“我今天取到仇人之首，得偿吾志了，不必再去追杀。”

二人见林二姑已杀却孙天禄，非常欢喜，且更佩服林二姑的勇气，一齐向她额手庆贺。林二姑遂收兵回城，转瞬已是天明了，她遂叫人预备三牲烛帛，设了李安涛的灵座，点上香烛，然后将孙天禄的头颅供在桌上，致祭她丈夫的阴灵。她自己先拜了，戴大荣、陆海龙等众儿郎大多数都来拜奠。林二姑枨触前情，可怜她丈夫的惨死，连理枝断，比翼鸟分，虽然此次侥天之幸，已代丈夫报了血海般的深仇，安涛在地下有知，亦可瞑目，然而未亡人此后岁月，何以自遣？悠悠生死，魂魄也不曾来入梦，此恨绵绵，岂有尽期呢？所以她万般伤心，九回愁肠，忍不住在灵前放声痛哭，哭得如杜鹃啼血，哀哀欲绝。戴大荣等在旁几次解劝，方才止住了她的哭泣。祭灵已毕，便吩咐把孙天禄的首级挂在那城门之上，以明暗杀之罪，不许有人取下。又出资犒赏众儿郎，吩咐严守城池，待她的哥哥亲自到来如何解决。她自去房中休息，左右遵令行事。不料孙天禄的首级悬在城上不多时候，便有一麻衣如雪的少妇在城门边对着人头跪倒大哭，哭得也似巫峡猿啼，凄厉欲绝，大有城崩的样子。这少妇是谁呢？不问而知是章秋花了。林二姑复仇，孙天禄被杀，以及人头祭灵的消息，这时候早已传播了全城，自然也传到了章秋花的耳里。章秋花听她的丈夫已死于林二姑的手里，悬首城门，心中也异常悲痛，虽然她丈夫阴谋害人，自食其果，可是夫妇间情爱甚笃，一旦闻此噩耗，如何不心肝摧裂，痛不欲生？遂换上了麻衣素服，怀中带了一柄利剪，跑到了城门口，抬头瞧见了孙天禄的头颅，宛如有千万把钢刀，刺在心头，所以跪倒在地上哀哭了。守城门的儿郎有一个本是苏婆腊岛来的，所以认识她就是孙天禄的妻子，不敢得罪于好，连忙跑至林二姑那边去报告。林二姑听了，便怒道：

"像这样狠心毒手的丈夫，死了也是自作其孽，还要跑去哭什么？不是有意扰乱我军心吗？"

连忙亲自带了侍从，走至那边，见了章秋花，便说道：

"你的丈夫以前暗放冷箭，射死我的丈夫，李安涛本与他无冤无仇，而他施用那种鬼蜮的阴谋，岂非其罪可诛吗？所以我今番特地前来问罪，代我丈夫复仇。赖我丈夫的阴灵呵护，孙天禄业已授首，故我号令示众，警戒部下勿得蹈此覆辙，至于你的生命，我决定不来伤害你的，但你也不得在此哭泣，惑我军心。须知这种人死有余辜，你也何必悲伤呢？"

章秋花听了林二姑的话，抬起头来，用泪眼向林二姑凝视了一下，长叹一声说道：

"林二姑，你为自己丈夫复仇，当然要说这些话，可是人孰无情？你悲伤你的丈夫，难道就不许人家悲伤丈夫吗？我嫁给孙天禄，也是你哥哥的主张，嫁鸡随鸡，嫁狗随狗，然一死之后，仇怨已释，你这口怨气也发泄了，为什么还要将他的首级悬在城门上呢？做他妻子的又安能不来痛哭呢？我虽蒙你宽赦，深感你的不杀之恩，但我痛心已极，无意再苟活人世了，在临死之前向你请求，务乞你不要辱人太甚，把我丈夫的首级从速取下，埋葬土中，勿使暴露吧！”

章秋花说完了这话，霍地从怀中抽出了一柄利剪来，用力向她自己的粉项上疾刺进去。林二姑未及答言，瞧在眼里，连忙奔过去想要抢住她时，早已血雨四溅，仰后而倒，魂归离恨之天了。

这时，老人章祖华刚才闻信赶至，见爱女已殉其夫，不由伏尸恸哭。林二姑看了，不由芳心恻然，遂叫左右取下孙天禄的首级，不再号令，把来用匣盛放了，和章秋花的尸身一同从优埋葬，并叫人劝止章祖华不要悲伤，然后回转邸中，未尝不代章秋花惋惜。这只好怪孙天禄自己的不好，以致连累了他自己的妻子，可知忮机一动，杀心随起，这是人们应当切戒的，但自己已如箭在弦上，不得不发了。丈夫的仇幸已报复，一雪心头之恨，唯她哥哥对于她不知作何光景，可能听从她的忠告，和窦梨银公主脱离，恐怕他未必能够跳出情网，明哲保身的。我且守住这个海霞城，候他自己回来再作道理吧。所以林二姑和她的部下驻守海霞城，也不他去，养着肩伤静候她哥哥回来再行解决。

那林道乾在征途中进退两难，很想自己回海霞对付他的妹妹，然而援军亦已出发，暹罗那边军情紧急，自己若然抛弃不顾，全师而还，不但给人家讪笑，暹罗恐怕也有倾覆之虞了。所以只得让孙天禄去和她自己的妹妹周旋，他也因林二姑此次前来，不但要向孙天禄复仇，而且要逼自己和窦梨银公主脱离关系，这是他自己万万不愿听从之事，所以他和二姑的感情未免因此而淡薄起来了。他自孙天禄去后，遂和浡尼国的赫特向前进兵，登山涉水，开至暹罗边境。

暹罗国王阿布敦早派使者赍送牛、酒前来犒赏三军，报告东蛮牛的大军已逼近黑龙山隘，现在暹罗国的大将摩利哥正坚守山隘，不放东蛮牛的军队偷渡。东蛮牛的统兵者正是王子汉宁，骁勇无伦，方指挥大军进攻，摩利哥曾出战不利，形势岌岌可危。倘然黑龙山隘有失，敌人长驱而下，暹京曼谷便将不保了，务请浡尼国兵秉救灾恤邻之责，速速加以援助。林道乾接受了犒赏，一口答应，迅即赶援，又叫暹罗使者派送几个熟悉地理的暹人来营效用，使者唯唯而退。

翌日便有几个暹罗的土著奉命而来，携有详细地图。林道乾一面派出探子去探听东蛮牛军的情势，一面细按地图，向暹人细细询问明白。知道这黑龙山十分高峻险阻，关隘便筑在山的中间，居高临下，形势雄壮，所以敌人很难攻破的。自黑龙山向西有一条河，名唤瑙里门河，河流湍急，东蛮牛的大军便扎营于此，兵马很多，锐气甚盛，一时未易便操胜算。林道乾按兵不动，徐思所以破敌之策，他因魏南鲲既不在此，而孙天禄又因故遄返海霞，麾下缺乏骁将，也觉得力量有些不足。及至探子回报东蛮牛的大军在瑙里门河的上流头扎下七十余座营寨，彼此呼应，军容甚盛。且在瑙里门河上筑有大浮桥，保持交通，在河的彼岸也有少数的东蛮牛军驻扎，取得联络，他们是想窥伺黑龙山的侧面，因侧面比较容易攻打一些。然而有几条山路早给摩利哥用木石塞住，艰于行走，又有兵士守住，汉宁也难攻入，相持已有多日，若无此重关隘阻拦，恐怕曼谷已被他人所得了。

林道乾闻得报告后，即按地图细细审视了大半天，他心里定下一计，正想进行，忽报东蛮牛已派有一路军队杀向这边来。林道乾暗想：我正要算计他们，而他们杀上来了，那么我也不妨姑和他们在疆场上周旋一番，试试他们的战斗力量，再作计较。遂令唐翱带三百兵上阵，迎前去和东蛮牛的军队交绥，而自己领二百儿郎在后策应，又传达命令到赫特那边去，叫他带领浡尼兵士速来会战。吩咐既定，唐翱穿上战甲，悬弓荷矢，坐骑骏马，手提方天画戟，一心想立头功，带领儿郎，向前边原野上杀奔过去，只见远远接近，便望见尘土大起，有不少蛮兵喊杀而至。唐翱便叫众儿郎不用慌乱，蛮兵大都乌合之众，虽多不足惧也，他将手下儿郎一字儿排开，一边擂鼓作势等候厮杀。东蛮牛也早望见这里浡尼国有兵迎战，他们尚未知林道乾等都是中华杰士，来到南洋创业的，所以十分轻视，不放在心上。领兵的一员将士乃是汉宁的爱将哈努，十分骁勇。在汉宁部下有四大金刚之名，其余的三将，一名乐发，一名邱默林，一名劳福耳，是汉宁从风尘中物色得来的英雄好汉，极力提拔上去，使他们都有统兵之权，做了自己的心腹死党，所以这四员勇将得了“四大金刚”之名。汉宁仗着他们攻城夺地，屡立战功，现在闻得暹罗向浡尼乞援，浡尼国王居然不畏东蛮牛的声威，派兵来援，他心中赫然震怒，移恨于浡尼，很想待浡尼的援兵初到、立足未稳之时，马上将他们击溃。同时又因摩利哥坚守黑龙山的关隘，自己一时未能攻下，心中殊觉焦灼不宁，遂问帐下“四大金刚”谁愿奋勇去攻浡尼国赶来的救兵。哈努自告奋勇，带领一千名蛮兵前来搦战，恰巧两下相遇，哈努骑一头黑马，手里使一管铁枪，瞧见了前面唐翱的兵，立刻下令冲杀。他当先怒马直驰，好似疾风骤雨，飘忽而至。唐翱舞起方天画戟，抢上前和哈努接住狠斗。哈努的长枪使得很急，几如一条怪蟒，向唐翱头上身上左挑右刺，且又膂力强大，久战不乏。唐翱和他斗到一百合以上，只见哈努愈战愈勇，唐翱手中的画戟虽尚可与他周旋，但觉取胜甚难，所以他就虚晃一戟，回马奔逃。哈努喝一声哪里走，在后紧追。东蛮牛的兵士以为主将获胜，也就跟着大呼杀上，唐翱部下的众儿郎立脚不住，一齐退走。

哈努追唐翱看看渐近，要想生擒回去，却不料唐翱是诈败，一边逃，一边将画戟暗暗挂在马鞍，倒拖而奔，一边抽弓拈矢，蓦地扭转蜂鞍，抬起猿臂，嗖地放出一箭，飞向哈努的面门。哈努没有防备，及闻弓弦声，急急将头偏转让时，那箭已如掣电般到了他额角之上，扑的一声，射个正着，他大叫一声，倒撞下鞍。唐翱大喜，立刻回马过来，向地上的哈努加上一戟，直透前胸，血染沙场，眼见得不活了，他又和众儿郎一齐奋勇反攻过去。蛮兵大败而逃，折损了一半，唐翱割了哈努首级，收军回来，见林道乾接着，遂向林道乾报告战绩。林道乾知道东蛮牛的兵力也属平常，不胜快慰，且嘉奖唐翱作战得力，赏以酒食，立即遣人请赫特到来商议军事。赫特奉令而至，见面后，林道乾遂说蛮兵众多，欲解暹罗之围，当用妙计出奇制胜，请赫特尽力相助。赫特道：

“我们既然联合到此援救暹罗，愿听调遣，艰险不辞。”

于是林道乾吩咐赫特在两天之内，务须觅齐大象百头用，赫特奉令而去。好在暹罗和浡尼两国产象本是很多的，聚集一百头象不是一件困难的事。第二天晚上，赫特和几个象人驱象而来，如数无误。林道乾出去点视讫，便暗暗吩咐赫特率领他的部下和象群即从今夜出发，绕道黑龙山之南，秘密抄至东蛮牛大军驻扎所在，深藏谷中。待至明天晚上，将硫黄、松香、膏油等引火之物缚在每一头象的尾巴上，每象须有四人驱使，悄悄地掩在敌营之旁。待到相近处，各将象尾上的引火物燃着了，然后用手中戈矛再向象股猛刺，驱着百头巨象，直冲东蛮牛的大营，杀他一个措手不及，使他们不可抵御。在象背后驱使的人人，脸上都要涂着各种颜色，画成可怖的状貌，有的手中举着火炬，有的持戈握矛，并备红灯为号，务要大声呼叫，震骇东蛮牛的军心，这就是林道乾布置的火象阵。他是以前读过《中国史乘》，齐国田单以火牛计破燕的故事，所以依照他行事，不过彼以牛，此以象罢了，赫特欣欣然接受命令而去。林道乾又吩咐唐翱率弓箭手三百名，潜行至瑙里门河，在明日夜间突出袭击，用火箭攒射，烧断浮桥，断绝东蛮牛的归路，也用红灯为号；一面又秘密差一暹罗土著，从间道偷入黑龙山上关隘，暗递消息，与摩利哥知道，叫他在明日夜间下山出击，和浡尼的援兵会师河畔，这方面用红灯为号，延续方面用黄灯为号，免得自己人误杀。

林道乾安排已毕，准备明晚可以大破东蛮牛的军队，哪里知道东蛮牛王子汉宁闻得败耗，痛失大将，不胜愤怒，又派大将邱默林率马步兵二千前来攻林。林道乾遂亲率四百儿郎出战，预先下令只许败不许胜，以骄敌人之心。邱默林的武艺又在哈努之上，使一柄开山大斧，跨一匹烈马，一心要代他的同袍复仇。林道乾出马迎战，手挥宝刀，和邱默林狠斗五十余合。林道乾故意要输，所以佯作不敌，回马败走，众儿郎也跟着退走，邱默林挥众掩杀。林道乾等败退十余里，然后用乱箭射住追兵，邱默林得胜后，立即遣人报告与汉宁知晓，汉宁大喜，吩咐邱默林相机进攻，遂不重视浡尼的援兵了。

到了次日，林道乾在白昼按兵不出，将近晚上时，吩咐众儿郎饱餐后，今夜一齐出击，务求全胜，不许退后。众儿郎也渴欲一战，以求胜利，大家摩拳擦掌，准备厮杀。黄昏时，林道乾和孛丁率领全体兵士，分兵两路，从左右面夹击邱默林的营寨。邱默林因林道乾业已败退，不防他们在晚上忽来攻打，仓促抵御，形势不利。林道乾和孛丁拼命冲杀，众儿郎勇气百倍，见人便斫，红灯到处，所向披靡。林道乾也使开宝刀，施展神勇，大战邱默林，孛丁又从旁助战。邱默林心慌意乱，不得已向大营败走。林道乾却并不收军，在后紧追，鼓声震天，军势大盛，迥非昨天可比了。

那赫特奉了林道乾的命令，从小路抄到黑龙山下一个荒僻的山谷里潜伏着。等到晚上，遵照着林道乾的计划行事，点起许多红灯，驱着百头大象在前，悄悄地衔枚疾趋。将近东蛮牛的大营，在高阜处已遥遥瞧见东蛮牛的大营扎处。这晚正是月明之夜，山麓原野上照得一片清楚，七十余座大营，旌旗戈矛，照耀月光之下，杀气腾腾，果然不可侵侮。还有那瑙里门河的流水映着月色，发出一片清光，谁料到一场血战转瞬即要展开呢？赫特恐怕前面将有东蛮牛的斥候窥破秘密，遂将蛮兵分配毕，各在象尾上燃起火种，那些大象因尾上烧得疼痛，又有蛮兵用戈在它们后股上攒刺，所以负着痛，一齐向东蛮牛大营那边冲去。众蛮兵挑起红灯，举着火炬，挺着利戈，鸣锣击鼓，大声呐喊，黑夜里好似有千军万马望东蛮牛大营所在地猛冲。赫特所率的都是蛮人，走惯山地，非常迅速，而赫特此次出兵也欲在林道乾前争口气，立些功，方不惭愧，所以格外奋勇。

东蛮牛的兵士都从睡梦中惊醒，人不及甲，马不及鞍，乱杂杂地应战，一见许多大象奔雷掣电般向自己营帐边冲来，其势锐不可当，早已惊骇散乱。赫特又在背后挥众掩杀。东蛮牛王子汉宁本是魁梧奇伟的男儿，素有雄狮之称，跨着一头庞大的犀牛，披上战甲，手握大刀，率护卫数百，一面弹压部下不许乱窜，一面上前迎敌。赫特和他接住酣战，也觉得王子汉宁武艺高强，自己有些力乏。幸亏一百头大象被蛮兵驱使着，只望东蛮牛营帐乱冲，所到处营帐纷纷横倒，因为大象的力气本是非常可观，现在它们负着痛，更是疯狂撒泼。东蛮牛的兵士虽欲抵御，苦于立足不住，象尾上的火燃着了营帐，一霎时，营帐也有十数处燃烧起来。

其时黑龙山上的暹罗大将摩利哥得到林道乾的通知，率领大队士卒，点起黄色的灯笼为号，从山上冲杀下来，早见东蛮牛的军营被浡尼国的火象踹破，一处处燃烧，天边映得很红，原野里又是处处红灯，心中异常兴奋，向东蛮牛大营侧面杀至。汉宁正在苦斗，更不防暹罗军士又从旁夹攻，乐发和劳福尔分军来迎，忽报瑙里门河上的浮桥又被涍尼兵士暗袭，射出火箭，焚烧起来。汉宁得到这个惊人消息，恐怕后路全被截断，渡不得河，连忙丢了赫特，自去救护浮桥，又令乐发等相机撤退。等到他到达浮桥时，那座浮桥已被烧得七零八落，唐翱指挥部下从河边杀出。汉宁不知道涍尼国杀来了几多人马，但见红灯和黄灯从两边逼拢来，他一时没了主意，只叫人马快快渡河。部下士卒更是无心恋战，争先奔渡，黑夜里落水而死的不计其数，亏得对河的守卒闻警来援，驶来不少船只，汉宁方得渡过河去，乐发也受了伤。唐翱、赫特、摩利哥三路人马会合着在后赶杀，一座浮桥卒被烧断，七十余座大营尽被踹破，地上残骸纵横皆是，大象也牺牲了不少。

次日，正预备渡河，忽见魏南鲲带领残卒前来，报告噩耗。林道乾闻得孙天禄已死于林二姑之手，心里不胜惊叹。虽则自己的妹妹已代安涛复仇，孙天禄的阴谋是无可讳言的，然而这样一来，竟使自己无端损折一员大将，失去一只臂膀。孙天禄勇猛善战，为何此次敌不过二姑？这真可说冤鬼有灵了，可是此事仍须待自己回去解决。因为二姑掳住海霞城，竟和他成了对抗之势，倘照情理而言，二姑既已复仇，若不卷甲而退，亦应束身来归，自己兄妹遂无仇隙，何以演成阋墙之势？大概她的性子很是固执的，第一件报仇之事虽已达到目的，而第二件她要我和窦梨银公主离异的事，她也想要办到，无如我爱窦梨银公主，而窦梨银公主也深深爱我，公主对我完全没有坏意，这是我知道的。无奈两次闹出了行刺之事，以致二姑再三要劝我和窦梨银公主分开了，悠悠之口，亦可畏也，他们哪里知道公主的心呢？所以他叹了一口气，对魏南鲲说道：

"这件事实在是我的不幸，言之痛心，一切只有请魏兄原谅。现在这里的事情没有结束，我不便回去和舍妹如何解决，请魏兄暂在此间相助我逐退东蛮牛的兵马后再作道理。"

魏南鲲道：

"林兄出师时将海霞城交代与小弟，而小弟失去了，实在无颜再见故人，此来报告真情，且请受斧钻之诛。"

林道乾道：

“总而言之，这是自己人闹意气之争，出于意外的，也难怪魏兄守城不力，好在我和舍妹总是手足关系，以后尚可商议。现在我们作战要紧，魏兄不必耿耿于怀，请随我努力杀贼吧!”

魏南鲲见林道乾对他如此宽容，抚慰备至，心里更是感激，遂留在这里一同作战，也使林道乾多一大将了。林道乾隔了一天，遂和暹罗大将摩利哥、浡尼主将赫特会师渡河，向东蛮牛的军队分作三路进攻。那东蛮牛王子汉宁自从那夜被林道乾用了火象阵使他大受重创之后，他渡过河岸，收拾余烬，守住了吉莫诃城，防备敌人再要渡河来收复失地；一边派乐发领一千人马守住河岸边，又派人到本国去火速乞援。然而不等援兵到来，林道乾等已渡河来攻，乐发虽然率众抗拒，然而怎敌得过林道乾等方兴之师？血战了一番，卒被强制渡河，乐发不得已，只得奔回吉莫诃城。林道乾和暹兵、浡尼兵一齐直趋城下，占据了吉莫诃对面的林爱山，指挥部队将吉莫诃城围住，先遣唐翱引三百儿郎去城门口搦战。王子汉宁在城上瞭望，见林道乾等军容盛大，又因自己国内救兵未至，所以坚守不出。林道乾率众攻打了一天，未能攻下，也因吉莫诃城高池深，汉宁督率兵丁极力死守，所以占不到一点儿便宜。晚上，林道乾传令各营严加防备，以免敌兵前来劫营。

次日，他和魏南鲲到林爱山上去窥探城中虚实，这山头就是李丁率一百名儿郎把守的，李丁见林道乾到临，他就迎接上山。林道乾和魏南鲲登到最高之处，向吉莫诃城里细细观察，见那城池周围虽不甚大，而城墙十分坚固，比较海霞城又高得多了。许多东蛮牛的兵士在城墙上往来巡逻，很是周密，可见汉宁决心守城，若要将此城攻下，非牺牲较多的儿郎不为工。况且汉宁正待国内援兵到临，可以反攻，那么自己最好不待他们援兵之至，先要将这城池攻下。林道乾观察良久，他对魏南鲲说道：

“我看此城形势犹如一朵莲花，十分紧密，东南有山，西北有水，援兵来时一定从河边大道上开到。我们正据着这林爱山，东南上的形势自然比较吃紧，他们的人马也都密集于此，不看他那里西北隅旌旗较少吗？可惜此山的距离和城头稍远一些，否则我们可用火箭烧城了。现在我们不妨表面上攻打东南面，暗中却用精兵去攻打西北，或可乘其不备而击破。”

魏南鲲道：

“林兄之言甚是，这是声东击西的妙法，敌人有勇无谋，必不防我的。”

二人又在山顶上看了一会儿，然后下山。林道乾又吩咐孛丁道：

“明日当我军攻城之时，你在山上多备战鼓，令儿郎们轮流击鼓，时起时止，增加攻城的声势，使他们疑心我们兵力倍增，一定悉数来对付这里，那么西北方面更形空虚，予我们以可乘之机了。”

孛丁唯唯答应。林道乾下山后，便吩咐魏南鲲相助赫特，悄悄率领浡尼兵士去河边埋伏，倘见东蛮牛援军来时，可以杀出截击，不放他们过来。又令唐翱率儿郎一百，相助摩利哥，督率暹军，于明日一早攻城，一刻紧张，一刻松弛，务使他们测度不出我军的用意，牵制他们的军力。他自己率领五百精锐，预备于明日的黄昏，绕道进攻西北城，多用云梯，以便爬城而上。

林道乾布置已定，回到后帐，窦梨银公主早迎上来，堆着满脸的笑容，和林道乾搂抱住，接了一个甜蜜之吻，柔声说道：

“这两天你多么辛劳，现在攻城不下，可有什么妙计吗？前天你用火象阵大破东蛮兵后，声威远播，不但我们浡尼国将士对你五体投地地佩服，而暹罗国人对于你也异常尊敬。你真是一位英雄，我的脸上也格外增长了不少光彩呢！”

林道乾听了美人的赞美，更是心花怒放，温馨无比。他想窦梨银公主对于他完全真心倾爱，没有丝毫虚伪，偏偏有我自己的妹妹强要出头，敦逼我和她分离，叫我怎舍得呢？我只得不能依从二姑的说话了。又想想自己倘能把东蛮牛逐出暹境，那么自己的声威势力在这半岛上当然要大大增加，霸业的基础也肇始于此了，心里很觉快活。这夜，又和窦梨银公主绸缪尽欢。

次日，唐翱和摩利哥率领暹军攻城，林爱山上的孛丁遵着林道乾的吩咐，咚咚不绝地擂起战鼓，鼓声如雷，惊天动地。汉宁不知暹军来了多少，和部下努力坚守，且调集西北城的守卒同来援助，和唐翱、摩利哥等足足相持了整个的一日，他哪里知道林道乾突然进军去攻他的西北城呢？

林道乾在黄昏时，率领儿郎衔枚出发，绕道至西北城，听得东南角上喊杀之声与鼓角之声闹成一片，知道唐翱、摩利哥等正在攻城。他暗中窥察北门守军甚为稀少，城上灯火不多，知道有隙可乘，吩咐部下不许有一些声音，赶快搭上云梯，他自己手横宝刀，冒险鼓勇而上，众儿郎随着林道乾，争先攀登。等到城上守军觉察时，林道乾早已杀上城头，守军数少，又兼林道乾等奋勇冲杀，纷纷溃退。林道乾力杀十数人，斩开城门，北门已告失陷，城中顿时大乱。林道乾又率众杀向东南城关而来，要和王子汉宁一决雌雄。

第二十七回

城下乞盟雄狮刎颈
林间中伏侠女捐躯

王子汉宁正在东南城楼上守御敌军，只因他听得林爱山上时时鼓声大震，疑心敌军不知来了多少，所以他用全副精神守住这个吉莫诃城。唯一的希望就是等待自己国内援兵早早到临，可以合力反攻，重振颓势。他在城上指挥部众放下矢石，足足抵御了一日。晚上，自己也觉得有些疲倦了，因为城下敌军迄未停止攻势，依然形势紧张，绝不容他稍有喘息，也不能有一刻懈怠。同时也很奇怪，国内的援兵为什么尚未到临？令人望眼欲穿。忽听部下报告别有一部敌军，正是姓林的统率，已攻破北门杀进来了。这个消息传播开来时，军心大大骚乱，汉宁弹压不住，他揣度情势已是危急，连忙赶奔下城，骑着犀牛，挥动手中大刀，和进城的林道乾部众作巷战。林道乾见了汉宁，催动坐下马，要想上前擒拿，汉宁见是敌军的主将，咬将牙齿，一刀向林道乾头顶劈下。林道乾也将宝刀舞开，和汉宁酣战，两人各出全力，肉搏至百十余合不分胜负。

此时，唐翱已和摩利哥攻入南门，指挥暹军，上前接应林道乾的儿郎，将汉宁一干人前后围住，劳福耳死于乱军之中。唐翱也使开方天画戟，上前助战，王子汉宁知道大势已去，恐怕被擒受辱，他就大吼一声，将大刀上下猛砍，冲出重围。部下乐发和数十名心腹悍卒随着他一齐杀出重围，向西门城外逃去，汉宁仗着犀牛跑得快，林道乾等追杀一阵，卒被他免脱。林道乾遂会聚部下，将吉莫诃城实行占领。

忙乱了一夜，天色已明，林道乾将宩梨银公主迎接入城，正要打发人马去追杀汉宁，而魏南鲲和赫特的捷报也已传至。原来东蛮牛国闻得王子汉宁败衄的噩耗，国王立派大将穆立率三千马步兵前来接应。穆立正沿着河道急速行军，来援救吉莫诃城，谁知林道乾已预设伏军于此，一声炮响，魏南鲲和赫特率众从两旁杀出，将蛮牛的军队截为两半。穆立也没防到有这么一着，急忙镇压部下，不得慌乱。他自己挺着一支蛇矛上前来迎战。魏南鲲此次也急于立功，舞开手中双叉，和穆立交战。穆立的蛇矛十分矫捷，而魏南鲲的叉也是不弱，两人酣斗多时，赫特在后赶至，一锤飞来，正击中穆立的马头，那马立刻仆倒，把穆立掀下马鞍。魏南鲲大喜，正想一叉结果他的性命，却被东蛮牛的兵丁将他抢救而去。魏南鲲和赫特乘势追杀，东蛮牛这路援军仓皇后退，三千人倒去了一千多。魏南鲲追杀十余里，不能深入，方才收军驻于河边，遣人到林道乾这里来报告。林道乾听说魏南鲲、赫特已把东蛮牛的援军击溃，一切都如了愿，他心里如何不快活？当然要乘这大好机会，一鼓而入东蛮牛，不容王子汉宁有喘息的时间。所以他遂吩咐赫特和孛丁守住此城接济粮草军械，自己率领魏南鲲、唐翱诸将以及摩利哥的暹军离了吉莫诃城，向暹罗边境追击东蛮牛的残军。

王子汉宁从吉莫诃城逃出后，手下“四大金刚”只剩乐发一人尚随左右，竟如项羽兵败垓下一样的穷蹙。他和穆立的残卒会合后，一同败退至暹境最后一个小城，名唤雷林屯的暂驻，检点部卒不满三千名，而且受伤的还占了四分之一。汉宁十分愧恨，对乐发、穆立二人说道：

“我有‘雄狮’一号，一向无人敌得过我，此次因暹罗国王拒绝我的求婚，我遂一怒而攻暹罗，起初每战辄胜，十分顺利，只要攻破了黑龙山那道关隘，便可直捣暹京，谁知浡尼国王出军援暹，不知从哪里杀来一伙中华的健儿，我竟连次败北，受尽耻辱。现在所占暹罗土地也只有此一城了，而这城池尚不及吉莫诃城坚固，岂能久守？没奈何，唯有再向国王乞援，卷土重来，希望二位戮力相助，否则我亦无颜回见国人了。”

二人都道：

“王子说得不错，胜负乃军家常事，希望援兵续至，再和敌人鏖战，为死者一洗军败之耻。我们情愿跟从王子努力作战，虽死不恨。”

于是汉宁自己写了一封给他父王的书，又差一心腹，跨着快马，赍书回国，要求国王再派大军前来增援。但是东蛮牛的援军尚没有到达时，林道乾已分军三路来攻雷林屯了。汉宁自忖此城坚守不住，遂弃城而走，退到自己边境洛里山下。那边山势险峻，有险可守，在高处扎下十数大营，以防林道乾的军队来攻。

东蛮牛国王闻得王子连遭败衄，吃惊不小，接到乞援之书后，连忙再派两员大将，一名昭赫多，一名梭伦，带领三千人马去援助汉宁，务要捍国土，勿使暹军反攻入境。汉宁接到这支援军，心中稍安，勇气也恢复了不少，遂在洛里山下列成阵势，等候林道乾人马到来厮杀。林道乾自居中坚，唐翱为左翼，魏南鲲、摩利哥为右翼，克复了雷林屯，暹罗失土尽行收回。接着进军东蛮牛国，强迫俘虏为导，前哨人马探得敌人情况，报告与林道乾知道。林道乾料知王子汉宁必做困兽之斗，自己不可不和他力战一番，只要除却此人，东蛮牛不足忧虑了。他遂吩咐左翼唐翱会同自己出战，而右翼魏南鲲、摩利哥二人率领轻卒八百名，每人手里各持一暹罗旗帜，乘自己的中军左翼和敌军酣斗之际，可以速即从小路抄在洛里山侧，乘其空虚，抢夺山隘，将旗帜一齐插于山头，绝其归路。魏南鲲、摩利哥奉令而去，林道乾又对唐翱道：

“此次我们和东蛮牛军交战，先须佯败，引诱他们来追，待到相当时候，听我放起号炮，然后猛力反攻。”

唐翱自然遵命，进至洛里山前，早见东蛮牛队伍整齐，列阵而待，他就首先横刀跃马而出。王子汉宁催动犀牛赶至阵上，一见林道乾怒火上冲，誓欲和林道乾一拼，叱咤一声，舞刀杀至。林道乾挥宝刀上前，又和汉宁狠斗，今天汉宁虎虎然、勃勃然出其全力，将大刀展开，左一刀右一刀地尽向林道乾要害剁劈。林道乾见他果然骁勇，自然也奋勇周旋，两柄刀上下翻飞，变成两道白光，闪闪霍霍。唐翱舞戟助战，昭赫多使开铁锤，梭伦摆动长枪，二人过来双战唐翱，穆立指挥部众掩杀过来。林道乾乘机虚晃一刀，回马便走，唐翱跟着同退。东蛮牛军奋力追杀上来，暹罗军和林道乾的部下纷纷倒退。王子汉宁究竟是有勇无谋，不知林道乾是诈败，所以当先追赶。林道乾见东蛮牛军追来，正中其意，暗暗欢喜，退至二十里外，放起一个号炮，忽和唐翱反身杀转，令部下儿郎用蛮语高声大呼："王子这回又中计了，洛里山已被我军所夺了。"王子汉宁见林道乾蓦地反攻，方知他们并非真败，又听了众人的喊声，心中大惑，急忙下令众兵士速退，蛮牛军无不忐忑动摇，重又退走。林道乾、唐翱驱众逼上。

汉宁等退至山下，果见洛里山上插满暹罗国的旗帜，果然被人家夺去了，心中大惊，又听一声炮响，魏南鲲和摩利哥从山上率众杀下，大喊："不要放走了王子汉宁，快快捉住'雄狮'汉宁!"两面夹攻，声势百倍。汉宁到了此时，虽然尚欲挣扎，而部众已是四散奔溃，乐发被唐翱一剑射落马鞍，踏为肉饼；昭赫多也已没入阵云，被林道乾一刀斩于马下。王子汉宁只和穆立、梭伦二人以及千百残卒杀出重围，逃奔自己都城而去。

林道乾遂占了洛里山，附近地方的蛮人都来归降，献上许多牛酒食物。林道乾要想使这战事早日解决，以便回海霞城去和他的妹妹交涉，所以得了洛里山，休息一天，立即向前推进。东蛮牛国本是土地偏小之国，连吃几次败仗，人心惶惶，不可终日。有几个大臣素和王子汉宁有些嫌隙的，趁此时候在国王面前责怪汉宁不当轻启战衅，致有今日兵临城下之祸。国王虽然爱他自己的儿子，然也不能袒护，只恨自己儿子不争气，不能战胜敌人，业已两次增加援兵，仍不能挽回颓势，反给人家长驱直入，这真是危急存亡之秋，断不容自己再爱护王子了。只苦国中兵士所剩不多，无可增援，京城也十分空虚，向民间征募时，人民也不肯应征从戎，而且谣言纷起，士卒们准备向暹军投降了。

当王子汉宁退到京城里时，拜见父王，要求添拨军队，让他再去交锋，保守京城。国王对他叹口气说道：

"你已在外损折了许多兵马，迭次败退，敌兵深入，人心摇动，二三大臣反对再战，将士馁怯，劝我投降暹国。再叫我把什么兵马拨付与你呢?"

汉宁听了这话，更是惭愧，回至营中，收集残卒，向他们勖助一番，要叫他们随他死守京城，谁知将士们大都垂头丧气，没有踊跃之状，而大将梭伦率领残众五百，先去林道乾军前投降了。汉宁更是大愤，自知人心已是涣散，其势难以再战。京城陷落即在目前，那么国家的倾覆都是他自己一人黩武之咎，百身莫赎，真是英雄末路，无面目见江东父老，痛心切齿，遂在这夜举刀自刎而死。穆立见王子已死，也随着他以身同殉，城中闻得这个消息，更见骚乱。

林道乾正催动人马向东蛮牛京城推进，一路夺得几处堡垒，势如摧枯拉朽。将近京城时，又见梭伦率部下来降，他知道东蛮牛将士离心，势难再抗，凭着王子汉宁一人之力也难支撑此危局了，心中怎不欢喜？遂把梭伦及其部下全体收纳，编入自己队伍，抚慰备至。梭伦自愿引导大军攻下东蛮牛京城，林道乾便叫唐翱和他一起为先锋，火速进攻，又叫左右把俘虏邱默林解上帐来。林道乾亲解其缚，把王子汉宁兵败自戕，以及梭伦归降，兵薄国都等事一一告知他，劝他归降自己。这也因为林道乾为了他部下孙天禄已死，突将无前，正在需才孔亟之秋，而邱默林的勇敢业已见过，深爱其人，所以用这种笼络的方法去收服他的心。邱默林见林道乾待他很有礼貌，况自己的故主汉宁已死，自己也无去处，遂表示愿降。林道乾大喜，叫魏南鲲和他一起引军出发。

那唐翱到了东蛮牛京城郊外，便将梭伦的降军调在前阵，自己在后监视着，摆起战鼓，到城下挑战，且令东蛮牛的降卒向城上大呼劝降。东蛮牛国王既痛爱子身殉，又忧国兵惨败，到了兵临城下之势，自己缺乏勇气去抵抗敌人。何况梭伦又去投降了敌人到城下来叫降，城上守兵更形动摇。有几个老臣素来不主战的，一齐去见国王，要求国王早竖降幡，投降敌人，免得生灵涂炭，社稷倾覆。国王没奈何，遂差一位老臣赍着降表到林道乾营中去乞降，同时早在城上插起白旗，要求停战。唐翱见城上已竖白旗，知道东蛮牛国无力挣扎，已不得不屈服了，便叫儿郎们停止进攻。

东蛮牛赍降书的老臣名唤利恩哥，他带着两个侍从，骑马出城时，梭伦认得，便介绍与唐翱相见，又引导他到大营去拜见林道乾。林道乾听得东蛮牛国王差国中老臣来送降书，自然不胜喜欢，连忙通知暹罗的主将摩利哥，以及浡尼将领赫特，一齐会见，陈设兵卫，军威甚张。利恩哥瞧着林道乾的军容和威仪，早吓得战战兢兢，如临深渊，匍匐向前，不敢仰视，左右代他呈上降书。林道乾先接在手里，看了一遍，有些字还有不识，遂和摩利哥一同读毕，商量数语，准其投降议和。但林道乾因为这本是东蛮牛和暹罗两国间的纠纷，自己是客军，究属不便擅自做主，遂叫利恩哥回去，答复国王，此间可以暂时停止进攻，一面由东蛮牛派出代表，随同暹将摩利哥赶回曼谷，进谒暹罗国王，商议和约之事。

利恩哥拜谢而去，报告与东蛮牛国王知道，遂又加派二位大臣，陪同利恩哥舁送许多宝物，先到大营来，随同摩利哥到京城去谒见暹罗国王，进行和议。林道乾在东蛮牛京城外驻军休息，闲着无事，天天和唐翱、魏南鲲等到山中去行猎，消遣永昼。东蛮牛国王又遣人时时致送食物，犒赏林道乾部下三军。

那利恩哥等三人跟着摩利哥兼程并进，到了曼谷，由摩利哥引他们去拜见国王。暹罗国王阿布敦早已得知消息，心中说不出的快活，立刻上朝引见，先由摩利哥进见，将战事经过继陈一遍，并告东蛮牛国乞和纳降之意。阿布敦欣然道：

“汉宁已死，我们暹人可以高枕无忧了，将军和浡尼救兵之功，永难忘。”

摩利哥又将林道乾设计破敌，进入东蛮牛国境的胜利详情觍缕奉禀，阿布敦赞美林道乾不止，于是召见利恩哥等三人。利恩哥参拜毕，呈上降书，献上珍宝，恳切陈词，把一切殃咎都诿在王子汉宁身上，要求暹罗国王允许他们媾和。阿布敦本来无意于战争，现在倚赖了他人相助之力，侥幸击败敌人，他已是心满意足了，岂有不允之理？当时即许东蛮牛讲和，两国各自戢兵，愿意把暹罗军队退出东蛮牛的国境，只要东蛮牛把边境接近吉莫诃三十里土壤割归暹罗，每年进贡银十万两就得了。这条件并不苛刻，东蛮牛国在这个时候当然遵命，便是再严厉一些，也只有答应。利恩哥等谢恩退出，暹罗国王命人招待，在曼谷逗留一夜，次日便回去复命。阿布敦遂委任摩利哥收兵划界，并要请浡尼主将和林道乾到曼谷一叙，让自己表示谢意，兼犒三军。

摩利哥奉了国王的命令，陪着利恩哥等遄返东蛮牛。利恩哥回去报告国王，国王深感暹罗条件宽大，不咎既往，当然遵守和议，即派利恩哥办理割地划界之事，如何去和摩利哥接洽，又送了许多珍重礼物与林道乾。林道乾遂约束三军，徐徐退出东蛮牛国境，一路秋毫无犯，东蛮牛人民都来欢送。一到暹罗境内，暹人都箪食壶浆以迎，这更使林道乾、魏南鲲等心里得到满意。此次出兵援暹，总算达到了成功，威震蛮夷，林道乾三字大名洋溢于暹人的口中、耳中，这真是荣誉之事。然而林道乾为着他妹妹二姑杀了孙天禄，占据海霞城，这事也须待自己回去和她讲个明白，好好解决。所以他驻扎在吉莫诃城，等候摩利哥和利恩哥划好两国边境以后，便要回去。摩利哥遂把国王阿布敦的意思告知林道乾，再三邀请他到曼谷去一聚，让国王当面致谢。唐翱、魏南鲲等也都在林道乾面前怂恿他们的军队大可前往暹京曼谷观光一番，也使暹王瞧瞧自己的军容。林道乾的心里当然也有数分愿意的，其势不得不去，遂应许摩利哥，决往京中去参谒国王，告知赫特同往。先在林爱山下检点众儿郎，梭伦的一部兵丁因为不愿再回京城，倒愿意跟随林道乾，所以林道乾别编一队，即命梭伦、邱默林二人率领，当着三军面前告诫一番，然后随着摩利哥的暹军徐徐向曼谷进发。摩利哥早差部下飞骑入京，禀知国王。阿布敦闻林道乾兵马将至，遂召集许多文武大臣筹备祝捷及欢迎大会，在暹京城外盖搭起三座又高又大的彩牌楼，悬灯挂旗，十分热闹。暹京人民家家门前也悬起两盏黄色的灯笼，宫门前搭起鼓乐棚，召集乐人预备到时奏乐，专候林道乾到来。

那天摩利哥率领暹罗本国的军队先开回京城，人民万众欢迎，放起扑通通九声大炮，鼓乐棚上奏起凯旋之乐，各人心里都是说不出欢喜。此次反败为胜，保全了国土，可称喜出望外，大家高声欢呼暹罗万岁，国王万岁。阿布敦接见摩利哥，亲自酌酒慰劳，吩咐把军队散开去驻扎，等候赏功。接着林道乾率领部下健儿也行至曼谷，先头部队由唐翱、魏南鲲统带，都是挑选的精锐，步伐整齐，姿态雄武，旌旗飘飘，戈矛闪闪，其次是赫特所率的浡尼兵。暹人瞧见了这般军容，无一不夸赞惊异。林道乾带着梭伦、邱默林、字丁等在后，他自己全副戎装，额上缠着黄色的帛，腰佩宝刀，骑上一头犀牛，就是王子汉宁所骑的。东蛮牛国王因为爱子已死，不欲保留，特地赠送与他的，格外见得雄壮威武。而窦梨银公主坐着朱轮朱毂，外垂锦帷，驾有四匹骏马，朱幩镳镳，鸾声哕哕，两旁拥着许多武装卫士，护从如云。观众人民夹道停立，延颈跂足，都要一瞻这位异国英雄的丰采。且闻有浡尼美人窦梨银公主同来，所以看的人益发人山人海，多得无以复加了。林道乾坐着犀牛，缓缓而行，背后便是窦梨银公主的香车，在万人面前经过。城门口又放起九声大炮，暹罗文武官员以及僧侣们随着摩利哥将军，早在彩牌楼下恭候。摩利哥将军导引众官员和林道乾行过礼后，他自己也跨着骏马，招待林道乾等向王宫进发，至于林道乾部队也有摩利哥派定几员裨将招引到城中别地方去休憩。

林道乾等进城后，人民高声欢呼，纷纷将纸彩和鲜花抛到他们的马上和车上来，一路鼓乐之声不绝于耳。行至王宫前，暹罗国王阿布敦的警卫队，由蒙汉吉将军统率，如雁行般排在两旁，对着林道乾行敬礼。阿布敦在众侍从翊卫中，和几位国戚以及太子裘列痕，亲出宫门迎候。摩利哥早已下马，林道乾也慌忙跳下犀牛，晋谒国王，摩利哥在一边介绍，林道乾见暹罗国王相貌十分和善，年纪也有五旬以外，面带笑容，一些儿没有蛮夷犷悍之气。阿布敦见林道乾果然气宇不凡，中华豪杰与众不同，不觉油然起敬。窦梨银公主也由左右扶下香车，阿布敦知是浡尼国王的女儿，又是林道乾的爱妻，自然不胜欢迎，引导至光明殿上。正中早安排着三桌丰盛的筵席，华灯照眼，异香扑鼻。国王阿布敦请林道乾和窦梨银公主在正中一桌上坐下，自和太子裘列痕相陪；又请赫特、唐翱、魏南鲲、孛丁、梭伦、邱默林等诸将入宫欢宴，由摩利哥将军、蒙汉吉将军以及数位国戚、数位大臣，以及僧侣们相陪，分开坐在两边的酒席上。象箸玉杯，山珍海味，非常富丽堂皇。斟过酒后，阿布敦向林道乾、赫特等致谢仗义救援之德，愿永结兄弟之好，林道乾亦谦逊数语，说：

“这是见义勇为之事，不足挂齿。”

阿布敦又因窦梨银公主无人陪伴，便叫左右请公主狄丽安出见，且叫宫中女乐出来侑酒。一会儿，香风阵阵，翠扇摇摇，那位狄丽安公主由众宫女簇拥着，从云屏后走出，全身绛色，艳丽如仙，若和窦梨银公主相较，宛如江东二乔，一样妍丽。阿布敦介绍她和林道乾夫妇相见，一同坐下。阿布敦又指着狄丽安公主对林道乾说道：

“此次两国战争起因，都是为了我的女儿。东蛮牛的王子汉宁觊觎我女的美容，先遣人来向我乞婚，我因他性情粗暴，喜欢杀人，不是我女儿的匹偶，所以决然回绝，谁知竟触怒了他，兴兵来侵犯我国的土地。我国将士久未作战，连连败北，不得已始向浡尼国王乞援，幸蒙浡尼国王转请林壮士来救助，才有今日的胜利，都是出于林壮士之赐，否则我国难免受其侵犯，而我的女儿亦难免了。”

林道乾道：

“公主美丽无双，所以蛮人生了妄想，现在雄师到到，蛮牛慑服，国王也可以高枕无忧。”

阿布说道：

“这全赖壮士的威力呢!”

说话时，宫中女乐已鱼贯而出，计有美女二十人，大家穿着五彩的罗绮，手中各执乐器，走至筵前，向国王盈盈下拜后，国王吩咐奏乐。诸女依次排列，奏起音乐来，虽然异国之乐，也甚悦耳。奏过一曲，国王又命狄丽安公主跳舞，以娱嘉宾，公主含笑而起，在筵前当众而舞，有四个宫女掌着明灯，随她同舞，翩翩跹跹，如穿花蛱蝶，更是好看煞人。林道乾凝视着狄丽安公主的倩影，暗想：如此明艳，连窦梨银公主也几乎减色，无怪王子汉宁为了她不惜倾全国之师来夺取美人了，美人竟为祸水，害了许多将士们骨暴沙砾，这真是从哪里说起呢？他正在出神地思想，乐声忽止，狄丽安公主跳舞已毕，仍旧走回她的原座。林道乾和窦梨银公主都举杯相贺，赞美公主的舞姿出色，众人尽量欢饮。

天色已晚，空中的灯烛更是明亮，一道一道的佳肴进个不完，外边锣鼓声喧，人民正在街上庆祝胜利，放着各色的烟火，燃着各色的明灯，真是火树银花，城开不夜，热闹得异乎寻常，暹罗在近年以来罕有见过这种举国狂欢的气象呢。等到酒阑席散时，林道乾等辞别了国王，自有摩利哥将军招待到客邸中去安睡。至于林道乾的部下，一半驻在城外，一半驻在城内，各有酒肉赏赐，大喝大嚼。

次日，阿布敦又设宴相请，并备不少珍宝和金银，奉赠与林道乾，并托赫特代呈浡尼国王，而林道乾和赫特的部下各有金银犒赏，暹罗的僧侣又公请林道乾在一处大寺院里吃素斋，为林道乾部下已死的儿郎唪经追荐，且为林道乾和浡尼国祝福，这样，林道乾在曼谷大受暹罗人民欢迎，一连三日，饮宴无间，极尽豪兴。但林道乾因为林二姑占据了海霞城，好像有一件心事悬挂胸头，未曾解决，遂在第四天上要告辞回去，阿布敦留他不住，又设宴饯行，吩咐摩利哥率三百暹兵相送至边境。

林道乾和赫特整队凯旋，一路自有暹人供给粮秣饮食。回至浡尼京城，浡尼国王接着，又在北大年应国王欢宴，逗留一天，然后率领自己的部队以及新编的东蛮牛降卒启程回转海霞。他恐林二姑不肯交出海霞城，遂叫唐翱先去见他的妹妹，探问口气。唐翱奉命，带了四名儿郎，驰至海霞，只见城上已有守备，城门紧闭，只得在城下向城上叫唤。这时候，林二姑已探得林道乾得胜了东蛮牛，奏凯而还，暗想她的哥哥对于她诛杀孙天禄的事能否同情，而自己要求他早和窦梨银公主分离，这一件事情也不知可能得到他的应许呢，自己却先守住这海霞城再说。等到她听得城下有人叫唤，便自己登陴察视，见了唐翱，便问道：

“唐壮士，你们回来了吗？我哥哥在哪里？叫他前来见我。”

唐翱开口答应道：

“二姑娘请你开一开城门，放我入内，有话面谈可好？”

林二姑见唐翱身边没有几个人，遂点头答应，叫部下儿郎开了城门，放唐翱进来。唐翱入城，见了林二姑，便将他们如何破敌之事约略奉告，并说此来奉林道乾之命，要请二姑娘速即将海霞城让还，部下儿郎退出海霞，在船上听命，然后他可以和二姑娘面谈一切，去除误会。林二姑冷笑一声道：

“他叫我退出海霞城吗？虽我此来的目的并非在于夺我哥哥的土地，但他为什么不直接对于我的请求表示许可不许可？孙天禄既已授首，虽料我哥哥未必满意，以为我杀害了他麾下的大将，然我为复仇计，也顾不得一切。还有一件事，我要求他早早和窦梨银公主分开，他为什么没有答复？而要我先退出海霞，你知道他能不能答应我的条件吗？”

唐翱道：

“答应不答应，我却难说，但我瞧林头领和窦梨银公主恩爱无比，同出同进，正是锡糖一般的甜蜜，他怎肯听从二姑娘的说话，而和公主脱离呢？这件事在我看来，是万万办不到的。”

林二姑听说，不由面色一沉道：

"他都办不到而要我都办到吗？那么要我退出海霞，没有这样容易的事。唐壮士，你叫他自己来见我吧，我和你没有什么别的话可说了。"

唐翱见林二姑说得这样斩钉截铁，有心要占住海霞，和她哥哥为难，自己也就不便和她争执，只得告辞出城。回营见了林道乾，以实而告，林道乾听了唐翱的报告，更觉踌躇，暗想：二姑竟这样执拗吗？她既已代李安涛复仇，只要我不问她擅杀孙天禄之罪，她就应该退出海霞，听我的指挥，否则和我相见之后，也可回到她自己的地方去。现在占据了海霞，还要强逼我和窦梨银公主分离，这件事逼人太甚，叫我怎能答应她的请求呢？虽然这也是出于她的好意，然我和公主相爱情深，一日不可分离，万难听从她的说话，况且公主确是一心爱我，没有异志，她怎可武断一切，干预人家夫妇间的事情呢？难道我明晓窦梨银公主的心肠反而不及她知之深吗？二姑也太任性行事了，如今我得胜回来，而海霞被占，岂能置之不理？至于同室操戈，又岂是我心所愿？唉！二姑二姑，我原谅你的，你竟不能原谅我吗？林道乾想来想去，没有善策，只得自去城下见林二姑讲话。

林二姑拒绝了唐翱，知道林道乾不肯甘休，必要再来，也许触恼了自己的哥哥，说不定兵戎相见，便叫戴大荣、陆海龙二人留心准备，她自己仍在城楼上侦察林道乾可要率儿郎即来攻城。隔得不多时候，果然林道乾率一百儿郎来城下叫林二姑和他答话。她见了林道乾，先开口说道：

"哥哥，你回来了，很好，我杀了孙天禄，你恨我吗？但我自问这件事做得天公地道，没有一些不合。孙天禄放冷箭射死了李安涛，鬼蜮伎俩，神人同愤，我杀了孙天禄，也是代我丈夫复仇，哥哥也能派我不是吗？"

林道乾大声说道：

"这件事已过去了，不要谈他，孙天禄当然也有不是之处，我也不必代他说话。但你何以待我出师回来的时候，竟不肯让出海霞城呢？这又是什么用意？我们是手足，不要因此伤了和气，你何不放我们回城，有话可以从容面商。"

林二姑道：

“哥哥，我已有书函请你，你能不能答应我的要求呢？如若能够早日和窦梨银公主断绝关系，我当解甲而退，否则……”

林道乾听了这话，不等林二姑说完，早开口道：

“你对于我的要求，太严重而逾越范围了，窦梨银公主的事，你不及我知之深，我自会处置，请你不必多费心思。如若顾念手足情深，你快快开了城门，放我们进来，把海霞依旧交还于我，方显得你心地光明，别的事都可以谈了。”

林二姑冷笑一声道：

“我有什么不光明呢？请你想想吧，有人来行刺你，你也不防的，若非我来救助，你还有今天吗？为什么自己人不相信，反相信外边人呢？你若能听我的话，我立刻便把海霞交出，如其不然，我是不肯轻易退出的了。”

林道乾听二姑这样说，知道她坚持到底，非唇舌所可说动，不由心中也有些愠怒，遂又对二姑说道：

“妹妹，你不要以为杀了孙天禄，天下无敌，而傲视他人。我并不是没有能力来夺回海霞，只因你我二人究竟是同胞兄妹，何苦为了一些小事而起争执？所以一再和你商量，你不要坚执着你的意思，也应该尊重他人的意思才好。你杀了孙天禄，我不责问你，何等宽大？若再纵容你占据我的地方，我虽欲不问，其如我部下儿郎，啧有烦言，都要说我林道乾怕一女子，太私心，也太没用了。”

林二姑道：

“我杀孙天禄是昭雪我夫之仇，自问无罪的，本来你也不应该纵容孙天禄一再害人，反说纵容我吗？哥哥部下如有不以为然，要代孙天禄复仇的尽管向我算账是了，你也不要相护你的妹妹。”

不料这句话就演成了大错，因为在林道乾所带的儿郎中间有一个姓薛的，是孙天禄亲信的人，孙天禄以前搭救过他，孙天禄的被杀，他本就痛恨二姑，只为自己没有能力，隐忍不发，现在随着林道乾在城下答话，立在一旁，听了林二姑这些话，再也忍耐不住，立即张弓拈矢，向林二姑暗放一支冷箭。林二姑正和她哥哥讲话，没防到这么一着，急闻张弦声响，一箭已向她面门射来，说声不好，连忙将头一偏，那箭恰从她的耳旁拂过，耳朵上擦去了一些皮，却射死了站在她背后的一个小卒。林二姑顿时大怒，说道：

“我好好和你讲话，你却指使部下暗放冷箭，效法那死鬼的行为，真的要代孙天禄复仇，而不顾兄妹情谊吗？好，我也不是个怯弱之辈，你有本领的尽管攻城就是了。”

便叫部下放箭，城上立刻飞下许多乱箭。林道乾正要和二姑分辩，无奈箭已猬集，只得回身退走。回到营中，按问放箭的人，姓薛的自承不讳。林道乾大怒道：

“没有得到我的命令，擅自放箭，扰乱我的事情，罪在不赦。”

即刻吩咐左右把姓薛的推出营去斩首示众。一会儿，一颗血淋淋的人头早已献上，林道乾便令挂在营门，余怒未息。魏南鲲、唐翱等来问询，林道乾把谈话的经过告诉了他们，二人都面面相觑，不能说什么话。林道乾也知他们为了林二姑和自己是兄妹，所以不便参加意见，遂对二人说道：

“二姑如此执拗，我也奈何她不得，且静待她一天，倘然她一定不肯交还这城池，我也只好动兵了，请你们去吩咐众儿郎暂时按兵不动。”

魏、唐二人见他们兄妹已有意见，也不便发表主张，且知二姑逼人太甚，虽有仪秦之舌，也难劝解，只有坐视其变化了，一齐退去。林道乾心中闷闷无可告诉，回至后帐，见窦梨银公主席地而坐，身体侧转着，在他进帐时也不过来招呼，背转娇颜，不睬不理，他就走近公主娇躯，抚摸着她的香肩说道：

“今天你怎么样？”

公主不答。林道乾知道她也在那里有不欢的情绪，便叹了一口气说道：

“我心里很觉气闷，你不来安慰我，难道恼我吗？恨我吗？”

窦梨银公主仍不回过脸来，却从鼻子里哼了一声道：

“你把我杀了，或是驱逐至别地方去，你才快乐呢！不要为了我一人之故，而使你们兄妹闹意见，异国之人不可亲近的，是不是？”

原来，林二姑要逼她哥哥和窦梨银公主分离的事，已渐渐传遍开来，公主也听在耳中，怎样不着恼呢？林道乾知这事瞒不过，只得直言相告，且说林二姑所以起疑，也因前番闹了刺客的事。窦梨银公主陡地回转脸来，玉容生嗔，对林道乾说道：

“你杀了我吧！否则早晚我要刺死你的，你不害怕吗？”

林道乾道：

“你不要这样，我早相信你对于我是真心一意，我哪里舍得和你分离？又哪里敢杀你？我绝不听从妹妹的话，你放心吧！”

林道乾再三向她劝慰，但是窦梨银公主却不肯默尔而息，一会儿怒，一会儿悲，甚至涕泗颊，饮食不进。林道乾更觉气闷异常，说来说去，总不能使公主回嗔作喜，转忧为乐，于是他格外恼怒林二姑了。起初他尚顾念到同胞的关系，对于二姑始终原谅她的，现在他就觉得林二姑有意和自己捣乱拆散自己的姻缘，这件事碍难答应，且觉二姑如此行为，几近骄横，自己若无方法对付，将来部下别的人也可援照此例，群相效尤，向我提出什么要求来了，我还能统御他人吗？于是他为维持自己尊严计，对于林二姑再也不能宽容曲徇了，昏昏沉沉地在营中睡了一夜，窦梨银公主别睡一头，一变平日小鸟投怀的情态。次日起身，林道乾闷着一肚皮的气，要想把此事如何解决，差人前去探望海霞的动静，回来报告说，城门仍是紧闭，城上遍插旌旗，戒备甚严。他知道他的妹妹真个假戏真唱，有心和自己对叠了，不由叹口气道：

“二姑二姑，你何苦如此？杀了孙天禄还不满意吗？如此行径，不仅是为安涛复仇，却是要来和我争霸南洋了。”

他遂决定要和他妹妹决战一场，若能把她击败，也许她方肯歇手，但自己究不便和二姑交手，遂命唐翱率领二百儿郎攻城，魏南鲲在后接应，看二姑怎样对付。唐翱奉了命令，跨上战马，挺着画戟，督率儿郎去攻海霞。

那林二姑被姓薛的放了一支冷箭，虽没有受人暗算，而她总疑心是她哥哥授意放的，幸亏自己避得快，未为安涛之续，因此她就恨起林道乾来了，益发不肯交还海霞城，吩咐戴大荣、陆海龙小心守城，不许有失，自己击败了林道乾，也可称雄于南洋，安见巾帼勿如须眉呢？

次日早晨，她饱餐毕，正坐在林道乾的邸中，默思自己和林道乾同胞兄妹，本无恶感，想不到为了他人之故而发生嫌隙，他要我交还海霞城，但他不肯听从我言，我的目的依然没有达到，当然没有这样容易。昨日两下交谈之时，忽又暗放冷箭，那么他对于我先没有了手足之情，自然我也不能轻恕他了，现在看他究竟要不要来攻城。她正在思想的当儿，城上的守卒来报林道乾来攻海霞了，她连忙挟着双刀，跑至城楼上，向下面一看，正是唐翱指挥众儿郎攻城。她是个好胜的女子，便对唐翱说道：

“你叫我哥哥来攻打，何必你们动手？受了损伤，莫怪无情。”

唐翱对她笑嘻嘻地说道：

“我是奉命来攻城的，不得不惊动二姑娘，以前二姑娘杀了孙天禄，我们都惊叹二姑娘的本领真高强，怎肯和二姑娘交手？这也是军令，不敢违背，二姑娘休要错怪，我唐翱虽是技劣，却愿领教。”

林二姑听唐翱这般说，她素不肯在人前服输的，遂冷笑一声道：

“你既要领教，我就与你周旋一下也好。”

便叫左右牵过一匹白马，自己仍穿着缟衣素裳，走下城头，率领二百儿郎开门出战，命戴大荣代自己压阵。唐翱早已横戟伫侍，见林二姑一马飞至，双刀如雪，劈向自己的马头，也就举戟相迎，交上了手。便觉得林二姑的本领果然不弱于她的哥哥，而勇锐之气更是咄咄逼人，两把刀使得紧急酣快，一点儿没有破绽，无怪孙天禄会死于她手里了。唐翱奋发精神，和二姑力战到五十余合，不分胜负，林二姑愈战愈勇。唐翱暗想：这次的交战是特别的，他们终是兄妹，不见得真的变成仇雠，自己何必太认真呢？这样一想，他手里的画戟渐渐松懈下来了，然而林二姑的双刀却直上直下地尽向唐翱猛砍，唐翱遂虚晃一戟，回马退走。林二姑将马一拍，追上前去，唐翱跑了一段路，回头见林二姑紧追不舍，便将戟挂在雕鞍，抽弓拈矢，回身要射二姑，但是一转念间，我若射死二姑，对于林道乾面上未免过不去，他们兄妹因为一时的误会，将来必要后悔，也许会得言归于好，我若射死了她，那么林道乾日后想念他的妹妹，便要怪我的手太毒辣了，不如稍给她一点儿颜色，使她知道我的厉害也够了，何必要伤她的命呢？于是他就一箭飞出，直奔二姑的肩头，林二姑听得弓弦响，知道又有箭来，把双刀向外一拦，那箭正射在刀上，铮的一声，激落到旁边草地上去了。二姑击落了一箭，不料唐翱第二支箭又到，正中她的马头，那马狂跳一下，竟把林二姑一个翻身，掀落马上，幸亏戴大荣自后赶上，救起林二姑，退入海霞城之中。唐翱也没有乘势追杀，等到林二姑等退入城中后，依旧向城上进攻，陆海龙率众抵御，唐翱攻了一会儿，见儿郎们有些力乏，遂收兵而退，将阵上的情形告知林道乾，林道乾顿足说道：

"可惜有此机会，你何不将舍妹擒来，趁势夺了海霞，看她还能倔强吗？"

唐翱不便说什么，只说是是。林道乾因此一心要想怎样把二姑捉住，然后用好话和她说，软化她的心，消除彼此的隔膜，他想了多时，以为平常诱敌之计恐怕他妹妹不会上当，于是他就想着了一条计策，把魏南鲲、唐翱、孛丁、梭伦、邱默林等诸人传唤入帐，暗暗授以策略，照计行事，大家自然都去准备。

次日，林二姑在城上督率儿郎们守城，忽见城下有一队蛮兵徐徐向这里开来，孛丁持戈在前，簇拥着一辆香车，旗幡飘飘。二姑凝眸看时，只见车子上坐着的乃是窦梨银公主，却不见林道乾的影子，她不由心中奇怪，暗忖：公主不谙武术，她自己赶来作甚？一时摸不着头脑，只得静静地冷眼观看，一会儿，窦梨银公主的香车已停在城脚下，窦梨银公主这时已学会了汉语，所以她就开口对林二姑说道：

"二姑娘，你和孙天禄有仇隙，但是我和你却应无什么积嫌，你既已杀了孙天禄，大仇已报，为什么占住这城池，不让我们回来，且要拆散我们夫妇，和我苦苦作对？须知我和你哥哥彼此真心相爱，岂是你可以离间的？你哥哥不忍与你自相残杀，所以由我前来劝你，还是把城池还给我们，自然彼此一家，没有芥蒂，你哥哥也能原谅你的。否则，我自己要来攻城了，料你兵力有限，怎能坚守？还是早早降心相从的好，你能听我的话吗？如其不然，我要攻城了，不要太轻视我。"

林二姑听了窦梨银公主话，不由勃然说道：

"我哥哥不肯听我的话，便宜了这妖妇，他自己不来，却叫你来干什么？你只会狐媚蛊惑，难得也会攻城吗？真是笑话！"

窦梨银公主听了林二姑的话，怒容满面，指着二姑说道：

"你说这些话太藐视人家了，你哥哥不与你计较，我自然也会攻城。"

遂将玉臂一挥，众蛮兵立即上前攻城。林二姑大怒，以为自己要叫林道乾和公主分离，而林道乾偏叫窦梨银公主来攻城，这不是有意惹怒自己吗？不如自己开城出去，捉住了窦梨银公主，看我哥哥又怎样？我也可一刀杀却了，斩除祸根，然后和我哥哥讲和休战，交还他海霞城，一切都好谈了。林二姑这样一想，决定自己出城去擒捉窦梨银公主，遂吩咐陆海龙随自己出战，戴大荣守城，带了二百儿郎，开了城门，冲出城来。李丁和众蛮兵见林二姑出战，连忙保护着窦梨银公主向后退走，林二姑哪里肯舍？紧紧追来，窦梨银公主的香车只顾后退，二姑将要追上时，旁边山坳里锣鸣鼓响，冲出一队人来，正是唐翱。林二姑见了唐翱，突然一怔，自思莫要莽撞穷追，中了他人之计，勒住马头，正欲回去，唐翱对她带笑说道：

"二姑娘，昨天一箭便宜了你，这是我有心不要射你啊，你休要逼人太甚，我奉林头领之命，保护窦梨银公主，你若再要追赶，莫怪我箭不饶人了。"

林二姑听了他的说话，不觉又激动了她的怒气，遂把刀指着唐翱说道：

"你休要暗放冷箭，尽可放出真实本领，和我酣战一百合，要逃的不算好汉。"

唐翱说一声好，舞开画戟，接住林二姑，两下狠斗起来。约莫斗到五十合以上，唐翱力乏，将画戟向林二姑脸上虚刺一下，拨转马头便逃，且说道：

"休要追赶。"

林二姑给他说了这句话，若不追赶，反被他笑自己胆小，恐要中箭，故不敢追，且见窦梨银公主的香车尚在前面，可以追及，所以她不能顾虑到别的，率众追杀上来。陆海龙在后当然也随着同追，林二姑一边追，一边留心防备着唐翱的箭，而唐翱并不放箭，只保护着窦梨银公主的香车，向前面山径中奔逃。林二姑一心要擒住窦梨银公主，一马当先，飞也似的追赶，看看左面有一丛榕树的林子，窦梨银公主一伙人逃入林中去了。照理追逐逃亡，遇林而止，可是二姑恃勇轻进，不舍得放过窦梨银公主，所以率众追入林中。等她进了林子，却不见窦梨银公主等踪迹，她心里也有些狐疑，便叫陆海龙分领一半儿郎留在林外，一面穿林而走，一面留心侦察，瞧见前面正有十数蛮人推着一辆车子在林子西首悄悄地过去，不是窦梨银公主的香车还有谁呢？唐翱也不在旁，她心中欢喜，以为机会到了，纵马追上前去，越追越近，见那香车已推进前面一个山谷，此刻相隔不过数十步，不难手到擒拿，加鞭追去，跟着进了山谷。谷中有许多猴枣树，树下一辆香车停在那里，蛮兵四散逃开。林二姑大喜，以为窦梨银公主已到了绝地，追到车子前，细细一看，不由喊了声“哎呀”，大为惊愕。原来这车上只有树枝扎成的一个人形，外披公主的衣服，窦梨银公主的本身却不知到哪里去了，此时林二姑知道中计，忽听谷上一声呐喊，谷中口滚下许多木石，将她的后路截断，欲出不得。山上众儿郎旌旗招展，四面都有伏兵，齐声大呼：“二姑娘快快让出海霞城，听候林头领做主。”林二姑大怒，跃马挥刀，要想冲上山去，山上却放下乱箭，慌忙挥刀护住身体，坐下马已被射倒，又听山上儿郎高声喊道：

“林头领已遣魏头领收复了海霞了，令二姑娘快快停止战斗，放下兵器，好好等候林头领到来，听林头领主张。”

林二姑听了这话，怒气填胸，却又身陷绝地，冲突不出，变成进退维谷之势。在这时候，林道乾忽在对面悬崖显现，向下面的林二姑大声说道：

“二姑，你不能怪我无情，实在是你迫人太甚了，我不能听从你的话，海霞也被我取回了。我和你究竟是兄妹，你现在若能不反对我，肯听我的话时，我可以令儿郎将谷口木石搬开，好让你出来，否则我也不能顾及你了，请你三思为要。”

林二姑听了她哥哥的话，异常羞愤，自怪一时好勇轻进，以致中伏，后路截断，听他们说的话，海霞城大概已失去了，那么我还有什么面目见人？我是个女中豪杰，岂肯觍颜屈服，贪生怕死，给部下儿郎嗤笑？我哥哥既然为美色所迷，不肯听从我的话，我又何能听他的话？好在此行我已代安涛复仇，安涛地下有知，亦当瞑目。安涛已死，我也绝少生趣，不如相从他于九泉吧！林二姑遂抛去双刀，从腰间解下罗带，系在一株猴枣树上，竟投缳自尽。这又岂是林道乾料及的呢？

第二十八回

毒蛇胡虐倩女离魂
邻使慰情异邦入赘

林道乾把窦梨银公主为饵，设下埋伏，诱引林二姑中计。果然林二姑一心要擒窦梨银公主，不揣虚实，鲁莽轻进。等到她追入林中时，公主的香车早已从小径上逃去，另换了一辆假的，哄骗二姑追进谷中去，截断后路，促使二姑投降。至于留在林外的陆海龙方在守候瞭望，忽然唐翱又从林子里杀了出来，弄得他不明不白，只得挥众抵御。背后鼓声大震，邱默林引着一队蛮兵又掩杀上来。陆海龙两面受敌，又不见林二姑，心里格外慌张，早被唐翱一箭射下马来，乱兵踢死，手下儿郎一齐覆没。林道乾却在山壁上寻找二姑，希望她气势稍戢，能够软化，所以对她说了几句话，哪里知道二姑倔强到底，不肯服从她的哥哥，竟缢死在猴枣树下呢？

林道乾等候良久，不见二姑动静，遂指挥儿郎将木石搬开，自己和唐翱等入谷去找寻二姑，一见林二姑的死尸挂在树枝上，大吃一惊，连忙把她解下，但是四肢已冰，芳魂渺渺，已是不能复生了。林道乾兄妹之情不能无动，抚尸大哭，只得命人舁着尸体，回海霞城去。

原来，林道乾早已派定魏南鲲、梭伦率领四百名儿郎，伏在近处，等林二姑追赶窦梨银公主的香车时他们便直攻城垣，扬言林二姑已被生擒，散乱城中的军心。戴大荣虽然坚守不退，可是部下军心已懈，守御不力，魏南鲲已乘势杀上城头，戴大荣手舞大刀和魏南鲲作死战，果然勇猛，魏南鲲一心要想擒住他，好劝他归降。此时城门已被魏南鲲部下斩开，众人一拥而进，立刻克复了海霞。林二姑的部下死的死，降的降，散去了不少，戴大荣在城头苦战，一看四面都是林道乾的儿郎，将他密密围住，自己人差不多没有了，知道不免。魏南鲲对他说道：

“我看你还是好好地归降吧，我们本来都是自己人，何必要同室操戈？他们兄妹俩为了一些嫌隙，彼此误会，以致引起这场不祥的战争。以我看来，还是罢得的，你就是战死，也不算忠义啊！”

戴大荣听了这话，心里动了一动，于是他不再死战了，放下大刀，随着魏南鲲去，剩余的部下也就一起归降。魏南鲲遂出示安慰人民，且派人传达消息，迎接林道乾入城。林道乾一则以喜，一则以悲，收集部队，开拔入城，所可憾的是他妹妹已魂归地府，再不能一同在异域干事业了，这是他最痛心的事。他实在想不到会有如此的结果，且使他想起当年同患难的张琏、林凤等众人，自从在苏婆腊岛战败分散后，彼此分居一方，不知何时可得聚首，现在心腹之交只有魏南鲲一人在此了。所以他虽然凯旋回来，而一毫没有快乐，反充满着感伤的情绪。窦梨银公主依然柔情似蜜，言笑尽欢，哪里体会到林道乾内心的郁悒呢？他把守城之责托给魏南鲲，仍叫唐翱去守五云山，自己却购置最好的上等棺木，把林二姑遗体丰盛收殓，便葬在海霞城外李安涛的墓上，符合着生则同室，死则同穴之意，又因自己不工文字，便在许多华侨中间觅得一位较能为文的士人，撰一碑志，建立在墓上，纪念他的妹妹，可惜那里的华侨大都是工商界，那学术稍深的人实在难得。林道乾的部下又都是武夫，所以这篇文章也写得不甚高明了。

林道乾既葬二姑，当在魏南鲲面前深自懊悔。魏南鲲只得用话解劝，希望他不要因此灰心，仍当打叠起精神，达到南来的目的。遂又将部下重行编勒，林二姑驶来的一部分船只，在这时当然都并归林道乾了。魏南鲲助着他操练水陆二军，预备乘隙而动，扩充土地。浡尼国王常有信使往来，待道乾非常和好而优渥，且看在窦梨银公主面上，这方面是不能觊觎的了。暹罗和东蛮牛两国土地肥沃，人民殷富，最是他们认为拓殖的良好所在，而且暹罗的华侨甚多，经济上更可得到助力。上一次林道乾出兵援暹，表面上虽然是应许浡尼国王之请，仗义救助邻国，然当林道乾出师之际，孙天禄曾和道乾秘密谈过，很想助了暹罗，灭却东蛮牛。自己兵威远播后，便向暹罗国王要求割予东蛮牛的一半土地，等到势力侵入东蛮牛后，再并吞全国，进窥暹罗，倘然暹罗能为己有时，浡尼也入掌握，马来半岛不足平了。林道乾当然也赞成此议，他人都不知道的，只望得胜东蛮牛后，进行他们的计划。所以林道乾更是信任孙天禄，倚之如左右手，虽然知道他是暗杀他妹夫李安涛的凶手，二姑与他不共戴天的，而他为了事业的发展，不得不倚之如左右手了。谁知事与愿违，偏有出人意外的，就是他们进兵暹境时，忽然林二姑来代夫复仇，夺取了海霞。孙天禄回师，被歼于林二姑之后，以致林道乾失去一臂膀，且有了心腹之忧，急于先要解决海霞之事，遂未能按照已定计划去进行，而失去一大好机会。这事只有林道乾知道，因为孙天禄已死，他人没有知情的。后来林道乾和魏南鲲谈及此事，未尝不扼腕痛惜呢，所以他们只好慢慢地再找机会了。那窦梨银公主自从眼见林道乾和他同胞妹妹相交以后，二姑中伏，林内自到以后，她知道林道乾待她很好，不肯偏听他妹妹离间的说话，现在二姑已死，她更是无忧了。每日向林道乾灌输热情，殷勤献媚，把林道乾沉浸在温柔乡里，消磨他的壮志，连林道乾自己也不知道，唯有魏南鲲、唐翱等却不以为然。然而又有一件出人意料的事情来了。

在马来半岛诸国，因为地处热带之故，产生的蛇类比较任何地方来得多。那地方时时有雨，草木繁茂，处处尤多池沼河流，以及泽地沮洳。那些在古时候曾横霸世界的爬虫类，在近时代温带寒带诸地都是非常衰落了，但是热带的国家中，这种爬形动物却还占据动物界相当的地位。大形的有蜥蜴类的鳄鱼，小形的蜥蜴和蛇类是很普遍地分布在陆上水上和树上，甚至生活的场所和人类是随时接触着的。而大家对于蛇的一种东西，一向是害怕在心头，自然地感觉都是非常憎恶的。当然这是因为有种蛇类的形状都是非常丑恶而可怖的，而且有许多毒蛇，人类一经被它噬咬，毒质输入血内，立刻就有生命之虞的。唯有当地土人，司空见惯，仗着他们的视觉、听觉灵敏，有种种避免的方法，因之稍可减少死亡率，但是华人却不然了。

林道乾等虽是粤人，那边也常有蛇虫，可是怎及得浡尼地方的多？所以林道乾等初来时，大家都怕蛇咬，惴惴地警戒着，后来也渐渐惯了。在海霞很多沼泽，水蛇的分布是到处皆是的，森林中间毒蛇到处蔓生。有种眼镜蛇，形式不同，也有很美丽的，繁殖最多，把那地方弄得没有一片干净土。那些眼镜蛇一捕食老鼠，往往由鼠洞中钻进砖墙屋内来侵害人类，且那些眼镜蛇常会从草盖的屋顶上掉到人家蚊帐上面，扰乱人家的睡梦。但暹罗和浡尼诸国的人民，受着印度婆罗门教的影响极深，所以民间对于蛇的崇拜也是很深，凡是给蛇咬死的，人家都要说他信心不坚固，鬼神谴责，天降祸殃，假手于蛇的。有些眼镜蛇一名土勺蛇，因为它抬头吐气之时，蛇颈忽然扁如饭勺，往往呼气怒嘶。而眼镜蛇中最厉害的，要算喷毒眼镜蛇。它的形态虽仍与眼镜蛇相同，但它能向进攻它的人或动物喷出毒液和毒气，射远能达三公尺，并能瞄准喷射在进攻它的动物眼中，使眼睛受毒，而昏眩发热，红肿作痛，视线一时亦不清楚，宛如现代战争中用的催泪弹。眼睛受过毒液后，便有盲目的可能，但性命不至于死的，比较毒牙噬咬还轻了。眼镜蛇而外，还有种响尾蛇，也是非常之毒的。头颅顶上有棕色斑纹，作箭头形，能做远距离的跳跃，使人类和动物猝然间不及躲避。

林道乾到了南洋，对于这两种蛇最是害怕。一天晚上，他正和窦梨银公主坐在庭中纳凉，尚未安睡，他把中国的故事讲给她听。窦梨银公主是和他相对而坐的，林道乾正讲得出神，窦梨银公主突然向林道乾的背后一望，不由跳起来说道：

“你快快闪避，在你背后一株棕树上有一条眼镜蛇正要来咬你呢！”

林道乾一听“眼镜蛇”三字，吓了一跳，慌忙跳起身子，掩在窦梨银公主身前，要想如何抵御这毒蛇，可是身边没带武器，赤手空拳，奈何它不得。夜色昏暗中凝神细瞧，那边大棕树上果然有一条很长的影子，昂起了头，如大水勺一般，正要向这边蹿过来的样子。林道乾左右一顾，恰巧旁边足下有一块青石，凭自己力气大，将这块青石双手端起。走前数步，身子望下一矬，做起姿势，趁那眼镜蛇尚无动作之际，陡然把手中的青石猛力掷向那棕树上去，只听豁刺刺一声响，棕树早已折断，株上半截倒于地上，那眼镜蛇顿时也不见了。林道乾连忙大声呼唤，早惊动了外面侍卫的武士，大家点起火炬，拿着戈矛，奔到里面来，以为邸中又来了刺客呢。林道乾遂告诉了他们，自己拿得一柄长戈，和众人一齐到棕树前后去搜索，一些儿不见那眼镜蛇的影踪，明明是逃去了。林道乾遂令从人退出，自己也就和窦梨银公主归室安寝，他很感谢窦梨银公主目光锐利，早发现了那蛇，否则自己便要被毒蛇所噬了。

一夜过去，平安无事，窦梨银公主以为这种眼镜蛇是在本地很多的，只要人能好好儿地防备，也就不放在心上。但是林道乾吃了一个虚惊，心中总是有些惴惴，他知道自己邸中有了眼镜蛇，自己的起居一定要加意防护，方可不受毒蛇的害。所以他每次出进，手中都拿着长戈，腰佩宝刀，如临大敌。公主笑他太胆小，他说道：

“这些虺蜴是出没无常的，既然会在我们这地方发现，一定走得不远，万一冷不防它突然要施闪电般的袭击，那又如何是好呢?”

因此他叫窦梨银公主也留意防备，一面又呼唤许多捕蛇的人，要他们去搜索，把附近的眼镜蛇一齐消灭。捕蛇的人志在图利，自然同声答应前去下手，果然被他们捉到数十条眼镜蛇，奇形怪状，各色都有。林道乾下令把这些眼镜蛇一齐用火烧死，经过这一次的焚蜴赫烈之威，以为在他的府邸中可以暂时地廓清一下蛇患了。

约莫又过了半个月，一天晚上，因为下过了雨，天气稍觉凉快一些。林道乾和窦梨银公主双双酣睡在蚊帐里，室中只点着一盏绿色的油灯，光线不甚清楚。睡至中宵，林道乾蒙眬间忽听窦梨银公主惨叫一声，睁眼一看，不由把他大大地吓了一跳。灯光下只见一条很大的眼镜蛇蟠在窦梨银公主的项际，竖起了木勺一般的蛇头，正要噬人。林道乾慌忙跳起身来，钻出蚊帐，为要救护窦梨银公主，不假思索，立即向壁上摘下他的宝刀，回身过来，力斫眼镜蛇的头。可是公主的颊上已被那毒蛇咬了一口，林道乾一刀扫去，蛇头倏地滚落，但是上下两段仍能爬行。林道乾也顾不得了，照着灯去瞧窦梨银公主，见她粉颊上有一很深的创痕，正在流出血来，面色惨白，人已晕了过去。他连忙大声呼唤，仍是昏迷不醒。这时，那眼镜蛇的上半截已爬出蚊帐，怒目伸舌，还要向林道乾噬咬。林道乾大怒，又将刀向那蛇头连劈数下，方才倒在地上，变成肉酱。林道乾又到外面去呼起侍卫，问他们可有救治，有一个部下说他有药草，可以消毒，连忙去拿了来，煎了汤，灌给窦梨银公主喝。林道乾一边叫人舀了清水过来，代公主洗濯创痕，敷上止血的药。窦梨银公主仍是似醒未醒，嘴里要想说话，无奈说不出口。林道乾瞧了这个样子，自然万分发急，细看在窦梨银公主一边的蚊帐上有一个洞，想就是那眼镜蛇咬穿了而爬进来的，再一看北面的两扇窗没有关，大概是从那里爬进来的，实在这地方天气很热，总是开了窗子睡的，谁想到今夜竟有眼镜蛇光临呢？窦梨银公主凑巧睡在外床，身当其冲，若是自己睡在外边时，那么眼镜蛇所噬的非公主而为自己了。他焦急恐慌，连夜请魏南鲲来商量，可有救治的方法。但他们都是客地侨民，懂得什么？魏南鲲也是无法可想，只好去请教当地的土人，可是土人智识浅薄是很，只有一些土法，用来施救，然而窦梨银公主受毒很重，都归无效。直至天明时，窦梨银公主稍稍苏醒，林道乾便问她觉得怎么样，窦梨银公主勉强挣扎着开口，发出若断若续、十分细微的声音，对林道乾说道：

“我受的毒很深了，四肢都觉酸麻，心脏跳动得非常厉害，头脑昏昏的，如坠云雾中，且又作痛，口里干苦得很，恐怕我没有命活了。”

说着话，十分气喘。林道乾果然听得她心口猛跳的声音，勉强安慰她道：

“你不要惊慌，吉人天相，只要熬至毒气渐退时，或可无恙，你心里总要镇定，闭目养神，一切忍受着。有我在一旁，但愿玉人无恙，我心里方才安定了。”

窦梨银公主微微张着眼睛，眼睛里流出泪来，再要想说话时，可是舌已卷曲，口中唾涎俱干，说不出话来了。林道乾又叫魏南鲲再到外面去访问解毒的方法，魏南鲲想到老人章祖华，连忙跑到那边去。

章祖华自从女儿、女婿惨死以后，他一切灰心，杜门不出，终日静坐参禅，自己苦修，忏悔罪孽。魏南鲲见了他，把公主被眼镜蛇所噬的事告知他，问他可有解救办法。章祖华闻信，自然也是吃惊不小，遂说受毒浅的尚可救，受毒已深却是回天乏术。魏南鲲立刻拖了章祖华，赶至林道乾府邸，可是等他们来时，窦梨银公主的一缕香魂早已离开这个蛮荒世界了。林道乾眼瞧着爱人猝毙，无术返魂，心中惨伤，莫可言宣，抚尸大恸，几欲随以同殉，幸经魏南鲲等劝住。章祖华遂说：

“这是眼镜蛇中最毒的一种蛇，现在这里尚没有可医治的药，最好遇到此种毒蛇时，先用一种药草薰炙，那蛇闻到这种气味，便逃遁远处了。然而窦梨银公主的被噬是在深夜梦回，突如其来，事前一些儿没有觉察，又哪里可用药草薰炙呢?”

大家没有别的说，只有诿诸天数了。林道乾一面飞报与浡尼国王知道，一面备上等棺木收殓窦梨银公主的遗体。

浡尼国王听得女儿噩耗，异常悼惜，立派赫特前来海霞吊唁，且遣送二十僧侣前来代公主诵经，超度她早登乐土，要在林道乾邸中做七天的佛事。林道乾也只好由他们去行事，他又在城外选得一块墓地，卜吉安葬，流去了不少眼泪。他本来对于儿女之情很是淡漠的，其后遇到窦梨银公主，却如饮醇醴一般，使他沉溺在情海而不可自知。所以虽经他妹妹的苦劝，而他爱公主之心始终无间，绝不动摇，到底牺牲了一个同胞妹妹。自己静中想想，倘然窦梨银公主早死时，那么二姑也不致和自己开衅，发生阋墙之祸了。现在妹妹既死，而公主亦香消玉殒，这无异老天故弄狡狯，使我林道乾十分难堪啊！霸业未成，遽赋悼亡，好似做了一场春梦，所以他夜夜苦思，好梦难成，银簟鸳枕之上缺少了一个偎傍多情的美人儿，岂不更使他感到异常的寂寞和凄凉呢？又想自己前日夜中乘凉，也几乎被毒蛇所噬，幸被公主呼唤惊醒，所以未遭毒牙，又哪里知道公主反死在毒蛇凶吻之下？她能救我而我不能救她，此心耿耿，终觉对不起窦梨银公主的。公主的明眸媚睐，轻颦浅笑，一闭目就像她立在自己身边，然而梦魂竟不能相接，绵绵此恨，安有穷期？他越想越伤心，红鱼青磬之声又时时风送入耳，所以他常常挥泪，想不完公主和自己的恩爱，恹恹地竟卧病在床，难解他颓丧的情绪。魏南鲲和唐翱等见林道乾这般模样，心里也觉得有些难过，忍不住要劝道乾学蒙庄的忘情，撇下儿女恩情，做远大的企图，然而道乾终日是懒洋洋的没有什么作为。

七天佛事已过，林道乾厚遣僧侣回北大年。他又出令海霞人民凡有捕得眼镜蛇，或格杀眼镜蛇的，都分别有赏，海霞人民自然踊跃从命。旬日之内，格杀的眼镜蛇有数百头，捕到的也有千数。林道乾举火把毒蛇焚死，算是代窦梨银公主复仇。实则那地方蛇类繁多，滋生甚易，山谷森林之内处处都是它们的大本营，怎能扑灭净尽呢？这也不过泄一时之愤罢了。

隔得几天，忽报暹罗国王派遣使者前来吊慰，林道乾遂叫左右迎入，自己到堂上去延见。原来，此次派来的使者正是摩利哥将军，曾和林道乾夹攻东蛮牛，感情很好的。林道乾自然格外欢迎，问起国王安好，摩利哥道：

"国王感谢林义士锐身救难，自林义士去后，时时念及，今闻林义士新赋悼亡，谅必不胜哀伤，敝国国王也十分悼惜，所以特遣鄙人趋前吊唁，兼慰林义士。"

说罢，便奉上吊礼及国王赉送林道乾的礼物。林道乾表示谢意，遂陪摩利哥将军到窦梨银公主墓上去致祭，宾主都尽仪节，祭拜后，仍回私邸。林道乾遂设宴为摩利哥洗尘，并召魏南鲲、唐翱为陪，酒过数行，林道乾问东蛮牛的情形。摩利哥道：

"以前他们时时有越境骚扰的行为，自经挞伐以后，他们切实遵守和议，所载条约，秋毫无犯。敝国国王爱好和平，当然也不去侵略他们，大概总有长时期的安宁可得吧！这都是林义士所赐，我们不敢负德忘恩。"

林道乾听摩利哥常当致谢，也客气数语。又吃过几样菜，摩利哥托着酒杯，向林道乾说道：

"窦梨银公主花容月貌，和林义士真是好匹配，谁知天妒良缘，毒蛇为祸，以致钿劈钗分，使林义士有离鸾之痛。不知林义士经此变故以后，可有鸾胶重续之意吗？"

林道乾听了这话，不由一愣，叹道：

"曾经沧海难为水，除去巫山不是云。以前我听得这两句诗，不过我是个武人，也不觉得这诗里的意思怎么样，现在我就感到真切了。唉！公主的芳魂已杳，普天之下有谁能如她一样地给予我甜蜜的滋味享受呢？"

摩利哥道：

"林义士何必灰心？窦梨银公主鄙人也见过的，确乎美丽活泼，人间尤物。不过若要说普天之下除了她没有第二个人，鄙人却有些不信了。只要林义士有意，鄙人可以介绍一位千娇百媚的女儿来填补你的情海缺陷。”

林道乾听摩利哥之言确是很有意思的，正要询问，魏南鲲早在旁边笑嘻嘻地说道：

“摩利哥将军敢是来做媒的吗？我们的林兄悼亡情深，正要鲲弦重续，以慰孤寂。”

摩利哥道：

“可不是吗？林义士春秋正当，自然要续娶一位佳人侍奉巾栉。鄙人此来，于吊唁之外，兼负一件事体的使命，就是国王因前次林义士仗义相助，既感大德，又佩英武。曼谷一叙，虽恨匆匆未得多留，可是已给敝国之王一个很好的印象。此次林义士忽有鼓盆之戚，国王闻知后，便同我商量，很愿意将狄丽安公主许与林义士，重续鸾胶。倘蒙不弃，且很盼望林义士能入赘敝国，移节曼谷，兼助敝国军政大事，使敝国国王多一股肱，缓和万邦。鄙人想狄丽安公主姿容曼妙，足可媲美窦梨银公主，所以引起东蛮牛王子的觊觎。好在林义士也亲眼见过的，不知林义士以为如何？”

摩利哥说了这话，把酒杯凑在唇上，喝了一口放下，瞧着林道乾的面色，很急切地等候他的复音。魏南鲲点点头道：

“将军果然是来做月下老人的，林兄当然也有些意思。”

林道乾笑笑道：

“多谢贵国国王和将军的美意，这事且待我想定后明天再行回答。”

摩利哥道：

“希望林义士能够不弃葑菲，成就这美满姻缘，鄙人也是有光荣的。”

林道乾遂斟了一杯酒敬给摩利哥喝。大家又谈些别的事情，酒酣人倦，方才散席。林道乾便留摩利哥将军在客邸住下。

次日早晨，林道乾刚起身，左右忽报魏南鲲入见。林道乾忙叫他进来。一会儿，魏南鲲进来，对林道乾带笑说道：

“林兄可嫌我此时来得突兀吗？”

林道乾便请魏南鲲坐下，说道：

“昨晚多喝了些酒，起身稍迟，魏兄此刻来见我，可有什么要事？还请见教。”

魏南鲲道：

“昨日摩利哥将军来此做媒，确乎是暹罗国王的一番美意，不知林兄可有允意？那位狄丽安公主，小弟也见过，美丽无比，不输于窦梨银公主，而娇小则又过之。以小弟看来，林兄千万不可错过这个机会。”

林道乾点点头道：

“魏兄之言不错，狄丽安公主花容玉貌，吾无间言，不过他们要我到暹京去入赘，是否别有作用？我若是允许之后，势必要长驻在曼谷，那么我还是带了部下一起去呢，还是依旧据守这海霞？这是必须要斟酌的，所以昨天不能立即答应。”

魏南鲲道：

“我就是为了这个关系，先要赶来探问林兄的意思，且贡刍荛。”

林道乾道：

“魏兄有何主张，不妨告弟。”

魏南鲲道：

“小弟以为这婚姻为公为私，林兄都可应诺，断无回绝之理。林兄尽可入赘，不妨带一半部下进驻曼谷，那暹罗国真是好地方，五谷丰登，人民殷富。林兄倘然可以候得机会，占领了这大好河山，那么霸业可图也。”

林道乾被魏南鲲说得雄心勃勃，他本来也有这意见，现经人家说了，更是跃跃欲试。魏南鲲又道：

“林兄的智略远出小弟之上，当不以斯言为河汉吧！”

林道乾道：

“魏兄之言正合吾意，今日弟接见摩利哥将军后，当即许可，他日我去入赘，自当乘时进取，但是这个海口却也不舍得放弃，欲仍托魏兄代我守住，以便进退自如，不失联络，魏兄以为如何？”

魏南鲲道：

“林兄既不以菲材可弃，小弟情愿留守于此，以报知遇之恩，尚望林兄去后，万万不可被声色所迷，亟宜乘时努力进取，方不负我们南来的宗旨。”

林道乾道：

“魏兄说得是，此次弟当不负兄等之望。”

魏南鲲遂欣然退去。林道乾用过早点后，请摩利哥将军入见，告诉他说，自己很感暹罗国王的美意，也深喜狄丽安公主的美丽，所以愿意入赘，也愿率领部下的半数到暹罗国去屯垦，或供骗驰之用。摩利哥听林道乾已愿入赘，殊为欣喜，先向林道乾道贺，又在海霞盘桓两天，然后回曼谷去复命。

隔了数天，摩利哥使节又临，宣称暹王意旨，准请林道乾带部下同往，已在暹京城外指定一处地方驻扎，且已在宫中腾出邸屋一所，以居公主和林道乾，约定本月十五日为吉期，即请林道乾动身前往。林道乾见这事业已成功，自己不得不离开海霞，便叫魏南鲲率三百儿郎留守海霞城，戴大荣为副，管海港船只，养精蓄锐，造船制械，以谋补充。他自己率领健儿七百人，部将唐翱、孛丁、邱默林、梭伦等随同出发。魏南鲲设宴祖饯，第一杯酒恭贺林道乾君子好逑，第二杯酒祝他壮志早酬，创造伟业。林道乾也指示他机宜，叫魏南鲲好好守住这个门户，魏南鲲慷慨矢誓，绝不有负林道乾的托付。于是林道乾又去他妹妹以及窦梨银公主的墓前祭拜一番，然后检阅部下，督率部队出发。至于五云山的防务也一起交给魏南鲲了。

林道乾这次重来暹罗，暹国人民闻得他将入赘王宫的消息，更是欢迎，到处争传这事，大家以狄丽安公主嫁得这位中华英雄是十分光荣的事。林道乾的部队开到曼谷，早有国王派遣的大臣来做代表，将林道乾的部下悉数留驻城外红云砦。林道乾只带唐翱以及心腹二十余人，随同摩利哥将军入城，谒见暹王。暹罗国王阿布敦接至王宫，设宴洗尘，且出酒肉，吩咐禁卫军将领蒙汉吉出城去犒赏林道乾的部下，宾主尽欢。林道乾便住在王宫旁新邸之内，陈设非常华丽。阿布敦便择吉日代林道乾和狄丽安公主成婚，诏令文武百官俱宜来庆贺，所以曼谷城里冠盖云集，车马塞途，热闹盛况不输于前日祝捷大会。林道乾是来入赘的，所以一切婚仪，以及大小诸事，均由暹国王阿布敦主持，他只是现现成成地预备做新郎。当然他的部下也各兴高采烈地大吃喜酒，唐翱和孛丁等组织一个跳舞队，入宫道贺，且在喜筵前要大跳其舞，当然这一遭的婚礼又和窦梨银公主不同了。以前是在营中，现在是在宫内，又是暹罗国王主持的，富丽堂皇，远胜于前了。而狄丽安公主更是妆饰得如出水芙蓉，清艳异常，又和窦梨银公主的绮媚醉人不同。林道乾以前曾见过狄丽安公主的舞姿，伊人丰采早已钦迟在怀，又谁知今日竟会和公主谐鱼水之欢，心中当然如刘阮之入天台，异常甜适。婚礼既毕，送入青庐，大小百官都来欢贺，宫中有舞象队火炬戏，热闹非常。林道乾此次做二度新郎，心中说不出是欢喜是感慨，洞房花烛之夜，和狄丽安公主绸缪温存，顿觉狄丽安公主虽无窦梨银公主那样的热情，而别饶幽娴之致，令人如对蕙兰，得芳馨清逸之气。

次日，夫妇俩入宫去向国王阿布敦谢恩请安，阿布敦又设宴欢宴林道乾夫妇。林道乾又被国王备好香车宝马，请他们新夫妇坐了，叫禁卫军簇拥着到街上去游行，称为游街，这也是王室中一种例行的典礼，街上到处有人欢迎，争掷花朵。这样热闹了三日，林道乾做了暹王的赘婿，和狄丽安公主朝夕欢娱，处身温柔乡中，又换了一个境界。狄丽安公主待他非常温存，而有礼貌，因此林道乾不但喜悦她的容貌，且也敬重她的德行。有时和公主一同出猎，练习练习自己的筋骨，他也不忘记那些留驻城外红云砦的众儿郎，叮嘱唐翱务要好好训练他们，不可懈怠了筋骨。他自己也时常要去校阅和慰劳，将来正要需用这一伙健儿呢。孛丁、邱默林、梭伦辈奉命维谨，一心拥护着道乾，而唐翱时时在道乾身边传递消息，且资保卫，深恐有什么不测的事变，不可不防的。

魏南鲲在海霞依旧扩充兵额，广事积粮，为林道乾后援，两边常有人书信来往，传达意思。这样，林道乾在暹京一住数月，天天在温柔乡里优游快乐，人家也许疑心他乐不思蜀，终老温柔，可是他每一念及自己离开海霞时，魏南鲲和自己说的话，心中警惕，辄欲有所作为。一方面他很留意暹罗京城内的政情和国力，最使他忌惮的，当然就是摩利哥将军，因为此人是一位稳健镇静的大将，非寻常鲁莽武夫可比。此外还有警卫军长蒙汉吉，忠心耿耿保卫暹王，是暹国的世臣，有此两人在曼谷，林道乾不得不稍有踌躇。而在这时候，忽然有一个突如其来的变动，又使暹罗国王大为震惊，感觉到不安。

第二十九回

出师勤王事奔马阵摧
夺回起雄心倚楼人语

在暹罗国的西北边境有一强大的邻国，就是缅甸。那时候，缅甸的陆军是称为最强盛的，常常要来侵犯暹罗，需求无厌。暹罗国王因自己国内兵力不足，所以每年允许输送与缅甸白银五万两，上米一千石，这无异北宋赂辽金的政策，要想求暂时的苟安。然而人家的欲壑是没有止境的，既得陇，又望蜀，再也不肯罢休的。虽然暹罗也曾一度击败了东蛮牛，似乎其势稍震，然而缅人也知道暹罗国所以能够侥幸获胜，无非是倚赖了邻国的相助，暹罗本国的兵马并不见得精锐。再一探听，浡尼等兵力亦殊有限，东蛮牛地小兵寡，所以甘为城下之盟，缅甸自恃兵力庞大，仍不把暹罗放在眼里。

恰巧有一个缅甸边境上驻守的哨兵，有一天被人击毙在山坡下，缅甸国遂指谋害缅兵的必是暹人，竟派了一小队兵开入暹罗境界，在某一村庄里大事搜索，捕去了几个农民，算是嫌疑犯。暹罗的军队知道了，连忙追过去，要想抢回捕去的农夫，缅兵当然不肯释放，两边遂冲突起来，发生了场流血惨剧。暹罗兵死伤了十余人，缅兵也死伤数人，缅甸国驻防的将军一面飞报缅京，一面居然又将兵开入暹境，把一个小小村庄占据了去。暹罗国王得知消息，忙派代表到边境去调查实情，以便应付。而缅甸国王和他的大元帅莽瑞拉商量之后，赶紧派出大兵，由莽瑞拉亲自统领，杀向暹罗边境而来。并派代表前来，要求暹罗国把边境上二百里土地割让与缅甸，增加每年输款白银五万两，且要暹罗国王书面道歉，抚恤已死的缅兵六人、受伤的二人。这四个条件很严厉地限暹罗国于三天之内有满意的答复，如不能照此履行，缅兵立即攻入。暹罗国王得到了这样的凶条件、恶消息，气得他面无人色，忙聚集文武诸臣在御前会议。那些文官大都主张暂时向缅国屈辱，答应他们所提的条件，因为缅甸兵势强盛，自己万万敌不过他们的，免得荼毒生灵，蹂躏土地。暹罗国王阿布敦听了那些人的话，心里也有些动摇，觉得缅甸果然可畏，没有勇气去抗拒。但是武臣班中摩利哥将军忍不住走出来，攘臂而言道：

“缅甸兵士被人所杀，在该案未曾水落石出之时，缅兵怎样可以擅自开入我国边界，拘捕我无辜农民？臣愿率领部下和缅兵交战，战而不胜，自甘服罪。”

摩利哥说时，声色俱厉，有几个武将都同声赞成。可是文臣中又有一人争辩道：

“摩利哥将军休要仗血气之勇，把大好国家轻易付之一炬。缅甸国富兵强，我国以前常常败在他们手里，譬犹螳臂当车，终遭覆亡。我国岂可贸然和他们开战？须知前次得胜东蛮牛，也是借了他人之力，侥幸成功的，怎能以此为狃呢？”

这几句话说得摩利哥又羞又怒，一张脸顿如猪肝一般的红，再也不服气，便又大声说道：

“你们这些文官，只想保全妻子财产和自己的官爵性命。一个人休要长他人志气，灭自己威风，我们暹兵自经东蛮牛战役后，人人都肯奋发勇气，驰驱沙场，所以我敢主战，请国王听臣之言，立即出师。这些不忠不勇的人休要睬他！”

阿布敦听了摩利哥激昂的言词，点点头说道：

“将军说话不错，我倒想起一人可以大有助于我国的，就是驸马林道乾，他以前帮着我国击败东蛮牛，智勇双全，足资倚畀，此番我们何不要求他再助呢？”

国王说了这话，摩利哥早拊掌说道：

“国王明鉴甚是，臣也想起驸马足智多谋，善于用兵，一定能够为国效劳。愿我王即请他起兵，缅甸不足破了。”

于是阿布敦立即差侍从官召林道乾入朝，林道乾也已闻知此事，正在邸中和狄丽安公主谈论，他也主张暹国不可让步，宁与缅甸一战。狄丽安公主对他微笑道：

“你以前相助我国击败东蛮牛，我父王和国人全对你感谢的，这是你最荣誉的事。那时我愿意在你面前跳舞，一识你这位英雄，万万想不到今天我们竟成夫妇，你会住到我国中来，这岂非是上苍之意呢？现在你和我国的关系，因为我的缘故，格外密切了，假如我国要和缅甸开战，我想你必定能够与我们坚同仇之谊，灭此朝食的。”

林道乾道：

“假如贵国真和缅甸作战时，如有差遣，我必和同志尽力效劳，绝不后退的。”

二人说话间，国王使者已来召见，狄丽安跳起来说道：

“我父王今日和朝中文武大臣商议国事，此刻来召你入朝，一定是决心要你相助了，愿你照着你所说的话，为我国努力吧！”

狄丽安公主说了这话，马上走过来，抱住林道乾，和他接了一个甜蜜的吻。林道乾觉得自和狄丽安结俪以来，从没有像这一遭她自动地给予他的热情，这一些很有些像窦梨银公主，然也可由此而知狄丽安公主的爱国心热，所以有此深情的表示呢。他一边想一边搂抱着她静默了良久，狄丽安公主又用美目向林道乾瞧了一下，见他默然无语，遂又送了一个秋波，伸手把他一推道：

“你快去吧，我父王正等着你呢！”

林道乾被她一句话提醒，忙把公主放下，立即换了一件衣服，去拜见国王阿布敦，将他自己和摩利哥将军主战的意思告诉了他，国王很是表示赞成。当下林道乾便向国王说道：

“吾王既然决定不从缅甸国所提的条件，小婿十分赞成。自古道，兵来将挡，水来土掩，缅甸虽强，亦何足畏？其实为战之道，贵在其心，他们强词夺理，借端启衅，自以为操必胜之券。这是他们已有了骄心，骄必傲，傲必败，况师直为壮，曲为老，彼老我壮，可以一战，倘然大军出征，小婿愿提一旅之众，为国效劳。”

阿布敦喜道：

“我正要贤婿大力相助，所以请你前来。现在我对于缅甸国所提的要求，决定置之不理，即令摩利哥将军率兵六千名，和贤婿一同开至边境，不许缅兵越境。至于粮食军器各项，我当派人在后赶紧输送，必不误事，并令全国人民预备充当兵役，供输粮秣马匹，大家一心一德，保卫暹罗。”

这时候，那些文臣见国王态度如此坚决，大家面面相觑，果然没有人敢再说一句话了，于是国王退朝。摩利哥和林道乾领旨后，辞退出宫，立即分头自去调动人马，预备出发。林道乾回至邸中，告诉了狄丽安公主，公主芳心也觉十分喜悦，用话勖励林道乾。恰逢唐翱前来探听消息，林道乾告诉了他，且说这真是自己发展的良机，可以使他在暹罗国内因此而更加增高地位，倘能握得兵权，何忧不成大事呢？唐翱听了，自然欢喜，林道乾便叫他去部勒人马，和孛丁、邱默林、梭伦等一同准备出发。次日早晨辰时左右在城外校场上候令，唐翱奉令辞去。

这夜，林道乾和狄丽安公主在枕上，唧唧哝哝地谈了许多话。林道乾因别离在即，安慰她休要儿女情深，有卷耳之思，自己不日便可凯旋回来。狄丽安公主也用话鼓励林道乾为国争荣。

次日，林道乾一清早起身，盥漱毕，吃了早饭，披上戎装，佩了宝刀，和狄丽安公主同至国王宫中，向国王阿布敦辞别。国王对林道乾赞扬了数语，和他的女儿一同坐车出宫，至城外欢送大军出发。林道乾也骑了那头王子汉宁所坐的犀牛，背后几个健儿紧随着，打了一面红色的大纛旗，上面绣着一个斗大的“林”字。蒙汉吉率禁卫军护卫着国王，随同出城，到得校场上，扑通扑通地放起九个号炮，林道乾和国王等入场时，只见校场里黑魆魆地站满了许多人马，旌旗映日，戈矛蔽天，严肃得鸦雀无声，四边高阜上也站满了许多人民，在那里瞧看。场中有一座演武厅，林道乾等到得厅前，上面有一队鼓乐，奏起悠扬的乐声，林道乾跳下犀牛，随同国王等走上演武厅，向下一望，只见左边密层层地排满许多人马，正是暹兵，右边一大队人马整整齐齐地鹄立着，乃是自己的部下，唐翱等都是全副戎装，督率着队伍。此时摩利哥将军骑着一匹白马，腰悬宝剑，徐徐来到演武厅前下马，向国王拜见，也走上厅去。国王又向摩利哥、林道乾二人勖勉数语，且亲自将令箭虎符交代与二人，又送了上马杯，然后国王和狄丽安公主等先行回宫。摩利哥将军遂和林道乾各将部下兵士略一检阅，商定林道乾为左翼，摩利哥为右翼，下令大军一齐出发，浩浩荡荡，杀奔暹罗交界处而来。至于粮秣军械以及一切军需，都由国王派定官员担任其事，不许迟误。

这一遭暹罗出兵和以前抵敌东蛮牛不同了。以前是仓促出兵，充满了恐怖的空气，兵心虚馁；这一次都是上下一心，谋定而动，又有林道乾的一部分健儿加入，增加了暹人的勇气。摩利哥将军更是坚持作战的中坚，此番再不怕缅兵如何强暴了，所以当他们队伍向前出发之时，暹罗人民一齐欢呼万岁，真是击鼓其镗踊跃用兵了。

当暹罗军队开至边境时，缅甸人还没有觉察，见暹罗国王对于他们提出的条件并无只字答复，正在诧疑之际，忽报暹罗已有大军从曼谷出发到边境来了。缅甸大元帅莽瑞拉接到这个消息，暗想：这一次暹罗竟如此倔强，不肯接受条件，反派兵马敢和我国来交战，为什么这般有恃无恐呢？再差探子出去探听，一边也令部下军队向前移动。两国交界处正有一座大山，名唤贡格庭，大半在缅甸境内，甚为险要，莽瑞拉即令缅兵占据了此山。山前一片平原，正是个大好战场，莽瑞拉在山上山下扎了百十个营寨，厚集兵力，专待暹兵到来痛击。又经探子报告，说暹兵中间有一部分华侨加入作战，他不由惊奇起来了，再派人去探听时，方知就是以前协助暹罗击败东蛮牛的林道乾部下，人马也不满千。莽瑞拉也不知林道乾的厉害，所以并不放在心上，他对左右将校说道：

“我们此次向暹罗国问罪，他们竟敢置之不复，起兵抵御，我们若不把他们杀得一败涂地，也不见得缅甸国的威风，所以你们都该奋勇，休要堕落了我国往日的英名。”

众将士听了莽瑞拉的命令，自然个个人磨砺以须，精神抖擞。林道乾和摩利哥率部下开到边界时，听说缅甸兵已占据了贡格庭山，且派出数小队入境骚扰试探暹罗兵力，有几个村庄已被缅兵攻入，放火焚烧。边界上原有的驻兵已和他们冲突，交过几次手，暹兵伤亡了不少。摩利哥探得缅兵占领的村庄附近，自己国里正有一小队兵士被他们困在森林里，不能突围，所以他就和林道乾商量之后，立即遣兵前去应援。林道乾派梭伦率兵二百名，其中一大半都是蛮兵，因在森林作战，蛮人经验比较丰富，所以派他们去。摩利哥也派一员裨将领三百暹兵，引导前去，暹兵挟着一股锐气，有梭伦等助战。缅兵起初当然有些傲视，果然接触后暹兵攻得甚是勇猛，缅兵被他们两下夹击，死伤了二三百，狼狈逃遁出境，于是森林中的暹兵得以解围，摩利哥得到捷报，自然十分快活。

那莽瑞拉闻得自己的军队被逐出境，初次接触，已是不利，他心里勃然大怒，吩咐部下中军兵士悉数出战。这时，恰巧过了一次雨，天气变得凉爽一些，缅甸兵金鼓大震，漫山遍野地冲进暹罗国境来。林道乾和摩利哥刚才安定营寨，闻报缅兵大举来攻，自然不敢怠慢，两人约定分左右翼应战，留五百弓箭手埋伏在后，以防不测，遂也下令兵士出战，排齐队伍，向前迎上去。正是上午的时候，日光渐渐薰炙得厉害，缅兵大都半袒上身，荷矛横刀，瞧上去精壮非凡。林道乾在左翼，跨着犀牛向对面望过去时，只见缅兵在前面的都是步兵，而在他们的背后远远地正有尘土飞扬，他心里暗暗忖度了一番，便吩咐唐翱率领健儿出战，而令孛丁等预备弓箭在后掩护。缅兵中有几员将士，挥矛持锤，当先领着部卒，向这边直冲过来。唐翱和摩利哥等接住，奋勇厮杀，两边混战一阵，暹兵和林道乾的部下个个勇猛当先，舍生忘死。缅甸的兵士一向傲视暹兵的，以为暹兵怯懦无能，不谙战术，器械又是不利，不堪他们一击的，谁知今天接触的，情形顿异，缅兵死伤了不少，尸横累累。莽瑞拉在后边望见，连忙下令速退，缅兵遂纷纷后退，撤回自己阵地去。摩利哥大喜，指挥暹兵向前追杀，唐翱见右翼前追，自己当然一同追赶上去，以便策应。追了一段路，只见缅甸的步兵如波浪般向左右分开去，中间露出一大队骑兵来，号炮一响，这队骑兵顿如乌云遮天般向暹兵方面疾驰。这一大队骑兵约有七百骑，每三骑用铁索贯串在一起，为一小组，中间一骑用弓向敌人攒射，左右二骑都用很长的蛇矛向敌人猛刺，三骑同进同退，在每组骑兵之后有步兵预备着，只要马上的死了一个，立刻可以替代，这就是莽瑞拉平日训练成功的奔马阵，夙著威名。

蛮荒部落的战争本来都是步下的，飞戈射矢，隐伏草莽之间，若对于堂堂正正的阵地战，或是攻城夺地，这些骑兵便是所向无敌的队伍了，断非寻常步兵所可抵敌得住。所以这一队骑兵奔雷掣电般冲至时，暹兵当着的非死即伤，虽然有许多兵士抵死不退，然而大都牺牲他们的性命于马蹄之下，依然阻遏不住。摩利哥臂上也中着一箭，知道情势不佳，只得下令退走。唐翱也拦阻不住，跟着后退。可是缅甸的骑兵排山倒海般向前奔突，他们一时退避不及，早被骑兵冲散得七零八落，幸得后面埋伏好弓箭手。林道乾发了急，下令快快放箭，于是一阵乱箭，方将缅甸的骑兵射退。林道乾和摩利哥收拾败残之众，后退二十里。

缅兵得胜之后，乘势又来进攻。摩利哥等被迫退至耶佛城中去，喘息方停，来见林道乾。林道乾吃了一次败仗，检点部下，虽然死伤得有限，然因缅兵如此厉害，心中也有些不安。又见摩利哥臂上裹着箭创，一种狼狈的形状，令人又好气又好笑。会见后，摩利哥对林道乾说道：

"此次败仗出乎意料之外，死伤之数近千，都是被他们骑兵队伍加的重创，当然我们自己也未免疏忽一些，没有侦探明白。幸驸马埋伏下弓箭手，方才把骑兵射住，否则我们将有全军覆没之虞了。"

林道乾道：

"用兵之道，当然贵能知己知彼，方可百战百胜。我们没有知道他们有这些惯能冲锋的骑兵，自然吃了他们的亏了，但胜负乃军家之常事，将军不必过于懊丧，这遭不幸失败，下次不妨想个对付的方法，击败他们，重振声威。"

摩利哥听了林道乾之言，想起林道乾以前用火象大败王子汉宁的战绩，遂又对他说道：

"这又要赖驸马的运筹妙算了。我已探听得缅甸的骑兵队是他们大元帅莽瑞拉特别挑选的精壮士卒操练而成的，所骑的马都是良马，高大强壮，善于驰骋，而所用的器械也都是最犀利的，名唤奔马阵，所以每战必胜。何况我们此次没有防备，自然败创，可惜我们的队伍马匹很少，缺乏骑兵和他们对抗，我们如何想个方法破了他的奔马阵，便不足虑了。"

林道乾点点头道：

"将军说得是，现在我们须守住这耶佛城，待我徐徐想法。"

摩利哥听林道乾已允设法，心中稍慰，自去休憩。林道乾却在城中巡行了一周，见暹罗人民很有恐慌之状，有不少人家纷纷迁避。他遂向摩利哥处索得一张较为详细的暹罗国的地图，晚上在灯下细细披阅，做了不少记号在下面。到得明日，左右来报，缅兵来攻城了。林道乾忙和唐翱先进跑至城上女墙边，早见摩利哥已在那里指挥暹兵，准备矢石为防御之计了。林道乾立定身子，遥望城下远远的旗帜如林，尘土大起，正有一队骑兵在那里东西驰骋，耀武扬威，做出挑战的样子。那些骑兵都是三骑为一组，果然进退迅速，势若雷霆，自己的步兵怎样可以抵御得住呢？缅甸的骑兵疾驰了一会儿，远远地停住，宛如铜墙铁壁一般，谁人敢撄其锋呢？忽然，笳声呜呜，从那奔马阵背后两边拥出许多步兵来，杀奔城下，背后的用箭向城上攒射，前面的架着云梯攻城。林道乾、摩利哥忙叫部下也放出矢石，两边对射一阵，因城上守得十分严密，缅兵卒不得逞，又在城下百般辱骂，诱暹兵出战。林道乾等见这奔马阵有些畏惮，所以只得忍耐着坚守不出。

隔了一歇，天色转变，下起大雨来，缅兵只得退去。林道乾和摩利哥也下城休息。大雨过后，天气反觉燠热。晚上，林道乾仍在灯下披阅地图，他猛可里想得一计，便请摩利哥来，对着地图，指指点点，问了一个详细，商讨了好多时候，方才决定办法。摩利哥立即传唤他麾下一员将士名唤霍列金的前来听令。林道乾也唤进梭伦，秘密吩咐二人如此如此，照计行事，不可有误，二人得令而去。林道乾和摩利哥坐至三更时分，方才传令出去，两路军队须在黎明时撤出耶佛城，大家听得这个命令，都摸不着头脑，纷纷猜测，想不出个所以然。当然，军事应守秘密，只有绝对遵守命令，一霎时，大家预备好了，马上开了南门，悄悄地向南面玄林山边撤退。城中人民胆小的也忙着跟随军队逃难，贫穷的强悍的尚留在城中观望。林道乾和摩利哥把军队退至玄林山，即在山坡旁扎下营寨，分开东西，互为犄角，面前有一条小溪，也好阻隔骑兵的驰突。

这时，天已大明，林道乾派出探子去耶佛探听，经探子回报后，始知缅兵已开入耶佛城了，暗暗点头，命探子再探。他又传唐翱入营，也和他秘密谈了一刻，授以机密，叫他去夜间照计安排，唐翱奉令而去。

次日早晨，林道乾方坐在中军帐里，探子来报缅兵有一大半离了耶佛城向这里杀奔而来了。林道乾遂通知摩利哥，他们却不出战，都带了自己部下去玄林山下森林里埋伏。这里只有唐翱亲率三百步兵向前去迎战，步兵手里都拿着弓矢，预备放射。行得十里路，早望见前面尘土大起，有许多缅甸的骑兵驰骋而来。因此次莽瑞拉大败暹兵，唾手而取耶佛，知道暹兵望风而逃，其气已馁，不堪一击，心里非常骄傲，自恃奔马阵所向无敌，每战辄胜。于是探听得暹兵退守在玄林山，他就雄心勃勃，急欲长驱而入，扫灭暹兵，直捣曼谷，早奏凯歌。所以仅留少数缅兵驻守耶佛，而放出他的奔马阵，令做前锋，向暹兵猛击，以为一定可以再取玄林山了。唐翱见缅兵用奔马阵来进攻，果然不出所料，心里暗暗喜欢，遂叫自己部下在平原上疏疏落落地散开。那缅兵的奔马阵闪电也似的冲来，望见前面有暹兵迎战，察看之下，乃是一部分华侨兵，人数极少，哪里放在他们的心上？奔马阵的司令祁连，是莽瑞拉的亲戚，少年气盛，和莽瑞拉一样的傲心甚大，轻视他人，所以率着马队只顾前冲。

唐翱见他们铁蹄震震，尘土迷漫，来势果然十分凶恶。他就拈弓搭箭，觑准为首的一组马上左边一个持矛的兵士，一箭射去，疾若流星，直贯咽喉，立刻翻跌下马。可是背后已有一缅兵跃上马去，代了他，唐翱又对准右边一组马上中间坐的一个兵士放了一箭。虽然唐翱的箭术精明，每发必中，又被他射倒了，可是又有一个缅兵很快地上马代替，部下兵士也照样放箭。然而奔马阵已冲近身前，长矛如林，弩箭乱飞，唐翱等哪里抵御得住？纷纷退走。缅兵奋勇追来，唐翱和儿郎们只顾向他们安排好的地方遁逃，看看已至玄林山下，正是一片野田小溪，离开暹兵营寨不远，唐翱等散开着，正在野田乱草间奔逃，缅兵只顾紧追。最前一簇骑兵队已赶至田野上，忽然轰隆一声，许多马都在突然之间平地陷将下去，后面的马队瞧见前面失利，赶紧要想收住时，但是许多马跑得如急雨疾风，一时怎收束得住？又有许多马陷下坑去了。这个原来是林道乾施行的妙计，他因缅甸的奔马阵端的难以抵御，遂和摩利哥一度商议以后，先从耶佛撤退部队，使缅兵进据，以长其傲。然后择定玄林山前地势的便利，预先命唐翱和部下在夜间掘成一大片陷坑，上面仍铺着草和泥，一些儿不露痕迹。又留着几条绝狭的路，做上小小标志，好让自己的部下可以到时照常走过，引诱敌骑追赶，而不使敌人起疑。这是他想得摧折奔马阵的最好方法，现在果然奏效了。

奔马阵司令祁连一见自己的马队纷纷跌翻，知道中了人家的暗算，连忙鸣金收兵，将后队改作前队，向后撤退，以免倾覆。谁知退到森林前，两边林子里号炮声响，鼓如雷鸣，林道乾和摩利哥分左右翼杀出，向奔马阵取了包围之势。今日他们部下大多数用着镰刀，滚至马前，将刀使动，只是去刈割马足，那些马是三骑为一组的，只要一骑马跌倒，其余两骑便进退不能自如，失去他的效用。林道乾和摩利哥挑选的都是短小精悍、奋勇敢死之士，在他们背后有长戈队保护着他们的上身，他们只顾将刀力割马蹄。这一队奔马阵三分之一跌落在陷坑里，三分之一都被林道乾等步兵斫倒，只剩少数的残余骑兵乱七八糟地逃回去。林道乾早已指挥部下紧紧反攻。莽瑞拉在后面一听奔马阵给敌人摧折殆尽，心中大怒，自己催动坐马，率领三千精锐步兵，上前接应，接住林道乾等两队兵，混杀一阵。

此时，暹兵见奔马阵摧折，胆气顿壮，拼命冲杀。林道乾仗着宝刀在队伍中，忽见对面十数骑缅兵冲入自己儿郎中间，宛如旋风扫荡落叶一般，自己的儿郎立刻向两边披靡。一面大红的旗帜下，有一大将披着金铠，手中握一柄大砍刀，一张圆而大的脸，黑得如锅底一般，颔下微有短髭，身躯十分伟硕，威风凛然，料是缅甸的大元帅莽瑞拉，今日自己上阵了，自己的儿郎已被他杀伤了十数人，果然勇猛。林道乾岂肯让莽瑞拉独自逞强？拍马舞刀，迎上前去，大喝：“缅将不要乱冲，中华好汉林道乾在此！”莽瑞拉不懂他的说话，举刀便向他马头劈来，林道乾将刀拦开，觉得十分沉重，知道此人勇力在王子汉宁之上，遂施展平生本领，和莽瑞拉酣战。二人翻翻滚滚，斗至七十合以上，不分胜负。

唐翱早率众健儿反攻过来，见林道乾战莽瑞拉不下，恐怕自己主将有失，且知莽瑞拉是缅甸国的大元帅，今番缅兵侵犯暹罗，是他主动最力，难得他亲自上阵，若可斩获此人，缅兵势必瓦解了。那唐翱起了雄心，把马徐徐近前，抽出弓箭，要想乘隙射中莽瑞拉，但是林道乾和莽瑞拉战得十分紧酣，恐防射中自己人，不敢鲁莽从事，只把马往来回旋着，迟迟有待。

林道乾见莽瑞拉愈战愈勇，知不可以力胜，便假作力乏，虚晃一刀，回马便走。莽瑞拉以为林道乾真败，大喝一声，纵马追来，林道乾暗暗欢喜，刚要用拖刀计去斩他，不料这么一来，不啻给予唐翱一个最适当的良机，蓦地里一箭飞至，正中莽瑞拉的面门。莽瑞拉大叫一声，几乎栽下马来，立即回马奔逃。摩利哥挥众追杀，大获全胜。

莽瑞拉和残卒刚逃至耶佛城外，早见城上遍插暹罗国的旗帜，此城已被暹兵夺回了，众缅兵心中好不惊讶。却不知林道乾在撤退之前，曾留下梭伦和暹将霍列金率领五百人，匿伏在城中民房里，不使缅兵知晓。等到莽瑞拉率大队人马向前进攻后，城中留驻的兵不满五百，梭伦、霍列金遂同众儿郎突然揭旗而起，向缅兵围攻，有许多暹人也乘此时起事。缅兵遏阻不住，仓皇退出，死伤了百余人。梭伦已克复了耶佛城，即令儿郎们在城上遍插旌旗，留心探望缅兵。

隔了些时，听人报告缅将莽瑞拉全军败退而来，梭伦大喜，知道林道乾业已胜利，将奔马阵破去了，所以他们二人立即率领儿郎出城去拦截。缅兵更是惊慌，不知暹兵从哪里杀来，不敢接战，越过耶佛城，向自己边境上溃败。幸亏有一队缅兵赶来接应回去。

林道乾和摩利哥回至耶佛，和梭伦等会合，仍向前进攻，乘胜反攻入缅境，直逼贡格庭山下。

那缅甸的大元帅莽瑞拉中了唐翱的一支箭，虽然被部下救护回去，可是因为这箭中在面门上，利镞入骨，伤势十分沉重。莽瑞拉又知自己的兵马大败，想不到自己一世英名，挫折于暹国，心里又气又恨，又羞又悔，所以夜间在营中金创迸裂，诸医束手，竟大呼数声而死。

缅甸国此次出兵完全是莽瑞拉的主动，以为暹罗国兵寡力薄，一定可以占领得新的土地。想不到竟会败得这样的快，而且素以常胜军著名的奔马阵也大半摧折，这一个败仗竟死伤在万人以上，岂是始料所及的呢？莽瑞拉的死跟着大败的消息报到了缅京，全城震动。缅甸国彷徨无计，勉强增派援兵，另遣一员大将名唤胡里布的，到贡格庭山去代已死的莽瑞拉，指挥败残军队，扼守贡格庭山，不让暹兵攻入，冀挽颓势。然而林道乾闻知缅甸大元帅莽瑞拉伤军逝世的消息，十分快活，他对唐翱说道：

“你这一支箭功劳不小，莽瑞拉既死，我无忧矣！我们快快乘此时机，杀入缅京。”

唐翱道：

“林头领之言不错，我等愿同戮力。”

林道乾又去和摩利哥商量后，立刻进兵攻打贡格庭山。此时暹兵仗着胜利的余威，更是勇气百倍。缅兵大败之后，主帅已死，兵心涣散。虽有胡里布率领着，他想鼓励士卒，作战卫国，可是两军在贡格庭山前交战之下，林道乾和摩利哥分兵两路包抄，唐翱、邱默林等勇猛冲锋，缅兵抵敌不住，大败而走，退守山头。林道乾把山头上的缅兵团团围住，在各处要冲都派士卒扎营，另请摩利哥率暹兵一千五百，绕道穿过贡格庭山，向前面缅甸国的吉田城攻打。吉田城的守军空虚，被摩利哥攻打了一天，已占领下了，立即断绝山上的粮道。胡里布听得吉田城失守，后路将有截断之处，困守孤山，更是危险，遂在夜间率缅兵分作四路杀出重围，望缅京逃遁。林道乾拦杀一阵，又斩获一千余人，虽被胡里布等突围而走，然乘势夺得了贡格庭山。那贡格庭山本是缅边的天险，只因缅兵气沮，作战不力，胡里布又心虚胆怯，没有莽瑞拉的骁勇，所以被林道乾唾手而取。

缅甸国失去了吉田城和贡格庭山，藩篱已撤，顿呈瓦解之势，更是不能应战了。林道乾知道兵贵神速，连忙令暹兵四百驻守吉田城，而命李丁率二百儿郎守贡格庭山，自和摩利哥分兵两路，立即向缅京进攻。其势如摧枯拉朽，又连克二城，离开缅京不远了。缅甸国王慌张万分，忙开御前紧急会议，召集文武大臣，商议御敌之计。可是莽瑞拉死后，胡里布又遭败创，朝臣中的武将更没有人敢自告奋勇去和暹罗军抵抗。一班文臣更是把身家性命看得重要，噤若寒蝉，谁肯说一声战？于是便有几个国王的亲戚劝国王速速向暹罗媾和，免得生灵涂炭，邦家倾覆。到了此时，国王也没有什么别的主意，只有向暹罗屈服，送一大臣到林道乾营中去呈降书，要求媾和修好。林道乾接见之后，便和摩利哥商议，一面暂停进兵，一面派人回到曼谷去奏闻国王阿布敦，是否准缅甸讲和。

阿布敦在暹京起初得到捷报，心中喜悦万分，派出使者前往军中犒赏，既而又闻缅甸国乞和的消息，他更是喜欢。想不到今日之下，竟有一天扬眉吐气，使缅甸国反而来向自己低头乞和呢。于是答应缅甸媾和，提出四项条件：第一项，缅甸国边境的贡格庭山后不设防；第二项，暹罗国以前割与缅甸的土地全数交还，往年暹罗送与缅甸银两及大米，以后取消此项赠送，而缅甸国反须纳款与暹罗，如暹罗所纳之数；第三项，此次战争所有军费损失概由缅甸国赔偿；第四项，缅甸国王的太子须入质于暹罗，暹罗则遣一宗室大臣入质于缅甸，彼此信守和约，永不侵犯。这四项条件送到林道乾营里，林道乾即交与缅甸的使臣，带回缅京去，限他们于二日之内立即答复，否则便要进攻的。

缅甸国王既因国人不能作战，而向暹罗乞和，这四项条件尚不十分苛刻，所以不由他不答应了。遂约定日期在吉田城中双方签订和约，缅甸国赔偿军费六十万两，分作三期交付，并交出以前割地，由摩利哥将军派部队前往接收，缅甸国王的王子带了四员侍从，也到暹军营中来为质。暹罗边界的人民欢欣鼓舞，联合了各村庄，举行了一个祝捷大会，预备不少酒肉果品，犒劳林道乾和摩利哥的部队，军民同欢了一天。

林道乾等到摩利哥将军布置讫，他就下令班师回京，一路奏着凯歌，回至曼谷，在曼谷也开起祝捷大会，比较以前征服东蛮牛，更是隆重而热闹了。暹罗国王阿布敦亲自出迎慰劳三军，大加赏赐。狄丽安公主听说丈夫得胜回京，芳心的快活真是非笔墨所可形容。和林道乾相见后，便许他是暹罗第一功臣，不愧中华好男儿，也是英雄夫婿，特地和宫中姬妾们设备一个跳舞大会，欢迎林道乾。京中大臣都携眷属到临，尽情欢娱了一夜。暹罗国王因为林道乾此次功劳特大，要想封他为大元帅，统率三军，但经摩利哥、蒙汉吉二人反对，在阿布敦前说："这元帅的职权很大，林道乾虽为驸马，而有大功，然而究是外来之人，倘然给他握了重大的兵权，他日恐有尾大不掉之虞，非暹罗王室之福。"摩利哥说这话，一则因自己本为将军，此次胜战有功，理当升擢为大元帅，倘然给林道乾做了元帅，自己处于何地？二则因林道乾究是外人，如何可以让他掌握兵马全权？所以他要和蒙汉吉一致反对国王的意思了。阿布敦听他们说的话也未尝没有理由，且摩利哥素握军权，不甘心受人节制的。若将林道乾封为大元帅，他一定不肯听令了，但若封摩利哥为大元帅，那么林道乾心里一定也要不快活。

此次战胜缅甸仍是要推林道乾之功居多，摩利哥将军不过因人成事而已，所以阿布敦几费踌躇，遂封林道乾为毅武侯，摩利哥为忠武侯，而把封大元帅的主意暂时停顿。后来，被林道乾探知，心中未免对于摩利哥有些不满，否则自己便可乘此时机，攫夺暹罗全国的兵权，而有所作为了。一边差人送书到海霞城去告知魏南鲲，一边却叫唐翱招收暹罗的华侨，编入部队，扩充兵额，借此可以渐增势力，有所作为。因为他的雄心勃勃，很有觊觎王位之意，华侨敬服林道乾的盛名，纷纷投入林道乾的麾下。林道乾又时时亲自出城去到红云砦检阅自己的部伍，而唐翱、孛丁、邱默林、梭伦等也是名将部伍，勤加训练。这种种举动虽然暹罗国王没有觉察一丝半毫，而摩利哥却已闻得，他本来对于林道乾很有敬畏之心，但自胜缅以后，因反对林道乾为大元帅，和林道乾踪迹渐疏，反而十分妒忌；渐渐看出林道乾雄心意气，绝不肯久居人下的，况又有他自己的部队驻扎在曼谷，万一他叛变起来，这是很危险的事，不可不防。然因林道乾是国王的爱婿，又是援救暹罗的大功臣，恐怕说了出来，人家也是不相信的，所以在国王面前也不敢吐露什么，只暗地里和蒙汉吉秘密谈谈，派遣密探暗中注视林道乾的举动，以防万一。林道乾却没有知道，以为暹罗诸将智勇浅薄，总是易与的呢。他所居的邸第是国王赐予的，便在王宫之旁，宫中的音乐声时时隔墙传送过来，而林道乾所居的楼房又很高大，前后都有曲槛𠂤栏，可以眺望到宫墙之外，那里正是暹罗国王每逢三六九日坐了宫车到宗庙里去献祭时必经之路。

林道乾闲暇时在楼上凭栏四眺，恰见国王阿布敦坐了宫车，前后左右有禁卫侍从着，到庙里去。林道乾瞧得清清楚楚，车声辘辘，渐走渐杳，墙外便沉静了许多，树上的鸟声婉转入耳，林道乾却低了头沉思着。这样想了良久，抬起头来哈哈笑道：

“有了，这个办法是再好也没有了。”

他刚才说得这一句，狄丽安公主已从长窗里走了出来，纤手一拍他的肩头问道：

“你说什么话？”

林道乾回头见了狄丽安公主，突然一怔，遂笑笑道：

“我方瞧着四围的风景，想在中秋之夜用许多彩色的灯笼挂在那些树枝上，飘飘荡荡，五光十色，不是很好看的吗？”

林道乾的话明明是掩饰之词，狄丽安公主却信以为真，点点头说道：

“你说的话真有妙想，到那时待我督率宫女扎成许多灯笼，务要将四面的树都挂个满，变成个灯火世界，然后请父王同我母亲、弟弟来此喝酒赏花灯，叙天伦乐事，岂不是好吗？”

林道乾一听狄丽安公主的话，不由又触动了他的灵机，遂说：

“很好很好，我们决定这样办好了，预先几天你可和父王早早约定，必要请他光临的。”

狄丽安公主笑笑道：

“这事包在我身上，必请他们来此一叙。”

林道乾很中心怀，十分欣喜，二人在栏边眺望了良久，方才入室。

隔了一天，林道乾又独自到红云砦去检阅自己的部伍，检阅以后，他特召唐翱、孛丁、梭伦、邱默林四人在一间小室内，屏退左右，开一个秘密会议。他向四人宣布自己的意图道：

“我们到暹罗来已有好多时日，其间曾助着暹罗国大战缅兵，众弟兄舍死忘生，立下很大的功劳，使暹罗转危为安。若然那次战役没有我们参加，恐怕莽瑞拉的奔马阵早已践踏到曼谷来了。然而凯旋归来，弟兄们只得到一些酒肉金银的微赏，而我也仅仅得了一个空名的侯爵。国王本要授我大元帅之职，但被摩利哥反对而止，可知他们对于我们仍不免有歧视之心，猜疑甚深，那么我们在此也恐为德不终，没有什么良好的结果。况且我们来此，本想乘时拓土，也不肯寄人篱下，所以我想安排计策，除了国王，占领暹京，称王而霸，有何不可？全赖诸位相助我成功，不知诸位的意下如何？”

唐翱首先说道：

“我等南行的目的本是为此，愿随左右，共图大业。”

孛丁、梭伦、邱默林三人也都表示同意。林道乾遂对他们说道：

“那天我在楼上眺见国王乘车外出，距离不远，我就想起乘他外出之时，只要我在楼上暗暗放一支冷箭射死了他，然后起事，凭着我们的声威，蕞尔暹罗不难夺为己有的。后来狄丽安公主对我说，要在中秋佳节请国王等众人到我邸第中赏观花灯，那么趁这时候，我等也可伏甲而攻之，一网打尽，未尝不是妙计。你们试想，哪一个办法较好?”

唐翱听了，便说道：

“二计都妙，据我看来，中秋节的日期远，而又在邸第中，那时必有警卫，万一举事不成，反受其殃，况又有篡弑之名，所以还不如暗放冷箭来得隐藏。”

林道乾道：

“这件事不好请人代办的，我的弓箭虽可勉强，没有唐壮士这样百发百中，待我在这数天中加意练习射术，以成其事。到那时，我可叫你们埋伏城中，一等国王射死后，我等便可以戡乱为名，入据宫门，先除了摩利哥将军，余子碌碌，不足顾忌了。”

商议既定，林道乾仍回城中，唐翱、孛丁暗暗准备，专候林道乾的命令，如期举事，以成大业。林道乾回去后，每日清晨便在园中练习射箭，狄丽安公主问起他为什么忽然这样勤习弓矢，林道乾假意说道：

“你知道的，我部下唐翱射术颇精，我自愧弗如，前天和他戏言，要在郊外射猎时彼此一显身手，我恐怕到时射不过他，所以不得不加紧练习了。”

狄丽安公主也就不疑。但是有一天，正是十六日，林道乾赴某大臣的午宴归来，因为多喝了些醇醴，薄有醉意，又和公主在楼窗外平台上凭栏闲眺。忽然国王的宫车出来，到庙里去献祭，平常日子本来在上午的，这天因国王晨起有些不适，本想不去了，午后身体稍佳，遂仍坐车而去，宫门前当然又是热闹一番。公主指着对林道乾说道：

“父王又出去献祭了，不知今天何以迟至下午始出，稍停我要到宫中去探望探望。”

林道乾已醉了，自己失去控制的理智，忽然哈哈笑道：

“你不必去了，你不必去了。”

连说了两声，公主一呆道：

“我不懂你的意思。”

林道乾将手向车上的国王一指道：

“你看你父王坐在宫车上很是庄严，但若使我在这里向他放一支箭时，便可取而代之了，我若做了暹罗国王，你不是现成的王后吗？哈哈哈哈！”

又笑了两声，狄丽安公主一听林道乾说的这几句话，不觉突然一惊，几乎说不出话来。

第三十回

爱女泄阴谋国王伏甲
高台试大炮志士殒身

当时狄丽安公主呆了一呆，对林道乾的脸上相视了一下，然后问道：

“你这话是真的呢，还是喝醉了胡说八道的?”

林道乾笑嘻嘻地说道：

“真的怎样？假的又怎样？你要我做暹罗国王吗?”

狄丽安公主道：

“我是暹罗国王的女儿，富贵荣华，尽我享受，你做了我国的驸马，也是尊贵非常，我不希望你做暹罗国王，除非你要有篡弑之心，觊觎王位，但这是不幸的事，我劝你莫再胡说。”

林道乾道：

“好！自我是胡说八道，你不要当真。”

即此数语，狄丽安公主对于她的丈夫竟有了猜疑之心。林道乾还以为醉后戏言，不放在心上，他仍是朝朝在园中射箭。狄丽安公主见林道乾这样勤习弓矢，想起了他醉后的戏言，更不能无疑，又见这几天唐翱常常到邸中来和林道乾密语，不知说些什么话。她是细心的女子，便觉察到林道乾在这几天内精神有些异样，芳心不免惴惴难安。有一天，她到宫中去觐见父王，回来时却见林道乾独自一人正在楼上拈弓搭矢，向园墙边树上的飞鸟放射，他见公主回来了，便放下弓箭。狄丽安公主走近身去问道：

“你不到园中去射箭，却在楼上放箭吗？你想射哪个?”

此时，林道乾是在清醒之时，立即带笑答道：

“我射那树上的乌鸦，试试我的眼力。”

狄丽安公主点点头道：

“眼力如何？”

林道乾很得意地说道：

“你要看我射吗？”

狄丽安公主道：

“很好，你且放一支箭射那墙外树上的鸟巢，看你可能中的？”

林道乾说声好，立刻拿起弓矢，觑准对面墙边一株参天老树上的一个鸟巢，嗖的一箭射去，喝声着，那支箭恰巧中在鸟巢上，鸟巢晃了两晃，没有堕下，巢内却有数头小鸟，飞出来绕树而鸣，呀呀地好似受着了惊恐。林道乾得意扬扬地对狄丽安公主说道：

“你看我的眼力好不好？”

狄丽安公主嫣然一笑道：

“果然很好。”

林道乾遂将弓矢掷向楼板上，同公主坐下来，娓娓而谈。然而狄丽安公主瞧见了林道乾发矢准确，心上顿时加多了忧虑。林道乾对着这位秀色可餐的娇妻，喜滋滋地只顾讲话，没有察觉到公主的猜疑。

这天晚上，公主睡眠不宁，寤寐思服，想想好多的念头。次日，又到王宫里去见她的母亲，问道：

“父亲同夫君比较起来，哪一个亲爱些？”

她母亲答道：

“当然是父亲亲爱。”

狄丽安公主道：

“这是什么意思？”

她母亲又道：

“每一个人生在世间，只有一个最亲爱的父亲，至于夫君是人尽可夫的，宛如你没有下嫁姓林的时候，随便什么人只要你心目之中可以中意的，都可以做你的丈夫。就是现在，假使你和姓林的万一有意见而拆散鸳鸯时，别人也可以做你的丈夫，所以万万不能和生身之父比较的。”

狄丽安公主听了这话，点点头。停了一会儿，她又走到她父亲阿布敦的密室中去，这地方是外人不易走入的，阿布敦正在低诵佛经，一见女儿前来，便问道：

“你昨天进宫来探望的，今日又来，可有什么事情?”

狄丽安公主上前叫应了，坐在一边，对阿布敦说道：

“父王不是每逢三六九日要到庙里去拈香的吗？女儿以为这几天父王最好不要出外，以免祸殃。”

阿布敦听了女儿的话，不由一怔，忙问道：

“你说这话有什么意思呢?”

狄丽安道：

“恐防有人要暗算父亲。”

阿布敦道：

“奇了，谁有这叛逆的心肠，胆敢行弑君之事？你快快告诉我，我必要严惩以儆。”

狄丽安公主沉吟了片刻，又对阿布敦说道：

“我和父亲说了，要请父亲赦免此人的性命。”

阿布敦道：

“既然那人要行叛逆的事，罪不容于死，你为何又要请我赦免他呢？你快告诉我，此人是谁?”

狄丽安公主颤声说道：

“就是我的丈夫林道乾。”

阿布敦一听“林道乾”三字，不由大吃一惊，跳起身来说道：

“怎么怎么？林道乾他有什么阴谋，将要不利于我吗？你说的是否真确?”

狄丽安道：

“女儿怎敢胡乱讲？林道乾是我的丈夫，我当然要袒护他，可是再想生身父亲只有一个，不可隐瞒，以致给他有机会下毒手，所以今天特来告密。”

阿布敦点点头道：

“你的孝心可嘉，但林道乾为什么要来弑我？究竟是怎么一回事，你快详告。”

于是狄丽安公主就将林道乾倚楼醉语的事，前前后后详细告诉了她的父亲。阿布敦叹口气说道：

“我因他仗义相助，代我国出力不少，胜了东蛮牛，不忘他的大德，在他丧偶之时，就将你许嫁于他，请他到国中来共享富贵，待他非常优异。战胜缅甸之后，又晋封侯爵，却不料他野心勃勃，觊觎这王位，幸亏前经摩利哥将军反对，没有将全国兵权交给他，否则他更易作乱，要逼走我也是很容易的事了。唉！我错把女儿嫁了他，如今要保全我们的国家，却顾不得你了。”

狄丽安公主道：

“悉凭父亲如何做主，只不要伤了他的性命。”

阿布敦道：

“也好，你今天回去后不要泄露秘密，明天是十九日，我不出去进香了，预备要怎样消灭他们了。”

狄丽安公主道：

“林道乾有他的部下，很多英勇之士，必须好好防备，怎样去一网打尽，否则他们就要为患。”

阿布敦点点头道：

“我自然要细细考虑后，再行动手，大概在这一两天内必将这事办妥。你在此玩了一会儿，早些回去吧！”

狄丽安公主答应一声，又去她的母亲处盘桓一刻，然后返邸。阿布敦国王听了这个惊人的消息，不敢怠慢，立即宣召摩利哥将军和禁卫军长蒙汉吉入宫，在密室一同会议。阿布敦将林道乾的阴谋宣布给二人听后，然后再说道：

“林道乾有功于国，人才出众，所以我将爱女下嫁与他，对他不可谓不优渥了。现在他竟要图谋不轨，阴怀篡弑之谋，我岂能默尔而息？二位将军一向尽忠于国，有何妙计，可以除去林道乾和他的部下？”

摩利哥道：

"臣等一心效忠于王，情愿誓死捍卫王宫，绝不使林道乾阴谋得逞。"

蒙汉吉也这样说。阿布敦道：

"我们怎样把他除掉可以不致流血？因我女儿曾在我面前要求赦免林道乾死，那么我也只有答应她，只要把林道乾的部下解决后，剩下林道乾一人，虽有智勇，也无能为力了。"

摩利哥想了一想，遂说道：

"臣有一计，可以两面顾到，不怕林道乾飞上天去。"

阿布敦大喜道：

"将军有何妙计，快快见告。"

摩利哥道：

"明天我王不要循例进香，以免受他暗算，不妨借此诡言猝有重病，召林道乾和公主入宫，有言嘱托。那么，林道乾必然深信不疑，和公主入宫问疾了，我王就令蒙汉吉将军率卫士数百，伏甲在复室之内，等到林道乾进来时，立即将他擒下，谅他断难逃去了。至于他的部下，由臣伏兵数千，在城外红云砦前将他们团团围住，告诉他们说林道乾业已被缚，劝他们投降，如若他们顽强不服，臣可纵火烧砦，攻破他们的营寨。只要林道乾就缚，那么蛇无头而不行，不怕他们怎样猖狂了。"

阿布敦听了，大喜道：

"准这样去办，事成后摩利哥将军即可加封大元帅之职，蒙汉吉将军也可晋爵为侯，我们暹罗国要赖你们二人扶危定倾呢！"

二人听国王这样说，都下拜谢恩，于是摩利哥将军和蒙汉吉将军又安慰国王数语，一齐告退出宫，暗中令部下照计行事。这里摩利哥等安排下天罗地网，准备要把林道乾等一网打尽，同时那边林道乾等也忙着预备进行谋杀国王夺位称霸之事。狄丽安公主进宫去见父王的当儿，林道乾也和唐翱、孛丁等在邸中秘密商议，明天为十九日，国王要出去进香，林道乾自己便伏在楼上等候，预备弓矢，暗中射死国王。那时必然大乱，唐翱、梭伦二人随带三百健儿入城，潜藏王宫附近，待国王中箭后，便拥护林道乾入据宫门，假意搜索叛党，率兵擒获摩利哥，只要除了此人，余子碌碌，便不足顾虑了。城外红云砦的部队由孛丁、邱默林二人统带，专等国王被刺消息传出后，立即攻城，当由梭伦开城接应，大家一致出力，夺取暹罗，共图霸业。唐翱等因有此冒险的尝试，大家精神十分兴奋，希望明日便可一举成功，那么不负林道乾到曼谷来的初衷了，林道乾当然更是聚精会神地等候机会到临。

这天晚上，狄丽安公主恐怕泄露机密，没有和林道乾多说话，早自遽然入梦。林道乾精神兴奋，在榻上辗转反侧，一时睡不着，忽听狄丽安公主在睡梦中呓语喃喃道：

“父王，你擒获了他，千万不要害他的性命……”

林道乾一听这话，心里不由一动，公主所谓的他到底是谁？虽然这是她的梦话，也没有指定，但觉很有蹊跷，必非无因，所以他更是睡不成眠了。看看狄丽安公主鼻息微微，睡态很是婉媚，自思狄丽安公主是国王的爱女，我此番要行刺国王，当然对于她大有关系的，以后我又怎样去安慰她呢？我知道她是很孝顺着父亲的，倘知我杀了她的父亲，夺了她的国家，她还肯和我做夫妇吗？继思我为了前途霸业，也顾不得儿女私情了，箭在弦上，不得不发，自己只有勇往直前地去做，何必顾虑到其他呢？想了好久，直到天明时方才睡熟了一刻。起身后，又到园中去射箭。午后，唐翱、梭伦等已络绎入城，唐翱且至邸中来暗递过消息，林道乾暗暗带了弓箭，走到楼外平台上栏杆旁去假作射鸟。看看国王阿布敦出宫进香的时候已到了，但是宫门前沉寂得很，一辆车也不见。林道乾在楼边徘徊好久，心中未免有些狐疑，偶然回过头去，瞥见狄丽安公主正在窗内向自己探望，等到自己的视线和她接触时，公主却又走去了。林道乾因而想到昨宵公主睡梦中的呓语，又想到这两天公主接连着进宫去谒见父母，今天国王应当出去进香的，偏又匿伏不出，莫非她已窥破我的秘密而去国王那边通知消息吗？他正在狐疑不决，忽然宫中有使者到来，狄丽安公主跑来告诉了他，他只得放过弓矢同公主下楼去和使者见面，使者报告国王有疾，危殆万分，有旨传驸马和公主入宫嘱托要言。狄丽安公主听了，明知这是她父王设的计策，诓骗林道乾入宫，以便擒住他的，所以向林道乾假意说道：

“父王病笃，这是我不及料的，既然他有旨传唤，我和你快快进宫去见他一面吧！”

林道乾口里答应了一声，却很留心注视公主的神情。使者禀告毕，便问驸马可要立即入宫，好让他去复命。林道乾点点头道：

“我们马上入宫。”

使者遂匆匆退去。公主又对林道乾说道：

“事不宜迟，我们快快准备去吧！”

林道乾细瞧公主，脸上不但毫无忧戚之容，且反含有喜色，这是什么道理呢？他就说道：

“好！你父亲既然有疾，传唤我们入宫，自然理该前去，你上楼去更妆，我也要预备……”

林道乾尚未说毕，却见唐翱急匆匆地自外走入，见了公主在侧，行礼后，站在一旁，不说什么，只是用双目向林道乾示意。林道乾又对公主说道：

“你先上楼去吧！”

狄丽安公主遂欣然走去。唐翱见公主已去，左右无人，遂走上两步，向林道乾说道：

“今天的情形有些不对吧！”

林道乾点点头道：

“是的，你可有什么话要告诉我吗？”

唐翱道：

“今日我同梭伦等众儿郎分道而入，梭伦埋伏在城门附近，我在王宫那边徘徊，忽见蒙汉吉将军全副戎装，乘马入宫，恰巧有一个华侨姓陈的悄悄告诉我说：‘今天王宫里不知将有什么事变发生，因为他在破晓时起身去饲象，窥见街道上有军队移动，正走向王宫里去，而午时宫门紧闭，似乎戒备甚严，不比平常时光景了。’我听了这些人的话，心中也有些忐忑，守候多时，又不见国王出来，所以特来报告一声，请示机宜，莫非此事业已泄露？那么我们处境已危，不可不为万一之准备了。”

林道乾听了唐翱的话，他的疑心更是重大，也就将自己守候国王不出，忽来使者传唤，以及公主呓语等情告诉唐翱听，唐翱跌足叹道：

“我们的机谋一定是经公主泄露出去了，那么我们大家都将有重大的危险，头领切不可进宫去自投罗网。”

林道乾道：

“当然，你且少待，我可以向公主去问个明白，不怕她不直招。”

于是，林道乾立刻到他室中去，向壁上摘下他的宝刀，飞快地跑上楼去，见公主已更了装，对他说道：

“你就这样去吗？带着兵器作甚？”

林道乾有意要试探公主，遂将脸色一沉，冷冷地说道：

“你问我这个吗？今天我恐防受人暗算，所以要带这宝刀，谁敢损伤我一发一肤，须吃我一刀。”

狄丽安公主不防林道乾说出这话来，心中扑地一跳，玉颜立刻变色，一时说不出话来。林道乾早已瞧出一些根苗，立即将宝刀拔出鞘来，高高扬起，一手揪住狄丽安公主的衣袖，大声喝问道：

“我和你虽然是夫妻，可是今天却不能不难为你了，你快快直说，此次国王召我入宫，究竟怀的是什么意思？以为我不知道吗？好！你们父女俩串通一气，要把我置之死地而后快吗？”

狄丽安公主给林道乾这么威逼，壳觫万状，颤着声音说道：

“我父王并无害你之意，你何以这样对待我？使我真是想不到的。”

林道乾见她不肯说，又把宝刀在她面上轻轻拂了一下说道：

“快说，快说！今天国王为什么不出宫拈香，而反要召唤我入宫？明明是你去搬弄的是非，国王将有不利于我的举动了。你若说了出来，我顾念夫妻之情，绝不伤害你。”

此时狄丽安公主又惊又悲，早嘤嘤啜泣道：

“你还要说什么夫妻不夫妻？你这个人可有良心的吗？我父王待你不薄，你为什么要射死他而要夺他的王位呢？野心勃勃，不责备自己，反来威逼人家吗？我起初以为你醉后戏言，后来见你的行径不对，所以去告诉父王，防备你将有不轨的举动，我也曾要求父王不要将你杀害。我对你很坦白，你只好怪自己的不是，现在你把我杀了，也不妨事，我只求父王平安不遭你的毒手，国本不致动摇，这就是暹罗的幸运了。”

林道乾听她这样说，方悟自己醉后失言，以致机密泄露。尚幸唐翱报信，自己觉察得早，否则霸业未成身先死，自己死得也不明不白了，虽然是公主的不是，却也未尝不是自己懈怠的罪。现在事已如此，国王已是刺不成功了，谅国王已有计划来对付自己，那么不但自己一身可危，而城外红云砦的众儿郎也有被歼之虞，我将怎么办呢？起事夺国，谅难奏效，三十六着走为上着，还不如先行逃出险地，顾全了部下，然后再作卷土重来之计吧！至于狄丽安公主，我虽不难把她一刀两段，了结她的生命，然因她如此美丽，想念往日的欢情，我还是不忍使她做刀头之鬼，况且杀死了她也无补大事，姑且饶她一命吧！林道乾心里这样想，眼中又见狄丽安公主如带雨梨花一般，可怜得很，心里更是不忍，便对她说道：

“原来如此，我也早知是你这贱人去搬弄的是非，使我险些堕入陷阱。”

公主道：

“你也要责备自己，不当怪我，我岂忍坐视父王被异族之人刺死，而国家被人所夺呢?”

林道乾鼻子里哼了一声，也不暇和公主多说什么话，便取过一条绳子，将狄丽安公主缚在椅子上，口里塞了一块棉絮，然后将房门带上，一径走下楼去。有几个下人见林道乾面色很不好看，手里握着光闪闪的宝刀，不明白为了何事，都远远地趸开去，不敢问询。唐翱早迎着林道乾问道：

“结果了吗?”

林道乾摇摇头道：

“我因夫妻之情，姑恕她一命，把她缚在楼上，由她去休。我们快快杀出城去，会合了红云砦的众儿郎，再作道理。宫门中既有暹兵，我们也无隙可乘了。”

唐翱答应一声，二人刚欲出门，岂知暹罗国王因林道乾等迟迟不至，恐有意外，故又差遣一个使者和几名卫兵前来刺探动静，恰巧撞见林道乾和唐翱出门。林道乾见使者背后远远地还有数名卫兵，以为自己不进宫去国王差人来捕他了，因了这一个误会，林道乾立即跳上前，将手中宝刀向那使者一挥，使者已饮刃而倒。那几个卫兵见林道乾手刃使者，倒惊得呆了，未奉命令不敢上前。此时唐翱见林道乾已把使者搠翻，知已肇祸，也就不肯让人，拔出佩剑，向那些卫兵进刺，卫兵吓得四散逃避，到宫中去报信了。

唐翱走至当街，取出觱栗，吹了三声，众儿郎闻声咸集，大家准备听令冲入王宫去动手。林道乾却下令众儿郎快快杀出城去，到红云砦一齐会合，于是众人一齐举刃大呼，向城门边驰突。宫中蒙汉吉将军已得到了信息，连忙率领禁卫军杀至林道乾这边来，可是林道乾已走了。蒙汉吉遂派部下入邸去救狄丽安公主，他自己率禁卫军在后紧追。此时，各街道上暹人以及华侨不知因何缘由，一齐闭门匿伏，不敢外出。

林道乾等杀至城门口，早有梭伦等接应，向守城的暹兵群起而攻，暹兵逃散，梭伦遂得接应林道乾、唐翱等杀出曼谷南门，向红云砦去。这时候，摩利哥将军正率领大军围住红云砦攻打，李丁等在内坚守，摩利哥纵火焚砦，烧得一片通红，李丁、邱默林本因寡不敌众，拟死守红云砦，再候林道乾的命令，所以摩利哥一时也攻打不入，无奈砦前砦后都着了火，烈焰四冒，倘再不走，众儿郎定要葬身火窟，于是他们下令冲突出围。暹兵已把他们围困得密密层层，见他们杀出砦来，一齐用箭乱射，李丁、邱默林等虽然奋力冲杀，怎敌得箭如飞蝗，身上都中了箭。正在万分危急之际，幸亏林道乾等已至，林道乾见红云砦已起了火，浓烟冲天而起，他知道自己的部下已是被困，他岂忍丢掉他们而独自一走呢？所以他和唐翱、梭伦等并力杀入。林道乾瞋目大呼，一柄宝刀上下翻飞，逢人便砍，唐翱也夺得一匹战马，使开画戟，和梭伦随着林道乾猛冲，暹兵死于他们刀战之下的不计其数。摩利哥也知林道乾等勇武难敌，他不明白林道乾等何以没有就缚而反杀出城来接应此地的部下，心中大为惊疑。他不敢去交手，吩咐手下只顾放箭，倚仗着自己人多，要想把他们一起包围住，可是林道乾等已杀开一条血路，和李丁等一干人会合，把他们救到外边来，同时蒙汉吉将军也已赶到，暹兵声势更是雄厚。林道乾等受伤的很多，不敢应战，遂向郊外退去。摩利哥和蒙汉吉会合了，在后穷追，他们不让林道乾等据有立足点，成为暹罗之患，因此通令各地出兵邀击，昭告林道乾等叛逆之状，但各地方官吏也知林道乾厉害，各将城池闭守，不敢邀击。

林道乾败退到山坡边，盘踞在一个僧寺里，喘息一下，检点儿郎，死伤二三百人，邱默林身中九箭，力尽而死，林道乾挥泪把他埋葬在寺中园地里，李丁亦中三箭，尚幸不在要害，虽无性命之忧，然亦睡倒在地，再不能作战。他身边只有唐翱和梭伦二人尚能力斗，梭伦的臂上也已受了微伤。

林道乾喘息方定，和唐翱、梭伦二人席地而坐，商议应付之计，林道乾此次仓促退出曼谷，吃了一个大亏，把自己所定的计划悉付东流，当然异常愤怒，一百二十个不愿意。他对二人说道：

"我们到暹罗来，当然是要乘机夺国，创造霸业，谁耐烦一辈子过那寄人篱下的生活呢？所以，此次我们预定这个计划，要射死国王，一举成功，谁知我自己醉后失言，以致被他们先布置好了，要来把我们一网打尽。现在虽然被我们侥幸逃出重围，可是前功尽弃，镜花水月，叫我如何回去见魏南鲲呢？不如拣选一二可以据守之地突然击入，为盘踞之计，以便起事。"

唐翱道：

"头领之言未尝不是，但此次我们惨败，在红云砦损折了许多人，众儿郎锐气已挫，难振雄风，勉强作战，也于我们有所不利。况且摩利哥将军一定不肯放松我们，必然蹑踪而至，也难给我们得手，不如退回海霞，养精蓄锐，乘时而起的好。"

林道乾听了，默然无语，部下已将晚餐煮好，他们本来没带粮食，也是从民间掠夺而来的。天色已黑，点上一支蜡烛，林道乾草草吃毕，对着烛光叹道：

"我征东蛮牛，战缅甸，所向无敌，不料今日有此失败，又使我回想到苏婆腊岛时战败的情状了。如今张大哥不知何往，孙天禄和我妹妹竟同归于尽，往事如梦，不堪回首，就拿目前而讲吧，我在暹罗往日又何等荣耀？今日几如兵败垓下的楚霸王了，我悔不把狄丽安公主一刀杀死，为什么依然不忍呢？她也对我无情，告诉了国王，以致我弄到如此地步，可恨可恨！"

唐翱劝道：

“头领不必追悔了，我们且作以后的道理，卷土重来，事未可知，何必灰心呢？”

唐翱正说到这里，探子忽报摩利哥将军和蒙汉吉分兵两路追杀前来。林道乾一咬牙齿说道：

“他们果然要追杀前来吗？我不得不和他们死拼一下了。”

遂立起身在寺门外召聚众儿郎说道：

“我等不幸为暹兵袭击，猝不及防，致遭败衄，现在事已紧急，不得不奋力杀出重围。我用红灯为号，大家随着红灯厮杀，杀开一条血路，好还海霞城去，否则我等不免都要葬身于此了。”

大家答应一声，这时候，只见远远地平原上一带火把，蜿蜒如龙，正向这边山地上飞扑过来，乃是摩利哥的军队到了。唐翱道：

“我们迎战呢，还是速退？黑夜中混战，若被包围，我们更易失败，势孤力薄，不如退至相当地点，然后抗拒。”

林道乾道：

“不错。”

于是他燃起一盏红灯，挑在竹竿上，吩咐众儿郎快快向南疾退。大家走了一段路，遥望背后那条火龙依然跟随不舍，喊声渐近，渐渐西边也有一带灯火出现，又有暹兵来追了。更不敢懈怠，急急奔走，到得一座山隘之处，背后追赶的暹兵益发近了。唐翱对林道乾说道：

“此处路狭，我们可以凭险抗拒一回了，免得他们紧追不舍。”

林道乾向左右地势顾瞻一下，见高巍巍的山峰、黑魆魆的树林，正好屏蔽，黑夜之中暹兵必不敢轻进的，于是吩咐唐翱、梭伦各率一百多名儿郎，在左右埋伏，自己在中间由隘前伏下。看看暹军已追近山隘之前，灯笼火把，照耀如昼，摩利哥将军正在队伍中，他在马上瞧见前面这座山隘形势险恶，他是本国人，知道这条路险，须仔细防人暗算，万一有伏兵藏着，自己必要吃亏的，遂止住部下勿追，纵冲上前，相视了一番，犹豫不决。但又放不下林道乾等一行人，继思林道乾等业已溃败，谅无多大能力再敢邀击，自己除恶务尽，斩草除根。今日若不将林道乾等追获，那么纵虎归山，他日必为暹罗之患，所以他先派出二百名骑兵向前冲去，试察虚实。唐翱伏在左右黑暗的林子前，他瞧得清楚，等暹兵冲近时，开弓放射，嗖嗖的一连三箭，早见当先的三个骑兵同时翻身跌下马来，背后的骑兵如何不惊？但是又不好后退，只得硬着头皮，大声呼喊，继续前进，只听一声梆子响，左边、右边众矢并发，骑兵中箭纷纷落马，顿时大乱，向自己阵地返奔。林道乾率领部下大呼冲出，宝刀霍霍，直冲暹兵队中，当着的不是断头，便是折臂，唐翱和梭伦也从左右杀出，三路猛扑。暹兵不知敌人多少，大为惊乱，林道乾、唐翱等此时作困兽之斗，勇猛异常，暹兵敌不住，死伤甚众，摩利哥将军只得下令后退。幸亏蒙汉吉的援兵赶至，方才声势重振。

林道乾等杀了一阵，见暹兵又有续至，自己幸已得胜，稍雪耻辱，不敢恋战，遂会合唐翱梭伦等仍退入山隘。摩利哥将军和蒙汉吉却不敢再蹑踪追赶，且在山隘前排开阵势，火炬通明，严密地戒备着。林道乾瞧了，对唐翱说道：

“瞧这情势，他们是要待到天明后进攻了，但我们究属人少，伤者又多，若至天明，我们便又不利，不如乘此黑夜极早远走，以免被围。”

唐翱也以为然，于是林道乾留下十数面旗子插在树林里，以作疑兵，自己带领部下，立即取道潜行。天明时摩利哥将军尚不敢突入，窥见林中旌旗，还以为林道乾等埋伏在内，遂先派骑兵向正面缓缓进逼，自和蒙汉吉分两路从左右包抄，杀入林中。见空荡荡的没有一兵，只虚插着数面旌旗，方知林道乾等早已在夜间逃遁了，遂过了山隘，再望前进，然而林道乾已是去远，到达浡尼边境了。摩利哥仰天叹息道：

“不杀此人，终必为我国之患。”

不得已，收兵回至曼谷，将经过事实禀告国王知道。阿布敦闻林道乾免脱，当然心中也十分失望，但也无可奈何，幸已破去阴谋，王室暂安，自己也幸免于难。遂加封摩利哥大元帅之职，蒙汉吉晋爵定国侯。将狄丽安公主迎入宫中，她知林道乾没有擒获，芳心终是惴惴不安，国王虽百般安慰她，也是无效。

摩利哥将军做了元帅，便加紧训练国内的兵马，下令对于浡尼的边境格外戒备，以防他日林道乾来复仇，一面又和东蛮牛、缅甸两国很恳挚地联络着，以防他们生变，这些都是摩利哥将军对外的设施，可谓小心翼翼了。

林道乾等从暹罗境内遁走到浡尼国内，重至北大年，浡尼国王正在卧病，十分沉重，他是最服林道乾的，令朝中大臣好好招待。林道乾仍以子婿礼入宫问疾，和国王谈了一刻话，告诉他说暹罗国王阴谋杀害自己，所以乘隙脱遁，却把自己谋位弑王的事完全隐瞒，一语不泄，国王安慰了数语。林道乾见国王精神不佳，即告退出宫，将部下移驻城内，他就暗暗对唐翱说道：

"古人有言，失之东隅，收之桑榆，我们既不能得志于暹罗，何不奋发于浡尼？我瞧浡尼国王奄奄一息，朝晚便要逝世，这也是一个很好的机会，我们可以待他易箦的时候，乘机进据王宫，夺了他的王位，不是轻而易举吗？"

唐翱也赞成此举，计算浡尼国内只有赫特一人稍稍顾忌，其余都非可虑。赫特闻林道乾前来，也曾出而收接，他也防备林道乾有野心，暗暗命令部下集中在城内以防不测。然而林道乾和唐翱商量后，已令唐翱悄悄地对付他了，一面又打发心腹去海霞城暗递消息与魏南鲲，叫他刺探消息，起兵呼应。他自己却逗留在北大年，布置一切。果然隔了两天，浡尼国王克里满竟宫车晏驾了，升遐消息传出后，国内大臣方拟立王储继位，可是接一接二的噩耗传出来了，就是赫特被刺殒命，林道乾率部下入宫，占据王宫，自立为王。浡尼的兵士因主将猝死，不敢抵抗，都被唐翱缴了他们的兵器，重行改编，梭伦已守住城门，而魏南鲲也已率精锐健儿开拔到北大年来了。这样，林道乾便安然做了浡尼国王，大赏部下，他和魏南鲲见过后，告知一切，仍命魏南鲲驻守海霞，封他为靖南侯，戴大荣、唐翱、梭伦等都封将军，大家自然欢喜。

林道乾既做浡尼国王，可是浡尼地小，不足施展，他的一腔雄心终未忘情于暹罗、缅甸等处，因此他积极训练部伍，扩充兵额。暹罗国王阿布敦闻得这个消息，不由震惊，特派使者到北大年来道贺林道乾荣登王位，且送了不少礼物，表示他愿意将爱女狄丽安公主送归北大年，仍和林道乾和好。然而林道乾怀恨在心，且觉这位公主非窦梨银可比，为人浑沉有智，不易对付，所以他不愿意再和她重续旧好了。暹罗国王无可如何，只得再派使者多送金珠宝物与林道乾。可是狄丽安公主羞愤愧悔之余，竟投缳自尽了，国王大为悲悼，葬于曼谷城外。林道乾得知这个香消玉殒的消息，也深深太息，从此他抛下儿女情爱，仍是用其心力去创建霸业，满拟再待机会，重入曼谷，开疆辟土。

有一天，他坐在宫里，忽然魏南鲲从海霞来见，带了一个华侨，介绍与林道乾。因为这华侨姓宋名喜成，自幼流落外洋，曾到过希腊、罗马、西班牙各地，从外邦里偷学的铸炮之术，此次漂荡至马来半岛，本想遄返祖国去，将大炮图样献与明廷。谁料船至这里，触礁搁浅，被魏南鲲部下救得，所有图样侥幸未失。魏南鲲因以前曾和林道乾谈起白人在南洋势力很大，他们挟有火器，在战争上占着极大的优势，林道乾也很有志于铸造大炮，只因自己身边没有精谙这种技术的人，未能如愿。现在巧遇这位宋喜成，竟擅铸炮之技，所以魏南鲲带他来看看了，林道乾聆得报告，自然欢喜。宋喜成又将他所绘的图样呈给林道乾审阅，林道乾约略阅过一遍，大大赞美。便有意留宋喜成在此代他铸造大炮，且在海霞城外滨海之区筑起一座大炮台来，正对海中，异日倘有白人来犯，便可开炮轰击，不使近岸。同时在海霞城的附近山上建筑起铸炮的工厂，由宋喜成做厂长兼工程师，招募工人，采掘铜铁，要宋喜成赶造大炮数尊试用，并请魏南鲲为监督，当时宴请宋喜成与魏南鲲，一一发下命令去做。魏南鲲和宋喜成次日即向林道乾告别，回到海霞去进行。林道乾自己也三五日一去视察，希望宋喜成快快制造出精良的大炮，将来也可用以威胁暹罗、缅甸等国，自己有此利器，人马虽少，也足横行南海了。宋喜成感知遇之恩，自然也尽心尽力，督促工人，亲自动手，照着图样赶铸大炮。隔了一个多月，果然铸成雌雄大炮二尊。据宋喜成告诉林道乾说，二炮开时可射击二十海里之遥，大小战船当着时立刻碎成齑粉，下沉海底。若用这炮去轰击城堡时，也可炸裂城墙，使营叠崩倒，毁于炮火之下。林道乾听了，非常欢喜，而那座炮台也已加工赶筑而成。

这一天正是三秋天气，天高日晶，林道乾和唐翱、魏南鲲、戴大荣、梭伦、孛丁等部众健儿一齐到炮台之上去试燃大炮。只见宋喜成督率工人，抬着那两尊雌雄大炮到炮台上来，安放在预制的炮座之上。那两尊雌雄大炮一样长短，各有一丈八尺六寸，炮口也有七寸对径。林道乾命令部下代二炮披上红色彩绸，果然雄壮非常，许多人民都到炮台四围来瞧热闹，人山人海，可算浡尼国中破天荒第一次盛举。林道乾立在炮台上，远望大海中波涛汹涌，天风浪浪，他今日安慰极了，便命宋喜成试炮，宋喜成当然欣然奉命，遂走至大炮旁燃着药线，要想放出一炮，可是说也奇怪，这炮亮了一亮，寂寂无声，并没有放出去。宋喜成燃了两次，依然无效，他心里十分惶恐，大概炮门里出了毛病以至于此，自己在林道乾等面前夸下大口，辛辛苦苦铸造成功，谁料今日竟会开放不出，这如何能够交代过呢？林道乾一心要看大炮开放，却见宋喜成连燃两次，炮声不响，竟放不出去，心里非常疑讶，忙问怎的怎的，连忙跳过去要自己试燃。宋喜成说不出所以然，期期艾艾的，只得由他去放，魏南鲲也赶过来看，林道乾燃了药线，见这大炮依然轰不出来，他心里十分恼怒，便大喊道：

“大炮大炮，你若放不出时，我愿和你同归于尽了。”

说罢这话，又去燃着药线，忽然惊天动地的一声响亮，大炮虽然放不出去，而炮身忽然炸裂，烟焰腾空，血肉横飞，林道乾、魏南鲲和宋喜成三人正立在炮侧，身当其冲，都被大炮炸死，肢体粉碎。唐翱立得稍远，也受微伤，炮台上出了这个乱子，四面人民大乱，唐翱负伤下令，吩咐民众不得妄动，各回家门，梭伦助着他收拾林道乾等尸体，回至海霞城中，举哀发丧，各备上等棺木收殓。

林道乾既然身为浡尼国王，丧礼尤不得不格外隆重。此时苦了唐翱，一方面要镇压浡尼国人民，一方面要赶办林道乾的丧事，忙乱了数天，方才把林道乾埋葬在滨海一个墓地之上，魏南鲲也葬在一旁，立碑纪念，他也没有回北大年去。可是自从林道乾的噩耗传出以后，北大年城里有许多浡尼国王克里满的老臣趁这机会，开了一个秘密会议，请以前赫特的部将穆立来暗暗召集本国军队，拥护旧王储黑蝶南复国继位，这个复国运动酝酿了多天，竟在林道乾遗体安葬以后，唐翱回归北大年之前，浡尼上下军民突然起义重行恢复了王国。林道乾部下少数的人退出北大年，回至海霞。唐翱究竟资格尚浅，猝逢这种大事，他也觉得非常棘手，对付不来，而海霞城里也有许多浡尼国人民乘此时机，正谋驱逐唐翱等一干人，统一浡尼国。穆立也把浡尼军队开到五云山边来，一时风声鹤唳，草木皆兵，唐翱和戴大荣、李丁等众人商议，恐受浡尼人的包围，决定要退出浡尼。戴大荣遂建议以前他和林二姑盘踞的小笠岛，尚是隐僻，人民也很和洽，不如重返小笠岛去，暂图安身，于是各人收拾一切，便在十五日的那天清晨退出海霞，至林道乾、林二姑墓下去祭奠了一番，向阴灵告别。众健儿回想旧情，无不痛哭出声，唐翱更是黯然神伤，心中十分颓废，好容易相助林道乾在浡尼做了王，方欲大展宏图，力创霸业，又谁料天有不测风云，人有旦夕祸福，林道乾竟会试炮自毙的呢？他们一行人别墓以后，大家开拔至海边，由戴大荣为向导，坐了海船回去，唯有梭伦等众蛮兵却留在海霞，听候浡尼国来改编了。

林道乾的死，真是出人意外，死得离奇，霸业未成，中途而废，足使豪杰之士为之扼腕。直到现在，北大年等地方尚有林道乾和他妹妹林二姑的遗迹，给后人凭吊，而林道乾所铸的大炮，在浡尼国还当是历史上可资纪念的珍贵品呢。

海天茫茫，英雄长逝，当林道乾浡尼试炮、身遭惨死之时，又谁知他的同志林风正在海洋的又一角，和白人鏖战，争取他自己的霸业呢？

第三十一回

长风破浪林凤征南
黑夜攻营萧柯喋血

海天南进，万里长风，林凤和萧柯、赵虬等一行人自从离开榕岛，向菲律宾群岛那方面挂帆驶去。海航中的路程幸亏有萧柯指导，老马识途，没有迷失方向，虽然有几次遇见浓雾以及风浪，尚幸都未遭险。

林凤在舟中只是和萧柯对着萧柯所奉阅的地图细细阅览，研究如何用兵的方法，及所取的途径，闲时却不免常要想起张琏、林道乾等众弟兄，深感自己的实力未充，毛羽未丰，却被官军来征剿，竟把自己弟兄搅得分散开来，各奔一方。从此不知何日可以再行见面，这样不是对于自己众弟兄共图霸业的计划加上一个很重大的打击吗？力量本嫌寡薄，何况现在又各个分了开来，力量的微小可想而知，然而自己的雄心未戢，壮志欲成，幸赖萧柯等同志相助，方才决定了目的地。倘然有成功的希望，我的事业，我的声名，也可传之不朽了。他这样一想，凄凉之中尚觉有一些雄心，如炉火方在燃起了。林凤的夫人郭玉辉一路在海舶中玩赏大洋雄壮的风景，她虽是个女子，却和她的丈夫志趣相同，纤纤弱质，还受得起风浪，不以为苦。而赵虬、黄瑞、邝刚、魏三虎等以及众儿郎也都怀着一团热望，十分兴奋。

将到乙罗羔地方的海岸，大家在船上望着前面一点点的黑影，心里自然更是欢喜。萧柯又把那边土人的生活以及西班牙军士骄横的举动讲给众儿郎听，他说，西班牙的军士大都十分骁勇的，并且大都使用火器，和他们交锋，比较上自己的器械有些不如。可是西班牙军士每逢战阵，只能胜，不能败，胜则长躯而入，败则四处涣散，且好酗酒女色，所以可畏可不足畏。只要我们大家用力杀败他们数阵，便不足破了。大家听了，记在心里，摩拳擦掌，准备厮杀。

林凤自己在舵楼上和萧柯远眺，看看渐近乙罗羔海岸，那边海面上正有一艘西班牙的大船驶向自己这边而来。西班牙人早已瞭见这边有许多战船驶向他们那边去，不知是哪里来的，所以派出这船来侦询。船上也有二十名西班牙军士，都是全副军装，有一个西班牙的军官，在他们舵楼上将一面旗向林凤这边连连挥着。林凤虽然不谙旗语，可是他也知道西班牙人的意思是要叫他停船了，他立刻吩咐左右唤赵虬过来听令。一会儿，赵虬来见，林凤指着对面驶来的船向赵虬说道：

"这是西班牙的船舶，大约过来查问我们的，我们先来杀他一个下马威，把这船掳了过来，也使西班牙人知道我们的厉害。赵兄弟，请你带领十艘船去奏个头功，可好吗？"

赵虬道：

"愿听调遣，待我立刻前去。林大哥，你把这个头功让给我去立吗？我倒要谢谢你了。"

他欣欣然地走回自己船上，和邝刚把船舶分开两翼，向西班牙人的帆船直驶过去。对面船上的西班牙军士见了这边船，马上冲杀，一会儿已被赵虬等诸船围住，赵虬手握双斧，立在船头上。看看两船渐近，西班牙的军士都挺着锐利的长矛，待向赵虬身上攒刺。赵虬虎吼一声，飞身一跃，早跳至他们的船头。西班牙军士从未见过这种剽悍的勇士，莫不惊讶。赵虬刚立定脚步，将手中双斧向两旁排头儿砍去，早劈倒了两个西班牙军士，他们的利矛休想近得他身。此时，邝刚也率众健儿杀入，大家把西班牙军士剖瓜切菜般乱杀。西班牙军士抵敌不住，死的死，伤的伤，被生擒了五六人。赵虬吩咐把已死的尸骸都抛到海中去，俘获着这头帆船，回到林凤船上来交代。林凤拍着赵虬的肩膀说道：

"赵兄弟真勇敢，足使我们增长不少锐气，这遭下南洋的首功被你得了，且待我们得了马尼拉，再和你痛饮三百杯。"

赵虬被林凤这样一称赞，更是快活。林凤吩咐把虏获的西班牙人拘禁在船上，以后慢慢发落。这艘船便命赵虬管领，乘此小小胜利，立即展开战船，乘势向前面的对岸地方进攻。那驻守未岸的西班牙军官名唤撒示洛，闻得警耗，急派人坐了小船，赶快到马尼拉总督捞力撒里那边去告警，同时督率部下八十名西班牙军士，会同土人坚守未岸。林凤把部下战船分为五路进攻，赵虬、邝刚居前，魏三虎居后，萧柯居左，黄瑞居右，自居中央，大小战船齐向未岸猛扑。未岸的海滨虽有数尊小炮，撒示洛吩咐军士向海中战船开放，中路右路居然中了二三炮，有两艘战船被炮击沉。可是前路的赵虬、邝刚和左路的萧柯奋勇冲击，各欲立功，一霎时，已杀过未岸海滨，放下小艇，杀上岸去。赵虬、萧柯各奋神勇，一个双斧频挥，一个长枪乱舞，西班牙军士当着的不是断头，便被洞胸，纷纷溃乱。林凤也指挥儿郎和黄瑞等跟着杀上。撒示洛见大势已去，遂领着数十残众，坐船而逸。

林凤得了未岸，见地方很小，不足留驻，遂搜取这地方的粮食和军械，搬回舟中，乘胜前进，扬帆前驶，进攻马尼拉，只要取得马尼拉首邑，菲律宾岛便不难为自己占有了。将近马尼拉时，萧柯对林凤献计道：

“这次我们杀了西人，攻陷未岸，恐怕马尼拉的西班牙军已有防备。那边驻军众多，势力雄厚，没有未岸这样取胜容易。最好我们分军三路进攻，乱其耳目，若能得地方上的华侨或是土人在那里做我的内应，攻破自易了。”

林凤道：

“萧兄之言很合我意，但我们人地生疏，何来内应？萧兄熟悉这里地理人情，此事要仗萧兄见机行事了。”

萧柯也欲在林凤面前立些功劳，一显自己的本领，慨然自任。于是林凤又分遣部下三路出发，萧柯和魏三虎为左翼，赵虬、黄瑞为右翼，自和邝刚为中军，向马尼拉进攻。每队中都有萧柯派下的向导，指点航路。萧柯知道马尼拉的南面，西班牙人设备较为弛松。西班牙人倘然知道未岸失陷，有华人去向他们进攻时，他们必用全力来防守正面的，自己乘其不备，杀上了海岸，也可牵制他们的军力，而使林凤在正面也易得手呢！于是他悄悄地将战船开向南方去，自己站在舵楼上，只是用着望远镜察看前面的形势，且喜途中没有遇见一艘西班牙人的船舶。但是瞧着天空中云阵密密，阳乌敛影，预料海上将起飓风，倘然风势过大时，自己的船在海面上一定要蒙受不利的影响。但望飓风不要太大，或是变换方向，那么可以避去危险，否则早登海岸也可避免。所以他催紧坐船，加快速度，向马尼拉驶去。果然在暮色苍茫中被他在马尼拉南七里的地方偷偷地登了岸，等到西班牙人得知后，连忙派一队军士前来堵截。萧柯左手持剑，右手使矛，杀入西班牙军士队伍里去。西班牙人也使开刀矛，彼此肉搏。魏三虎和众儿郎个个都是奋勇作战。此时的萧柯像个活常山，只少一匹马，往日不过在舞台上显本领，终是假的，今日竟是真刀真枪的全武行。他施展所有武艺，喋血而前，一场肉搏，杀得西班牙军士尸横遍地，纷纷逃去。

萧柯挥众直趋马尼拉城，时已黑夜，行至中途，众儿郎胡乱地埋锅造饭，吃了一顿，然后衔枚疾趋。他知道在城外本有西班牙军长高第驻在东南方军营中，萧柯暗想，欲取马尼拉，非先扫除城外的驻军不可，所以他又率众杀向高第营中来。西班牙军长高第今天本在营中庆祝他自己四十生辰，和诸同袍饮酒尽欢，妻子亦在一处。不料报到这个噩耗，他一时也不明白哪里来的华人，但是自己麾下一部分的驻军已被击败，不敢怠慢，立刻散了席，吹起军号，燃起火把，召集部下，正要出去抵御，可是萧柯等一行人已扑至营外。高第见来势汹涌，便和部下守在营叠，纷纷把箭射出。萧柯挥众猛攻，他知道南洋的营叠房屋木制的最多，易于火攻，所以上岸时曾带得许多火箭火球，此刻他一边命前锋依旧急攻，一边吩咐部下将火箭射入营中去。一刹那间，百十支火箭飞入，营房立刻燃着了。高第今夕已多喝了些酒，心中惊慌，指挥不灵，部下也多措手不及，遂被萧柯冲入营叠。火光中高第鼠窜逃生，恰被萧柯一眼瞥见，挺着长矛，大喝一声，飞步追去。高第回身舞刀迎战，萧柯神勇无敌，不到十合，萧柯分开高第长刀，一矛倏地刺去，正刺入高第的腰中，高第立刻倒在血泊里，丧失了性命，还有高第的妻子死于乱军之中。西班牙军士死伤的也有六十余人，营房全被焚毁。萧柯连战得利，心中欢喜，吩咐部下搭起帐幕来，暂且歇宿一宵，放出哨兵，戒备不测，一至明晨，他又督率部下直趋城下进攻。

此时，总督捞力撒里在城中已得警报，闻知海外来的华人竟敢攻城夺地，势甚猖獗，未可轻视。立即下令众军士登城死守，不许稍乱，一面他也防备着城中的土人和华侨恐有叛变情事，派西班牙人在各地严密监视。萧柯攻城的时候，捞力撒里在城上亲自督战，见萧柯等攻打甚烈，不由大惊。马尼拉的防御工事很是敝弱，幸亏城内筑有一座小小炮台，上面有十尊炮，是捞力撒里接任时安设的。此刻他遂令炮台上开炮轰击敌人，一会儿，火光闪闪，炮声齐发，有几弹落在萧柯部队里，死伤了好多人。萧柯见炮火厉害，知道难以攻城，不得已下令暂且退后十里，扎下营寨，待林凤、赵虬等来会合，增厚了军力，再去夺城。可是守候一天，不见林凤等到来，岛上起了大风，风雨交作，两军也不能作战。萧柯知道是飓风的袭击，很代林凤等担忧，果然不幸得很，中路的林凤和左翼的赵虬因为到达较迟，都在将近马尼拉的海面上遇了飓风，沉没好多船只，损失好多儿郎。林凤自己的坐船也险遭覆没，他不得已退至未岸，赵虬也退了回来，两人相见，不胜黯然的神情。林凤对赵虬说道：

“我们方要尽力攻打马尼拉，却遭逢到这阵飓风，岂非天意丧我吗？况且萧柯那一队船不见回来，莫非他们全遭灭顶之凶吗？使我很不放心了。”

邝刚道：

“萧君地理熟悉，惯于航海，绝不至于出什么乱子的，否则我等尚可退回，难道他们更比我们不如吗？况这阵飓风也不算最大的，绝不致完全遇难，莫非他们已杀上了海岸径取马尼拉吗？”

赵虬听了，不由很发急地嚷起来道：

“那么萧柯孤军深入，很是危险的事，我们快些去救援。”

林凤道：

“赵兄弟，你别躁急，我们的战船这次遭了飓风，须要整理一番，再可出发。现在先请赵兄弟和几个谙水性熟形势的人驶两艘小艇出去，假作捕鱼船，向海上刺探消息，我在这里整顿部伍，预备再去攻击。”

赵虬答应着，次日便和十数儿郎驾着小艇出去侦察。风势已渐渐平息，林凤在未岸检点船上器械粮食，以及儿郎人数，至下午方才在船上坐定，忽见赵虬回来，报说他们出去与西班牙人的乞援船相遇，捉到了几个。其中有一土人，问询之下，始知马尼拉城已遇海外来的华人袭击，两下正在相持。捞力撒里檄调他处的西班牙军队到马尼拉去相助，可知萧柯已在马尼拉登岸。自己这里的人不可不速去接应，免得他陷入重围，欲退不得。林凤听了这个消息，自然不敢怠慢，立即下令出发，复向马尼拉开驶，但是这一回他们的船行驶得数海里，却见西面海上有一队西班牙的战船，约有十数艘，正向马尼拉驶去，大概就是去应援马尼拉的了。林凤如何肯放他们过去？立即下令进攻，赵虬、黄瑞等各各奉命向前，林凤自己也挺着双戟，站在船首，准备血战。那边西班牙的战船上人也已瞧见这里的船，知道是去攻马尼拉的，自然也要迎战，便把战船驶上前来。

原来这就是撒示洛所率的战船，他从未岸遁去后，便至附近岛上，调集了西班牙战舰，到马尼拉去向捞力撒里请示后，以便如何复夺未岸，不防舟至途中，遂见了林凤两边接住厮杀。林凤舞开双戟，赵虬使动双斧，黄瑞挺起画戟，宛如三头猛虎，杀入西班牙舰队里去，所到之处，群众纷纷倒仆。战够多时，撒示洛所率的战船已沉去了三艘，死伤大半，又突围遁去。林凤战胜了撒示洛，将部下战船开至马尼拉，恰巧萧柯派出探子正在海岸瞭望，见了林凤等战船到临，不胜之喜，连忙上船报告。林凤下令大小战船一齐泊住，吩咐邝刚率数十儿郎留守船上，黄瑞率三十儿郎驻守岸边，彼此呼应着，留下后路，然后自和赵虬等众健儿驰至萧柯营中去。萧柯见林凤到来，自然十分快慰，接到帐内，坐定后，林凤把自己在海面上遭逢飓风，退回岸上，以及得信再来马尼拉接应，杀退撒示洛援军等情告知萧柯，萧柯也把自己如何上岸去击退西班牙军，以及一度攻城，禁不住炮火猛烈，方才退至这里的事告诉林凤听。林凤道：

“我们劳师远来，利在速战，最好早把马尼拉城池攻下，驱走西班牙兵，然后立足之地可以稳固。否则师劳力竭，迁延日久，他们援军到达后，我们便有腹背受敌之虞了。”

萧柯道：

“林兄之言不错，我们必须赶紧将马尼拉城攻下，然后可以据守。马尼拉的守军虽然不多，可是总督捞力撒里坐镇在内非他处可比，而城内筑有炮台，我军缺少大炮，这一点吃亏不少了。”

林凤道：

“那么我们须用计策去破城。”

萧柯道：

“小弟正在进行一种计划，希望它成功，便不难攻下这城池了。”

林凤道：

“是何计谋?”

萧柯道：

“小弟前天退到这里以后，晚上巡逻的儿郎捉到一个华人，解至营中来，小弟起初以为西班牙人派来刺探我们的间谍，但细细一看之后，方认得那人姓冯名健子，是马尼拉城中的华侨。以前小弟在此演剧的时候，他很爱看我的武戏，曾同友人招待过我，在酒店里叙过两回，因此结个交谊。此次他来窥探，不知何意，他遂告诉我说，他在城中一向不堪西班牙人的虐待，常思起而反抗，只恨没有力量，没有机会。现在听说祖国同胞前来攻打马尼拉，又是故人重来，他就想做里应，使我们可以破城。此时城中的土人也是蠢蠢思动，他们平日常受西班牙兵士种种虐待，有的家产被夺，有的妻子被淫，有的父兄被杀，所以深恶痛恨，很想乘势起来反抗。因此他已在城中联络土人起事，响应我们，特地到我营中来报告。”

林凤听到这里，很觉快活，拊掌笑道：

“好极了，姓冯的若能起事，里应外合，我们便得力不少。”

萧柯道：

“当然是一个好机会，所以小弟已约定他在后天起事，我们在后天早晨分兵两路去攻城，他们在城中暴动起来，放火为号，要刺死总督，抢夺炮台，我们便可迅速攻城了。小弟为便利策应起见，已请魏三虎和小弟的戏班里十多个弟兄扮作岛上难民，跟着冯健子，逃到城中去，混在里边，相助冯健子一同起事了。”

林凤更是大喜，于是他们专待后天攻城，可以大破马尼拉，一举而获全胜。

第三十二回

妙计不成捐躯显勇武
霸基难建潜迹避穷荒

后天的早晨，阳光从云中射出，很是酷烈，一些儿没有风，天气十分烦热。林凤、萧柯都抱着一团热望，要想一鼓而下马尼拉，早定霸业。林凤、赵虬为一军攻东门，萧柯率一军攻南门，城上驻守的西班牙兵士立即放炮抵御，林凤的部下儿郎排开，赵虬上前奋勇攻了一会儿，终因炮火猛烈，不能攻上城墙。林凤叫赵虬且缓攻击，看城中有无动静，最好内乱既起，人心哗乱，那么攻城便易了，否则多牺牲儿郎性命也是不值得的。赵虬听说，遂假作攻势，等待事变，谁知攻了半天，不见城中火起，城上守军毫无惊慌气象，炮声砰訇不绝，只是向这里放射。

林凤正在犹豫之际，忽有萧柯部下来报急，报称萧柯攻城受伤，城中西班牙兵杀出，把他们一军包围在内，十分危殆。自己侥幸逃出，特来报信，请去救援。林凤听了这个恶消息，不敢怠慢，连忙吩咐赵虬做前军，速去南门援救萧柯，自己做后军殿后，缓缓撤退，防城中兵出击。果然不出林凤所料，林凤的部下后退不到二里，城中西班牙兵鼓噪杀出，林凤舞开双戟，回身迎住，瞋目大呼，和西班牙兵奋勇酣战，西班牙兵士冲至林凤近身，一个个死于林凤双戟之下。众儿郎亦镇静抵拒，所以西班牙兵士无隙可乘，不敢追击，反收兵退入城中去了。

那赵虬领了一半儿郎急急地杀奔南城，果见城外一片喊杀之声，萧柯一军已没入西班牙兵士围中，赵虬遂和众儿郎高声大喊，杀进阵云中去。赵虬宛如一头疯虎，舍死忘生，狠命猛扑，斧到处血雨四射，杀开一条血路，冲到萧柯身边。但见萧柯左手已伤，只剩一只右手，挥着宝剑和西班牙兵浴血死战，部下儿郎死伤不少，有一半正护着萧柯力斗。

原来，萧柯率众攻打南门时，不见城中有何内乱，炮台上的炮依然开放，萧柯心中大为狐疑，暗想：冯健子和魏三虎在城内何以没有动静？既然要想起事，这是一个很好的机会，为什么不即动手响应呢？难道中途生变吗？此时箭在弦上，不得不发，他觉得今天若不攻下马尼拉城，在林凤面前交代不过的，所以他自己奋起神勇，亲率众儿郎攻城。不幸一颗炮弹正落在他左边，爆炸起来，把他的左臂都伤了，左右劝他速退，萧柯尚欲裹创再战，而城中西班牙兵士大举杀出，反将他重重围住。萧柯只剩一条右手臂，只好丢了枪，挥开宝剑，和西班牙兵喋血大战。萧柯虽勇，但已受了重伤，顿失威风，哪里冲突得出？眼见众儿郎死伤渐多，心里也不由发急，幸亏赵虬等死入，他勇气陡增，遂跟着赵虬一同杀出重围。西班牙兵士追来，声势甚大，幸林凤也已杀转，奋勇迎击，才把追兵挡住，大家退到原处，西班牙兵不敢再追，也退入城中去了。林凤、赵虬喘息方定，一齐过来慰问萧柯，要代他包扎伤处，只见萧柯横在一张木板上，满身是血，宝剑丢在一旁，面色变得惨白可怕。林凤连忙俯下身子，叫道：

“萧兄，你不幸而受了重伤，如何是好？待我们代你敷些金创药，包扎了睡息如何？”

萧柯摇摇头道：

“我一臂已去，疼痛异常，心头难过，全身疲乏，人也昏昏然好似睡在云雾之中。虽有金创良药，怎治得好我这重伤呢？哎哟！我的性命难活了。林兄，请你恕我不能够相助你奠定霸业，我的身后之事不得不拜托你了。”

林凤闻言，不由心里一酸，落下泪来，对萧柯说道：

“萧兄，请你放心，你的事犹如我的事，我林凤一定不负你的，但我南来的事业尚未有成，而你竟不幸而中途弃我，叫我怎能……”

说到这里，喉音凄哽，竟说不出话来。此时，郭玉辉和萧柯的眷属都在船上，萧柯有一幼子，年纪不满十岁，林凤恐怕他们见了，更要伤心，所以没有通信去唤他们来诀别。而萧柯所携戏班里的人都来探望，见了萧柯这般情状，无不悲哀。萧柯又挣扎着对众人说道：

“此番我们重来南洋，无非要建立一些功业，我不幸而中炮弹，要和你们永诀，希望你们随着林凤兄长努力奋斗，继续我未竟之志，那么我虽死也瞑目了。”

众人听了，无不拭泪。林凤、赵虬对着这垂死的萧柯竟没有法想，因为其时队伍中缺少有医术的人，遇有重伤，束手无策，这是一个大大的遗憾。萧柯呻吟了一刻时候，终于与世长辞了。林凤等恸哭一场，把遗骸盛殓后，掘土安葬，做了一个标志，草草过去。“出师未捷身先死，长使英雄泪满襟”，这二句诗也可为萧柯咏了。

林凤又检点残卒，重行部勒一过，令众儿郎好好守住营寨，幸西班牙人也不敢前来袭击。过了一天，林凤因为这次攻城败衄，心中异常懊恼，折了萧柯，又是莫大的损失，以后当如何再去进攻？部下儿郎在数次战役中也损伤了数十人，没有补充，难以为继，而魏三虎入城后，竟一去不返，不知他们何以没有在内起事？冯健子那人可恃不可恃，这是一个疑问。他正和赵虬在帐中谈起此事，忽然有一个儿郎就是前天随冯健子、魏三虎混进城中去的，很狼狈地逃回来求见。林凤传唤他入帐，向他详细询问，经过儿郎回答后，始知那天魏三虎和十数儿郎随着冯健子入城，暗地里会合了几个勇敢的华侨，又去聚集土人，召齐在一个僧寺内着手组织，预备起义的事。魏三虎担任进攻总督府，冯健子担任占夺炮台。大家商议已定，方要散开的时候，不料突然间有一队西班牙兵包围僧寺，前来掩捕。因为西班牙总督捞力撒里知道马尼拉的土人对他有些怨怼，又有华侨在内，在此危急的时候，难免土人们不要乘机起事，扰乱治安，这是对于他大为不利的，所以他吩咐自己的兵士在各街道和城门口严密搜查，并出示悬赏捉拿奸细，以防不测之变。因此冯健子出城进城的时候，已有人注意到他，向他严诘，幸冯健子口齿伶俐，没被问出破绽，然而魏三虎等扮着难民，西班牙人也有些引起疑惑了。这天格外查奸细查得严密，恰巧冯健子朋友中间有一人和冯健子夙有仇隙的，闻得冯健子起义的消息，便悄悄地赶到总督这里来告密。捞力撒里一得消息，不敢怠慢，连忙派一队兵士前去僧寺围捕冯健子和魏三虎，众儿郎知道事情已是泄露，十分惊惶，有一半人已纷纷乱窜。魏三虎拔出腰刀，和冯健子一同奋勇抵御，冲杀不出，冯健子被西班牙兵活擒了去，魏三虎力杀数人，死于乱刀之下。那儿郎侥幸免脱，在夜间扒城逃出，肩上也着一箭。

林凤听了这个报告，方知机谋已泄，所以攻城时没有内应，而西班牙人已有准备来对付自己的部伍了。徒然折损了萧柯、魏三虎，这可说是他南征以来第一次遭到很严重的打击，有无限的感叹。他正想要调动黄瑞的一部儿郎来相助自己再去攻打马尼拉城池，自己派去的人刚才走得不远，谁知黄瑞已差人来告急了。

原来，撒示洛败退后，心中仍是不甘。他回到海滨，又去调集西班牙的战舰，再来援救马尼拉，且接到总督捞力撒里的乞援文书，着他召集兵舰即来援助，所以他又杀奔马尼拉海边而来。这一次他率的兵舰比较前回加多一倍，士卒也换了许多精锐。邝刚在海湾中守着，见西班牙人有援兵到来，一面他指挥船上的儿郎迎敌，一面通报与岸上的黄瑞知道，请他去代向林凤告急。黄瑞接到这警报，立刻差人去告知林凤，自己率领众儿郎赶向海湾去接应邝刚，停留下一半战船在海湾边，预备林凤等来。黄瑞坐上战船，挺着画戟，来至港外，见邝刚正和西班牙战船杀得难解难分，西班牙战船众多，已占着优势，黄瑞遂狂吼一声，把坐船杀入中间去。有三四艘西班牙的战船向他包围拢来，他飞舞一支画戟，左挑右刺，刺倒了许多西班牙兵。邝刚本已觉到对付不下，现在黄瑞前来相助，他的勇气也陡增数分，挥动手中刀，和西班牙兵士狠命相扑。战至多时，尚没分胜负，而林凤、赵虬已自岸上撤退，前来接应了。因为林凤得到黄瑞的告急，和赵虬商议之下，恐防邝刚等一经败北，后路有截断之虞，不得不还军去救，遂留下空的营寨，插遍了旗帜，以作疑兵之计。自和赵虬带领众儿郎急行至海滨，坐下战船，来助邝刚、黄瑞作战。此时，林凤这边声势又盛，西班牙军士渐渐不支，赵虬又命谙水性的儿郎跳到海里去，凭着泅水绝技，向前去抢西班牙的战船。西班牙的兵士从来没有见过赵虬这样勇敢而有奇能的人，军心骇乱，纷纷溃退。林凤、黄瑞等又向前冲杀，一场血战，方把撒示洛的舰队逐走，可是捞力撒里也已得到信息，亲自领了士卒，杀出马尼拉城，直扑林凤的大营，扑了一个空，知道林凤等已回军去救后路了，所以乘机驰至海边。林凤胜了撒示洛，尚想再上海岸，重攻马尼拉，可是此时捞力撒里怎让他们再来呢？连忙令部下兵士准强弓硬弩放射，不许敌船近岸，又去运了大炮前来，向海中开放。

林凤初时指挥儿郎们进攻，不避弩箭，但至岸上放出炮火时，自己最先的两艘战舰已中炮沉没，赵虬奋勇在前，幸亏他谙水性的，一炮击中他舰的后艄时，他早迅速地跳下海里去了。赵虬心有不甘，他兀自带着二十多名儿郎，在水波上泅泳而前，要想抢上海岸，但都被岸上乱箭射退。林凤有几次催动战船迫近海岸时，也被炮火击退。看看天色垂暮，林凤知道一时难以取胜，到了黑夜，不明地理，恐怕要受损失，所以令众儿郎驾船退后，渐渐撤退开去。捞力撒里心中暗暗欢喜，吩咐部下兵士守住海岸，不要让人袭击，因此岛上戒备森严，林凤等竟无隙可乘了。

这夜，林凤和赵虬等退至十数里外一个小岛旁，暂时泊下了战船，再作道理。到了次日，天气阴霾，早晨又有大雾，不利行舟。林凤不得已守了一天，他心里暗暗纳闷，自思此番冒险南征，满拟一举而下马尼拉，成立霸业，在海外做起扶余国王来，以遂自己的志愿。不料现在数次进攻不成，反折损了萧柯，缺乏一位干练的同志，叫自己到哪里去乞援呢？林道乾、张琏等众人又不知在哪一方，力量分散之后，这就是自己一个弱点了，不得已又和萧柯戏班里的几个人共同商量。此时郭玉辉知道萧柯力战殉身，她的芳心里也起了很大的怅触。经过一番商议之后，知悉在马尼拉的北面有个品牙诗兰岛，那边港湾良好，地土肥沃，山林丛深，河道清澈，上面只有少数土人和华侨居住，尚无西班牙兵驻扎。倘去取了这地方作为根据地，然后再伺机观变，以图马尼拉，未为不可。林凤决定这样做了。

过得一天，开驶战船，向品牙诗兰寻觅新天地去。到了那边的玳瑁港，泊住战船，整队登陆。岛上虽有土人，见了林凤等大队士卒，都不敢抵抗。林凤不折一兵，不费一矢，占据了品牙诗兰，派会说土话的人晓谕岛上土人，劝他们安居听命，相助合作。土人见林凤部下很守纪律，并不骚扰，比较西班牙兵的蛮横不可同日而语，所以大家心悦诚服，毫无猜疑，而华侨更是一致拥戴。林凤便督率着兵士和人民，筑起一座小小城池和两重木栅来，为久居之计，练练当地的土人补充他的部伍。至于有钱的华侨也都拿出钱来捐输给林凤，添造战船和军械，囤积粮食，购置器用，一切事业正在萌芽之始。但是西班牙的总督捞力撒里在马尼拉得知林凤在诗牙品兰盘踞之后，他心里终是惴惴不安，以为卧榻之旁非他人鼾睡地，林凤一行人只要等到时机熟，势力大时，一定要再来侵犯，抢夺这块大好土地的，因此他特召撒示洛前来协商如何消灭林凤的计划。撒示洛到后，和捞力撒里展阅地图，研究用兵策略，他们知道林凤等骁勇绝伦，殊不可侮。若欲一时攻进品牙诗兰，不是一件容易的事，只有把这岛包围起来，在附近各小岛驻扎西班牙军队，使他们无所掠食，久困绝粮，必起内变，到那时候，林凤自然不攻而自破了。

捞力撒里和撒示洛熟商以后，决定叫撒示洛去办这事。撒示洛也因数次败衄，在总督面前很有些交代不过，自己很欲和林凤等决一雌雄，一雪前耻。所以他领了总督的命令，回去调集舰队，联合群岛西人，组合精锐一军，前去攻打品牙诗兰。又散遣西班牙兵去驻守各小岛，命令菲人一同相助，不许私通。

林凤在岛上听说西班牙人又来攻打自己盘踞的海岛，他和赵虬站在岛上山顶，眺望到港外远处海面上帆樯如林，旗帜耀目，来了不少艨艟巨舰。便对赵虬说道：

“西人端的可恶，我们退居于此，他们还不容我立足。我欲和他们厮拼，只恨部伍缺少，恐众寡不敌，若让他们如此猖狂，我们也难安枕。”

赵虬道：

“林兄休要畏避他们，虽然我们儿郎寡少，但我们以前和他们交锋数次，他们的战斗力也不过如此，何畏之有？”

林凤道：

“好！那么我们便去迎战一回，倘能击退他们，也好使西班牙人识得我们的厉害，不敢再来逼迫。”

于是林凤下令众儿郎驾船出战，只留邝刚守于岛上，他自将中军，赵虬将左军，黄瑞将右军，杀出港来，正和撒示洛的舰队在海面相遇。此次撒示洛的舰队多出林凤三倍，而且都是巨大的战舰，其中挟有火炮，配备精良。撒示洛又调来一队勇士，是西班牙人最精锐的军队，因此交绥之下，各出死力猛扑。赵虬、黄瑞、林凤三个人凌厉而前，勇猛无匹，斩杀西班牙的兵士无算，可是西班牙战船多，士卒多，撒示洛高高站在中军舵楼上，手里握了一面红旗，指东杀东，指西杀西，把林凤等众人渐渐成了包围之势。林凤十分愤怒，几次三番冲杀到中军去，却总被大炮击退，那些大炮跟了撒示洛的指挥，一炮一炮地只顾望林凤、赵虬、黄瑞三人所坐的战船上轰击，因此三人也不能冲向前敌，反而时时要防到炮轰，这个未免大大地吃了亏。厮杀多时，黄瑞忽然自告奋勇，舍死忘生地杀入西班牙中军舰队里，直冲撒示洛的战舰，有几个西班牙兵士上前拦阻，都被他一戟一个地挑下海中去。撒示洛大惊，便全开炮，一炮打去，击中黄瑞的船身，那船炸裂开来，黄瑞和船上的儿郎都落入海底里。赵虬在后面瞧见，忙赶来援救，自己的船也险些被炮击中，他跳到海里去捞摸黄瑞，海浪滚滚，到哪里去找寻呢？他一霎时泅至撒示洛的舰侧，他心里一动，从后船艄爬上舰去，直奔舵楼，要想刺死撒示洛。有两个西班牙的兵士去拦阻时，被他将双斧挑头砍去，两个西班牙的兵士都仆跌在血泊中。赵虬冲上舵楼，撒示洛惊慌异常，挥手中长刀来抵御，赵虬一斧扫去，正中他的左腿，撒示洛跌倒下去，赵虬正想再用斧头去劈他脑袋，却被四五个西班牙兵士抢上前来，敌住赵虬，救下舵楼去。赵虬大怒，把斧头一阵乱劈，又砍死了两个。撒示洛已逃避到别一艘船上去，吩咐西班牙兵快去捉住赵虬，所以西班牙兵蜂拥而至，赵虬一人虽然骁勇，总难久敌，杀伤了五六十人，满身溅血，自己也受了两处创伤，只得依旧跳下海去，泅回林凤这边船上来。西班牙人见赵虬这样神勇，也不敢入水追逐。

林凤在船上本来很代赵虬发急，自己又冲杀不上，现在幸亏赵虬已杀敌脱险归来。他知道西班牙兵势甚盛，不如退守，免得儿郎们多所损伤，遂冲出围困，徐徐退入港中。西班牙的舰队尚不敢冒险轻入，只将港口封住，取长围之计。

林凤退至岛上，代赵虬包扎敷药，叫他去休息。自己分派众儿郎守住港湾以及海岸，以防西班牙兵士登陆，因为此役又折了黄瑞，闷闷不乐。吩咐邝刚监督工人，赶制弓矢，自己没有火炮，只有用箭来遥射敌人了。

郭玉辉见她丈夫连战不利，芳心很代杞忧，亲自煮了肉食去慰劳儿郎，勖勉他们坚守毋懈。

撒示洛受了伤，心中更是畏惮，不敢深入，只是包围住这港口。有几次林凤乘间冲杀出港，扰乱他们的军队，都被大炮轰退而不得逞，于是两下相持不解。但撒示洛那边常有总督捞力撒里输送粮食器械，增援士卒战船，一些儿不感觉缺乏。然而在这岛上，粮食渐渐告罄，岛上的生产不足长期供应他的部下所需，附近各小岛又都有西班牙兵屯驻防卫，无机可乘。而部下健儿死一个少一个，兵器也不及制造，缺乏钢铁等物。林凤心中暗暗焦急，恐防岛上的土人发生叛变，力作镇静。这样过了四个月，益发支持不住了。林凤遂想突围之计，他和赵虬、邝刚商量以后，决定留邝刚率二百健儿守岛，自和赵虬等五百人驾驶战船，乘黑夜突围而出，偷袭马尼拉，若能得手，这是最好的事，否则也可牵制撒示洛的军队去回救，松弛品牙诗兰的围困，更可乘间偷袭他处岛屿，攫夺粮秣。商议既定，林凤遂于月黑夜和赵虬率领五百儿郎、三十多艘战船，偷出港去。

西班牙兵士起初以为林凤等又来偷粮，严阵以待，只把炮火轰发，却不防林凤、赵虬拼着力量向西南角冲杀一阵，竟被他们突围而出。等到撒示洛知悉，已不及包围，遂派战船二十艘蹑随其后。

林凤等舟至马尼拉，天已大明，红日沿海而出，阳光如血。进攻海岸之时，西班牙人已有戒备，一边抵御，一边飞报总督知道。捞力撒里得报，急率士卒来援，林凤、赵虬攻了一阵，不能得手，背后撒示洛的舰队已跟踪而至，两面受敌，竟沉没了好些船只。林凤仰天太息道：

“霸业难成，这是天命了。”

遂和赵虬率十数战船夺围而出，又至附近小岛争夺数次，没有什么粮食可得，而西班牙的舰队也在海面上搜索他们。后来，又知道品牙诗兰已被撒示洛攻入，他们也不能再回去了，便在海上东漂西泊，不知所终。或言林凤等曾返中国的南海，明廷始终认他们是海盗；或言林凤在菲律宾附近的一个小岛上，和健儿们匿居至老，骥足难施，后人也无从稽考。

虽然是小说家言，也不能和历史写得相反，所以著者写到这里，无事可述，也就戛然而止了。

张琏、林道乾、林凤这三人都是明季海上的英雄，和外人去争夺霸业，志向远大。可惜因为力量分散了，遂致鲜有成就，赍恨以终，这是在我国殖民史上很惋惜的事。至今菲律宾有乙峨罗地支那人，就是邝刚等被西班牙兵进攻后，避入深山中去，传下的苗裔。

西班牙人这一次幸免林凤的袭击，自以为得神圣安纹罗神之功，所以每次开炮都能命中，每次出战风势甚顺，因定其为马尼拉的保护神。每年十一月三十日举行一次酬神大典，捞力撒里亲往神庙致祭，礼节十分隆重，然而海水茫茫，海风泱泱，英雄遗迹，夸述一时。到了今日，已成为他人角逐之地，林凤的威风，西班牙人的声势，都变了历史上陈迹而已。

图书在版编目(CIP)数据

红粉金戈／顾明道著. — 北京 ：中国文史出版社，2018.3

(民国武侠小说典藏文库・顾明道卷)

ISBN 978-7-5034-9919-7

Ⅰ. ①红… Ⅱ. ①顾… Ⅲ. ①侠义小说-中国-现代 Ⅳ. ①I246.5

中国版本图书馆 CIP 数据核字(2017)第 330949 号

点　　校：清寒树　旷　野
责任编辑：薛媛媛

出版发行：**中国文史出版社**
网　　址：http://www.chinawenshi.net
社　　址：北京市西城区太平桥大街 23 号　邮编：100811
电　　话：010-66173572　66168268　66192736（发行部）
传　　真：010-66192703
印　　装：廊坊市海涛印刷有限公司
经　　销：全国新华书店
开　　本：720×1020　1/16
印　　张：29.75　　字数：431 千字
版　　次：2018 年 3 月第 1 版
印　　次：2018 年 3 月第 1 次印刷
定　　价：88.00 元